考槃在涧

——中国古典诗词的美感与表达

陈友冰　著

商务印书馆
创于1897　The Commercial Press

2017年·北京

图书在版编目（CIP）数据

考槃在涧：中国古典诗词的美感与表达 / 陈友冰著.
— 北京：商务印书馆，2011（2017.7重印）
ISBN 978 - 7 - 100 - 07506 - 0

Ⅰ. ①考… Ⅱ. ①陈… Ⅲ. ①古典诗歌－文学研究－
中国 Ⅳ. ①I207.22

中国版本图书馆CIP数据核字（2010）第227637号

考槃在涧
——中国古典诗词的美感与表达

陈友冰 著

商 务 印 书 馆 出 版
（北京王府井大街36号　邮政编码 100710）
商 务 印 书 馆 发 行
三河市尚艺印装有限公司印刷
ISBN 978 - 7 - 100 - 07506 - 0

2011年5月第1版　　　开本 880×1230　1/32
2017年7月第2次印刷　　印张 14 5/8

定价：42.00元

目录

中国古典诗词中的空间变化

　　文学的表现对象是人，正是从这点出发，高尔基才认为"文学即人学"。当然，人并非在真空中生活，南唐李后主说："剪不断，理还乱，是离愁。"其实，现实生活中剪不断的不仅仅是离愁，一个人与他人，与山水林泉，与天地万物，皆构成千丝万缕的联系或纠葛。中国古典诗人是相当聪明的，他们常常通过人的空间位置的变化来表现某种特定的感情。这种空间变化主要有空间的大小比衬、空间的浓缩与扩展、空间位置的回环这三种主要方式。

一、空间的大小比衬

　　中国古典诗人在诗词创作中，常常通过空间大小的比衬来表现某种特定的情感。这种比衬的依据主要出自一个视觉原理，即视野中的背景越是阔大，背景下的物体就越是显得渺小。一位老师站在讲台上，以黑板做背景居高临下，会显得很高大；如果站在操场上，以周围的 400 米跑道为背景，他的形象就会缩小很多倍；如果是站在万里长城上，以蓝天白云为背景，那他就会显得十分渺小。中国古典诗人常常运用这个原理，来表现人生的孤独感，例如唐代诗人陈子昂的这首

《登幽州台歌》：

> 前不见古人，后不见来者。
>
> 念天地之悠悠，独怆然而涕下。

陈子昂是初唐著名诗人，继"四杰"之后，以更坚决的态度举起反对齐梁诗风、倡导汉魏风骨的大旗。他不仅在文学上开一代风气，被杜甫称为"公生杨马后，名与日月悬"，在政治上、军事上更想有一番作为。陈子昂在唐睿宗文明元年（684）举进士，官至麟台正字、右拾遗。为人直言敢谏，切中时弊。两次从军边塞，以博取功名。武则天万岁通天元年（696），他随建安王武攸宜攻契丹，任行军参谋。武攸宜是武则天的侄儿，为人霸道又轻率少谋略，不但不采纳陈子昂的分兵合击谋略，还于恼怒之中将陈降职为军曹，结果大败而归。陈子昂报国无门，只好怀着满腔悲愤辞官还乡，回到四川射洪县金华乡。不久就被武三思指使县令段简诬陷，死于狱中。这首《登幽州台歌》即是他随武攸宜攻契丹途中在幽州台登览时所作。幽州台又称"蓟丘"，位于今北京市西南郊。这座古台是战国时燕昭王为招揽贤才所筑。昭王登位之初，决心要令燕国强大起来，筑碣石馆，并置千金于台上以招揽贤才。结果各国群贤聚集燕国，史载"乐毅自魏往、邹衍自齐往、剧辛自赵往，士争趋燕"，燕国终于强大起来，一举击败宿敌齐国，占领齐国70多城。陈子昂忠心谋国却遭到贬斥，满腹才华却得不到任用，登览蓟丘时自然会想到那位礼贤下士的燕昭王，他有首《蓟丘览古》就是直接歌咏此事："南登碣石馆，遥望黄金台。丘陵尽乔木，昭王安在哉！"与《蓟丘览古》不同，同时写作的这首《登幽州台歌》并未直接咏歌此事，而是抒发登览之中的历史沧桑之感，在怀古伤今之中含蓄地倾吐出不被理解的孤独情怀。应当说，比起《蓟

丘览古》，它的涵盖面更加宽泛，更有种历史的沧桑感，也更容易引起
读者的共鸣。而这个主题的凸显，主要是通过画面之中空间大小的比
衬来实现的。

"前不见古人，后不见来者"是条历史纵线，其"古人"已不限于
礼贤下士的燕昭王，也许包括三顾茅庐的刘玄德，也许包括善于纳谏
的唐太宗；其"来者"也不仅仅限于帝王，也应包括武攸宜这类执政
为上者。"念天地之悠悠"则是一条横线，是诗人遥望悠悠的地平线而
生发的无限感慨。历史纵线和地理横线构成了交会点，交会点上面有
座幽州台，台上站着一位不被人理解的孤独者，他正在抚今思昔、怀
古伤今，满怀感慨而怆然涕下。一面是阔大的背景，有纵深的历史沧
桑感和广漠无声的天地，一面是背景之中孤独渺小的诗人。由于背景
的阔大纵深，更显得画面中的人物茕茕孑立、形影相吊。这种孤独，
这种无助，这种哀苦无告，不仅通过一个"独"字点破，更多的是通
过这种空间大小的比衬给人留下深刻的感受。类似的手法还有杜甫的
《登高》：

> 风急天高猿啸哀，渚清沙白鸟飞回。
>
> 无边落木萧萧下，不尽长江滚滚来。
>
> 万里悲秋常作客，百年多病独登台。
>
> 艰难苦恨繁霜鬓，潦倒新停浊酒杯。

这是唐代宗大历二年（767）杜甫漂泊在夔州时所作。此时"安史
之乱"尚未平息，诗人避乱四川已经 8 年。由于好友成都尹严武的去
世，诗人离开生活相对稳定的成都来到夔州也已经两年，但"安史之
乱"仍无平定之象。随着严武的去世，巴蜀的州郡长官拥兵自重，相
互攻城略地，本来的天府之国陷入战乱之中。杜甫本人已 55 岁，不但

归家无望，而且身体也越来越差，在夔州时又患上肺疾，用以浇愁的酒也只好戒掉。国难、家愁、老病集于一身，"亲朋无一字，老病有孤舟"，无处无人可倾诉的痛苦，使诗人更觉孤独和伤感，而这一切，通过深秋登台这个特定时刻、特定场景集中表现了出来。

同《登幽州台歌》一样，诗人首先刻意营造一个阔大的背景，以此来反衬自己的渺小和孤独。"风急天高猿啸哀"，这是画面的上部之景。高天之下，瑟瑟秋风中不时传来凄厉的猿啼，这是仰视；"渚清沙白鸟飞回"则是俯视，画面下部之景，飞鸟盘旋在洲渚的白沙之上。这两句一写高台背景的上部，一写高台背景的下部，但又有一个共同的特点——都是近景。颔联则拓展开来写远景："无边落木萧萧下，不尽长江滚滚来。"上句是由近到远，下句是由远及近。有了这两句，画面的背景得到无限的延伸，顿时显得邈远而阔大。在这个邈远而阔大的背景下，高台上的诗人再来抒发秋风万里、年老多病、战乱不息、思亲怀乡的人生感受，就更能凸显一生潦倒、漂泊无依的孤独感，读者也更能体悟到诗人所慨叹的"百年多病独登台"的"独"字。这种漂泊异乡、孤独无依的人生感受，通过空间大小的比衬表现得十分真切感人。

这里要强调的是，杜甫非常擅长这种手法，在他的诗作中曾多处使用，如《孤雁》："孤雁不饮啄，飞鸣声念群。谁怜一片影，相失万重云。"用一片影与万里云形成大小比衬，更显出这只雁之"孤"。《咏怀古迹之五》："诸葛大名垂宇宙，宗臣遗像肃清高。三分割据纡筹策，万古云霄一羽毛。"诗人称赞诸葛亮是"万古云霄一羽毛"，同样是运用空间大小的比衬，将诸葛亮"迥出尘表"（仇兆鳌《杜诗详注》）的清高风致表现得十分明晰，再加上"万古"这个历史的纵深感，更显得诸葛亮的勋业，千古以来无人出其右。

当然，擅长此法的也不仅是杜甫，中国古典诗词中许多佳作都采用了此法，如马致远脍炙人口的小令《天净沙·秋思》："枯藤老树昏鸦，小桥流水人家，古道西风瘦马。夕阳西下，断肠人在天涯。"同样是采用空间大小的比衬来达到天涯孤旅的抒情效果：倦于宦游的诗人骑着一匹瘦马在踽踽独行，背景是西下的夕阳，是衰草连天的西风古道。诗人的人生疲惫感、思念亲人的孤独感被反衬得十分明晰。诗人甚至都不如寒鸦，寒鸦在黄昏后还有老树枯藤可以栖息，诗人却仍在天涯古道上踽踽独行。柳永《雨霖铃》上阕的结句"念去去，千里烟波，暮霭沉沉楚天阔"，也同样是把自己这叶流浪江湖的扁舟，投放到千里烟波和沉沉暮霭之中的楚天，形成强烈的空间大小比衬，来凸显自己离别情人后的孤独和伤感，也使这几句成为千古流传的佳句，刘熙载曾把它作为词中"点染"的典范。王维《送贺遂员外外甥》的前四句："南国有归舟，荆门溯上流。苍茫蒹葭外，云水共昭丘。"采用的手法与柳永《雨霖铃》的"念去去"三句几乎完全相同。

中国古代边塞诗中为了表现戍守生活的艰苦、单调，抒发对家乡亲人的思念，或是为国舍家的豪情，边塞诗往往以大漠雪海来反衬戍守中的孤城，如隋代杨素的《出塞》："荒塞空千里，孤城绝四邻。树寒偏易古，草衰恒不春。"范仲淹的《渔家傲》："四面边声连角起，千嶂里，长烟落日孤城闭。"在唐代的边塞诗中这更已成为一种定式，如王之涣《凉州词》"黄河远上白云间，一片孤城万仞山"；翁绶《关山月》"笛吹远戍孤城灭，雁下平沙万里秋"；岑参《北庭贻宗学士道别》"孤城倚大碛，海气迎边空"，《首秋轮台》"异域阴山外，孤城雪海边"；王昌龄《从军行》"青海长云暗雪山，孤城遥望玉门关"；骆宾王《边城落日》"紫塞流沙北，黄图灞水东……野昏边气合，烽迥戍烟通……河流控积石，山路远崆峒"；崔湜《大漠行》"云沙泱漭天光闭，河塞阴沉海色凝……火绝烟沉右西极，谷静山空左北平"，《夕次蒲类津》"晚风连朔气，新月照边秋。灶火通军壁，烽烟上戍楼"；卢照邻《结客少年行》"追奔瀚海咽，战罢阴山空"，《雨雪曲》"雪似胡沙暗，冰如汉月明"，《紫骝马》"雪暗鸣珂重，山长喷玉难。不辞横绝漠，流血几时干"；杨炯《战城南》"寸心明白日，千里暗黄尘"；王勃《陇上行》"云黄知塞近，草白见边秋"；虞世南《从军行》之一"萧关远无极，蒲海广难依。沙磴离旌断，晴川候马归"；沈佺期《塞北二首》"海气如秋雨，边峰似夏云"，"紫塞金河里，葱山铁勒隈"；袁朗《赋饮马长城窟》"日落塞风起，惊蓬被原隰"等皆是采用这种大小比衬之法。

二、空间的浓缩与扩展

这是中国古典诗词中空间变化的第二种手法，即通过空间的逐渐缩小和空间的逐渐放大来达到某种抒情效果。它同"空间大小的比衬"的区别在于前者的空间位置是固定不动的，后者则是不断放大或缩小；前者是静态的对比，后者是动态的比较；前者是利用视野中的背景越是阔大，背景下的物体就显得越是渺小这样一个视觉原理，后者则是运用另一个视觉原理，即：当人们的视野成倍缩小时，视阈中的物体则成倍地放大。

首先讲空间的浓缩，我们来看柳宗元的这首《江雪》：

> 千山鸟飞绝，万径人踪灭。
> 孤舟蓑笠翁，独钓寒江雪。

这是中唐诗人柳宗元的代表作之一，写于永贞革新失败后被贬在永州任司马期间。柳宗元是一个富有杰出才华又颇有抱负的人物，无论文学上还是政治上他都有革新的愿望。文学上他反对浮艳纤巧、空洞无物、一味追求形式美的骈文，主张回归文以载道的古文传统，与韩愈一起发起声势浩大的古文运动，成为著名的"唐宋八大家"之一和中国山水散文的开创者。与文学上的极大成功相反，他寄予更大希望的政治革新却失败了。贞元二十一年（805），他参与王叔文的政治革新集团，任礼部员外郎，与刘禹锡等8个新锐一道推行革新，力改弊政，反对宦官专权和藩镇割据。但仅仅几个月时间，这场革新就在宦官和大官僚集团的联合反对下失败。王叔文被杀，柳宗元和其他7位新锐一起被贬到边远的荒州任司马，这就是历史上有名的"永贞革新"和"八司马事件"。柳宗元被贬之处是永州，即今日的湖南零陵县。零陵在唐代是个偏远的荒凉之地，司马又是个定员之外的闲官，没有任何具体职务。柳宗元在永州司马任上一待就是10年，这对一个忠心谋国又想大有作为的政治家自然是一个巨大的打击，因此他的心中充满孤愤：为什么一心为国却遭到贬斥？为什么风华绝代却得不到任用？在这边远的荒州，又是一个没有任何具体职务的闲员，能做些什么呢？诗人不被理解的孤愤，独处荒州的凄清幽冷，通过这幅"寒江独钓图"含蓄地表现了出来。其手法，就是利用人们的视野成倍缩小时，视阈中的物体则成倍地放大这一视觉原理，将画面成倍缩小，让这位清高又孤独的"钓翁"在画面中不断放大，凸显其孤高的人格。诗人从充斥画面的"千山"，浓缩到千山中的"万径"；再从"万径"浓缩到其中一条小径旁的江渚边，再由江畔缩至"孤舟"，由孤舟再缩至舟上披着蓑衣在寒江上独钓的老人。字面上，通过"千山鸟飞绝"的"绝"，"万径人踪灭"的"灭"，"孤舟蓑笠翁"的"孤"，已充分凸显出这是一个凄清寒荒又寂寞无声的天地，无论是人还是飞禽走兽，都噤若寒蝉，俱在躲避严寒，又都患了失语症。唯有这位老渔翁身披蓑衣，冒着风雪在寒江独钓。通过以上的一系列浓缩，这里再用"独钓"二字，将渔翁的孤傲成百倍、成千倍地放大。韩愈在《柳子厚墓志铭》中曾称赞柳宗元"虽万受摈斥，不更乎其内"，这首诗就是个明证。诗人就是要借这位"独钓寒江雪"的老渔翁形象告诉世人，也是告诉那些政敌：你可以将我放逐荒州，可以让世人噤若寒蝉，成为一个无声的国家，但并不能摧毁我的意志，更不能玷污我高洁的人格。当然，通过这幅图画也可看出诗人无人理解的落寞幽独的情怀。不管是哪种内涵，都是通过人们的视野成倍缩小时，视阈中的物体则成倍地放大这一视觉原理，将诗人要表达的情感成百倍地放大了。

与柳宗元《江雪》手法类似的还有卢纶的《塞下曲》：

> 月黑雁飞高，单于夜遁逃。
> 欲将轻骑逐，大雪满弓刀。

这是中唐诗人卢纶六首《塞下曲》中的第三首。卢纶是"大历十才子"之一，但其诗歌在十才子中别具一格，比起钱起等人，他的诗作更多地反映军旅生活，也更多一些豪宕雄浑之气，这可能与他多年生活在浑瑊军幕之中，熟悉戍边生活并有很深的体验有关，其代表作便是《和张仆射塞下曲》六首。在这首诗中，诗人首先写天空高飞的大雁，再到地面上逃窜的单于。然后将画面浓缩到正在追赶的唐军将士身上，最后集中到将士手中的弓刀之上，形成一个百倍放大的特写镜头：一个堆满积雪的弓刀矗立在天地之间。唐军将士追击逃敌的豪气，风雪之夜战斗生活的艰辛，都通过这把堆满积雪的弓刀表现了出来。诗人不畏强敌的豪情和立功边塞的进取精神自然也得以流露。

中国古典诗词中类似的手法还有很多，如范仲淹的《渔家傲》：

"塞下秋来风景异，衡阳雁去无留意。四面边声连角起。千嶂里，长烟落日孤城闭。浊酒一杯家万里，燕然未勒归无计。羌管悠悠霜满地。人不寐，将军白发征夫泪。"同样是由塞外的千嶂峰峦、长烟落日，渐渐浓缩到千嶂里的孤城，再由孤城中夜不能寐的将士浓缩到他们手中的酒杯、头上的白发和眼中的泪水。词人作为军中主帅为国戍边、建功立业的气概和抱负不仅在这浓缩中得以凸显，"浊酒一杯家万里，燕然未勒归无计"的"情"与"志"矛盾，边地之艰和思乡之苦也同时被放大，给人以极其深刻的印象。中唐边塞诗人李益的《受降城闻笛》："回乐峰前沙似雪，受降城外月如霜。不知何处吹芦管，一夜征人尽望乡。"也是由回乐峰逐渐浓缩到峰下的受降城，再到受降城内思亲怀乡的将士，最后浓缩到一根正在吹奏思乡曲的横笛之上，它同《江雪》中的钓竿，《塞下曲》中的弓刀，《渔家傲》中的酒杯一样，都被百倍地放大，起到凸显主题的作用。

其次是空间的拓展，这是与空间的浓缩截然相反的一种处理手法。它是首先凸显一个细部，然后慢慢放大，最后形成一个整体、一个全局，如卢纶的另一首《塞下曲》：

> 鹫翎金仆姑，燕尾绣蝥弧。
> 独立扬新令，千营共一呼。

此诗描绘一位将军在军前发号施令。诗人并未勾勒将军的全貌，而是特写军帅手中的一支令箭"鹫翎金仆姑"：金色的箭身，鹰鹫羽毛装饰的箭尾。强调令箭本身就是在夸饰军威。然后镜头再放大到军帅身后的帅旗"燕尾绣蝥弧"：旗呈燕尾形，上部装饰着彩绣的蝥头。场面再由帅旗放大至旗下的主帅一个动作："独立扬新令"。手中令箭一挥，斩截的动作意味着此帅的刚毅和果敢。最后是一幅全景："千营共一呼"。全军的士气和对军帅的拥戴——这样的军队自然是无往而不胜！诗人在将空间逐层推展的同时又结合动静相成：前两句是静态的写生，后两句是动态的渲染，只用短短的20个字，就把这位刚毅果敢又深孚众望的军帅气质、声威刻画得惟妙惟肖。

类似的还有戴叔伦的《登楼寄王卿》：

> 踏阁攀林恨不同，楚云沧海思无穷。
> 数家砧杵秋山下，一郡荆榛寒雨中。

前两句是写诗人自己对友人的思念，追悔当年没有"踏阁攀林"随友人同去，以致今日隔着沧海云山留下无尽的思念。第三句则将这种思念放大至"数家"。秋天到了，很多人家都在砧上捣杵准备冬衣，这时也更容易引起对远方亲人的挂念，李白的《子夜吴歌》中就有"长安一片月，万户捣衣声。春风吹不尽，总是玉关情"。最后则由"数家"拓展到"一郡"，将这种思念之情推而广之，赋予它更为广漠的涵盖。戴叔伦是唐代诗风由盛唐的雄浑浪漫向中唐的自省内敛过渡的关键人物，一般都认为他抒写离情别绪、羁愁旅恨之作"完全涤尽了盛唐余风，流露出低沉、苍老、暗哑的情调，在大历诗中很有代表性"。从这首《登楼寄王卿》来看，也不尽然，至少在手法上，对盛唐诗人的承续还是很明显的。

这类空间逐层拓展的诗作，可以举出多首名篇，如杜甫《旅夜书怀》前四句："细草微风岸，桅樯独夜舟。星垂平野阔，月涌大江流。"由岸边的小草到水中的孤舟，由细草所在的江岸拓展到整个原野，由江中的孤舟拓展到整个大江。诗人漂泊江湘的孤独和伤感被反衬得更加突出。王昌龄的《芦溪别人》："武陵溪口驻扁舟，溪水随君向北流。行到荆门上三峡，莫将孤月对猿愁。"亦是由眼前的扁舟、溪水拓展至荆门和三峡，将离别的忧伤和深长的思念成百倍地放大。贾岛的《寻隐者不遇》："松下问童子，言师采药去。只在此山中，云深不知处。"由松树下面的小童拓展到小童和松树所在之处，直到烟云渺茫的深山之中。那渺茫的烟云、隐隐的深山与小童师傅的隐者身份非常贴切。王安石的《钟山晚步》："小雨轻风落楝花，细红如血点平沙。槿篱竹屋江村路，时见宜城卖酒家。"亦由初夏时节坠落在沙地上楝树花的点点落瓣，拓展到楝树旁的槿篱竹屋，再拓展到竹屋边的乡村小路，并一直延伸到小路尽头城郊的卖酒人家。与此手法相同的还有他的名作《书湖阴先生壁》："茅檐长扫净无苔，花木成畦手自栽。一水护田将绿绕，两山排闼送青来。"

三、空间位置的回环

空间的浓缩是由整体或全局逐层缩小，最后凸显一个细部的特写；空间的拓展则是首先凸显一个细部，然后慢慢放大，最后形成一个整体、一个全局。空间位置的回环则是上述两种手法的综合运用，即先由细部逐渐放大，然后再逐渐缩小回归这个细部，形成一个回环。如张继这首著名的《枫桥夜泊》：

> 月落乌啼霜满天，江枫渔火对愁眠。
> 姑苏城外寒山寺，夜半钟声到客船。

诗中首先显现的是一叶扁舟，扁舟中是位在深秋的夜晚难以入眠的诗人。寒霜之下，乌啼声中，从月出东山到玉兔西坠，他面对瑟瑟枫叶和点点渔火，愁绪满怀，彻夜无眠。这自然会引起读者的思索：为何彻夜无眠？是贬谪路上的幽怨，还是游子对故乡的思念？抑或是柳永式的"杨柳岸，晓风残月"？酒醒之后诗人并未就此作出回答，仍然接着描述。首先点出地点："姑苏城外寒山寺"；然后点出此时此地的独特景观："夜半钟声到客船"。直到最后两个字"客船"，我们才明白诗人此时的位置、此时的处境，才明白他要抒发的是"客愁"——一个游子对故乡、对亲人的思念！整首诗，在空间位置上绕了个大圈：由一条小船中贮满乡愁的游子，放大到附近的江枫渔火、月落乌啼，再到小船、枫树、渔火、乌啼所在的河畔，再到附近的寒山寺，让寒山寺的钟声从远处再回到客船。诗人的乡愁透过秋夜的冷月寒霜，伴着江枫渔火，掺和着阵阵乌啼和夜半钟声，更有种幽寂清冷的氛围，更显出孤子清寥的感受。当然，这首诗之所以成为千古名篇，并不仅仅是空间位置的回环这一手法的巧妙运用，还有许多独到的手法，如典型景色的选取和布局。落月、乌啼、寒霜，最易形成一种孤寂清寥的氛围；秋江、枫叶、渔火，这又是典型的水乡秋夜景色，这对抒发羁旅和客愁自然起了很好地渲染和衬托。从布局上说，前两句密度很大，14 个字写了 6 种景象，后两句却特别疏朗，只写了一件事：卧听夜半钟声。前两句的密匝，突出了江南水乡秋夜的繁复，反衬诗人独处清夜的孤子；后两句的疏朗，不仅意在显示江南秋夜的静谧，更在揭示江南秋夜的深永和清寥，它带给客中游子的感受也就在意料之中了。不过这些手法将是下面章节中着重要谈的。

与张继《枫桥夜泊》的空间处理手法相近的还有李商隐的《夜雨寄北》：

> 君问归期未有期，巴山夜雨涨秋池。
> 何当共剪西窗烛，却话巴山夜雨时。

李商隐是个极富才情又极为坎坷的晚唐诗人，他无意在牛李党争中钻营牟利，却又偏偏陷入其中不能自拔，以致"一生襟抱未曾开"。他那深情绵邈、富艳精工的无题诗，不知打动过古往今来多少读者。但这首寄给妻子的小诗，则通俗浅切，既不富艳也不绵邈，但同样深情和精工，与秦观的《鹊桥仙》一样，成为天各一方的夫妻间的爱情绝唱。这个成就的获得，主要是通过时间和空间的转换取得的。从时间转换来说，是"今宵—他日—今宵"的回环；从空间转换来说，是"巴山—西窗—巴山"的回环。诗人此时在巴山写信给远方的妻子，回答她关于归期的询问。根据李商隐年谱，唐宣宗大中五年（851）至十年（856），李商隐在梓州（今四川三台县）刺史柳仲郢处当幕僚。既然是幕僚，就是一种人身依附关系，行止自然无法自己做主，所以诗人的回答是"未有期"，三字之中所蕴含的人生苦痛，自不待言。梓州秋夜那淅淅沥沥的雨水似乎就在诉说着诗人的愁绪和思念，它涨满了池塘也涨满了诗人的胸臆！接下来，诗人并没有像其他诗人那样去分写对方对自己的思念，即所谓"对面傅粉"之法，也没有像他自己的名句"晓镜但愁云鬓改，夜吟应觉月光寒"那样一写自己，一写对方，道出相互的思念，而是来个大幅度的时空跳跃，设想有那么一天，夫妻二人在西窗下相拥而坐，诉说自己昔日在巴山夜雨时的相思之情。如果说，由今日相思之苦设想来日的相聚之欢，这还是众多诗人都能做到的话，再跳一步，由来日的相聚再回忆今日的相别，即由巴山跳到西窗下再跳回巴山，这就是匪夷所思、不是常人所能达到的水平了。所以清人姚培谦赞叹说：白居易在《邯郸冬至夜思家》中说"料得闺中深夜坐，多应说着远行人"，"是魂飞到家里去。此诗则是予飞到归家之后也，奇绝"。（《李义山诗集笺》）清人桂馥也说"眼前景反做后日怀想，此意更深"（《札朴》），都是在赞叹此诗空间跳跃的处理手法。

下面的两首诗词也都是空间位置的旋转，即由眼前所处之处，转到亲人或情人所居之地，再回到眼前之处，一首是欧阳修的《踏莎行》：

> 候馆梅残，溪桥柳细，草熏风暖摇征辔。离愁渐远渐无穷，迢迢不断如春水。
> 寸寸柔肠，盈盈粉泪，楼高莫近危阑倚。平芜尽处是春山，行人更在春山外。

眼前之地是驿馆，诗人旅途上暂居之处，高楼危栏则是妻子所居之地，诗人设想她对自己的思念，这就是上面提及的"对面傅粉"之法。结句的"行人更在春山外"，则又回到"行人"自己所处之处——"春山外"。

另一首是柳永的《八声甘州》：

> 对潇潇暮雨洒江天，一番洗清秋。渐霜风凄紧，关河冷落，残照当楼。是处红衰翠减，苒苒物华休。唯有长江水，无语东流。
> 不忍登高临远，望故乡渺邈，归思难收。叹年来踪迹，何事苦淹留？想佳人妆楼颙望，误几回，天际识归舟？争知我，倚栏杆处，正恁凝愁。

柳永是个浪子，思念难舍的对象常常在青楼，但这首词怀念的倒是妻子，而且很真挚，手法和欧阳修的《踏莎行》几乎完全一致：先是秋日楼头的诗人自己，面对着傍晚连绵不断的秋雨、一阵阵浸透寒意的秋风和默默东去的江水，对故乡、对亲人顿起无穷的思念。然后来个空间跳跃，遥想家乡的妻子此刻也正在妆楼之上思念着自己。最后空间又转换回到自己所在的楼头倚栏杆处，抒发远离家乡的懊悔和愁恨。

周邦彦的《兰陵王·柳》也是采用空间位置回旋的手法，但比张继的《枫桥夜泊》、欧阳修的《踏莎行》、柳永的《八声甘州》手法都更进了一层：它不是两度转换时空（此处—别处—此处），而是三度转换时空：

> 柳阴直，烟里丝丝弄碧。隋堤上，曾见几番，拂水飘绵送行色。登临望故国，谁识京华倦客？长亭路，年去岁来，应折柔条过千尺。　　闲寻旧踪迹，又酒趁哀弦，灯照离席。梨花榆火催寒食。愁一箭风快，半篙波暖，回头迢递便数驿，望人在天北。凄恻，恨堆积！渐别浦萦回，津堠岑寂，斜阳冉冉春无极。念月榭携手，露桥闻笛。沉思前事，似梦里，泪暗滴。

据研究者说，这是首"客中送客"之作：作者在京都客居，又送友人离开京都，以此诗来抒发长期客居京都的倦意以及对故乡的思念。至于其中有无事业无成、岁月流逝的伤感，从词的伤感情调来看，似乎也不止于伤别。从时空结构来看，它是三度转换：首先是今日隋堤上的送别之处。作者明是咏柳，暗是抒别，因为"柳"寓"留"，自古以来就是"留别"的代称，更何况词中还点明"长亭路，年去岁来，应折柔条过千尺"。送别的主人自然是诗人自己，即词中的这位"京华倦客"。客人是谁呢？有人说是京都名妓李师师，宋人张端义还言之凿凿，说是周邦彦和名妓李师师相好，得罪了宋徽宗，被押出都门。李师师置酒长亭相送，周邦彦当场写下这首留别词（见《贵耳集》）。此事已被王国维考证为子虚乌有，但从中可见周词在宋人中的影响。"闲寻旧踪迹"，则从眼前的离席转换到昔日的两人相会之所，但一点即过，很快又回到眼前的"酒趁哀弦，灯照离席"。至此是"今—昔—今"、"此处—别处—此处"的两度时空转换。接下去"愁一箭风快，半篙波暖，回头迢递便数驿"写离别时，"惭别浦萦回，津堠岑寂，斜阳冉冉春无极"写离别后，时间在推移，但空间未变；"念月榭携手，露桥闻笛"几句则在空间上也开始转换，从眼前的留别之处转到昔日相聚之所；结句"沉思前事，似梦里，泪暗滴"，则又转回到眼前离别之处，这是三度将时空旋转。《兰陵王·柳》为周邦彦带来巨大的声誉，有人甚至说就是这首词让宋徽宗回心转意，令周邦彦返回京城，并提拔为大晟乐府的提举官（见张端义《贵耳集》）。甚至到了南宋初，这首词的影响仍在发酵，"西楼南瓦皆歌"，有人甚至将它比之为流传千古的王维的《阳关三叠》（宋人毛幵《樵隐笔录》）。这种声誉的获得，与此词数度转换时空的别致手法不无关系。

　　中国古典诗词中的空间变化，无论是空间大小的比衬，还是浓缩、扩展，皆是绘画中的手法。中国古典诗人们将此运用到诗词创作中来，这是古典诗人们的聪明之处，亦可证明诗画同源，是可以"诗中有画"的。当然，绘画中的空间位置是静态的，诗词则是动态的。至于空间位置的移动和回环，则为诗词的独有，单幅绘画是无法做到的，这也就是诗词的高明之处吧！

中国古典诗词中的时间变化

上一讲说的是中国古典诗词结构上的空间变化。实际上，空间变化和时间变化几乎同时存在，只不过为了解析上的方便，分开来讲。这一讲着重讲时间上的变化，最后再谈谈时空交织的情况。

时间变化分以下四种情况：

一、时间的延展

从某一特定时刻出发，或向前追溯到过去，或向后延伸到未来，造成一种历史的纵深感和画面的广阔感，从而使自己某一时刻的特定情绪得以扩展，涵盖面更为深广，社会意义更加普遍，如杜甫的《阁夜》：

> 岁暮阴阳催短景，天涯霜雪霁寒宵。
> 五更鼓角声悲壮，三峡星河影动摇。
> 野哭千家闻战伐，夷歌处处起渔樵。
> 卧龙跃马终黄土，人事音书漫寂寥。

这首诗写于唐代宗大历元年（766）岁暮。此时的"安史之乱"尚未平息，西川的军阀又相互混战、烽火不断，吐蕃也在不断侵袭蜀地。不仅是国家危难让诗人忧心不已，诗人自己也在蜀地漂泊了7年，"此生哪老蜀，不死会归秦"，思乡之情也一直萦回在诗人的心头，再加上好友郑虔、严武、李白、苏源明、高适等相继去世，世无知音，更让诗人沮丧。这一切不幸和沮丧，在年关将近之时集中喷发了出来。从时间上说，这首诗有两次向上推移：第一次是从眼前的年关"岁暮"上溯到离开成都准备东下以来，乃至整个西南漂泊时期。前一年的四月，因好友也是上级的严武去世，诗人在成都失去保护人，因此买舟东下，经嘉州（今乐山市）、戎州（今宜宾市）、渝州（今重庆市）、忠州（今忠县）、云安（今云阳），于大历元年夏到达夔州（今奉节市），受到夔州都督柏茂琳的照顾，暂时打消出川的念头，在夔州的西阁安顿下来。诗中所叹息的"野哭千家闻战伐"，即是指不久前发生的剑南西山都知兵马使崔旰在成都叛乱一事，以及随后的军阀混战，也包括尚未平息的"安史之乱"八年来给百姓带来的种种苦难。至于"夷歌"则是指唐代宗广德二年（764）以来，吐蕃对奉天、凉州一带的不断进犯。第二次时间上推得更远：诗人联想到三国时的诸葛亮和西汉末年的公孙策。诸葛亮，人称卧龙先生；公孙策，西汉末年在蜀称帝，建白帝城，"跃马"是借用左思《蜀都赋》中"公孙跃马而称帝"。从地理位置上看，夔州西郊有诸葛武侯庙，东南有白帝庙，杜甫在夔州西郊极目远眺联想到这两位古人很自然，但也是经过精心选择的：一来这二人都在蜀地建立过一番功业，二来都在夔州留有圣迹，这样就与自己在夔州乃至整个漂泊西南的遭遇构成对比。这个对比，表面上是自我排遣：像诸葛亮、公孙策这样的一代英杰都成了一抔黄土，我在漂泊之中所遭遇的故人凋零、音书断绝又算什么呢？实际上这种自我安慰比直抒伤痛显得更加哀怨感人！由于经过这两番时间延展，其伤痛更加深沉，覆盖面也更加广阔，已不是一己一时一事的伤痛，而是时代、百姓、家国的深哀剧痛！

类似的处理手法还有辛弃疾的《永遇乐·京口北固亭怀古》：

千古江山，英雄无觅孙仲谋处。舞榭歌台，风流总被雨打风吹去。斜阳草树，寻常巷陌，人道寄奴曾住。想当年，金戈铁马，气吞万里如虎。

元嘉草草，封狼居胥，赢得仓皇北顾。四十三年，望中犹记，烽火扬州路。可堪回首，佛狸祠下，一片神鸦社鼓。凭谁问：廉颇老矣，尚能饭否？

宋孝宗淳熙八年（1181），辛弃疾在江西安抚使任上被劾落职，在江西上饶赋闲23年，直到宋宁宗嘉泰三年（1203）才被启用为绍兴知府兼浙东安抚使，第二年又被调到抗金前线的军事重镇镇江任知府，诗人这时已是65岁的老人了。此时韩侂胄执掌朝政，为了提高自己的威望，在没有做好充分准备的情况下就打算北伐。北伐中原，收复失地，这是辛弃疾一生最大的愿望，韩侂胄准备北伐，他当然支持。在镇江知府任上他竭力为北伐做准备：招募沿江熟悉地形的壮士，计划在淮西的安丰和淮东的山阳设立两处军屯，作为北伐基地。但他对韩草率行事、仓促北伐又持不同看法，认为北伐必须做长期准备，"更需二十年"（袁桷《清容居士集》）。因此在这首词中，他一方面支持北伐，要人们不要忘记43年前金兵南侵不堪回首的历史，也不要忘记"佛狸祠下，一片神鸦社鼓"的今日沦陷区现实，并表示自己虽老但老当益壮，要为北伐出力报效。但另一方面，又要执政者记住刘宋时代刘义隆仓促北伐的历史教训，提醒执政者要做好准备，慎重从事。而所有这一切，都是通过历史回顾、时间推移来完成的。比起杜甫的《阁夜》、辛弃疾的《永遇乐》在时间推移上又多了一层。首先它由诗人所在地镇江联想到镇江一带的著名古人，选取的对象又与北伐大业有关：一个是孙权，他联合刘备抗击南侵的强曹，也赢得对手的尊重，使曹操感叹"生子当如孙仲谋"，这就是辛弃疾感叹"千古江山，英雄无觅孙仲谋处"的原因所在；另一位是刘裕。晋安帝义熙五年（409）4月，身为扬州刺史录尚书事，实际上掌控了东晋政权的刘裕出兵北伐，攻灭南燕，生擒燕主慕容超。义熙十二年，刘裕再次北伐，一直攻到长安，灭掉后秦。诗人通过对他们的称赞与怀念，也表达了自己对朝廷北伐主张的支持态度，因为这毕竟是自己终生追求的目标："男儿西北有神州"，"道男儿，到死心如铁，看试手，补天裂"。只不过通过时间推移怀古的方式来表达，显得更为含蓄和深沉。时间的再次推移是移到刘裕之子宋文帝刘义隆的元嘉二十七年（450），这一年，宋文帝在准备不足的情况下派大将王玄谟北伐，结果被北魏打得大败。刘义隆在诗中称："惆怅惧迁逝，北顾涕交流。"辛弃疾重提"草草"地去"封狼居胥"，结果"仓皇北顾"这段往事，是要告诫当局，北伐虽势在必行但又必须慎重，要有长期的精神和物质准备。通过这两个时间推移已表达了词人对北伐的基本态度，但仍意犹未尽，还欲进一步表达。下面的表达仍是通过时间的向前推移来进行，比起杜甫的《阁夜》、辛弃疾的《永遇乐》在时间推移上更繁复一些。首先是将时间推移到宋高宗绍兴三十一年（1161）。这年金主完颜亮率军大举南侵，想从采石渡江，遭宋军虞允文等痛击，退守扬州。然后提到距今已43年，但北方仍沦陷在胡人手中的残酷现实：当年北魏主拓跋焘（小名佛狸）在镇江对岸步瓜山上的祠庙香火正盛。词人重提这段历史，不外是要提醒当局不要忘记这段民族耻辱，再次表明自己支持北伐、收复失地的决心。最后，诗人又将时间推移到1000多年前的战国时代，以赵国名将廉颇老当益壮为喻，暗示自己为国杀敌、收复失地的老而弥坚之志！从上面分析来看，这首词的主旨和词人主张的表达，皆是通过时间的推移在回顾历史中完成的。

这样的例子还很多，如苏轼的《念奴娇·赤壁怀古》，诗人由眼前的长江，将时间推移到800多年前发生在这里的赤壁之战，由此来抒发被贬黄州、岁月流逝而壮志难遂的悲愤。杜甫的《登岳阳楼》："昔闻洞庭水，今上岳阳楼。吴楚东南坼，乾坤日夜浮。亲朋无一字，老病有孤舟。戎马关山北，凭轩涕泗流。"也是由眼前的岳阳楼将时间推移到"安史之乱"发生以来的这段岁月，由此来表达自己忧国忧民、思亲怀乡的悲苦情怀！

上面所举之例皆是将时间向前推移，也有将时间向后延展的，如陆游的《示儿》：

死去元知万事空，但悲不见九州同。

王师北定中原日，家祭无忘告乃翁。

陆游一生志在恢复中原，而且老而弥坚，我们只要稍微翻阅一下他晚年的诗篇就可知晓，如"老子犹堪绝大漠，诸君何至泣新亭"（《夜泊水村》）；"僵卧孤村不自哀，尚思为国戍轮台。夜阑卧听风吹雨，铁马冰河入梦来"。当时，由于投降派当政，诗人长期被削职在家乡务农，其报国理想、收复失地的愿望至死也未能实现。诗人临终前写了这首《示儿》诗，来抒发他终生不能实现其理想壮志的悲愤。其方法就是将时间向后推移，设想有那么一天，北方的失地收复了，国家统一了。这个时候后人在祭祀的时候，不要忘记将这个大好消息告诉他。这种表达方式，不仅符合这位时称"小李白"的诗人的浪漫特征，也暗中表达了诗人对收复失地、统一国家的坚定信念。遗憾的是，

在诗人之后，国家倒是统一了，但完成统一的是元世祖忽必烈，而不
是诗人期待的南宋。宋恭帝德祐二年（1276）正月，元丞相伯颜率大
军进逼南宋都城临安，南宋太后率幼帝和百官投降，南宋灭亡。作为
不能屈节仕元的遗民林景熙，在国破家亡之际重读这首《示儿》，真是
感慨万分，写下这首同样著名的《书陆放翁诗卷后》："青山一发雨蒙
蒙，干戈天南地复东。儿孙已见九州同，家祭如何告乃翁。"从这首感
慨万千的诗中，我们可以看出陆游这首诗作的巨大影响。

二、时间的凝聚

这种手法和时间的延展相反，即把几年、几十年或千百年的经历、
时态在铺叙、抒怀中突然来个凝聚，让无限的时间和无限的情怀浓缩
在一个典型的场面或人物的语言、表情、动作之中，类似电影中的定
格或特写，实际上是截取时间流程中的一个横断面，只不过它比一般
场面更典型、更集中、更富代表性而已。如宋之问的《渡汉江》：

> 岭外音书断，经冬复历春。
> 近乡情更怯，不敢问来人。

宋之问（约656—712），字延清，虢州弘农人，弱冠即以文学知
名。授洛州参军，累转尚方监丞。此公虽字延清，但并不清贞自守。
被武则天看中，经常随宴，写了许多拍马屁的应制诗，约占生平196
首诗作的五分之一。先谄事武则天的男宠张易之兄弟，张氏事败后
又阿附武则天的侄儿武三思。睿宗即位后，追究前愆，被从越州长史
任上召回，流放钦州，最后死于贬所。他的一些著名诗篇多写于晚年
的流放途中，即事即景，怀乡思亲，写得深情绵邈、缜密精工。《旧

唐书·文苑传》称:"之问再被窜谪,经途江、岭,所有篇咏,传布远近。"这篇《渡汉江》即是从岭南返回故乡时所作。如前所述,宋之问一生有两次被贬,诗中所写的是谄事张易之兄弟遭贬后的情形。唐中宗神龙二年(706),被贬在泷州(今广东省罗定市东南)的宋之问被赦北归。这首诗就是描述他北归途中的感受。泷州在唐代是个尚未开化的蛮荒之地,诗人被贬在此,经历了一个寒暑,其生活上的困窘和政治上的失意,想必都相当难挨。这里与家乡远隔万里,在交通信息均不发达的古代,亲人音信不通更是一种精神上的折磨。但诗人没有也不可能在这仅20个字的短诗中去细数上述的种种苦难,而是来个巨大的浓缩:在时间上将经历寒暑的漫长岁月浓缩到一个短暂的瞬时;在空间上将万里之遥的回乡路浓缩到临近家乡这个节点上,通过这个特定的时刻、特定的地点来抒发自己急切思乡但又忐忑不安的心情,非常符合诗人的特定身份和临近家门时的独特感受。因为诗人是个罪人,按封建社会的刑律是要株连九族的,犯罪后不仅自己被贬荒州,亲人也会受到不同程度的处罚。再加上泷州地处蛮荒,亲人在经冬历春的漫长时间内又是音书断绝,当然更增加了诗人的惦念和担心,而在临近家门时,自己长时间的担心也许就要变成再也无法回避或自我宽慰的残酷现实,当然会更加心慌气怯,甚至都不敢向来人打听一声。这个浓缩时空的表达方式,自然更能打动读者,甚至忘记他的人品而产生某种情感上的共鸣。因为通过这种浓缩的方式,这种情感已被舍去诗人自身的种种印记,被放大为一个久居异乡、又与家人音信断绝的他乡异客的普遍感受,自然会引起有着类似遭遇的读者情感上的共鸣!

思乡是一个永远说不尽道不完的话题,因为"人总是爱他的故乡的,尽管他乡的水更绿、山更青,他乡的少女更多情"(艾青)。宋之问在遭贬困顿中返乡是这样,贺知章荣归故里也是这样,而且两人都采取浓缩时空的手法，通过特定的一瞬来表现特定的情感：

> 少小离家老大回，乡音无改鬓毛衰。
>
> 儿童相见不相识，笑问客从何处来？
>
> ——《回乡偶书》

贺知章（659—744），字季真，越州永兴（今浙江萧山市）人，盛唐时代著名的"吴中四士"之一。少以文辞知名，武则天证圣元年（695）进士，由国子四门博士累迁至礼部侍郎、太子宾客、秘书监。唐玄宗天宝二年（743）冬，上书请求返回故乡去做道士。当时玄宗正崇信道教，闻此举大喜，将贺知章家乡镜湖的剡川一曲赏赐给他，临行时又亲自赐诗，太子以下百官送行，可以说是风光百倍。但在这首回乡诗中，我们看不到丝毫矜夸和洋洋自得，有的只是一位老者久别归来时意味深长的人生感慨，而这正是所有游子返归故乡时共有的一种情感，所以能引起人们的普遍共鸣。当然，此诗成为人们吟诵不衰的名篇，还有一个更为重要的原因，那就是他将几十年来对故乡深长的思念，浓缩到踏上家乡土地的这个特定的时刻，家乡儿童将这位归来的游子当成异乡来的客人。通过这个让人啼笑皆非的特定场面，以及这个让人唏嘘不已的特定时刻，让诗人对故乡的感情，对人生的感慨，显得更加凝重，也更加深沉。

三、时间的变形

佛家说，境由心造。人们在生活中都会有这种经验：同样的时间，在高兴时会觉得很短暂，忧愁时会觉得很漫长，所谓"欢愉嫌时短，忧愁觉日长"。中国古典诗人们即利用这一生活常识，创造出许多美妙的诗篇。

由于忧愁让时间变长的诗例，如南朝乐府中的《子夜歌》：

> 夜长不得眠，明月何灼灼。
> 想闻散唤声，虚应空中诺。

南朝乐府的内容我称之为"三歌"，即：妇女之歌，作者的身份多为女性；都市之歌，反映都市生活；偷情之歌，在两性关系上多为封建礼法所不容的相爱乃至偷情之类。这首歌表达的是一位女性对情人的思念。情人是因为约会没来，还是外出不在身边，这不得而知，总之情郎不在身边，辗转难眠，觉得黑夜分外漫长。诗人的高妙之处在于他把社会生活中这种常见的现象处理得很巧妙：这位女性明明是思念情郎而辗转难眠，她却怪夜太长，怪月亮太亮，这都让她心烦意乱，都让她难以入眠。下面两句更是精彩：冥冥之中好像情人在敲门，在呼喊她，于是她不由自主地答应了一声，但这只是这位女性的悬想虚拟，因为诗中点破是"虚应"，是"想闻"。产生这种幻觉的原因是深度的思念，是"想闻"，才会出现"虚应"。而这种种变幻都基于这个前提——"夜长不得眠"。篇首的"夜长"二字正是领起全篇的关键，而这个"夜长"恰恰是时间的变形！

类似的还有范仲淹的《渔家傲》："塞下秋来风景异，衡阳雁去无留意。四面边声连角起，千嶂里，长烟落日孤城闭。浊酒一杯家万里，燕然未勒归无计。羌管悠悠霜满地，人不寐，将军白发征夫泪。"这是北宋名臣范仲淹任陕西经略副使，置身抵御西夏前线时所作。范仲淹在西北边陲拒守四年，西夏强寇闻风丧胆，时称"军中有一范，西贼闻之惊破胆"。但家与国是有矛盾的，有时卫国就必须舍家。作为一代英杰的范仲淹也是位性情中人，他有卫国之志，也有思亲怀乡之情。

这首词就是重在表现家与国的矛盾，情与志的冲突，显得真切而感人。其中下阕数句，将将士们的思亲之情，"燕然未勒归无计"的怅惘尽情挥洒和倾诉。"人不寐"的前提，自然又是时间的加长和变形。

在现实生活中，不只是忧愁会使时间变长，悠闲也会使时间变长，如陆龟蒙的《王先辈草堂》：

> 松径隈云到静堂，杏花临涧水流香。
> 身从乱后全家隐，日较人间一倍长。

诗人笔下的这位前辈是位隐士，诗人夸羡其隐居环境的清幽：静谧的堂前是与白云相偎的松径，堂旁的山涧开满杏花，使流水也带着芬芳。环境的清幽再加上隐者特有的清闲给诗人的感受是：时间在这里仿佛已经凝滞，岁月显得格外漫长——"日较人间一倍长"。当然，诗人对这位前辈隐居环境的夸羡，也暗含自己的人生追求。陆龟蒙也是位隐者，精六艺，工诗文，年轻时就"名震江左"，但因应进士屡试不中，再加上唐末政局昏乱、吏治腐败，所以在担任一段时间幕僚后就隐居于松江甫里，而且隐居之后不与流俗交，只是闭门品茶饮酒，以读书论撰为乐，即使朝廷以高士征召也固辞不就。陆龟蒙这种隐士风度和洁身自好的行为赢得了士大夫们的敬仰和仿效，他与春秋时的范蠡、西晋的张翰被列为"吴中三高"，建祠膜拜。但是，陆龟蒙并非是一位脱离现实的隐者，并非像范文澜《中国通史简编》中所说的那样，他的诗集中没有一篇反映现实的诗篇。相反，他的双脚一直扎在苦难的大地上，双眼也一直注视着民间的疾苦，我们只要读一读他那著名的诗篇《新沙》、《筑城词》就会同意这一点。就是这首诗也不例外，它并不是一首纯粹咏歌隐逸的诗，内中亦有对政局的惦念和对民生的关怀，因为其中有句"身从乱后全家隐"。自己归隐，也许是人生志向的选择，但"全家隐"呢？妻子、孩子也一起归隐，这就是一种迫不得已的选择了。况且"乱后"二字也点出对时局的担忧。所以这首诗表面上看是咏歌隐逸，实际上暗含着士大夫在乱世的无奈和喟叹。这也为"日较人间一倍长"增添了新的内涵：不仅是时间仿佛凝滞，岁月显得格外漫长，同时也还有"挨日子"、"艰难时事何日了结"的感叹！

　　由于心境不同，时间可以变得漫长，也可以变得分外短暂。只要参加过应试考试的学子都会有这种体验，时间的车轮仿佛转得格外快，试卷还未做完，时间已经到了。与友人相聚、与情人相会，也都会有这种感受，下面这首南朝乐府《读曲变歌》就是如此：

> 打杀长鸣鸡，弹走乌白鸟。
>
> 愿得连冥不复曙，一年只一晓。

　　前面已经说过，南朝乐府多为妇女之歌、都市之歌、偷情之歌，这首诗写的就是偷情时的感受：两人好不容易结合到一起，共度春宵，但天亮得太快了，转眼之间就又要分手。这首诗的妙处在于它不说时间过得太快，而是抱怨公鸡不该报晓，鸟儿不该晨啼，似乎鸡不叫、鸟不啼天就不会亮了。最后说出自己的希望："愿得连冥不复曙，一年只一晓。"这种看似无理的荒诞表达方式，却反映了一种真情：两人结合如此之难，希望永远不分开！在中国古典诗词中，这种由于心情和主观愿望使时间变短的例子还很多，如同属南朝乐府的《子夜歌》："岁月如流迈，春尽秋已至。荧荧条上花，零落何乃迟。"诗人对时光无情流逝、青春苦短的伤叹，使本来同样长度的时光变短了。李白的《将进酒》："君不见，黄河之水天上来，奔流到海不复回。君不见，高堂明镜悲白发，朝如青丝暮成雪。"更是以高度的夸张将时间变形。

　　中国古典诗词中的时间变形，除了上述的形式外，还有时间上的回环，即由某一特定时刻出发，经过一番延展，最后又回到初始，如王安石的《与宝觉宿龙华院》："与公京口云水间，问月何时照我还？邂逅我还还问月，何时照我宿钟山？"诗人与友人在京口（今江苏镇江市）分别，当时的明月为友谊作证。经过一番人生颠簸，诗人又回到京口这个初始之地，再往下延展就是归隐钟山。杨万里《听雨》："归舟昔岁宿严陵，雨打疏篷听到明。昨夜茅檐疏雨作，梦中唤作打篷声。"亦是采取同样的手法。所不同的是王诗是"昔—今—未来"，杨诗是"昔—今"。在时间的延展上，王诗的时间延展更长。

四、时空的交感

　　以上三节，分别从时、空两个角度解析中国古典诗人们处理时空变化的一些手法。实际上，这种处理往往是同时存在或交错进行的，即一首诗中既有时间的延展、凝聚或变形，又有空间的扩展或浓缩。如曾谈到的李商隐的《夜雨寄北》采取位置旋转的手法，其中有空间变化也有时间变化。从时间转换来说，是"今宵—他日—今宵"的回环；从空间转换来说，是"巴山—西窗—巴山"的回环。在中国古代作家诗词创作中，采取这种手法者很多，如陆游《逍遥》诗："州如斗大真无事，日抵年长未易消。"上句是对空间的改造，属于空间的浓缩；下句是对时间的改造，属于时间的延展。此诗是陆游在宋孝宗淳熙十三年（1186）春任知严州时所作。严州是南宋腹地一个贫瘠的小州，既不可能在民政上有所作为，又远离抗金前线，这对"一生报国有万死"、以收复失地为己任的陆游来说，无疑是种摧残和折磨。所以他在任上感到空间狭小，度日如年。上述两句分别是对时、空的改造，很好地表达了作者此时此地的心境。王安石的《萧然》也属于这种时空改造的组合，而且排列得很整齐：

> 萧萧三月闭柴荆（时），绿叶荫荫忽满城（空）。
> 自是老来游兴少（时），春风何处不堪行（空）。

这是王安石在宋神宗熙宁九年（1076）再次罢相后，隐居金陵钟山时所作。此时，他在江宁府和钟山之间筑了一座半山堂，整日在此间读书诵诗，谈禅出游，也不废著述。此诗即是吟咏他在暮春时节的感受。首句是时间，第二句是空间，第三句再是时间，第四句又是空间，呈现很整齐的对应关系。从空间来看，诗作极力渲染春色之浓、之美；但从时间来看，又着意强调意兴阑珊、闭门独坐，与时间上的春色之浓、之美形成强烈的反差。王安石晚年诗作属意于闲适，写下相当多的雅丽清绝、精工脱俗的写景抒情小诗，如《北山》、《南浦》等。但他并未忘怀世事，尤其对他一手推行的新法，更是念念于怀，不但写下《歌元丰》、《元丰行示德逢》等咏歌新法的诗章，而且惦念着政局的变化。元丰八年（1085）神宗病逝，旧派秉政，王安石闻讯后苦闷异常，"在书院读书，时时以手抚床而叹"。（陆游《研北杂志》）元祐更化，新法全面毁弃，使王安石深受刺激，第二年（1086）四月即去世。这首诗虽写在元祐更化前，但从"萧萧三月闭柴荆"、"自是老来游兴少"等诗句中，我们已看出端倪。

但在中国古典诗词中，这种整齐的时空组合并不多见，更多的是一句之中时空的交织，规则之中又有变化，如杜甫的《洞房》：

> 洞房（空）佩环冷（时），玉殿（空）起秋风（时）。
> 秦地（空）应新月（时），龙池（空）满旧宫（时）。

系舟（空）今夜远（时），清漏（空）往时同（时）。

万里关山北（空），园陵（空）白露中（时）。

"洞房"是空间位置，"佩环冷"则点明季节，一句之中时空交织；第二句"玉殿起秋风"至第六句"清漏往时同"亦是如此，结构完全相同。第七句又起变化，只有空间变化，结句则又变成时空交织。《洞房》一诗写于漂泊夔州时期。杜甫此时已55岁，中原战乱仍未平息，返家无望，诗人对夔州又无好印象——"形胜有余风土恶"，于是更加思念故乡和惦念国事："故乡门巷荆棘底，中原君臣豺虎边。"诗人在清秋之夜，以一个宫人的口吻，写出时代的感伤和个人的不幸。其中时空的不断交织转换，将今日的凄凉与昔日的鼎盛，故地的遥想与异乡的清冷反复呈现，其中又通过殿中的"清漏"与季节上的"秋风"将今与昔、故国与异乡连成一个整体，更加深了诗人漂泊异乡的凄凉和战乱未息、故国难归的幽怨，可见杜甫是个善于处理时空变化的高手。杜牧的《题宣州开元寺水阁，阁下宛溪、夹溪居人》也采取同样的手法，只是时空变化更为繁复：

六朝文物（时）草连空（空），天淡云闲（空）今古同（时）。

鸟去鸟来山色里（空），人歌人哭水声中（时）。

深秋（时）帘幕千家雨（空），落日（时）楼台一笛风（空）。

惆怅无因见范蠡（时），参差烟树五湖东（空）。

第一句"六朝文物草连空"和第二句"天淡云闲今古同"皆是一句之中时空交织，但两者之中又有变化：第一句是前"时"后"空"，第二句则是前"空"后"时"。三、四两句又变成单纯的空间和时间，五、六句则和一、二句对应，时空组合完全相同；七、八句则和

三、四句对应，时空组合又不同于五、六句和一、二句的对应关系。三、四句是由"空"到"时"，七、八句则是由"时"到"空"。此诗是杜牧在宣州团练判官任上所作。这位与李商隐被时人并称为"小李杜"的晚唐著名诗人少有大志，读书时"留心治乱兴亡之迹，财赋甲兵之事"，一心想挽唐王朝这座百年大厦于即倒。但是，事与愿违，到了34岁他仅在州里担任一个低微的团练判官，内心的伤感惆怅可想而知。但宣州是个江南大郡，物产富庶，景色优美，尤其是宛溪两岸，人烟稠密，风光绮丽，李白就曾经称赞宣城是"江城如画里"。所以杜牧在诗中一方面赞叹宣州的秀美富庶，一方面又生发人生的伤感和惆怅。在表达手法上，空间描绘明丽秀美，伴之以轻快的节奏和流畅的语调，格调明朗俊健；时间表述则重在抒发人生感慨，语调低回，情绪惆怅。通过这种时空交织和反复变化，出色地表达了上述主题。

此讲专谈古典诗词中的时间变化，包括时间的延展、时间的凝聚和变形。但亦如上面所指出的，时间变化往往是同空间变化同时存在或交错进行的。两者之间又常常形成对比和反衬：或是像王安石《萧然》那样，在空间处理上极力渲染春色之浓、之美；在时间上又着意强调意兴阑珊、闭门独坐，似形成强烈的反差。或是像杜牧《题宣州开元寺水阁，阁下宛溪、夹溪居人》那样，空间描绘秀美，格调明朗俊健；时间表达上则语调低回、情绪惆怅，通过反衬来强化山河俊美却人生失意这一主题。

中国古典诗词中的动与静

　　中国古典诗词中有的作品动态感特别强，一些诗人或读者也特别欣赏这种动态感。杜甫就常用动态感来称赞他所喜爱的诗篇，如称赞岑参的诗作是"意惬关飞动，篇终接混茫"；夜听许十一诵诗是"精微穿溟涬，飞动摧霹雳"；称赞李白的诗是"笔落惊风雨，诗成泣鬼神"。至于自己追求的诗歌境界也是"毫毛无遗憾，波澜独老成"（《赠郑谏议》）。老子云："有无相生，难易相成，长短相形，高下相倾。"既然有动态，也就有静态；既然有人喜欢动态美，也就有人喜欢静态美。王籍笔下的若耶溪，王维诗中的鸟鸣涧，孟浩然吟哦中的鹿门渡口，那隐没的斜阳、栖息的夜鸟、睡去的青山、闪烁的渔火，都给人一种静谧、安详的美感。

　　但是，中国古典诗人在向人们展示这种美感时，从来都不是单纯的以动写动、以静写静，而是化静为动，或是以动衬静。

一、以动衬静

　　以动衬静手法即是以富有动感的表情动作或声响，来反衬周围环境的静谧或心情的寂寞。动静的相衬或相承，这也是日常生活中常见的现象：人们悲伤到极点，往往会大笑；高兴到极点，往往会哭泣。杜甫的"剑外忽传收蓟北，初闻涕泪满衣裳"（《闻官军收河南河北》）就是如此。同样的，午夜传来"嘀嗒、嘀嗒"单调的钟摆声，或是一阵阵鼾声，会使午夜显得更为寂静；炮击声突然停息，阵地上死一般寂静，意味着一场人仰马翻的大搏杀即将开始。中国古代诗人深谙此道，并把它运用到诗词创作中去，如王籍的《入若耶溪》：

> 舣艎何泛泛，云水共悠悠。
> 阴霞生远岫，阳景逐回流。
> 蝉噪林逾静，鸟鸣山更幽。
> 此地动归念，长年悲倦游。

　　王籍，字文海，原籍琅邪临沂（今山东临沂县），出生在山阴（今浙江绍兴）。他广学博涉，富有才气。初仕齐，后仕梁。王籍颇有六朝名士风度，喜欢游山玩水，据《梁书·文学传》记载："籍除轻车湘东王谘议参军，随府会稽。郡境有云门天柱山，籍尝游之，或累月不反。至若耶溪，赋诗云：'蝉噪林逾静，鸟鸣山更幽。'当时以为文外独绝。"史称王籍有文集 10 卷，但存留下来的只有两首诗，其中就有这首《入若耶溪》，可见此诗的知名度。若耶溪在浙江省绍兴市东南，发源于距城约 40 里的若耶山，向北流入鉴湖。沿途有支溪 36 条，两岸丰林茂竹，峰峦叠翠，秀美而幽深，是风景绝佳之处。王籍的这首诗就是描绘在若耶溪上游览的感受，由于山水之美而动归隐之念。其中最著名的就是"蝉噪林逾静，鸟鸣山更幽"这两句，其手法就是"以动衬静"。诗人为了表现密林的静谧和山体的幽深，用了两个极富动感的音响效果：蝉噪和鸟鸣。一遍遍的蝉噪再加上鸟儿不停地鸣叫，似乎是个喧闹的世界，但如细加揣摩，这正说明若耶溪周围的幽深和静谧。凡是有点生活常识的都知道,蝉若叫个不停(噪叫),有两个前提:一是天气燥热,二是无人经过。前者不仅点明季节,也暗示其幽深是避暑的好去处;后者更是点明静谧,无人经过故蝉噪不停。至于突出鸟鸣,除进一步强调此处寂静无人,鸟儿不受惊扰、自在鸣叫外,也突出了山体幽深、人迹罕至。因为只有林"静"、山"幽",才会只有"蝉噪"、"鸟鸣"。除此之外,从整个诗境来看,这两句也很好地表达了诗人融入大自然的身心感受,为结句"此地动归念,长年悲倦游"做好了铺垫。也正因为如此,这两句诗一直受到后人的追捧,颜之推《颜氏家训·文章》,王世贞《艺苑卮言》、《梁书·王籍传》对这两句皆大加称赞,称为"文外独绝"。当然,也有人对这种动与静的辩证法不甚理解,将此改为"一鸟不鸣山更幽"。究竟是"鸟鸣山更幽"还是"一鸟不鸣山更幽",我想这个结论是不难得出的。

王维《辋川集》中有一名篇《鹿柴》,描绘他隐居之地空山深林的幽寂景色,反映他此时空无寂灭的心态,亦是采取"以动衬静"的手法:

> 空山不见人,但闻人语响。
>
> 返影入深林,复照青苔上。

诗人着意表现空山的寂静,但并非一味地去写死寂,也没有像王籍《入若耶溪》那样用蝉噪鸟鸣来反衬,而是用"人语响"来反衬,这确实不同凡响。因为从常识来说,有"人语响"的地方就不会是死寂,怎么会用此来表现寂灭呢?这正是大家与常人的区别。因为"人语响"似乎是破"寂",但实际上是以局部的、暂时的"响"来反衬出整体的、长久的空寂。空谷足音,愈显出空谷之空。试想一下:等这阵"人语"过后,空山不是更要陷入空旷寂灭之中吗?更何况,我们并没有看到人影,只是听到偶尔传来的人声,这更给人一种空无之感。

这同他在另一名篇《山居秋暝》中"竹喧归浣女，莲动下渔舟"等句采取的手法相似。在《山居秋暝》中，诗人意在表现一个山村秋日傍晚的清幽寂静，偏偏用浣女的喧哗和渔舟的归来这些声响和动态来反衬。但是又不让我们直接听到姑娘们的笑闹声，而是隔着竹林，让声音透过密密的竹林传过来；也不让我们看到划过来的渔船，而是让我们通过莲叶的摇动感觉到，这不但减弱了声音的强度和动作的幅度，而且透过竹林和莲叶，画面也更为清幽淡雅。王维是南宗画派的大师，苏轼也曾称赞王维"诗中有画"，这首《山居秋暝》可作见证。同样的，如果说《鹿柴》的前两句是以动衬静的话，后两句"返影入深林，复照青苔上"则是运用"以明衬暗"这一绘画原理的杰作。写一处幽暗，通常是强调不见阳光，甚至夸张为"伸手不见五指"。王维毕竟不同于常人，他凭着画家对色彩和光线的特有敏感，着意在画面上安排了阳光，让它透过树林照到地上。乍看起来，这一缕阳光给幽暗的密林带来了亮色，给阴冷的青苔带来了一丝暖意，甚至给幽寂的景色带来了一线生机。但如细加体味，就会感到无论是作者的主观意图，或是作品的客观效果都与此相反。因为一味的幽暗反倒使人不觉其幽暗，有一丝光线作为反衬，倒更能显出周边的幽暗。设想一下，当一抹余晖透过斑驳的树影映照在幽暗的青苔上时，那一小片微弱的光影与周围的幽暗将会形成更为强烈的对比，使深林的幽暗更加明显。更何况，这是"返影"——即将落山的太阳，光线不仅微弱而且短暂。再推想一下，一旦这个"返影"从天空消逝，整个深林不将陷入更加漫长的幽暗之中了吗？

　　必须指出，王维作为一位绘画和音乐大师，他对动静、明暗高妙的处理手法，在诗作中比比皆是。同为《辋川集》中的作品，《鸟鸣涧》："人闲桂花落，夜静春山空。月出惊山鸟，时鸣春涧中"；《辛夷坞》："木末芙蓉花，山中发红萼。涧户寂无人，纷纷开且落"；《竹里馆》："独坐幽篁里，弹琴复长啸。深林人不知，明月来相照"等等，皆是采取类似的手法。

柳宗元的《小石潭记》是篇颇富诗意的散文，在突出作者被贬之地小石潭的清幽时，同样采用了这种手法，如描写游鱼这一段：

> 潭中鱼可百许头，皆若空游无所依。日光下澈，影布石上，怡然不动。俶而远逝，往来翕忽，似与游者相乐。

"皆若空游无所依"是突出小石潭的洁净，连潭中的鱼皆可数出"百许头"，更见潭水的清澈。作者是在"永贞革新"失败后被贬为永州司马的，作者一片为国热情落得个被贬荒州的下场，心中充满悲愤是可以理解的。诗人在《小石潭记》中，就是要通过潭水的洁净来暗示自己高洁的人品，用小石潭周围的幽寂来衬托自己身处荒州的悲愤。作者在凸显小石潭周围的幽寂时，用的同样是以动衬静的手法：作者着意描绘游鱼在潭中种种形态，一会儿是"影布石上，怡然不动"，一会儿是"俶而远逝，往来翕忽"。无论是"怡然不动"还是"往来翕忽"都有一个前提：此处寂然无人，游鱼不受惊扰。所以这个"动"正是反衬"静"，从而突出自己身处荒州无所作为的悲愤之情。

二、化静为动

与"以动衬静"相反，化静为动是通过人物语言、动作或是将无生命的物件生命化、动态化，或是刻意将静态的环境化为生动的场景，让读者在人物性格、形象或客观景物方面留下深刻的印象。在表述方式上，多采用描写和夸张，尽量避免叙述性或说明性的文字，如杜甫的《少年行》：

> 马上谁家白面郎，临街下马坐人床。
> 不通姓氏粗豪甚，指点银瓶索酒尝。

　　为了表现一位少年粗犷豪放的性格特征，诗人采用三个动态感异常强烈的语言动作：一是"下马坐人床"。翻身下马，这是个矫健的动作，也不与主人打招呼就到人家家中大模大样地坐下，这就显得粗豪不懂礼仪了（这里的"床"指"胡床"，低矮宽大，类似今日的沙发）。二是写语言——"不通姓氏"，既是补充交代上句的动作，也是诗人对此举的评论；第三句"指点银瓶索酒尝"又是个动态描绘，是对"粗豪甚"的进一步补充形容。描写人物，可以用静态的叙述，也可以用动态的描绘。杜甫在此完全采用动态手法来完成静态写生，通过动态感极强的语言和动作，将一个大大咧咧、不懂礼仪的少年的粗豪性格特征刻画得活灵活现。杜甫还有首《闻官军收河南河北》：

> 剑外忽传收蓟北，初闻涕泪满衣裳。
> 却看妻子愁何在，漫卷诗书喜欲狂。
> 白日放歌须纵酒，青春作伴好还乡。
> 即从巴峡穿巫峡，便下襄阳向洛阳。

　　这首被杜诗研究者称为"生平第一首快诗"的诗作，写于唐代宗广德元年（763）春天。在此之前，郭子仪等在洛阳附近的横水打了个大胜仗，安史叛军的头目薛嵩、张忠志等纷纷投降。第二年即广德元年正月，史思明的儿子史朝义兵败自杀，其部将田承嗣、李怀仙等相继投降，安史叛军的老巢蓟北（今河北东北部一带）被唐军收复。其时，杜甫率全家正漂流在梓州（今四川省三台县），因战乱离开故乡已经 8 年多了。这个消息给爱国的诗人带来意外的惊喜，也带来返回故乡的希望，兴奋之中诗人写下这首生平第一快诗。诗中从表情"涕泪满衣裳"到动作"漫卷诗书"、"放歌"、"纵酒"，从现实到遐想"即从巴峡穿巫峡，便下襄阳向洛阳"，无不充满喜悦之情，无不呈现动态感。所以诗论家感叹说，"此诗句句有喜跃意，一气流注而曲折尽情"（王嗣奭《杜臆》）。

说到化静为动，运用得最出色的还是中唐诗人李贺，这位仅活了27 岁的天才诗人，不仅善于通过人物的语言、动作来化静为动，甚至连诗歌的节奏、意象都呈跳跃式，如这首《雁门太守行》：

> 黑云压城城欲摧，甲光向日金鳞开。
>
> 角声满天秋色里，塞上燕脂凝夜紫。
>
> 半卷红旗临易水，霜重鼓寒声不起。
>
> 报君黄金台上意，提携玉龙为君死。

关于此诗的主题，历来众说纷纭，有人说是敌兵压境，雁门太守坚守危城；有人说是雁门太守率兵平定藩镇；有人说是官军围城；有人说是驰援奇袭；有人说是描述战斗过程；有人说是描绘激战情状。为什么会产生这么多歧义，主要就是由于它采用跳跃式结构：几乎每句就是一个片段、一个场面，而且句与句之间并无直接的关联，也无叙述类的过渡。有的批评家将此解释为西方印象派的写法，有的批评家则为此取了个有中国特色的名字——"印象连缀方式"。无论何种名称，其主要特色就是画面之间的跳跃，结构上极富动态感，强调片段的视觉印象。再加上画面色彩极为浓重——"黑云"、"金鳞"、"燕脂"、"夜紫"、"红旗"、"霜重"，这就给读者留下很深的视觉印象。

李贺不愧为"鬼才"，他不但写人能化静为动、极富动态感，就是写鬼、写神也是如此。熟悉中国古典诗词的人一定会知道他的那首《金铜仙人辞汉歌》：

> 茂陵刘郎秋风客，夜闻马嘶晓无迹。
> 画栏桂树悬秋香，三十六宫土花碧。
> 魏官牵车指千里，东关酸风射眸子。
> 空将汉月出宫门，忆君清泪如铅水。
> 衰兰送客咸阳道，天若有情天亦老。
> 携盘独出月荒凉，渭城已远波声小。

李贺虽是唐王室的宗支，但家道早已中落。他虽夙有大志，但因避父亲名讳，无法参加进士考试，断了仕进之路。靠宗亲关系，才得到奉礼郎这个管理宗庙祭祀的从九品的卑微职务，并以此养家活口。与"少年心事当挐云"的壮志相比，诗人内心的痛苦和委屈自不待言。到 23 岁时，就连这点与朝廷的联系也要失去。据朱自清在《李贺年谱》中推测：此诗约写于元和八年（813），是李贺因病辞去奉礼郎职务，由长安返回洛阳时所作。诗人借当年金铜仙人不愿离开长安宗庙而赴洛阳的传说，来表现自己这位"宗子"的去国之悲。诗的主调低沉忧伤，诗的色彩灰暗幽冷，但诗中却充满动态感，诗人以化静为动的手法，来表现自己"宗子去国"的悲愤以及内心的躁动不安。这在环境的描绘、人物形象的勾勒和内心世界的刻画上无不表现出来。汉武帝求长生，一直是李贺嘲弄的对象"武帝爱神仙，烧金得紫烟。厩中皆肉马，不解上青天"（《马诗》）；"刘彻茂陵多滞骨，嬴政梓棺费鲍鱼"（《苦昼短》）。但在这首诗中，虽然诗人仍在嘲弄这位求长生的君主只不过像秋风之中的匆匆过客，但却显得躁动不安：白天看来，茂陵和其他的荒冢一样悄然无声，但一到夜晚，却战马嘶鸣，载着这位一代英杰在咆哮，在追寻。"夜闻马嘶晓无迹"虽仅仅7字，由于充满强烈的动态感，将汉武帝这个已经逝去的英魂从内心到外在动作都刻画得栩栩如生。金铜仙人的形象更是充满动态感。据东晋习凿齿《汉晋春秋》说："帝（指魏明帝。——引者）徙盘，盘拆，声闻数十里。金狄（即铜人）或泣，因留霸城。"李贺故意隐去金铜仙人因过重不便迁徙而留在霸城这段史实，想象他离开故国前往洛阳路上的情形："魏官牵车指千里"是强调离开故国的被迫和无奈，"东关酸风射眸子"是道出内心的悲凉和凄婉，"酸风"不仅是形容关东霜风凄紧，让铜人眼睛发酸，也暗含内心凄楚之意。诗人不仅用"酸风"和"射"这两个动态感异常强烈的词汇来化静为动，而且用拟人手法让无生命的铜人带有人的感受和心理，让画面和内涵都富有动态感。另外，诗人在描绘之中还不断地变换角度："魏官牵车指千里"是写客体，突出铜人东迁的被迫和无奈；"空将汉月出宫门"则转写主体，突出故国的荒凉和空无，一切都不存在，一切都已逝去，这是想象之中铜人对故国的感受，也是诗人这位宗子去国时的感受；用"铅水"来表现内心的沉重和对君主的深刻思念，恐怕只有这位"诗鬼"才能想象得出。泪水像铅水一样砸地有声，就不止是有动作而且有声响了。这种动态感，也不仅表现在武帝的行迹、铜人的表情和心理上，还反映在诗人对铜人被迁洛阳一路上环境的描绘上。"衰兰送客"意在表现环境的凄婉和忧伤，"月荒凉"更给人天荒地老的亘古感受，"渭城已远波声小"亦是用距离和声音给人渐行渐远的视觉和听觉感受，这都是化静为动手法的运用。

《金铜仙人辞汉歌》写的是神，他的另一首诗《苏小小墓》表现的却是鬼，这首中国古典诗歌中的经典同样采用了化静为动的手法：

> 幽兰露，如啼眼。无物结同心，烟花不堪剪。草如茵，松如盖，风为裳，水为佩。油壁车，夕相待。冷翠烛，劳光彩。西陵下，风吹雨。

诗中兰花在哭泣，蜡烛发出幽冷的寒光，风吹着秋雨洒遍西陵，不仅富有动态感，而且将无生命的自然改造得富有人的情感和生命：风作衣裳，水为玉佩，油壁车更是朝夕相伴。苏小小这位才女的冤魂以风为衣、以水为佩，乘着油壁车、驾着青骢马，在风雨的陪伴下，在西陵下的松林里、草茵上来回游荡，倾诉着自己一生的哀怨和不平。只要比较一下南朝乐府中同题材的《苏小小歌》，我们就会感受到李贺笔下的这首诗作想象力何等丰富，动态感何等强烈：

> 我乘油壁车，郎乘青骢马。
> 何处结同心，西陵松柏下。

这首南朝乐府中，并无环境描摹和象征着死亡的种种物象，西陵下的凄风苦雨、如啼眼的幽兰和不堪剪的烟花，以及鬼物象征的"冷翠烛"都是李贺的进一步想象并加以动化，"西陵松柏下"也细化为"草如茵，松如盖"，"我乘油壁车"之外又增加了"风为裳，水为佩。油壁车，夕相待"等准备赴约的动态情节。

三、化静为动的几种手法

（一）人物的神情、动作可以化静为动

以上举了不少这方面的诗例，如杜甫的《闻官军收河南河北》，李贺的《雁门太守行》、《金铜仙人辞汉歌》、《苏小小墓》等。下面这

首王维的《少年行》也有自己独特的处理方式：

> 新丰美酒斗十千，咸阳游侠多少年。
> 相逢意气为君饮，系马高楼垂柳边。

　　诗人咏歌的是京城少年游侠的讲义气、重然诺，但没有像李白《侠客行》中的"三杯吐然诺，五岳倒为轻"，通过夸张式的语言来表现，也没有像曹植《白马篇》那样让其置身为国舍家的激烈的矛盾冲突中来实现，而是选取一个日常生活中常有的饮酒小镜头，通过一个"系马高楼垂柳边"的动态感极强的、豪放又粗犷的动作来暗示其重义疏财的侠义性格，以及借酒使气、轻生报国等少年侠客的心性。

（二）无生命的景物、事物也可以赋予生命、精神，变得气势飞动，富有动态感和生命力

　　曹操的《观沧海》可以说是极为典型的一例：

> 东临碣石，以观沧海。
> 水何澹澹，山岛竦峙。
> 树木丛生，百草丰茂。
> 秋风萧瑟，洪波涌起。
> 日月之行，若出其中。
> 星汉灿烂，若出其里。
> 幸甚至哉，歌以咏志。

　　这是汉献帝建安十二年（207）曹操东征乌桓途经碣石山时，登山观海所作的一首大海咏歌，也是中国诗史上最早的一首山水诗佳作。这里，我们姑且不论它在中国山水诗发展历程中的地位，要强调

的是，这首诗之所以成为千古传诵的乐章，与它化静为动的表现手法关系极大。一般来说，咏歌大海或是赞颂其辽阔浩瀚，或是用来比拟人的志向和胸怀，像《观沧海》这样，让无生命的大海充满生命的律动，孕育着万物，吞吐着日月者确实少见。更何况，诗人登临的是秋天的大海，"悲哉秋之为气也，草木零落而为秋"（宋玉《秋声赋》）。但诗中却毫无衰惫之气，也没有伤秋、悲秋之感。海面是"水何澹澹，山岛竦峙"，草木是"树木丛生，百草丰茂"，秋风之下是"洪波涌起"——这是个生机勃勃的大海，是个澹宕又极富爆发力的大海。这显然不是现实生活中的真实景象，而是经过改造的诗人想象中的大海。或者说，是诗人人生志向的表达，是诗人人生追求的体现。我们从中得到的领悟感受，与诗人用化静为动的手法，将无生命的大海写得生机勃勃、跳跃着生命的律动不无关系！

其实，在中国诗歌长河中，懂得这一奥妙的不止是曹操，大凡写江湖河海声名鹊起者，都与动态的描述、化静为动有关。如张若虚写江："春江潮水连海平，海上明月共潮生"（《春江花月夜》）；李白写河："黄河西来决昆仑，咆哮万里触龙门"（《公无渡河》）；孟浩然描绘洞庭湖："气蒸云梦泽，波撼岳阳城"（《望洞庭湖赠张丞相》）；宋之问写海："楼观沧海日，门对浙江潮"（《灵隐寺》），如此种种，无不以动态感取胜。胡仔的《苕溪渔隐丛话》曾记载这样一个故事：洞庭湖旁的岳阳楼上不断有人在壁上题诗，或咏歌洞庭，或借以抒怀。楼主不胜其烦，就在楼的左右两序门旁各题一副描绘洞庭湖的名句：一是杜甫《登岳阳楼》中的"吴楚东南坼，乾坤日夜浮"，另一就是孟浩然的"气蒸云梦泽，波撼岳阳城"，结果"后人不复敢题矣"。细想一下，这两个名联，除了气势阔大外，主要还是以动态感取胜。因为要说气势阔大，刘长卿咏洞庭的"叠浪浮元气,中流没太阳"(《咏洞庭》),无名氏的"水涵天影阔,山拔地形高"似乎也不差,但毕竟赶不上上述两副名联。

说到咏物中的动态感,韩愈的咏赤藤杖和李贺的咏葛布也值得一提。韩愈《和虞部卢四酬翰林钱七赤藤杖歌》描写了一根赤藤做的拐杖:

> 共传滇神出水献,赤龙拔须血淋漓。
> 又云羲和操火鞭,暝到西极睡所遗。
> 几重包裹自题署,不以珍怪夸荒夷。
> 归来捧赠同舍子,浮光照手欲把疑。
> 空堂昼眠倚幽户,飞电著壁搜蛟螭。

作为中唐险怪诗风的开创者,诗人在这首诗中不仅运用了想象、夸张、神话传说等常用手段,而且采用了丑陋、险怪、以丑为美和化丑为美等非常手段,造成强烈的动态感,给人留下极为强烈的视觉印象和剧烈的心灵颤动。他为了强调这根拐杖鲜红的颜色,把它比拟和想象成火龙拔下的鲜血淋漓的胡须,又想象成太阳神遗失的火鞭。至于"空堂昼眠倚幽户,飞电著壁搜蛟螭"更是充满动态感的想象和夸张。与此相类的还有中唐时代李贺的《罗浮山人与葛篇》:

> 依依宜织江雨空,雨中六月兰台风。
> 博罗老仙时出洞,千岁石床啼鬼工。
> 蛇毒浓凝洞堂湿,江鱼不食衔沙立。
> 欲剪湘中一尺天,吴娥莫道吴刀涩。

葛布用麻织成,夏天穿在身上比较凉爽,所以又称夏布。葛布以广东博罗县出产的最为著名。李贺诗中的罗浮山在博罗和增城两县境内。此诗意在夸赞博罗葛布的疏薄凉爽和罗浮山人高超的织葛技术。

其手法亦如韩愈，不仅采用夸张想象，更多的是用神鬼世界造成一种凄迷奇幻的险怪境界。例如为了强调夏季的炎热，他不写人的感受而强调怪物的感受："蛇毒浓凝洞堂湿，江鱼不食衔沙立"；夸赞罗浮山人高超的织葛技巧也是如此："博罗老仙时出洞，千岁石床啼鬼工"。至于渲染博罗夏布的疏薄凉爽，他也用江雨、湘水这种疏朗阔大的画面来比衬，以对比酷热的繁密和湿重。从作者刻意选择的词语"宜织"、"江雨空"、"欲剪"来看，这种对比也是在动态中完成的。

在中国古典文学中，不仅是诗歌，一些诗化的散文也常用这种手法，如柳宗元《钴鉧潭西小丘记》对石的描写：

> 其石之突怒偃蹇，负土而出，争为奇状者，殆不可数。其嵌然相累而下者，若牛马之饮于溪；其冲然角列而上者，若熊罴之登于山。

（三）赋予抽象的意念以动态感

在中国古典诗词中，即使所述对象是没有具体形象的抽象意念，也往往被赋予动态感，以增强其可视可感的视觉或触觉印象，使其更加真实形象，更加感人。如白居易《琵琶行》中描写琵琶女弹奏的一段：

> 轻拢慢捻抹复挑，初为霓裳后六幺。
>
> 大弦嘈嘈如急雨，小弦切切如私语。
>
> 嘈嘈切切错杂弹，大珠小珠落玉盘。
>
> 间关莺语花底滑，幽咽泉流冰下难。
>
> 冰泉冷涩弦凝绝，凝绝不通声暂歇。
>
> 别有幽愁暗恨生，此时无声胜有声。
>
> 银瓶乍破水浆迸，铁骑突出刀枪鸣。

曲终收拨当心划，四弦一声如裂帛。

东船西舫悄无言，唯见江心秋月白。

我们知道，白居易的《琵琶行》之所以成为千古不朽的名篇，主要得力于两个艺术手段。首先是塑造了两个前后映带的艺术形象：一个是无端被贬、有才难用的江州司马，一个是身怀绝技却沦落天涯的琵琶女。诗人让他们同病相怜又心心相通，从而引起人们对这一对"天涯沦落人"的同情，对那个毁灭人才的不合理社会的愤恨。其次就是对琵琶女精湛的琵琶弹奏技艺的出色描绘。因为只有让读者充分领略到琵琶女高超的弹奏技艺，才能达到上述的创作目的。那么，诗人是如何让读者充分领略琵琶艺人高超的弹奏技艺的呢？其手法自然是丰富多样的，如夸张、想象，通过间歇给读者留下想象的空间，以及通过对环境的描绘和听众的感受来烘托和陪衬等。其中使用得最充分的是准确形象的比喻，通过一连串充满动态感的类比将抽象的、不可捉摸的音乐语言变得可见可摸、具体可感。

具体说来，诗中描绘了这首琵琶曲的两个乐章，以及两个乐章中的间歇。第一个乐章描绘得翔实，第二个乐章简约，只描述结束前的快弹。但无论是第一个乐章还是第二个乐章，都充分运用了比喻，而且是动态的、进行中的，将听觉幻化为强烈的视觉和触觉冲击。如将粗弦发出的声响比喻为急雨，将细弦发出的声响比喻成小儿女间的窃窃私语："大弦嘈嘈如急雨，小弦切切如私语"；将粗弦与细弦交错弹奏发出的声响比喻为"大珠小珠落玉盘"；再用"间关莺语花底滑"比喻流畅的乐境，"幽咽泉流冰下难"比喻冷涩的乐境，最后用"冰泉冷涩弦凝绝，凝绝不通声暂歇"形容断断续续余音袅袅的乐章间歇，这都给人非常鲜明的视觉和触觉形象，它们与听觉结合起来，让人们时而愉悦，时而愁闷，甚至产生阵阵寒意。第二个乐章虽然简略，重点突出开始的爆发力和收束的斩截有力，也是用具有极强动态感的比喻达到其目的，如用"银瓶乍破水浆迸，铁骑突出刀枪鸣"来比喻乐章开头的急促突然，用"曲终收拨当心划，四弦一声如裂帛"来形容收束的斩截麻利，都收到视觉与听觉交相浑融的艺术效果。

　　当然，唐代出色地描绘音乐弹奏的诗章也不只是白居易的《琵琶行》，韩愈的《听颖师弹琴》、李颀的《听董大弹胡笳弄兼寄语房给事》、李贺的《李凭箜篌引》、元稹的《琵琶歌》、李绅的《悲善才》也都是久布人口，他们的手法尽管各异，但有一点是共同的，即形象的动态式描绘，将抽象的不可捉摸的音乐语言变得可视可感、可触可摸。如《听颖师弹琴》，诗人用"昵昵儿女语，恩怨相尔汝"这种动作语言来形容缠绵低沉的音乐境界；用"划然变轩昂，勇士赴敌场"来形容乐调突然转变为高亢之声；用柳絮在广阔的天地间随风飘舞来形容曲调的悠扬缥缈；用百鸟和凤凰的鸣叫来形容乐曲的清脆和稀有。《听董大弹胡笳弄兼寄语房给事》亦是用"嘶酸雏雁失群夜，断绝胡儿恋母声"的动作情态来形容凄怆的音乐境界；用"空山百鸟散还合，万里浮云阴且晴"这种鸟群聚散和天气变化来形容忽而清脆忽而低沉多方变化的乐调；用"长风吹林雨堕瓦"来比喻幽抑舒缓的曲调突然变得急促和劲发；再用"迸泉飒飒飞木末，野鹿呦呦走堂下"对这种乐境进行进一步地烘托和渲染。《李凭箜篌引》出于诗鬼李贺之手，鬼神想象自然更多一些，但鬼神仍然用来作为动态的比喻，如用"江娥啼竹素女愁"、"空山凝云颓不流"来夸张李凭精妙的弹奏技艺；用"昆山玉碎凤凰叫，芙蓉泣露香兰笑"来形容清脆的乐音带来的感人效果；用"女娲炼石补天处，石破天惊逗秋雨"来表现乐曲所引起的强烈震撼。元稹与李绅和白居易是诗友，又同是新乐府运动的中坚人物。

元稹的《琵琶歌》与李绅的《悲善才》又同是描绘弹奏琵琶的高手，所以，在表现手法上有更多的相似之处。例如元稹的《琵琶歌》中也用"冰泉呜咽流莺涩"来形容冷涩的境界，用"花翻凤啸天上来，裴回满殿飞春雪"、"流莺子母飞上林"来形容流畅的乐境，这些与《琵琶行》中的"间关莺语花底滑"、"冰泉冷涩弦凝绝"等颇相类，只不过音域更为宽广；"骤弹曲破音繁并，百万金铃旋玉盘"与《琵琶行》中的"嘈嘈切切错杂弹，大珠小珠落玉盘"也相近。李绅《悲善才》中诸种动态的描绘，如"寒泉注射陇水开"，"转腕拢弦促挥抹"、"金铃玉佩相瑳切"等亦均是化抽象的音乐语言为具体的形象，而且充满动态感。

中国古典诗词中对美人的描绘也常采用类似的手法。大体上说，中国古典诗词中描绘美人的手法基本上有三种：

第一种是用比喻将抽象的美感变为具体的形象，如中国最古老的诗篇《诗经》中的《硕人》，形容庄姜夫人的美丽："硕人其颀……手如柔荑，肤如凝脂，颈如蝤蛴，齿如瓠犀。螓首蛾眉，巧笑倩兮，美目盼兮。"这位美丽的女子身材颀长，手很白嫩，像新生的茅草一样柔嫩；皮肤白嫩且有光泽，像凝结的油脂；脖子长长的，像天牛的颈项；牙齿洁白细密，像瓠犀的籽；额头像蝉儿一样方正，眉毛像蛾儿一样好看；笑起来很好看，美丽的眼波左顾右盼。这种写法的好处是让美变得具体可感、可触、可摸、可见，其缺陷是让美固定化，缺乏想象的空间，也限制了美的适应性。因为，不同的人有不同的审美标准，有的人爱林妹妹，有的人却爱薛宝钗，所谓萝卜青菜，各有所爱。不同的时代也有不同的审美标准：从《硕人》来看，春秋时代是以高大为美；到了汉代，娇小则成了美人胚子，不然能作掌上舞的赵飞燕就成不了皇后；到了唐代，则一反汉习，丰腴成了美的标准，不然"肥婢"杨玉环就不会"三千宠爱于一身",所谓燕瘦环肥,各得其所。因此将美具体化、固定化,也有其不能适应的一面。

有鉴于此,聪明的中国古代诗人们不再用比喻将美固定化、具体化,而是对其作抽象的界定,让读者调动自己的生活积累,通过想象去丰富、去补充,宋玉的《登徒子好色赋》形容邻女之美就采用了第二种手法。他在赋中丑化登徒子,说登徒子的老婆很丑,他还如此眷恋,足见其好色。自己的邻女长得很美,所谓"施朱太赤,敷粉太白。增之一分太长,减之一分太短"。她对诗人示好,诗人却不予理睬,足见诗人不好色。姑且不论宋玉攻击登徒子好色的证据是不是充分,但就诗人对这位邻女美色的描绘手段来看,《登徒子好色赋》确实比《硕人》高明,因为它展示的美很有弹性,具有宽泛性和长久的适应性:它可以适应不同层次、不同类别人们的审美标准,也可以适应不同时代的审美需求,而且还可以调动不同层次、不同类别人们的审美想象。有历史知识的人会认为吴国的西施大概就是这样,三国的貂蝉就是这样;喜欢神话的读者会认为月里嫦娥就是这样,八洞神仙中的何仙姑就是这样;有西方文学经验的人会想象埃及艳后克利奥帕特拉就是这样,导致特洛伊战争的海伦就是这样;小市民会认为某某电影明星就是这样,他前天在公共汽车上看到的美女就是这样。这种手法所造成的美的宽泛性和适应性应当是其优长所在。

第三种方法是从描绘美女的自身转为描写观众的反应,如《陌上桑》中描绘不同年龄层次的人见到美女秦罗敷时的表现:"行者见罗敷,下担捋髭须。少年见罗敷,脱帽著帩头。耕者忘其犁,锄者忘其锄。来归相怨怒,但坐观罗敷。"诗中的"行者"是位长者,他对美是一种鉴赏,应当不包含爱慕或占有;少年的"脱帽著帩头"是希望引起美女的注意,自然有爱慕,但也不同于后面五马太守的占有贪欲。

耕者和锄者是作者刻意设计的一出生活小闹剧，通过贪看貌美的罗敷而耽误农活，以致事后相互埋怨，以此来反衬罗敷的惊人之美。这种通过观众的反应来反衬美女惊人之美的手法，实际上包含了第二种方法的优长，又有着第二种方法所没有的动态感，因为它完全是在动态的时间推展中，在观众的不同表情动作中去完成和实现的。

以上列举了中国古典诗人处理动静关系的两种方式：以动衬静和化静为动。然后着重讨论了化静为动的几种手法。在这几种手法中，影响最大、艺术效果最为显著的是将生命中的景物、事物或抽象的意念赋予动态感和生命力。这在中国历代山水诗作和咏歌音乐的作品、题画诗中显得尤为突出。

中国古典诗词中的理趣

有这么两首诗，咏歌的是同一个对象，但表现手法截然不同，只要比较一下就知道它们的差别所在。一首是李白的《望庐山瀑布》：

> 日照香炉生紫烟，遥看瀑布挂前川。
> 飞流直下三千尺，疑是银河落九天。

另一首是苏轼的《题西林壁》：

> 横看成岭侧成峰，远近高低各不同。
> 不识庐山真面目，只缘身在此山中。

无须多加分析即可看出：李白的《望庐山瀑布》旨在惊叹庐山瀑布的神奇壮观，重在艺术形象的塑造，主要是通过夸张、想象等浪漫主义手法来完成的。西林壁是庐山西林寺的一面墙壁，苏轼此诗与西林寺并无关系，也是抒发游庐山生发出的感慨。这种感慨并非夸张庐山瀑布的壮美神秀，而是意在阐述自己由此生发的人生感悟：前两句是要告诉人们观察问题的角度不同，得出的结论也会各异；后两句则揭示"旁观者清，当局者迷"这个生活哲理。如果说李白的《望庐山瀑布》是首浪漫主义的抒情杰作的话，苏轼的《题西林壁》则是首充满理趣的咏物诗。

所谓诗中的理趣，是指诗中蕴含或意在阐发某种人生哲理，读者也能从中得到某种人生的感悟。这里要指出的是：诗中的理趣与哲理诗不是同一个概念。哲理诗主要用来阐发某种人生哲理，其表达方式主要是议论，而非描景、叙事和抒情；诗中的理趣只是诗中蕴含有某种人生哲理或某种领悟，其表现手法并不排除叙事、描景和抒情，甚至主要是叙事或描景抒情。像我们熟悉的陶渊明的《饮酒》：

> 结庐在人境，而无车马喧。
> 问君何能尔，心远地自偏。
> 采菊东篱下，悠然见南山。
> 山气日夕佳，飞鸟相与还。
> 此中有真意，欲辨已忘言。

诗歌主要叙述诗人隐居中的感受，其中像"心远地自偏"、"采菊东篱下，悠然见南山"等句都蕴有丰厚的人生哲理，且不说"采菊东篱下，悠然见南山"的飘逸和其中含蕴的归隐之趣，"此中有真意，欲辨已忘言"所表达的老庄忘言之境，即使像"山气日夕佳，飞鸟相与还"这类描述，也意在告诉我们：鸟倦飞而知还，在夕阳西下的时刻也飞回山峦。为什么人要眷恋官场，留恋于滚滚红尘之中，而不知山林之乐呢？但是从整首诗的表达方式来看，他并非一味议论，而是以描叙为主。所谓哲理诗，是在宋代哲理诗派出现后才真正在中国古典诗坛上被认可的一种诗歌类型。这个诗派以宋代的理学家程颐、张载和朱熹等为代表，他们通过诗歌来宣传正心诚意、格物致知的理学主张，虽然不排除形象思维，但主要是运用叙事加议论的表达方式，而且以议论和阐发哲理为主，其代表作如朱熹的《观书有感》和陆九渊的《仰首》：

> 半亩方塘一鉴开，天光云影共徘徊。
>
> 问渠那得清如许，为有源头活水来。
>
> ——《观书有感》

> 仰首攀南斗，翻身倚北辰。
>
> 举头天外望，无我这般人。
>
> ——《仰首》

朱熹和陆九渊虽皆是宋代理学的代表人物，但两人对客观世界的认知却大相径庭：朱熹突出天理的客观性、绝对性，并认为要想"穷天理"就必须"窒人欲"，将天理与人的本体相对立，以此来为伦理道德的合理性进行辩护。这首《观书有感》并非是观赏方塘，而是借此谈他读书时的人生感悟：小小方塘之所以能清净明澈，容纳天光云影，主要是因为它有一个永不枯竭的源头。人心要保持清净明澈，也必须借助圣贤阐述的天理来荡涤人欲，这样才能格物致知，永远高尚纯洁。陆九渊则以"直承孟子"为学源，以本心为本体，以易简为功夫，以自由为境界，构建起心学体系。他认为现实中之所以有恶存在，是因为本心被放失、被蒙蔽，道德修养的目的就是为了解除心蔽，恢复心的本然至善。一个人只要不失其赤子之心，依本心而行，行为无不善。这首《仰首》中所塑造的倚身天外、高度张扬的超人形象，并不同于李白等浪漫主义诗人的夸张想象，而是陆九渊哲学思想的形象化诠释和诗意化，当然也是一种主观唯心主义者的虚幻表达。

理趣诗有多种分类方法，基本上可以分为两种：一种是从诗歌的内容上分类，另一种是从表现手法上分。

一、从内容上分

从内容上看，可以分为写景咏物、生活领悟、题画、赠答以及直接用于哲学论辩，包括佛偈、禅宗语录、机锋等诸多方面。

第一，写景咏物中的理趣。诗人在游历之中、登览之时，受到自然景物的触发，从而产生对自然、对万物、对人生的深切感悟，如欧阳修的这首《画眉鸟》：

> 百啭千声随意移，山花红紫树高低。
> 始知锁向金笼听，不及人间自在啼。

诗中谈的是一只画眉鸟的感受，通过对山林生活和金笼生活的比较，表达它对自由生活的向往。是的，锁之以金笼，过的自然是锦衣玉食的富贵生活，也不会有山林之中的风雨侵袭和鹰隼的猎杀，但缺憾是失去自由，不"自在"；山林生活虽有多种艰难危险，但唯一的优长是可以不受约束的"自在啼"，可以按照自己的意志"百啭千声随意移"。说到这里，我想读者完全可以了解，此诗与其说是谈画眉鸟的感受，一只鸟的生活选择，倒不如说是诗人对人生的感悟。不羡金笼向山林，也是诗人的人生选择。我怀疑这首没有编年的诗是写于庆历五年（1045）欧阳修由河北都转运使贬往滁州之时。因为在此之前，随着新政的深入，保守势力开始反扑，指责新派为"朋党"，改革派中坚范仲淹、韩琦、富弼等相继罢去，欧阳修出于正义感，陆续写下《与高司谏书》、《朋党论》等著名疏章，为改革派辩诬、指斥保守派，于是遭到保守派更大的攻讦，诬告他与外甥女有私，虽经勘验为构陷，但仍被贬官滁州。政敌以此来打击欧阳修，但对欧阳修来说，倒是一次心灵的解放。滁州地处江淮之间，当时地僻事简，林壑幽美。政事之余，欧阳修常带着宾客徜徉于琅琊山一带的山水林泉之间，山花红紫，绿树高低，画眉鸟自由地鸣叫，欣赏这些当然比在朝堂之上受窝囊气要自由得多，也轻松得多。我们从他当时写的《醉翁亭记》中就可以清晰地感受到这一点。在那篇著名的游记中，诗人以一个"乐"字贯穿其中：山林之乐、禽鸟之乐、游人之乐、宾客之乐，最后是太守之乐。在欧阳修作于滁州的诗歌中我们也能感受到类似《画眉鸟》的那种生活感受，如初到滁州时写的《幽谷晚饮》："山势抱幽谷，谷泉含山泓。旁生嘉树林，上有好鸟鸣。鸟语谷中静，树凉泉影清。"

写景咏物中的理趣阐释，往往是先描绘客观景物，或是回忆某种人生经历，然后再阐释其中的哲理或是某种人生领悟。这首《画眉鸟》就是先描绘林中的美景和画眉鸟在其中自由自在鸣叫的情形，然后再阐发内心的感受。王安石的这首《登飞来峰》也是如此：

> 飞来峰上千寻塔，闻说鸡鸣见日升。
>
> 不畏浮云遮望眼，只缘身在最高层。

此诗作于庆历七年（1047），是年春，王安石由大理评事调任浙江鄞县知县，此诗即写于由京都赴鄞县路上游杭州时所作。飞来峰在杭州灵隐寺旁。据说在晋咸和年间，僧人惠理登此山，发现它是印度中天竺国灵鹫山的小岭飞来此地，因此命名为飞来峰，亦叫灵鹫峰。王安石此诗就是抒发登上飞来峰宝塔后的人生感受。有人曾在"只缘身在最高层"做文章，认为此诗写于王安石拜相之后，理由就是诗中

有"身在最高层"几字。其实，诗的佳处就在于空灵，如此坐实，不
但与诗意以及士大夫做人的低调不符（作为宰相的王安石无论如何也
不会自诩"身在最高层"的），而且如此解释，也大大减弱了此诗的
涵盖面和哲学意蕴。因为此诗并非在说一个身居高位的人的登塔感受，
而是道出一个普遍真理：只有登高，才能望远，才能不被浮云等遮蔽
障目，这也是王之涣《登鹳雀楼》的感受，所谓"欲穷千里目，更上
一层楼"。这点也是此诗的理趣所在。

　　苏轼是中国最杰出的古典诗人之一，其诗的构思、气势、语言，
无不有过人之处，但其中蕴含的理趣，我想也是许多读者喜爱其诗歌
的主要原因。前面曾举过他的《题西林壁》，其实在苏集中，类似像
《题西林壁》这样充满哲学意蕴和人生思考的佳作还很多，如：

　　　　此生归路转茫然，无数青山水拍天。
　　　　犹有小船来卖饼，喜闻墟落在山前。
　　　　　　　　　　　　　　——《慈湖夹阻风》之二

　　　　卧看落月横千丈，起唤清风得半帆。
　　　　且并水村欹侧过，人间何处不巉岩。
　　　　　　　　　　　　　　——《慈湖夹阻风》之五

　　　　已外浮名更外身，区区雷电若为神。
　　　　山头只作婴儿看，无限人间失箸人。
　　　　　　　　　　——《唐道人言天目山上俯视雷雨》

　　第二，生活抒怀中的理趣。它同前一种的区别在于并非具体于某
一次登览或游历，而是产生于日常生活之中：或是起居之中，或是散
步之时，或是某次品茗或弈棋之际。如王安石的这首《午枕》：

百年春梦去悠悠，不复吹箫向此留。

野草自花还自落，鸣鸠相乳亦相愁。

旧蹊埋没开新径，朱户敧斜见画楼。

欲把一杯无侣伴，眼看兴废使人愁。

　　此诗写的是春日梦醒时分的感受，时间在诗人罢相闲居钟山之时。诗中自然有现实的感受。神宗此时已去世，诗人自己为之终生奋斗的新法尽废，回想起来，当年的豪情壮志，夜以继日的兴利除弊，不过像一场春梦。现在一人困居山间，连一个倾诉的对象也没有，眼看兴废更迭，只不过徒增惆怅而已："欲把一杯无侣伴，眼看兴废使人愁。"但这首诗的价值并不仅仅限于一个政治家的失意慨叹，它的涵盖面和内在意蕴要深广得多，它对新旧事物的更迭、世事的沧桑变化、富贵荣华的得失都有探讨，也都有着深刻的见解，其中含蕴着深深的理趣。其中的"旧蹊埋没开新径"就是以朴素的语言表达了一个深刻的哲理：旧事物总是要被新事物取代的，即使一时曲折反复，也改变不了这个历史发展的总趋势和总规律。他与刘禹锡的名句"沉舟侧畔千帆过，病树前头万木春"（《酬乐天扬州初逢席上见赠》），"芳林新叶催陈叶"（《乐天见示伤微之、敦诗、晦叔三君子，皆有深分，因成是诗以寄》）皆是表达同一人生哲理。只不过眼下不是除旧布新而是除新布旧，这种历史颠倒的"兴废"才使诗人"愁"绪万端。

　　宋代词人辛弃疾也有一首梦觉词，表现的则是另一种人生哲理，题为《鹧鸪天·睡起即事》：

　　水荇参差动绿波。一池蛇影噤群蛙。因风野鹤饥犹舞，积雨山栀病不花。　　名利处，战争多。门前蛮触日干戈。不知更有槐安国，梦觉南柯日未斜。

　　宋孝宗淳熙八年（1181），时任隆兴知府兼江西安抚使的辛弃疾被监察御史王蔺弹劾落职，不得不在42岁有为之年闲居铅山带湖长达10年之久。在这漫长的隐居生活中，辛弃疾一方面不忘北伐大计，词作中不断抒发统一中原的壮志和被诬遭谤的忧愤，如这首词中的"因风野鹤饥犹舞，积雨山栀病不花"皆是用喻体表白自己的志向和抒发自己的不平；另一方面，归正以后所遭受的接连不断的打击和因坚持理想不断遭到的攻讦，又使他感到名利场中是非太多，小人的征名逐利，不过像蜗角之中为着蝇头微利争逐不已的触蛮二族，到头来不过是南柯一梦，虚幻而已。这就带有人生的终极思考，有一种老庄哲学的意趣。而且，这也从个人遭际的感慨转向大千世界的思考，带有更广的涵盖面。他在另一首题咏诗《水调歌头·题永丰杨少游提点一枝堂》中，也作了类似的思考，只不过涵盖面更加广阔，把人类放到整个自然宇宙之中："万事几时足，日月自西东。无穷宇宙，人是一粟太仓中。一葛一裘经岁，一钵一瓶终日，老子旧家风。更著一杯酒，梦觉大槐宫。记当年，嚇腐鼠，叹冥鸿。衣冠神武门外，惊倒几儿童。休说须弥芥子，看取鹍鹏斥鷃，小大若为同。君欲论齐物，须访一枝翁。"在另一首闲居词中，他又从飞舞的尘土中，再一次进行类似的思考："静看斜日隙中尘。始觉人间何处、不纷纷。"这类思考都发生在日常生活中，并无一个完整的事件，所以把它们皆归入第二类。值得注意的是，这种源自庄子哲学中的人生虚幻感，在士大夫遭受打击、人生坎坷之际，最容易浮现和表达，而在元代前期更为集中，它几乎成了元代前期所有有才华的、正直的士大夫文人共同的价值观和人生归趋，元初的文坛领袖关、马、郑、白几乎一致发出这种感慨。关汉卿的《南昌·四块玉·闲适》："意马收，心猿锁，跳出红尘恶风波。槐阴午梦谁惊破！离了名利场，钻进安乐窝，闲快活"；马致远《双调夜行船·秋思》中【离亭宴煞】一段："蛩吟一觉才宁贴，鸡鸣万事无休歇。争名利，何年是彻。密匝匝蚁排兵，乱纷纷蜂酿蜜，闹穰穰蝇争血。裴公绿野堂，陶令白莲社。爱秋来那些：和露摘黄花，带霜烹紫蟹，煮酒烧红叶。人生有限杯，几个登高节。嘱咐俺顽童记者：便北海探吾来，道东篱醉了也"；郑光祖的《正宫·塞鸿秋》："金谷园那得三生富，铁门限枉作千年妒。汨罗江空把三闾污，北邙山谁是千钟禄？想应陶令杯，不到刘伶墓。怎相逢不饮空归去"；白朴的《双调·沉醉东风·渔夫》："黄芦岸白苹渡口，绿杨堤红蓼滩头。虽无刎颈交，却有忘机友：点秋江白鹭沙鸥。傲杀人间万户侯，不识字烟波钓叟。"

第三，诗书画论中的理趣。中国的诗论、画论除了一些应酬之作外，有一个明显的特点：很少就诗论诗，就画论画，而多在其中抒发人生感慨或是阐释生活哲理。这样的诗评画论，除了给中国诗歌史、绘画史留下一笔珍贵的遗产外，本身就是一种很奇妙的美学享受，这种享受，往往与其中的理趣关系极大。如赵翼这首有名的《论诗》：

> 李杜诗篇万口传，至今已觉不新鲜。
> 江山代有才人出，各领风骚数百年。

这首诗与其说是在论诗，还不如说是在探讨人类历史的发展规律，这就是新陈代谢，就是长江后浪推前浪，就是在强调与时俱进，就是在肯定创新。他告诉我们，千万不要迷信权威，千万不要沉溺于往古，人类历史就是在否定、创新中前进的，这也就是刘禹锡诗中所说的："劝君莫奏前朝曲，请听新翻杨柳枝。"其深沉的理性意义，自然不限于诗歌创作，更不限于李杜的诗歌。再如杜甫的《论诗绝句》：

> 王杨卢骆当时体，轻薄为文哂未休。

尔曹身与名俱灭，不废江河万古流。

初唐四杰一反齐梁宫体，倡导声律风骨兼备的诗歌风格，在徐庾体大行于天下的初唐，四杰的这一主张被视为诗歌异类，被时人"哂未休"。但杜甫却高度肯定了四杰诗体革命上的丰功伟绩，认为他们的功绩就像是长江大河，万古流淌，而那些攻击他们的时人，不过得逞于一时，几十年后便身名俱灭。当然，这首诗的价值并不全在于文学史上对四杰功绩的肯定，更在于其中闪现的理性光辉，它告诉我们：人生价值也好，历史功业也好，靠的不是一时的吹捧和贬抑，历史价值和事实真相是无法欺瞒和掩盖的。对四杰的评价是如此，对某一历史事件或历史人物的评价也是如此。

在论诗诗中，金代诗人元好问《论诗绝句》三十首堪称冠冕。其所以广布人口，也不仅是极具慧眼、品评精到，很大程度上也因为其理性的光辉，如：

> 心画心声总失真，文章仍复见为人。
> 高情千古闲居赋，争信安仁拜路尘！（之六）

> 慷慨歌谣绝不传，穹庐一曲本天然。
> 中州万古英雄气，也到阴山敕勒川。（之七）

> 奇外无奇更出奇，一波才动万波随。
> 只知诗到苏黄尽，沧海横流却是谁？（之二十二）

> 池塘春草谢家春，万古千秋五字新。
> 传语闭门陈正字，可怜无补费精神！（之二十九）

"之六"提出的文品与人品的关系，作者以晋代辞赋家潘安为例，指出两者之间并不一致。他的《闲情赋》高蹈绝尘，一派隐士风度，为人却趋炎附势，附身权臣贾谧为其二十四友之一，见到贾谧居然望风下拜！元好问此诗提出了一个不仅在诗人中，也是在士大夫中普遍存在的一个现象：文品与人品的矛盾。我们阅读文学作品也好，听其信誓旦旦也好，都不要偏听偏信，不仅要听其言还要观其行。"之七"的思想价值不仅在于从《敕勒歌》这首具体歌谣出发，得出诗歌的最高境界应该是"天然"，更重要的是揭示了中原文化与少数民族文化之间的渊源与联系，这无论是对胡汉一家、中华一统的国家政治，还是中华文化对一元主导、多元合成特征都具有十分重要的历史佐证！"之二十二"和"之二十九"尽管侧重点不同，前者是肯定以苏轼和黄庭坚为代表的宋诗价值，后者是批评缺少生活和创新精神的宋代诗人陈师道，但有一点是共同的，那就是肯定创新精神，这不仅是诗歌创作的要诀，也是人类进步、社会前进的关键！

　　当然，作为一种理趣，人们会有不同的理解，也会产生一些驳难，这在元好问的论诗绝句中就发生过。《论诗绝句》之八，是批评宋代诗人秦观诗风柔弱，不如韩愈的《山石》等诗刚健："有情芍药含春泪，无力蔷薇卧晓枝。拈出退之《山石》句，始知渠是女郎诗。"清代诗人薛雪对此就很不以为然，他在《戏咏》中写道："先生休诋女郎诗，《山石》拈来压晓枝。千古杜陵佳句在，云环玉璧也堪师。"文学风格是多样的，不能凭个人的爱好或功利的需要强调一种风格，压抑另一种风格，所谓"春兰秋菊，皆一时之秀"、"燕瘦环肥，各得其宜"。况且，一个诗歌大家往往会有多种风格。薛雪举杜甫为例，他可以写出《秋兴八首》这样沉郁顿挫的诗篇，也写过《佳人》、《赠内》等哀婉缠绵的诗章，后者也是后代的楷模——"云环玉璧也堪师"。这种驳难，更有利于后人发掘和理解诗中的理趣。

在中国古典论诗诗中，类似的理趣还很多，如王安石《题张司业诗》："苏州司业诗名老，乐府皆言妙入神。看似寻常最奇崛，成如容易却艰辛。"清代成书《论诗绝句》（之八）："诗词一例吐清新，片语精微妙入神。便使钟谭非法眼，也因愁杀钝根人。"陆游《偶读旧稿有感》："文字尘埃我自知，向来诸老误相期。挥毫当得江山助，不到潇湘岂有诗？"《冬夜读书示子聿》："纸上得来终觉浅，绝知此事要躬行。"

论诗诗外，中国的一些古典题画诗也含蕴有深刻的理趣。中国古典题画诗包含两种类型，一种是题在画面空白处，其内容或是抒发作者的人生感慨，或是谈论艺术见地，或是咏叹画境画技。它是绘画章法的一部分，通过书法表现到绘画中，构成了中国画独有的艺术特色。它使中国文化中的诗、书、画三者之美极为巧妙地结合起来，相互感应生发，一方面能使画家的立意得到阐释，增强作品的形式美感，更能使画面得以无限延展，增加许多画面无法表达的内涵和蕴意，正如清代画家方薰所说的："高情逸思，画之不足，题以发之。"（《山静居画论》）另一种是写在画面之外，内容是赞美这幅绘画或是画家。当然其内涵远远超出对画面和画家的赞叹，包孕有理趣在内的丰富内涵。从广义上讲，这也算是题画诗。

题画诗中充满理趣的首先数苏轼，如这首《王维吴道子画》：

> 何处访吴画，普门与开元。开元有东塔，摩诘留手痕。吾观画品中，莫如二子尊。道子实雄放，浩如海波翻。当其下手风雨快，笔所未到气已吞。亭亭双林间，彩晕扶桑暾。中有至人谈寂灭，悟者悲涕迷者手自扪。蛮君鬼伯千万万，相排竞进头如鼋。摩诘本诗老，佩芷袭芳荪。今观此壁画，亦若其诗清且敦。祇园弟子尽鹤骨，心如死灰不复温。门前两丛竹，雪节贯霜根。交柯

乱叶动无数，一一皆可寻其源。吴生虽妙绝，犹以画工论。摩诘得之于象外，有如仙翮谢笼樊。吾观二子皆神俊，又于维也敛衽无间言。

　　这首诗是对唐代两位画家作品的评价。其价值不仅在于评论精到、准确，出神入化地概括了吴道子和王维这两位大师的绘画艺术特征，而且揭示出中国绘画的最高境界，从中也透露出作者的艺术旨归和理趣。吴道子（685—785），又名道玄，河南禹县人，盛唐著名画家。其人物画一是富有气势，使人感到"虬须云鬓，数尺飞动，毛根出肉，力健有余"（《历代名画记》卷二"论顾、张、陆、吴用笔"），二是用笔线条圆熟，勾勒遒劲细密，"其势圆转，而衣服飘举"，所谓"吴带当风"（郭若虚《图画闻见志》）。这也就是苏轼所概括的"道子实雄放，浩如海波翻。当其下手风雨快，笔所未到气已吞"。王维是位大诗人，也是我国南宗画派的开创者。他的山水画很大程度上是追随吴道子，所"画山水树石，纵似吴生"。但他与吴道子等画家最大的区别在于他追求的是神似。吴道子以及吴之前的阎立本、顾恺之等著名画家，他们追求的画境皆是逼真，讲究形似，顾恺之"画龙点睛"的传说，吴道子"吴带当风"的褒誉，都是在强调画面的细腻和逼真。而王维特立独行，将自己的诗学修养和禅宗意念融入画家技法，另开一派画风，不追求画面的逼真，而强调内在精神的契合和融通。如果说吴道子等人追求的是"生活是这样"，王维追求的则是"生活应该是这样"。将鱼画在水中，将鸟画在树上，这就是"生活是这样"，这就是"形似"；将鱼画在树上，将鸟画在水中，这就是"生活应该是这样"，这就是"神似"。王维的代表作之一《雪里芭蕉图》就是从此美学追求出发的。现实生活中的芭蕉，不可能在风雪中还枝青叶翠，红蕊吐芳，但王维认为"生活应该是这样"，他用主观意志改造了客观生活，用黑白相间的水墨代替了现实生活中的青绿山水，从而开创了南宗画派，即文人画，与北宗的匠人画相抗衡。所以安岐在指出王维山水画"纵似吴生"后又强调王的绘画"意出尘外"、"风致标格特出"（《墨缘汇观》）。苏轼也是位著名的南宗派画家，他的水墨画《竹石牧牛图》曾让黄庭坚佩服不已，他的《文与可画筼筜谷偃竹记》就是篇见解深刻的"神似派"画论，强调"画竹必先得成竹于胸中"。在这首论画诗中，它通过比较，进一步强调画家的修养和画境中的最高境界"神似"，这就是此诗带有总结性的结尾："吴生虽妙绝，犹以画工论。摩诘得之于象外，有如仙翮谢笼樊。吾观二子皆神俊，又于维也敛衽无间言。"在另一首题画诗《书鄢陵王主簿所画折枝二首》（其一）中，苏轼对"神似"的内涵作了进一步的阐释：

> 论画以形似，见与儿童邻。
>
> 赋诗必此诗，定非知诗人。
>
> 诗画本一律，天工与清新。
>
> 边鸾雀写生，赵昌花传神。
>
> 何如此两幅，疏淡含精匀。
>
> 谁言一点红，解寄无边春。

苏轼认为诗画同理，它们的最高境界皆是自然和创新，那种一味追求逼真，只强调就事论事的，必定不是好诗和佳画，那种主张也像孩子一般幼稚。诗人举名画家边鸾的鸟雀和赵昌的花卉为例，证明鄢陵王主簿所画的折枝之所以能超越这两位名画家，就在于画面的疏淡和内在的情韵，就在于一点红包孕无限的春意。诗人所强调的内在神韵以及"一与无限"之间的关系，就是我们所欣赏的"理趣"。这类题画诗中的理趣，我们在许多名画家的笔下都能找到，如郑板桥的《画竹》："四十年来画竹枝，日间挥写夜间思。冗繁削尽留清瘦，画到生时是熟时。"他的另一首《题自家画册》："国破家亡鬓总皤，一囊诗画作头陀。横涂竖抹千千幅，墨点无多泪点多。"唐寅的《题秋风纨扇图》："秋来纨扇合收藏，何事佳人重感伤？请把世情详细看，大都谁不逐炎凉？"郑思肖的《题梅》："宁可枝头抱香死，何曾吹落北风中。"石涛的："可怜大地鱼虾尽，犹有垂竿老钓翁。"黄媛的《为渔洋山人画山水》："懒登小阁望青山，愧我年来学闭关，淡墨遥传缥缈意，孤峰只在有无间。"王冕的《墨梅》："吾家洗砚池头树，个个花开淡墨痕，不要人夸好颜色，只留清气满乾坤。"等等。诗的美妙和诗人的操守固然让我们倾慕，但读者从中得到更多的是理性的思考和咀嚼的乐趣！

第四，佛偈、禅机、语录等哲学或学术论争中的理趣。禅宗强调不立文字，所谓"把口挂在壁上"，实际上禅宗的祖师们最能运用语言，把握机要，往往只用一句简单的话语，就使听者豁然大悟，明心见性。这类"机锋转语"用文字记录下来，便成了语录。语录多是散体，但也有少量诗体，如《景德传灯录》中记载的禅宗北宗神秀与六祖慧能的一段禅对就是诗体：

　　神秀云："身是菩提树，心如明镜台。时时勤拂拭，勿使惹尘埃"……慧能云："菩提本无树，明镜亦非台。本来无一物，何处惹尘埃？"

　　　　　　　　——丁福保《六祖坛经笺记》

禅宗是中国士大夫式的宗教。他将老庄的虚无融入佛教的"四大皆空"学说之中，是一种更加彻底的主观唯心论。它否定佛教仪式，否定佛教典籍，甚至否定佛作为实体的存在，认为佛只存在于自己的意念之中，所谓"极乐不远，心即是佛"。从神秀与慧能的驳难中，慧能显然更接近禅宗的真谛。因为神秀还承认菩提树、明镜台等客观事物的存在，还要对它们殷勤拂拭，以保持内心的洁净。慧能则根本不承认这些客观事物，认为"心外无物"。既然菩提树、明镜台根本不存在，哪还有尘埃可生，哪还需要殷勤拂拭呢？慧能以下的禅宗僧人，皆强调在片言只语的偈颂讥讽中了悟无上智慧。故云"经诵三千部，曹溪一句亡"。从此，简短的禅师语录逐渐替代了浩繁的佛教经典，此间也出现许多充满理学趣味的诗偈。如《五灯会元》中记载洞山和尚形容参学之初时函关未度、信息未通的精神状态是"客路如天远，侯门似海深"；匡悟禅师指出拜佛参禅的要诀是："学道如钻火，逢烟未可休。直待金星现，烧燃始到头"；《古尊宿语录》记载圆悟佛果禅师比喻众生拜佛，得道者寡是"白鹭下田千点雪，黄莺上树一枝花"；《五灯会元》记载奉先深禅师说自己对佛学的领悟无人知晓是："我有一支箭，曾经九磨炼。射时遍十方，落处无人见"；风穴禅师也作类似的比喻："洞山一句子，落处少人知"。这些禅学机锋，都充满理性的光辉。

　　用诗歌的理趣来进行类似的驳难，也存在于理学家之间。前面已提及宋代理学代表人物朱熹和陆九渊在客观世界认知上的分歧。朱熹哲学突出认知作用，其途径就是"格物—穷理—致知"。由于"格物、穷理"须在一事一物、一草一木上下功夫，且"凡居处、饮食、言语，无不是事，无不各有天理人欲，须是逐一验过"（《朱子语类·卷十五》）。这使得"格物穷理"难免有烦琐之感，因而被强调"发明本心"的陆九渊讥为"支离"。陆九渊提出的"发明本心"、"易简功夫"就是针对朱熹"格物穷理"的"支离事业"。陆九渊有首诗曰《仰首》："仰首攀南斗，翻身倚北辰，举头天外望，无我这般人。"陆九渊所塑造的"大人"形象即是强调所谓"本心"。陆九渊认为先天固有德，修养的途径之所以易简，缘于本心是人人生而有之。圣人之所以为圣，就在于本心未被流失；广大凡夫俗子由于禁不起物欲的诱惑而丧失本心。只要能够减灭私欲，"求放心"，时常保持本心的澄莹中立，德性即可养成，人人皆可成为"仰首攀南斗，翻身倚北辰"的大人。陆九渊 19 岁所作的《大人诗》："从来胆大胸膈宽，虎豹亿万虬龙千，从头收拾一口吞。有时此辈未妥帖，哮吼大嚼无豪全。朝饮渤澥水，暮宿昆仑巅。连山以为琴，长河为之弦。万古不传音，吾当为君宣。"也即是后来学说的根苗。针对陆九渊的诘难，朱熹也用诗歌形式加以答难："德业风流夙所钦，别离三载更关心。偶携藜杖出寒谷，又枉篮舆度远岑。旧学商量加邃密，新知培养转深沉。只愁说到无言处，不信人间有古今。"诗中说到的"别离三载"是指两人三年前在铅山鹅湖的问难，这是中国哲学史上有名的"鹅湖之会"。诗中叙述了两人的友谊和对对方学识的钦佩，表现了一位哲学大师的胸襟和识见，当然更有对自己学术主张的坚持和辩解，这就是"旧学商量加邃密，新知培养转深沉"。后来的学人，无论是主张"中学为体、西学为用"的洋务派，还是坚守祖宗家法的保守派，皆因这一联具有无比宽广的哲学内涵，无不以此为座右铭。

二、从表现手法上区分，可以分为以下几个类别

第一种，含而不露，让读者从题外之意、弦外之音中去咀嚼领悟。如苏轼的《饮湖上，初晴后雨》：

湖光潋滟晴方好，山色空濛雨亦奇。

欲把西湖比西子，淡妆浓抹总相宜。

　　宋神宗熙宁四年（1071），苏轼出任杭州通判，在前后三年间，写了大量咏歌西湖景物的诗章。但在苏轼关于西湖的所有诗章中，乃至中国古典诗人所有咏歌西湖的诗章中，这首确实是最出色的，王文浩在《苏文忠公诗编注集成》中称此诗是"前无古人，后无来者"。清代同光体代表作家陈衍在《宋诗精华录》中称："'欲把西湖比西子，淡妆浓抹总相宜'，遂成为西湖定评。"事实上，西湖从此即被称为西子湖。"欲把西湖比西子，淡妆浓抹总相宜"，苏轼这一妙喻确是神来之笔。因为西施无时无处不美，"即使蓬头垢面，也不失国色天姿"，西湖也是四季、晴雨无时不美，山光水色无处不美，两者非常接近，且都有一个"西"字，以西施之美比喻西湖之美，既空灵又贴切。再者，古往今来的诗篇皆以自然之美来比喻美女，如用"芙蓉向脸两边开"（王昌龄《采莲曲》）来比喻采莲女的面颊，用"手如荑，肤如凝脂"（《诗经·硕人》）来比喻美女的肤色。但苏轼却反其意而用之，用人来喻物，给人以一种意想不到的美感。苏轼本人对这个比喻也很自得，曾在诗中多次引用，如《次韵刘景文登介亭》："西湖真西子，烟树点眉目"；《次前韵答马忠玉》："只有西湖似西子，故应婉转为君容。"但是必须指出的是，这首诗的价值并不止于上述比喻的精当贴切，更在于它内蕴的理性思考，在于它的言外之意、弦外之音。它告诉人们，自然界也好，人类社会也好，都存在各种各样的美感，关键在于去发现它们、体悟它们。就以西湖为例，湖光美，山色也美；晴天美，雨天也美。晴天的湖面波光潋滟，雨天的山色空濛奇幻，都能让人遐想联翩，身心得到极大的愉悦。我们如果联想到范仲淹那篇著名的《岳阳楼记》，其中描绘洞庭湖晴日和阴雨不同景色造成人们不同的心境，其结论是晴日美，阴雨天不美：晴天的洞庭湖让人"把酒临风，其喜洋洋"，雨天的洞庭湖则让人"满目萧然，感极而悲"。《岳阳楼记》的"先天下之忧而忧，后天下之乐而乐"的忧国忧民情怀，确实让人感佩不已，但如从对山光水色美感的鉴赏来说，《岳阳楼记》是不如这篇《饮湖上，初晴后雨》的。当然，作者并没有直接告诉我们上述哲理，是要我们从他对西湖之美的描述中去领悟、体察。

类似这种表现手法的还有辛弃疾的《青玉案·元夕》：

> 东风夜放花千树，更吹落，星如雨。宝马雕车香满路。凤箫声动，玉壶光转，一夜鱼龙舞。　　蛾儿雪柳黄金缕，笑语盈盈暗香去。众里寻他千百度，蓦然回首，那人却在，灯火阑珊处。

表面上看，这是一首情词，描叙一对意中人在元夕之夜街头巧遇的情形，实际上却是另有怀抱。从创作主旨来说，词人着意塑造一位幽独的美人，她不慕繁华、刻意避开节日的喧闹，自甘寂寞独立于灯火阑珊处，这实际上是作者处境和人品的象征。词人自 22 岁率义军南归后，由于"归正人"的身份和坚持抗金的政治态度，使自己处境"孤危"，常言未出口而祸即旋踵，在年富力强的 42 岁即被诬落职，先后在带湖闲居将近 20 年。在漫长的闲居岁月中，他表面上寄情山水，似乎忘怀世事，实际上仍不改初衷，坚持操守，时刻也未忘记收复中原。所以，《青玉案》中这位孤独又自甘寂寞的美人，正是词人处境和品格的象征和表白。除了这一创作主旨外，词中还有理性的启示，它告诉我们生活中常常有这样一种现象：刻意的苦苦追求往往不可得，偶尔时刻、无意之间往往能得之，这就是"众里寻他千百度，蓦然回首，那人却在，灯火阑珊处"。对事业、对爱情、对荣誉，无不如此，我们皆可以举出许多事例。例如人们熟知的坦腹东床的典故。最后成为谢家乘龙快婿的，不是那些着意打扮、在挑选者眼前走来走去的王家诸位子弟，而是那位不以为意、坦腹东床呼呼大睡的王羲之。

其实，在自然科学中，这样的例子也不少：牛顿坐在苹果树下无意中发现了万有引力，阿基米德在洗澡中发现了浮力定律，凯库勒在睡梦中发现了苯分子的六角环状结构分子式，从而成为有机化学之父。当然，这种表面上看来是偶尔的发现，实际上也是长期锲而不舍追求的结果，不过是长期孕育、一朝破壳而已。没有 665 次的失败，就没有"六六六"杀虫剂的诞生。大诗人王国维在谈到做学问的三种境界时，引用了包括《青玉案》结句在内的三段诗词：第一种境界是"昨夜西风凋碧树，独上高楼，望尽天涯路"，第二种境界是"衣带渐宽终不悔，为伊消得人憔悴"，最后才是"众里寻他千百度，蓦然回首，那人却在，灯火阑珊处"。没有前两种境界的苦苦追求，就不会有最后的突然发现。这也是《青玉案》中蕴藏的弦外之音吧！

第二种，直接点破。这与前一种恰恰相反，诗人把自己的人生领悟以及诗中含蕴的哲理直接告诉读者，与读者共同分享其中的理趣。如辛弃疾的这首《丑奴儿》：

> 少年不识愁滋味，爱上层楼，爱上层楼，为赋新词强说愁。
> 而今识尽愁滋味，欲说还休，欲说还休，却道天凉好个秋。

辛弃疾一生的出处进退，《青玉案·元夕》中已加论析，这里谈到的对愁的态度就充满人生哲理：整天说愁的时候愁并不深重或者根本就无愁，到了无言说愁或根本不愿提及愁时，才是愁十分深重之时。诗人的本意也许包含着自己的孤危身份和无人倾诉的孤独和愁苦，但客观上却道出人生或处事的真谛。看看自己的周围：那些整天将"忙"挂在嘴上的人，不一定真忙，而累得连话也懒得说的人才真正忙；在单位逢人便吹自己有关系、有靠山者实际上底气不足，真正有后台者并不愿意告诉别人；夸富贵时说人家腰金玉紫、钟鸣鼎食，这并不是大富大贵，晏殊的"笙歌归院落，灯火下楼台"（白居易《宴散》），才是真正的富贵气象。这与《采桑子》中的"而今识尽愁滋味，欲说还休，欲说还休，却道天凉好个秋"是同一道理，只不过后者直白点破罢了。另一首辛词《南歌子》中的"静看斜日隙中尘，始觉人间何处不纷纷"；程颐的《桃花菊》："存留金蕊天偏与，漏泄春香众始猜。兼得佳名共坚节，晓霜还独对楼台"；陆九渊的《题刘定夫诗轴》："人生不更涉，何由知险艰。观君一巨轴，奚啻百庐山。"前面提到的欧阳修《画眉鸟》、朱熹《观书有感》以及王之涣《登鹳雀楼》皆属此手法。

第三种，欲吐未吐，介于两者之间。在一首诗词中，有的地方直接点明其内涵，有的地方又含蓄隐晦，让读者自己去领悟体察，如陶渊明的《饮酒》：

> 结庐在人境，而无车马喧。
> 问君何能尔，心远地自偏。
> 采菊东篱下，悠然见南山。
> 山气日夕佳，飞鸟相与还。
> 此中有真意，欲辨已忘言。

晋安帝义熙元年（405），时任彭泽令的陶渊明终于耐不住官场的烦琐和庸俗，辞官回归向往已久的田园，过着自食其力、淡泊宁静的农耕生活。也就是从这年开始，他写下许多歌咏田园生活的诗章，《饮酒》诗二十首就是其中著名的篇章。这里所选的是其中第五首。诗中咏歌隐居生活的安逸宁静，并表达从中体会到的人生真谛。其中的哲理有的是直接告诉人们，如"结庐在人境，而无车马喧。问君何能尔，心远地自偏"。生活在喧闹的人间，却无车马骈阗之声，这是为什么呢，诗人告诉我们：心远地自偏。陶渊明是个佛教徒，自称居士，是庐山白莲社的主要成员，曾留下"虎溪三啸"的美谈。诗人在此阐发的正是禅宗的真谛——"心外无物"。禅宗教徒认为：客观世界只是人内心产生的幻象，只要内心宁静，即使身处闹市也会听不到车马骈阗之声。这是诗人直接告诉我们的禅理。但是诗中也有含蓄隐晦，要我们自己去领悟体察的真谛，如诗人在傍晚时分的感受："山气日夕佳，飞鸟相与还。此中有真意，欲辨已忘言。"面对着傍晚时分山间的晴岚和纷纷归来的飞鸟，诗人幡然领悟了其中的真意。但"真意"究竟是什么呢？诗人卖了个关子："欲辨已忘言。"这种忘言之境自然是一种至高之境，其内涵需要读者自己去体察、领悟。这种体察、领悟却也无需漫无边际的想象，因为诗人在描景叙事中已暗暗地告诉了我们：鸟到了傍晚，也知飞还山中。人为什么要留恋官场，不知道返回大自然呢？这与他在《归园田居》中所说的"羁鸟恋旧林，池鱼思故渊。开荒南野际，守拙归园田"、"久在樊笼里，复得返自然"；与《饮酒》（其四）中的"日入群动息，归鸟趋林鸣。啸傲东轩下，今复得此生"皆是同一个内涵。清人吴淇在《六朝选诗定论》中指出这首诗中最有价值的就是"心远地自偏"和"此中有真意，欲辨已忘言"这几句，认为"'心远'为一篇之骨，而'真意'又为一篇之髓"。只不过前者是直接道出，后者则含蓄隐晦罢了。

类似这种欲吐未吐，介于两者之间的还有张孝祥的《念奴娇·过洞庭》：

> 洞庭青草，近中秋、更无一点风色。玉鉴琼田三万顷，着我扁舟一叶。素月分辉，明河共影，表里俱澄澈。悠然心会，妙处难与君说。

> 应念岭表经年，孤光自照，肝胆皆冰雪。短发萧疏骚袖冷，稳泛沧溟空阔。尽挹西江，细斟北斗，万象为宾客。扣舷独笑，

不知今夕何夕！

宋孝宗乾道元年（1165），状元出身的张孝祥被任命为静江（今桂林市）知府。在此任上，张孝祥想做一番事业，而且也确实"治有政绩"。殊不知一年不到，就被言官弹劾，以"脏烂"罢官。这首《念奴娇》即写于从任上返回家乡芜湖途中，路过洞庭湖之时。时间是中秋之夜，词人面对"素月分辉，明河共影"的八百里洞庭，不仅感受着月白风清的大自然美景，更是借此表白自己的清白和无端受诬的不平。这当中有公开的表白，如"应念岭表经年，孤光自照，肝胆皆冰雪。短发萧疏骚袖冷，稳泛沧溟空阔"，公开表白自己在南岭之外的静江府任职一年来，自己恪守为官之道，内心像冰雪一样洁净。古人常用"玉壶冰"来比喻操守的纯洁，如唐代诗人王昌龄就说过："洛阳亲友如相问，一片冰心在玉壶"（《芙蓉楼送辛渐》），张孝祥在此也是作如是表白，下面的"襟袖冷"也是针对言官抨击自己受贿"脏烂"而作的回击。"稳泛沧溟空阔"是说自己内心很踏实，不会愧对天地万物。但词中也有含蓄隐晦、似吐未吐的"真意"：一是"素月分辉，明河共影，表里俱澄澈。悠然心会，妙处难与君说"。"心会"的是什么？什么"妙处"？为什么"难与君说"？关键就在于"表里俱澄澈"五字之中。洞庭湖的中秋之夜，素月分辉，明河共影，外在的天地自然澄澈。词人身处澄澈的大自然中，又操守纯洁，稳泛沧溟，肝胆皆冰雪，诗人的内心也很澄澈。前者是表，后者是里；前者是自己对大自然的感受，后者是自己的人生表白。其间的关联就是"悠然心会"，将自然和人生和谐地统一起来，我想这就是作者难以言说的"妙处"。二是结句"扣舷独笑，不知今夕何夕"。前面已清楚道出"近中秋"，这里又说"不知今夕何夕"，不是自相矛盾吗？实际上这里要表达的是一种物我两忘的境界，也是上面所说的"悠然心会"的结果，词人沉浸在大自然的美景之中，也许他想到：自己与大自然相比，是何等的渺小，政治上的不快与月白风清的美景相比，又算得了什么！更何况自己内心很踏实，对操守很坚持，没有愧对天地万物。这是八百里洞庭对自己的洗礼，也是大自然美景对自己的陶冶，这也许就是词人要告诉我们的内在哲理。南宋词人魏了翁曾对此点评道："从舟中人心迹与湖光映带写，隐现离合，不可端倪；镜花水月，是二是一。自尔神采高骞，兴味洋溢。"（《蓼园词选》）

辛弃疾的《踏莎行·和赵国兴知录韵》中哲理也在欲吐未吐之间：

> 吾道悠悠，忧心悄悄，最无聊处秋光到。西风林外有啼鸦，斜阳山下多衰草。　　长忆商山，当年四老，尘埃也走咸阳道。为谁书到便幡然？至今此意无人晓。

上阕写景，为全词定下一个伤感和灰暗的基调，下阕点出辅佐汉惠帝的商山四皓，指出即使德高望重如商山四皓者也在为名利奔走，批判之中当然也就划清了自己与之不同的人生态度。但结句"为谁书到便幡然？至今此意无人晓"又用含混之语，故意不加点破，以此引发人们的思考，所以总体表达方式也在欲吐未吐之间。

西方哲人说：人类一思考，上帝就发笑。我想，那是上帝！对人类自身来说，还是喜欢一些带有哲理的诗篇和格言的，也很钦佩创作这类诗篇的古典诗人。无论是上述的写景诗、咏物诗、题画、赠答、佛偈、禅机诗中的理趣，或是含而不露，或是直接突破，或是欲吐未吐的众多表现手法，皆能给人以启发，促人以深思，在咀嚼吟味中获得某种人生领悟，这就是中国古典理趣诗的价值所在。

中国古典诗词的荒诞美

　　中国古典诗词的艺苑中，有的诗词看起来似乎违反常理，让人觉得很荒唐。例如六朝诗人王籍的《入若耶溪》中说"蝉噪林逾静，鸟鸣山更幽"，蝉的噪声会使林间更加寂静，鸟叫会使山间更加幽静。又如王昌龄的《出塞》"青海长云暗雪山，孤城遥望玉门关"，实际上，青海的祁连山脉与玉门关一在东一在西，相距数千里，在雪山无论如何是望不到玉门关的。正因为如此，王安石将"鸟鸣山更幽"改为"一鸟不鸣山更幽"，杨慎也提出王昌龄的《出塞》不合常理，将"遥望"改为"不见"。但在阅读实践中，人们对王安石和杨慎的改动并不以为然，相反对王籍和王昌龄的诗句却能认可并愉悦地接受。因为这些诗句表面上看违反常理，实际上却富有美感和说服力。"青海"二句用的是中国画中散点透视之法，从东到西依次展现唐军征战之地的广阔画面：从长云弥漫的青海湖边，到逶迤西去的祁连雪山，再到西域边陲荒漠中的孤城玉门关。这幅绵延数千里的长卷，是诗人的鸟瞰，也是西北边陲唐军将士戍守征战生活的再现。我们从中感到的是诗人对西北边陲战事的关注，是唐军将士戍守征战生活的孤寂艰苦与戍边的自豪、悲壮，并没有觉得它不合常理，这就是诗歌的荒诞美。同样的，王籍的"蝉噪"二句体现的亦是生活中的辩证法：单调的钟摆声会反衬午夜的寂静，人痛苦到极点会狂笑，高兴到极点则会哭泣。王籍在这里采用的正是这种生活中的辩证：蝉有个特性，只要有人走近，它就不会鸣叫，那么，蝉叫声越高、越久，不越说明林间寂静无人吗？无人的林间自然是幽寂的。下句"鸟鸣山更幽"再次强调了这一点，这里体现的正是诗歌的荒诞美。

也正因为如此，王籍的这两句诗受到后人的高度赞扬，据颜之推的《颜氏家训·文章》记载，当时的一些著名人物对这两句诗都推崇备至："简文吟咏不能忘之，孝元讽味以为不可复得，至《怀旧志》载于籍传。"这两句诗对唐人也有很大的启迪作用：孟浩然的"荷风送香气，竹露滴清响"（《夏日南亭怀辛大》），王维"倚杖柴门外，临风听暮蝉"（《辋川闲居赠裴秀才迪》），杜甫"春山无伴独相求，伐木丁丁山更幽"（《题张氏隐居二首》），韦应物"日落群山阴，天秋百泉响"（《蓝岭精舍》）等，皆是以各种声响来反衬静谧，也皆是从荒诞中体现美感。

那么，由于荒诞而造成的诗歌美感，它究竟美在何处呢？

一、看似违反常理，显得很荒唐，但有力地突出了真挚的情感

如汉乐府中的《上邪》：

> 上邪，我欲与君相知，长命无绝衰。山无陵，江水为竭，冬雷震震，夏雨雪，天地合，乃敢与君绝！

这是一位女子的爱情盟誓。主要意思就是前面三句："上邪，我欲与君相知，长命无绝衰。"要翻译成现代汉语只要一句就够了："天呀，我要永远地爱你！"下面的六句只不过从不同方面来证明或强调这一

盟誓。但是，如果没有"山无陵，江水为竭，冬雷震震，夏雨雪，天地合，乃敢与君绝"这六句，这首诗就显得平淡无奇，就缺少那种震撼人心的力量，更不用说会成为千古不朽的名篇了。而这六句体现的就是一种荒诞美。这位奇女子假设的"与君绝"的条件，是三组自然界根本不可能出现的灾变：高山大河从地球上消逝——"山无陵，江水为竭"；季节气候混乱颠倒——"冬雷震震，夏雨雪"；天和地叠合在一起，回到盘古开天地之前的混沌状态——"天地合"。自然界秩序混乱颠倒，人类失去生存的环境，人类都不存在了，还谈什么婚姻爱情呢？所以这种条件下再谈"与君绝"，已毫无意义。作者举出上述三组荒诞的自然现象，就是刻意要把"与君绝"从正常的思维活动中排除，从而把"我欲与君相知，长命无绝衰"这一盟誓极端化、绝对化，强调到无以复加，使爱情浓烈到白炽化，简直像火山爆发一样。南朝乐府中有一首类似的爱情盟誓，叫《欢闻变歌》："锲臂饮清血，牛羊持祭天。没命成灰土，终不罢相怜。"互相咬臂出血，用牛羊祭天，共同对天起誓：即使化成灰土，也要相爱下去。爱情是真诚的，盟誓也是认真的，但比起《上邪》，总觉得缺少那种激情和炽烈，那种极端和狂热。其原因就在于它是现实的描述而缺少荒诞美。

　　南朝乐府中的爱情也有荒诞美，如这首《读曲歌》：

　　　　打杀长鸣鸡，弹去乌臼鸟。愿得连冥不复曙，一年都一晓。

　　这似乎是个偷情的场面。这位恋人与自己的情人一夜欢愉之后，希望把欢乐永远延续下去。但是天亮了，又必须起床，这又是个让人无可奈何、不得不为之的事实。于是，这位恋人突发奇想：如果天不亮不就不需要分离了吗？更荒唐的是，她把天亮归咎于鸡鸣鸟叫，好像鸡不鸣、鸟不叫天就不亮了。于是，她要"打杀长鸣鸡，弹去乌臼鸟"，似乎这样就可以"连冥不复曙"，黑夜连着黑夜，一年只有一个早上，这样就可以长期厮守在一起了。"连冥不复曙，一年都一晓"，自然是个荒诞的想法，但正是这个荒诞的念头充分表露出这位恋人的深情！她与恋人要长期厮守的渴求，使这首恋歌有了无比感人的力量。下面两首南朝乐府同样体现出一种荒诞美，但情感表达要含蓄一些：

> 朝发桂兰渚，昼息桑榆下。
> 与君同拔蒲，竟日不成把。
>
> ——《拔蒲》

> 江陵去扬州，三千三百里。
> 已行一千三，所有二千在。
>
> ——《懊侬歌》

蒲即蒲草，亦称香蒲，一种多年生草本植物，生在池沼中，高近两米，根可食，叶可用来编织蒲席或制蒲扇。这位姑娘与她的男友一道去拔蒲草，清早就出发，很晚才歇息（"朝发桂兰渚，昼息桑榆下"）。整天拔蒲拔了多少呢——不到一小把（"不成把"）。要知道，蒲草高近两米，两人拔了一整天，还不到一小把，这太不可思议了。问题就出在"与君同拔蒲"上。与情郎同去拔蒲，重在相会相聚，拔蒲仅仅是个由头。两情相悦之际，谁还有心思拔蒲？"与君同拔蒲，竟日不成把"看似荒唐，实在情理之中。这首诗，与其说是劳动之歌还不如说是爱情之歌。它使我们想起《诗经》中的《卷耳》篇："采采卷耳，不盈顷筐"，只不过那是一个人在干活，而且后面直接交代了原因："嗟我怀人，置彼周行。"相比之下，《拔蒲》的情感隐蔽得更巧妙一些。

《懊侬歌》中的这位水手看起来像个傻瓜，连计数也不会。从江

陵（今湖北荆州市）到扬州（六朝时治所在建业，即今南京市）一共
三千三百里水程，现在只走了一千三百里，还有将近三分之二的路程
没有走，怎么能说只剩两千里地，让人如此舒心呢？实际上正是这种
看似混乱的思维方式和荒唐的计数方法，极为形象地道出了这位水手
对家乡的思念。为了生计，他不得不驾船远去三千多里外的江陵。现
在，终于可以回家了。也许他的家就是一座茅屋，甚至就是这只小船，
饮食也不过就是粗茶淡饭，加上江上出产的一点小鱼，但那毕竟是自
己的家啊，那里有伫立江畔翘首企盼的妻子和想象之中围着自己撒欢
的孩子。这种期盼，这种焦急，每与家乡接近一步，就会增加一分，
也就会多一份慰藉和期待。已经走了一千三百里了，难道还不应该高
兴和欣慰吗？这种思乡思亲之情，巧妙地通过这种笨拙得近乎荒唐的
方式表现了出来。

二、通过这种荒诞美，给读者留下极为深刻的视觉印象或情感震撼

  岑参在《走马川行奉送封大夫出师西征》中为了强调西北边塞狂
风之猛烈，就使用了极度夸张的荒诞手法，使人对异域风光留下极为
深刻的视觉印象："轮台九月风夜吼，一川碎石大如斗，随风满地石
乱走。"俗话说，风再大也吹不走石头。但在岑参的诗中，不但石头可
以被吹走，而且斗大的石头也被风吹得满地乱跑，这当然是现实生活
中所没有的荒诞。在另一首《热海行送崔侍御还京》中，诗人更是发
挥想象，夸大所谓热海炎热的程度："侧闻阴山胡儿语，西头热海水如
煮。海上众鸟不敢飞，中有鲤鱼长且肥。岸旁青草常不歇，空中白雪
遥旋灭。蒸沙烁石燃虏云，沸浪炎波煎汉月。"海水热得如煮沸，空

中的白雪在远处即被融化，鸟从上空飞过都会被熏得掉下来，但水中居然有鲤鱼而且"长且肥"，岸旁的草也常年青青，这简直不可思议。至于说天空的云彩都热得像在燃烧，水中的月亮像在被煎煮，更是让人对热海的炎热留下极为深刻的印象。杜甫的《古柏行》为了强调古柏的高大写道："霜皮溜雨四十围，黛色参天二千尺。"宋代科学家沈括对此发出疑问："四十围乃直径七尺，无乃太细长乎？"（《梦溪笔谈》）但读者大都不会如此挑剔，只会对古柏的高大留下更为深刻的视觉印象。

李白的几首诗也体现出上述的荒诞美，但其目的并不在于深刻的视觉印象，而在于强烈的情感震撼，如《横江词》中强调长江横江浦一带风狂浪猛："人道横江好，侬道横江恶。一风三日吹倒山，白浪高于瓦官阁"；《将进酒》中强调人生的短暂："君不见黄河之水天上来，奔流到海不复回。君不见高堂明镜悲白发，朝如青丝暮成雪"；《江夏赠韦南陵冰》中强调自己内心的悲愤："愁来饮酒二千石，寒灰重暖生阳春……我且为君捶碎黄鹤楼，君亦为吾倒却鹦鹉洲"，都是运用极度夸张的荒诞手法。横江馆的津吏称李白为"郎"——"郎今欲渡缘何事，如此风波不可行"（《横江词》之五），可见李白写此诗时还很年轻，有些学者说此诗言外之意是咏叹官场和人生的险恶，但此时的李白似乎还不会有如此感慨。横江即今安徽境内的横江浦，是个渡口，唐代在此设立驿馆，称横江馆。对岸即是采石矶。此时李白欲渡江往采石、宣城一带，但因风狂浪猛在横江浦被阻了三日。这六首《横江词》就是描绘横江一带风狂浪猛的险恶景象，以及自己被阻难渡的焦灼急迫心情。风大到可以吹倒横江浦东的天门山，这比岑参笔下的西北狂风更为夸张，岑参笔下仅是"一川碎石大如斗，随风满地石乱走"，但这种荒诞已不是为了强调异域风光，给人留下深刻的视觉印象，而是强调自己被阻难渡的焦灼急迫的心情！《将进酒》写于李白被赐金放还之后的天宝十一年（752）。天宝元年，42 岁的李白被玄宗征召为翰林供奉。又是"降辇以迎"，又是"御手调羹"，天子异乎寻常的礼重，使一心想"寰区大定、海县清一"的李白产生了幻想，以为自己"致君尧舜"的政治理想可以实现了。殊不知此时的玄宗已不是开元年间的英主，而是个"从此君王不早朝"的风流帝王了。他看重李白的才华，只不过要其充当一位类似东方朔的文学弄臣。李白的政治理想无法实现，宫廷内压抑和肮脏的环境又让他无法忍受，他与这批卑鄙龌龊的权贵更无法相容，所以不到两年，他就在宦官高力士、驸马张垍的谗毁下被"赐金放还"，离开了长安。著名的古风《将进酒》就是在这个背景下写成的。诗中诗人一方面表达对功名富贵的蔑视，暗抒自己被逐出长安的愤懑和伤感；另一方面又似乎大彻大悟，深感人生短促，必须及时行乐、醉酒尽欢。这种情感上的大悲大乐，行为上的大呼大叫，使这首古风成为李白诗歌也是中国古代抒情诗中情感最为跌宕、抒发最为强烈、气氛最为高亢的篇章之一。诗篇的一开头，"君不见黄河之水天上来，奔流到海不复回"这个贴切的比喻，以及接下来的"君不见高堂明镜悲白发，朝如青丝暮成雪"这个荒诞的夸张，就激发起人们感情上的强烈震撼。《江夏赠韦南陵冰》则写于自己长流夜郎被赦放还以后。安史之乱发生后，李白因参与李璘幕府而获罪被长流夜郎，中途遇大赦被放还。返程途中在江夏遇到当年做过南陵太守的旧友韦冰。此时李白已 60 岁，快到生命的终点了。但诗中看不到丝毫生命黄昏的衰暮之气，听不到一声一生颠沛至今仍前途茫茫的叹息，相反仍是黄钟大吕窾坎镗鞳之声，仍是慷慨豪放的昂扬之歌。"愁来饮酒二千石，寒灰重暖生阳春"式的夸张和"我且为君捶碎黄鹤楼，君亦为吾倒却鹦鹉洲"荒诞式的豪放，无疑加重了这种感情色彩！

三、使画面或事物更加富有气势和美感

诗歌的表达方式中向来就有浪漫和写实两种手法。作为浪漫手法，如果再加上荒诞式的夸张，会使画面更加广阔，更富有气势或更有美感。有这么两首诗，比较一下，也许更能体会到荒诞美的作用。

一首诗是李白的《庐山谣寄卢侍御虚舟》：

> 登高壮观天地间，大江茫茫去不还。
>
> 黄云万里动风色，白波九道流雪山。

另一首是白居易的《登香炉峰顶》：

> 迢迢香炉峰，心存耳目想。
>
> 终年牵物役，今日方一往。
>
> 攀萝踏危石，手足劳俯仰。
>
> 同游三四人，两人不敢上。
>
> 上到峰之顶，目眩神恍恍。
>
> 高低有万寻，阔狭无数丈。
>
> 不穷视听界，焉识宇宙广。
>
> 江水细如绳，湓城小于掌。
>
> 纷吾何屑屑，未能脱尘鞅。
>
> 归去思自嗟，低头入蚁壤。

两诗都是抒写登庐山的感受。白居易的诗作细写登山的经过和俯览后的感慨。其中"江水细如绳，湓城小于掌"，就是从香炉峰俯视长江和湓城（今江西九江市）的真实感受，也是如实的描述。李白的诗则省略了登山的经过，完全是夸张和想象。因为站在庐山，即使是最

高的汉阳峰上，也无法看到茫茫大江从雪山上发源，当然也无法看到
劲风吹拂下的万里黄云。但正是这种荒诞式的夸张，将"茫茫九派流
中国"的气势表现得十分生动，从而反衬出庐山的高峻。如此宏伟的
气势，无疑使这首浪漫诗篇增添了美感！

杜牧《江南春绝句》使用的是同样手法，也给了我们同样的感受：

　　千里莺啼绿映红，水村山郭酒旗风。
　　南朝四百八十寺，多少楼台烟雨中。

这是首描写江南风光的小诗，尽管只有二十来字，但对江南绚丽
多姿的春景却作了高度的概括，并由现实景色的描绘进入深沉的历史
回顾，发出讽喻和慨叹。整首诗显得境界恢宏、气象阔大又有很深的
含蕴。首句"千里莺啼绿映红"采用一个俯视千里的广角：无论是莺
啼鸟鸣还是绿树红花，皆置放在千里江南这个广阔的背景之下，它不
是白居易诗中的"几处早莺"，也不是叶绍翁诗中的"一枝红杏"，恢
宏的气势，给人以尺幅千里之感。但是，对诗人这种俯视千里、大处
落墨的手法，也不是人人都能理解的。明代才子杨慎就对此持异议，
他认为"千里莺啼"谁人听得？千里"绿映红"谁人看得？因此，他
将"千里莺啼绿映红"改为"十里莺啼绿映红"（《升庵诗话》）。杨慎
改诗并不能得到读者的认可，清代有位诗论家薛雪就曾反讽说："十
里莺啼，也无法听得到。"（《一瓢诗话》）杨慎不知，正是这种类似荒
诞的阔大背景，才使此诗超出常品。诗人一旦把千里江南凝于笔端，
展现在读者眼前，然后再对此抒发感慨，这种"收千里于尺幅，寄兴
亡于烟雨"的表现手法，既有画面的广阔感，又有历史的纵深感，才
使这首诗无论在气度上还是在境界上都超过了同题材的作品！李白的
"燕山雪花大如席，片片飘落轩辕台"（《北风行》），"一风三日吹倒

山，白浪高过瓦官阁"（《横江词》）；陆游的"一饮五百年，一醉三千秋"（《江楼吹笛饮酒大醉歌》），"佩刀一刺山为开，壮士大呼城为摧"（《出塞曲》）等，皆是采用这种手法，并达到相近的艺术效果。

还有一种荒诞手法，刻意造成季节的错乱、时序的颠倒或是事理的乖违，其结果并不是为了增加气势或渲染场面，而是像个高明的画师，通过这种荒诞手法所形成的色调和景物来增加画面的美感。如李贺的这首《大堤曲》：

> 妾家住横塘，红纱满桂香。青云教绾头上髻，明月与作耳边珰。莲风起，江畔春，大堤上，留北人。郎食鲤鱼尾，与客猩猩唇。莫指襄阳道，绿浦归帆少。今日菖蒲花，明朝枫树老。

李贺被称为诗鬼。此人的想象力特别丰富，而且善于逆向想象。譬如，人们看到天空在水中的倒影，会想象出乘船像在天空中行走一样，所谓"人在天上坐，船在画中行"。但李贺会倒过来思考：既然天空在水中，那么钓鱼就不是将钓钩撒向水中，而是撒向碧空："斜竹垂清沼，长纶贯碧虚。"这首《大堤曲》似乎是乱想、胡想，因为季节、时序一片混乱：诗中点明的季节是春季——"江畔春"，但"红纱满桂香"又是深秋，"莲风起"是夏季，"菖蒲花"又名玉蝉花，是鸢尾科的观赏花卉，开在端午（即初夏），"枫树老"又应该是深秋或初冬，这才会满山红叶。也就是说从春到冬都是诗中的季节特征，而且先是深秋（满桂香），再到夏天（莲风起），又到春天（江畔春），接着又是初夏（菖蒲花），最后是初冬（枫树老），时序上也是前后颠倒混乱。既然如此，李贺为什么会成为唐代著名诗人，这首诗又为什么会成为名篇呢？实际上，这都是诗人在刻意为之，一方面他要继承南朝乐府，使这首歌成为五音繁会的乐章；另一方面，诗人利用他善于运用色彩的特长，在这首诗中涂抹上各种色调，使之五彩斑斓，给人留下极为深刻的视觉印象：姑娘穿的是"红纱"，头上的发髻则乌黑放光，"莲风"中是荷叶的清碧和荷花的粉红，"猩猩唇"则是猩红，菖蒲花则是紫红色，大而美丽，满山遍野的枫叶则是一片火红。这些描写增添了画面的美感，给人留下极为鲜明的视觉印象。

　　他的另一首代表作《雁门太守行》也存在类似的情形：首句是"黑云压城城欲摧"，接下来便是"甲光向日金鳞开"。既然是"黑云压城"，怎么又会"甲光向日"？明代善于挑刺的才子杨慎就提出过这个问题。另外，"甲光向日"之时怎么又"凝夜紫"？诗人采用印象连缀的表达方式，八句之中写出七个不同的场面："黑云压城城欲摧"是大军压境形势危殆；"甲光向日金鳞开"是形势逆转、出现生机；"角声满天秋色里"明写激烈的战斗场面；"塞上燕脂凝夜紫"暗写流血牺牲；"半卷红旗临易水"也许是奇兵出击；"霜重鼓寒声不起"暗示战斗失利；"报君黄金台上意，提携玉龙为君死"是为国捐躯。至于此诗的主题后人也得出六种以上的不同结论：有的说是藩镇叛乱，有的说是唐王朝平叛，有的说是领兵驰援，有的说是长城下交锋。实际上，李贺如同后来西方的印象派一样，只强调自己对事物的主观印象而不考虑思理，这也就是杜牧在《李长吉歌诗序》中所评论的"牛鬼蛇神，不足为其荒诞虚幻也。盖骚之苗裔，理虽不及，辞或过之"。诗人在诗中将"黑云"、"金鳞"、"燕脂"、"夜紫"、"红旗"、"霜重"六种浓重的色调组合在一起，构成秾艳斑驳的奇特画面，给人强烈的视觉感受。以此来象征情势的危急、战斗的艰苦，借以抒发自己慷慨报国之志。正如陆游所云："贺诗如百家锦纳，五色眩耀，光彩夺目。"至于"黑云压城"之际会不会又是"甲光向日"，"甲光向日"之时怎么又"凝夜紫"，这种时间上的错乱、物象上的矛盾以及主题上的含混，后人只好凭自己的感觉做出各自不同的解释了。

　　这种为了画面的美感或意境的深远，而不惜颠倒时序或乖违事理，在中国古典诗歌中也不仅存在于李贺的诗作中，王昌龄的《出塞》、杜甫的《秋兴八首》也是如此。《出塞》首句"秦时明月汉时关"就有乖事理：秦时明月只能照秦时的关塞，汉时明月才能照汉时的关塞，秦时明月又如何能照汉时关呢？诗人不过是借这种时空的荒诞，以形成历史的承续感和画面的纵深感。从秦关汉月写起，以此概括了千年以来边境不宁、战氛难靖，万里戍边、代代依然的历史。秦汉以来就设关备胡，所以后人在边塞看到明月临关，自然会想起秦汉以来无数征人战死疆场，那秦关汉月就是历史的见证。《秋兴八首》中的"香稻啄余鹦鹉粒，碧梧栖老凤凰枝"也是如此，应该是"鹦鹉啄余香稻粒，凤凰栖老碧梧枝"才符合事理。杜甫作如此颠倒，完全是为了音韵的协调和画面的美感。

　　那么，为了创造荒诞美，中国古典诗人采用了哪些表现手法呢？

（一）违反常理的想象

　　歌德曾说过，想象是诗人的翅膀，没有了想象，诗人就无法在理想的天国中飞翔。想象的类型很多，一种是联想，即由一个事物联想到另一个事物，如王维的《九月九日忆山东兄弟》，由重九的登高习俗联想到家乡的亲人："遥知兄弟登高处，遍插茱萸少一人"；另一类是幻想，即想象现实生活中根本不存在的事物，如杜甫的《茅屋为秋风所破歌》，在自己的茅屋为秋风所破、秋雨所侵时，幻想眼前出现千万间广厦，"大庇天下寒士俱欢颜"。杜甫这种想象虽是幻想，却符合常理常情，表现了杜甫为天下忧的悲悯情怀。但李白《哭宣城善酿纪叟》就不一样了，它是一种违反常理的荒诞：

纪叟黄泉里，还应酿老春。

夜台无李白，沽酒与何人？

　　纪叟是当时宣州一位著名的酿酒师，宣州出产一种名酒"老春酒"，以纪叟酿造的为最好。这位老人去世了，李白写诗来悼念他。此诗有两个荒诞之处：一是纪叟黄泉里，还应酿老春。地府也有酿酒的职业，纪叟在黄泉之下仍操旧业，酿老春酒，这当然是很荒诞的想法。更为荒诞的是："夜台无李白，沽酒与何人"，好像从人世间到黄泉之下，只有李白一人爱酒，也只有李白一人善于品酒。既然李白未死，纪叟酿的老春酒，在黄泉之下卖给谁呢？惟其如此，把李白对酒的沉迷与自信，把诗人与酿酒师之间的友谊与相知，乃至人间黄泉皆知音难遇的这个弦外之音表现得相当充分和巧妙！另外，以如此的内容来祭奠死者，这种方式也是极为荒诞的。

　　李白这种类似的荒诞联想，还表现在《陪侍郎叔游洞庭醉后三首》（其三）之中：

划却君山好，平铺湘水流。

巴陵无限酒，醉杀洞庭秋。

　　君山在洞庭湖口，湘江北去流入洞庭，在此似乎受到君山的阻遏变得不那么顺畅。于是李白产生了荒诞的想象：把君山铲去就好了，这样湘江就可以顺畅地流入洞庭。为什么李白要让湘水流得更顺畅呢？因为顺畅就可以多流一些湘水入洞庭。在李白朦胧的醉眼中，这不是水而是酒，有这么多的酒，给天喝，给地喝，给秋天的万物喝，让天地万物与己同醉——"醉杀洞庭秋"。这首伟大的浪漫主义诗篇的诞生，靠的就是这种违反常理的想象。醉中容易出现幻象，醉中也容易产生荒诞，中国聪明的古典诗人们自然懂得这个道理。懂得这个写作奥秘的自然也不只是李白。南宋诗人杨万里有首醉歌《重九后二日同徐克章登万花川谷月下传觞》，也算是违反常理的荒诞，诗曰："老夫渴急月更急，酒落杯中月先入。领取青天并入来，和月和天都蘸湿。天既爱酒自古传，月不解饮真浪言。举杯将月一口吞，举头见月犹在天。老夫大笑问客道：月是一团还两团？酒入诗肠风火发，月入诗肠冰雪泼。一杯未尽诗已成，诵诗向天天亦惊。焉知万古一骸骨？酌酒更吞一团月。"辛弃疾有首《西江月》词，也是写醉中的狂态："醉里且贪欢笑，要愁那得功夫。近来始觉古人书，信着全无是处。昨夜松边醉倒，问松我醉何如？只疑松动要来扶，以手推松曰去！"两首诗词写得很新巧，想象力也很丰富，但总觉得缺少李白《陪侍郎叔游洞庭醉后三首》（其三）那种壮浪恣肆的美感，有种刻意为之的痕迹。那种让人五体投地的荒诞美，需要的不仅是技巧，更是才华！

（二）出人意表的夸张

夸张，是诗歌常用的一种表现手法，它可以使事物某一方面的特征更为鲜明，也可以把人物的外貌和内心世界表现得更突出、更鲜明，也可以使要表现的自然景物更生动、更形象。但夸张的生命是真实。诚如鲁迅所言，我们可以说李白的"燕山雪花大如席"是神来之笔，却不能说"广州雪花大如席"，因为广州从来不下雪。近乎荒诞的夸张和一般的夸张区别在于：一般的夸张是在原有事实的基础上加以夸大，使事物某一方面的特征更为鲜明突出；作为荒诞美手法之一的夸张，则是这个事实本身根本就不存在，完全是一种想象中的荒诞式夸大。下面举两个例子比较一下，以便了解什么是一般的夸张，什么是荒诞式的夸大。

一个是王维在应试诗中夸张唐帝国的声威："九天阊阖开宫殿，万国衣冠拜冕旒"（《和贾至舍人早朝大明宫》）；一个是李白在《梦游天姥吟留别》中夸张天姥山的高峻："天台四万八千丈，对此欲倒东南倾"、"半壁见海日，空中闻天鸡"、"青冥浩荡不见底，日月照耀金银台"。前者就是在原有事实的基础上加以夸大，因为开元盛世时，宫殿巍峨、四海归心是基本事实，至于来朝拜的四方有万国，自然是夸张。如认真计较，只能说是冬烘，唐人笔记中记载这么一个故事：主考官在阅卷时，在这两句下面批道："见如今只得九州，你数我万国来"，并将此试卷置于下等。幸亏宰相宋璟到贡院巡查，从下等中发现此诗，认为这两句"笔下有神"，改列为"上等"。明代王辰玉曾据此写成有名的传奇《郁轮袍》，至今仍传唱不衰。李白的夸张则是荒诞式，它呈现的就是一种荒诞美。因为天姥山实际上非常矮小，连一般的山峦都算不上。桐城派的代表作家方苞读过《梦游天姥吟留别》后对天姥山向往不已，从安徽跑到浙江去游览，结果大失所望："天姥山者，一小丘耳。"（《游天姥山记》）它根本无法与高峻的天台山相比，更谈不上天台山"对此欲倒东南倾"。至于在山腰就听到天鸡叫，山间有神仙居住的"洞天石扉"和"金银台"，更是子虚乌有。但李白通过这种荒诞式的夸张，突出了天姥山的高峻和神奇，让自己在梦幻般的神游中，精神上得到解脱，内心的郁闷得到释放，从而作出自己的人生选择："别君去兮何时还？且放白鹿青崖间，须行即骑访名山。安能摧眉折腰事权贵，使我不得开心颜！"这几句诗，给千古以来读者留下极为深刻的印象，从而成为李白思想性格的代称。

这类荒诞的夸张在中国古典诗词中还有很多，如李白的《秋浦歌》："白发三千丈，缘愁似个长。不知明镜里，何处得秋霜？"白发长达三千丈，这当然是极为荒诞的夸张，但与"愁"相连相比，又让人觉得可信可叹。其原因倒不是有的学者所解释的"兴中有比,尤为新奇",而是因为诗意的重点不在前面的"白发"而在后面的"愁"。因为愁生白发,所谓"愁一愁,白了头",正因为愁之重、愁之深,所以才会"白发三千丈",这样才会在荒诞之中产生美感。张孝祥的《念奴娇·过洞庭》结尾"尽挹西江,细斟北斗,万象为宾客。扣舷独笑,不知今夕何夕"也类此。另外,王之涣的《凉州曲》开头"黄河远上白云间",也是一种出人意表的夸张,其中也有一种荒诞美。有人嫌其不真实,将其改为"黄沙远上白云间",又有人改为"黄河源上白云间"(见计有功《唐诗纪事·"黄河远上白云间"条》),皆是学究气太重,不明白这是一种荒诞美的表现手段。

(三)脱离现实世界的神游

李白有首游仙诗,《古风》(十九):

> 西上莲花山,迢迢见明星。
> 素手把芙蓉,虚步蹑太清。
> 霓裳曳广带,飘拂升天行。
> 邀我登云台,高揖卫叔卿。
> 恍恍与之去,驾鸿凌紫冥。
> 俯视洛阳川,茫茫走胡兵。
> 流血涂野草,豺狼尽冠缨。

李白的游仙诗,不仅想象力特别丰富,而且常常将道家的神仙传说融入到神奇瑰伟的艺术画面之中,使诗人带上浓郁的谪仙色彩。赐金放还后写的《梦游天姥吟留别》是如此,这首写于"安史之乱"中的古风也是如此。诗中的情节和内容完全脱离现实世界。诗人写登览西岳莲花峰，但登山路径、莲花峰上的风景一应全无，完全是荒诞虚幻的神游：诗的开头就是华山的最高峰莲花峰，而莲花峰上见到的就是神仙明星玉女。《集仙录》中有："明星玉女，居华山，服玉浆，白日升天。"接着诗人就在明星玉女的引导下神游天宇、虚步太清、凌驾紫冥，并遇到另一位神仙卫叔卿。其中特别让人们称道和感动的是它还有现实的关怀，这不同于其他诗人的游仙诗甚至也有别于李白自身的其他游仙诗。就像屈原的《离骚》一样，《离骚》中的诗人驾八龙、载云旗在天界神游时，"忽临睨夫旧乡"，于是"仆夫悲余马怀兮，蜷局顾而不行"。李白的这首古风几乎是同样的结尾，同样表达了对现实的关注，对"安史之乱"中国家命运的担忧和多艰民生的哀愍："俯视洛阳川，茫茫走胡兵。流血涂野草，豺狼尽冠缨。"应当说，在神游的荒诞和对现实的关注的天平上，后者才是这首诗的重心所在，也是诗人的创作主旨所在。但是，如果没有前面的荒诞虚幻的神游，这首诗就缺乏如此感人的力量。

　　杜甫也有首写华山的诗，也是想象游华山的情形，诗中也提到明星玉女，也提到仙人九节杖，但完全是现实的悬想，而不是荒诞的神游。这首《望岳》写道："西岳嶙峥竦处尊，诸峰罗立似儿孙。安得仙人九节杖，拄到玉女洗头盆。车箱入谷无归路，箭栝通天有一门。稍待秋风凉冷后，高寻白帝问真源。"这首诗简直就像是一幅华山导游图，"西岳嶙峥竦处尊，诸峰罗立似儿孙"，告诉我们华山周围有许多山峰，最高的是华山。华山的最高处是莲花峰，上面有"玉女洗头盆"。仍据《集仙录》中称："明星玉女，居华山，服玉浆，白日升天。祠前有五石白，号玉女洗头盆。其水碧绿澄澈，雨不加溢，旱不减耗。祠有玉女马一匹。"因为此峰极高，攀登困难，所以需要仙人九节杖。据晋代葛洪的《神仙传·王遥》记载，王遥曾以九节杖担竹箧，"冒雨而行，遥及弟子衣皆不湿"。杜甫在此只是用来比喻登山之难，与李白《古风》（十九）的神游中遇到明星仙女、卫叔卿等完全是两回事。杜甫在诗中甚至还较为详细地勾勒了登山路线：从车箱谷出发，经过箭栝岭，通过天门而到达最高峰莲花峰。据《太平寰宇记》记载：车箱谷，一名车水涡，在华阴县西南 25 里，深不可测。又据《仇池记》记载："箭笤岭石角外向如雄蝶，唯一门可通。"可见杜甫设想的登山路线皆是有籍可查、有据可凭的。在此我并不想评价李杜的优劣，这就像韩愈所嘲弄的，那是"蚍蜉撼大树，可笑不自量"。但是，李白的《古风》（十九）是流传千古的名篇，杜甫的《望岳》恐怕只是文学研究者或爱好者才知道，这可能与《古风》（十九）中那种荒诞式的神游关系极大。

（四）缥缈荒诞的梦幻

人称陆游为小李白，因为他的诗歌也是以雄奇壮阔的浪漫精神为基调，而缥缈荒诞的梦幻，则是构成其荒诞神奇风格的一种重要手段。据统计，陆游的记梦诗达九十多首。其中像《大将出师歌》、《楼上醉书》、《胡无人》、《观运粮图》、《出塞曲》、《秋思》、《军中杂歌》、《记梦》等都极富浪漫色彩。其中的《五月十一日夜且半，梦从大驾亲征，尽复汉唐故地，见城邑人物繁丽，云西凉府也，喜甚，马上作长句，未终篇而觉，乃足成之》是首极为荒诞的记梦诗：

> 天宝胡兵陷两京，北庭安西无汉营。
> 五百年间置不问，圣主下诏初亲征。
> 熊罴百万从銮驾，故地不劳传檄下。
> 筑城绝塞进新图，排仗行宫宣大赦。

冈峦极目汉山川，文书初用淳熙年。

驾前六军错锦绣，秋风鼓角声满天。

首蓿峰前尽亭障，平安火在交河上。

凉州女儿满高楼，梳头已学京都样。

宋高宗绍兴元年（1131）五月，金兵在宝鸡东和尚原被宋军吴玠部击败，第二年四月，吴玠收复凤州（今陕西省凤县东）、秦州（今甘肃天水市）和陇州（今陕西陇县）。宋金对峙下的西北边境便相对稳定下来，以渭南的大散关为界，一直持续到金亡。根本不存在陆游诗中所云"圣主下诏初亲征"这个史实。至于"筑城绝塞进新图，排仗行宫宣大赦。冈峦极目汉山川，文书初用淳熙年"更是浪漫的想象。陆游是一位责任心极强的爱国者，一生最大的愿望就是收复中原、一统九州，最大的悲哀就是"但悲不见九州同"，既然现实生活中实现不了自己的壮志，那只有寄希望于梦幻。当我们读到上述诗句，尤其是"首蓿峰前尽亭障，平安火在交河上。凉州女儿满高楼，梳头已学京都样"这样的结尾时，谁能不抚卷长叹，深深地为诗人的爱国至情所打动。而这种感人的力量恰恰来自诗中荒诞的梦幻。

梦幻诗篇不仅能产生感人的力量，还能让人在荒诞中产生理性的思考。鬼才李贺的《梦天》就是如此：

老兔寒蟾泣天色，云楼半开壁斜白。

玉轮轧露湿团光，鸾佩相逢桂香陌。

黄尘清水三山下，更变千年如走马。

遥望齐州九点烟，一泓海水杯中泻。

全诗皆是写荒诞的梦境，但在结构上可分为两个部分：前四句写天上，在月宫中所见；后四句写人间，在天上俯视人间所感。诗人笔下的仙境并不那么美妙，而是凄清、迷离、昏暗，甚至在哭泣，这是诗人在现实生活中找不到出路，精神苦闷而迷惘的折射。后四句是诗人所感，似乎是对前面苦闷追寻的解脱和回答：人生那么短促，世事如此无常——"黄尘清水三山下，更变千年如走马"；空间又如此狭小，人事更微不足道——"遥望齐州九点烟，一泓海水杯中泻"。面对如此渺小的世界和如此短促的人生，还有什么是不可以释怀的呢！类似的还有李清照的《渔家傲》，也是要求摆脱世间的苦难，寻求一个精神寄托之处：

> 天接云涛连晓雾，星河欲转千帆舞。仿佛梦魂归帝所，闻天语，殷勤问我归何处。　　我报路长嗟日暮，学诗谩有惊人句。九万里风鹏正举。风休住，篷舟吹取三山去。

这首词，《花庵词选》题作"记梦"，是词人南渡以后的作品。南渡后，李清照经历了国破、家亡、夫死、己病一连串重大精神打击，所写的词作多为"凄凄惨惨戚戚"的消沉愁苦之作。这一首却是例外，其中有对自己人生成就的自信，也有不甘沉沦的追寻，充满浪漫精神，这也是李清照词作中唯一的一首豪放词。在词中，她幻想出一条能使精神有所寄托的道路，以求摆脱人间那前路茫茫、看不到任何希望的境况，于是在梦中跨云雾、渡天河、归帝宫、乘万里风到仙山。这个梦境虽然荒诞，但读者从中却感觉到南渡后另一个真实的李清照，那个李清照不同于《声声慢》、《永遇乐》中那个风鬟雾鬓、愁苦不堪的衰老妇人，而是位对自己的才华充满自信、不甘心在苦难生活中沉沦的浪漫诗人。

至于李白的《梦游天姥吟留别》，诗人在荒诞的梦境中跨吴越、登天姥、见海日、闻天鸡，特别是见列仙一段，更让人感到荒诞美的巨大感人的力量："列缺霹雳，丘峦崩摧。洞天石扇，訇然中开。青冥浩荡不见底，日月照耀金银台。霓为衣兮风为马，云之君兮纷纷而来下。虎鼓瑟兮鸾回车，仙之人兮列如麻。"正因为仙境如此之美，诗人才会毅然决然地告别世俗去五岳寻仙："别君去兮何时还？且放白鹿青崖间，须行即骑访名山"，才会觉得那种逢迎权贵的可悲可卑，才会自然得出那个惊世骇俗但对李白又异常自然的结论："安能摧眉折腰事权贵，使我不得开心颜！"

以上列述了荒诞美的美感所在，以及荒诞美的产生方式。需要注意的是：就其作用而言，无论是使真实的感情更为突出，还是欲给读者留下更为深刻的视觉印象，抑或是使画面更富有气势和美感，都为诗歌的主题所规定，都应是诗人情感的自然拓展和强化。它绝不是个纯技巧问题，如果一味从技巧上考虑，刻意地使用违反常理的想象或是出人意表的夸张，所造成的只能是"满纸荒唐言"，而绝不能形成荒诞美。

中国古典诗词的结构美

中国古典诗词之美，内在的是其意境和神韵，外在的则是辞采、声律和结构。但是，任何内在的美感都必须通过外在的形式来表现。意境的和谐和混成，必须靠文字的声律、辞采来体现，神韵虽在文字之外，也必须依附于文字。美的主题，必须凭借美的组织形式才能激发出审美感受。在外在形式上，结构是极其重要的一个方面。古人将结构称为章法，前人分析章法，所谓起结开阖、回互周旋、草蛇灰线，已有许多讲究。这里将古人多种"诗格"加以归纳选择，用现代方法加以表述。

诗词的结构方式主要有以下六种：

一、逆起式

所谓逆起式，就是先写结果，后交代原因，如唐代诗人王维的《观猎》：

> 风劲角弓鸣，将军猎渭城。
> 草枯鹰眼疾，雪尽马蹄轻。

忽过新丰市，还归细柳营。

回看射雕处，千里暮云平。

按正常的叙述方式，应该是"将军猎渭城，风劲角弓鸣"。先交代事由、人物和地点——"将军猎渭城"，然后再描述由此而产生的结果——"风劲角弓鸣"。现在却是先说结果再交代事由，这在结构上就叫作"逆起法"。其好处是"逆起得势"，即造成先声夺人的气势，给人一种突兀感，以此给人留下强烈的视觉印象，从而突出诗人要强调的主旨。王维一生以张九龄罢相为界，分为两个时期：前期意气风发，向往开明政治，渴望有所作为；后期出于对李林甫当政的失望，再加上 31 岁时妻子病故，和"安史之乱"中"没于逆贼"的愧恨，他渐渐变成一位佛教徒，过着一种"晚来唯好静，万事不关心"的清心寡欲的生活。随着诗人人生理想和生活方式的改变，其诗歌创作的内容和风格也发生了巨大的变化。前期，写出塞，歌游侠，关心现实，抨击不平，充满积极的入世精神；后期则主要描述自己的半隐生活，辋川一带的山林风光和自己从中参悟出的禅意。这首《观猎》是早期作品。它通过对一个将军田猎场面的描叙，歌咏了一种尚武精神，其中洋溢的豪气自然也是盛唐气象的再现。为了表现这种豪气，诗人选用了逆起法，最后再用"回看射雕处，千里暮云平"与开头的"将军猎渭城"呼应，让刚猛劲急与芜阔混茫一张一弛，为这幅将军郊猎图添上完美的一笔。前人评这种逆起法的开头，"如高山坠石，凌空而降"，可见这种艺术效果是古今皆认可的。

采用这种逆起法获得读者广泛认可的还有李白的《劳劳亭》和李益的《春夜闻笛》。前者为五言绝句：

天下伤心处，劳劳送客亭。

　　春风知别苦，不遣柳条青。

　　这首诗顺起的顺序应该是"劳劳送客亭，天下伤心处"。首先应该有亭，才能说到此亭给人的感受，现在却变成先说感受"天下伤心处"，然后再告诉伤心的原因"劳劳送客亭"。如果说《观猎》开头的"逆起得势"是要造成先声夺人的气势，给人留下强烈的外在视觉印象，那么，此处的"逆起得势"则是加强内在的情感特征，强调诗人送别时的感受和重情伤别。后两句则是借物拟人，将无生命的春风赋予人的情感，再设想它对离别的反应。强调劳劳亭对人对物都是"天下伤心处"。李益的《春夜闻笛》是首七言绝句：

　　寒山吹笛唤春归，迁客相看泪满衣。
　　洞庭一夜无穷雁，不待天明尽北飞。

　　作为一位中唐诗人，李益特别善于写情，有首诗题就叫《写情》，而且这些诗作的基调都是悠远绵长的哀怨、无可奈何的叹息和执着又无望的思念，其代表作《受降城闻笛》、《江南曲》、《上汝郡楼》、《隋宫怨》等无不如此。这固然与中唐的国运、时代的氛围有关，但与个人的秉性气质关系更大。李益少年成名，才华出众，是有名的大历十才子之一，但仕途坎坷，长期沉迹于县尉、主簿之类卑职。失望之余，只好到幕府寻求出路。卢龙节度使刘济虽对他青眼眷顾，但亦未重用。这首诗就是他离开幽州，漂泊于江淮时所作。诗中虽自称"迁客"，但史书上并无获罪贬谪的记载，可能是借以抒发内心的哀怨，表达处境的艰难而已。诗的顺序也应首先"迁客相看泪满衣"，然后交代泪满衣的原因：笛声唤起了他这位漂泊者对故乡的思念——"寒山吹笛唤春归"。下面两句则是比兴，春天来了，南迁的大雁也可以飞回北方的故乡，自己却有家难归——人不如雁。此处手法与前面列举的陶渊明《饮酒》结尾，"山气日夕佳，飞鸟相与还"中的"真意"一样。逆起法突出了诗题《春夜闻笛》，强调了闻笛的感受，也加强了内在的情感特征。

韩愈是位"唯陈言务去"的文章改革家，他的诗歌也体现了独特的风格，在语言上、构思上、章法上都喜欢翻空出奇。在结构上有许多篇都采取不同寻常的逆起法，如《雉带箭》开头四句："原头火烧静兀兀，野雉畏鹰出复没。将军欲以巧伏人，盘马弯弓惜不发。"后面两句中的"盘马弯弓"已变成了成语，实际上也是逆起。顺叙应该是首先指出现象："盘马弯弓惜不发"，然后交代原因："将军欲以巧伏人"。但逆起后，人们对将军技艺的高超和心思的缜密留下了更深刻的视觉印象。他的另一首七绝《湘中》，也是采用逆起法：

　　猿愁鱼踊水翻波，自古流传是汨罗。
　　苹藻满盘无处奠，空闻渔父扣舷歌。

唐德宗贞元十九年（803），刚担任监察御史不久的韩愈上书皇帝，要求减免大旱中关中百姓的租赋，因此遭谗，被贬为连州阳山（今广东连山县）令。这首诗就是他路过汨罗追悼屈原而作。此诗在构思上就不同凡响：诗人不像贾谊的《吊屈原赋》，去赞颂屈原的绝世才华和心系怀王的忠诚，而是抒发英灵逝去无处凭吊之苦，借以表达世无知音的寂寞与悲凉。与不同于历代诗人的独特构思相吻合，诗人在结构上采用了逆起法，首先突出所见到的汨罗江景色：山猿愁啼，老鱼腾跳、波涛翻滚，一派愁惨不安的氛围，以此作为诗人愤懑不平心情的写照。其中"猿"、"鱼"、"踊"等双声字相见，以急促的节奏感来渲染诗人激荡不平的心声，然后再交代这是因为自己到了汨罗，到了当年屈原的投江之处。这样，诗人虽没有直抒到了汨罗时无穷的感慨，其意已自在言外。

二、承接式

所谓承接式，是指按照时间或事件发展的顺序进行书写。在语言上下句承接上句，结构上下段承接上段，全诗一意到底，句句相连，意脉不断。如金昌绪的《春怨》：

> 打起黄莺儿，莫教枝上啼。
> 啼时惊妾梦，不得到辽西。

这是一首思妇诗，很委婉地表现了反战情绪。构思上也很别致：它不是通过思念在外远戍的丈夫来表达对征战连年的不满（这从《诗经·君子于役》起，就是被不断重复的话题），而是从埋怨鸟儿啼叫落笔，因为她在梦中到了辽西，见到了久别的丈夫，正在倾诉衷肠呢。为了让梦能继续下去，她要把鸟儿赶走（尽管黄莺的叫声很好听）。用这种奇特的构思方式来表现战争给家庭带来的创伤，确实是别开生面。为了很好地表达上述构思，诗人采用了承接方式，先说动作行为——"打起黄莺儿"，接着交代"打起黄莺儿"的原因，为的是不让它在枝上啼叫。这更引起人们的好奇心：黄莺的鸣叫是很好听的，为什么要"莫教枝上啼"呢？紧承上句，诗人再交代原因："啼时惊妾梦。"那么，是什么好梦被惊破让这位女子如此恼火呢？原来是无法在梦中与远戍辽西的丈夫相会了——"不得到辽西"。四句诗就这样下句紧承上句，将战争给民众带来的苦难，将这位妇女对丈夫的深切思念，表现得十分真挚感人！

这种承接式，如果按主人公身份来说，又可以分为两种方式，第一种是全诗抒情主人公就一个，一脉到底，所谓单线结构；第二种是抒情主人公有两个或两个以上，复线向前推进，前半段与后半段形式上分开但意脉相连，所谓花开两朵，各表一枝。

第一种如《木兰诗》。全诗围绕主人公木兰代父从军、卫国保家的传奇故事展开情节，从"愿为市鞍马，从此替爷征"到准备出征的行装，再到"旦辞爷娘去"的行军路上。接着就是对十年的征战生活的一个简洁的叙述，然后"归来见天子"，写木兰拒绝赏赐和官职，要求"送儿还故乡"，表现了一位不慕富贵，只求卫国保家的中国妇女的高尚品德。接着便是还家后的情形，最后是战友们来探望表现出的惊愕，突出这个叙事诗的传奇色彩。白居易的《卖炭翁》，杜甫的《石壕吏》、《无家别》，王建的《新嫁娘》也皆属于这种单线承接方式。特别是王建的《新嫁娘》，下句紧承上句，同金昌绪的《春怨》几乎完全一样："三日入厨下，洗手作羹汤。未谙姑食性，先遣小姑尝。"诗中写一位新妇入厨时的心理，微妙而又细腻：三日的新婚期结束了，该操持家务了。但是对要侍奉的公婆的生活习性、喜好并不了解，贸然下厨，如对不上脾胃，开头就留下坏印象，今后的媳妇就难做。那么，怎么能知道婆婆的脾性喜好呢？也不能贸然去问。于是做一碗羹汤先让小姑尝尝，因为女儿就是母亲的影子，脾性喜好会差不多。再者，家中的小姑是最难伺候、最为挑剔的。先让她尝，她没意见了，全家也就没有意见了。这真是个聪明伶俐的小媳妇，但我们从新妇微妙又细腻的心理描绘中，也感到封建家长的威严和新妇的为难处境。为了突出上述心理和主题，诗人在结构上也是先交代行为，再交代原因，上下句间紧密相承。

金昌绪的《春怨》和王建的《新嫁娘》的承接方式都是先描述行为结果，再交代产生此行为的原因。还有一种承接方式是先叙述事由，再交代结果。前面提到的《木兰诗》即是如此，李白《哭晁卿衡》也属此类：

> 日本晁卿辞帝都，征帆一片绕蓬壶。
>
> 明月不归沉碧海，白云愁色满苍梧。

晁衡即日本友人阿部仲麻吕。唐玄宗开元五年（717），晁衡随日本第九次遣唐使来长安学习中国文化，学成后留在唐朝宫廷任职，历任左补阙、左散骑常侍、镇南都护等职，与当时在长安的李白、王维结下深厚的友谊。天宝十二年（753）晁衡以唐朝使者的身份，随日本第十一次遣唐使返回日本，途中遇大风，传说被溺而亡。实际上晁衡并未溺死，而是随风漂流至海南，随后又辗转返回长安继续任职，于代宗大历五年（770）卒于长安。李白这首诗就是听到传说晁衡溺毙时写的。诗句集中表现了失去友人的悲痛，弥漫着一种哀婉和真诚。结构上，诗人先用赋体叙述事件经过"日本晁卿辞帝都"，写这位日本友人随遣唐使返国时离别长安的盛况。据史载，晁衡返国时，礼部曾举行盛大的告别宴会，玄宗亲自题诗相送，包括王维在内的好友也纷纷写诗惜别，晁衡也回诗作答。第二句"征帆一片绕蓬壶"紧承上句，思绪由近及远，想象晁衡返国途中的种种情形。蓬壶，即传说中的蓬莱仙岛，海中三神山之一，这是凡人不可及之处。征帆绕蓬壶，暗示晁衡已经遇难仙去。三、四两句是就上面的陈述抒发自己的感慨。如果说前两句是赋体，这两句则是比兴。"明月不归沉碧海"紧承上句，暗示晁衡已经溺海身亡，就像皎洁的明月沉没于大海中一样。这个贴切的比兴，为晁衡的遇难营造出一个清丽又壮阔的画面，真不愧是最杰出的豪放诗人的手笔！最后一句紧承上句，抒发自己的感受。其手法又不是直接抒发，而是运用拟人手法："白云愁色满苍梧。"据《一统志》记载，苍梧在淮安府东的海上。晁衡所随的第十一次遣唐使，是从扬州沿运河出海的（现在日本友人将阿部仲麻吕纪念塔建在扬州，原因亦在此），这是想象中晁衡的遇难处。整个天宇好像也愁容满面，层层愁云笼罩着晁衡的遇难之处苍梧山，连天地都如此动容，更不要说与晁衡有着深厚友谊的诗人了。这种比兴加拟人的手法，使诗意更加含蓄迂曲，伤感气氛也更加浓郁深沉。以上主题的表达和情感的抒发，就是通过上述的承接方式实现的。

这首诗的价值不仅在于诗歌自身的艺术价值，它在中外交往史、中国文学史上皆有一定的价值。它是一衣带水的中日两国世代友好的历史见证，也是中外文学交流的极佳范本，亦显中国诗人这种不分内外皆结同心的真诚！

关于这类承接方式还想补充的是：有时不仅下句紧承上句，甚至句与句之间也环环相扣，宛如辘轳，修辞上称为黏连，如《西洲曲》，全诗围绕一位女主人公对情人的深长思念，按照时间顺序，从春到夏再到秋冬依次展开，强调一年四季无时无刻不在思念。有时句与句之间也是首尾相连，结为一体，如"风吹乌桕树。树下即门前"，"出门采红莲。采莲南塘秋"，"仰首望飞鸿。鸿飞满西洲"，"望郎上青楼。楼高望不见"，"尽日栏杆头。栏杆十二曲"。这种句句相连、环环相扣的方式，形象地表达出女主人公对其情人绵绵不断的思念，对突出主题、塑造人物形象皆大有好处。曹植的《赠白马王彪》甚至在段与段之间进行这种承接，但是，是在段与段之间进行的，如第二段结句是"我马玄以黄"，第三段开头即以"玄黄犹能进"紧承；第三段结句是"揽辔止踟蹰"，第四段开头即以"踟蹰亦何留"紧承；第四段结句是"抚心长太息"，第五段开头即以"太息将何为"紧承；第五段结句是"咄唶令心悲"，第六段开头即以"心悲动我神"紧承；第六段结句是"能不怀苦辛？"第七段开头即以"苦辛何虑思"紧承。《赠白马王彪》写于魏文帝黄初四年（223），曹植作为外地藩王朝觐之后。这次朝觐对曹植打击很大，先是曹丕不予接见，后有胞兄任城王曹彰暴卒。自己虽九死一生侥幸脱离虎口返回封地，路上又有朝廷派去的监国使者监视，不让他和同时返回封地的弟弟白马王曹彪同行。内心的恐惧、哀怨，与同病相怜的弟弟分别在即的忧伤，都在这篇《赠白马王彪》中含蓄又充分地流露了出来。段与段之间这种黏连承接的方式，更能表现诗人内心的忧思郁结，也更形象地反映了患难之中兄弟之间割舍不开的情谊。

有的诗歌中出现两个以上人物，也可以采用这种单线结构，但必须经过加工处理，上面提到的杜甫的《石壕吏》就是如此。《石壕吏》的故事情节在两个人物——"吏"和"老妇"之间进行，但诗人并未平均用力，交错展开，而是主要写"老妇"：从"出门看"到"前致词"再到愿随吏去"急应河阳役，犹得备晨炊"，而"吏"的行为动作和语言一概省去，只留下诗人一句带着主观情感的评论："吏呼一何怒。"古代史论家把此法叫作"藏问于答"。其好处是更加突出这位老妇人一家的不幸遭遇，也更突出老妇人的深明大义！

第二种是抒情主人公有两个或两个以上，复线向前推进。如岑参的《白雪歌送武判官归京》，前半段咏雪，咏叹西北边塞风狂雪猛的奇景，以及所见到的戍守将士在严寒中的感受；后半段送别，主人公变为武判官，情节分为中军帐内宴饮以及"轮台东门送君去"等场景，时间则承接上段的清晨到日暮时分。结构上两段之间用"瀚海阑干百丈冰，愁云惨淡万里凝"承上启下。前者上句承风雪奇寒，下句启送别愁绪。前半段与后半段形式上分开但意脉相连，皆是表达诗人从军塞外的感受和由送武判官回京而触发的思乡之情。白居易的《琵琶行》在结构方式上也分为两个部分。从开头"浔阳江头夜送客"到"梦啼妆泪红阑干"是写琵琶女。先写琵琶女高超的弹奏技艺，再叙琵琶女辛酸的人生遭遇，引发人们对那个毁灭人才的当局和时代的不满。从"我从去年辞帝京"到结束"江州司马青衫湿"是写自己被贬江州的遭遇和感慨，暗中抒发忠而被贬的愤懑不平。琵琶女和江州司马一前一后，身份有别但遭遇相通，皆是社会制度对人才的毁灭，所以又是前后映带、心心相通。诗人用"同是天涯沦落人，相逢何必曾相识"将两者勾连为一个整体。时间从傍晚到深夜，事件从江头送客到闻琵琶声再到邀约弹奏，接着是描绘精妙的弹奏技艺，弹奏后的琵琶女自叙身世遭遇，最后是诗人的自叙，完全是按照事件的发展顺序依次写来。两个人物的表述方式是"花开两朵，各表一枝"。

　　复线向前推进还有一种情况，就是并非"花开两朵，各表一枝"，而是两个人物、两个情节交错进行：先甲后乙，然后再甲再乙，或是合写甲乙，但仍是按照时间和事件发展的顺序，并且围绕一个中心事件来展开情节。如中国古代最长的叙事诗《孔雀东南飞》，全诗围绕刘兰芝、焦仲卿夫妇反抗封建家长制而双双殉情这一事件来展开情节，先写刘兰芝不堪忍受主动辞归，再写焦仲卿求母不成，分离在即，接着写兰芝辞别，仲卿相送，刘兄逼嫁，兰芝、仲卿相约殉情及各自殉情的经过，最后是"两家求合葬"。之间有分叙，也有合写，但皆是围绕上述中心事件，按照时间和事件发展的顺序依次展开。

　　白居易的《长恨歌》也是如此。这首长篇叙事诗以"安史之乱"为背景，咏歌唐明皇与杨贵妃之间生死不渝的爱情，并夹有对唐明皇荒淫误国也误妻、误己的批判。按照时间和事件发展顺序分为"安史之乱"前、奔蜀路上、返回长安以及仙山探访四个部分。在人物和情节的书写上也是有分叙，也有合写，但皆围绕"天长地久有时尽，此恨绵绵无绝期"这个主旨。

三、交综式

结构上既不是逆起也不是顺承，句意不是一气贯注，而是前后、首尾或者两句之间呈交综呼应之状，如杜甫的《楼上》：

> 天地空搔首，频抽白玉簪。
> 皇舆三极北，身事五湖南。
> 恋阙劳肝肺，论材愧杞楠。
> 乱离难自救，终是老湘潭。

唐代宗大历三年（768），杜甫离开夔州东下江陵，但江陵的亲友并未给他什么帮助，他处处受到冷遇。无奈之下，只得再南下公安、岳阳，去投奔潭州（今湖南长沙市）刺史韦之俊。孰知韦又于大历四年病故。从此，杜甫就漂泊在潭州到岳阳的船上，直到一年后病故。这首《楼上》大概就写于在潭州登楼之时。诗中虽有离乱之中孤苦无依、四处漂流的伤感，但并未忘记国家和民族的苦难，并对自己无法为国效力感到无奈和惭愧，可见其忧国忧民的情怀至死不渝，诗中的"恋阙劳肝肺，论材愧杞楠"足以证明这一点。整首诗围绕孤苦无依四处漂流的伤感和忧国忧民情怀这两个方面，在结构上交综翻叠：诗中第五句"恋阙劳肝肺"与第三句"皇舆三极北"相对，第六句"论材愧杞楠"与第四句"身事五湖南"相对，前者表现其忧国忧民情怀，后者抒发漂泊江湖无法为国效力的无奈和伤感，在呼应叠合之中给人一种开阔翻叠的美感。

至于交综的方式，又可分为有秩序的交综和无秩序的交综两种。

第一种，有秩序的交综。即指交综呈一定的规律，如果是绝句，则一、三句与二、四句呼应；如是律体，则五、六句与一、二句呼应，

七、八句与三、四句呼应，呈交综状。绝句的交综如王昌龄的《听流人水调子》：

> 孤舟微月对枫林，吩咐鸣筝与客心。
> 岭色千重万重雨，断弦收与泪痕深。

开元末，王昌龄因"不护细行，贬龙标尉"（《新唐书·文苑传》），这首诗大概写于贬赴龙标尉任上。流人即流浪艺人，"水调子"即《水调歌头》。此诗写诗人听流浪艺人弹奏筝曲《水调歌头》的感受，借此表达贬谪途中凄清又幽暗的心境。在结构上，第三句对接第一句，皆是写景，构织一个凄清又迷茫的氛围，来暗示自己的心绪；第四句对接第二句，皆是写人——弹筝者和听筝者。"吩咐鸣筝与客心"是说两人能心心相通，为什么能够如此，因为弹奏者是流浪艺人，听筝者是在贬谪途中，也就是《琵琶行》中说的"同是天涯沦落人"吧！第四句更是进一步证实两人的心心相通：弹奏者感情激愤以至弦断，听者则情绪激动，泪流不止。这种交互对接的结构方式，将诗人贬谪途中凄清幽暗的心境表达得更加突出，在形式上也有种交综翻叠的美感。

律诗中的交综如邵谒的《览镜诗》：

> 一照一回悲，再照颜色衰。
> 日月自流水，不如身老时。
> 昨日照红颜，今朝照白丝。
> 白丝与红颜，相去咫尺间。

这首诗诗意平庸，伤老叹衰而已。结构上五、六句与一、二句呼应，交代一照一回悲的原因和颜色衰的具体表现：昨日照、今日照，这才成一照一回悲；正因为"昨日照红颜，今朝照白丝"这才是"再照颜色衰"。诗的七、八句与三、四句呼应，三、四句从时间上比附：岁月的流逝像流水一样一去不返，不再回归；七、八句则从空间上进一步强调从红颜到白发，相距只有咫尺之遥。

我们常说杜诗的风格是沉郁顿挫，其实，这是可以加以细分和斟酌的。"沉郁"是风格上的特征，是内在的气质；"顿挫"则是语言、结构上的特征，是外在的表现形式。其中，交综翻叠就是构成"顿挫"的一个很重要的内容。杜甫律诗中有多首皆采用这种交综的方式，如《喜达行在所》（二）：

> 愁思胡笳夕，凄凉汉苑春。
> 生还今日事，间道暂时人。
> 司隶章初睹，南阳气已新。
> 喜心翻倒极，呜咽泪沾巾。

唐肃宗至德二年（757）五月，杜甫从被安史叛军占领的长安逃跑出来，历经千辛万苦，终于到达肃宗即位的凤翔（所谓"行在"本指帝王行幸之处），并被授予左拾遗之职。从被困长安担惊受怕到任职朝廷终于能实现自己的凤愿，这种身份上和生活上的巨变使诗人又惊又喜，惊喜之余回想昔日，又有点后怕和心悸，这首诗反映的就是他此刻的心情。诗的第五、六两句交综承接第一、二句，是对肃宗即位后朝廷新气象的赞扬和推崇，是写朝廷。其中一、二句是昔，五、六句是今。昔日是安史叛军占领长安，山河破碎。胡笳指胡人安禄山叛军，汉苑是以汉代唐，这是唐代诗人常用的手法，如白居易《长恨歌》中的"汉皇重色思倾国"。今日是中兴有望。这里暗用汉光武帝刘秀中兴汉室之典。汉光武帝做过司隶校尉，南阳是刘秀的故乡。诗的七、八句交综承接三、四句，是写自身的今昔之变。其中三、四句是昔，间道指小路，指昔日九死一生从小路逃跑出来；七、八句是今，苦尽甘来，喜极而泣！如此的交综成文，更好地突出了诗人由于身份上和生活上的巨变而产生的惊喜，也使诗歌增加了顿挫之美。

再如《题张氏隐居》（二）：

> 之子时相见，邀人晚兴留。
>
> 霁潭鳣发发，春草鹿呦呦。
>
> 杜酒偏劳劝，张梨不外求。
>
> 前村山路险，归醉每无愁。

诗的第五、六两句交综承接第一、二句，写主人的好客雅兴，是内在的美；第七、八句交综承接三、四句，写隐居之地环境的清幽，是外在的美。类似的还有《春宿左省》、《曲江二首》（其一）、《日暮》、《和裴迪登蜀州东亭送客逢早梅相忆见寄》等，皆是构成杜诗顿挫之美的一个主要方式。

第二种，无秩序的交综。无论是绝句或是律诗，不再是规则的一、三句与二、四句呼应，或是五、六句与一、二句呼应，七、八句与三、四句呼应，全诗的对应呈现一种无序的状态，如刘长卿的《送灵澈上人》：

> 苍苍竹林寺，杳杳钟声晚。
>
> 荷笠带斜阳，青山独归远。

苍苍写色彩，杳杳写声音，斜阳写时间，各为一个方面，互不相属，至末句方点出人物，用一个"独"字串联格局，因为上面三句皆有寂寞感。另外"远"字也对应了"杳杳"和"苍苍"。作为盛唐向中唐过渡的标志性诗人，刘长卿的诗歌有着独有的时代特色。他非常善于描绘山川景物，非常善于运用"青"、"白"等清淡的色彩，寒山落日、秋雨苍苔、孤云落叶、空林旧垒等，用淡秀的手法点染出一幅幅清冷孤寂的画面，如"寒潭映白月，秋雨上青苔"，"孤云飞不定，落叶去无踪"，"寒渚一孤雁，夕阳千万山"。这首《送灵澈上人》也是个例证，只是在结构上又多了个无序的交综，更增添了美感。

四、翻叠

结构上的翻叠是指将两种表面上相反的意思叠合在一起，让其相反相成，使诗句在辩证中蕴含哲理，增加理性的趣味。其翻叠方式可分为在一句之中翻叠，下句与上句翻叠，下半首与上半首翻叠三种类型：

（一）一句之中翻叠

如梅成栋的《咏梅》："满眼是花花不见，一层明月一层霜。""满眼是花"却又看不见花，表面上看似乎自相矛盾，但看了下句就会释然，原来梅花像雪又像霜。无论是雪还是霜，都是皎洁的白色，所以才会"满眼是花花不见"。诗人咏歌梅花的皎洁晶莹，用这种一句之中翻叠的方式加以表现，别有一番兴味。贾岛的"且说近来心里事，仇雠相对似亲朋"（《赠园上人》）结构上与梅成栋的《咏梅》完全相同：既然是仇雠，为什么又像亲朋？表面上看似乎说不通。但在佛教徒心中，一切仇恨都应该化解，也都可以化解。贾岛本身就是佛教徒，更何况，这又是一首赠佛教徒的诗。元代高彦敬的"不是闲人闲不得，闲人不是等闲人"，也属于这类。一句之中相反的意思翻叠在一起，颇有些思辨哲理的内蕴。

（二）下句翻叠上句

下句诗意表面上否定上句，实际上是使诗意更进一层，如雍陶的《峡中行》：

> 两崖开尽水回环，一叶才通石罅间。
> 楚客莫言山势险，世人心更险于山。

雍陶字国钧，中唐诗人，曾任侍御史、国子毛诗博士，宣宗大中八年（854）出任简州刺史（今四川简阳县），这是他出任过的最高官职。雍陶一生为求仕进，不得不常年在外奔波，广游岭南塞北诸地，过着"自从为客归时少，旅馆僧房却是家"（《旅怀》）的漂泊生活。艰苦备尝中对世道人心有许多感悟，这首《峡中行》即是其一，诗人借旅途中所见的山水险恶来批判世道人心。诗中的"世人心更险于山"表面上是对上句"楚客莫言山势险"的否定，实际上是更进一层。因为通过一、二句"两崖开尽水回环，一叶才通石罅间"的描述，已让我们深知这段山峡的险恶，所以楚客慨叹"山势险"并非夸张，诗人的否定实际上是要强调后者"世人心更险于山"。这是诗人常年在外奔波的体会，可能也是他干谒求官的感悟。不管如何，这种下句翻上句的翻叠方式，使诗歌在结构上别具一格。雍陶还有一首《过旧宅看花》："山桃野杏两三栽，树树繁花去复开。今日主人相引看，谁知曾是客移来。"结构完全与《峡中行》相同。用第四句"谁知曾是客移来"推翻第三句"今日主人相引看"，用主客易位喻世事沧桑、人事反复，深蕴着作者的人生感慨。

王安石不仅是一位政治改革家，也是一位杰出的诗人。特别是他的咏史诗，大多见解新颖、用意深长。晚年隐居钟山所写的闲居遣怀之作，更是精工闲淡、深婉秀雅，内蕴哲理或对世事人生的深深喟叹，如《招杨德逢》：

> 山林投老倦纷纷，独卧看云却忆君。
> 云尚无心能出岫，不应君更懒于云。

一、二句是抒情，抒发自己投老山林后的人生感受，不愿与人交往但唯独思念阁下。三、四两句借云起兴，白云虽无心出岫，但也时而出岫，想不到阁下比白云更懒，整日卧于居所，居然要我写诗相招。三、四两句不仅比喻新奇，想象绝妙，结构上的颠覆翻叠也增添了美感。这种下句对上句的颠覆翻叠，其规律一般是第一、二两句叙事或描景，三、四句在此基础上翻叠，并皆是第四句翻第三句，再看这首《戏城中人》：

> 城郭山林路半分，君家尘土我家云。
> 莫吹尘土来污我，我自有云持寄君。

君在城市，我在山林；城市有的是尘土，山林有的却是白云。请君莫让城市的尘土来玷污我，我将把山林的白云寄给你作为回报。作者的高洁和对世俗的厌弃，通过其中想象力异常丰富的自问自答，表现得新巧而充分。

下句翻叠上句是古代诗人常用之法，类似的诗句还可以举出很多，如唐代诗人施肩吾的《折柳枝》："伤心路边杨柳春，一重折尽一重新。今年还折去年处，不送去年离别人。"王镣的《感事诗》："击石易得火，扣人难动心。今日朱门者，曾恨朱门深。"施肩吾的《长安早春》："报花消息是春风，未见先教何处红。想得芳园十余日，万家身在画屏中。"等等。

（三）下半首翻叠上半首

绝句中的后两句或律诗中的后四句与前面两句或四句的意思相反，从而否定前面的议论或描述，我们把它称作下半首翻叠上半首。这种结构方式前面是虚，后面是实；前面是铺垫，后面才是诗人要表达的意思。这种结构方式能给人峰回路转、别开生面的艺术感受，如薛能的《杏花》：

> 活色生香第一流，手中移得近青楼。
> 谁知艳性终相负，乱向春风笑不休。

杏花是报春花，粉红的颜色、淡淡的清香，可称花中上品，诗的首句"活色生香第一流"即是对此的肯定，其中也表达出诗人的褒扬。"手中移得近青楼"是个叙述句式，也是个过渡。"青楼"二字的出现，让我们虽不知诗人要做怎样的文章，但知道他要做文章了。果然如此，下半首诗意来个大翻转："谁知艳性终相负，乱向春风笑不休。"艳性是谓杏花浮薄的秉性，正因为秉性浮薄，所以一旦移栽到追欢卖笑的青楼边，就会笑往迎来，乱向春风搔首弄姿。至此我们才知道，前面的肯定是为了后面的否定；前面的揄扬是为了后面的贬抑；前面是虚，是刻意的营造，后面方是实，是诗的主旨所在。这就是下半首翻叠上半首的结构方式。如果从内容上看，它也是首哲理诗。因为诗人指出，决定一个人品德修养的有两个因素：一是秉性操守，二是客观环境。杏花的秉性中有种艳性，客观环境又是移栽到青楼边，这样才会"乱向春风笑不休"。

刘禹锡是中唐著名诗人，为人性格刚毅，在长期的贬谪生活中不屈不挠，不肯随波逐流。其诗歌一如其人，有英姿勃发、激愤昂扬的气度而很少衰飒之气。即是偶露伤感之情也会很快矫以开朗之态。翻叠正是他转换情感的常用之法，如著名的《酬乐天扬州初逢席上见赠》：

> 巴山楚水凄凉地，二十三年弃置身。
> 怀旧空吟闻笛赋，到乡翻似烂柯人。
> 沉舟侧畔千帆过，病树前头万木春。
> 今日听君歌一曲，暂凭杯酒长精神。

　　唐敬宗宝历二年（826），刘禹锡由和州（今安徽和州市）刺史调任东都尚书省。从贞元二十一年（805）因参与王叔文革新集团失败被贬朗州司马到今日返回朝廷，前后在朗州、夔州等巴山楚水的凄凉之地放逐达23年，内中的困顿辛酸自不待言。途经扬州时，友人置酒相待，白居易当场赋诗一首《醉赠刘二十八使君》。诗中对刘禹锡出色的才华表示钦佩，对刘不幸的遭遇表示同情，更有对坎坷命运无可奈何的哀叹，诗中写道："为我引杯添酒饮，与君把箸击盘歌。诗称国手徒为尔，命压人头不奈何。举眼风光长寂寞，满朝官职独蹉跎。亦知合被才名折，二十三年折太多。"友人的感慨和同情自然勾起刘禹锡对23年苦难生活的回忆，所以答诗的上半段与白诗感情基调基本相同，是对23年巴山楚水苦难生活深长的叹息和对家乡的无尽思念，以至今日返回故国还像是在做梦一样。但正如上面所言，刘禹锡毕竟是个不屈服于命运的铁血男儿，气度激愤昂扬而很少衰飒之气，即使偶露伤感之情也会很快矫以开朗之态。在后半首中，诗人表现出与前半首、也是与白居易的赠诗截然不同的人生态度。这就是"沉舟侧畔千帆过，病树前头万木春"。"沉舟"和"病树"皆作者自谓；"千帆"和"万木"则指人类和整个自然规律：沉舟之侧，千帆竞发；病树前头，万木皆春。整个自然界在更替，整个社会在前进。自己这条破船即使沉没，自己这棵病树即使老死，又有什么呢？这当中有沉痛，有自慰，更有豁达胸怀和远大目光。这与他在另一些晚年诗歌中所表述的豪宕之情，如"莫道桑榆晚，为霞尚满天"，"马思边草拳毛动，雕眄青云睡眼开"是完全一致的。最后两句"今日听君歌一曲，暂凭杯酒长精神"是对白居易接风赠诗的感谢，更是慰友励己，表现出一种顺应自然规律、开朗又乐观的人生态度。刘禹锡诗集中，用下半首翻叠上半首的技法来表达感情或议论的诗例还很多，如《杨柳枝词》："塞北梅花羌笛吹，淮南桂树小山词。请君莫奏前朝曲，听唱新翻杨柳枝。"《竹枝词》之七："瞿塘嘈嘈十二滩，人言道路古来难。长恨人心不如水，等闲平地起波澜。"《浪淘沙》："莫道谗言如浪深，莫言逐客似沙沉。千淘万漉虽辛苦，吹尽狂沙始到金。"皆是绝句中的下半首翻叠上半首。另像《始闻秋风》："昔看黄菊与君别，今听玄蝉我却回。五夜飕飗枕前觉，一年颜状镜中来。马思边草拳毛动，雕眄青云睡眼开。天地肃清堪四望，为君扶病上高台。"则是律诗中下半首翻叠上半首。

当然，在一首诗中用上下部翻叠，给人一种峰回路转、别开生面的艺术感受，也是中国古典诗人常用的手法，如由晚唐"武功体"代表作家，与贾岛并称"贾姚"的姚合所作的《游天台上方》亦是如此：

> 晓上上方高处立，路人羡我此时身。
> 白云向我头上过，我更羡他云路人。

上半首是路人羡慕我，下半首是我羡慕人。人生的苦乐、地位、得失皆是比较而言。比上不足，比下有余。这里用翻叠句法，把这个人生哲理表述得清晰形象，理趣也就从翻叠之中产生出来。再如王建的《宫词》：

> 树头树底觅残红，一片西飞一片东。

自是桃花贪结子，错教人恨五更风。

上半首怨恨东风不住，扫尽残红。下半首别起新意，认为错怪了东风，这是桃花贪恋结子，才导致残红满地。这样，诗人就推翻了因落红满地而勾起的伤感，而翻叠出一层神韵新美的诗意。

至于全诗都在交综翻叠的，有邵谒的《览孟东野集》：

蚌死留夜光，剑折留锋铓。

哲人归大夜，千古传珪璋。

珪璋遍四海，人伦多变改。

题花花已无，玩月月犹在。

不知天地间，白日几时昧。

全诗围绕"变"与"不变"，以多变的世界，去反衬"不朽"的难能可贵。蚌死去，这是"变"，夜光珠永留人间，这是"不变"；剑被折断，这是"变"，锋芒仍在，这是"不变"；哲人归大夜，这是"变"，"千古传珪璋"这是"不变"；然后将"变"与"不变"的顺序翻转："珪璋遍四海"，这是"不变"，"人伦多变改"这是"变"；"题花花已无"是"变"，"玩月月犹在"是"不变"。最后两句"不知天地间，白日几时昧"是以疑问作结，其实通过上面"变"与"不变"的反复翻叠，答案已很明确：孟郊的诗像太阳一样，光照四海，永垂不朽！读过此诗的人一定会感到，此时的最大兴味就在于"变"与"不变"在全诗中反复翻叠。

五、对比

在诗歌的布局、构图和意境创造上，诗人往往刻意构成上下或前

后对比，以突出要表达的主旨。在具体的表现手法上又可以分为以下
几种类型：

（一）前半首与后半首在诗意或布局上构成对比

前面说过的陈子昂《登幽州台歌》、杜甫《登高》和柳宗元的
《江雪》皆是通过画面巨细对比，以突出抒情主人公的孤独感，这都是
在布局上构成对比。

李之仪的《卜算子》则是诗意上的对比，而且是在整体上进行：

> 君住长江头，我住长江尾。
>
> 日日思君不见君，共饮长江水。
>
> 此水几时休，此恨何时已？
>
> 只愿君心似我心，定不负相思意。

李之仪作为北宋后期词人，其词风深受柳永的影响，通俗浅显，富
有市民情调和民歌风格。这首词颇类南朝乐府，是首情词。其中语言的
通俗浅显、结构的复沓回环都深得民歌风神，又加入了文人精巧的构思
和深婉哀怨的情调，对通俗词是一种净化和提升，这也是此词千百年来
传唱不衰的原因所在。全词以长江水为贯穿始终的抒情线索，以"日日
思君不见君"为基调，"君住长江头，我住长江尾"，是"不见君"之
因，"此恨何时已"是不见君之果，但是恨之中又有无恨，其前提是
"君心似我心"，是"定不负相思意"。全篇就在这长江头、长江尾、有
恨、无恨之中反复对举叠唱，成为一首无比哀怨又无比缠绵的情词。

情思在对比之中进行和展开，亦是五代和宋朝诗人常用的手法，
如欧阳修的《生查子》："去年元夜时，花市灯如昼。月上柳梢头，人
约黄昏后。今年元夜时，月与灯依旧。不见去年人，泪湿春衫袖。"韦

庄的《女冠子》："四月十七，正是去年今日。别君时，忍泪佯低面，含羞半敛眉。不知魂已断，空有梦相随。除却天边月，没人知。"苏轼的《少年游》："去年相送，余杭门外，飞雪似杨花。今年春近，杨花似雪，仍不见还家"皆是如此。欧词是去年与今年的元宵之夜对比，将去年约会的愉悦与今年不见意中人的伤感对举，以抒发怀念之情；后蜀词人韦庄的《女冠子》扣住"四月十七"这个别离的日子，写去年此日的别离之苦和今年此日的相思之恨；苏轼的《少年游》则通过"杨花似雪"这个暮春季节的独特景象，将今年与去年此时对举，以抒发别情。应当说表现手法都是基本相近的。唐诗之中也有对举，如姚合的《送薛二十三郎中赴婺州》："我住浙江西，君去浙江东。勿言一水隔，便与千里同。富贵无人劝君酒，今宵为我尽杯中。"

（二）上句与下句相对

上句与下句相对这种对比方式又可分许多类型，如许浑的《送从兄归隐兰溪》："身随一剑老，家人万山空。"其中"一剑"与"万山"相对，这是巨与细的对比；罗隐的《甘露寺火后》："只道鬼神能护物，不知龙象自成灰。"其中"只道"与"不知"相对，这是正与反的对比；罗隐的《莲塘驿》："一梦不须追往事，数杯犹可慰劳生。"其中"不须"与"犹可"相对，这是取与舍的对比；郑启的《严塘经乱书事》："未见山前归牧马，犹闻江上带征辔。"其中"未见"与"犹闻"相对，这是虚与实的对比。

六、跳跃

中国古典诗词讲究跳跃和省略。古典诗词的语言受格律的约束，字数、句数都有限制，因此语言需要特别精炼，在叙述时只能强调最主要、最精彩的，次要的、平淡的就必须略去，这就产生了跳跃。另外，古典诗词追求含蓄朦胧，讲求言外之旨、境外之趣，以便发人深思、耐人寻味。因此也故意不把话说尽、说透，在诗中刻意留下一些空白，给人留下想象的余地，这也产生了结构上的跳跃。跳跃在古典诗词中主要有两种方式：

（一）叙述层次上的跳跃

叙述中，省去若干层次，从第一层直接跳到第三层或最后一层，如王维的《送元二使安西》：

> 渭城朝雨浥轻尘，客舍青青柳色新。
>
> 劝君更尽一杯酒，西出阳关无故人。

这首诗写的是客中送客，诗人以洗净雕饰、明净自然的语言，抒发了深厚真挚的惜别之情。值得注意的是，诗人虽有分别在即的忧伤、惆怅，但调子并不灰暗低沉，在七绝这个狭小的天地里，把离别、友谊这个传统题材表现得风采迥异、格调新颖，达到了前人未达到的高度。明代前七子领袖李东阳称赞说："此辞一出，一时传诵不足，至为三叠歌之。"所以此诗又有一个曲名叫《阳关三叠》。诗的前两句就像一出抒情短剧的背景，为主人公的出场安排了恰如其分的时间、地点和演出时必不可少的道具、场景。诗的三、四句在情节上是个大幅度的跳跃：它舍弃了送别之中一般过程的叙述，一下子从环境描写跳到饯行酒宴的煞尾，宴前、宴中的场面一概略去，从一系列送别的场面和动作中选取最感人的镜头和最富情感的瞬时："劝君更尽一杯酒，西出阳关无故人。""更尽"说明酒已经喝了很多，还在劝饮，这真是

"酒逢知己千杯少";另一方面,诗人的千言万语也都寄托在这临别的最后一杯酒中。这当中有对友人远去他乡的慰藉,有对友人的良好祝愿,也有自己依依惜别的深情。这两句诗,一个是富有情感特征的凝重动作,一个是脱口而出的内心表白,使主客双方的惜别之情达到了饱和点,也使诗人要抒发的情感显得分外集中和强烈。因此历代为此诗谱曲时,对这两句都加倍强调,反复咏叹,如元代的《大石调·阳关三叠》,把"劝君更尽一杯酒"在曲中重复三遍。据说,当笛子吹到最后一叠高音时,"管为之破"。

岑参《白雪歌送武判官归京》可分为两个场景,前半段是咏雪,后半段是送别。中间用"瀚海阑干百丈冰,愁云惨淡万里凝"来承上启下。其中送别的场面诗人也是采用跳跃式:

> 中军置酒饮归客,胡琴琵琶与羌笛。
> 纷纷暮雪下辕门,风掣红旗冻不翻。
> 轮台东门送君去,去时雪满天山路。
> 山回路转不见君,雪上空留马行处。

从诗中"纷纷暮雪下辕门"来看,这场送别的宴会进行的时间是很长的,但诗中只有两句"中军置酒饮归客,胡琴琵琶与羌笛",着意渲染一种异域情调。然后便跳到送行场面:"轮台东门送君去,去时雪满天山路。"这种跳跃是诗人的创作意图所规定的。因为此诗反映了"岑参兄弟皆好奇"(杜甫语)的创作倾向,它意在表现一种独特的异域风光,并通过送别来暗抒自己的思乡之情。所以着重写"胡天八月即飞雪"风狂雪猛的奇特,着重通过"轮台东门送君去"来暗抒别情。至于宴会本身,并不是他重点表现的内容,所以跳过。

（二）时间上的跳跃

时间上的跳跃是将可有可无的时间历程略去，以突出主要情节，如《木兰诗》，重在突出替父从军卫国保家的献身精神和不慕富贵的平民本色，所以以木兰替父出征置办行装，行军途中对家乡、父母的思念以及胜利归来恢复女儿装等处写得特别详尽，而十年的战斗生活只用"朔气传金柝，寒光照铁衣。将军百战死，壮士十年归"四句简单带过，这就属于时间上的省略。贺铸的《半死桐》也属这类跳跃：

> 重过阊门万事非，同来何事不同归？梧桐半死清霜后，头白鸳鸯失伴飞。　　原上草，露初晞，旧栖新垅两依依。空床卧听南窗雨，谁复挑灯夜补衣！

上阕开头"重过阊门万事非，同来何事不同归？"在时间上就是大幅度的跳跃。贺铸虽是皇亲国戚，由于秉性刚直，一生屈居下僚。唯一值得欣慰的是夫妻伉俪情深。赵氏夫人虽出身公爵皇族，嫁给词人后却不惮辛劳，勤俭持家，且对丈夫非常体贴。宋哲宗元符元年（1098）至徽宗建中靖国元年（1101）年间，词人因母丧停官闲居苏州，其中元符三年曾离开苏州北上一次，等返回苏州，赵氏夫人已因病去世。诗人重过阊门（阊门，苏州西门，北上往返必经之处），想到相濡以沫的妻子已经去世，不禁悲从中来，叹道："重过阊门万事非，同来何事不同归？"时间上已从元符元年跳至元符三年之后，将前后叠合在一起，以突出生离和死别给词人造成的巨大精神创伤！下阕"原上草，露初晞。旧栖新垅两依依，空床卧听南窗雨，谁复挑灯夜补衣！"时间跳跃的幅度更大，"原上草，露初晞"是借用汉乐府《薤露》篇，《薤露》是首丧歌，慨叹人生短促的。"旧栖新垅两依依"指代妻子已成为北邙上一抔黄土。"空床卧听南窗雨"，是描述今日独居中的思念，而"谁复挑灯夜补衣"则是回忆昔日夫妻在穷困中相守的情形。这三句在时间上有两次跳跃：一是从妻子去世之时跳跃到今日雨夜独处的愁思，二是由今日雨夜独处的愁思跳跃到昔日夫妻之间的贫贱相守。这两次跳跃，将词人与妻子一生的相濡以沫，妻子逝去后自己的追怀和愁思用最简洁的笔墨生动形象地表现了出来。

王维《山中送别》："山中相送罢，日暮掩柴扉。春草年年绿，王孙归不归。"刘禹锡的《乌衣巷》："朱雀桥边野草花，乌衣巷口夕阳斜。旧时王谢堂前燕，飞入寻常百姓家。"都是在时间上大跨度的跳跃。前者从今年春天的相别跳到明年或后年春天到来之时；后者从东晋时代王谢大族的鼎盛对接到中唐时代此处的衰微，时间上一下子省略了数百年。

在西方美学理论中，有的主张"美在形式"，有的主张"美在内容"，但无论哪个学派都不否认形式美的重要性。而结构则是形式美的一个重要方面。在中国古代的诗话、词话中，谈编章法结构者特多，足见其重要性。以上选取的六种不过是撮其要者，其中又以交综复叠最具美感，亦最难掌握，我们只有反复吟味或运用方能臻其妙境。"操千曲然后知音，观千剑而后识器"，此之谓也。

中国古典诗词的辞采美

　　中国古典诗词的风格是由多种因素决定的：诗人内在的气质、秉性，外在的生活环境、美学趣味，诗词的构思、意境、语言等。但在众多的因素中，语言是诗词极为重要的因素，因为无论是内在的气质、秉性，还是外在的美学趣味和追求，抑或是诗词的构思和意境，都必须通过语言来表现、来实现。所以古人认为诗作的最高境界是"意新语工"或"语意两工"（谢榛《四溟诗话》），如果只有好的立意而无好的语言，"有意无辞，锦袄子上披蓑衣也"（吴乔《围炉诗话》）。从某种意义上来说，风格美就是辞采美。当然中国古典诗人诗作各有文学风格，有的奇巧，如李贺、韩愈；有的古拙，如汉乐府；有的浓艳，如齐梁宫体、李商隐诗；有的平淡，如张籍、王建；有的刻意求雅，如西昆体；有的着意求俗，如白居易乐府诗；有的刚劲，如苏辛词风；有的柔美，如秦观、柳永。但是，所谓"春兰秋菊，皆一时之秀"，我们不能根据自己的爱好，扬此而抑彼。所有这些风格上的差异主要都是通过辞采表现出来的。中国古典诗歌的辞采，呈现以下几种主要类别。为了便于区别，以对举比较方法列出：

一、浓与淡

（一）浓

浓即浓艳，是指语言华美、镂金错彩、色彩艳丽、声韵协调，给人造成极为强烈的印象。过去一直有种误解，认为浓艳不如简淡，并举花间词和宫体诗为例，认为都是浓艳为患。其实，花间词和宫体诗自有其优长，随着学术研究中社会学批判和形而上学观念的逐渐消退，对花间词和宫体诗持肯定态度的人越来越多，其中语言的浓艳也为多数研究者所接受。因为诗词语言的浓艳与简淡，就像春兰秋菊，各有所长，人们亦各有所好。清末同光体代表作家陈衍说："诗贵淡荡，然能浓至，则又浓胜矣。"（《石遗室诗话》）他举杜甫《即事》中的"雷声或送千峰雨，花气浑如百合香"为例，认为是"浓至"的佳句。中国古典诗词中，花间词代表作家温庭筠特别善于用镂金错彩的语言来描景和抒情，如其代表作《菩萨蛮》：

> 小山重叠金明灭，鬓云欲度香腮雪。懒起画蛾眉，弄妆梳洗迟。
> 照花前后镜，花面交相映。新帖绣罗襦，双双金鹧鸪。

此词描绘一位妇女早起梳妆的情形，从结句"新帖绣罗襦，双双金鹧鸪"的暗示来看，这是位独居的妇女，正思念不在身边的丈夫，这也就是她"懒起画蛾眉，弄妆梳洗迟"的原因。温庭筠作为花间派的代表作家，非常善于描绘妇女的发饰、容貌、体态、心理以及闺中摆设，而且是工笔重彩、精雕细刻。这在此词中多有表现，用"雪"拟面，用"云"拟发，以"欲度"状鬓发之态，将这位妇女两颊低垂、轻柔、蓬松的头发形容得惟妙惟肖；再如，用"懒起画蛾眉，弄妆梳洗迟"来暗示这位妇女独居中的思念，侧面表现她夜不能寐；用"新帖绣罗襦，双双金鹧鸪"这个细节反衬丈夫不在身边、形只影单。这些都体现了语言的富艳精工。

初唐诗人骆宾王的《昭君怨》用词也极为浓艳，颇类宫体：

> 敛容辞豹尾，缄恨度龙鳞。
> 金钿明汉月，玉箸染胡尘。
> 古镜菱花暗，愁眉柳叶颦。
> 唯有清笳曲，时闻芳树春。

此诗用词极为华美。八句诗中共用了豹尾、龙鳞、金钿、汉月、玉箸、古镜、菱花、愁眉、柳叶、清笳、芳树等十二个丽语。其中豹尾、龙鳞点出宫阙的壮丽，胡尘、清笳是塞外的典型特征，月光下的美女，清笳中的离人，胡尘中的泪光，古镜中的愁容，声光色泽，无不写到。用了这样的浓笔，却不给人繁缛之感，这是很不易的。纪晓岚说"丽语难于超妙"，但骆宾王做到了。它是用写大赋《帝京篇》的铺张扬厉来铺排《昭君怨》的。

唐代诗人王维的诗作以疏淡清雅著称，但也有用语浓重之作，如《和贾至舍人早朝大明宫》：

> 绛帻鸡人报晓筹，尚衣方进翠云裘。
> 九天阊阖开宫殿，万国衣冠拜冕旒。
> 日色才临仙掌动，香烟欲傍衮龙浮。
> 朝罢须裁五色诏，佩声归到凤池头。

诗中造句堂皇，藻饰浓艳，音节洪亮，与庙堂气象极为协调。其中"九天阊阖开宫殿，万国衣冠拜冕旒"更用夸张手法渲染了唐帝国的声威。

在诸多的中国古典诗人中，唐代诗人李贺特别讲求语言色彩的浓重，刻意给人留下强烈的视觉印象，像《雁门太守行》、《罗浮山人与葛篇》、《杨生青花紫石砚歌》等皆是如此。在《雁门太守行》中，诗人将"黑云"、"金鳞"、"燕脂"、"夜紫"、"红旗"、"霜重"六种浓重的色调组合在一起，构成秾艳斑驳的奇特画面，给人强烈的视觉感受。以此来象征情势的危急、战斗的艰苦，藉以抒发自己慷慨报国之志。正如陆游所云："贺诗如百家锦纳，五色眩耀，光彩夺目。"更值得注意的是李贺在搜寻和捕捉这些浓烈的色彩来锻造幽怨的诗句时，常常不顾这些色彩一惯的情感表征和本来面目，完全按自己的情感需求加以改铸。在常人的眼中，红色代表热烈，绿色象征生命，花朵意味着美好，听歌意味着愉悦，但在李贺的眼中，红是愁红："愁红独自垂"；绿是寒绿："寒绿幽风生短丝"；花正在死去："竹黄池冷芙蓉死"；美妙的歌声也让人心悸："花楼玉凤声娇狞。"有时在这充满苦冷寒意的主观感受之中又添上怪诞、死亡的幻觉：一块端砚上美丽的青眼会变成苌弘的冷血（《杨生青花紫石砚歌》）；朋友赠送一匹雪白葛纱，他却从中听到毒蛇长叹、石床鬼哭（《罗浮山人与葛篇》）；夏夜的流萤，能幻化出如漆的鬼灯（《南山田中行》）；一阵旋风，他又仿佛感觉到怨鬼的纠缠（《长平箭头歌》）。

另外，由于李贺的心态更为脆弱，作为一种补就和矫正，他喜用"刮、轧、割、断、挝、焚、斩、截"等狠重的动词，也喜用"金、铜、铅、石"等坚硬沉重的物体为喻，在其240多首诗作中，"断"用了40次，"截"用了6次，"金"用了34次，"铜"用了22次，"铅"用了5次，"石"用了53次。有时上述词汇在一首诗中就用了2次，如《李凭箜篌引》："女娲炼石补天处，石破天惊逗秋雨"；《帝子歌》："九节菖蒲石上死"，"沙浦走鱼白石郎"；《南山田中行》："云根苔藓山上石，石脉水流泉沙滴"；《感讽五首》："石根秋水明，石畔秋草瘦"；《长歌续短歌》："明月落石底"、"徘徊沿石寻"；有时甚至出现在一句诗中："谁最苦兮谁最苦"（《白虎行》）。有些词汇在一首诗中出现三四次，如"石"在《南园》中就出现 3 次："鱼拥香钩近石矶"（其八），"白履藤鞋收石蜜"（其十一），"沙头敲石火"（其十三）；甚至在一首诗中出现 4 次，如《昌谷诗》："石钱差复籍"、"石矶引钓饵"、"石根缘绿藓"、"乱筱进石岭"；有的词汇居然在同一首诗中重复出现 7 次：如《荣华乐》中的"金"字："新诏垂金曳紫光煌煌"、"龙裘金袂杂花光"、"玉堂调笑金楼子"、"黄金百镒赐家臣"、"金铺缀日杂红光"、"金蟾呀呀兰烛香"、"能叫刻石平紫金"。这些浓重、狠重词语的选择和不断重复使用，也反映了李贺诗词的情感特征和"师心"的倾向。只不过由于锻炼太过，太注重语言技巧，也有失天真之趣。正如李东阳所言："李长吉诗字字句句欲传世，故过于刿钺，无天真自然之趣。"（《麓堂诗话》）

（二）淡

所谓淡是指色调淡雅，语言平淡。但这种境界并不比浓艳来得容易，甚至比绚烂的境界更高，宋代诗论家葛立方认为"作诗无古今，唯造平淡难"，并且细论了这个到达平淡之境的过程："大抵欲造平淡，当自组丽中来。落其华芬，然后可造平淡之境。"（《韵语阳秋》）如果不从精丽入手，陶冶铅华，一味为平淡而平淡，那就成了浅薄或枯涩。

唐代诗人孟浩然是位追求平淡诗风的高手，他的《过故人庄》就是被闻一多评为"淡到看不见诗"的极品：

故人具鸡黍，邀我至田家。

绿树村边合，青山郭外斜。

开轩面场圃，把酒话桑麻。

待到重阳日，还来就菊花。

　　说它是诗，更像一则日记。它以省净的语言，平淡地叙述了到一个农家友人那里做客的经过。全诗没有一个夸张的句子，没有一个色彩浓烈的词语，确实是淡到看不见诗。但是，亦如沈德潜所指出的，孟诗"语淡而味终不薄"（《唐诗别裁》）。这首表面上极为平淡的诗句实际上诗味极浓：开头两句"故人具鸡黍，邀我至田家"文字上毫无渲染，显得简单而随便，实际上这正是不拘形迹的挚友之间的交往方式，朋友的心迹互相向对方敞开，无须客套和虚礼。第三联"开轩面场圃，把酒话桑麻"似乎在不经意地叙述农家环境和宾主之间的叙谈，实际上以淡雅省净之笔勾勒了田园风光，让我们嗅到了泥土的气息和农家风味。尾联"待到重阳日，还来就菊花"更富情味：主人热情地再次邀约，客人毫不做作的爽快答应，再次印证挚友之间的不拘形迹、无须客套，也可见这次做客的愉快和融洽。另外，诗人也不是一味地平淡，诗中也有精心构筑的佳句，如颔联的"绿树村边合，青山郭外斜"二句。这两句在构图上经过精心的安排：上句是近景，绿树环抱，自成一统，显得分外清幽；下句是远景，郭外青山依依相伴，使故人庄既不孤独又显得开阔。从遣词上看，"合"和"斜"特别精致和到位。它不但赋予静态的青山、树木以动态感，而且显得山和树似乎刻意眷顾这座故人庄。另外透过"合"字，可见故人庄周围绿树环合的清幽景象，"斜"字不仅写出青山的体态，更有客人透过轩窗偏头看山的情形，其田园之美、田园之乐自在其中。平淡之中蕴藏深厚的情味，浓郁的诗意，使这首"淡到看不见诗"的《过故人庄》成为中国古典诗歌中最为动人的杰作之一。

他的《春晓》似乎更为平淡，因为连像"绿树村边合，青山郭外斜"这样偶然出现的精致对句也没有：

> 春眠不觉晓，处处闻啼鸟。
> 夜来风雨声，花落知多少。

这是大陆、港台的小学低年级语文课本必选的，也就是因为它通俗易懂。但其中确有至味：诗人抓住春眠醒来的片刻感受，表现出春日清晨大自然的无限生机，寄寓着对美好事物的珍惜之情。语言虽平淡自然，韵味却醇美深厚。苏轼概括孟浩然的诗歌风格是"发纤秾于简古，寄至味于淡泊"，这篇即可作证。

最后必须指出的是：平淡与浓艳虽是一对矛盾，但也相辅相成，高明的诗人会用"浓"，也会用"淡"，如白居易，既有"不求宫律高，不务文字奇"通俗易懂的新乐府，又有精美绝伦、刻意锻造的《长恨歌》和《琵琶行》。李商隐的《无题》深情绵邈、富艳精工，他的《行次西郊一百韵》、《随师东》等政治抒情诗则通俗直率，几乎不作修饰。有时甚至在一首诗中也往往是浓淡相间、错杂兼用、并行不悖，就连孟浩然的"淡到看不见诗"的《过故人庄》中也有"绿树村边合，青山郭外斜"这样精致的对句。再如杜甫《咏怀古迹》（其三）：

> 群山万壑赴荆门，生长明妃尚有村。
> 一去紫台连朔漠，独留青冢向黄昏。
> 画图省识春风面，环佩空归月夜魂。
> 千载琵琶作胡语，分明怨恨曲中论。

此诗作于夔州，是杜甫诗风变化最大的创作时期。诗中咏歌的是众人皆知的昭君出塞的故事。诗人借昭君远离家国之怨，来寄托自己战乱之中长期漂泊的家国之思。诗的开头两句为赋体，通俗明白的叙述，可谓平淡，结尾抒昭君之怨，也是未作修饰，清楚明确，这四句可归为"淡"。中间四句语言精美、色彩纷呈，意象、构思均刻意为之：紫塞、大漠、青冢、黄昏四个不同的意象，四种不同的色调，构成了昭君远离家国、身死异域的无穷哀怨。遣词上，清人朱翰曾指出："'连'字写出塞之景，'向'字写思汉之心，笔下有神。"（《杜诗解意》）确实是精心锻造。下面"画图"二句分承颔联，进一步写昭君身世和家国之情。"画图"句紧承第三句，指出是汉元帝的昏庸，才造成昭君的"一去紫台连朔漠"。"环佩"则分承第四句，死后昭君青冢虽留塞外，但魂魄却在月夜返回故乡。结构上，诗人采取我们上面曾提及的分承法，遣词上则通过想象、比喻，显得哀婉感人。这四句，不着一句议论，完全从形象落笔，让"独留青冢向黄昏"、"环佩空归月夜魂"的昭君悲剧形象在读者心中留下难以磨灭的印象。在辞采上可谓浓淡结合。

韩愈的《答张十一》在遣词上也是淡浓相间：

> 山净江空水见沙，哀猿啼处两三家。
> 筼筜竞长纤纤笋，踯躅闲开艳艳花。
> 未报恩波知死所，莫令炎瘴送生涯。
> 吟君诗罢看双鬓，斗觉霜毛一半加。

诗的首联"山净江空水见沙，哀猿啼处两三家"和尾联"吟君诗罢看双鬓，斗觉霜毛一半加"均用赋体，通俗明白，可谓平淡。颔联"筼筜竞长纤纤笋，踯躅闲开艳艳花"为描写，颈联"未报恩波知死所，莫令炎瘴送生涯"是抒情，遣词可谓"浓"，与杜甫的《咏怀古迹》（其三）浓淡相间的方式几乎完全相同。

二、巧与拙

（一）巧

　　语言上的"巧"是指用语新巧、句法精妙；"拙"是指遣词造句呈现一种古拙的美。古人论诗，多偏好"拙"而轻视"巧"。其实，这就像淡与浓一样，只要运用得好，都可以达到至美之境。从审美爱好来说，也是燕瘦环肥，各有所好。清代诗论家吴骞在《拜经堂诗话》中说："昔人论诗，有用巧不如用拙之语，然诗有用巧而见工，亦有用拙而逾胜者。"吴骞举了两个诗例，皆是咏歌杨贵妃之事。一是李商隐的"夜半宴归宫漏永，薛王沉醉寿王醒"；另一是马君辉的"养子早知能背国，宫中不用洗儿钱"。前者用词新巧，暗讽寿王李瑁因其妻杨玉环被父霸占而内心耿耿，夜不能寐；后者用词拙朴，直接指斥李隆基认安禄山为养子，后来酿成"安史之乱"的昏乱之举。吴骞认为两者皆佳，前者"巧而见工"，后者"拙而愈胜"。

　　诗歌中语言新巧的表现方式很多：

　　第一种是体现在构思上，通过调动词汇来体现其新巧，如薛能《新柳》："轻轻须重不须轻，众木难成独早成。柔性定胜刚性立，一枝还引万枝生。天钟和气原无力，时遇风光别有情。谁道少逢知己用，将军因此建雄名。"第一句三个"轻"，第二句两个"成"，第三句两个"性"。颔联一虚一实，颈联一有一无，首联突出其"轻"，尾联强调其"重"，构思颇为新巧，而这种新巧正是通过词汇叠合、轻重、虚实对应而形成的。

　　第二种是体现在句式结构上，如杜甫"仰蜂粘落絮，行蚁上枯梨"

（《独酌》），所选之物是两种昆虫——蜂和蚁，两种枯败的植物——落絮和枯梨，而且将蜂和落絮、蚁和枯梨结合到一起，都给人意想不到的新鲜感。杜甫闲居之中一人独酌的无聊，也就从中表现无遗。另一首中"芹泥随燕嘴，花粉上蜂须"则更为细密，就像工笔画一样，细入毫芒。杜诗中这类体物工巧、多生新意的诗句还有"花妥匄捎蝶，溪喧獭趁鱼"等。杜荀鹤的《途中作》："枕上事仍多马上，山中心更胜关中"；《隽阳道中》中的"争知百岁不百岁，未合白头今白头"等，造句新颖，每句中皆重出二字，极为工巧。贾岛《寄钱庶子》："树荫终日扫，药债隔年还"对偶宽远，一情一景，一巨一细，极为工巧。他的另一首《答王建秘书》，"白发无心镊，青山去意多"亦是如此。

　　第三种是词汇本身选择或锻造得不同凡响、新鲜奇特。韩愈是中唐古文运动的倡导者，为了恢复道统，反对时文，他提倡创新，在语言上提出"唯陈言之务去"。诸如"落井下石"、"童头齿豁"、"焚膏继晷，兀兀穷年"、"不平则鸣"等皆是他创造而后来成为成语的。在诗歌创作中，他也追求"险语破鬼胆"（《醉赠张秘书》），极力追求造句遣词的新巧。其《苦寒诗》长达72句，从各个方面将苦寒极力加以刻画，几乎到了无以复加的地步。一番铺排后，又从受冻的万物中拈出麻雀，写它苦寒中的心理和状态："啾啾窗间雀，不知已微纤。举头仰天鸣，所愿晷刻淹。不如弹射死，却得亲炰燖。"真是越写越见新奇。另一首《郑群赠簟》也与此仿佛，先遣词极力夸说竹席的珍贵可爱："携来当昼不得卧，一府传看黄琉璃。体坚色净又藏节，尽眼凝滑无瑕疵。"然后渲染自己如何怕热作为铺垫。最后夸张得到郑群赠簟，睡在上面产生的奇迹："呼奴扫地铺未了，光彩照耀惊童儿。青蝇侧翅蚤虱避，肃肃疑有清飙吹，倒身甘寝百疾愈。"几乎每一个字都锻造得突兀奇巧！

　　必须指出的是，所谓新巧并不等于奇特，不一定都像韩诗那样"唯陈言之务去"，有的字很寻常，但用得恰到好处，就给人耳目一新之感，如众所周知的王安石《泊船瓜洲》：

> 京口瓜洲一水间，钟山只隔数重山。
> 春风又绿江南岸，明月何时照我还。

　　此诗写于宋神宗熙宁八年（1075）二月，诗人第二次拜相，离开隐居之地钟山渡江北上。此诗历来受人称道，主要是第三句"春风又绿江南岸"，特别是其中的"绿"字。洪迈在《容斋续笔》中说，他曾亲见诗稿，其中"绿"字改过十几次，先后曾改为"到"、"过"、"入"、"满"等字，王安石都不满意，最后定为"绿"字。"绿"字为何精警？因为它把无形的春风转换为鲜明的视觉形象，从而达到两种效果：一是大自然由此勃发出生机——春风拂煦，百草萌生，千里江南，一片新绿；二是暗指皇恩浩荡。神宗此时下诏恢复王安石的相位，并要他立即北上，看来新法又有希望。诗人希望凭借这股春风驱散政治上的寒流，开创变法新局面。而这些内涵，是"到"、"过"、"入"、"满"等无法实现的。可以说，一个寻常的"绿"，给这首诗乃至王安石带来了千古的声誉。其实，王安石诗中的"绿"字不止此篇，也都使用得很工巧精到，如《北山》："北山输绿涨横陂，直堑回塘滟滟时。"《书湖阴先生壁》："茅檐长扫静无苔，花木成畦手自栽。一水护田将绿绕，两山排闼送青来。"前一个"绿"字，形象地描绘出北山流下的溪水涨满山下陂塘，一派春水接天、春光无限的景象，并让我们产生想象：北山溪水带给钟山脚下的不止是春水，也给山下万物乃至江南带来春意和生机。它与后面"细数落花因坐久，缓寻芳草得归迟"两句相连，更在寻常语中顿生无限精妙意，《石林诗话》评此诗"但见舒闲容与之态"，实际上包孕静中生动、无中生有的禅意。后一个"绿"字正好相反，它是化静为动，让无生命的绿水青山都充满动态，都满怀情谊：一个绕着农田，让田野充满生命的绿色；一个刻意推开门，将青青的山色奉献到诗人眼前。王安石的诗，特别是归隐钟山时期写的绝句，常以工巧的语言、白描的手法，勾勒出闲淡秀雅的自然风光，让人读起来清香满口。而且，这些诗句的语言并不藻丽奇特，往往是寻常语，只是用得恰到好处！

王安石这种遣词命意的本领，杜甫也有，甚至更为高明，你看他的《水槛遣心》：

> 去郭轩楹敞，无村眺望赊。
> 澄江平少岸，幽树晚多花。
> 细雨鱼儿出，微风燕子斜。
> 城中十万户，此地两三家。

此诗作于草堂修成以后，长期奔波的诗人终于有了一个可以暂息之地。此诗就是描绘了诗人此时的闲适，抒发春天到来时的感受。全诗八句，句句是描景，句句又是"遣心"。特别是"细雨鱼儿出，微风燕子斜"两句，体物特别细密，在寻常语中翻出新巧。叶梦得《石林诗话》称赞这两句"体物缘情，有天然之妙。'细雨鱼儿出，微风燕子斜'此十字，殆无一字虚设"。细雨落水面，鱼儿常浮出水面�呷喋，如果雨猛浪狂，鱼儿就会潜入水底；燕子身轻，在微风中方可轻捷地掠过天空。一个"出"字，写出鱼儿的欢欣，一个"斜"字写出了燕子的轻盈。这与此时诗人心情的轻松、春天到来的愉悦是完全合拍的，所以说，八句皆是写景，八句诗又皆是"遣心"！

（二）拙

所谓"拙"表现出一种朴拙的美感，给人一种不加雕琢、浑然天成之感，实际上是辞拙而意工，如汉乐府《江南》：

> 江南可采莲，莲叶何田田。鱼戏莲叶间，鱼戏莲叶东，鱼戏莲叶西，鱼戏莲叶南，鱼戏莲叶北。

诗从结构上来看，似乎很笨拙，因为重复之处太多。一句"鱼戏莲叶间"即可，干吗还要"鱼戏莲叶东"、"鱼戏莲叶西"直至莲叶南、莲叶北说个遍呢？但如细加分析，就可知这是一首精心构置的美诗，只不过用貌似笨拙的方式表现出来罢了。在表现手法上，它采用民间情歌常用的比兴、双关手法，以"莲"谐"怜"，象征爱情，以鱼儿戏水于莲叶间来暗喻青年男女在劳动中相互爱恋追逐的情景。既然是相互追逐，东、西、南、北就要追一遍。电影中一对男女在原野上跑来跑去，在街道上躲来躲去，我想都源于此。另外，东、西、南、北并列，方位的变化以鱼儿的游动为依据，明写"鱼戏莲叶东"，暗示这对青年男女采莲在莲叶西，明写"鱼戏莲叶西"则暗示这对青年男女采莲在莲叶东，南、北亦相同，语言和句式的朴拙暗藏着构思的精巧。另外，这种复沓又呈现出变化的句式，也是《诗经》的传统手法。诗中没有一字直接写人，但是通过对莲叶和鱼儿的描绘，却让人如闻其声，如见其人，如临其境，领略到采莲人劳动的愉快、爱情的欢乐。这首貌似笨拙的诗，有十分精妙的表现手法，既继承了传统，又体现了民歌特色，这就是辞拙而意工的拙朴美。

这种美感在民歌中多有表现，如南北朝乐府《木兰诗》中木兰购置出征行装一段："东市买骏马，西市买鞍鞯，南市买辔头，北市买长鞭"；战争结束胜利返乡一段："爷娘闻女来，出郭相扶将。阿姊闻妹来，当户理红妆。小弟闻姊来，磨刀霍霍向猪羊"，皆是采用排比复沓的章法。如果细论，诗中的描述似乎不近情理：购置出征行装没有东市买马，再到西市买个马鞍子，又到南市买个马笼头，再到北市买个马鞭子。但是，如从诗中情节和塑造人物形象需要出发，就会觉得这种写法实在高明，因为它烘托了备战紧张而热烈的气氛，一家人为了木兰出征东奔西跑的情形，自然也就突出了木兰从军既是卫国也是保家的价值所在。同样的，战争结束后木兰胜利返乡一段，把家庭中每个人物的行为一一加以描述，也是在突出木兰从军的价值所在，她牺牲了自己十年女儿身，丧失了在家乡依在父母膝下平静幸福的生活，换来的不仅是父母安享晚年，也使小弟长大成人，现在居然能杀猪宰羊，承担起主要的家务重活，姐姐也因妹妹改扮男装从军才能在家"当户理红妆"。诗中如此详尽的叙述正是在处处突出木兰从军的重大意义！

民间文学永远是文人的老师。杜甫的《草堂》一诗就是有意学习《木兰诗》中这种拙朴的美："旧犬喜我归，低徊入衣裾；邻舍喜我归，沽酒携胡芦。大官喜我来，遣骑问所须；城郭喜我来，宾客隘村墟。"诗人以这种排比复沓的章法结构来表达自己重回草堂时的喜悦心情。

中国古代诗史中，许多有抱负的古代诗人也都将这种拙朴的美作为自己的创作追求。南宋诗论家罗大经在《鹤林玉露》中指出："诗唯拙句最难，至于拙，则浑然天成，工巧不足言矣。"他并举刘禹锡的《望夫石》诗"望来已是几千载，只似当时初望时"，就是所谓"辞拙而意工"。施肩吾《古别离》在遣词造句上也是有意追求这种拙朴的美：

老母别爱子，少妻送征郎。
血流既四面，乃亦断二肠。

不愁寒无衣，不怕饥无粮。

惟恐征战不还乡，母化为鬼妻为孀。

诗中写一个别离的场面，征人要上前线，母亲、妻子送别。诗人从旁叙述母亲和妻子最担心的结局。诗的前四句已不够细巧，后四句更显拙朴，完全是市井粗俗口吻。母亲因子丧命自己也活不成，妻子也要变为孀妇，这自然是征人战死的必然结果，但直接道出"母化为鬼妻为孀"，既不委婉含蓄又不忌讳，就像汉末童谣那样直接且毫无掩饰。从而产生一种古拙的美。

陆龟蒙的《古态》也是如此：

古态日渐薄，新妆心更劳。

城中皆一尺，非妾髻鬟高。

"城中"二句，用极为浮浅的口吻，将一位妇女追逐时髦的心态，直白地道出，口吻毕肖，心理逼真，真是如见其人、如闻其声。但细究起来，这两句又并非浮浅，它是对汉末童谣《城中好高髻》的化用，笨拙之中透着古意，与诗题《古态》暗合，这就叫"因拙得以工"。

三、雅与俗

（一）雅

所谓雅是指语言的典雅、清丽。这也是古代诗论家为诗歌语言所确立的一个审美标准，魏庆之在《诗人玉屑》中论诗，就以典重渊雅为贵。南宋诗论家严羽认为要学诗必须"先除五俗，即俗体、俗意、俗句、俗字、俗韵，都以趋雅避俗为正则"（《沧浪诗话》）。孟浩然诗风古淡，画面清空幽远，历代备受推崇，这与其语言雅洁韵远关系极大，如《宿建德江》：

> 移舟泊烟渚，日暮客愁新。
> 野旷天低树，江清月近人。

此诗是孟浩然年轻时在江浙一带漫游时所作。建德江，即新安江流经浙江建德县一段的江面。诗意很简单，抒发一位客子的思乡之情，但景色很美，构图很精致。使用简练的勾勒、清淡的着墨，来表现大自然的清幽景象，制造一种静谧又散淡的氛围，这是孟浩然山水诗的特色，也是孟浩然的特长，这首诗就是一个明证：诗人通过日暮、烟渚、旷野、清江等画面的选取，再加上"天低树"、"月近人"等对景物的直接感受，展示出一幅充满旅思乡情的秋江夜泊图。在结构上，诗人又使用交综之法：第三句"野旷天低树"与第一句"移舟泊烟渚"相接，皆写江边泊舟的环境，而且是由近及远；第四句"江清月近人"则对接第二句"日暮客愁新"，皆写人，抒客子之愁。日暮时分，是游子最易思亲之时，所以日暮时分又添新愁。孟浩然之前的《诗经·君子于役》，孟浩然之后的柳永《八声甘州·对潇潇暮雨洒江天》无不如此。而"江清月近人"则在此基础上又作进一步的渲染：旷野之下，烟渚之中，与客亲近的只有"月"，客的孤单自在言外了，这也是"日暮客愁新"的原因吧！由此看来，这首绝句之所以传唱不衰，诗人的构思、运笔、结构上这种交综翻叠的美皆是很重要的原因，但这些都是通过清丽幽远的语言来实现的。他的《夜归鹿门歌》在语言上也呈现类似的风格：

> 山寺钟鸣昼已昏，渔梁渡头争渡喧。

人随沙岸向江村，余亦乘舟归鹿门。

鹿门月照开烟树，忽到庞公栖隐处。

岩扉松径长寂寥，唯有幽人自来去。

此诗语言上最大的特点是不追求秀句巧对，重在从视觉、听觉出发，或通过与前贤、世人的比较，运用冲淡清旷、富于韵味的语言，表现了一位淡漠世情者在山村晚归渡头、月下松径上的体验和感受，显现出一位恬然超脱的隐者形象。诗的首联写傍晚时分归途所见，主要从听觉落笔，两相对举：山寺里响起悠然的晚钟，渡头传来归人的喧闹。声响中有静谧，喧闹里显出尘。反衬之下，更显出山寺的僻静和世俗的烦扰，一个潇洒出尘的隐者形象已暗含其中。颔联则是从视觉摹写：平沙远渡、归村人影，显得异常静美，这是以静写静；"余亦乘舟归鹿门"则点出自我，与世人相对，显现出两种襟怀，两种归趋。从构图上来看，全诗八句皆是描景，间以叙事，但每句皆是一幅清淡的水墨画。明代诗论家胡震亨说孟诗"出语洒落，洗脱凡近"（《唐音癸签》），这首七古很充分地体现了这一点。

王维《山居秋暝》也是语言雅洁秀美的一个典型：

空山新雨后，天气晚来秋。

明月松间照，清泉石上流。

竹喧归浣女，莲动下渔舟。

随意春芳歇，王孙自可留。

此诗写山间隐居的感受，用秋天傍晚新雨之后疏朗清新的美景与诗人澄澈高洁的情思相辉映，既是一幅疏朗静谧赏心悦目的山水画，也是一首咏歌闲适避世、心无杂尘的隐士之歌。其中的颔、颈两联遣词用语格外雅致清纯，也是这首诗最为动人之处。这两联皆是以动写静、以景寓情，但表现手法又各有别。颔联"明月松间照，清泉石上流"是状物，咏歌山间景象；"竹喧归浣女，莲动下渔舟"是写人，描叙山下世情。"明月松间照，清泉石上流"是一静一动，动静相承，写出雨后夜晚山间的美景；"竹喧归浣女，莲动下渔舟"则一远一近，显出生活的气息。为了与"空山"相符，也为了突出隐者的落寞，诗人刻意让生活中的欢乐离得远一些，涂抹得淡一些：让浣女的笑声隔着密密的竹林，让渔舟隐藏在浓密的荷叶之间，这是何等精心的设计与构筑。严羽称赞王维的山水诗作"其妙处透彻玲珑，不可凑泊，如空中之音，相中之色，言已尽而意无穷"（《沧浪诗话》），真是确评。

古典诗人中因词汇句法精美而使全诗流传千古的诗例还很多，如谢灵运《登池上楼》中的"池塘生春草，园柳变鸣禽"，谢朓《晚登三山还望京邑》中的"余霞散成绮，澄江静如练"无不如此。李白曾感叹道："解到澄江静如练，令人常忆谢玄晖"，李白尚如此，况吾辈乎！

（二）俗

所谓俗并非庸俗，而是指语言上的通俗、口语化，风格上的浅切、直白，这也是古典诗人们刻意追求的旨趣。也就是说，俗不俗的标准不在于语言的通俗、直白、口语化，而在于是否一味重复别人的陈腔滥调、格调低下的油腔滑调，而在于创新，在于发人之所未发。如能如此，即使是俚俗野语，也能让人耳目一新。例如用倾国倾城来形容美色，汉代的李延年首创《佳人》之歌，千百年来传唱不衰。但历代沿用，倾国倾城之喻已变得烂熟，成为毫无新意的陈腔滥调，再在诗中不断沿用，这就变得"俗"。但到了宋代江西派代表作家黄庭坚的手中，他用来形容一个诗人的诗歌影响，"君诗如美色，未嫁已倾城"（《次韵刘景文登邺王台见思》），一下子就让这个烂熟的比喻变得新鲜动人。黄庭坚是宋代江西派代表作家，他一生反对"熟烂"而提倡"生新"，讲求翻空出奇、点石成金，主张诗词高胜要从学问中来。过去，有人老是批评他颠倒了文学的源泉，其实书本何尝不是文学创作的源泉。单是他将烂熟变为生新的改造功夫，就是很了不起的。

　　中国古典诗人中，许多有成就的诗人都将"寻常事"、"俚俗语"写得别开生面，将变俗为雅作为考验或衡量自己艺术水准的终生追求。南宋的著名词人姜夔说："人所易言，我寡言之；人所难言，我易言之，自不俗。"（《白石道人诗话》）众所周知，姜白石词，用词雅驯、音律精美，格调清空淡远，但也有刻意俚俗之作，这在诗中表现得更为明显，如《契丹歌》：

　　　　大胡牵车小胡舞，弹胡琵琶调胡女。
　　　　一春浪荡不归家，自有穹庐障风雨。

　　此诗写契丹族的民族习性：男女皆喜爱歌舞，到处流浪像吉卜赛人一样，居住的是可以随时迁徙的穹庐。其中"大胡牵车小胡舞"、"一春浪荡不归家"等句，刻意口语化，显得俚俗直白，但符合人物身份和民族习性，给人"自不俗"之感。姜夔写诗，师法晚唐诗人陆龟蒙、皮日休。皮、陆诗歌就是以通俗化著称，文学史上将其作为新乐府运动在唐末的余绪。

　　杜甫自称"老来渐于诗律细"，又说"为人性僻耽佳句，语不惊人死不休"。他的诗歌沉郁顿挫，分外精美。但有时又向民歌学习，刻意追求俚俗和直白，如前面列举的《草堂》中"旧犬喜我归，低徊入衣裾"等数句。他的另一首诗《遭田父泥饮美严中丞》则刻意选取粗俗的口语："田翁逼社日，邀我尝春酒。叫妇开大瓶，盆中为我取。回头指大男，渠是弓弩手。"诗中直接道出这位田翁的俚俗言行："叫妇开大瓶"是言，"盆中为我取"是行，语言行为都很粗豪。正是这种不加修饰的粗豪写出了农民的质朴、心口如一的待客热情，也写出了农家的典型特征：盛酒的是大瓶，盛菜的是大盆。将"俚俗语"写得别开生面，既符合人物身份，又有力地表达题旨，这才是作家才力高超的表现。

（三）雅与俗的关系

字词的雅与俗并无一定的标准，彼此之间是可以互相转换的。寻常事加以改造，也可变得新奇，土俗语置于特殊环境中，也可变得雅致温馨。高明的诗人都善于将俚俗语化为雅驯，例如桃红、柳绿、梨花白，可谓最通俗常见的词汇了，李白的诗中"柳色黄金嫩，梨花白雪香"已经不俗，杜甫的"红入桃花嫩，青归柳叶新"（《江畔独步寻花七绝句》）更觉去俗生新。至于"绿垂风折笋，红绽雨肥梅"（《陪李金吾花下饮》），"瓢弃尊无绿，炉存火似红"（《对雪》）更是对"绿"、"红"这些俗字的化用，给人雅驯之感。岑参的"梨花千树雪，杨叶万条烟"，苏东坡的"梨花淡白柳深青，柳絮飞时花满城。惆怅东南一枝雪，人生看得几清明"，杜牧的"千里莺啼绿映红，山村水廓酒旗风"（《江南春绝句》），对桃、柳、梨花的描绘也是化俚俗为雅驯。

如从整首诗来看，白居易的《问刘十九》，由于用语上不避土俗，遂成一首温馨感人的小诗：

> 绿蚁新醅酒，红泥小火炉。
> 晚来天欲雪，能饮一杯无？

可以说，此作从诗题开始，就很土俗。全诗无一精雕细刻的诗句和词汇。"绿蚁酒"和"红泥炉"配对，就很犯忌，至于"小火炉"就更土更俗，最后两句更是直白，没有拐弯抹角，直接说出自己的想法。但再挑剔的读者也不能不感到此诗的温馨，为老友之间不拘形迹、无须客套的友谊和真情所感动，这就是土俗的力量。章燮对此评价说："用土语不见俗，乃是点铁成金手法。"

吴可的《藏海诗话》曾称赞一位不见经传的陈克的诗，也是因其诗化土俗为雅驯：

> 江头柳树一百尺，二月三月花满天。
>
> 袅雨拖风莫无赖，为我系着使君船。

"柳树一百尺"这种夸张很粗笨，而且就音韵而言，五个字都是仄声，又用"一百尺"三个入声字收尾，这也够笨的了。下句"二月三月花满天"更是个大白话，而且"二月三月"连用，可谓土到了家。第三句"袅雨拖风"是句土话，大概是说雨下个不停，风吹个不住。就在我们认为此诗庸俗不堪之际，突然来个第四句："为我系着使君船"，整首诗就变了样：原来他夸张江头柳树一百尺，也未能留住使君——柳树不就是"留"吗？二月三月的春光也未能使使君流连忘返。现在只有靠你这个"袅雨拖风"，下雨天，留客天，更何况还有打头风，怎么能行船呢？有了这最后一句奇想，前面几句顿时鲜活起来，充满了人情味，这就是化俗为雅。这种翻空出奇的手法，不由得使人想起冯梦龙《笑林广记》中一个秀才给岳母献祝寿诗的笑话。诗的第一句是"这个婆娘不是人"，正当合家错愕时来了个第二句："九天仙女下凡尘。"大家刚释然，又来个第三句"养儿个个都是贼"，正当几位内弟大动肝火时，又来了个第四句："偷得蟠桃献双亲。"

查为仁的《莲坡诗话》也载有一则化俗为雅的诗歌，作者是张灿的《手书单幅》：

> 书画琴棋诗酒花，当年件件不离它。
>
> 而今七事都更变，柴米油盐酱醋茶。

"书画琴棋"算是雅事，"柴米油盐"算是俗事。由于生活所迫，当年弹琴赋诗的雅趣变成柴米油盐的俗务，诗人的辛酸和懊恼，表现得坦率真切，使人忘却了诗中词语的土俗。从另一角度看，"书画琴棋诗酒花"、"柴米油盐酱醋茶"虽然土俗，但这一连串的市井俚语堆砌在一起，反而给人一种警拔兴起之妙感，极俗之后，反而别具妙趣。以至"柴米油盐酱醋茶"七字，从此成为日常生活的代名词。张祜的《苏小小歌》也是化俗为雅的典型诗例，其手法也是最后一句翻空出奇，与张灿的《手书单幅》几乎完全相同：

> 新人千里去，故人千里来。
>
> 剪刀横眼底，方觉泪难裁！

前面三句可谓平庸，无须张祜这位晚唐才子来写。直到最后一句剪刀裁泪这个奇想出现，才让人感到苏小小这位名妓整日送往迎来心底的悲伤！就像《苕溪渔隐丛话》所评点的："最后一句，境界全出。"与此相类的还有裴诚《新添声杨柳枝才词》："思量大是恶姻缘，只得相看不相怜。愿作琵琶槽那畔，得他常抱在胸前！"

蔡絛在《西清诗话》中引用王君玉的话，认为"诗家不妨兼用俗语，尤见功夫"。这个功夫就是化俗为雅。他指出苏轼诗中就有不少这样的例子："东坡《避谤诗》'寻医畏病酒入务'；又云：'风来震泽帆初饱，雨入松江水渐肥。''寻医'、'入务'、'风饱'、'水肥'皆俗语也。又南人以饮酒为软饱，北人以昼寝为黑甜，故东坡云：'三杯软饱后，一枕黑甜余'此皆用俗语也。"

四、奇与常

（一）奇

奇即奇特，或表现在构思上，或表现在结构上，或表现在语言上。如范成大的《睡觉》："心兵休为一蚊动，句法却从孤雁来。"睡觉需要心思宁静，这是常理，但用军队作比这就有点违常；诗歌句法怎么能从天上的孤雁处得来，更是奇想，匪夷所思。施肩吾《古别离》："三更风作切梦刀，万转愁成系肠线。"风是无形的，愁更是抽象的，诗人皆化无形为实体，将其比喻为实物刀和线，梦亦是飘忽无形的，线系愁肠也只能是一种想象。诗人先将无形的风和愁转化为有形的实体，再用这个实体去处理同样变无形为有形的梦和愁肠，这种手法实在新奇。在中国古典诗歌中，将无形变为有形，将抽象变实体，这是许多诗人常用的手法，如李清照的"只恐双溪蚱蜢舟，载不动许多愁"（《武陵春》），赋予无形的愁绪以实体、有重量；白居易的"嘈嘈切切错杂弹，大珠小珠落玉盘"，将抽象的音乐语汇变成可见可听的玉盘中滚动的珍珠，但像此诗这样，两度变虚为实并让其相互作用，实在新奇。以上是从构思或修辞上谈"奇"。要说"奇"就少不了鬼才李贺。他的《马诗》中有"向前敲瘦骨，犹自带铜声"，这就很奇特。南宋名诗人刘辰翁评价说："向前敲瘦骨，犹自带铜声，奇。"马瘦才显得剽悍，所以杜甫称赞房兵曹的胡马说它是"锋棱瘦骨成"，李贺在另一首《马诗》中讽刺汉武帝的马肥说："厩中皆肉马，不解上西天。"既然瘦，就会显得骨骼"锋棱"，这是常理，但能敲出金属的声音，这就是奇特的想象了。李贺这类奇特的想象和比喻还很多，如"荒沟古水光如刀"（《勉爱行》），"忆君清泪如铅水"、"天若有情天亦老"（《金铜仙人辞汉歌》）等。这还只是就修辞而言，有的诗篇，无论是构思，还是造句遣词都很奇妙，如《苏小小墓》：

> 幽兰露，如啼眼。无物结同心，烟花不堪剪。草如茵，松如
> 盖，风为裳，水为佩。油壁车，夕相待。冷翠烛，劳光彩。西陵
> 下，风吹雨。

南朝乐府《苏小小歌》的素材，《楚辞·山鬼》的意境，当时关于
《苏小小墓》"风雨之夕，或闻其上有歌吹之声"的传说等，应当说
对李贺此诗的创作皆有启发。但此诗从构思到语言如此奇谲诡异，主
要还是源自李贺丰富的想象力以及他那奇谲的语言风格：兰花上的露
水居然成了啼哭的泪眼，无形的风成了鬼魂的衣裳，液态的水成了固
体的玉佩，无形成了有形，虚冥化为有像，幽寂化为动态，如此奇特
如此丰富的想象力只能出自"鬼才"李贺；语言上翠烛的火焰居然是
"冷"，烟花如何不堪"剪"，光彩如何"劳"，这些词语既别出心裁
又让人百思不得其解，大概是凡人无法理解鬼魂世界吧！刘辰翁评此
诗是"奇涩不厌"，黎二樵评此诗是"通首幽奇光怪，只纳入结句三
字，冷极鬼极。诗到此境，亦奇极无奇者矣"。这些评价都是从"奇"
的角度肯定此诗。

其实，在文学渊源上，李贺诗风的奇特源自老杜，尤其是杜甫夔
州以后的诗作。夔州时期是杜甫一生中创作成就最高、成果最丰富的
时期。这个时期的作品不仅创作数量最多，而且题材最广、体裁最全，
风格变化最大。杜甫两州（秦州、夔州）诗风大变的一个显著特征，
就是顿挫的杜诗此刻向突兀、折拗甚至怪特的方向变化。对于杜诗的
顿挫美，虽然古往今来的论者有不同的理解，但择其大端，不外是指
结构上的跳荡转折，句法上的顿宕变化和音韵上的抑扬起伏。杜甫在
夔州时期的创作中，这种特色分外醒目，而且又有所强化和转化：音

韵上由抑扬起伏进而转化为折拗，结构上由跳荡转折进而错序和违常，句法上由顿宕变化进而更加散化和怪异。如这首《愁》：

> 江草日日唤愁生，巫峡泠泠非世情。
> 盘涡鹭浴底心性，独树花发自分明。
> 十年戎马暗南国，异域宾客老孤城。
> 渭水秦山得见否，人今罢病虎纵横。

姑且不说诗人通过山川风物、人文环境等多种渠道将抽象的愁绪叙说得清晰可感，就是在音韵上也十分之奇：全诗除末句，通篇皆由拗句组成，而且也不注意粘对。诗人正是要以这种违常的折拗来比附世事的颠倒、人生的坎坷，来倾吐胸中的悒郁和不平。正如王嗣奭所云："胸中有悒郁不平之气，而以拗体发之。公之拗体诗，大都如此。"（《杜臆》）至于初到夔州时写的《白帝城最高楼》更是集正变折拗、激楚悲越、想象奇特于一体。黄生认为在杜诗中"花近高楼，正声第一；城尖径仄，变声第一"（《杜诗说》）；赵翼认为此诗"铭心刻骨，奇险至十二、三分者"（《瓯北诗话》）。与此相类的还有《滟滪》、《将晓》、《最能行》、《秋兴八首》、《火》诸诗，《将晓》中的"石城除击柝，铁锁欲开关"，《秋兴八首》中的"香稻啄残鹦鹉粒，碧梧栖老凤凰枝"等语序上的颠倒；《滟滪》中的"干戈连解缆，行止忆垂堂"思理上的跳跃与违常；《火》则集中体现了句法上的散化乃至怪异。该诗描述了夔州一带放火烧山以求雨这种怪诞的行为。全诗采用赋体手法来铺叙凶猛的火势："风吹巨焰作，河汉腾烟柱。势欲焚昆仑，光弥焮洲渚。"其中描绘山林野物被火焚的情形，夸张之中已带有荒诞怪异的成分："爆嵌魈魅泣，崩冻岚阴旴"，"腥至焦长蛇，声吼缠猛虎"。这很容易使我们联想起韩愈的《陆浑山火一首和皇甫湜用其韵》，不过后者纯用赋体，更加恣意地逞奇斗险。另外像《热三首》、《毒热寄简崔评事十六弟》等诗中描述自己在毒热中的感受："束带发狂欲大叫"、"奇峰石聿兀火云升"、"炎赫衣流汗"、"林热鸟开口"，也都是在心烦意乱中产生的不理智乃至狂躁。至于《最能行》的最后四句："此乡之人器量窄，误竞南风疏北客。若道士无英俊才，何得山有屈原宅。"论者或是解释为"因此地人情浇薄，而至激厉之语"（仇兆鳌《杜诗详注》），或视为游戏笔墨（王嗣奭《杜臆》），但也都注意到了其逻辑上的矛盾与思绪上的混乱。杜甫不满夔州一带风土人情，尤其是峡中男子的气量狭窄、轻生逐利，故有嘲讽之词、批评之语，但此地又诞生了屈原、昭君这样的英俊之才，诗人又如实道出。其实，这种矛盾的产生在于诗人在历史与现实、个别与一般之间画上了等号，因而出现了上述的矛盾和混乱。而这种对异地风物的评估和矛盾心理的产生，则是由不愿客居异乡又不得不客居异乡，日夜思念故土又无法返回故土这种无情现实和己身遭遇造成的。所以，这种诗句逻辑上的矛盾与思绪上的混乱恰恰折射了杜甫客居夔州时真实的思想和生活。

（二）常

常指寻常，正常的心理情感和普通寻常的语汇。看起来，似乎"常"比"奇"容易，实际上并非如此，这也是一种作家极力追求的至境。王安石《题张司业诗》，"看似寻常最奇崛，成如容易却艰辛"，就是深知"寻常"之境得来不易。白居易写诗，自觉追求寻常之境，他曾自白自己写诗"不求宫律高，不务文字奇"，他要求自己的诗歌能做到"老妪能解"（王应奎《柳南随笔》卷六），其新乐府诗更是如此，如《卖炭翁》：

卖炭翁，伐薪烧炭南山中。满面尘灰烟火色，两鬓苍苍十指黑。卖炭得钱何所营？身上衣裳口中食。可怜身上衣正单，心忧炭贱愿天寒。夜来城外一尺雪，晓驾炭车辗冰辙。牛困人饥日已高，市南门外泥中歇。翩翩两骑来是谁？黄衣使者白衫儿。手把文书口称敕，回车叱牛牵向北。一车炭，千余斤，官使驱将惜不得。半匹红纱一丈绫，系向牛头充炭直。

诗的结构和叙事方式完全按照时间和事件的发展顺序平铺直叙：伐薪烧炭、天寒卖炭、宫使抢炭，没有逆折也没有回环。语言通俗直白，口语化，尤其像"卖炭得钱何所营？身上衣裳口中食"，完全是民歌中常见的设问设答方式。但这种洗净雕饰的语言确有无限的张力和含蕴，例如"可怜身上衣正单，心忧炭贱愿天寒"两句，按说身上衣正单就希望天暖，卖炭翁这种心理不是违常吗？但再一想：卖炭翁生活的唯一来源就是卖炭，只有天寒炭才能卖个好价钱，所以尽管衣正单也愿天寒，这种畸形的心态不正是贫困造成的吗？这样就自然引起读者对不公正社会的反感。况且在结构上，它与前面的"卖炭得钱何所营？身上衣裳口中食"也暗暗吻合；与后面的宫使抢炭也呼应，使天子更能看清宫使的弊端和危害，从而达到"唯歌生民病，报于天子知"的创作目的。结句"半匹红纱一丈绫，系向牛头充炭直"是个平直浅白的叙述句式，作者不像在其他新乐府诗结尾那样"卒章显其志"，未加任何评论。但这种客观的叙述和直白的语言，显得更加感人，也给读者留下更多的想象空间。

简单不一定比复杂差，朴素也不一定比奇巧弱。白居易曾用元和体写过一首长诗《长恨歌》，调动描写、夸张、想象多种艺术手段，采用现实与仙幻、心理描绘与环境描绘相衬相承等多种手法，再加上刻意修饰，用富有华彩的语言将这首长诗写得柔肠百结、五音繁会，成为元和体的代表之作。但元稹的《行宫》写同样的故事，只用了20个字：

> 寥落古行宫，宫花寂寞红。
> 白头宫女在，闲坐说玄宗。

前人曾将此诗与《长恨歌》作比较，说《长恨歌》长达120句，不觉其长，《行宫》20字，不嫌其短。此诗最大的特点就是看起来语言平直朴素，但异常简洁精当。20个字，简括了一朝历史，并将时间、地点、人物乃至动作一一点明。其中"寥落"、"寂寞"、"闲坐"既是描绘古行宫的今日，也是抒发诗人的时代感受。凄凉的身世、盛衰的感慨、哀怨的情怀，无不包蕴其中。所以宋人洪迈赞叹道，"语少意足，有无穷之味"（《容斋随笔》）。

王维是清丽派代表作家，他的诗歌富有诗情画意又外加禅意，被人称为诗中有画、诗中有音乐。但也有些小诗，用平常话写家常事，也显得亲切感人，如《杂诗》：

> 君自故乡来，应知故乡事。
> 来日绮窗前，寒梅著花未？

此诗质朴平淡却诗味浓郁，质朴到看不到任何技巧，实际上却包含最高的技巧，所谓大巧若拙。这表现在两个方面：一是一味发问，不写回答。发问完了，诗也结束了。这种写法，突出了诗人身在异乡思乡的急切，一旦家乡来了故人，就迫不及待地想打听故乡的风物、人事。因诗人突出的是急切的乡思，故人的回答已不重要，写出来反会冲淡主旨。章燮在解说此诗特点时说"通首都是所问口吻"，赵松谷进一步解说："欲于此下复赘一语不得。"王安石曾模仿此诗作北山道人诗"道人北山来，问松我东岗"，下面是道人作答"举手指屋脊，云今如许长"。两诗比较一下，孰优孰劣，不言自明。二是问家乡之事只问"寒梅著花未？"众所周知，王维此诗是受初唐诗人王绩《在京思故园见乡人问》的启发。王绩诗中从旧朋孩童、宗族弟侄、旧园新树、茅斋宽窄、柳行疏密一直问到院果林花，用近乎啰唆的一连串发问来表现对故乡一草一木的关切。王维此诗反其道而行之，什么也不问，只问"来日绮窗前，寒梅著花未？"这是极高的表达技巧。试想一下，连窗前的一株寒梅是否开花都在诗人的关切之中，对旧朋孩童、宗族弟侄的关切，不是题中应有之意吗？另外，首先关心寒梅是否着花，也体现了诗人的雅洁情思。

王维的《红豆曲》："红豆生南国，春来发几枝。愿君多采撷，此物最相思。"《九月九日忆山东兄弟》："独在异乡为异客，每逢佳节倍思亲。遥知兄弟登高处，遍插茱萸少一人。"也都是以寻常事、通俗语抒发人间最为普遍的亲情和爱情，感动着百代以来千千万万之人！

五、刚与柔

（一）刚

刚是指气质上的阳刚之气，语言上的铿锵斩截之词。姚鼐曾将文章风格分为阳刚和阴柔两大类，其特点分别是"得于阳与刚之美者，其文如霆如电，如决大河、如奔骐骥；得于阴与柔之美者，其文如云如霞，如幽林曲涧，如珠玉之辉"（《复鲁絜非书》）。姚鼐谈的是散文，其实诗歌也是如此，元好问在《论诗绝句》中将韩愈的《山石》与秦观的《春日》加以比较，来说明阳刚和阴柔两种不同风格："有情芍药含春泪，无力蔷薇卧晓枝。拈出退之山石句，始知渠是女郎诗。"

朱光潜曾用"胡马秋风塞北，杏花春雨江南"解说阳刚和阴柔的不同，他说"前者是气概，后者是神韵；前者是刚性美，后者是柔性美"（《文艺心理学》第十五章）。施补华在《岘佣说诗》中认为"用刚笔则见魄力"。下面简析一下韩愈的《山石》是如何体现阳刚之美的：

> 山石荦确行径微，黄昏到寺蝙蝠飞。
> 升堂坐阶新雨足，芭蕉叶大栀子肥。
> 僧言古壁佛画好，以火来照所见稀。
> 铺床拂席置羹饭，疏粝亦足饱我饥。
> 夜深静卧百虫绝，清月出岭光入扉。
> 天明独去无道路，出入高下穷烟霏。
> 山红涧碧纷烂漫，时见松枥皆十围。
> 当流赤足踏涧石，水声激激风吹衣。
> 人生如此自可乐，岂必局束为人羁？
> 嗟哉吾党二三子，安得至老不更归！

韩愈诗歌的最大特色就是"以文为诗"，即把散文的表达方式、奇句单行的散文句法皆搬到诗歌之中，使诗歌有种突兀不平之气，有种阳刚之美。这首诗就是汲取了散文中有悠久传统的游记文的写法，按照行程的顺序，叙写从"黄昏到寺"、"夜深静卧"到"天明独去"的所见、所闻和所感，是一篇诗体的山水游记。

从情调上来看，此诗乐观、开朗、向上，选取的景物或是高大，或是肥厚，色彩都很明亮：芭蕉、栀子是"芭蕉叶大栀子肥"，这也是"新雨足"的结果。松树是"松枥皆十围"，山道两旁是"山红涧碧纷烂漫"。诗人或是安于寺中的"疏粝"饮食，或是在山间"出入高下穷烟霏"，或是赤足涧流，迎风振衣。"人生如此自可乐，岂必局束为人羁"更是抒发一种不为人羁的独立人格和坦荡积极的人生态度,其中自然有种阳刚之美。

这首诗极受后人重视,影响深远。苏轼与友人游南溪,"解衣濯足,朗诵《山石》,慨然知其所以乐,因而依照原韵,作诗抒怀"。苏轼还写过一首七绝:"荦确何人似退之,意行无路欲从谁?宿云解驳晨光漏,独见山红涧碧诗。"诗意、词语都从《山石》化出。金代元好问在为一位先生王栩作传时回忆道:"予尝从先生学,问作诗究竟当如何?先生举秦少游《春雨》诗为证,并云'此诗非不工,若以退之芭蕉叶大栀子肥之句校之,则《春雨》为妇人语矣'。"(《中州集》壬集第九《拟栩先生王中立传》)。他本人也非常认可韩愈这首充满阳刚之气的诗作(前面已引,不另)。可见此诗气势遒劲,风格壮美,一直为后人所称道。

开朗的基调、明亮的色彩、高大粗壮的形态,固然是阳刚美的最好体现,速度、气势、极强的动态感,也是诗歌阳刚美经常表现的范畴,如韩愈的这首《雉带箭》:

> 原头火烧静兀兀,野雉畏鹰出复没。
> 将军欲以巧伏人,盘马弯弓惜不发。
> 地形渐窄观者多,雉惊弓满劲箭加。
> 冲人决起百余尺,红翎白镞随倾斜。
> 将军仰笑军吏贺,五色离披马前堕。

此诗写于唐德宗贞元十五年(799),韩愈在徐州武宁军节度使张建封幕中任节度推官。诗中描写随从张建封射猎的情景,寥寥十句,波澜起伏,神采飞动。宋代苏轼非常喜爱这诗,亲自用大字书写置于堂上,以为妙绝。妙在何处,清人汪琬认为妙在强烈的动态感中显露的阳刚之美："短幅中有龙跳虎卧之观。"（《批韩诗》）首联就是动静相承，上句写静。"静兀兀"三字，烘托猎前肃穆的气氛，亦可想见猎人们屏气静息、全神贯注地窥伺猎物的情态。下句写野雉"出复没"的动景。野雉被猎火驱出草木丛，一见猎鹰，吓得急忙又躲藏起来。"出复没"三字形容逼肖，活现出野雉惊惶逃窜的窘态，与下边"惜不发"呼应。颔联写将军的心理活动和猎射时的风度、神采。将军出猎自然不是单纯为了觅取野味，而是要显示自己的神功巧技。所以，他骑马盘旋不进，拉满强劲的弓，又不轻易发箭。近人程学恂在《韩诗臆说》中评道："二句写射之妙处，全在未射时，是能于空际得神。"颈联紧承颔联写"巧"，围猎地形选得巧：野雉隐没之处，地势渐渐狭窄，要继续窜伏已不可能，这是将军一显身手的时机。正当野雉受惊乍飞的一刹那，将军从容地引满弓，"嗖"的一声，强有力的箭，迅猛而准确地命中雉鸡。"雉惊弓满劲箭加"中的"惊"、"满"、"劲"、"加"诸字，紧凑简练，干脆有力，"巧"字之意于此全出。

诗写到这里，似乎意已尽了。然而诗中忽起波澜，那只受伤的野雉带箭"冲人决起百余尺"，向着人猛地冲起百多尺高，可见这是只勇猛的雉鸡。侧写一笔，更显出将军的绝妙射技。"红翎白镞随倾斜"，野雉强作挣扎之后，终于筋疲力尽，带箭悠悠而堕，染血的翎毛和雪亮的箭镞也随之倾斜落下。这正是樊汝霖所谓的"读之其状如在目前，盖写物之妙者"，非亲历其境者不能道。诗写到这里，才直接点题，真是一波三折，盘屈跳荡，充满强烈的动态感。再加上以写长篇古风的笔法来写小诗，更觉丰神超迈，情趣横生。清人朱彝尊评此诗曰："句句实境，写来绝妙，是昌黎极得意诗，亦正是昌黎本色。"这个本色就是阳刚美！

岳飞《满江红》中的阳刚美又不同于上述两种，它的"壮"是悲壮；它的"愤"是义愤；他的自信，更多地表现为一种理想和信念，这一基调与《陆游》的《书愤》相似。

> 怒发冲冠，凭阑处、潇潇雨歇。抬望眼，仰天长啸，壮怀激烈。三十功名尘与土，八千里路云和月。莫等闲、白了少年头，空悲切。　靖康耻，犹未雪；臣子恨，何时灭？驾长车、踏破贺兰山缺。壮志饥餐胡虏肉，笑谈渴饮匈奴血。待从头、收拾旧山河，朝天阙。

这首词代表了岳飞"精忠报国"的英雄之志，表现出一种浩然正气、英雄本色。其中"壮志饥餐胡虏肉，笑谈渴饮匈奴血"，"待从头、收拾旧山河"表现了报国立功的决心和必胜信念，但"三十功名尘与土，八千里路云和月"、"空悲切"、"臣子恨，何时灭"又有种山河沦丧、老大无成的悲愤。

（二）柔

柔是指气质上的阴柔，是一种神韵和风致，语言上则表现为小巧和秀美。施补华在《岘佣说诗》中对阴柔的内涵曾加以解说："用刚笔则见魄力，用柔笔则出神韵。柔而含蓄之为神韵，柔而摇曳之为风致。"如元好问提及的秦观《春日》：

> 一夕轻雷落万丝，霁光浮瓦碧参差。
> 有情芍药含春泪，无力蔷薇卧晓枝。

此诗的婉约和阴柔，表现在情和态两个方面。情思的基调是哀怨：有情芍药含春泪；心态上则是娇柔无力：无力蔷薇卧晓枝。从结构上说，前两句是因，后两句是果。傍晚的雷雨之中，娇嫩的芍药和蔷薇禁不住雨打风吹，又无法抗拒，只能含泪纷纷凋谢或无力地僵卧枝头。因此，无论是"情"还是"态"，都属婉约，都属柔美。在手法上，此诗属于比体，实际上借娇花受风雨摧残凋零来抒发家国之感、身世之叹。秦观早年科举仕途失意，受到苏轼揄扬后列为苏门四学士，后又受党争牵连，不断遭到远贬。诗人为人性格敏感而脆弱，以至终于死于贬谪道上。他的词风一如其人，柔弱凄婉，意蕴深长，典型的婉约风格。这首诗亦是如此，所以被元好问视为"柔"的代表之作。

他的词作《踏莎行》遣词用韵更加凄婉，意蕴更加深长：

> 雾失楼台，月迷津渡，桃源望断无寻处。可堪孤馆闭春寒，杜鹃声里斜阳暮。　　驿寄梅花，鱼传尺素，砌成此恨无重数。郴江幸自绕郴山，为谁流下潇湘去？

此词写于哲宗绍圣四年（1097）春三月。由于党争，属于苏门的秦观先由馆阁校勘贬为杭州通判，再贬监处州酒税，最后又被罗织罪名远贬郴州，并削去所有官职和俸禄。性格脆弱又敏感的秦观，在这接二连三、一次比一次残酷的打击下，内心的痛苦和绝望可想而知。但迫于淫威，只能用委婉的笔触、比兴的手法，来抒发谪居之恨。全词充满前途难卜的失落和彷徨，全身而退、隐遁田园而不可得的伤痛和沮丧，音调凄婉，意蕴深长，成为婉约词的代表之作。词人通过"雾失楼台，月迷津渡"以及桃源难寻等凄迷意象，来表现一个屡遭贬谪的失意者的怅惘之情和对前途的渺茫之感。孤馆春寒、斜阳杜鹃，词人借此环境极力渲染一个不堪忍受的贬谪氛围。这两句深深感动了王国维，他评论说："少游词境最凄婉，至'可堪孤馆闭春寒，杜鹃声里斜阳暮'则变为凄厉矣。"（《人间词话》）并将这两句判为"有我之境"。结句"郴江幸自绕郴山，为谁流下潇湘去"更是意蕴深长。表面上看，似乎是常人皆能做到的即景抒情，但一经词人点化，两句中分别加入"幸自"、"为谁"这种拟人词汇，郴州的山水顿时变得鲜活。表面上，是词人在埋怨郴江：郴江啊，你本来应该生活在自己的故土，和郴山相伴，究竟为什么要离乡背井，向北流向潇湘呢？实际上是自怨自艾，自己为什么要离开故乡，卷到政治漩涡中去，变得有家难归呢。这里反映的是一个脆弱的词人在叠遭打击后对不幸命运的反躬自问，是对自己离乡远贬的深长怨恨！据说，苏轼特别爱此词的最后两句，将其书于扇面，叹道："少游已矣，虽万人何赎。"（胡仔《苕溪渔隐丛话》前卷）这当中既有深切理解秦观内心剧痛的高山流水之悲，也有自己牵连秦观，致使其遭远贬的深沉疚恨！苏轼作为一个豪放词风的开创者，曾不满自己的学生秦观学习柳永的婉约风格，当面批评过秦观《水龙吟》中"小楼连苑横空，下窥绣毂雕鞍骤"的柔媚。但他也为这首"柔"词之冠《踏莎行》欣赏叹息，可见真正优美的作品是会得到世人（包括文豪们）认可的，这里没有刚柔之别。

（三）刚与柔的关系

在中国古典诗词中，一个作家可以有刚和柔两种风格，一首作品也可以刚柔相济。例如苏轼词，既有豪放风格，诸如《念奴娇·赤壁怀古》、《定风波·莫听穿林打叶声》、《临江仙·夜饮东坡》、《水调歌头·明月几时有》等，所以门客们说苏词要"关西大汉用铜琵琶、铁铮鼓"来演唱。但他也有《水龙吟·似花还似非花》、《蝶恋花·花褪残红青杏小》、《浣溪沙·春情》等婉约之作。词论家贺裳《皱水轩词筌》将《浣溪沙·春情》举为"缘情而绮靡"的婉约之首，南宋词名家张炎将婉约词《水龙吟·似花还似非花》评为"压倒古今"。即使是同期同一词牌的作品，也有刚与柔截然不同的两种风格，如苏轼的这两首《江城子》：

　　老夫聊发少年狂，左牵黄，右擎苍。锦帽貂裘，千骑卷平冈。为报倾城随太守，亲射虎，看孙郎。　　酒酣胸胆尚开张，鬓微霜，又何妨？持节云中，何日遣冯唐？会挽雕弓如满月，西北望，射天狼。

　　十年生死两茫茫。不思量，自难忘。千里孤坟，无处话凄凉。纵使相逢应不识，尘满面，鬓如霜。　　夜来幽梦忽还乡。小轩窗，正梳妆。相顾无言，唯有泪千行。料得年年肠断处，明月夜，短松冈。

　　前一首写于宋神宗熙宁八年（1075）诗人任密州知州之时。词中描叙一次出猎的经过，抒发了诗人靖边患、射天狼的壮志豪情。通篇纵情放笔，气概豪迈，一个"狂"字贯穿全篇，是豪放词中的代表之作。苏轼自己对此词也颇自得，认为与柳永等人的婉约风格截然不同，他在写给一位友人的信中说："近却颇作小词，虽无柳七郎风味，亦自成一家。呵呵。数日前猎于郊外，所获颇多。作得一阕，令东州壮士抵掌顿足而歌之，吹笛击鼓以为节，颇壮观也。"（《与鲜于子骏书》）当时认为"词乃艳科"，所以柳永的词，需一个十七八岁少女，手拿红牙板，唱"杨柳岸，晓风残月"。苏轼却认为自己的词"自成一家"，需"令东州壮士抵掌顿足而歌之，吹笛击鼓以为节，颇壮观也"。婉约词一般不出情景描绘，多用比兴手法，以含蓄不露为贵。苏轼这首豪放词却反其道而行之：以叙事为干，即事写景，直接抒情。词的开头就是"老夫聊发少年狂"，而且一个"狂"字贯穿全篇：词人"左牵黄，右擎苍"，这是太守出猎时的狂放之姿；"为报倾城随太守"、"千骑卷平冈"，这是出猎场面之阔大狂放；"酒酣胸胆尚开张"、"亲射虎，看孙郎"这是词人射猎时的醉态狂态；"会挽雕弓如满月，西北望，射天狼"则是诗人亲赴边、靖边患的壮志和狂想，场面也由实转虚，道出此诗的主旨所在。

后一首《江城子》同样写于熙宁八年任密州知州之时。但风格恰恰相反，写得低徊伤感、柔肠百结。苏轼十九岁时，与年方十六的王弗结为夫妇，两人夫唱妇随，恩爱相得。但王弗二十七岁即去世，丧妻之痛一直存于苏轼心中，久而弥新，以至十年之后还行诸梦寐，醒来后写下这首传诵千古的悼亡词。此词的婉曲缠绵，主要通过今、昔、今后三个场景的不断转换，现实与梦幻的反复交织对比来表现的。今日是夫妻别离：妻子是"千里孤坟"，自己是"尘满面，鬓如霜"，共同点和交织之处是"十年生死两茫茫"，"无处话凄凉"；昔日是夫妻厮守，妻子在"小轩窗，正梳妆"，今后是更加孤独、更加伤感，"料得年年肠断处，明月夜，短松冈"。通过昔、今、今后三个场景的转换，把自己对亡妻的思念、一往情深表现得深切感人。至于现实与梦幻的对比交织：上阕是现实的清冷孤独；下阕梦幻中是深情相对、了却相思。但梦醒之后又要面对现实，而且会年年如此："料得年年肠断处，明月夜，短松冈。"留下个柔肠寸断、无比伤感的结尾。

有时，同一首诗词中，也有刚与柔两种表现，如辛弃疾《鹧鸪天·有客慨然谈功名》：

> 壮岁旌旗拥万夫，锦襜突骑渡江初。燕兵夜娖银胡觮，汉箭朝飞金仆姑。　追往事，叹今吾，春风不染白髭须。却将万字平戎策，换得东家种树书。

由于时代的感召，也由于个人独特的经历和气质秉性，辛弃疾将他叠遭打击不改初衷的一腔忠愤寄之于词，从而形成雄浑而沉郁、悲壮又苍凉的独特风格。这首《鹧鸪天》的上阕是对当年战斗生活的回忆，充满功业自负的磊落豪情；下阕则是眼前衰老投闲的苍凉景象，充满抚今思昔的万千感慨和颓放心态。前者豪宕刚决，后者凄婉伤感，两种不同风格从不同侧面衬托出一个杰出的爱国志士在备遭打击后有志难伸的愤懑与无奈，体现了刚与柔两种风格，但又和谐地统一在胸中长存的爱国之志和眼下愤懑无奈的现实这个主基调之中。与此相似的还有陆游的《书愤》，只不过不像辛词《鹧鸪天》那样截然分成两个部分，它的刚与柔交织在一起，呈现于前后句之间：

> 早岁那知世事艰，中原北望气如山。
> 楼船夜雪瓜洲渡，铁马秋风大散关。
> 塞上长城空自许，镜中衰鬓已先斑。
> 出师一表真名世，千载谁堪伯仲间？

陆游诗歌既有雄浑奔放的一面，也有清新婉约的一面，前者如《大将出师歌》、《五月十一日夜且半，梦从大驾亲征，尽复汉唐故地，见城邑人物繁丽，云西凉府也，喜甚，马上作长句，未终篇而觉，乃足成之》、《十一月四日风雨大作》等，后者如《临安春雨初霁》、《小舟游近村，舍舟步归》），尤其是词作《钗头凤》等。这首《书愤》则是兼而有之。孝宗淳熙六年（1179），时任提举江南西路常平茶盐公事的陆游以擅自开仓赈济灾民的罪名被罢官，从此在家乡山阴闲居五年多。这对一心报国又无处投缨的爱国诗人来说，是不堪忍受的。在这首《书愤》中，他回忆了当年戍守南郑戎马倥偬的战斗生活，"中原北望气如山"，是何等的自豪和自信；"楼船夜雪瓜洲渡，铁马秋风大散关"，透出的是英姿飒爽的金戈铁马锵嗒之声。但是"早岁那知世事艰"的"那知"，"塞上长城空自许"的"空自许"，内中又包含多少懊丧与悲愤，接下来的"镜中衰鬓已先斑"在情感上已转入人生的伤感和慨叹了。至于结句"出师一表真名世，千载谁堪伯仲间"，更是含蓄深沉：表面上称赞鞠躬尽瘁、死而后已、矢志北伐的诸葛亮，实际上在暗讽苟且偷安、不想收复中原的朝中权贵。多用比兴、含蓄不露正是婉约词的典型特征，慷慨与婉约交织于这首《书愤》之中。

　　文学与艺术的最大区别就是它是语言的艺术。诗歌的构思意境、章法、结构，无不要通过语言来实现。辞采之美固然必须依附于思想内容，但内容之美必须通过辞采来展现。所以刘勰在《文心雕龙》中专立一章，谈二者的相依相存："夫水性虚而沦漪结，木体实而花萼振，文附质也。虎豹无文，则鞟同犬羊；犀兕有皮，而色资丹漆，质待文也。"（《情采》）

　　至于辞采之美，以上对举了"浓与淡"、"巧与拙"、"雅与俗"、"奇与常"、"刚与柔"数种。它们既可形成不同的风格和特色，亦可互相兼容转换，融通于同一诗作之中。

　　佛偈云：宝相庄严，亦可拈花而笑。此之谓也。

中国古典诗词的声律美

汉语有一个与世界上普遍使用的拼音文字显著不同的特点，就是使用单音节字，字与字搭配组成词，词再组成句，句再组成文。因此，对中国文学来说，最基本的成分就是字。要想文章流畅、声韵和谐、读起来朗朗上口，首先就要考究字以及字与字之间的声律，这在可以歌唱的诗词中显得尤为重要，这就要求诗词的语言要有乐感：诵唱时金声玉振，听读时抑扬悦耳、声调悠扬，这才是诗词的佳境。

声律的重要性，首先是陆机在《文赋》中提出的："暨音声之叠代，若五色之相宜。"作为文章的外在形式，声音的高下更迭非常重要，他就像物体外表的色彩一样，没有它就会黯然失色。刘宋时期著名的文章家和史学家范晔在给外甥的信中也谈到声律的重要性，他认为论文作诗，首先要"性别宫商，识清浊"，而"观古今文人，多不全了此处，纵有会此者不必从根本上来"（《狱中与诸甥书》）。到了齐永明年间，诗歌声律上的要求首先被周颙和沈约提了出来：周颙的《四声切韵》、沈约的《四声谱》从理论上皆系统地对此加以阐述，诸如"四声"、"八病"等。谢朓、王融等名诗人则在创作上加以呼应，产生了对后世影响巨大的"永明体"。"永明体"在题材、用事上虽也有自己的要求，但最大的特点就是音律协调、对仗工整。到了唐代，初唐诗人沈佺期、宋之问又在此基础上"回忌声病，约句准篇"，使律诗不仅在音韵对仗、起承转合方面形式更加缜密整齐、新巧工致，而且符合黏附的规则，使律诗完全定型。从此以后，律诗作为音韵协调、对仗工整的新体诗逐渐取代古体诗，成为中国古典诗词创作中主要的体裁。

律诗定型后，唐以后的中国古典诗人更加讲究声律之美，杜甫说自己"老来渐于声律细"，又说自己"新诗改罢自长吟"，所谓"长吟"看看能否朗朗上口应当是其主要方面。王昌龄在《诗格》中强调了对仗的重要，并把诗词的对仗分为五类："一曰势对。二曰疏对。三曰意对。四曰句对。五曰偏对。"宋代的江西派，明代的前后七子，清代沈德潜的格律派对诗词的格律声韵从理论到创作实践则提出更多、更为具体的要求。

至于诗词格律方面的具体要求，各种谈诗歌作法的书籍可谓汗牛充栋，这里撮其要，讲两个方面：

一、构成诗词格律的三要素

中国古典诗词以格律来区分，可以分为古体诗和近体诗两大类。古体诗又称古风或古诗，每首没有一定的句数，不讲对仗，也不拘平仄。虽要求押韵，但并不严格。近体诗又称律诗，是初唐以后才定型的新诗体，它对每首诗的句数、字数、平仄、押韵、对仗皆有严格的要求。

律诗根据句数和字数的不同，大致又可以分为三种：律诗、排律和绝句。律诗八句，如每句五字称五言律诗，每句七字称七言律诗。排律又叫长律，至少十句以上，有时达一二百句。排律一般是五言，很少有七言。绝句又称截句，即截取律诗的一半，为四句。每句五字

称五绝，每句七字称七绝。无论是律诗、排律或绝句，都必须讲究平
仄、对仗和押韵，其中平仄最为重要。

（一）平仄

这在律诗作法中最为重要。平仄是根据古代汉语的声调来确定
的。古汉语有四个声调，即平声、上声、去声和入声。其中平声属于
"平"，上声、去声和入声皆属于"仄"。平声平坦，仄声短促，有高
低变化。所谓"平声平调莫低昂，上声高呼猛力强。去声低回哀远道，
入声短促急收藏"。这样，平仄交错，就可以使声音发生多样变化，听
起来波澜起伏，铿锵悦耳。

汉字一字一音，有几个字就有几个音节。但在律诗中一般都是两
个字构成一个节奏或音节，所以又称之为双音节。由于律诗无论五言
还是七言，每句的字数都是奇数，所以又总有一个单音节。这样：五
言诗每句就有三个节奏，两个双音节、一个单音节；七言诗就有四个
节奏，三个双音节，一个单音节。是"平"是"仄"即按音节的划分
在一句中交错使用。另外，律诗在结构上每两句相配，称为一联。第
一、二句叫首联，三、四句叫颔联，五、六句叫颈联，七、八句叫尾
联。每一联的上句叫出句，下一句叫对句。

律诗的押韵一般只押平声韵，所以对句的最后一字必须是平声
字，出句的最后一字则可平可仄。一联之中出句和对句平仄相反的
叫"对"，平仄相同的叫"粘"。律诗对"粘"和"对"要求很严，该
"对"不"对"，该"粘"不"粘"，就叫"失对"、"失粘"，是作律诗
的大忌（如故意"失对"、"失粘"，叫"拗体"，是律诗另一种作法，
在下面的"拗救之美"中专论）。

平仄在律诗中使用的规律是：在一句之中交错使用，在一联的出

句和对句中相对，在上下联之间则相粘，如杜甫的《春夜喜雨》：

> 好雨知时节，当春乃发生。随风潜入夜，润物细无声。
> 仄仄平平仄，平平仄仄平。平平平仄仄，仄仄仄平平。
> 野径云俱黑，江船火独明。晓看红湿处，花重锦官城。
> 仄仄平平仄，平平仄仄平。平平平仄仄，仄仄仄平平。

　　其中上句"好雨知时节"与下句"当春乃发生"；上句"随风潜入夜"与下句"润物细无声"；上句"野径云俱黑"与下句"江船火独明"；上句"晓看红湿处"与下句"花重锦官城"之间为"对"。"当春乃发生"与"随风潜入夜"；"润物细无声"与"野径云俱黑"；"江船火独明"与"晓看红湿处"之间为"粘"。

　　律诗的平仄格式是固定的，以第一句句末两字的平仄来划分，基本上有四种格式：平平脚、仄平脚、平仄脚、仄仄脚。

　　七绝的四种格式如下：（下面诗句中的黑体字为可平也可仄）

　　第一种：平平脚，如李白《望天门山》：

> 天门中断楚江开，碧水东流至此回。
> **平**平**仄**仄仄平平，**仄**仄平平仄仄平。
> 两岸青山相对出，孤帆一片日边来。
> **仄**仄**平**平平仄仄，**平**平**仄**仄仄平平。

　　第二种：仄平脚，如王昌龄《芙蓉楼送辛渐》：

> 寒雨连江夜入吴，平明送客楚山孤。
> **仄**仄平平仄仄平，**平**平**仄**仄仄平平。
> 洛阳亲友如相问，一片冰心在玉壶。

平平**仄**仄平平**仄**，**仄仄平**平**仄**仄平。

第三种：平仄脚，如白居易《忆杨柳》：

> 曾栽杨柳江南岸，一别江南两度春。
> **平**平**仄**仄平平**仄**，**仄仄平**平**仄**仄平。
> 遥忆青青江岸上，不知攀折是何人！
> **仄仄平**平平**仄**仄，**平**平**仄**仄仄平平。

第四种：仄仄脚，如杜牧《念昔游》：

> 十载飘然绳检外，樽前自献自为酬。
> **仄仄平**平平**仄**仄，**平**平**仄**仄仄平平。
> 秋山春雨闲吟处，遍倚江南寺寺楼。
> **平**平**仄**仄平平**仄**，**仄仄平**平**仄**仄平。

四种格式中，第二种仄平脚最为常见，第三种平仄脚则少见。七绝的这四种格式是律诗中最基本格式，七律、五律、五绝的四种格式都是在此基础上加以变化的。其中七律的第一种格式就是七绝的第一种加第三种，如白居易《钱塘湖春行》：

> 孤山寺北贾亭西，水面初平云脚低。
> **平**平**仄**仄仄平平，**仄仄平**平**仄**仄平。
> 几处早莺争暖树，谁家新燕啄春泥。
> **仄仄平**平平**仄**仄，**平**平**仄**仄仄平平。
> 乱花渐欲迷人眼，浅草才能没马蹄，
> **平**平**仄**仄平平**仄**，**仄仄平**平**仄**仄平。
> 最爱湖东行不足，绿杨阴里白沙堤。

仄仄平平平**仄仄**，**平平仄仄**仄平平。

七律的第二种格式即是七绝的第二种加第四种，如温庭筠的《题李处士幽居》：

> 水玉簪头白角巾，瑶琴寂历拂轻尘。
> **仄仄平**平仄**仄**平，**平平仄仄**仄平平。
> 浓荫似帐红薇晚，细雨如烟碧草新。
> **平平仄仄**平平仄，**仄仄平**平仄**仄**平。
> 隔竹见笼疑有鹤，卷帘看画静无人。
> **仄仄平**平平**仄仄**，**平平仄仄**仄平平。
> 南窗自有忘机友，谷口徒称郑子真。
> **平平仄仄**平平仄，**仄仄平**平仄**仄**平。

七律的第三种格式等于七绝的第三种格式两首相加，七律的第四种格式等于七绝第四种格式两首相加。这里不再列举。

五律也有四种格式，和七律的四种格式完全相同，只要把七律的每句开头两个字去掉即可。如七律第一种格式平平脚：

> **平平仄仄**仄平平，**仄仄平**平仄**仄**平。
> **仄仄平**平平**仄仄**，**平平仄仄**仄平平。
> **平平仄仄**平平仄，**仄仄平**平仄**仄**平。
> **仄仄平**平平**仄仄**，**平平仄仄**仄平平。

去掉每句的前两个字，就变成五律的第一种类型：

> **仄仄**仄平平，平平仄**仄**平。
> **平平**平仄仄，**仄仄**仄平平。

仄仄平平仄，平平仄仄平。
平平平仄仄，仄仄仄平平。

五律的第二、三、四种格式也分别是七律的二、三、四种格式去掉每句前两个字，不再列举。

五绝也有四种格式，也是将七绝的四种格式每句前面两个字去掉即是，如七绝第一种平平脚的平仄是：

平平仄仄仄平平，仄仄平平仄仄平。
仄仄平平平仄仄，平平仄仄仄平平。

去掉每句前面两个字，就变成五绝的第一种类型，如卢纶《塞下曲》：

月黑雁飞高，单于夜遁逃。
仄仄仄平平，平平仄仄平。
欲将轻骑逐，大雪满弓刀。
平平平仄仄，仄仄仄平平。

五绝的二、三、四种亦是如此，不再列举。

（二）押韵

古典诗词的格律实际上包括格式和声律两个方面，而声律又包括平仄和押韵。汉字一般来说都是由声母和韵母两部分组成，韵母相同的字就叫同韵字，如陈、晨、臣、尘的韵母都是 en。律诗的对句即二、四、六、八句的最后一个字必须是同韵字，这就叫押韵。另外，律诗必须一韵到底，中间不允许换韵。如白居易《钱塘湖春行》的第二句

"水面初平云脚低"的"低"，第四句"谁家新燕啄春泥"的"泥"，第六句"浅草才能没马蹄"的"蹄"，第八句"绿杨阴里白沙堤"的"堤"的韵母皆是 i。

中国由于幅员辽阔，特别是南北方字的读音差别很大，所谓南腔北调。既然要押韵，字的读音就要有一个统一的标准，于是产生了制定标准的"韵书"。中国最早的韵书叫《切韵》，是隋文帝开皇年间（581—600），经刘臻、颜之推、卢思道、李若、萧该、辛德源、薛道衡、魏彦渊这八个当时的著名学者在陆法言家讨论商定，并由陆法言执笔成书。《切韵》共 5 卷，收 1.15 万字，分 193 韵。其中平声 54 韵，上声 51 韵，去声 56 韵，入声 32 韵。因陆法言是河北人，颜之推是山东人，所以《切韵》的声韵系统为北方音系，有人具体考订为洛阳音系。《切韵》在唐代初年被定为官韵，所以又称《唐韵》。《切韵》原书已失传，其所反映的语音系统因《广韵》等增订本而得以完整地流传下来。现存最完整的增订本有两个，一为唐写本王仁昫《刊谬补缺切韵》，一为北宋陈彭年等编的《大宋重修广韵》。

《切韵》之后，有人又总结唐代诗人的用韵规则，编了本新的诗韵，这就是明清以后普遍使用的《平水韵》。《平水韵》分上平、下平、上声、去声、入声五大类别，共 106 个韵部，每个韵部用一个字作代表，如一"东"、二"冬"三"江"、四"支"等。古代诗人作诗或今人作古代律诗，就必须熟读乃至背诵《平水韵》，这样才能押韵而不至于乖违。对于写旧体诗的今人来说，押韵似乎不必如此严格，鲁迅说："（写旧诗）要有韵，但不必依旧诗韵，只要顺口就好。"

（三）对仗

上面说到诗词格律实际上包括格式和声律两个方面。平仄和押韵属于声律，对仗则属于诗歌格式。所谓对仗，就是在一联的出句和对句中词性相同的词依次对应，如名词对应名词，动词对应动词等。对仗是律诗必备的条件，无论五律、七律或排律概莫能外。五言或七言律诗的四联中，颔联和颈联必须对仗，首联和尾联可对可不对。排律除首联、尾联外，中间不论多少句都必须对仗。如温庭筠的《题李处士幽居》：

> 水玉簪头白角巾，瑶琴寂历拂轻尘。
> 浓阴似帐红薇晚，细雨如烟碧草新。
> 隔竹见笼疑有鹤，卷帘看画静无人。
> 南山自是忘年友，谷口徒称郑子真。

其中颔联"浓荫似帐红薇晚，细雨如烟碧草新"中，出句"浓荫"和对句"细雨"对仗，且均为偏正词组；出句的"似帐"和对句的"如烟"相对，且皆为介词状语；出句的"红薇"和对句的"碧草"相对，且皆为偏正词组；出句"晚"和对句的"新"相对，且皆为时间副词。

颈联"隔竹见笼疑有鹤，卷帘看画静无人"中，出句的动宾词组"隔竹"和对句的偏正词组"卷帘"相对；出句的动宾词组"见笼"和对句的动宾词组"看画"相对；出句的动词"疑"和对句的动词"静"相对；出句的动宾词组"有鹤"和对句的动宾词组"无人"相对。这就叫对仗。

再看一首五律，如王维《观猎》：

> 风劲角弓鸣，将军猎渭城。
> 草枯鹰眼疾，雪尽马蹄轻。

忽过新丰市，还归细柳营。

回看射雕处，千里暮云平。

其中颔联的"草枯鹰眼疾，雪尽马蹄轻"和颈联"忽过新丰市，还归细柳营"均为工整的对仗：颔联出句的名词"草"和对句的名词"雪"相对；出句的不及物动词"枯"和对句的不及物动词"尽"相对；出句的主谓词组"眼疾"和对句的主谓词组"蹄轻"相对；颈联出句的偏正词组词"忽过"和对句的偏正词组词"还归"相对；出句的地名"新丰市"和对句的地名"细柳营"相对。

以上只是律诗对仗的一般情况。实际上例外的情况很多，就像名人的错别字叫"假借"一样，名诗人或名诗中不合平仄叫作"拗"，不合对仗者可以解释为"流水对"之类，如唐代山水诗人储光羲的五律《寒夜江口泊舟》：

寒潮信未起，出浦缆孤舟。

一夜苦风浪，自然增旅愁。

吴山迟海月，楚火照江流。

欲有知音者，异乡谁可求。

诗的颔联就不对仗，只有颈联"吴山迟海月，楚火照江流"对仗。白居易的七律《杭州春望》：

望海楼明照曙霞，护江堤白踏晴沙。

涛声夜入伍员庙，柳色春藏苏小家。

红袖织绫夸柿蒂，青旗沽酒趁梨花。

谁开湖寺西南路，草绿裙腰一道斜。

其中首联、颔联、颈联三联俱对仗。王维的七律《既蒙宥罪旋复拜官》除颔联、颈联对仗工整外,首联、尾联也俱对仗。其中"花迎喜气皆知笑,鸟识欢心亦解歌","闻道百城新佩印,还来双阙共鸣珂"等联对仗得还十分工巧。

对仗的种类很多,主要有以下三种:

1. 工对

这是要求最为严格的一种对仗,不但要同类词性相对,而且要同类词中的小类也相对,如名词就可以分成天文、地理、时令、人名、地名、动物、植物等许多小类。工对则要求他们全部或大部相对。如白居易《香炉峰下新卜山居》:"南檐纳日冬天暖,北户迎风夏月凉。"其中"南"与"北"是方位对,"檐"与"户"是宫室对,"纳"与"迎"是动词对,"冬天"与"夏月"是时令对,"暖"与"凉"是形容词相对。但像杜甫的"星垂平野阔,月涌大江流"(《旅夜书怀》),前四个字对的很工整,最后一字"阔"是形容词,"流"是动词,没有对仗,但也算是工对。

2. 宽对

与工对相反,只要出句与对句间同类词性相对即可,并不要求小类也相对。如元稹的"饮马鱼惊水,穿花露滴衣"(《早归》),其中"马"和"花"、"鱼"和"露"、"水"与"衣"虽皆是名词但都不属同一小类。

3. 流水对

工对和宽对都是并行的两件事物相对,出句和对句甚至可以互换位置而意思不变,如"大漠孤烟直,长河落日圆","丛菊两开他日泪,孤舟一系故园心"等。但流水对则出句和对句的意思是连贯的,有因果关系,两者位置不可互换,就像流水一样不能颠倒,如杜甫"即从巴峡穿巫峡，便下襄阳向洛阳"（《闻官军收河南河北》）；李益"从来冻合关山路，今日分流汉使前"（《过五原胡儿饮马泉》）等。

对仗的形式自然不止上述三种，还有扇面对（即隔句对）、借对、就句对、错综对等，这里不一一列举。

二、诗词声律美的表现

诗词声律之美，主要表现在字与字、词与词之间的音节之美；各种句子之美和一个句子内的结构之美；整首诗词谐律和拗就之美。下面分别加以论述：

（一）音节之美

如上所述，汉字的特点是每个字一个音节。诗的音节之美，不外乎同音字组成的重叠之美，异音字之间相续的错综之美以及同韵字相协的呼应之美。诗家每于此多下功夫，"新诗改罢自长吟"，锤句锻律，下字调韵，于抑扬抗坠之间最为讲究。清代格律派诗论家沈德潜说："诗以声为用者也。其微妙在抑扬抗坠之间。读者静心按节、密咏恬吟，觉前人声中难写、响外别传之妙。"（《说诗晬语》）其中异音字之间相续的错综之美以及同韵字相协的呼应美，前面押韵和对仗已作论述，这里着重讲重叠之美。

首先，重叠之美即两个字之间的双声和叠韵。双声即两个字中的声母相同，如故宫、家居、加紧、蒹葭、皎洁、尴尬、佳境、境界等；叠韵则两个字的韵母相同，如凄厉、归位、济世、诡计、瑰丽、鸡啼、体制、诋毁等。双声和叠韵在诗词中有以下五种表现：

第一，双声。如宋括云："几家村草里，吹唱隔江闻"，其中的

"几家"、"村草"、"吹唱"、"隔江"皆双声。李群玉"方穿诘曲崎岖路，又听钩辀格磔声"，其中的"诘曲"、"崎岖"是双声；李顾《古从军行》："行人刁斗风沙暗，公主琵琶幽怨多"中的"琵琶"；白居易《望月有感》："田园寥落干戈后，骨肉流离道路中"的"寥落干戈"等。

第二，叠韵。如胡仔《苕溪渔隐丛话·双声叠韵》中所举的"月影侵簪冷，江光逼履清"中的"侵簪"，"逼履"则为叠韵；白居易《琵琶行》："间关莺语花底滑，幽咽泉流冰下难"中的"间关"；谢灵运《七里濑》："石浅水潺湲，日落山照曜"中的"潺湲"皆为叠韵。

第三，叠韵与叠韵相对者。如苏轼《饮湖上，初晴后雨》"湖光潋滟晴方好，山色空濛雨亦奇"，出句中的"潋滟"和对句中的"空濛"；杜甫《古柏行》："崔巍枝干郊原古，窈窕丹青户牖空"中出句的"崔巍"与对句中的"窈窕"；《咏怀古迹之一》："怅望千秋一洒泪，萧条异代不同时"中，出句中的"怅望"和对句中的"萧条"等。

第四，双声与叠韵互对。如王维《老将行》："苍茫古木连穷巷，寥落寒山对虚牖"，出句中的"苍茫"为叠韵，对句中的"寥落"为双声；杜甫《宿府》："风尘荏苒音书绝，关塞萧条行路难"，出句中的"荏苒"为双声，对句中的"萧条"为叠韵；罗隐《赠友》："蹉跎岁月心仍切，迢递江山梦未通"出句中的"蹉跎"为叠韵，对句中的"迢递"为双声；长孙佐辅《别故友》："淅沥篱下景，凄清阶上琴"，出句中的"淅沥"为叠韵，对句中的"凄清"为双声。

双声叠韵的音节之美首先是使声调抑扬顿挫、委婉动听。《文心雕龙·声律》云："声转于吻，玲玲如振玉；辞靡于耳，累累如贯珠"，以此来形容双声叠韵的声律之美最为精当。李重华《贞一斋诗说》亦云："叠韵如两玉相扣，取其铿锵；双声如贯珠相联，取其婉转。"

当然，双声叠韵的美感绝不止于动听，它的摹声拟物、顿挫抒情，可以渲染气氛、强化效果，借双声叠韵将各种抽象的或具体的情状捕捉下来，使声与情、声与物、声与事更好地结合，做到声情并茂，更好地突出主旨和诗人刻意强调之处。我们只要读一读《琵琶行》中"大弦嘈嘈如急雨，小弦切切如私语。嘈嘈切切错杂弹，大珠小珠落玉盘。间关莺语花底滑，幽咽泉流冰下难"一段，就可以深知双声叠韵在这段出色的音乐描绘，也是《琵琶行》获得如此声誉的关键段落中的作用：它将抽象的不可捉摸的音乐语汇变得形象具体、可视可摸、可听可感。比喻在其中起了关键作用，双声叠韵则使声与情、声与物、声与事更好地结合。正因为如此，如一味玩弄技巧，为双声叠韵而双声叠韵，就变成毫无价值的文字游戏，即使名诗人也不例外，如唐代武功体的代表作家姚合的《葡萄架诗》：

> 萄藤洞庭头，引叶漾盈摇。
> 清秋青且垂，冬到冻都凋。

全诗四句全为双声叠韵，为了迁就双声叠韵，诗意搞得很晦涩，什么叫"引叶漾盈摇"让人很费解，至于"冬到冻都凋"诗意则很庸俗，看得出完全是为了凑成双声叠韵。就是从音韵上来说，像"引叶漾盈摇"、"清秋青且垂"、"冬到冻都凋"等，读起来也很别扭拗口，没有丝毫美感。

双声叠韵的使用也会促使诗人形成自己的独特风格。中国山水诗的开创者谢灵运就是由于大量采用双声、叠韵字，从而形成了独有的繁复、典丽的风格，这也是谢灵运山水诗的显著特征之一。例如："石浅水潺湲，日落山照曜。荒林纷沃若，哀禽相叫啸。"（《七里濑》）"侧径既窈窕，环洲亦玲珑"（《于南山往北山经湖中瞻眺》）等名句皆使用了双声叠韵。李白诗中也大量使用双声叠韵，在《送王屋山人魏万还王屋》诗一段中，竟然连用"眷然"、"孤屿"等近二十个双声、叠韵字。

其次，错综之美指异音字之间相续所产生的美感。其中包括平声字和仄声字之间参伍成句所形成的平仄错综之美，也包括仄声字中的上声、去声和入声字之间交替使用所产生的美感。关于平仄相间所产生的美感，俞弁在《逸老堂诗话》中称赞平仄相间、抑扬参互所产生的影响时说："若夫句分平仄，字关抑扬，近体之法备矣。"近体五言、七言诗平仄相间的规则，前面已列举了许多，这里不再赘言。即使是古风，也有平仄参伍的规则。一般说来，一首七言古风如是平韵到底，其出句的第二字多用平声，第五字多用仄声；落句第五字必平，第四字必仄。如白居易《长恨歌》前四句："汉皇重色思倾国，御宇多年求不得。杨家有女初长成，养在深闺人未识。"其出句第二字"皇"和"家"皆为平声，第五字"思"、"初"皆为仄声。落句第四字"年"和"女"为仄声，第五字"求"和"初"为平声。如果出句第五字兼用"平"，则第六字多用"仄"，目的在于避免掺杂律句。王渔洋在《古诗平仄论》中指出：七言古诗以第五字为关键，五言古诗以第三字为关键，可见古诗也要注意平仄的参伍。

仄声字中的上声、去声和入声字之间交替轮用有两种情况：

第一种情况为单句的最后一字，上、去、入三声轮用，如杜甫《送韩十四江东省亲》：

> 兵戈不见老莱衣，叹息人间万事非。
> 我已无家寻弟妹，君今何处访庭闱。
> 黄牛峡静滩声转，白马江寒树影稀。
> 此别应须各努力，故乡犹恐未同归。

其中"衣"为平声,"妹"为去声,"转"为上声,"力"为入声。四个出句,四声皆备,参伍拗折之间,不仅产生错综之美,也从声韵的角度表现了战乱之中思亲而无法寻亲的无奈和无家可归的伤感。

第二种情况是一句之中有三个仄声字,上、去、入三声参伍,如杜审言的《和晋宁陆丞早春游望》:

> 独有宦游人,偏惊物候新。
> 云霞出海曙,梅柳渡江春。
> 淑气催黄鸟,晴光转绿苹。
> 忽闻歌古调,归思欲沾巾。

其中"独有宦游人"、"云霞出海曙"、"忽闻歌古调"三句,每句都有平、上、去、入四声皆备;"偏惊物候新"、"梅柳渡江春"、"忽闻歌古调,归思欲沾巾"四句,则上、去、入三声交替使用,并不重复,以形成错综参伍之美。

最后,呼应之美主要指同韵字的互相协律,包括选韵、叠韵、转韵、逗韵等形式。

选韵　所谓选韵,是指诗人用韵时对韵脚的选择下过一番工夫,读者在阅读时可欣赏他们的匠心。清代诗论家袁枚认为选韵应该选择一些响亮的韵脚,要避免暗哑晦僻,他说:"欲作佳诗,先选好韵,凡其音涉哑滞者、晦僻者,便宜舍弃。葩,花也,但葩字不亮。芳,即香也,而芳不响。以此类推,不一而足。宋唐之分,亦从此起。李杜大家,不用僻,非不能用,不屑用也。"(《随园诗话》)袁枚的话,有一定的道理,字音的响亮,用宽韵,固然有种廊庑阔大、波澜壮阔之美,但用窄韵,押险韵,可因难见巧、愈险愈奇,未尝不是一种美,似乎还更能显出才华。韩愈就是一个"力去陈言",用窄韵、押险韵的高手，我们只要读一读他的《苦寒》、《郑群赠簟》、《陆浑山火》就可知其一斑，一代大家欧阳修对此就十分佩服，他说："退之笔力，无施不可。余独爱其工于用韵也。盖其得宽韵，则波澜横溢；泛入旁韵，乍还乍离，出入回合，殆不可抱以常格，如'此日足可惜'之类是也。得韵窄，则不复旁出，而因难见巧、愈险愈奇。"（《六一诗话》）由此可知，选韵并不在于宽窄，而在于"工于用韵"。清代诗论家吴可也认为："和平常韵，要奇特押之，则不与众人同；如险韵，为要稳顺押之，方妙。"（《藏海诗话》）选韵不在平常和奇险，关键在于创新，不同凡响。

叠韵　即写诗叠用韵脚的问题。韵脚除了平常、奇险外，还有个疏和密的问题，何处用疏，何处用密，何处句句用韵，何处隔句用韵，这有个标准，就是为内容服务，由题旨和风格所决定。如岑参的《轮台歌奉送封大大西征》，前面句句叠韵，但到了最后四句"亚相勤王甘苦辛，誓将报主静边尘。古来青史谁不见，今见功名胜古人"却隔句用韵。其原因就在于前面写出征和战斗，诗人以逐句用韵来夸张出征的声威和战斗气氛的紧张。后四句是想象战斗胜利后的功勋，意在渲染"紧张过去，神气舒驰"，以疏宕之气，配合颂扬战胜功成之情节。一句话，何处疏何处密，是由内容和题旨所决定的。苏轼的《腊日游孤山访惠勤惠思二僧》中叠用韵脚与诗意配合更加紧密：

> 天欲雪，云满湖，楼台明灭山有无。
> 水清出石鱼可数，林深无人鸟相呼。
> 腊日不归对妻孥，名寻道人实自娱。
> 道人之居在何许？宝云山前路盘纡。
> 孤山孤绝谁肯庐？道人有道山不孤。

纸窗竹屋深自暖，拥褐坐睡依团蒲。

天寒路远愁仆夫，整驾催归及未晡。

出山回望云木合，但见野鹘盘浮图。

兹游淡薄欢有余，到家恍如梦蘧蘧。

作诗火急追亡逋，清景一失后难摹。

诗的开头写孤山雪中景色，悠游之前从容不迫，因此叠韵中不用句句押韵的"促起式"，所以第一句的起句"雪"字不入韵，下面的"数"、"许"、"暖"、"合"等也都不入"虞鱼"韵。从第九、十句"孤山孤绝谁肯庐？道人有道山不孤"起，叠韵和隔句用韵交错进行，直至结束。前面似乎是随心所欲，后面又显示出整饬和规律，天地既很宽敞，让诗人随意挥洒，押韵又有规律，可看出诗人刻意安排的匠心。清代大学者纪昀对这种忽叠韵、忽隔句韵的押韵方式就非常佩服，他说："忽叠韵、忽隔句韵，音节之妙，动合天然。"（《阅微草堂笔记》）桐城派后期代表人物方东树也称之为"神妙"。

转韵　转韵是指在长篇的五古、七古中转换韵脚。韵脚转换中轻重快慢的选择，直接影响到全诗音韵的抑扬顿挫，自然也就会对诗人情感的表达和诗意的彰显起到一定的作用。如白居易的《长恨歌》转韵13次，而且每每奇句用韵，平仄交替，起到了出神入化的效果。首句"汉皇重色思倾国"的"国"用逗韵（入声），与下面句子所押的"得、识、侧、色"属同一韵部，皆为仄声韵，又为叠韵。"词之荡漾处，多用叠韵"（王国维《人间词话》），而使诗歌情节显示出沉郁色彩。接着描述玄宗对杨贵妃的宠爱，在声韵上以平仄交替的方式开始换韵，落"逗韵"于"池、摇、暇、人、土"等韵脚，渲染杨贵妃的美丽和"姐妹弟兄皆列土"的恩宠，唐玄宗得贵妃后的纵欲。

　　转韵并无一定的格式，清初格律派诗论家沈德潜说："转韵初无定势，或二语一转，或四语一转，或连转几韵，或一韵叠下几语。大约前则舒徐，后则一滚而出，欲急其节拍以为乱也。"（《说诗晬语》）沈德潜所说的"前则舒徐"是指七古的前半段，可二语一转或四语一转不断换韵，后半段则一韵叠下产生节拍急促之感。至于五古，叶燮不太赞成转韵，他说："五古，汉、魏无转韵者，至晋以后渐多，唐时五古长篇，大都转韵矣。唯杜甫五古，终集无转韵者。毕竟以不转韵者为得。韩愈亦然。如杜《北征》等篇，若一转韵，首尾便觉索然无味。且转韵便似另为一首，而气不属矣。"（《原诗》）至于曲韵则是以一韵到底为美。王骥德在《曲律》中说："用韵须一韵到底方妙；屡屡换韵，毕竟才短之故，不得以《琵琶》、《拜月》借口。"

　　七古的转韵不能太疏，也不能太密。如果二句一转，过于急促，但如通篇一韵，也缺少波澜。何处转韵，何处不转，要视诗中的情节和氛围而定。一般来说，诗意转折时配之换韵，诗意一气贯注时则少换韵或不换韵。叶燮说："七古转韵，多寡长短，须行所不得不行，转所不得不转，方是匠心经营处。"（《原诗》）这可谓不定之中的定则。下面举杜甫七古《丹青引赠曹将军霸》为例，看看其转韵是如何与诗意氛围配合的：

> 将军魏武之子孙（元韵起），于今为庶为清门（元）。
>
> 英雄割据今已矣，文采风流今尚存（元）。
>
> 学书初学卫夫人（逗韵），但恨无过王右军（转文韵）。
>
> 丹青不知老将至，富贵于我如浮云（文）。
>
> 开元之中常引见（逗韵），承恩数上南熏殿（转仄声霰韵）。
>
> 凌烟功臣少颜色，将军下笔开生面（线，广韵与"霰"同）。

良相头上进贤冠，猛将腰间大羽箭（线，广韵与"霰"同）。

褒公鄂公毛发动，英姿飒爽来酣战（线，广韵与"霰"同）。

先帝天马玉花骢（逗韵），画工如山貌不同（转平声东韵）。

是日牵来赤墀下，迥立阊阖生长风（东韵）。

诏谓将军拂绢素，意匠惨澹经营中（东韵）。

斯须九重真龙出，一洗万古凡马空（东韵）。

玉花却在御榻上（逗韵），榻上庭前屹相向（转仄声漾韵）。

至尊含笑催赐金，圉人太仆皆惆怅（漾韵）。

弟子韩干早入室，亦能画马穷殊相（漾韵）。

干惟画肉不画骨，忍使骅骝气凋丧（宕，广韵与"漾"同）。

将军画善盖有神（逗韵），必逢佳士亦写真（转平声真韵）。

即今漂泊干戈际，屡貌寻常行路人（真韵）。

途穷反遭俗眼白，世上未有如公贫（真韵）。

但看古来盛名下，终日坎壈缠其身（真韵）。

全诗转韵五次，平转为仄，仄转为平，亦有平转为平。叶燮在《原诗》中分析了转韵与诗意氛围之间的关系："起手'将军魏武之子孙'四句，如天半奇峰，拔地而起；他人于此下便欲接丹青等语用转韵矣。忽接'学书'二句，又接'老至''浮云'二句，却不转韵，诵之殊觉缓而无谓。然一起奇峰高插，使又连一峰，将如何撒手？故即跌下陂陀，沙砾石确，使人蹇裳委步，无可盘桓。故作画蛇添足，拖沓迤逦。是遥望中锋地步，接'开元''引见'二句，方转入曹将军正面。他人于此下，又便写御马玉花骢矣，接'凌烟'、'下笔'二句，盖将军丹青是主，先以学书作宾；转韵画马是主，又先以画功臣作宾。章法经营，极奇而整。此下似宜急转韵入画马，又不转韵，接

'良相'、'猛将'四句，宾中之宾，益觉无谓，不知其层次养局，故迁折其途，以渐升极高极峻处令人目前忽划然天开也。至此方入画马正面，一韵八句，连峰互映，万笏凌霄，是中峰绝顶处。转韵接'玉花'、'御榻'四句，峰势稍平。蛇鳝游衍出之。忽接'弟子韩干'四句，他人于此必转韵，更将韩干作排场，仍不转韵，以韩干作找足语。然后转韵咏叹将军善画，包罗收拾，以感慨系之。篇终焉。章法如此，极森严，极整暇。"叶燮分析此诗诗意和转韵的关系是意转韵不转，这不同于常人，因而章法奇特为他人所不及。一般来说，随着诗意的转换韵脚也随之转换，称为"韵意双转"。韵意双转虽可以使韵意配合得妥帖，但段落过渡明显，人为痕迹显露。而《丹青引赠曹将军霸》韵意双转处很少，大都意转而韵不转，韵转而意不转，有意泯灭双转的痕迹。这样，意虽曲折，韵虽多转，但仍如一气呵成。由此看来，转韵成功之关键亦在于创新！

　　逗韵　逗韵是指换韵之前，预作韵脚呼应的一种技巧。这种技巧后来逐渐变成一项规则，即古诗转韵的首句，当以入韵为原则，与新转入的韵预先作前导式的准备，使新转入的韵像水到渠成一般承接下去。如上面列举的杜甫《丹青引赠曹将军霸》中，从"承恩数上南熏殿"起要转韵，由前面的"文"韵转仄声"霰"韵，为了承接自然，在出句"开元之中常引见"中就预做准备，韵脚为"见"，这就叫逗韵。同样的，从"画工如山貌不同"起，由仄声"霰"韵转为平声"东"韵，其出句"先帝天马玉花骢"的韵脚就已转为"骢"，做好过渡准备。此诗的五次转韵皆在其出句逗韵，是极其严格的，也是逗韵中最为典型的一例。杜甫说他"老来渐于格律细"，确实如此！

（二）句式之美

句式美一是表现在平仄协调，二是上下句之间对仗工整，三是句子的结构。前面两点上面已论，这里专论句子结构。古代诗歌的句型，唐以后以五、七言最为常见。

五言诗的结构有多种，其中以上二下三最为常见，称为"常格"；还有上三下二、上二下二、上四下一等句型，称为"变格"。

上三下二，如杜甫《春望》：

> 国破——山河在，城春——草木深。
> 感时——花溅泪，恨别——鸟惊心。
> 烽火——连三月，家书——抵万金。
> 白发——搔更短，浑欲——不胜簪。

上二下三，如元稹《酬乐天见忆，兼伤仲远》：

> 庾公楼——怅望，巴子国——生涯。

上一下四，如元稹《酬乐天见忆，兼伤仲远》：

> 河——任天然曲，江——随峡势斜；

孟郊《怀南岳隐士》：

> 饭——不煮石吃，眉——应似发长。

上二下二，如王维《山居即事》：

> 寂寞——掩——柴扉，苍茫——对——落晖。

上四下一，如王维《山居即事》：

鹤巢松树——遍，人访荜门——稀

七言的句型上四下三为常格，上三下四为变格，又叫"折腰格"。
另外还有上二下五、上五下二、七字一贯、上六下一等句型，但不多见。
上四下三格，如白居易《钱塘湖春行》：

孤山寺北——贾亭西，水面初平——云脚低。

几处早莺——争暖树，谁家新燕——啄春泥。

乱花渐欲——迷人眼，浅草才能——没马蹄

最爱湖东——行不足，绿杨阴里——白沙堤。

上三下四格，如白居易《日答客问杭州》：

大屋檐——多装雁齿，小航船——亦画龙头。

欧阳修《退居述怀寄北京韩侍中二首》：

静爱竹——时来野寺，独寻春——偶到溪桥。

卢赞元《雨诗》：

想行客——过溪桥滑，免老农——忧麦垄干。

上二下五格，如杜甫《秋尽》：

雪岭——独看西日落，剑门——犹阻北人来。

上五下二格，如杜甫《阁夜》：

五更鼓角声——悲壮，三峡星河影——动摇。

七字一贯格，如杜甫《阆山歌》：

> 松浮欲尽不尽云，江动将崩未崩石。

上六下一格，如陆游：

> 客从谢事归时——散，诗到无人爱处——工。

以上谈的是五言和七言各种句型，但无论是哪种句型，他的美感皆在于结构上形成或舒缓、或紧凑的顿宕之美或飘逸之美，给人一种张弛有序、高下抗坠的音节上的享受。在诗歌实际创作中，以上各种句型往往会交错出现，如岑参《嘉州闻崔十二侍御灌口夜宿报恩寺》：

> 闻君寻野寺，便宿支公房。
> 溪月冷深殿，江云拥回廊。
> 燃灯松林静，煮茗柴门香。
> 胜事不可接，相思幽兴长。

首句"闻君寻野寺"为上三下二结构，下句"便宿支公房"则为上二下三结构，颔联二句皆为上三下二，颈联二句皆为上二下三。尾联同颈联结构，但用字的虚实又不尽相同。这样参伍变化，诵读起来自然磊落如贯珠。

（三）谐律和拗救之美

音韵的和谐包括双声叠韵，异音字之间相续的错综之美，同韵字之间互相协律的呼应之美，这皆在前面已论及，下面着重谈谈拗救之美。

有正就有奇，有顺就有逆，拗救是近体律诗中的一种变格。即在平仄的组合搭配上，打破固定的常规模式而别创音节，显示出不同于常体的突兀变化之美。这就叫"拗"，这种诗词就叫"拗体"。但中国古典诗歌必须平仄交错并呈现一定的规律，这样才能使声音发生多样变化，听起来波澜起伏，铿锵悦耳。因此在用仄声字拗折时，一句之中不能只有一个平声字，这叫"孤平"是律诗声韵中的大忌。因此，一旦出现这种情况，就要设法补救，这就叫作"救"。

诗体的拗救也有一定之规，清代论诗律的著作，如王渔洋《诗律定体》、赵秋谷《声调谱》、翁方纲《五七言诗平仄举隅》，开列诸种拗救之法。王力的《汉语诗律学》条分更细，将拗救之法搜罗殆尽。拗救之法，分为单拗和双拗两大类。所谓单拗，就是出句拗，对句不拗；双拗就是出、对句皆拗。

拗救形成的拗句往往能增加句子的强度，形成一种劲直之气，对文气对声调都有帮助。宋代的范晞文曾谈到拗救对诗词风格的影响，他说："五言律诗，固要贴妥，然贴妥太过，必流于衰。苟时能出奇于第三字中下一拗字，则贴妥中隐然有峻直之风。"（《对床夜语》）正因为拗句有如此作用，元代方回在编《瀛奎律髓》时专列"拗字类"，并说"老杜七言律一百五十九首，而此体凡十九出，不止句中拗一字，往往神出鬼没，虽拗字甚多，而骨骼愈峻峭"。

1. 单拗

（1）五言句

五言平起的常格是"平平平仄仄"，出现下面几种情况就叫"拗"和"救"（或"就"）：

第一种，五言平起的常格"平平平仄仄"，如第一字为仄声，就是拗句，如许浑《送南陵李少府》："落帆秋水寺，驱马夕阳山。"出句第一字"落"为仄声；许浑《玩残雪寄江南尹刘大夫》："艳阳无处避，皎洁不成容。"出句第一字"艳"为仄声，这就叫"拗"。五言平起的诗如出句第一字为仄声，那么第三字必须是"平"声，这就叫"救"。如上面例举的许浑两诗，第一首出句第三字"秋"，第二首出句第三字"无"皆为平声，这就是"救"，合在一起叫"拗救"。

第二种，五言平起的常格"平平平仄仄"，如第三字为仄声，虽仍算合律，下句可以不就，但第一字必须平，否则就犯了"孤平"（即一句中只有一个平声字）。如：李商隐《高松》"高松出众木，伴我向天涯"，第三字"出"拗作仄声，可以不救，但第一字"高"必须是平声，否则犯孤平。

第三种，五言平起的常格"平平平仄仄"，如第四字如拗作平声，那么第三字就应拗作仄声，不然就落调，如李商隐的《乐游原》"青门弄烟柳，紫阁舞云松"，出句第四字"烟"拗作了平声，那么第三字"弄"就"救"为仄声。

（2）七言句

第一种，七言律诗的第一、第三两字，可以不论平仄，但仄起句的对句"仄仄平平仄仄平"的第三字必须是平声，否则就会成为孤平。如第三字不好改成平声，那么第五字本为仄声者必须改为平声，以来救转，如杜牧的《柳》："日落水流西复东，春光不尽柳何穷？巫娥庙里低含雨，宋玉宅前斜带风。"对句"宋玉宅前斜带风"声韵为"仄仄仄平平仄平"。即第三字不好改成平声，那么第五字本为仄声者必须改为平声"斜"，以免犯孤平。

第二种，七言律诗仄起的出句"仄仄平平平仄仄"的第五字如拗作仄声字，仍算合律，可以不救。但第六字如拗作平声，就必须救，即将第五字拗作仄声，不然就落调。如李商隐《无题》"直道相思了无益，未防惆怅是清狂"，出句拗作"仄仄平平仄平仄"，第六字"无"当仄用平，改第五字为"了"，当平用仄以相救。

2．双拗

（1）五言体

五言体平起出句为单拗，五言仄起出句"仄仄平平仄"才有双拗。

第一种，五言仄起出句"仄仄平平仄"中，第三字平声如拗成仄声，那么对句的第三字就必须改成平声救转，这样上下句就变成：仄仄仄平仄，平平平仄平。诗例如：苏轼《游鹤林招隐》"古寺满修竹，深林闻杜鹃"，出句第三字本应平声，拗成仄声"满"，下句第三字本应仄就必须改成平声"闻"救转。

第二种，五言仄起出句"仄仄平平仄"中，出句第四字本应平声，如拗成仄声，那么下句第三字就要改成平声救转，或者下句首字改用仄声亦可，即："仄仄平仄仄，平平平仄平"或者"仄仄平仄仄，仄平平仄平"。诗例如白居易《赋得古原草送别》"野火烧不尽，春风吹又生"，出句第四字本应平声，拗成仄声"不"，下句第三字本应仄声，就必须改成平声"吹"救转。

第三种，五言仄起出句"仄仄平平仄"中，出句第三、四两字本应平声，结果皆拗成仄声，成了"仄仄仄仄仄"或"平仄仄仄仄"，那么，下句第三字必须用平声救转。另外，出句如拗成五个仄声，其中须有入声调配，这样音调才美。例如孟浩然《广陵逢薛八》"士有不得志，栖栖吴楚间"。出句第三、四两字本应平声，结果皆拗成仄声"不得"，下句第三字本应仄声，就必须改成平声"吴"救转。

（2）七言体

七言体仄起出句为单拗，平起出句才有双拗。出句平起的标准格式为"平平仄仄平平仄"。

第一种，七言平起出句"平平仄仄平平仄"中，如第五字拗成仄声，那么，下句第五字就需改成平声救转，即：平平仄仄仄平仄，仄仄平平平仄平。如韦应物《滁州西涧》"春潮带雨晚来急，野渡无人舟自横"，出句第五字拗成仄声"晚"，下句第五字改成平声"舟"救转。

第二种，七言平起出句"平平仄仄平平仄"中，如五、六两字皆拗成仄声，那么，下句第五字就需改成平声救转。如杜牧《江南春绝句》"南朝四百八十寺，多少楼台烟雨中"，出句五、六两字"八十"皆拗成仄声，下句第五字就拗改成平声"烟"字救转。

第三种，七言平起出句"平平仄仄平平仄"中，如第六字拗成仄声，亦是将下句第五字需拗成平声救转。例如崔颢《黄鹤楼》："昔人已乘黄鹤去，此地空余黄鹤楼。"出句第六字拗成仄声"鹤"字，下句第五字就拗改成平声"黄"字救转。

综上所述，拗救的方法虽多，但原则只有一个，就是避免"孤平"，使声调动听。这样，在拗救之中就出现与常格不一样的新的音调和节奏，使长期使用、已显得板滞的律诗形式发生变化，使句法变得灵活，笔力显得生新折拗，调新而韵美。可见创新是万物的生命，诗词格律也不例外。

中国古典诗词的意境美

意境是指客观事物与诗词作家思想感情的和谐统一，在艺术表现中所创造的那种既不同于真实生活，却又可感可信并且情景交融、形神兼备的艺术境界。诗中的"意"包括作者的"情"和"理"，诗中的"境"指事物的"形"与"神"。所谓"意境"，即情、理、形、神的和谐统一。

一、意境的类别

王国维吸收西方文艺学观点，写了部《人间词话》。在《人间词话》中提出"境界"说，认为"能写出真景物、真感情者，谓之有境界"。并且根据主客观关系，将境界分为"造境"和"写境"，又有"有我之境"和"无我之境"之别。所谓"造境"即经诗人主观情感加工改造过的境界，亦即"有我之境"，也就是文艺理论上说的"表现"；所谓"写境"即如实客观再现客观环境，亦即"无我之境"，也就是文艺理论上的"再现"。以上是从主客关系上分类，如果再加上表现手段，可以分为以下七类。

（一）实感性意境

即王国维所云"写境"。诗人调动状物、描写、叙事等艺术手段，通过刻画形容，变抽象为具体，变静态为动态，真实形象地再现客观环境。使读者如临其境，如见其人，如闻其声。

实感性意境的形成，体现在两个方面：

一是体物的细密工巧，能"状难写之景如在目前"。宋诗的代表人物梅尧臣诗作"工于平淡，自成一家"（胡仔《苕溪渔隐丛话》）。他以素朴的诗风，真实地再现了当时繁重的赋税和征战给民生带来的疾苦，写下《陶者》、《田家四时》等传世之作。作为一位写实诗人他曾举贾岛、姚合、温庭筠等人的诗作为例，说明什么是实感性意境以及它的意义和作用："必能状难写之景，如在目前；含不尽之意，见于言外，然后为至。贾岛云'竹笼拾山果，瓦瓶担石泉'；姚合云'马随山鹿放，人逐野禽栖'等，是山邑荒僻，官况萧条，不如'县古槐根出，官清马骨高'为工。"诗人又举严维的诗作，来说明何谓"状难写之景如在目前"的至境："作者得于心，览者会以意，若严维'柳塘春水漫，花坞夕阳迟'，则天容时态，融合骀荡，岂不在目前乎？"（转引自魏庆之《诗人玉屑》）

梅尧臣引述的"县古槐根出"中的"县古"是作者的感觉，看不到具体形象，但以细描"槐根出"加以补充，就使"县古"具体可感；同样的，"官清"是自白，以"马骨高"加以补充形容（马都因没有好料草而高耸瘦骨），主人的清廉不就很明显了吗？当然，马高耸瘦骨，也有主人清高之内涵。这就将山邑荒僻、官况萧条逼真地再现出来，确实比贾岛云'竹笼拾山果，瓦瓶担石泉'，姚合云'马随山鹿放，人逐野禽栖'来得形象且具有更深的内涵。梅氏又举严维的"柳塘春水漫，花坞夕阳迟"作为状难写之景如在目前的诗例。春天的天气融和，春天日脚变长。春天这种典型特征被诗人敏锐地抓住并细腻地再现，这就是"春水漫"和"夕阳迟"。前者暗示天气转暖，冰雪消融，而且"清明时节雨纷纷"，这样才会"春水漫"；由冬到春，日照时间加长，给人迟迟之感，所以才会"夕阳迟"。正因为"漫"和"迟"二字用得精当，使难以传达之情状表露无遗。王夫之曾说："体物而得神，则自有灵通之句、参妙化之功。"（《夕堂永日绪论》）这两句诗就是"体物而得神"所产生的"灵通之句"。柳宗元的《南涧中题》也是"体物入情"的典型诗例：

> 秋气集南涧，独游亭午时。
>
> 回风一萧瑟，林影久参差。
>
> 始至若有得，稍深遂忘疲。
>
> 羁禽响幽谷，寒藻舞沦漪。
>
> 去国魂已游，怀人泪空垂。
>
> 孤生易为感，失路少所宜。
>
> 索寞竟何事？徘徊只自知。
>
> 谁为后来者，当与此心期！

唐宪宗元和七年（812）秋天，被贬为永州司马的柳宗元游览永州南郊的袁家渴、石渠、石涧和西北郊的小石城山，写了著名的《永州八记》中的后四记——《袁家渴记》、《石渠记》、《石涧记》和《小石城山记》。这首五言古诗《南涧中题》，也是他在同年秋天游览石涧后所作。南涧即《石涧记》中所指的"石涧"。石涧地处永州之南，又称南涧。诗人以记游的笔调，写出了被贬放逐中的忧伤寂寞、孤独和苦闷。

全诗大体分为前后两层。前八句，着重描写在南涧时所见景物；后八句，便着重抒写诗人由联想而产生的感慨。其中状物遣词，确能

"体物入情"。如诗歌首句"秋气集南涧",虽是写景,点出时令,一个"集"字便用得颇有深意:悲凉萧瑟的"秋气"怎么能独聚于南涧呢?这自然是诗人的主观感受,在这样的时令和气氛中,诗人"独游"到此,自然会"万感俱集",不可抑止。他满腔的忧郁情怀,便一齐从这里倾泻出来。诗人由"秋气"进而写到秋风萧瑟、林影参差,引出"羁禽响幽谷"一联。诗人描绘山鸟惊飞独往,秋萍飘浮不定,使人仿佛看到诗人在溪涧深处踯躅彷徨、凄婉哀伤的身影。这"羁禽"二句,虽是直书见闻,然"其实乃兴中之比",开下文着重抒写感慨的张本。诗人以"羁禽"在"幽谷"中哀鸣,欲求友声而不可得,暗示他对同期被放逐的"八司马"的怀念,因而使他"怀人泪空垂"了。"体物而得神"是此诗最大特色,苏轼称赞此诗"妙绝古今"、"熟视有奇趣",也正是从此着眼。当然,这种体物的细致、状物的工巧,首先需要静心细致地观察客观景物,洪亮吉亦曾对柳宗元这两句诗体物的细密、状物的工巧发出感慨:"静者心多妙,体物之工,亦唯静者能之。如柳柳州'回风'、'林影'云云,鲁莽者能体会及此否?"(《北江诗话》)

"状难写之景,如在目前",这类诗例还很多,如岑参《祁四再赴江南别诗》中的"山驿秋云冷,江帆暮雨低"。沈德潜特别欣赏诗中的"低"字,认为"著雨则帆重,体物之妙,在一'低'字"(《唐诗别裁》)。郑锡有首《送客之江西》,也用"低"来形容帆重:"九洣春潮满,孤帆暮雨低。"岑参写秋雨,郑锡写春雨,有一共同点就是雨湿船帆,又是乌云压顶,无风又湿重,故而低垂。所以一个"低"字,将船在雨中的形态表现得十分传神。

二是化静为动、变抽象为具体,生动形象地再现客观环境。吴融的《春词》就是变静态为动态,给人留下鲜明的视觉印象:

　　　　鸾镜长侵夜，鸳衾不识寒。

　　　　羞多转面语，妒极定睛看。

　　"羞多"、"妒极"都是一种心理状态，十分抽象，但通过"转面语"和"定睛看"这两个表情动作，将抽象的心理活动变得具体可感，而且符合人物的身份特征。因为一位女性娇羞时会背过脸去，不敢正视，一旦妒火中烧，就会勇敢面对，盯住看。这种心理、情态及其转化过程，通过"转面语"和"定睛看"这两个表情动作，真实地得以再现。元代诗论家方回十分欣赏这两句，说："三、四（句）非十分着意，何以说得至此。"（《瀛奎律髓》）清人纪昀也说"三、四极真"。元稹有名的《遣悲怀》也是采用化静为动的方法，使昔日夫妇在困顿中相守相爱的情形再现出来：

　　　　谢公最小偏怜女，自嫁黔娄百事乖。

　　　　顾我无衣搜荩箧，泥他沽酒拔金钗。

　　　　野蔬充膳甘长藿，落叶添薪仰古槐。

　　　　今日俸钱过十万，与君营奠复营斋。

　　这是一首深情的悼亡诗，是元稹怀念亡妻韦丛所作三首悼亡之作的第一首。韦丛是工部尚书韦夏卿最小的爱女，下嫁元稹时，元稹只是一个官职卑微的校书郎。但韦丛没有丝毫的怨言，安于清贫，在元稹最失意的时候给了他莫大的支持。后来元稹做到宰相，妻子却因积劳成疾而死去，给元稹留下无限的遗憾。在这首诗中，面对着生与死无法逾越的鸿沟，诗人通过对昔日夫妻贫贱相守时几件生活琐事的回忆，表达深长的思念之情。诗的前六句都是追忆生前的生活琐事，完全用动态的描绘而不是静态的叙述表现出来：为了给贫困中的元稹找一件像样的衣服，诗中用了"搜荩箧"；文人无酒自是憾事，但家中无钱，只好央求这位贵族小姐用她的金钗换酒，诗人用了动态感极强的"泥他"、"拔金钗"；没有柴火做饭，只能扫取庭院内槐树的落叶，诗人写成"落叶添薪仰古槐"，使秋风落叶、古槐人影跃然纸上，让人深深感动。这就是化静为动的功劳。

（二）改造性意境

改造性意境即王国维所说的"造境"或"有我之境"。西方文艺理论将其称为"表现"，即将客观环境和事物，经过主观的想象加以改造再表现出来。其手法或者是以人拟物，赋予无生命的事情和物体以生命动态，也可以赋予有生命的植物和动物以人的思想和情感；或是以物喻人，将无知的物体寄以灵性、托为有情，以造成物我交会的境界。王国维曾举北宋词人宋祁的"红杏枝头春意闹"和张先的"云破月来花弄影"为例，来说明什么是"境界全出"的"有我之境"。这种改造性意境有以下几种类型。

第一，以人拟物即让无生命的事物带上人的感情和动作，使形象生动，给人留下极为深刻的印象。如崔护的《题都城南庄》：

> 去年今日此门中，人面桃花相映红。
> 人面不知何处去，桃花依旧笑春风。

据孟綮的《本事诗》记载：中唐诗人崔护清明时节在郊外城南庄有次艳遇。第二年清明，他再次游城南庄，"门墙如故，而已锁扃之，因题诗于左扉曰'去年今日此门中'"。崔护是否有此艳遇，这自然待考。但此诗的广为流传却与下面两点关系极大：一是在结构上用"人面"、"桃花"作为贯穿线索，通过"去年"、"今日"的"同"与"不同"映照对比，将诗人对"人面不知何处去"的怅惘、感慨、回环反复，曲折尽致地表达出来。明代戏剧家曾据此编成传奇《人面桃花》也是有感于此。二是以人拟物，让无生命的桃花带有人的情感和知觉。笑是灵长类动物和人类独有的表情，桃花是不会笑的，那么，诗人刻意地强调"桃花依旧笑春风"意义何在呢？今年与去年，春光依旧，桃花仍然那样鲜艳，但是去年那个和桃花一样艳丽的姑娘却不在"门中"了。这株含笑的桃花除了引动对往日的美好回忆，徒然增添无限的怅惘外，再就是对好景不长、命运多变的感慨。这些都是通过以物拟人的手法来实现的。

中国古典诗词中类似的以物拟人的诗例还很多，如龚自珍的"西池酒罢龙娇语，东海潮来月怒明"（《梦得》），"一山突起丘陵妒，万籁无言帝座灵"（《夜坐》），"木有文章曾是病，虫多言语不能天"（《释言四首之一》），"紫皇难慰花迟暮，交与鸳鸯诉不平"（《梦中作四截句》）等。其中"东海潮来月怒明"的"怒"字，将东海夜色的黝黑，海上浪涛的汹涌，以及在此背景下月亮在海上的升腾、月的皎洁幽冷和硕大圆足写得极富动态感，充满外张力，给人一种魂悸魄动的异样感受。司空图在《二十四诗品》中形容"雄浑"风格是"大用外腓，真体内充。返虚入浑，积健为雄"。龚自珍的这个"怒"字，就起到这样的作用。又如高适的《同陈留崔司户早春宴蓬池》："隔岸春云邀翰墨，傍檐垂柳报芳菲。"春云也解人意，为赴蓬池宴会的诸君催诗；垂柳也知春讯，前来报春。远从隔岸，近从檐前，良辰美景、贤主嘉宾、赏心乐事，"四美俱、二难并"。人情、风物都充满早春气息，都交融着温馨的气氛，这正是这两个拟人诗句给我们带来的感受。再如岑参的《夜过磐石寄闺中》："春物知人意，桃花笑索居。"春物并不能知人意，桃花不会笑，更不会讪笑诗人的独眠。所谓"春物知人意，桃花笑索居"，这完全是诗人的想象，完全是拟人的手法。诗人通过这种手法，把自己在他乡春夜独处的孤寂、落寞表现得既含蓄又生动。杜甫的《愁》："江草日日唤愁生，巫峡泠泠非世情。"用江草喻愁，这个比喻本身就很妙，因为江草萋萋，比喻愁既多又乱，而且草得江水滋润，生长极快，以喻旧愁未断，又添新愁。用"唤"字拟人就更妙：它使得无意识的江草变得有意识、有动态、有声音。从内在的情感到外在的视觉、听觉，让"愁"变得可见可闻、可触可感。贾岛的残句"长江风送客，孤馆雨留人"，让风雨也懂得送客留人，富有人的情意。杨慎在《升庵诗话》中推崇这两句比"鸟宿池边树，僧敲月下门"还好，"为岛平生之冠"。此联之所以让杨才子如此倾心折服，也是应用拟人手法的结果。杨万里有首《自赞》："清风索我吟，明月劝我饮。醉倒落花前，天地即衾枕。"宋长白在《柳亭诗话》中认为这是杨万里退职后在南溪之上的生活写照："老屋一区，仅避风雨；长须赤脚，才三四人，如是者十六年。"诚斋在清贫闲适中度过晚年，只有清风明月相伴。醉倒在落花前，以天地为衾枕，人和自然如此和谐地融合在一起，给人一种天人合一的愉悦感受。其中清风索句，明月劝饮，更增添了大自然对诗人的接纳和欣赏感。他还有首《添盆中石菖蒲水仙花》，也是用以人拟物的手法写退职后的闲适：

> 旧诗一读一番新，读罢昏然一欠伸。
> 无数盆花争诉渴，老夫却要作闲人。

全诗的精妙处就在于"无数盆花争诉渴"的"争诉渴"三个字上。有了这三个字，不仅有了石菖蒲和水仙花争宠斗媚的人情意态，也似乎听到了他们争先恐后的喧哗声，一个寂寥清闲的闲居生活顿时充满生气。在全诗的结构上，一边是宠柳娇花的争相喧闹，一边是懒散的诗人在吟诵旧作中昏然睡去。主与客，喧闹与寂然，撒娇诉渴与慵懒易忘，人与自然，构成了颇富喜剧意味的场面，这也是"诚斋体"的典型特征！中国古典诗人采用这种手法的还很多，如孙叔向的《题昭应温泉》"一道温泉绕御楼，先皇曾向此中游。虽然水是无情物，也到宫前咽不流"，徐凝的《古树》"古树欹斜临古道，枝不生花腹生草。行人不见树少时，树见行人几番老"，等等。

第二，以物拟人。这种手法与第一种相反，即是用无生命的事物或动植物来喻人。这种手法为古典诗人们常用，如用鲜花比喻美女，以猿猴比喻人的矫健，前面提到的以草喻愁等皆是如此。这种手法的好处在于使人兼摄了物的时态功能，使抽象的人情意态有了具体的形状和过程。如前面提到的"愁"，这本是一种人的情绪，它不断地变化，又不好形容捉摸。中国古典诗人为了使它变得具体可感，并使它的发展变化过程清晰可见，就使用了多种以物拟人之法，如南唐词人李煜的《虞美人》："问君能有几多愁，恰似一江春水向东流"；《清平乐》："离恨恰如春草，更行更远还生"，"剪不断，理还乱，是离愁"等。前者，词人以一江春水来比喻愁之多、愁之深、愁之滚滚而来、源源不断；后者则比作春草，春草的特征则是既多又乱，而且蓬勃滋生。南宋词人李清照的词风颇类李煜，擅长白描，善于用寻常事物来比附自己内心的曲折深隐之情。在以物喻愁上，漱玉词对李煜词也有发展：李煜词让无形的愁变得具体可感，而且富有动态感。李清照词作中的愁不但可以移动，如"此情无计可消除，才下眉头，却上心头"（《一剪梅》），而且还有重量"只恐双溪舴艋舟，载不动，许多愁"（《武陵春》）。再如白居易《长恨歌》中描绘杨贵妃在仙山中接见唐明皇使者的一段：

闻道汉家天子使，九华帐里梦魂惊。

揽衣推枕起徘徊，珠箔银屏迤逦开。

云鬟半偏新睡觉，花冠不整下堂来。

风吹仙袂飘飘举，犹似霓裳羽衣舞。

玉容寂寞泪阑干，梨花一枝春带雨。

　　"梨花一枝春带雨"即是以物拟人，也是此段的总结。在此之前是正面描述杨贵妃闻讯后，起床下楼出来接见唐明皇使者的经过，这里突然把她比做一朵带着春雨的梨花，使高雅的玉容变成绝俗的梨花，满面的泪水化成了寂寞的春雨，凄冷中糅合了清艳，卓越的风姿中夹带着伤感，妩媚中吐露出芳洁，这就是"梨花一枝春带雨"这种以物拟人手法给读者造成的感受。类似的手法还有贾岛的《戏赠友人》：

一日不作诗，心源如废井。

笔砚为辘轳，吟咏作縻绠。

朝来重汲引，依旧得清冷。

书赠同怀人，词中多苦辛。

　　"一日不作诗，心源如废井"即是以物拟人。诗人将诗心拟作井水，每日提汲，活水就会汩汩涌出。一日不作诗，心源就像废井一般，壅塞枯竭。这种带着夸张的比拟，使诗人与诗歌创作须臾不能分开的密切关系生动而形象地体现出来。自然，诗人创作的勤奋刻苦也自在题中了。

　　第三，赋予无生命的物体以生命的动态。如柳宗元在《钴姆潭西小丘记》中用动物的各种动作来形容无生命的石头的各种形状："其石之突怒偃蹇，负土而出，争为奇状者，殆不可数。其嵚然相累而下者，若牛马之饮于溪；其冲然角列而上者，若熊罴之登于山。"在古典诗歌中也有类似的手法，如韩愈的《和虞部卢四酬翰林钱七赤藤杖歌》，将一根红色藤杖比拟成"赤龙拔须血淋漓"，白昼放在窗户下，居然"飞电著壁搜蛟螭"。通过这种以物拟物手法，将无生命的赤藤杖写得极富生命动态感。李贺的《老夫采玉歌》也有类似的手法：

> 采玉采玉须水碧，琢作步摇徒好色。
>
> 老夫饥寒龙为愁，蓝溪水气无清白。
>
> 夜雨冈头食蓁子，杜鹃口血老夫泪。
>
> 蓝溪之水厌生人，身死千年恨溪水。
>
> 斜山柏风雨如啸，泉脚挂绳青袅袅。
>
> 村寒白屋念娇婴，古台石磴悬肠草。

此诗描述的是一位采玉老人的艰苦劳动和时刻面临死亡威胁的痛苦。其中有以人拟物和以物拟人手法的交替运用："老夫饥寒龙为愁"是以人拟物，用"龙为愁"来比拟采玉的艰苦，忍着饥寒在水中日夜劳作，以至栖息在水中的龙不堪其扰，愁叹不止。"蓝溪之水厌生人"则是以物拟人。采玉工日夜在水中劳作，不但栖息在水中的龙不堪其扰，叹息不止，连溪水也心生厌恶，必定要将其置之死地。而那些惨死的玉工，千年以后也消除不掉对溪水的怨恨。"身死千年恨溪水"一句意味深长，正如王琦所言："不恨官府而恨溪水，微词也。"（《李长吉歌诗汇解》）而这个弦外之音正是建立在"蓝溪之水厌生人"这个以物拟人的手法之上的。众所周知，白居易的《琵琶行》之所以久传不衰，很大程度归功于它那段出色的音乐描绘：

> 大弦嘈嘈如急雨，小弦切切如私语。

嘈嘈切切错杂弹，大珠小珠落玉盘。

间关莺语花底滑，幽咽泉流冰下难。

冰泉冷涩弦凝绝，凝绝不通声暂歇。

别有幽愁暗恨生，此时无声胜有声。

银瓶乍破水浆迸，铁骑突出刀枪鸣。

这段描绘有联想、比喻，更有以物拟人或以无生物拟有生物的手法，诸如"小弦切切如私语"、"间关莺语花底滑"、"铁骑突出刀枪鸣"等，就是赋予无生命的物体以生命的动态，将抽象的不可捉摸的音乐语言或是比拟成一对小儿女的窃窃私语、恩怨缠绵，或是像战场铁骑突出、刀枪铿锵的撞击声，或是像黄莺在花丛中鸣叫那么清脆悦耳。这不但化无形为有形，变抽象为具体，而且富有动态和音响。

（三）含蓄性意境

我们在欣赏古典诗词时大概都有过这样的体会：有的诗，我们读了一遍，就觉得索然无味，不想再读第二遍；有的诗，却百读不厌，而且越读越有滋味。其中的原因，就与境界有关。前者太直、太露，诗人将要讲的话都讲完了，没有给读者留下任何想象回旋的余地；后者则相反，其丰富的内涵欲吐未吐，深沉蕴藉，需要读者自己去发掘、思考，才知其中三昧。这种境界，我们就称之为含蓄性意境。

中国古代许多诗人和诗论家都非常重视含蓄之境。刘勰在《文心雕龙·隐秀》篇中着意将"隐"和"秀"两种境界加以区别："文之英蕤，有隐有秀。隐者也，文外之重旨也"，"情在词外曰隐，状溢目前曰秀"。刘勰所说的"情在词外"和"文外重旨"就是一种含蓄之美。这种美感，光芒内敛，温婉深曲，读起来重关叠嶂，具有幽邃之感。

含蓄的美，也特别适合东方人的传统美感和生活风范。所谓"语不涉己，若不堪忧"，"浅深聚散，万取一收"。中国的传统诗评，没有不高度称赞"含蓄"之境的，所谓"兴象超远，元气浑然"，所谓"言有尽而意无穷"。司空图在《二十四诗品》中专立"含蓄"一品，将此形容为"不着一字，尽得风流"。宋诗的奠基者梅尧臣将"含不尽之意，见于言外"（欧阳修《六一诗话》），作为诗歌创作的最高追求之一。

含蓄之境，实际上包括两个方面，一是诗歌内容的含蓄深隐，有言外之意、弦外之音；二是表现手法的曲折隐晦。

1. 内容上的含蓄深隐

指诗意始终没有正面说出，读者只能去测度、揣摩出一个大致的范围和轮廓，因此对诗意主旨众说纷纭、争论不休。如阮籍的八十二首《咏怀诗》，后人评之为"文尚曲隐"，钟嵘说它"厥旨渊放，归趣难求"。读者见仁见智，作出种种不同的猜测和探求，原因就在于其内容非常曲折隐晦。以第一首《夜中不能寐》为例，这是八十二首五言体咏怀诗的第一首，可以说是总领全篇的序曲，也为全体诗篇定下一个感情迷惘朦胧的基调：

> 夜中不能寐，起坐弹鸣琴。
> 薄帷鉴明月，清风吹我襟。
> 孤鸿号外野，翔鸟鸣北林。
> 徘徊将何见，忧思独伤心。

阮籍生活在魏晋易代之际，司马昭之心，路人皆知。朝野之间，人人自危，阮籍也屡次受到政治迫害的威胁。在这种政治氛围中，他不能不为曹魏的政治前途和个人的命运深切地忧虑。但是险恶的政治局势又迫使他只能把这种忧虑隐藏在心中。为了全身远祸，他在抒发自己忧愤交集的咏怀诗中，不得不采取隐晦曲折的形式。这首诗中的首句就说到自己夜不能寐，结句又提到自己独徘徊，有忧思，但忧思是什么，为何要徘徊，为何不能寐，诗人始终没有说破，只是通过孤鸿哀号、夜鸟不能栖息等作出暗示。但究竟暗示什么，历来注家皆有不同解释：《文选》吕向注认为孤鸿比喻君子在野，翔鸟比喻小人在位；黄节《阮步兵咏怀诗注》又认为这"嫌于臆测"。诸位注家之所以作出不同解释，乃是诗意过于隐曲之故。

李商隐的诸首《无题》也是诗意含蓄的代表。无题诗是李商隐首创，大都内容复杂，题旨深曲，历来引起许多争论，如"来是空言去绝踪"、"飒飒东风细雨来"、"凤尾香罗薄几重"、"重帷深下莫愁堂"等，有人说是爱情诗，有人说是向令狐绹陈情，有人说是慨叹君臣遇合，有人说是党派争端。特别是那首《锦瑟》，歧义更多。有宋人计有功、清人纪昀的"艳情说"，清人朱鹤龄、朱彝尊、冯浩、近人张采田的"悼亡说"，清人何焯、薛雪的"自伤说"，宋人许彦周、黄朝英的"咏物说"，清人杜诏、近人张采田的"政治影射说"，清人屈复、近人梁启超的"寄托不明说"，清人王应奎"诗序说"等十多种。之所以出现多种解释，乃因题旨过于含蓄。

以上说的是特例，一般说来，诗意含蓄还是可以理解和觉察的，如孟浩然的《临洞庭湖赠张丞相》：

> 八月湖水平，涵虚混太清。
> 气蒸云梦泽，波撼岳阳城。
> 欲济无舟楫，端居耻圣明。
> 坐观垂钓者，徒有羡鱼情。

表面上看是在咏歌洞庭湖的阔大气象。其中"气蒸云梦泽，波撼

岳阳城",是描绘洞庭湖浩瀚气势的名联。但诗作的真正目的并非在
于描绘洞庭湖的浩瀚阔大气象,而是希望借此得到张九龄的垂青援引。
"欲济无舟楫,端居耻圣明"已将自己不甘寂寞、希望引荐的意图含蓄
道出。最后两句更是化用成语:"临渊羡鱼,不如归而结网",要将自
己不愿"端居"化为实际行动。

朱庆馀的《闺意献张水部》和张籍的《酬朱庆馀》也属此类,而
且成为佳话:

> 洞房昨夜停红烛,待晓堂前拜舅姑。
> 妆罢低声问夫婿,画眉深浅入时无。
>
> ——朱庆馀《闺意献张水部》

> 越女新妆出镜心,自知明艳更沉吟。
> 齐纨未是人间贵,一曲菱歌敌万金。
>
> ——张籍《酬朱庆馀》

两诗一问一答,皆是比体。前者以一新妇身份,借询问夫婿画眉
是否入时,来探听自己的诗作,对方是否中意,意指是否能够中举。
张籍则借越女新装和一曲菱歌作喻,暗示朱庆馀的诗作别出心裁,具
有民歌的朴实清新,不是城中诸作可以匹敌的,暗示他应试肯定成功。
双方的问答都在比体中含蓄道出。张籍还有首《节妇吟》:

> 君知妾有夫,赠妾双明珠。
> 感君缠绵意,系在红罗襦。
> 妾家高楼连苑起,良人执戟明光里。
> 知君用心如日月,事夫誓拟同生死。
> 还君明珠双泪垂,恨不相逢未嫁时。

　　这首诗下还有一个注："寄东平李司空师道"。李师道是当时颇有威势的藩镇平卢淄青节度使，又冠以检校司空、同中书门下平章事的头衔，其势炙手可热。为了扩大自己的影响，李师道刻意拉拢当时的名士来为自己效力。而一些不得意的文人乃至中央官吏也去投靠藩镇。张籍和他的老师韩愈一样，反对藩镇割据，主张国家统一，他当然不会接受李师道的拉拢。这首诗便是回绝李师道邀请的一篇名作。全诗借男女之情来委婉表明自己的政治立场，显得堂堂正正又委婉含蓄。

2．手法上的曲折隐晦

　　如何才是含蓄手法，下面有三首同是李商隐写的诗，比较一下即可知晓。第一首曰《歌舞》：

　　　　遏云歌响清，回雪舞腰轻。
　　　　只要君流眄，君倾国自倾。

第二首曰《夜意》：

　　　　帘垂幕半卷，枕冷被仍香。
　　　　如何为相忆，魂梦过潇湘。

第三首曰《嫦娥》：

　　　　云母屏风烛影深，长河渐落晓星沉。
　　　　嫦娥应悔偷灵药，碧海青天夜夜心。

　　清人纪昀对《歌舞》的评价是"殊乏蕴藉"；对《夜意》的评价是"小有情致，亦无深味"；对《嫦娥》的评价是"意思藏在第一句，却从嫦娥对面写来，十分蕴藉"。如果比较一下，纪昀说的确有道理，尽管三首诗为同一作者，但第三首比起前两首要好得多。因为第一首

是正面直接道破，当读到"君倾国自倾"时，已明白诗人要告诉我们
的是贪色亡国的历史教训。诗篇终了，诗意也随着完结，缺乏蕴藉和
余味。第二首比起第一首来情味较浓一些：因相忆而形诸梦寐，梦醒
而余香似乎仍在，但垂帘半卷，枕冷衾寒，一人独处的凄凉自不必言，
虽含蓄但余味不浓。第三首的手法较为婉曲。诚如纪昀所言，诗意是
要表现自己在深夜的思量，"却从嫦娥对面写来"，写嫦娥在月宫的孤
独，由孤独而产生的懊悔。人们历来对嫦娥吃灵药白日飞升，成为月
宫仙子称羡不已，诗人却说"嫦娥应悔偷灵药"，仙子因一人独处碧
海青天，夜夜懊悔不已。这种奇特的构思，这种从嫦娥对面写来的婉
曲手法，使这首诗成为千古不朽之作。再者，正因为手法的婉曲，诗
意也显得含蓄，唐宋以来，人们对诗旨颇多猜测，这也增加了人们对
此诗的兴趣：清人何义门认为此诗是"自比有才调，翻致流落不遇"
的自叹身世之作（《义门读书记》）；纪昀认为是"悼亡之诗，非咏嫦
娥"（《阅微草堂笔记》）；张采田认为是"写永夜不眠，怅望无聊之景
况，亦托意遇合之作"（《李义山诗辨证》）；喻守贞则认为是"责备意
中人偷奔，而仍不能忘情"（《唐诗三百首》）。注家各执一说，揣摩万
端，正说明此诗含蓄蕴藉。其实，一首好诗的内涵并不一定要特别说
出，也不一定能够说出。苏轼说"作诗必此诗，定知非诗人"，可谓知
此中三昧。清代浙西派代表作家朱彝尊在这首诗旁加密圈密点，仅评
了一句"是何言语"？可谓知味。历来的唐诗或古诗选本都会选《嫦
娥》而置前两首于不顾，也说明人们对含蓄手法的推崇和认可。

还有这样三首诗，皆是送别友人之作，一首是李白的《赠汪伦》：

李白乘舟将欲行，忽闻岸上踏歌声。
桃花潭水深千尺，不及汪伦送我情。

第二首是王维的《齐州送祖三》：

> 相逢方一笑，相送还成泣。
> 祖帐已伤离，荒城复愁入。
> 天寒远山净，日暮长河急。
> 解缆君已遥，望君犹伫立。

第三首是李白的《黄鹤楼送孟浩然之广陵》：

> 故人西辞黄鹤楼，烟花三月下扬州。
> 孤帆远影碧空尽，惟见长江天际流。

　　三首诗尽管都很出名，但百尺竿头者还是第三首，其原因也还是在于表现手法的婉曲含蓄。它不像第一首直接点出与友人的别情："桃花潭水深千尺，不及汪伦送我情"，也不像第二首对着"解缆君已遥"的友人，直接抒发"望君犹伫立"的深情，而是像《嫦娥》一诗那样，从对面着笔，描绘友人的帆影渐渐消逝在碧空之下，眼前只剩下滚滚东去的大江在天地间流淌。《齐州送祖三》中的"解缆君已遥，望君犹伫立"已尽含其中，《赠汪伦》中的"桃花潭水深千尺，不及汪伦送我情"亦尽在其中，但均未直接点出，表现得含蓄深蕴。

　　杜甫的《江上》中有"勋业频看镜，行藏独倚楼"一联，历来为诗论家所欣赏，北宋洪惠的《冷斋夜话》将其推为"含蓄"之代表；仇兆鳌评论说"夜不眠以至曙，故对镜倚楼，看容色而计行藏，但以报主心切，虽衰年未肯自诿，此公之笃于忠爱也"（《杜少陵集详注》）；黄生评曰："勋业者尚无成，故须看镜。行藏抑郁谁语，故独倚楼。"（《杜诗说》）诸家之评，都在发掘或叹服其中的含蓄之旨。因为"勋业频看镜"五字，将年岁渐老、"时不我与"的紧迫感洋溢笔端；"行藏独倚楼"五字则将报国无门、无可奈何的浩叹声闻纸上。更何况是永夜不寐，看镜倚楼，种种壮怀激烈可想而知，并不需要直陈"忠君报国"，这样更显得含蓄深沉。

（四）联想性意境

是指发挥想象力将两个本来无关的事物挽合在一起，或将两个互有差异的事物变得类似。让这种创造性的融合产生新意境，前提是要在互有差异或并无关联的两个物体之间找到共同之处，这样才能让人产生联想。如龚自珍的《寥落》"青山青史两蹉跎"，青山在此指代诗人出世隐居的消极人生取向，青史代表入世立功的积极生活态度，两者根本不是一回事，但凭一个"青"字，诗人将两者挽合到一起，象征自己"谋官谋隐两无成"的尴尬处境。

这种创造性的融合，往往是通过象征性的比兴来实现的。因为赋体直陈诗意易尽，只有比兴才能含蓄多味。清人方东树云："正言直述，易于穷尽，而难于感发人意。托物寓情，形容摹写，反复咏叹，以俟人之自得，所以贵比兴也。"（《昭昧詹言》）也就是说，比兴是在托物寓情，是要读者自己从中感发体会，这自然比直接告诉读者要含蓄多味。清代诗人陈沆强调比兴，专门写过一部《诗比兴笺》，但有时也自乱体制，抒情时直用赋体而不用比兴，他的诗《白石山馆》中有这么两句："顺逆天意何，穷通我自疑。"结果被龚自珍批评"实不工，不如比兴之为愈也"。可见即使意识到比兴的可贵，在实际运用中也不一定能得心应手！

比兴当然离不开比拟，但比拟的手法也有高下优劣之分，它将决定意境的优劣高下。有这么三首诗，都是运用了比拟手法。

第一首是施肩吾《观美人》：

漆点双眸鬓绕蝉，长留白雪占胸前。
爱将红袖遮娇笑，往往偷开水上莲。

第二首是雍陶《送客遥望》：

别远心更苦，遥将目送君。
光华不可见，孤鹤没秋云。

第三首是崔郊《赠去婢诗》：

公子王孙逐后尘，绿珠垂泪滴罗巾。
侯门一入深如海，从此萧郎是路人。

第一首用漆比双目，用雪比肤色，用水上莲比美人，皆是以实物比实物，而且皆是常见之物。这种比喻虽然准确形象，但落俗套，不够新颖生动。比拟最好是以实喻虚，像前面说到的李煜用江水、春草喻愁，白居易以珍珠、鸟语喻音乐境界。第二首以孤鹤没入秋云来比拟归客远去，使人顿生一股落寞之情。秋云与孤鹤，一大一小，相当悬殊，而且秋云漠漠，富有空间的无限性，能让人展开广阔的想象。但是秋云和鹤，都是实物，还是以实体喻实体，过于坐实，缺少灵动。第三首诗是广布人口的佳作，特别是最后两句"侯门一入深如海，从此萧郎是路人"，不知感动过多少有类似经历的青年男女。因为它具有普世性，道出了权势、金钱在世俗婚姻中的主宰地位，也道出了无权无势者对此的不平和无奈。其中，侯门如海这一比拟起了关键作用。用大海比拟侯门，不只是象征侯门的气势，更是意味其威严的深不可测。据《全唐诗话》记载：崔郊爱恋姑母家的婢女，其女不久被卖给连帅于頔。崔郊为此思念不已，忽于寒食节在郊外与此女相遇，崔郊伤感之中写下此诗。于頔读后甚为感动，便将此婢送还崔郊。这段传奇故事也足以证明后两句诗的感人力量！

清代学者马位在《秋窗随笔》中曾谈到如何在比拟上精益求精。他首先举出的他最喜爱的王维的《送沈子福归江东》：

> 杨柳渡头行客稀，罟师荡桨向临圻。
> 惟有相思似春色，江南江北送君归。

相思是一种抽象的情感，说相思一路送君，因为没有具体形象，所以不能"状溢目前"，形成不了鲜明的意象。王维将相思比作青青的春色，便具体得多。所以马位认为最后两句写得"一往情深"。但相思为虚，春色亦为虚，以虚拟虚就像以实拟实一样，后者坐实，缺少灵动，前者则过于虚幻，不够形象。所以明代诗人高启在一首送别诗中将"春色"改为"芳草"，这样来以实拟虚：

> 安得身如芳草多，相随千里车前绿。

芳草本身就是春色的具象，芳草千里，追随归者的车骑。车轮到处，处处是芳草，这是何等盎然的春色！其实，芳草是不能随车骑而前行的，追随归人的是我的情思。这又是进一层的联想。马位在此基础上又将其压缩为五言，显得更为洗练：

> 愿得春草绿，一路送君归。
>
> ——《送人绝句》

从比拟的角度来说，马位对于高启，高启对于王维，确实是越来越精益求精。但是，在文学史和人们的口碑中，只记得王维的《送沈子福归江东》。这是因为比拟与创新相比，创新更为重要，王维的"惟有相思似春色，江南江北送君归"恰恰是首创！

（五）感悟性意境

　　即造成一种理性的领悟，让读者明了诗内蕴藏之哲理。这种意境的形成，或是靠跌宕的笔意，在警世的作用之外，造成一种教人省醒的悟境；或是用痴情的语调，在世情常理之外，唤起一种纯真的情感；或是采取无需回答的反问口气，造成一种自反自省、感触良多的余韵。这些方法，皆有助于神韵的催生。

　　第一种是用跌宕的笔意来造成感悟性的意境，如雍陶的《劝行乐》诗：

　　　　老去风光不属身，黄金莫惜买青春。
　　　　白头纵作花园主，醉折花枝是别人。

　　这是一首劝世歌。如果直言黄金易得，青春难买，不易形成一种超妙的意境，再好的警世箴言也引不起美感。但此诗将人不可能永远占有物这个道理化成具体的意象："白头纵作花园主，醉折花枝是别人。"以此证明青春绝非黄金可以买到。青春易失，白头翁面对满园娇花，只能让别人享受，"醉折花枝是别人"，并以此来回应首句"老去风光不属身"。以此跌宕的笔意来造成感悟性意境。

　　又如岑参《韦员外家花树歌》：

　　　　今年花似去年好，去年人到今年老。
　　　　始知人老不如花，可惜落花君莫扫。
　　　　君家兄弟不可当，列卿御史尚书郎。
　　　　朝回花底恒会客，花扑玉缸春酒香。

此诗最大的特色亦在于句法的往复翻折所形成的跌宕笔意，因而受到历代诗论家的欣赏。徐中行认为此诗是"闲言冷语"，但"分外紧峭有趣"（《唐诗选脉会通评林》），程元初认为是"婉而讽"（《唐诗选脉会通评林》），森大来认为"其中有无限之乐趣，又有无限之悲意"，并特别欣赏其中的"始知人老不如花，可惜落花君莫扫"这三、四两句。认为"此诗亦与刘希夷的'年年岁岁花相似，岁岁年年人不同'之意相似，然三、四两句，其理趣更进一层，非谓花之可惜，人老不如花乃可惜耳。是谓透过一层写法"（《唐诗评选释》）。日本学者森大来所说的此诗亦与刘希夷的"年年岁岁花相似，岁岁年年人不同"之意相似，即指开头两句"今年花似去年好，去年人到今年老"所采用的回文手法，写出花仍像去年一般好，人却不如去年那样俏。这才知道人老了还不如花可以再开，于是将惜老的情感移注到惜花上。为了惜花，竟不忍将落花扫掉。其实珍惜落花，也就是在珍惜逝去的青春。如此写来，真是在跌宕的笔意中造成一种感悟性意境。

第二种是用痴情的语调，在世情常理之外，唤起一种纯真的情感，以此来造成感悟性意境，如张渭《题长安主人壁》：

> 世人结交须黄金，黄金不多交不深。
> 纵令然诺暂相许，终是悠悠行路心。

全诗用率直的话语，道破人际关系的真谛。"世人结交须黄金，黄金不多交不深"虽然粗俗但却真切，它一语道破所谓的"重然诺"、"讲道义"的"君子之交"，直指时下的颓风恶俗，撕开矜持作态、道貌岸然的人际关系后面的真面目。这种勘破世情的快人快语，呼唤真情的回归，也是诗人重建人际关系痴情的表现，它起着振聋发聩的警示作用。李商隐的《花下醉》所表达的则是另一种痴情：

> 寻芳不觉醉流霞，倚树沉眠日已斜。
>
> 客散酒醒深夜后，更持红烛赏残花。

纪昀评此诗是"情致有余"，朱鹤龄说它"含思婉转，措语沉着。晚唐七绝，少有匹者"。特别是末句"更持红烛赏残花"，更是痴绝愁绝。寻花不觉酒醉，酒醒又去寻花。尽管是深夜，尽管是残花，也要手持红烛去欣赏。这不是在赏残花，而是对逝去岁月的追忆和呼唤，它和诗人的其他名句"锦瑟无端五十弦，一弦一柱思华年"、"此情可待成追忆，只是当时已惘然"一样精粹，一样不朽！由这类痴情所造成的感悟性意境，还有元稹《遣悲怀》的后四句："同穴窅冥何所望，他生缘会更难期。惟将终夜长开眼，报答平生未展眉。"喻守贞在《唐诗三百首》中评最后两句是"跌出一个无可奈何的方法来：以终夜开眼来报答平生未展眉。因为既悲其生前受贫贱之苦，复悲其没后未享富贵之荣，非此无以报答。其情痴，其语挚"。又如王安石《暮春》："北风吹雨送残春，南涧朝来绿映人。昨日杏花浑不见，故应随水到江滨。"为了珍惜春色，竟然不忍去扫落花，哪怕能留春色到黄昏也好。这种惜春之意，完全用稚真的口气说出，显示出赤子般的痴情！

在中国古典诗人的创作实践中，更多的手法是将跌宕的笔意与痴情的语调、纯真的情感两者结合起来，以此来造成感悟性意境。前面提到的岑参《韦员外家花树歌》在跌宕的笔意中就含有痴情和纯情，所以森大来认为"其中有无限之乐趣，又有无限之悲意"。

杜牧《九日齐山登高》更是如此：

> 江涵秋影雁初飞，与客携壶上翠微。
>
> 尘世难逢开口笑，菊花须插满头归。
>
> 但将酩酊酬佳节，不用登临恨落晖。

　　　　古往今来只如此，牛山何必独沾衣？

　　洪亮吉在《北江诗话》中将此诗推许为"小杜最佳之作"。全诗的
韵味，亦是在于用跌宕的笔意、纯真的情感，造成一种苍茫沉郁的悟性
世界，所以洪北江称此诗"感慨沉郁"。其中"尘世难逢开口笑，菊花
须插满头归"两句是全诗跌宕的高潮，高步瀛称之为"隽语"（《唐宋诗
举要》）。人生在世，有几日能如此开怀畅饮，何不在九日登高之时，插
满头菊花而归？这种举止看似癫狂，实则纯真，情感上是自弃，也有自
慰和自惜，更有不顾流俗的自行其是。诗人用满头的菊花，反叛束缚人
生的封建礼仪，更是向强颜欢笑的官场作无声的抗议。结尾两句"古往
今来只如此，牛山何必独沾衣"又采取无需回答的反问口气，造成一种
自反自省、感触良多的余韵。这些诗句写得愈放逸，愈显得深沉。字面
的意思与实质的内容有着正反多层的作用，显得层次重重悟境深远。

　　第三种是用无需回答的反问口气，造成一种自反自省、感触良多
的余韵，如刘长卿的两首诗：

　　　　衡阳千里去人稀，遥逐孤云入翠微。
　　　　春草青青新覆地，深山无路若为归？
　　　　　　　　　　　　　　　　　——《重送道标上人》

　　　　何年家住此江滨，几度门前北渚春。
　　　　白发乱生相顾老，黄莺自语岂知人？
　　　　　　　　　　　　　　　　　——《春日宴魏万成湘水亭》

　　前首的一、二两句以衡阳一带行人稀少作为背景，写道标上人像一
片孤云渐行渐远，没入深山翠微之中。行人的孤寂和送者的孤寂合而为
一，具体又形象。后两句反问一句：为什么青青的春草长满了深山的归

路，却仍阻挡不住你一定要归去呢？这种无须回答的反问，让惜别之情增加更多的感慨。后一首是自言自语：来到这江滨居住已好几年了，是从哪一年开始的呀？白发乱生，相顾同老。北渚的春光已绿了几次，如今又映照在门前。黄莺只管唱歌，传达春天的快乐，哪里会去考虑别人老来的心情呢！诗人伤老惜春的情思，通过这自言自语的唠叨充分表现了出来。龚自珍《己卯京师作杂诗二首》手法也类此：

> 文格渐卑庸福近，不知庸福究何如？
> 常州庄四能怜我，劝我狂删乙丙书。

乙丙年间龚自珍写了许多著议，或论治国之策，或抨击时弊，结果正如自己所言，写成"万言书"，造成"万人敌"。友人庄四出于爱护，劝诗人多多删去乙丙年间的著议，因为高才闳议，世人难容，而"文格渐卑庸福近"。对庄四的关爱之言，诗人却不敢苟同，因为诗人不知道"庸福"对人究竟有什么好处："不知庸福究何如？"如此反问，既像默认那句让英雄气短的话，又像偏不信这种俗论，宁可牺牲"庸福"，也要保持崇高的襟抱！这一反问，对那些安于庸福的人，似羡慕，亦似嘲笑；对那些倾心著述者，似赞许，亦似无奈。在自反自省中造成感触良多的余韵。

（六）新奇性意境

即由意境的创新，发人之所未发而给人带来新奇的感受。新奇性意境，主要依靠以下三种技巧：

1. 无理而生妙意

诗歌中的无理，在第五讲《中国古典诗词中的荒诞美》中曾作专论，这里专谈它对新奇性意境的产生所起的作用。大凡理性和客观事物受到感情的改造后，不合理可变为合理，不可能会变成可能，从而产生"出人意表"的新奇性意境。贺裳在《皱水轩词筌》中曾举李益的诗和张先的词作为无理而妙的例证：

> 唐李益词曰："嫁得瞿塘贾，朝朝误妾期。早知潮有信，嫁与弄潮儿。"子野《一丛花》末句云："沈恨细思，不如桃杏，犹解嫁东风。"此皆无理而妙。

海潮是个物，李益《江南曲》中这位思妇，居然要嫁给潮水，真是匪夷所思。但究其原委也不为无因。因为她嫁给的这个商人，重利轻别离，远在瞿塘峡不说，还不讲信用，一再轻许诺言，让她朝朝暮暮的期盼一再落空。潮水则相反，潮涨潮落，按时而至，从不相误。从守信这点来说，少妇宁可嫁给潮水，这样无理就变成有理，从中亦可见这位少妇对真挚爱情、朝夕相守的期盼。所以贺裳说是"无理而妙"。张先《一丛花》的构思与此相同。桃杏还有东风相托，烂漫的青春相伴东风而去，自己却青春无依，从这点来说，不如桃杏，因而深恨。"桃杏犹解嫁东风"这也是拟人手法，自己不如桃杏，更是奇特之想，无理而妙。

再如裴说的《柳》：

> 高拂危楼低拂尘，灞桥攀折一何频。
> 思量却是无情树，不解迎人只送人。

柳寓"留"，古往今来，一直作为送别的信物。但作为无知觉的柳，它既不会迎客也不会送别。这不过是人的情思加在其中而已。现在诗人责怪柳树无情，不会迎人只会送人，这种主观的认定，自然是荒谬的。但这种无理的主观认定，使恨别的情感得到宣泄，给读者造成的则是新奇和快感!

2. 出奇以见巧思

如柳宗元的《渔翁》:

> 渔翁夜傍西岩宿,晓汲清湘燃楚竹。
>
> 烟销日出不见人,欸乃一声山水绿。
>
> 回看天际下中流,岩上无心云相逐。

此诗曾大受苏东坡的赞扬,苏说:"诗以奇趣为宗,反常合道为趣。熟味此诗有奇趣。"此诗的奇趣,在于以下几点:

一是选材之奇。一般人写渔翁,总爱写其泽畔垂钓之情形,就连柳宗元本人也不例外。他的那首著名的《江雪》,就是描写一位渔翁在寒江上独钓。而这首诗选的时间是从昨夜到清晨,事情是夜宿、汲水、做饭,接下去是返舟回家。渔翁关注的也不是钓鱼,而是"回看天际"中所见的"岩上白云",这就很奇特了。实际上,这种奇特的描绘正是创作主旨所需:因为作者并不是要表现渔翁,而是借垂钓来表现一种归隐之思。这篇诗人被贬之中所写的诗作,与同时创作的《永州八记》一样,意在表现自己被贬之中的孤寂情怀和不变初衷的高洁操守。诗中那个"晓汲清湘燃楚竹"的晨炊,那个"欸乃一声山水绿"清寥得有几分神秘的环境,那逐渔舟而去舒卷自如的白云,不是最能表现他孤清的处境、孤高的人品吗?况且,从"夜傍西岩"到"晓汲清湘",暗示渔翁的捕鱼是在上游的"西岩",是在夜晚,一夜之后点火做饭,稍事休息之后便驾舟返家,诗人明写山水而暗写渔事,实写清晨活动而虚写昨夜辛劳,从选材的角度来说确是很奇、很妙!

二是用语之奇。汲水做饭,是生活中的俗务,诗人却说成"汲清湘"、"燃楚竹",时间又是朝雾未散去的清晨,这就给人超凡脱俗之感，甚至让人想起《楚辞》中的《山鬼》、《湘君》、《湘夫人》等篇中所描写的湘沅一带山光水色和主人公的情致。朝雾之中，山水朦胧；日出之后，青山绿水尽现眼前，这是生活常识。应当说，"山水绿"是"烟销日出"的结果，与诗中说的"欸乃一声"并无关联；"不见人"是山遮水蔽的结果，与"烟销日出"亦无干系。但是，诗人偏偏要把毫无关联的两件事联系在一起："烟销日出不见人"、"欸乃一声山水绿"，结果形成奇趣，好像随着烟消人也消逝了，好像山水变绿是渔翁"欸乃"一声唤来的，造成了一种神秘感，也使渔翁的生存环境显得更为空旷！

三是结构之奇。中唐时代，律诗早已定型。诗人写诗，除古风外，不外就是四句八句，此诗却是六句，可谓一奇。更何况，诗的最后两句优劣尚有争论。苏东坡说，这两句似乎可以去掉。南宋的诗论家严羽、明代的胡应麟、清代的王士禛和沈德潜皆同意苏轼的意见，认为后两句删去为好。但南宋的刘辰翁、明代的李东阳和王世贞又认为不能删。争论的焦点是：删掉后此诗更奇一些，还是不删此诗更奇一些。真可谓奇中又奇了。

3. 推陈以出新意

这当中包括两种内涵：一是在内容上推翻陈说，表现诗人对此的独特见解和新意；二是在前人的诗句上点铁成金、翻空出奇，让人耳目一新。如对项羽不肯过江东这段历史，有这样三首诗，皆是在内容上推翻陈说，表现诗人对此的独特见解和新意。

第一首是李清照的《夏日绝句》：

> 生当作人杰，死亦为鬼雄。
> 至今思项羽，不肯过江东。

第二首是杜牧的《题乌江亭》：

> 胜败兵家事不期，包羞忍耻是男儿。
> 江东子弟多才俊，卷土重来未可知。

第三首是王安石的《乌江亭》：

> 百战疲劳壮士哀，中原一败势难回。
> 江东子弟今虽在，肯为君王卷土来？

司马迁在《史记·项羽本纪》中将项羽写成失败的英雄，他临死前还呜咽叱咤，辟易汉将，以证明是"天亡我，非战之罪"。并拒绝乌江亭长的劝告，认为无颜见江东父老，宁可自刎于乌江也不过江东。李清照的《夏日绝句》基本上按《史记》中这段史实来咏叹其不肯过江东的气节，称赞项羽是宁死不屈、铁骨铮铮的一条汉子，死得其所，对其表示敬意，并以此来暗讽既过江东又苟且偷安的南宋君臣，表露自己的民族气节。杜牧的《题乌江亭》则翻出新意，认为项羽胸襟不够宽广，目光不够远大，不懂大丈夫应该包羞忍耻、能屈能伸，这样才能反败为胜、卷土重来。杜牧生平有大志，平时读书很注意研究历代治乱的经验教训和经济军事问题，常对历史上的兴亡成败等关键问题发表自己独到的见解，并在咏史诗中表现出来，如"东风不与周郎便，铜雀春深锁二乔"（《赤壁》），"南军不祖左边袖，四老安刘是灭刘"（《题商山四皓庙》），"三千宾客总珠履，欲使何人杀李园"（《春申君》）。这首《乌江亭》也是如此，在内容上推翻陈说，表现出诗人对此的独特见解和新意。王安石是位开明政治家，他对楚汉相争中项羽失败的原因是从民心相背来评判的，民心和形势决定了战争的胜负，历史的规律不可违背。他认为项羽贪于杀戮，不惜民力，以至"百战疲劳壮士哀",大势已去,"中原一败势难回"。江东子弟虽多才俊,但还肯为一个失去民心的君王去卖力吗?识见如此深刻,使这首诗在众多的咏歌这段史实的诗篇中独树一帜,创造出一种极为生新的意境。

宋代王安石等人咏歌昭君的诗篇也是翻新出奇、造成生新诗境的典型诗例。《西京杂记》上记载的昭君故事是这段历史公案的最早源头,题为《画工弃市》。据其所载:汉元帝遣宫女远嫁呼韩邪单于。宫女不愿远嫁,纷纷贿赂画工毛延寿,将其画成美女。唯独王昭君不愿贿赂,结果被画丑。昭君临行,元帝见昭君是平生未见过的绝色,追问原因,方知被画工欺骗,结果画工被砍头。后来众多诗歌咏叹昭君故事,基本上即按此基调,如司马光《和王介甫明妃曲》即按此基调吟咏,最后三句论及君主易被欺骗,作为贤臣的不易:

> 妾身生死知不归,妾意终期寤人主。
> 目前美丑良易知,咫尺掖庭犹可欺。
> 君不见白头萧太傅,被谗仰药更无疑。

王安石《明妃曲》(二首)却一反俗见,独出机杼:

一

> 明妃初出汉宫时,泪湿春风鬓脚垂。
> 低徊顾影无颜色,尚得君王不自持。
> 归来却怪丹青手,入眼平生未曾有。
> 意态由来画不成,当时枉杀毛延寿。
> 一去心知更不归,可怜着尽汉宫衣。
> 寄声欲问塞南事,只有年年鸿雁飞。
> 家人万里传消息,好在毡城莫相忆。

君不见咫尺长门闭阿娇，人生失意无南北。

二

明妃初嫁与胡儿，毡车百辆皆胡姬。

含情欲语独无处，传与琵琶心自知。

黄金杆拨春风手，弹看飞鸿劝胡酒。

汉宫侍女暗垂泪，沙上行人却回首。

汉恩自浅胡恩深，人生乐在相知心。

可怜青冢已芜没，尚有哀弦留至今。

诗中不但为画工辩解："意态由来画不成，当时枉杀毛延寿"，而且直接把批判的矛头指向皇帝。诗中还提出一种全新的爱情主张："汉恩自浅胡恩深，人生乐在相知心"，并从此出发来宽慰昭君："君不见咫尺长门闭阿娇，人生失意无南北。"不但一扫昭君"失身异域"的哀怨旧调，令人顿开心目，而且内蕴历史人物（也包括自己）的从政经历和人生遭遇，深含人生哲理。这首反传统的诗作一发表，一时毁誉纷呈。黄庭坚称赞说"荆公作此篇，可与李翰林、王右丞并驱争先矣"；范冲则抨击说"以胡虏有恩，而遂忘君父"，是"坏天下人心术"；为王安石诗作注的李壁也认为："诗人务一时新奇，求出前人所未道，而不知其言之失也。"贺裳《载酒园诗话》则道破其中原因："王介甫《明妃曲》二篇，持犹可观，然意在翻案。如'家人（至）南北'，其后篇益甚，故遭弹射不已。"但不管是褒是贬，都承认王安石是翻新务奇，独出机杼。这首诗在当时诗坛震动很大，众多名家如欧阳修、刘敞、司马光、梅尧臣等纷纷相和。除了上述司马光的《和王介甫明妃曲》按传统基调外，其余诸人也翻出新意，如欧阳修《和王介甫明妃曲》二首：

汉宫有佳人，天子初未识，

一朝随汉使，远嫁单于国。

绝色天下无，一失难再得，

虽能杀画工，于事竟何益？

耳目所及尚如此，万里安能制夷狄！

汉计诚已拙，女色难自夸。

明妃去时泪，洒向枝上花。

狂风日暮起，飘泊落谁家。

红颜胜人多薄命，莫怨春风当自嗟。

第一首认为造成昭君悲剧的根本原因不是画工，而是君主的昏庸，并由此推及治国平天下的大政："耳目所及尚如此，万里安能制夷狄！"识见不能说不高不远。第二首归集到红颜薄命，虽是传统陋见，但其中对汉代和亲政策进行批判，也暗中讽谏宋代的纳币输绢抚边之策，也能自出机杼。

（七）意境的延伸

指言有尽而意无穷，诗歌虽终却余音袅袅，引导读者走向无限想象的空间，使读者感到余韵不绝，徘徊不去。这种无限性和自由感，也会造成一种美的诗境。前人将这种手法叫作"实下虚成"或叫作"宕出远神"。所谓"实下"是指诗中实实在在的叙述描景，"虚成"就是在诗歌结尾处忽然引出一个无限性的时空，这时空与上面的诗歌似接非接，实断而虚连，使得余韵袅袅，以避免"意随语竭"之弊。前人又将此法称为"曲终江上之致"，得此名称，起于钱起的《省试湘灵鼓瑟》：

善鼓云和瑟，常闻帝子灵。

冯夷空自舞，楚客不堪听。

苦调凄金石，清音入杳冥。

苍梧来怨慕，白芷动芳馨。

流水传湘浦，悲风过洞庭。

曲终人不见，江上数峰青。

这是首试帖诗，但并未束缚住这位大历才子的才思。诗人驰骋想象，极力描绘湘灵鼓瑟所产生的神奇力量。最后两句从音乐境界突入广阔的空间，以此来表达听众的感受，与上面的音乐描绘似断而实连，使人进入余音袅袅的至美之境。

意境的延伸主要是从空间和时间两个方面进行：

第一，空间的延伸。即在诗歌结尾处忽然引出一个无限的空间。这种阔大的空间与前面似接非接，使诗人的思索和深厚的情感没入悠悠不尽的阔大之景中去。沈德潜在《说诗晬语》中，举王维《酬张少府》中"君问穷通理，渔歌入浦深"和杜甫《画鹰》中"何当击凡鸟，毛血洒平芜"，作为"宕出远神"的诗例。《酬张少府》中的张少府向诗人询问穷通之理，诗人却不直接回答，而是宕开一笔，引入一个无限的空间，用"渔歌入浦深"作为回答。这个回答好像又没有回答，内中渗透着深奥的佛理。黄培芳称赞说："宕开收，言不尽意，此亦一法。"（《三昧集笺注》）《画鹰》的结句则由画鹰引入真鹰，"放开一步"，进入一个"毛血洒平芜"的广阔空间。前面说的《闻湘灵鼓瑟》亦属于空间的延伸，下面杜甫的这首《缚鸡行》也属于空间的延伸：

小奴缚鸡向市卖，鸡被缚急相喧争。

家中厌鸡食虫蚁，不知鸡卖还遭烹。

> 虫鸡于人何厚薄，吾叱奴人解其缚。
>
> 鸡虫得失无了时，注目寒江倚山阁。

此诗叙述诗人解救一只被卖缚鸡的经过。感慨之中浸透着作者人生的无奈。全诗的神韵全在于结句"鸡虫得失无了时，注目寒江倚山阁"。诗论家将前面六句称作"实下"，最后两句叫作"虚成"，对最后两句赞颂备至。王友宗评论说"结句如江上青峰，秋波临去，令人低回，不能已已"，吴星叟说"末句茫茫无际"。（以上见王琦《杜少陵集详注》）杨伦《杜诗镜诠》中引俞犀月评语说："结语有举头天外之致。"浦起龙《读杜心解》云："注江倚阁，海阔天空。惟公天机高妙，领会及此。"正因为得失既无了时，寒江也无尽处，所以诗人借对寒江的无限注目，暗示感慨的无穷无尽，引导读者进入这个时空无限的境界。

再如杜牧的《破镜》：

> 佳人失手镜初分，何日团圆再会君？
>
> 今朝万里秋风起，山北山南一片云。

佳人失手摔破镜子，并由此联想到情人的分离。破镜的恶兆，暗示团圆的无期。至于"何日团圆再会君"，诗中没有回答，接下来便引入广阔的空间："今朝万里秋风起，山北山南一片云。"答案化作万里秋云，一片迷离。这种"以景截情"的写法，使深厚的感情没入悠悠的时空之中。那个不曾回答的问号，就一直在空中荡漾！

第二，时间的延伸。即是将时间由眼前一直向前延伸到往古，或是向后延伸到未来，就像白居易《长恨歌》的结尾"在天愿为比翼鸟，在地愿为连理枝。天长地久有时尽，此恨绵绵无绝期"那样，给人绵绵无绝期之感受。

如刘长卿的《秋日登吴公台上寺远眺》：

> 古台摇落后，秋日望乡心。
> 野寺人来少，云峰水隔深。
> 夕阳依旧垒，寒磬满空林。
> 惆怅南朝事，长江独至今。

从"古台摇落后，秋日望乡心"等诗句来看，似乎是深秋的凋零引起游子的故乡之思。但从诗中描绘的"野寺"、"夕阳"、"寒磬"、"空林"等衰瑟之景来看，诗人还有人生的凋零和伤感。刘长卿一生仕途蹭蹬，好不容易登进士第，尚未释褐，"安史之乱"即已发生，诗人南奔流落于扬州、苏州一带。这首诗极可能写于此时。诗的前六句皆是描绘在吴公台上寺远眺所见之景，并即景抒发思乡、困顿之情。最后两句突然引发开来，时间上延伸至往古，追溯南朝以来的往事，忧思像长江之水流之不尽，让人产生今昔之变、沧桑之感。

陆游的《楚城》亦是延伸到往古：

> 江上荒城猿鸟悲，隔江便是屈原祠。
> 一千五百年间事，只有滩声似旧时。

宋孝宗淳熙五年（1178）五月，陆游由成都东归，途经归州（今湖北省秭归县）。归州是战国时楚国旧都，诗人凭吊古迹，触发了对爱国诗人屈原的怀念之情。最后两句则将笔触掠过千年，由怀古转到慨今，以大自然的永恒常在来反衬历史人事的变化无常。写得纵横开阔，笔力遥深。

第三，时空的延伸。即将时间和空间交错延伸到往古，或是向后延伸到未来，构成阔大的空间感和悠长的岁月感受。

如杜甫《咏怀古迹》：

> 群山万壑赴荆门，生长明妃尚有村。
> 一去紫台连朔漠，独留青冢向黄昏。
> 画图省识春风面，环佩空归月夜魂。
> 千载琵琶作胡语，分明怨恨曲中论。

这是杜甫《咏怀古迹》五首中第三首。首联是由现在追溯到从前，尾联是由从前直叙到现在，借千载作胡音的琵琶曲调，点明全诗写昭君"怨恨"的主题。其手法是不再像中间四句去作议论，而是以时日的悠长，遗恨的无穷去摇晃读者的性灵。另外，从空间来说"群山万壑赴荆门"是将无穷大的空间，汇聚到"明妃村"这一点上来。再由这一点，扩展向无穷的时间中去，这无限的时空换位，使明妃成了宇宙时空中钟灵毓秀的一个焦点！

王维《送别》也是时空交汇向外延伸：

> 下马饮君酒，问君何所之？
> 君言不得意，归卧南山陲。
> 但去莫复问，白云无尽时。

诗人要这位"归卧南山陲"的不得意的友人无需再问，下句的"白云无尽时"则是"实下虚成"，似接非接，实断而虚连。"白云无尽时"既有广阔的空间感又有无尽的时间感。与此相类的还有武元衡《山中月夜寄朱张二舍人》：

> 午夜更漏里，九重霄汉间。

月华云阙迥，秋色凤池闲。

御锦通清禁，天书出暗关。

嵇康不求达，终岁在空山。

诗中写终岁守空山，空山守终岁，都是以时空的交感表现其无限性的意境，令人往复徘徊。

二、意境中的物我关系

王国维在《人间词话》中将境界中的物我关系分为两种：一种是"有我之境"，一种是"无我之境"。并举例说"泪眼问花花不语，乱红飞过秋千去"、"可堪孤馆闭春寒，杜鹃声里斜阳暮"，是有我之境；"采菊东篱下，悠然见南山"、"寒波澹澹起，白鸟悠悠下"是无我之境。两者的区别是："有我之境，以我观物，故物皆著我之色彩。无我之境，以物观物，故不知何者为我，何者为物。"王氏并认为"有我之境"与"无我之境"呈现两种不同的风格："古人为词，写有我之境者为多。然未始不能写无我之境，此在豪杰之士能自树立耳。无我之境，人惟于静中得之。有我之境，于由动之静时得之。故一优美，一宏壮也。"其实，如加细分，境界中的物我关系并不止王氏所说的这两种，至少可以分为以下四种关系。

（一）触景生情

这是物我交融产生意境的一种方式，即是由眼前之景触发而产生情感，达到情、理和形、神的和谐统一。

如王之涣的《登鹳雀楼》：

> 白日依山尽，黄河入海流。
> 欲穷千里目，更上一层楼。

前两句是诗人望中所见，后两句则是由眼前之景所触发，得出的感触，其中又蕴含深邃的哲理，从而得到情和景、景和理的和谐统一。

祖咏的《终南望余雪》也是触景生情的典型诗例：

> 终南阴岭秀，积雪浮云端。
> 林表明霁色，城中增暮寒。

前面三句皆是写望中之景：首句"阴岭"二字点明是从北面"望"终南山，这就为结句"城中增暮寒"埋下伏笔，做到首尾照应。次句"浮云端"三字点出积雪的厚度，也突出了山的高度，至此已把诗题《终南望余雪》五字中的四个字"终南望"、"雪"紧紧扣住，接着的第三句对上句的"积雪"二字进行渲染。其中"霁色"是描写雪停后白雪红日的美景，暗扣诗题中的"余雪"。最后一句"城中增暮寒"则是触景生情，抒发人的感受。傍晚时分，"余"雪的寒气直逼山下的洛阳城。这是从触觉落笔，暗写"余"雪之威，从而构成一幅触景生情的"终南望余雪"图。总之，全诗20个字，从视觉到触觉，从形态到色调，从景到情，从各个侧面紧扣诗题《终南望余雪》来描述，简练、形象而又精彩，难怪考官要破格录取了。

孟浩然《夜归鹿门歌》景色更美，情韵也更加恬淡：

> 山寺钟鸣昼已昏，渔梁渡头争渡喧。
> 人随沙岸向江村，余亦乘舟归鹿门。
> 鹿门月照开烟树，忽到庞公栖隐处。
> 岩扉松径长寂寥，唯有幽人自来去。

诗的前六句皆在描绘渔梁渡头和鹿门山一带傍晚时分的美景：那点缀着归村人影的平沙远渡，像一弯新月一样的江畔小舟，鹿门山的烟树，庞公径下的月光，一切都那么恬淡，一切又那么清幽。其中首联主要从听觉落笔，两相对举：山寺里响起悠然的晚钟，渡头传来归人的喧闹。声响中有静谧，喧闹里显出尘。反衬之下，更显出山寺的僻静和世俗的烦扰，一个潇洒出尘的隐者形象已暗含其中。颔联则是从视觉摹写。平沙远渡、归村人影，显得异常静美，这是以静写静。"余亦乘舟归鹿门"则点出自我，与世人相对，显示出两种襟怀，两种归趋。颈联则是由景向情过渡。诗人行走在鹿门的山道上，山间的林木在月光下显得朦胧迷离，这就是当年庞公的隐居之处啊！似乎在一刹那间，诗人顿悟庞德公"采药不返，隐入此山中"的缘由了。对尘俗的厌弃，对大自然的忘情，这不也是作者要归隐鹿门的原因吗？至此，客与主、孟浩然与庞德公已形神合一、主客不分了。尾联中的"幽人"既是庞德公，也是孟浩然；诗句既是赞慕庞德公的高洁操守，也是诗人的自我表白。

（二）移情入景

这是物我交融产生意境的另一种方式，即用诗人的主观感情来改造客观事物，使客观事物带上诗人的主观感情色彩。

如杜甫的《春望》：

> 国破山河在，城春草木深。
>
> 感时花溅泪，恨别鸟惊心。
>
> 烽火连三月，家书抵万金。
>
> 白头搔更短，浑欲不胜簪。

此诗写于唐肃宗至德二年（757）三月，杜甫被安史叛军俘获囚于长安之时。诗中忧念国难、惦记亲人，写得蕴藉又深沉。其中最引人注目的是"感时花溅泪，恨别鸟惊心"二句，受到历代诗论家的好评，明代胡震亨就称赞这一联"对偶未尝不精，而纵横变幻、尽越陈规，浓淡浅深、动夺天巧。百代而下，当无复继"。（《唐音癸签》）胡氏所说的"尽越陈规"和"动夺天巧"，即是指诗人采用了移情之法。花、鸟本是没有感情的自然之物，但在诗人的眼中也同诗人一样，为山河的破碎而哭泣，为亲人的远离而惊心。这是诗人移情于物又物显于情。人与花、鸟已融为一体，达到了"物我同一"的境界，即王国维所说的"以我观物，则物皆著我之色彩"中的"有我之境"。其实，诗人在《春望》中使用移情之法的并不止于这两句，首联"国破山河在，城春草木深"亦有移情的因素。一个"破"字，使人触目惊心；一个"深"字，令人满目凄然！司马光曾为此感叹道："'山河在'，明无余物矣；'草木深'，明无人矣。"（《温公续诗话》）诗人在此明为写景，实为抒情，寄情于物，托感于景！

中国古代诗歌中，正如王国维所言，写有我之境者为多。如杨万里《自赞》中的"江风索我吟，山月唤我饮。醉倒落花前，天地为衾枕"；白居易《长恨歌》中的"行宫见月伤心色，夜雨闻铃肠断声"；南唐词人冯延巳的"撩乱春愁如柳絮，悠悠梦里无寻处"；龚自珍梦中所得诗句"东海潮来月怒明"；高适《同陈留崔司户早春宴蓬池》中的"隔岸春云邀翰墨，傍檐垂柳报芳菲"；岑参《夜过磐石寄闺中》中的"春物知人意，桃花笑索居"等，皆是移情入景，让物带上我之感情色彩。

（三）物我交融

这是处理物我关系而产生意境的第三种方式。它不同于前面两种：

触景生情是由景到情，移情入景是由情到景，两者之间虽关合紧密，做到情和景的和谐统一，但是我们毕竟能分清哪是景哪是情。"物我交融"不同，物的本身就含情，情的本身就是景，物我交融在一起，分不清哪个是物，哪个是我。

如贺铸的《青玉案》：

> 凌波不过横塘路，但目送、芳尘去。锦瑟年华谁与共？月桥花院，琐窗朱户，只有春知处。　　碧云冉冉蘅皋暮，彩笔新题断肠句。试问闲愁都几许？一川烟草，满城风絮，梅子黄时雨。

这是作者晚年隐居苏州横塘时的作品。据一些词话介绍，作者曾在横塘附近偶遇一位女子，既不知其住址，又无缘与之相识，甚至也不一定要与她结识。但在她身上却寄托着词人的一些牵挂和遐想，一种美人迟暮的悲哀，一种生平郁郁不得志的"闲愁"。整首词写得伤感而哀怨，特别是最后三句"试问闲愁都几许？一川烟草，满城风絮，梅子黄时雨"尤为人称道。贺铸也因此得一别号"贺梅子"。罗大经对此称赞说："贺方回云：'试问闲愁都几许？一川烟草，满城风絮，梅子黄时雨。'盖以三者比愁之多也，尤为新奇，兼兴中有比，意味更长。"（《鹤林玉露》）黄了翁称赞说："幽居场所，不尽穷愁。唯见烟草、风絮、梅雨如雾。共此旦晚，无非写其境之郁勃岑寂耳。"（《蓼园词选》）这三句为人传诵有多种原因，例如，它将单比变成复合比。前人或以山喻愁，如杜甫的"忧端齐终南，澒洞不可掇"；或以水喻愁，如李颀的"请量东海水，看取浅深愁"。但很少像贺铸这样，用"一川烟草，满城风絮，梅子黄时雨"多种比喻放在一起构成复合比，可谓发人之所未发。更为重要的原因是其物我交融所产生的意境给人的美感。"一川烟草，满城风絮，梅子黄时雨"是春末夏初江南横塘一带特有的风景。横塘一带既是水乡又是平川，自然是"一川烟草"；"满城风絮"既是春末夏初因风起舞的柳絮，又是"春城无处不飞花"的花絮，这是江南暮春季节的典型特征；梅雨更是江南水乡的一大景致。北宋寇准曾有"梅子黄时雨如雾"之句。这不仅仅是触景生情，这些景色的本身就有情致，就蕴含着纷乱的愁绪："风絮飘残已化萍，泥莲刚倩藕丝萦"，"风絮池塘残照里"，"镇日风絮思纷纷"，"东风去了秦楼畔。一川烟草春已半，醉也无人管"，"一川烟草平如剪"，等等。在这些古今诗句中，"风絮"、"烟草"本身就成了忧愁、困惑和叹息的化身。至于梅子雨，更是孤独和愁绪的代名词，如赵师秀有名的《约客》："黄梅时节家家雨，青草池塘处处蛙。有约不来过夜半，闲敲棋子落灯花。"柳宗元的《梅雨》："梅实迎时雨，苍茫值晚春。愁深楚猿夜，梦断越鸡晨。"白居易词《浪淘沙》："青草湖中万里程，黄梅雨中一人行。愁见滩头夜泊处，风翻暗浪打船声。"辛弃疾词《定风波》："漫道不如归去住，梅雨，石榴花又是离魂。"等无不如此。这三句，景物的本身就含愁情，情的本身就是景，物我交融在一起，分不清哪个是物，哪个是我。这是它如此被人传诵的主要原因。

与此相类的还有秦观的《满庭芳》：

> 山抹微云，天粘衰草，画角声断谯门。暂停征棹，聊共饮离尊。多少蓬莱旧事，空回首、暮霭纷纷。斜阳外，寒鸦万点，流水绕孤村。　　销魂当此际，香囊暗解，罗带轻分。漫赢得青楼，薄幸名存。此去何时见也？襟袖上、空惹啼痕。伤情处，高城望断，灯火已黄昏。

据叶梦得《避暑录话》记载，此词在北宋元丰年间已名噪一时，不仅歌妓们广为传唱，甚至有歌妓将其改为琴曲。词的主旨不外是抒写离愁别恨，其中暗寓人生的失意和伤感。其中最著名的物我交融词句有两处，一是上阕的开头"山抹微云，天粘衰草，画角声断谯门"，以凄凉的秋天晚景渲染离情，非常出色。苏轼极其欣赏首句的新奇精警，戏称秦观为"山抹微云君"。这三句既是衰飒的秋景，也是凄凉的伤情，物我交融为一。另一是上阕的结句"斜阳外，寒鸦万点，流水绕孤村"，宋代诗论家胡仔称赞这两句是"虽不识字，亦知是天生好言语"（《苕溪渔隐丛话》）。它好就好在将自然实景变成虚实相间、迷离惝恍之境。在萧索的秋意外，不无天涯沦落、前途未卜的身世之感。所以周济认为是"将身世之感，打入艳情"（《宋四家词选》）。

　　应当说，秦观是位创设物我交融之境的高手。他最擅长对景物和情思作出精确的捕捉和描述，而且更善于将外在之景和内在之情，做到微妙的结合和交融。他的词作中这类物我交融的名句很多，如《浣溪沙》中"自在飞花轻似梦，无边丝雨细如愁"这两句，其中"飞花"和"丝雨"是外在景物，"似梦"和"如愁"又传达出内在的情思；再如《画堂春》中"凭栏手拈花枝"和"放花无语对斜晖"诸句，他所要传达的是伤春的情思，但描述的却是外在的景物和动作。他在《满庭芳》中因物我交融之句受到苏轼的称赞，在《踏莎行》中更因此让苏轼慨叹不已。这首写于流放途中的思亲怀乡之词，开头三句"雾失楼台，月迷津渡，桃源望断无寻处"就是物我交融之境。"雾失楼台，月迷津渡"既是月光下郴江渡头实际的景色，又暗寓词人心绪的茫然和追寻的失落。它与"桃源望断无寻处"连在一起，更是虚实相生，传达出词人的落寞和绝望！其结句"郴江幸自绕郴山，为谁流下潇湘去"更是将无情之水化为有情之物，将山水实景与词人思乡的无奈之情化而为一。据胡仔《苕溪渔隐丛话》记载，苏轼"绝爱其尾两句，自书于扇，曰'少游已矣，虽万人何赎'"。苏轼从表面上的写景之句中读出词人的绝望之情，预感到他将不久于人世，从而发出"百身莫赎"之叹！

（四）虚实相生

有的情景是实情、实景，有的则是想象和虚幻，两者交织在一起，既有现实的描绘和抒发，又有想象的情景或幻象，以此构成虚虚实实、亦幻亦真的境界，显得既有神韵又不空乏。前面提到秦观《踏莎行》中"雾失楼台，月迷津渡"与"桃源望断无寻处"就是虚实相生，有的整首诗皆是虚实相生，如李商隐的两首《无题》：

> 相见时难别亦难，东风无力百花残。
> 春蚕到死丝方尽，蜡炬成灰泪始干。
> 晓镜但愁云鬓改，夜吟应觉月光寒。
> 蓬山此去无多路，青鸟殷勤为探看。
>
> 昨夜星辰昨夜风，画楼西畔桂堂东。
> 身无彩凤双飞翼，心有灵犀一点通。
> 隔座送钩春酒暖，分曹射覆蜡灯红。
> 嗟余听鼓应官去，走马兰台类转蓬。

这两首无题，都是表现隐秘难言的恋情，重点皆在表现别时的痛苦和别后的思念，亦皆采用虚实相生的手法造成一种朦胧深婉的意境。前一首用"东风无力百花残"来比拟别时之难，用"春蚕"二句来比拟别后的思念，这皆是实写分别和别后的情和境。"晓镜"二句则是悬想和虚拟，中国古代诗家称为对面敷粉之法。"晓镜但愁云鬓改"，是诗人对情人的虚拟想象：因为终夜思念，早上梳妆时会形容憔悴吧！

"夜吟应觉月光寒"是设想情人对自己的惦念担忧：夜深了，你彻夜未眠，吟哦中会感到寒意吧。胡震亨非常欣赏这种悬想虚拟之法，认为这样"诗从对面飞来，情致婉转"（《唐音癸签》）。诗的最后两句更是虚拟，设想情人是蓬莱仙子，居住在神山之中，往来探看的只有西王母的青鸟使者。后一首的首联"昨夜星辰昨夜风，画楼西畔桂堂东"是实写昨晚的相聚，但接下来的颔联则是虚拟想象。让诗人感到礼法阻隔的只是自己的躯体，却不会妨碍两人心灵的相通。诗人在此要表现的，并不是单纯的爱情受阻的苦闷和心灵契合的欣喜，而是阻隔中的契合，苦闷中的欣喜，寂寞中的慰藉。尽管这种契合的欣喜中不免带有苦涩的意味，但它却因身受阻隔而弥足珍贵。因此他不是消极的叹息，而是对美好情愫的追求和肯定。正因为如此，古往今来，它成为不知多少青年男女海角天涯的爱情盟誓和终生信守的人生格言！颈联乍读似乎是描绘诗人昨夜所经历的实境，实际上是因身受阻隔而激发对意中人今夕处境的想象。如果说颔联是实境虚写，那么此联则是虚境实写。在诗人的想象中，对方此刻正在画楼桂堂上参与热闹的宴会，觥筹交错、笑语喧哗，隔座送钩、分曹射覆，气氛该是何等的热烈！越是阻隔，渴望遇合的感情就愈加迫切，对相隔中意中人处境的想象也就愈加鲜明。"春酒暖"、"蜡灯红"不只是传神地表现了宴会上融怡醉人的气氛，也倾注了诗人强烈的向往和倾慕之情以及"身无彩凤双飞翼"的感慨，诗人此时处境的寂寞凄清自在言外！尾联又回到现实：晨鼓已经敲响，上班应差的时间到了。可叹自己像飘转不定蓬草，不得不去开始寂寞无聊的校书生活。这个结尾，将爱情受阻的怅惘与身世飘蓬的慨叹融合起来，不但扩大了诗的内涵，也深化了诗的意蕴。

李商隐的诗作尤其是无题诗，非常注重抒写主人公的心理活动，其手法或是打破一定的时空次序，随着心理活动的流程交错展现，或是采用虚实相生的结构方式。这首诗就属于后者：首联实写昨夜，实际上暗含从昨夜到今宵的情景联想和对比；颔联明写今宵的相隔，但又虚拟想象两人心灵的相通，手法是实境虚写。颈联正相反，是虚境实写。想象对方在画楼桂堂上参与热闹的宴会的情形，这倾注了诗人强烈的向往倾慕和"身无彩凤双飞翼"的感慨！尾联又回到现实，将爱情受阻的怅惘与身世飘蓬的慨叹融合起来。历代诗家皆认为李商隐的无题诗深情绵邈，朦胧超迈，与这种虚实相生的手法不无关系。

李白《梦游天姥吟留别》前后为实，前面实际描绘天姥山的高峻，后面抒发自己的人生志向，中间是神游和梦游，为虚拟想象。其《蜀道难》则是虚实杂陈，或是夸张蜀道山川的奇险，或是想象行走蜀道的艰难，或是预测军阀割据带来的恶果。李白诗风壮浪恣肆、想落天外，也与这种虚实相生的表现手法关系极大。

以上是分论意境的类别和意境中的物我关系。

在"实感性"、"改造性"等五种意境中，以"含蓄性意境"运用得最广。但无论是内容上的含蓄还是手法上的隐晦，如过于深隐曲折，便会造成诗义的不确定性。由此而生的多义性既形成了读者群的不同感受和领悟，又造成了批评界的"诗有百解"。对于这种过于深隐曲折的手法，无论是褒与贬，都无法漠视它在古典诗苑中的客观存在，因为它是中国古典诗歌的固有特征之一，也许正是古典诗歌的魅力所在。

中国古典诗词中的比喻

什么是比喻？朱熹说是"以此物喻彼物也"（《诗集传》），用俗话说就是打比方。作家在描写事物和说明道理时，用同它相似的事物或道理来打比方，这种辞格就叫作比喻。

比喻是一种最古老又富有生命力的修辞手法，人们表达感情、说明道理、写人状物、述事描景、传形传神、绘声绘色，皆离不开比喻，堪称辞格之首。古希腊哲学家亚里士多德甚至说"比喻是天才的标志"。

一、比喻的作用

比喻可以用来写景、抒情、寓理和刻画人物，即喻情、喻事、喻人、喻理。具体有以下几个方面。

（一）使抽象的东西变得具体可感

例如"愁"是一种抽象的人的心理状态，在诗词中，诗人使用多种比喻使这种抽象的情绪变得具体可感。在李白的诗中"愁"有长度："白发三千丈，缘愁似个长"（《秋浦歌》），"一水牵愁万里长"（《横江词》）；在陆游的诗中不但有长度"十丈愁城要解围"（《山园》），还有体积"闲愁万斛酒不敌"(《草书歌》),甚至还有范围"世言九州外,复有大九州。此言果不虚,仅可容吾愁"(《江楼吹笛饮酒大醉作》);在李清照的词中"愁"还可以到处移动,"一种相思,两处闲愁。此情无计可消除,才下眉头,却上心头"(《一剪梅·红藕香残玉簟秋》);在李煜词中,愁像春天的江水那样滚滚东去、不可遏止"问君能有几多愁,恰似一江春水向东流",又像是春天的青草到处蔓延"离恨恰如春草,更行更远还生"(《清平乐》);贺铸《青玉案》则用五种形象化的事物烟、草、风、絮、雨来显示闲愁的繁多、浓重、绵延不绝:"试问闲愁都几许,一川烟草,满城风絮,梅子黄时雨",形成一种复合比喻。

再如音乐,作用于听觉,不可视也不可触,如何让它可视可感、可触可摸?白居易的《琵琶行》通过比喻做到了这一点。诗人用"嘈嘈切切错杂弹,大珠小珠落玉盘"来形容轻音和重音的交错弹奏,这不只是听觉,也有视觉;用"间关莺语花底滑,幽咽泉流冰下难。冰泉冷涩弦凝绝,凝绝不通声暂歇"形容乐境中流畅和冷涩两种境界,不止是听觉,也有触觉。再如李贺的《李凭箜篌引》,其中夸张李凭弹奏箜篌的感人力量几乎都是采用视觉,如"空山凝云颓不流"、"湘娥啼竹素女愁"、"芙蓉泣露香兰笑"、"十二门前融冷光,二十三丝动紫皇。女娲炼石补天处,石破天惊逗秋雨。梦入神山教神妪,老鱼跳波瘦蛟舞。吴质不眠倚桂树,露脚斜飞湿寒兔"等。这些诗句在视觉中间又夹入触觉、想象和夸张。韩愈的《听颖师弹琴》也是如此,不止有大量的听觉比喻,也有视觉和触觉,如开篇的一连串比喻就是听觉和视觉的结合:"昵昵儿女语,恩怨相尔汝。划然变轩昂,勇士赴敌场。浮云柳絮无根蒂,天地阔远随飞扬。"

（二）使具体的形象变得优美动人

如咏雪，唐朝张打油有首打油诗："江上一笼统，井上一窟窿。黑狗身上白，白狗身上肿。"诗句颇有幽默感，不愧称为"张打油"，此诗的比喻虽然准确，但形象却不够优美，而优美是比喻的一个要素。例如我们形容夫妻恩爱、朝夕相伴，可将他们比喻成鸳鸯鸟、连理枝，从未有人将他们比喻成血吸虫，因为血吸虫形象丑陋又有害人体，但如仅从准确性来说，血吸虫倒是雌雄同体，从不分离的。《世说新语·言语》中记载有这么一个故事："谢太傅寒雪日内集，与儿女讲论文义。俄而雪骤，公欣然曰：'白雪纷纷何所似？'兄子胡儿曰：'撒盐空中差可拟。'兄女曰：'未若柳絮因风起。'公大笑乐。"这位得到谢安称赞的兄女即是著名才女谢道韫。比起谢朗（小名胡儿）的比喻"盐撒空中"，谢道韫的"柳絮因风起"确实高明得多。试想一下，无数盐粒从空中落下，会给人一种什么样的感受？而柳絮迎风起舞，则曼妙而美好。岑参的《白雪歌送武判官归京》形容飞雪是"忽如一夜春风来，千树万树梨花开"，徐陵《咏雪》"三农喜盈尺，六出儛崇花"，骆宾王《咏雪》"龙云玉叶上，鹤雪瑞花新"，吴均《咏雪》"萦空如雾转，凝阶似花积"，卢梅坡《雪梅》"梅须逊雪三分白，雪却输梅一段香"，吕本中《踏莎行》"雪似梅花，梅花似雪，似和不似都奇绝"，张元《雪》"战退玉龙三百万，败鳞残甲满天飞"等，这些关于"雪"的比喻除了准确外，或是优美，或是雄奇，都给人美的享受。

（三）使情感抒发更加充沛、更加感人

诗词最重要的特征是抒情，没有抒情就没有诗词，叙事诗也不例外，因此，对诗中吟咏的事物必须动之以情，运用比喻就是使诗词富有抒情性的手法之一。如贺铸的词《半死桐》：

> 重过阊门万事非，同来何事不同归？梧桐半死清霜后，头白
> 鸳鸯失伴飞。　　原上草，露初晞，旧栖新垅两依依。空床卧听南
> 窗雨，谁复挑灯夜补衣。

这是一首悼亡词，表现作者对亡妻赵氏的深挚追怀，以情思缠绵、婉转工丽见长。词中通过旧地重游抒发感情，追念了作者与亡妻在长期同甘共苦的生活中培育出来的深厚爱情。出语沉痛，情真意切，哀怨凄婉，动人肺腑。词中除了上片起首两句用赋体直抒胸臆外，多用比喻，比喻使其哀怨思念之情更加凄婉、更加深沉。首先，词牌《半死桐》就是个极为准确形象的比喻。唐代李峤《天官崔侍郎夫人吴氏挽歌》中有"琴哀半死桐"之句，贺铸引来比喻丧偶后失去了自己的另一半，就像梧桐半死一样。李商隐《石城》中的"鸳鸯两白头"，贺铸又引来改写成"头白鸳鸯失伴飞"，与"梧桐半死清霜后"形成精妙的对偶比喻句式。它比起李峤和李商隐的诗句，不仅形成工整的对句，形式更为精美，由于由单比变成复合比，情感上也更为哀怨、动情。紧接着的"原上草，露初晞"化用汉乐府丧歌《薤露》篇中的"薤上露，何易晞"，与"梧桐半死清霜后"两句共同构成博喻，由对亡妻的悼念进入人生苦短又"去日苦多"的更为深沉的悲哀。从中我们不仅再一次感到贺铸深厚的文学修养、化用前人成句的功力，也看到词人运用比喻的极为高明的技巧。

比贺铸稍后的吴文英有首《风入松》，其上阕也是多用比喻：

> 听风听雨过清明，愁草瘗花铭。楼前绿暗分携路，一丝柳，
> 一寸柔情。料峭春寒中酒，交加晓梦啼莺。

吴文英，字君特，号梦窗，四明（今浙江宁波市）人。其词典

雅谐畅、含蓄委婉。能于工丽的周邦彦与清空的姜夔之外，别开生面，自成一格，得力于比喻手法的运用。吴文英一辈子没有做过什么官，却也算不上隐士，以江湖游士身份辗转依附于官僚权贵之门，生活来源倒不匮乏。吴文英年轻时在杭州与一女子相恋，度过了一段极为浪漫的生活。在词人离开杭州的十多年间，曾多次回忆这段恋情，也都是用柳、雨、荷、孤燕作喻："泪香沾湿孤山雨，瘦腰折损六桥丝"（《昼锦堂》），"西湖断桥路，想系马垂杨，依旧欹斜。葵麦迷烟处，问离巢孤燕，飞向谁家"（《忆旧游》）。十多年后，词人再次赴杭，闻女子已死，词人悲痛异常，写下《青玉案》亲自祭悼，词的开头也是以柳作喻："短亭芳草长亭柳，记桃叶，烟江口。"在这首《风入松》中，诗人除了环境的渲染和气氛的烘托外，也多用暗喻，如"愁草瘗花铭"即是以花喻人，以"瘗花"暗喻美人已逝，以"愁草瘗花铭"来暗喻对昔日情人的追悼。追忆昔日，那楼前小道上的履痕足印，花前柳下的笑语轻声，携手分离处的黯然神伤，都勾起词人难以消除的隐痛，"一丝柳，一寸柔情"这个贴切的暗喻使这种伤痛更加形象、更加感人。

在中国古代词人中，用比喻来抒情并取得出色效果的成功例子相当多，如秦观"柔情似水，佳期如梦"，"自在飞花轻似梦，无边丝雨细如愁"；李煜"离恨恰如春草，更行更远还生"，"剪不断、理还乱，是离愁"；晏几道"落花人独立，微雨燕双飞"，"当时明月在，曾照彩云归"；周邦彦"并刀如水，吴盐胜雪"，"夜来风雨，葬楚宫倾国。钗钿坠处遗香泽"；黄庭坚"月仄金盆堕水，雁回醉墨书空"，"一杯春露莫留残，与郎扶玉山"，等等。

（四）使诗中的人生哲理含蕴更为丰厚、更为深沉

古文中的比喻与古诗中的比喻，有所不同。说理性散文中的比喻，

只是用来说明道理。只要是能说明道理，可以用不同的比喻，而且比喻本身并不是道理，如买椟还珠、刻舟求剑、郑人买履等。诗歌则不同，诗的比喻往往成为诗的形象的一部分，那种通过比喻来阐释哲理的，成为哲理诗或诗中蕴藏的理趣。这种寓意就在形象之中，而不是到形象外去寻找，如苏轼《和子由渑池怀旧》：

> 人生到处知何似，应似飞鸿踏雪泥。
> 泥上偶然留指爪，鸿飞那复计东西。
> 老僧已死成新塔，坏壁无由见旧题。
> 往日崎岖还记否，路长人困蹇驴嘶。

此诗是慨叹人生的不可知性，也夹杂着生命短促、世事苍黄、物是人非的叹喟，充满一种迷茫不可预测的哲学思辨。诗起因于有次苏轼和其弟苏辙（字子由）路经渑池，由于马死了，两人只好骑着跛驴到僧寺去寄宿。兴致所至，在寺庙的一堵墙壁上题下了一首诗。这一次苏东坡故地重游，当初接待他们的老僧却早已死去，只存一座灵骨塔，当年兄弟俩题诗的那堵墙壁也塌坏了。看到物非人也非，东坡百感交集，写了这首诗。比喻在这首诗中起了贯穿全篇的关键作用。在苏轼看来，人生在世犹如飞鸿，充满了不可知性，人生踪迹就像鸿雁在飞行过程中偶然在一块雪地上留下了爪印。待鸿飞雪化后，一切又都不复存在了。然而，它毕竟飞过了，飞鸿踏雪的轻盈，不计何处的洒脱，惊鸿一瞥的浪漫，还有那翩然来兮的无悔，飘然归去的无迹，这就是苏轼理解的最优美的人生态度！

苏轼还有首题画诗《书鄢陵王主簿所画折枝二首》（其一），其中对"神似"的内涵作了进一步的阐释：

论画以形似，见与儿童邻。

赋诗必此诗，定非知诗人。

诗画本一律，天工与清新。

苏轼在阐释的过程中也运用了明喻，指出"形似"的见解就像孩子一样，非常幼稚。诗歌和绘画一样，都要讲究"神似"，讲究本质的真实而不是外表的相似。这个明喻，既让读者形象地看清形似论者的浮浅，也可看出苏轼为人的率直认真。苏轼诗歌中曾多处使用比喻来阐明哲理，如《题西林壁》中诗人用"横看成岭侧成峰"这个比喻来阐明观察问题的角度不同，得出的结论也不一样；在《唐道人言天目山上俯视雷雨每大雷电但闻云中如婴儿声殊不闻雷震也》中，又用"山头只作婴儿看，无限人间失箸人"来说明同样的道理。在《慈湖夹阻风》中，用"且并水村欹侧过，人间何处不巉岩"来感叹世道的艰难和人心的险恶。在《法华寺横翠阁》中，用"雕栏能得几时好，不独凭栏人易老。百年兴废更堪哀，悬知草莽化池台"，来阐释江山易代、人生苦短的人生领悟。

元代是一个落后生产力统治先进文明社会的畸形时代，元蒙统治者注重有实际技能的工匠而轻贱上层建筑的文人，有所谓"八娼、九儒、十丐"之说，儒者的地位甚至不如娼妓。所以，元代汉族士大夫沦落到社会下层，与歌舞娼妓为伍，这种地位上的巨大反差引起心理上的失落和反抗：一方面他们流浪江湖，与统治者不合作；另一方面，又用历代圣贤的遭遇来自我排解、自我安慰，从而产生许多看透世情、逃离是非的小令作品。如关汉卿的《南吕·四块玉·闲适》："意马收，心猿锁，跳出红尘恶风波。槐阴午梦谁惊破！离了名利场，钻进安乐窝，闲快活。"马致远《双调·夜行船·秋思》中有【离亭宴煞】一段：

"蛩吟一觉才宁贴，鸡鸣万事无休歇。争名利，何年是彻。密匝匝蚁排兵，乱纷纷蜂酿蜜，闹穰穰蝇争血。裴公绿野堂，陶令白莲社。爱秋来那些：和露摘黄花，带霜分紫蟹，煮酒烧红叶。想人生有限杯，浑几个重阳节。人问我顽童记者：便北海探吾来，道东篱醉了也。"乔吉《双调·卖花声·悟世》云："肝肠百炼炉间铁，富贵三更枕上蝶，功名两字酒中蛇。尖风薄雪，残杯冷炙，掩青灯竹篱茅舍。"皆表达这些士大夫对功名富贵和世道人情的参透以及坚决不同流合污的志向。诗中以多种事物作博喻，寓理于事，理藏事中。

二、比喻的分类

我国文学批评史上，最早对比喻进行分类研究的是宋代的陈毅，他在《文则》中将比喻方式分为十种：明喻、隐喻、类喻、诘喻、对喻、博喻、简喻、详喻、引喻、虚喻。这种分类过于繁复，现在一般只分为：明喻、隐喻（暗喻）、借喻（曲喻）和博喻等几种。另外，有的学者又从比拟对象上进行划分，分为"以人喻人"、"以物喻物"、"以人喻物"和"以物喻人"四类。

（一）从比喻方式划分

1. 明喻

明喻是被比的事物和用来作比的事物都出现，并用比喻词连接起来。常用的比喻词有"象"、"好比"、"似"、"如"、"同"、"仿佛"等。如《卫风·硕人》篇形容一位美女："手如柔荑，肤如凝脂，颈如蝤蛴，齿如瓠犀。螓首蛾眉巧笑倩兮，美目盼兮。"使用的就是明喻。

中国古典诗词中，使用明喻的诗词很多，如："战战兢兢，如临深渊，如履薄冰"（《诗经·小雅·小雯》），"捐躯赴国难，视死忽如归"（曹植《白马篇》），"不知细叶谁裁出，二月春风似剪刀"（贺知章《咏柳》），"浙江八月何如此，涛似连山喷雪来"（李白《横江词》），"柔情似水，佳期如梦，忍顾鹊桥归路"（秦观《鹊桥仙》），"自在飞花轻似梦，无边丝雨细如愁"（秦观《浣溪沙》），"江作青罗带，山如碧玉簪"（韩愈《送桂州严大夫同用南字》），"余霞散成绮，澄江静如练"（谢朓《晚登三山还望京邑》），"独上江楼思渺然，月光如水水如天"（赵嘏《江楼感旧》），"山风吹空林，飒飒如有人"（岑参《暮秋山行》），"安得广厦千万间，大庇天下寒士俱欢颜，风雨不动安如山"（杜甫《茅屋为秋风所破歌》），"大道如青天，我独不得出"（李白《行路难》），"离恨恰如春草，更行更远还生"（李煜《清平乐》），"问君能有几多愁？恰似一江春水向东流"（李煜《虞美人》），"云来山更佳，云去山如画"（张养浩《双调·雁儿落兼得胜令》）等。

2. 隐喻

隐喻又称"暗喻"，它和明喻不同，明喻是用"象"、"似"、"如"、"同"等副词作为喻体和本体之间的关联，而暗喻则无此关联词，虽打比方却不明说。如《孔雀东南飞》中"君当作磐石，妾当作蒲苇。蒲苇纫如丝，磐石无转移"。其中前两句"君当作磐石，妾当作蒲苇"以"磐石"和"蒲苇"作比，喻体和比喻词之间无副词"象"、"似"、"如"等关联，因此是隐喻，第三句"蒲苇纫如丝"则是明喻。

中国古典诗词中，使用隐喻的诗词也很多，如："胡马依北风，越鸟巢南枝"（《古诗十九首》），"洛阳亲友如相问，一片冰心在玉壶"（王昌龄《芙蓉楼送辛渐》），"愿君学长松，慎勿作桃李"（李白《赠韦侍御黄活裳二首》），"烽火连三月，家书抵万金"（杜甫《春望》），"黑云翻墨未遮山，白雨跳珠乱入船"（苏轼《元月廿七日望湖楼醉书》），"春雪满空来，触处似花开"（东方虬《春雪》），"忽如一夜春风来，千树万树梨花开"（岑参《白雪歌送武判官归京》），"日出江花红胜火，春来江水绿如蓝"（白居易《忆江南》），"东风夜放花千树"（辛弃疾《青玉案》），"山河破碎风吹絮，身世浮沉雨打萍"（文天祥《过零丁洋》），"自是人生长恨水长东"（李煜《乌夜啼》），"我是蒸不烂、煮不熟、锤不扁、炒不爆、响当当的一粒铜豌豆"（关汉卿《南吕·一枝花·不伏老》）等。

3. 借喻

又称"曲喻"。借喻是一种比隐喻还要隐曲的比喻，根本不露比喻痕迹，不仅喻体与本体之间没有"象"、"似"、"如"、"同"等副词作为喻体和本体之间的关联，甚至连本体都不出现。魏庆之在《诗人玉屑》中将此称为"象外句"，特点是"比物以意，而不指言一物"，并举诗僧无可的诗句为例："无可上人诗曰：'听雨寒更尽，开门落叶深'，是落叶比雨声也。又曰：'微阳下乔木，远烧入秋山'，是微阳比远烧也。"苏轼《王复秀才所居双桧》中云："凛然相对敢相欺，直干凌空未要奇。根到九泉无曲处，世间惟有蛰龙知。"名为写松，实喻王复的品格，这就是借喻。孟郊的《游子吟》"谁言寸草心，报得三春晖"亦是借喻，用春日的小草沐浴阳光借喻母亲哺育孩子成长。

中国古典诗人常使用借喻来突出自己的情感或凸显主题，如明代于谦的《咏煤炭》："凿开混沌得乌金，藏蓄阳和意最深。爇火燃回春浩浩，洪炉照破夜沉沉。鼎彝元赖生成力，铁石犹存死后心。但愿苍生俱饱暖，不辞辛苦出山林。"《石灰吟》："千锤万凿出深山，烈火焚烧若等闲。粉身碎骨浑不怕，要留清白在人间。"两诗俱是借喻，煤炭为了苍生的饱暖而不辞辛劳，石灰更是表白自己为了清白操守而不惜粉身碎骨。再如"乘风破浪会有时，直挂云帆济沧海"（李白《行路难》）；"温泉水滑洗凝脂"（白居易《长恨歌》）；"城中桃李愁风雨，春在溪头荠菜花"（辛弃疾《鹧鸪天》）；"天涯何处无芳草"（苏轼《蝶恋花·代人赋》）；"雕栏能得几时好，不独凭栏人易老。百年兴废更堪哀，悬知草莽化池台"（苏轼《法华寺横翠阁》）；"但得众生皆得饱，不辞羸病卧残阳"（李纲《病牛》）；"莫道桑榆晚，微霞尚满天"（刘禹锡《酬乐天咏老见示》）；"千淘万漉虽辛苦，吹尽狂沙始到金"（刘禹锡《浪淘沙》）；"野菊荒苔各铸钱，金黄铜绿两争妍。天公支与穷诗客，只买清愁不买田"（杨万里《戏笔》）；"宁可枝头抱香死，何曾吹落北风中"（郑思肖《画菊》）；"不要人夸好颜色，只留清气满乾坤"（王冕《墨梅》）；"落红不是无情物，化作春泥更护花"（龚自珍《己亥杂诗》）等。

4．博喻

即是用多个喻体反复设喻来说明同一个本体。

博喻又分为两类：一类是用多种比喻来形容一个事物的某个方面，如苏轼的《百步洪》，形容洪水往下奔泻的那一段就使用了多个喻体："有如兔走鹰隼落，骏马下注千丈坡。断弦离柱箭脱手，飞电过隙珠翻荷。"四句中连用七种形象来比喻水流之急。再如李白《答王十二寒夜独酌有怀》："《折扬》、《黄华》合流俗，晋君听琴枉《清角》。《巴人》谁肯和《阳春》？楚地犹来贱奇璞。"亦用五种乐曲和荆山之玉典故对王十二的曲高和寡、无人理解表示同情。另一类是用多种比喻来说明一件事物的各个方面，这在描绘音乐的诗篇中经常见到，例如白居易的《琵琶行》："大弦嘈嘈如急雨，小弦切切如私语，嘈嘈切切错杂弹，大珠小珠落玉盘。间关莺语花底滑，幽咽泉流冰下难，冰泉冷涩弦凝绝，凝绝不通声暂歇。别有幽愁暗恨生，此时无声胜有声。银瓶乍破水浆迸，铁骑突出刀枪鸣。曲终收拨当心划，四弦一声如裂帛。"诗人使用"急雨"来比喻琵琶弹奏中的重弹，用"私语"比喻琵琶弹奏中的轻弹，用"大珠小珠落玉盘"来比喻弹奏中重弹和轻弹的交错使用，用"间关莺语花底滑"来比喻乐曲流畅的境界，用"幽咽泉流冰下难"来比喻乐曲滞涩的境界等，这就是用多种比喻来形容琵琶弹奏时的各个方面。又如韩愈《听颖师弹琴》："昵昵儿女语，恩怨相尔汝。划然变轩昂，勇士赴敌场。浮云柳絮无根蒂，天地阔远随飞扬。喧啾百鸟群，忽见孤凤凰。"用"昵昵儿女语，恩怨相尔汝"比喻低沉缠绵的乐境；用"划然变轩昂，勇士赴敌场"比喻慷慨激昂的琴声；用"浮云柳絮无根蒂，天地阔远随飞扬"比喻琴声的悠扬；用"喧啾百鸟群，忽见孤凤凰"比喻乐调中出现主旋律。另外，像李颀的《听万安善吹觱篥歌》："枯桑老柏寒飕飗，九雏鸣凤乱啾啾。龙吟虎啸一时发，万籁百泉相与秋。忽然更作渔阳掺，黄云萧条白日暗。变调如闻杨柳春，上林繁花照眼新。"《听董大弹胡笳兼寄语房给事》："空山百鸟散还合，万里浮云阴且晴。嘶酸雏雁失群夜，断绝胡儿恋母声……乌孙部落家乡远，逻娑沙尘哀怨生。……长风吹林雨堕瓦。迸泉飒飒飞木末，野鹿呦呦走堂下。"元稹《琵琶歌》："冰泉呜咽流莺涩。因兹弹作雨霖铃，风雨萧条鬼神泣……月寒一声深殿磬，骤弹曲破音繁并。百万金铃旋玉盘……猿鸣雪岫来三峡，鹤唳晴空闻九霄。逡巡弹得六幺彻，霜刀破竹无残节。幽关鸦轧胡雁悲，断弦砉騞层冰裂。"李绅《悲善才》："花翻凤啸天上来，裴回满殿飞春雪。抽弦度曲新声发，金铃玉佩相瑳切。流莺子母飞上林，仙鹤雌雄唳明月……寒泉注射陇水开，胡雁翻飞向天没。"等也是用博喻来比附各种乐境。

至于其他内容的诗作，如李白《答王十二寒夜独酌有怀》："韩信羞将绛灌比，祢衡耻逐屠沽儿。君不见李北海，英风豪气今何在？君不见裴尚书，土坟三尺蒿棘居。"也是博喻。前两个比喻是激励王十二保持操守，不要等同世俗小人去追名逐利；后两个比喻是说即使是圣贤也将是黄土一抔，要王十二将功名看淡些。

5. 复合比喻

有时候，诗句里同时出现几种比喻，例如在上面所举的白居易的《琵琶行》中，总体是博喻，但其中"大弦嘈嘈如急雨，小弦切切如私语"是明喻，"大珠小珠落玉盘"、"间关莺语花底滑，幽咽泉流冰下难"又是隐喻。这就叫作复合比喻。中国古典诗词中这类复合比喻很多，如《孔雀东南飞》中"君当作磐石，妾当作蒲苇。蒲苇韧如丝，磐石无转移"几句，前两句是暗喻，后两句则是借喻。张孝祥《念奴娇·过洞庭》："应念岭表经年，孤光自照，肝胆皆冰雪"是借喻，其中"肝胆皆冰雪"又是隐喻。吕本中《采桑子》："恨君不似江楼月，南北东西，南北东西，只有相随无别离。恨君却似江楼月，暂满还亏，暂满还亏，待得团圆是几时。"总体上是借喻，其中"恨君不似江楼月"和"恨君却似江楼月"则是明喻。王观《卜算子》："水是眼波横，山是眉峰聚。欲问行人去那边，眉眼盈盈处。才始送春归，又送君归去。若到江南赶上春，千万和春住。"总体上是借喻，其中"水是眼波横，山是眉峰聚"又是隐喻。

（二）从比拟的对象上划分

1. 以人喻人

如上面提及的李白《答王十二寒夜独酌有怀》，其中用"韩信"、"祢衡"、"李北海"、"裴尚书"这些历史人物来比喻王十二，或是激励其保持操守，或是要他将功名看淡些。杜甫《和裴迪登蜀州东亭送客逢早梅相忆见寄》："东阁官梅动诗兴，还如何逊在扬州。"以六朝何逊爱梅来比喻自己对梅花的喜爱；《春日忆李白》："清新庾开府，俊逸鲍参军。"称赞李白的诗歌像庾信那样清新，像鲍照那样俊逸；黄庭坚《戏呈孔毅父》："管城子无食肉相，孔方兄有绝交书。"上句以相者称赞班超"燕领虎颈，飞而食肉，此万里侯相也"来挖苦孔毅父，下句以嵇康的《与山巨源绝交书》借指孔毅父与钱财无缘；白居易《欲与元八卜邻，先有是赠》："明月好同三径夜，绿杨宜作两家春。"上句以陶渊明作喻，暗示两人可在此隐居，下句借南朝陆慧和张融比，表示愿与元八卜邻之意，皆是以古人借喻。李商隐《安定城楼》："贾生年少虚垂泪，王粲春来更远游。"上句以汉代贾谊上《治安策》借喻自己对国事的关切，下句以汉末的王粲避乱荆州借喻自己漂泊在外。

2. 以物喻物

如杜牧《秋夕》："天阶夜色凉如水，卧看牵牛织女星。"以水喻夜晚的寒意；白居易《忆江南》："日出江花红胜火，春来江水绿如蓝。"以火喻春天的红花，以蓝色染料喻春天的江水，乐府古辞《孟珠》："阳春二三月，草与水同色。"以青碧的水比喻春草；谢朓《晚登三山还望京邑》："余霞散成绮，澄江静如练。"用彩绢"绮"形容晚霞，用素绢"练"形容江水；贺知章《咏柳》："不知细叶谁裁出，二月春风似剪刀"，以剪刀的精于剪裁比喻新发柳叶的新巧；李白《北风行》："燕山雪花大如席，片片吹落轩辕台"，以席片夸张比喻北方雪花之大；岑参《白雪歌送武判官归京》："忽如一夜春风来，千树万树梨花开"，以春天开放的白色的梨花来比喻西北边塞八月的飞雪；韩愈《送桂州严大夫同用南字》："江作青罗带，山如碧玉簪"，用"青罗带"形容江水的澄碧，用"碧玉簪"形容山色的青翠；苏轼《元月廿七日望湖楼醉书》："黑云翻墨未遮山，白雨跳珠乱入船"，用"翻墨"形容黑云翻滚，用"跳珠"形容大颗雨点溅在船面时的情形；韩愈《听颖师弹琴》："浮云柳絮无根蒂，天地阔远随飞扬"，用"浮云"在天空浮动，"柳絮"随风飘舞来形容颖师弹琴时悠扬的乐境；李颀《听万安善吹觱篥歌》："枯桑老柏寒飕飀，九雏鸣凤乱啾啾。龙吟虎啸一时发，万籁百泉相与秋"，用"枯桑老柏"比喻冷涩的乐境，用"九雏鸣凤"相容清越之声纷纷出现，用"龙吟虎啸"形容高亢洪亮的重弹，用"万籁百泉"形容乐音天然清寂；《听董大弹胡笳兼寄语房给事》："长风吹林雨堕瓦。进泉飒飒飞木末，野鹿呦呦走堂下"，用"长风吹林雨堕瓦"形容快弹、重弹，用"进泉飒飒飞木末"形容乐音的清冷和突然爆发力，用"野鹿呦呦走堂下"形容乐音的悠长浑厚；元稹《琵琶歌》："冰泉呜咽流莺涩。因兹弹作雨霖铃，风雨萧条鬼神泣"，"霜刀破竹无残节。幽关鸦轧胡雁悲，断弦砉騞层冰裂"，用"冰泉呜咽流莺涩"形容冷涩的乐境，用"霜刀破竹无残节"形容流畅的乐境，用"幽关鸦轧胡雁悲"形容断断续续的悲哀的乐调，用"断弦砉騞层冰裂"形容乐章间歇后突然的爆发力；李绅《悲善才》："花翻凤啸天上来，裴回满殿飞春雪。抽弦度曲新声发，金铃玉佩相瑳切。流莺子母飞上林，仙鹤雌雄唳明月"，"寒泉注射陇水开，胡雁翻飞向天没。"用"花翻凤啸"形容节奏的多变和清越，用"金铃玉佩相瑳切"形容轻重音的和鸣，用"寒泉注射陇水开"形容由冷涩转入开朗的乐境，用"胡雁翻飞向天没"形容乐调的起伏顿宕和悠远。

3. 以人喻物

如曾几《三衢道中》："山似故人堪对饮，花如遗恨不重开。"姚合《和郑相演杨尚书蜀中唱和》："江同渭滨远，山似傅岩高。"柳宗元《柳州城楼寄漳汀封连四刺史》："岭树重障千里目，江流曲似九回肠。"岑参《暮秋山行》："山风吹空林，飒飒如有人。"白居易《琵琶行》："大弦嘈嘈如急雨，小弦切切如私语，嘈嘈切切错杂弹，大珠小珠落玉盘。"用"急雨"来比喻琵琶弹奏中的重弹，用"私语"比喻琵琶弹奏中的轻弹，用"大珠小珠落玉盘"来比喻弹奏中重弹和轻弹的交错使用；韩愈《听颖师弹琴》："昵昵儿女语，恩怨相尔汝。划然变轩昂，勇士赴敌场。"用"昵昵儿女语，恩怨相尔汝"比喻低沉缠绵的乐境；用"划然变轩昂，勇士赴敌场"比喻慷慨激昂的琴声；李颀《听董大弹胡笳兼寄语房给事》："嘶酸雏雁失群夜，断绝胡儿恋母声。"形容乐曲的悲哀伤感。苏轼诗中以人喻物的例子很多，而且别开生面、奇特生新，如《和钱安道寄惠建茶》："纵复苦硬终可录，汲黯少戆宽饶猛"、"其间绝品岂不佳，张禹纵贤非骨鲠"，用汉代的名臣汲黯的憨直和盖宽饶的刚猛来比喻惠建茶的苦硬之气味，再用东汉太尉张禹不失为贤相但又苟且保位的人生批评此茶的美中不足；又在《次韵曹辅寄壑源试焙新茶》中，将新茶比作美人："仙山灵草湿行云，洗遍香肌粉未匀……戏作小诗君勿笑，从来佳茗似佳人。"以上以人的性格、姿色或品行来比喻茶品，真让人匪夷所思。另外，他形容青山是"青山偃蹇如高人，常时不肯入官府"（《越州张中舍寿乐堂》）；将落花比作遗世独立的逸民，"遗英卧逸民"（《次韵陈四雪中赏梅》）；梅花像是南方的美女，"殷勤小梅花，仿佛吴姬面"（《梅花》），海棠是位快要睡去的美人，"只恐夜深花睡去，故烧高烛照红妆"（《海棠》）；北方飞来的大雁像是北归人，"两两归鸿欲破群，依依还似北归人"（《惠崇春江晚景》）；还有"瘦竹如幽人，幽花如处女"（《书鄂陵王主簿所画折枝》）；"西湖真西子"（《次韵刘景文登介亭》）等皆新奇、贴切而生动。

4. 以物喻人

如杜甫《送蔡希鲁都尉还陇右，因寄高三十五书记》："身轻一鸟过，枪急万人呼。"用飞鸟急速地飞过比喻蔡希鲁都尉的身手矫健；《饮中八仙歌》："宗之潇洒美少年，举觞白眼望青天，皎如玉树临风前。""左相日兴费万钱，饮如长鲸吸百川。"前者用"玉树临风"形容崔宗之潇洒的身姿，后者用"长鲸吸百川"夸张左相李适之的狂饮和猛饮；汉乐府《白头吟》："皑如山上雪，皎如云间月。"用山顶白雪和云间之月来比喻自己的高洁和坚贞；刘桢《赠从弟》："岂不罹霜雪，松柏有本性。"用"罹霜雪"的松柏比喻自己高洁不畏强暴的秉性气节；贺铸的词《半死桐》："梧桐半死清霜后，头白鸳鸯失伴飞。"用梧桐半死、鸳鸯失伴比喻自己妻子的亡故，只剩下孤单的自己；于谦《咏煤炭》："但愿苍生俱饱暖，不辞辛苦出山林。"《石灰吟》："粉骨碎身浑不怕，要留清白在人间"俱是借喻，分别用煤炭表白自己为了苍生的饱暖而不辞辛劳，用石灰表白为了清白操守而不惜粉身碎骨；辛弃疾《鹧鸪天》："城中桃李愁风雨，春在溪头荠菜花。"用城中桃李比喻畏惧金兵的朝廷权贵，用溪头荠菜花比喻民间主战力量；苏轼《蝶恋花·代人赋》"天涯何处无芳草"借此劝喻这位"多情反被无情恼"的少年可以到别处去寻觅知己；李纲《病牛》："但愿众生皆得饱，不辞羸病卧残阳。"借喻只要苍生得救，自己不惜卧病老死；刘禹锡《酬乐天咏老见示》："莫道桑榆晚，为霞尚满天。"比喻虽到老年也要奋发有为；《浪淘沙》："千淘万漉虽辛苦，吹尽狂沙始到金。"比喻人经过一番考验陶冶，总会被人知晓，对未来充满信心；郑思肖《画菊》"宁可枝头抱香死，何曾吹落北风中"，暗示自己的民族气节；王冕《墨梅》"不要人夸好颜色，只留清气满乾坤"，借以表示自己自甘淡泊、坚持操守；龚自珍《己亥杂诗》："落红不是无情物，化作春泥更护花"，则是借喻自己为培育新人甘作牺牲，等等。

三、比喻的特征

（一）比喻具有两面性

所谓比喻的两面性，就是它具有或褒或贬的正反两面，钱钟书将其称为"喻之两柄"（《管锥编·周易正义·归妹》）。在钱钟书之前，清人吴景旭就将这种两面性称之为"异用"。他举韦应物的两首诗"心同野鹤与尘远，诗似冰壶见底清"（《赠王侍御》）和"冰壶见底未为清，少年如玉有诗名"（《杂言送黎六郎》）为例，两诗都以"冰壶"作喻体，但在前一首诗中是褒义，赞美王侍御为人的"清纯"；在后一首中则是贬义，是"不清"。诗人用此来拔高这位少年，称赞这位黎六郎冰清玉洁，胜过玉冰壶。

　　具体论来，这种两面性也有两种表现：一是用一个喻体来表现不同对象的巨大反差，如上述韦应物的两首诗就是如此。再如李白《志公画赞》："水中之月，了不可取。"黄庭坚《沁园春》："镜里拈花，水中捉月，觑著无由得近伊。"前者是用来比拟这位高僧高山仰止，虽不能至，心向往之；后者是看着摸不着，心痒之词。再如"秤"这个喻体，有时用来比喻为人没有私心，处事待人，各如其分，公平允当，这是褒义，如诸葛亮《与人书》，"吾心如秤，不能为人作轻重"；另一种是说"秤"见物就有轻重，有失公正，如人之趋炎附势，所谓"花因时而盛衰，秤视物为低昂"（周亮功《花影》）。

　　另一种是用一个喻体来表现同一对象前后的巨大反差。如屈原的《离骚》，前面说的是"扈江离与辟芷兮，纫秋兰以为佩"。芷与秋兰都是香草、香花，用来比喻品德的高尚，这是褒义。但是后面变了："兰芷变而不芳兮，荃蕙化而为茅。""兰芷"不香了，"荃蕙"变坏了。随着环境的变化，世事的变迁，人也变了，这是贬义。曹植《赠徐干》中有"圆景光未满，众星灿以繁。志士营世业，小人亦不闲。"诗人以明月（圆景）比喻志士，以众星比喻小人。"众星"在此是贬义；"众星灿以繁，不识阳关路，春事已烂漫"，这里的"众星"则是褒义。

（二）比喻具有多义性

比喻不但具有两面性，也具有多义性。所谓多义性是指作为一个喻体，可以有多种内涵，可以从不同的方面或角度作比。如以"月"为例：有以圆喻月的，如"圆似三秋皓月轮"（王禹偁《龙凤茶》），"特携天上小团月，来试人间第二泉"（苏轼《惠山谒钱道人烹小龙团》）；有以镜喻月的，如"月下飞天镜，云生结海楼"（李白《荆门送别》）；以盘喻月的，如"小时不识月，呼作白玉盘"（李白《古朗月行》）。还有以月喻目，"看书眼如月"（苏轼《吊李台卿》）；以月喻女性，"微月生西海，幽阳始代升"（陈子昂《盛遇》），此处的月隐指武则天。另外古人常用"月眼"、"月面"喻人，前者取月之明，如"容光照人"，后者取月之圆，如"圆姿替月"等。也有以月喻时光，"明明千秋，如月在水"（李白《溧阳濑水贞义女碑铭》）等，这就是月这个喻体的多义性。任何事物，非止一性一能，所以在事物比喻的运用上，就不限于一功一效，这就是喻体多义性产生的原因。如"柳"，白居易取其柳叶细长的特征来比喻美人的眉毛，"芙蓉如面柳如眉"（《长恨歌》）；李商隐则取其纤细婉曲来形容女人之眉，"柳眉空吐效颦叶，榆荚还飞买笑钱"（《和人题真娘墓》）。庾信则取柳枝的纤细款摆来比喻女人腰肢的纤细柔软："上林柳腰细，新丰酒径多。"（《和人日晚景宴昆明池》）韩偓也是如此："药诀棋经思致论，柳腰莲脸本忘情。"（《频访卢秀才》）刘义庆则取柳逢春而发、朝气蓬勃来形容王恭的精神状态："濯濯如春月之柳。"（《世说新语》）顾恺之则以柳先吐芽报春，又先落叶报秋，来喻人之早衰："蒲柳常质，望秋先零。"（《晋书·顾恺之传》）还有以柳的随风俯仰、任人攀折来比附人的轻薄秉性，如韩翃的《章台柳》："章台柳，章台柳，昔日青青今在否？纵使长条似旧垂，也应攀折他人手。"等等。

（三）比喻要求新鲜、贴切

这是比喻能否取得成功的两大要素，对于比喻运用的成功至关重要，缺一不可。前面已谈到，在中国古典诗人中，苏轼是非常成功的一位。他的比喻既出人意料，又贴切合情，新鲜而贴切。例如品茶之类诗作，前人述备矣。但苏轼的品茶诗却能独辟蹊径，让人拍案叫绝。在《和钱安道寄惠建茶》中诗人用古代的将相作喻：

> 雪花雨脚何足道，啜过始知真味永。
> 纵复苦硬终可录，汲黯少戆宽饶猛。
> 草茶无赖空有名，高者妖邪次顽懭。
> 体轻虽复强浮泛，性滞偏工呕酸冷。
> 其间绝品岂不佳，张禹纵贤非骨鲠。

诗中提到的汲黯为汉武帝时主爵都尉，为人正直无私，不知畏避，曾当面顶撞汉武帝，被武帝称为"甚矣，汲黯之戆也！"盖宽饶，汉宣帝时是司隶校尉，为人性格刚直、不畏权贵，许多皇亲国戚被他抓捕和弹劾。张禹，东汉和帝时官至太傅，录尚书事，为人敦厚节俭，关心民生。但在邓太后临朝后，为保禄位，不敢有所作为。诗人认为：用"雪花"、"雨脚"之类自然物来以物比物，形容惠建茶之美，这不足道。必须用汲黯的戆直和盖宽饶的刚猛来比喻惠建茶的苦硬之气味，再用张禹不失为贤相但又苟且保位的人生批评此茶的美中不足。用上述历史人物的得失品评来比喻茶质、茶性，确实是发人之所未发，新颖又贴切，清人纪晓岚评曰"将人比物，脱尽用事之痕，开后人多少法门"（《阅微草堂笔记》）。

苏轼不但用历代将相喻茶，还将茶比作美人：

仙山灵草湿行云，洗遍香肌粉未匀。

明月来投玉川子，清风吹破武林春。

要知冰雪心肠好，不是膏油首面新。

戏作小诗君勿笑，从来佳茗似佳人。

——《次韵曹辅寄壑源试焙新茶》

苏轼还用咏茶品茶来张扬正气、抨击时政、贬责小人，将日常生活引入政治范畴。将小事写大，这是苏轼常用之法，其中大量运用新颖贴切的比喻，如上面说到的《和钱安道寄惠建茶》，借茶味而褒扬"懿"、"猛"之士，贬斥"妖"、"顽"之辈，嬉笑怒骂，皆成妙句。诗最后云："收藏爱恒待佳客，不敢包裹钻权幸。此诗有味君勿传，空使时人怒生瘿"，更是对以好茶钻营权门小人的讥讽。在《荔枝叹》中更是直接指责贵族官僚借贡新茶向皇上争新买宠："君不见武夷溪边粟粒芽，前丁后蔡相笼加，争新买宠各出意，今年斗品充官茶。"并直言："我愿天公怜赤子，莫生尤物为疮痏。"充分表现他同情茶农，抨击苛征重敛。其中用"尤物"喻茶，以"武夷溪边粟粒芽"比喻武夷山的名茶小龙团，皆新颖而贴切。苏轼有时还借咏茶来抒发人生感慨，这其实也是他自己人生经历的写照。《寄周安孺茶》长达120句，是苏诗中第一长篇，亦是咏茶之作。诗篇先是记述了宋以前的茶文化历史，继而边咏边叹，名茶能给人充分地享受却不免让人悲叹名茶的辱没："团风与葵花，式砆杂鱼目"，"未数日注卑，定知双井辱"。实际上这正是诗人对自己人生遭遇的叹喟！

当然，将比喻运用得新鲜贴切，在中国古代诗人中并不只有苏轼，诗人很多，诗例也很多。例如比喻一般是将抽象的不可捉摸的事物变得具体可感，但有的也反过来，以抽象、模糊、陌生的事物作喻体，显得新颖别致，如"自在飞花轻似梦，无边丝雨细如愁"（秦观《浣溪沙》），"疏影横斜水清浅，暗香浮动月黄昏"（林逋《山园小梅》），"城中桃李愁风雨，春在溪头荠菜花"（辛弃疾《鹧鸪天·代人赋》）。一般用花比喻女子，刘禹锡却用来比喻男人："山桃红花满上头，蜀江春水拍山流。花红易衰似郎意，水流无限似侬愁。"（《竹枝词》之九）；又如《邶风·柏舟》，连用两个否定副词"匪"："我心匪石，不可转也；我心匪席，不可卷也"，以此来表示"我心"之坚贞不渝；《小雅·斯干》中，连用"如跂斯翼，如矢斯棘，如鸟斯革，如翚斯飞"四个比喻来刻画建筑物线条的整齐划一；《魏风·硕鼠》中，三节中连用"硕鼠"开头："硕鼠硕鼠，无食我黍"，"硕鼠硕鼠，无食我麦"，"硕鼠硕鼠，无食我苗"，皆是副词连用或实词重叠，但并不觉得啰唆，反而觉得新颖别致。白居易的《女道士诗》"姑山半峰雪，瑶水一枝莲"，以花来比美女，这是常态，苏轼却倒过来，用美女来比喻名花："朱唇得酒晕生脸，翠袖卷纱红映肉。"（《海棠》）刘因的《饮山亭雨后》："山如翠浪经雨涨，开轩似坐扁舟上"，其比喻又何其新鲜贴切！

　　以上论述了比喻的作用、比喻的特征以及比喻的分类。比喻在诸种修辞格中最为古老、使用得最为普遍，堪称辞格之首，但亦如列宁所言："任何比喻都是跛足的。"这是因为比喻具有或正或反的两面性和多义性，这既给使用者带来广阔的空间，也增加了使用的难度：不仅要考虑"穷形尽相"的准确性，更要考虑"未若柳絮因风起"的美感。这既在考验中国古典诗人的才华，也是我们今天欣赏时所应把握的标准和尺度。

中国古典诗词中的夸张

夸张是诗词中经常运用的一种修辞手法。它是作者运用丰富的想象，在客观现实的基础上，夸大或缩小事物形象或某种性质、程度，借以突出事物的某种特征，抒发作者某种强烈情感的修辞格式。

夸张这种手法产生很早，几乎是同我国古典诗词同时产生的。早在我国第一部民歌集《诗经》中就出现了夸张，如《河广》篇："谁谓河广？曾不容刀。谁谓宋远？曾不崇朝。"河狭窄得容不下一条小船，路途近得一个早晨就到，这皆属于缩小夸张。《诗经·云汉》篇"周余黎民，靡有孑遗"，是说周朝的百姓一个也没有剩下，这属于夸大夸张。

最早从理论上以专文来探讨夸张手法的是东汉的王充。他在《论衡》中写了《艺增》、《儒增》、《语增》三篇评述夸张的文章，对经书圣典中的夸张，有时辩护，有时批评；对文艺作品中的夸张，常常不赞成；对世俗传言中的夸张，更多的是否定。他在解释"鹤鸣九皋，声闻于天"这句话时，说："人无在天上者，何以知其闻于天上也？无以知，意从准况之也。诗人或时不知，至诚以为然；或时知而欲以喻事，故增而甚之。"指出夸张与诗人的想象有关，与诗人的强烈情感有关，与比喻也有密切的关系。

对夸张进行全面系统论述的是刘勰。他在《文心雕龙·夸饰》中说:"言峻则嵩高极天,论狭则河不容舠,说多则子孙千亿,称少则民靡子遗。"同王充相反,他对文艺作品中的夸张持肯定态度,认为不仅无害,而且能增强作品的感染力:"辞虽已甚,其义无害也。"而且具有"谈欢则字与笑并,论戚则声共泣偕"的艺术魅力,"神道难摩,精言不能其极;形器易写,壮辞可得喻其真",运用得好甚至能"披瞽而骇聋"。如何运用夸张,刘勰提出"夸而有节,饰而不诬"的原则。这些论述不仅道出了夸张的本质特征,也划分了夸张与夸大失实的界线。刘勰在《变通》中还直接运用了"夸张"这一修辞术语。

一、夸张的审美价值

夸张有如放大镜,使人们能够更直接、更清楚地看到事物的本质和特性,获得鲜明的印象和具体深刻的感受。在诗词中,夸张用于描写可以使形象更加突兀生动,用于说理能够化抽象为具体,变深奥为浅显,用于抒情能将情、景、物、我融为一体,给语言增添幽默、讽刺的情味,收到良好的表达效果。具体说来,它有以下几种美学效果。

(一)夸张能够创造新异的意象美

夸张能创造意象美,这种意象具有超常变异性。它以变形的手法,改变事物原有的人们熟悉的面貌,创造出一种陌生的全新意象,这一意象是读者未经历和感受过的,因而能够给人一种愉悦的新奇感受,从而产生独特的艺术魅力,"发蕴而飞滞,披瞽而骇聋"。当我们读了李白的"飞流直下三千尺,疑是银河落九天","桃花潭水深千尺,不及汪伦送我情","举手可近月,前行若无山","蜀道之难,难于上青天"这类诗句后,对庐山瀑布的壮观、对朋友的情谊、对太白峰的高峻和蜀道的艰难都会产生从未有过的新奇独特的感受，从而留下极其深刻的印象。杜甫形容胡马的剽悍瘦削："胡马大宛名，锋棱瘦骨成"（《房兵曹胡马》），这是个叙述句式，究竟如何剽悍、如何瘦削，我们只能有个模糊印象。李贺在《马诗》中对此加以夸张形容，"此马非凡马，房星本是星。向前敲瘦骨，犹自带铜声"，通过这一想象加夸张，对马的剽悍瘦削印象就会极其深刻形象。研究者常说，李贺的奇谲源于杜甫，这话不错，还要加一句，他也发展了杜甫的奇谲。再如形容山高的诗句，李白有"连峰去天不盈尺，枯松倒挂倚绝壁"（《蜀道难》），王维有"太乙近天都，连山到海隅"，其中有夸张，但究竟如何高峻，还是印象不深。而"夜宿峰顶寺，举手扪星辰。不敢高声语，恐惊天上人"（《题峰顶寺》），"扪参历井仰胁息，以手抚膺坐长叹"（《蜀道难》），同样是李白的作品，甚至在同一首诗中，其意象就要新奇得多，给人的印象也要强烈深刻得多！

（二）夸张能产生浓郁的情感美

　　情感是艺术创作的动力，也是艺术创作的核心。在所有的文学样式中，诗是一种最长于抒情的文学样式，情感不仅是诗的活动的原始动力，也是诗的生存价值所在。有人说，情感是诗词面颊上的红晕，没有了情感，诗就显得苍白无力。夸张是诗词创作的主要修辞手法之一。因为夸张能够充分表现情感美。如李白的"白发三千丈，缘愁似个长"、"君不见黄河之水天上来，奔流到海不复回。君不见高堂明镜悲白发，朝如青丝暮成雪"。那种人生苦短的悲哀、那种狂放深沉的愁绪，排山倒海而来，让人震惊，让人叹服，从而产生强烈的感染力！柳宗元的《江雪》将冬日雪原的荒漠苍凉，天地无语死一般的沉寂，渔翁寒江独钓的孤独与执着，通过夸张产生强烈震撼，让读者深深感受到诗人在政治改革失败后壮志未酬又身处荒州的旷世孤独之情感。又如项羽《垓下歌》中"力拔山兮气盖世，时不利兮骓不逝"的慨叹，通过夸张让我们深知什么是英雄末路，什么是命运之困厄和错位！

（三）夸张能够表现崇高美

美学形态基本上有两种，一种是优美，一种是壮美。"胡马、秋风、塞北"是壮美，"杏花、春雨、江南"是优美。壮美又称"崇高"。西方美学家朗吉诺斯认为，文学作品的崇高风格包括五个方面：即庄严伟大的思想、慷慨激昂的感情、辞格的藻饰、高雅的措辞和尊严的结构（《论崇高》）。就诗词中的崇高而言，其内在是一股强大的不可遏止的气势，外在则是以粗犷、激扬、刚健、雄浑、浩瀚等形式美为特征。就审美经验而言，能使读者在接受中受到震撼，产生庄严感或敬畏感，甚至伴有某种程度的恐惧，使生命主体在感奋中得到升华。夸张的手法是产生壮美的主要手段之一，因为把描写的对象放大，把情感表现得更热烈，创造出比外部世界更加博大的天地，更加强劲的气势，从而把人带进崇高的境界。例如盛唐诗人岑参的边塞诗，被诗论家称为"语奇体峻，意亦造奇"（殷璠《河岳英灵集》），他笔下的西北边塞风光，奇特而又瑰丽，戍守的将士们，慷慨而又悲壮。无论是"马毛带雪汗气蒸，五花连钱旋作冰"的塞外奇寒，还是"一川碎石大如斗，随风满地石乱走"的走马川狂风，无论是"将军金甲夜不脱，半夜军行戈相拨，风头如刀面如割"的雪夜急行军，还是"四边伐鼓雪海涌，三军大呼阴山动"的激烈战斗场面，都给人雄奇壮伟的艺术感受，都产生一种崇高美。这种崇高美的产生与构思、想象、瑰丽的语言不无关系，但夸张手法在其中起了关键作用：上面提到的"一川碎石大如斗，随风满地石乱走"，"四边伐鼓雪海涌，三军大呼阴山动"

即是夸张，上面没有提到的"看君走马去，直上天山云"（《醉里送裴子赴镇西》），"瀚海阑干百丈冰，愁云惨淡万里凝"，"侧闻阴山胡儿语，西头热海水如煮。海上众鸟不敢飞，中有鲤鱼长且肥。蒸沙烁石燃虏云，沸浪炎波煎汉月"更是夸张。这些夸张，把西北边塞的苍茫、粗犷、奇特，戍守将士们的英勇、慷慨和悲壮的献身精神宣泄得热烈而又充分，让读者在新奇的感受中受到强烈的震撼，从而产生一种崇高的美感。

（四）夸张能制造出幽默美

夸张往往把表现对象推到超常的极点使之变形，这就造成真实事物与夸张事物之间的矛盾或不协调，从而产生出人意料的喜剧效果。如元代无名氏的《嘲贪汉》，讽刺一个吝啬鬼："一粒米针穿着吃，一文钱剪截着用。看儿女如衔泥燕，爱钱财似竞血蝇。无明夜攒金银，都做充饥画饼。"作者借助贴切的比喻进行夸张，把贪财汉的举止、心境描绘得淋漓尽致。夸张的手法结合辛辣的语言形成强烈的讽刺效果。又如元代无名氏的这支小令《醉太平·饥贪小利者》："夺泥燕口，削铁针头，刮金佛面细搜求，无中觅有。鹌鹑嗉里寻豌豆，鹭鸶腿上劈精肉，蚊子腹内剜脂油，亏老先生下手。"散曲列举了六个常人无法想象的做法进行夸张，对贪婪搜刮者的手段和心理进行极大的讽刺，使读者在幽默中领略世事百态！

二、夸张的分类

夸张的修辞学分类有两种：一是按时间范围分类，一是按构成标准分类。按时间范围又可分为扩大夸张、缩小夸张和超前夸张，按构成标准划分则可分为单纯夸张和复合夸张。

（一）时间范围上的分类

1. 扩大夸张

扩大夸张就是故意把事物的数量、特征、用途、程度等往大、快、高、重、长、强等方面进行夸张。

数量上的夸张，如李白"烹羊宰牛且为乐，会须一饮三百杯"（《将进酒》）；"百年三万六千日，一日须倾三百杯"（《襄阳歌》）；"一击九千仞，相期凌紫冥"（赠郭季鹰》）；"桃花潭水深千尺，不及汪伦送我情"（《赠汪伦》）。杜甫的"新松恨不高千尺，恶竹应须斩万竿"（《将赴成都草堂途中有作先寄严郑公五首》），"窗含西岭千秋雪，门泊东吴万里船"（《绝句》），"万里悲秋常作客，百年多病独登台"（《登高》），"左相日兴费万钱，饮如长鲸吸百川"，"李白斗酒诗百篇，长安市上酒家眠"（《饮中八仙歌》），"敏捷诗千首，飘零酒一杯"（《不见》）等。

特征上的夸张，如杜甫的《戏题王宰画山水图歌》：

> 十日画一水，五日画一石。能事不受相促迫，王宰始肯留真迹。壮哉昆仑方壶图，挂君高堂之素壁。巴陵洞庭日本东，赤岸水与银河通，中有云气随飞龙。舟人渔子入浦溆，山木尽亚洪涛风。尤工远势古莫比，咫尺应须论万里。焉得并州快剪刀，剪取吴淞半江水。

这是称赞一位著名画家王宰画的《昆仑方壶图》，时间约在唐肃宗上元元年（760）。题为"戏题"就带有夸张想象的成分。王的原作没有传世，但诗人通过描绘、夸张和想象，为后人再现了这幅气势恢宏的山水图，使我们对这幅山水图的种种特征，诸如布局、景物以及精妙之处都留下了深刻印象，其中的诗情画意，更是赏心悦目。清代方薰在《山静居画论》中说："读老杜入峡诸诗，奇思百出，便是吴生王宰蜀中山水图。自来题画诗亦惟此老使笔如画。"不仅是静态的山水画，动态的人物表演更是通过夸张紧紧抓住其形象特征，《观公孙大娘弟子舞剑器行》中有回忆歌舞伎公孙大娘当年跳剑器舞时的描述：

> 昔有佳人公孙氏，一舞剑器动四方。
> 观者如山色沮丧，天地为之久低昂。
> 㸌如羿射九日落，矫如群帝骖龙翔。
> 来如雷霆收震怒，罢如江海凝清光。

唐代的舞蹈分为健舞和软舞两大类，剑器舞属于健舞类，舞者身着军装，舞起来有一种雄健刚劲的姿势和激昂顿挫的节奏。这位公孙大娘特别擅长跳剑器舞，据晚唐郑嵎的《津阳门诗》介绍："公孙剑伎皆神奇。"下有自注："有公孙大娘舞剑，当时号为雄妙。"另一位晚唐诗人司空图《剑器》诗称："楼下公孙昔擅场，空教女子爱军装。"可见这是位剑舞的高手。但剑器舞究竟是一种什么样的舞蹈，舞者的着装、道具，音乐的节奏、旋律今已失传，听众的表情、感受我们也无法目睹耳闻。但是通过杜甫这首出神入化的诗作，我们对唐代剑器舞的特征以及这位舞者的绝技都留下了清晰深刻的印象。其中"羿射九日"，可能是形容公孙大娘弟子手持红旗、火炬或剑器作旋转或滚翻式舞蹈动作，好像一个接一个的火球从高而下，满堂旋转；"骖龙翔舞"，则是形容这位舞者翩翩轻举，腾空飞翔；"雷霆收震怒"，是形容舞蹈将近尾声，声势收敛；"江海凝清光"，则写舞蹈完全停止，舞场内外肃静空阔，好像江海风平浪静，水光清澈的情景。这皆是将比喻与夸张相结合的复合夸张，给我们留下鲜明而深刻的视觉印象。

用途上的夸张，如杜甫形容一匹战马的功用："所向无空阔，真堪托死生。骁腾有如此，万里可横行。"（《房兵曹胡马》）李贺形容葛布精美的质量和夏日带来的清凉的一首诗更是奇特，题为《罗浮山人与葛篇》：

> 依依宜织江雨空，雨中六月兰台风。
>
> 博罗老仙时出洞，千岁石床啼鬼工。
>
> 蛇毒浓凝洞堂湿，江鱼不食衔沙立。
>
> 欲剪湘中一尺天，吴娥莫道吴刀涩。

葛布，又称"夏布"，做夏季服装，稀疏凉爽。诗的首句形容织葛布时，葛布的经线光丽纤长、空明疏朗；次句则以"六月兰台风"夸张葛布的疏薄凉爽。五、六两句夸张天气的炎热，为末两句剪葛为衣作铺垫。因为酷热的天气，使人想起葛布，想起那穿在身上产生凉爽舒适感觉的葛衣，更引起人们对葛布的渴求。诗的首联是比喻加上夸张，五、六句是想象、拟人加上夸张，都是复合夸张的运用。

程度上的夸张运用得更为广泛，如李白诗中夸张行走之难是"蜀道之难，难于上青天"（《蜀道难》），言价格之贵则有"金樽清酒斗十千，玉盘珍馐值万钱"（《行路难》其一），言感情之深则是"桃花潭水深千尺，不及汪伦送我情"（《赠汪伦》），言落差之大则有"飞流直下三千尺，疑是银河落九天"（《望庐山瀑布》）等。

2. 缩小夸张

就是故意把事物的数量、特征、作用、程度等往小、慢、矮、轻、短、弱等方面说得夸张。如张祜《宫词》："故国三千里，深宫二十年。一声何满子，双泪落君前。"李贺《咏怀》："惟留一简书，金泥泰山顶。"韩愈《左迁蓝关示侄孙湘》："一封朝奏九重天，夕贬潮州路八千。"上述即是数量和作用上的夸张，通过极力缩小，以示数量之少、时间之短，但作用之大、怨恨之深，后果如此之严重。作用上的夸张还有贾岛《剑客》："十年磨一剑，霜刃未曾试"，杜甫《宿府》："已忍伶俜十年事，强移栖息一枝安"；数量上的夸张还有杜甫《将赴荆南寄别李剑州》："路经滟滪双蓬鬓，天入沧浪一钓舟"，梅尧臣《梦后寄欧阳永叔》："五更千里梦，残月一声鸡。"

程度上的夸张，如贾岛《题兴化寺园亭》："破却千家作一池，不栽桃李种蔷薇"，韩愈的《调张籍》："蚍蜉撼大树，可笑不自量"，李白《答王十二寒夜独酌有怀》："吟诗作赋北窗里，万言不值一杯水"，《梁甫吟》："智者可卷愚者豪，世人见我轻鸿毛"，杜甫《自京赴奉先县咏怀五百字》："顾惟蝼蚁辈，但自求其穴"等。

3. 超前夸张

即在时间上把后出现的事物提前一步的夸张形式。如《西厢记》第二本第二折中写红娘去张生处邀请赴约，红娘"'请'字儿不曾出声，'去'字儿连忙答应，可早到跟前姐姐呼之，诺诺连声"。对方没有说请去赴约，张生就答应下来，通过将时间上应该在后面出现的调到前面的超前夸张，将张生的喜出望外、情急之状刻画得生动且有幽默感。这种超前夸张在《红楼梦》中也很多，如《红楼梦》第一回形容贾雨村和甄士隐饮酒时情形："雨村、士隐二人归坐，先是款酌慢饮，渐次谈至兴浓，不觉飞觞狂饮起来。当时街坊上家家箫管、户户笙歌，当头一轮明月飞彩凝辉，二人愈添兴致，酒到杯干。"《红楼梦》第四十三回："宝玉道：'这条路是往哪里去的？'焙茗道：'这是出北门的大道。出去了冷清清，没有什么可玩的。'宝玉听说，点头道：'正要冷清清的地方。'说着，越发加了两鞭，那马早已转了两个弯子出了城门。"其中"酒到杯干"和"加了两鞭，那马早已转了两个弯子出了城门"在时间上把后出现的事物提前一步，属于超前夸张。

古典诗词中也多超前夸张，如范仲淹《御街行》："愁肠已断无由醉，酒未到，先成泪"，元代卢挚《沉醉东风·闲居》："恰离了绿水青山，早来到竹篱茅舍人家"，王勃《秋江送别》："早是他乡值早秋，江亭风月带江流"，李贺《李凭箜篌引》："吴丝蜀桐张高秋，空山凝云颓不流"等。范仲淹《渔家傲》说"酒入愁肠，化作相思泪"，那是正常的时间顺序，这里是酒还未饮就化作相思泪，这自然是超前夸张。卢挚小令中所说的"来到竹篱茅舍"也应该在离开绿水青山之后。王勃诗中的"早秋"只能是今年的秋天来得特别早，但不应该早于自己早年离乡之时；李贺诗中的"空山凝云颓不流"也应该在音乐家李凭弹奏之时，这里音乐弹奏还未开始，仅仅是"吴丝蜀桐张高秋"。以上皆属于超前夸张。

（二）构成标准上的分类

以上是从时间范围上进行分类，如果从构成标准上分类，则可以分成单纯夸张和复合夸张两大类。

1. 单纯夸张

不借助其他修辞方式，直接通过动作、数字或成语表现出的夸张，也叫直接夸张。直接夸张可分为动作和动态夸张、心理夸张、借数字表现夸张和借典故表现夸张几种类型。

（1）动作和动态夸张。李白《古风二十四》将得势宦官的熏天气焰夸张为"鼻息干虹霓，行人皆怵惕"；《登太白峰》以"举手可近月，前行若无山"夸张太白峰之高峻；《游泰山六首》中"扪天摘匏瓜，恍惚不忆归"，《蜀道难》中"扪参历井仰胁息，以手抚膺坐长叹"等诗句，通过"扪天"、"扪参历井"等夸张动作极言山峦之高、蜀道之难。

我们知道，唐代有几篇咏洞庭的诗篇非常有名，其原因除了构思的精妙、想象、对偶等修辞手法的运用和语言的豪壮外，动态夸张是其中相当重要的一个因素，如孟浩然《临洞庭湖赠张丞相》：

> 八月湖水平，涵虚混太清。
> 气蒸云梦泽，波撼岳阳城。
> 欲济无舟楫，端居耻圣明。
> 坐观垂钓者，徒有羡鱼情。

此诗最大的特色在于它不是静态的描述洞庭湖的辽阔浩瀚，而是强调它内蕴的气势并充满动态感：首句"八月湖水平"就是夸张夏日消融、江河横溢时刻洞庭湖的水势，一个"平"字就足见其烟波浩渺之状。第二句"涵虚混太清"则是夸张洞庭湖包容了天地，将天空都纳入其中。第三、四两句"气蒸云梦泽，波撼岳阳城"的动态感更加强烈，夸张得让读者似乎都跟着拍打的浪潮而晃动。与其相埒的还有杜甫《登岳阳楼》中描绘洞庭湖的名句"吴楚东南坼，乾坤日夜浮"，也是以强烈的动态感来夸张洞庭湖的浩瀚。据胡仔《苕溪渔隐丛话》记载，洞庭湖边的岳阳楼上，经常有人在楼门两边题诗，搞得楼主人不胜其烦。于是，他请人将孟浩然的"气蒸云梦泽，波撼岳阳城"和杜甫的"吴楚东南坼，乾坤日夜浮"，分刻于左右序门。游人墨客见刘长卿咏洞庭的名句"叠浪浮元气，中流没太阳"都排不上队，于是，"不敢复题矣"。

另外，像李贺的"折折黄河曲，日从中央转"（《日出行》），卢纶的"黄河九曲流，缭绕古边州"（《送郭判官赴振武》），刘禹锡的"九曲黄河万里沙，浪淘风簸自天涯"（《浪淘沙》）亦属于动态夸张。

（2）心理夸张。用夸张的手法抒写慷慨悲壮的心情。李白常用此法来抒发报国之志和对国事的关切，对君王的忠诚和眷念以及咏歌友谊，如"长揖蒙垂国士恩，壮心剖出酬知己"（《走笔赠独孤驸马》），"一朝君王垂拂拭，剖心输胆雪胸臆"（《驾去温泉宫后赠杨山人》），"南风吹归心，飞坠酒楼前"（《寄东鲁二稚子》），"我寄愁心与明月，随君直到夜郎西"（《闻王昌龄左迁龙标遥有此寄》），"狂风吹我心，西挂咸阳树"（《金乡送韦八之西京》），"我欲因之梦吴越，一夜飞度镜湖月"（《梦游天姥吟留别》）。杜甫也有不少这样的诗句，如"万里悲秋常作客，百年多病独登台"（《登高》），"亲朋无一字，老病有孤舟"（《登岳阳楼》），"关塞极天唯鸟道，江湖满地一渔翁"（《秋兴八首》），"江汉思归客，乾坤一腐儒"（《江汉》），"谁念一片影，相失万重云"（《孤雁》）等，皆是心理夸张。

（3）借数字表现夸张。中国古典诗歌中，运用得最多的数字是"三"和"九"以及它们的倍数，如六六、九九、三十六、三千、九千等，这与中国古典哲学《易经》有关，也与汉民族习惯有关，俗话就有"凡事不过三"、"六六大顺"、"九九归一"、"三十六计走为上计"等。以李白诗歌为例，如："天山三丈雪，岂是远行时？"（《独不见》），"颜公三十万，尽付酒家钱"（《赠宣城宇文太守兼呈崔侍御》），"百年三万六千日，一日须倾三百杯"（《襄阳歌》），"白发三千丈，缘愁似个长"（《秋浦歌》），"三十六万人，哀哀泪如雨"（《古风·胡关饶风沙》），"逸气漶被凌九区，白璧如山谁敢话"（《天马歌》），"天子九九八十一万岁，长倾万年杯"（《上云乐》），"咳唾落九天，随风生珠玉"（《妾薄命》），"一击九千仞，相期凌紫冥"（《赠郭季鹰》）等。其他数字如"金樽清酒斗十千，玉盘珍馐值万钱"（《行路难》其一），"桃花潭水深千尺"（《赠汪伦》）等。杜甫在使用夸张手法时，"一"、"三"、"万"用得较多，如"三分割据纡筹策，万古云霄一羽毛"(《咏怀古迹》),"窗含西岭千秋雪,门泊东吴万里船"(《绝句》),"万事干戈里,空悲清夜徂"(《倦夜》),"三顾频烦天下计,两朝开济老臣心"(《蜀相》),"一去紫台连朔漠,独留青冢向黄昏"(《咏怀古迹》),"飘飘何所似,天地一沙鸥"(《旅夜书怀》)等。

(4)借典故表现夸张。现代汉语中,有许多成语使用的是夸张手法,如"挥汗如雨"、"人山人海"、"动辄得咎"、"车水马龙"等。古典诗词中也有类似的情况,如曹植的《白马篇》:"捐躯赴国难,视死忽如归。"再如杜甫《贫交行》:

> 翻手为云覆手雨,纷纷轻薄何须数。
>
> 君不见管鲍贫时交,此道今人弃如土。

诗中提到的"翻手为云覆手雨"、"管鲍贫时交"即来自成语"翻手为云、覆手为雨"和"管鲍之交",只是有的词序颠倒过来。有的诗中的一些精美的夸张词句变成了后来的成语,如白居易《长恨歌》"后宫粉黛三千人,三千宠爱在一身",变成了"三千宠爱";《琵琶行》中的"曲终收拨当心划,四弦一声如裂帛"变成了"声如裂帛";苏轼《念奴娇·赤壁怀古》中的"大江东去,浪淘尽,千古风流人物",变成"风流人物";柳宗元《江雪》中的"孤舟蓑笠翁,独钓寒江雪"变成"寒江独钓"等。

2. 复合夸张

又称"融合夸张"、"间接夸张"。就是借助比喻、比拟、借代、对偶、排比等修辞方式表现出的夸张。

(1)借助于比喻表现出来的夸张。如有这么两首民歌,一首是汉乐府中的《上邪》:

上邪！我欲与君相知，长命无绝衰。山无陵，江水为竭，冬雷震震，夏雨雪，天地合，乃敢与君绝！

另一首是敦煌曲子词《菩萨蛮》：

枕前发尽千般愿，要休且待青山烂。水面上秤锤浮，直待黄河彻底枯。白日参辰现，北斗回南面，休即未能休，且待三更见日头。

这两首诗词皆是痴情女子对所爱的人的热情表白，在主人公呼天抢地立下爱情盟誓后，再以自然界不可能出现的荒诞巨变作为"与君绝"和"罢休"的条件：《上邪》中是山河消失——"山无陵，江水为竭"；四季颠倒——"冬雷震震，夏雨雪"；再度回到混沌世界——"天地合"；《菩萨蛮》中同样是山河消失——"青山烂"、"黄河彻底枯"，再加上"水面上秤锤浮"、"白日参辰现，北斗回南面"、"三更见日头"这些根本不可能发生的自然现象，来渲染主人公那种火山爆发式的生死不渝的爱情，确实是"短章之神品"。

在文人作品中，苏轼多用这种比喻加夸张，如："微风万顷靴纹细"（《游金山寺》），"卷帘夜阁挂北斗，大鲸驾浪吹长空"（《游金山寺》），"海若东来气似霓"（《八月十五日看潮》），"游人脚底一声雷，满座顽云拨不开"（《有美堂暴雨》），"梦绕云山心似鹿，魂惊汤火命如鸡"（《予以事系御史台狱》）等。

（2）借助对比表现夸张。李、杜诗中就有不少借助对比来表现的夸张，如李白的"吟诗作赋北窗里，万言不值一杯水"（《答王十二寒夜独酌有怀》），"蜀道之难，难于上青天"，"黄鹤之飞尚不得过，猿猱欲渡愁攀援"（《蜀道难》），"奈何青云士，弃我如尘埃"（《古风》

十五），"羽檄如流星，虎符合专城"（《古风》三十四），"君失臣兮龙为鱼，权归臣兮鼠变虎"（《远别离》），"黄河捧土尚可塞，北风雨雪恨难裁"（《北风行》）等。杜甫的如"白鸥没浩荡，万里谁能驯"（《奉赠韦左丞丈二十二韵》），"尔曹身与名俱灭，不废江河万古流"，"或看翡翠兰苕上，未掣鲸鱼碧海中"（《戏为六绝句》），"五十年间似反掌，风尘澒洞昏王室"（《观公孙大娘弟子舞剑器行》）等。

（3）以对偶、排比表现的夸张。以对偶表现的夸张如："金樽清酒斗十千，玉盘珍馐值万钱"（李白《行路难》），"亲朋无一字，老病有孤舟"（杜甫《登岳阳楼》），"高江急峡雷霆斗，古木苍藤日月昏"（杜甫《白帝》），"江间波涛兼天涌，塞上风云接地阴"（杜甫《秋兴八首》），"无边落木萧萧下，不尽长江滚滚来"（杜甫《登高》），"海内存知己，天涯若比邻"（王勃《送杜少府之任蜀州》），"千山鸟飞绝，万径人踪灭"（柳宗元《江雪》），"力拔山兮气盖世，时不利兮骓不逝"（项羽《垓下歌》）等。

以排比表现夸张如："霍如羿射九日落，矫如群帝骖龙翔。来如雷霆收震怒，罢如江海凝清光"（杜甫《观公孙大娘弟子舞剑器行》），"行者见罗敷，下担捋髭须；少年见罗敷，脱帽着帩头。耕者忘其犁，锄者忘其锄；来归相怨怒，但坐观罗敷"（《陌上桑》），"东市买骏马，西市买鞍鞯，南市买辔头，北市买长鞭"，"爷娘闻女来，出郭相扶将；阿姊闻妹来，当户理红妆；小弟闻姊来，磨刀霍霍向猪羊"（《木兰诗》），"虎熊麋猪逮猴猿，水龙鼍龟鱼与鼋，鸦鸱雕鹰雉鹄鹍，燖炰煨爊孰飞奔"（韩愈《陆浑山火和皇甫湜用其韵》），"旧犬喜我归，低徊入衣裾。邻舍喜我归，酤酒携胡芦。大官喜我来，遣骑问所须。城郭喜我来，宾客隘村墟"（杜甫《草堂》）。

（4）以想象、拟人表现的夸张。李白《夜宿山寺》中"危楼高百尺，手可摘星辰”是想象与夸张的结合；杜甫《秋兴八首》“织女机丝虚夜月，石鲸鳞甲动秋风”，上句是想象类夸张，下句则是拟人类夸张，赋予昆明湖中的石头鲸鱼以生命；苏轼《八月初七入赣过惶恐滩》“长风送客添帆腹，积雨浮舟减石鳞”也是类此的拟人夸张。

李贺的《李凭箜篌引》通篇皆是想象和拟人夸张：

> 吴丝蜀桐张高秋，空山凝云颓不流。
> 湘娥啼竹素女愁，李凭中国弹箜篌。
> 昆山玉碎凤凰叫，芙蓉泣露香兰笑。
> 十二门前融冷光，二十三弦动紫皇。
> 女娲炼石补天处，石破天惊逗秋雨。
> 梦入神山教神妪，老鱼跳波瘦蛟舞。
> 吴质不眠倚桂树，露脚斜飞湿寒兔。

诗人大胆运用夸张手法创造出超现实的幻境，一个个天上人间的神奇景象，把读者带进新异神奇的幻想世界。其中“芙蓉泣露香兰笑”、“老鱼跳波瘦蛟舞”是拟人夸张，极力夸说李凭弹奏的箜篌所造成的感动。“空山凝云颓不流”、“湘娥啼竹素女愁”、“二十三弦动紫皇”、“女娲炼石补天处，石破天惊逗秋雨”、“梦入神山教神妪”、“吴质不眠倚桂树，露脚斜飞湿寒兔”等皆是神奇的想象，夸张李凭的弹奏有惊天动地的感染力。

三、夸张的运用

（一）要有现实基础

夸张和其他修辞方式一样，都是以客观现实为基础的。也就是说夸张只能在现实生活的基础上夸张，否则就是空洞的大话或十足的昏话。例如在现实生活中，月亮是凉的，太阳是热的，我们要夸张只能在现实基础上说"赤日炎炎似火烧"和"夜吟应觉月光寒"。如果我们夸张成"月色炎炎似火烧"和"夜吟应觉日光寒"那就成了十足的昏话了。鲁迅也举过类似的例子，他说："'燕山雪花大如席'是夸张，但燕山究竟有雪花，就含着一点诚实在里面，使我们立刻知道燕山原来这么冷，如果说'广州雪花大如席'，那就变成笑话了。"宋代有位诗人写了首咏竹的诗，其中两句是"叶垂千口剑，干耸万条枪"，作者很得意，送给苏轼看。苏轼打趣说：写得倒是很好，只是十根竹子才长一片叶子。此诗将想象与夸张结合得很好，对仗也很工整，失败就在于它完全违背了生活的真实。因为现实生活中不可能树干比树叶多（即苏轼所嘲讽的十根竹子才长一片叶子）。1958年的"大跃进"，产生了一批"大跃进民歌"，这批民歌也缺乏现实生活基础，如"大红旗下称英豪，端起巢湖当水瓢。不怕老天不下雨，哪方干旱往哪浇"；"稻垛堆得尖又圆，社员堆稻上了天。撕片白云擦擦汗，凑着太阳抽袋烟"；"一铲能铲千层岭，一担能挑两座山，一炮能翻万丈崖，一钻能通九道湾，两只巨手提江河，霎时挂在高山尖"。

但从另一个角度来说，只要符合生活真实，有一定的现实基础，是允许夸张也是应该夸张的，因为前面已经说过诗歌中的夸张有五种好处。如唐代诗人杜牧有首绝句《江南春》："千里莺啼绿映红，水村山郭酒旗风。南朝四百八十寺，多少楼台烟雨中。"明朝的杨慎认为夸张太过，因为"千里莺啼，谁人听得？千里绿映红，谁人见得？若作'十里'，则莺啼绿红之景，村郭、楼台、僧寺、酒旗皆在其中矣"（见《升庵诗话》）。其实，即使是"十里"，也还是谁人听得？谁人见得？而且这样一来，杜牧诗中江南春色的阔大场景和恢宏气势都不存在了。

杜牧也就不成其为杜牧。因为"千里"和"十里"的夸张基础相同，都是存在的，那就是江南春天的桃红柳绿、莺歌燕舞。与此相类的还有杜甫《古柏行》中夸张古柏高大苍老的两句："霜皮溜雨四十围，黛色参天二千尺。"宋代的沈括对此来了番科学计算："四十围是径七尺，无乃太细长乎。"沈括是位科学家，他用物理学的体积观来看待文学的夸张，结果成了笑话。接下去的笑话是另一位宋人黄朝英为这两句诗所作的辩解，他批评沈括不懂古代的度量衡制度："古制以围三径一，四十围即一百二十尺。围有百二十尺，即径四十尺安得云七尺，岂得以太细长讥之乎？"（见《苕溪渔隐丛话》）黄朝英批评沈括，实际上是犯了与沈括同样的错误。

（二）要有心理节制

夸张是种修辞手法，更是一种心理调适，反映作者对某种事物、某种现象的深切感受和由此产生的强烈心理反应。因此，夸张虽然是言过其实，但要有心理节制，并不是夸张得越厉害越好。夸张是通过超过实际的"虚"，来表现思想或情感上的"实"，即"言虚而情实"。因此，刘勰在《文心雕龙》中强调要"夸而有节"、"饰而不诬"。就是说夸张要合情合理，要有节制、有分寸。人们选用各种修辞方式，都是有一定的心理活动作基础的。人们的心理特质不一样，夸张的程度也不一样，读者的接受心理也不一样，李白为人狂放不羁、傲岸不群，他诗歌中的夸张显得特别大胆，汪洋而恣肆，例如夸张"愁"是"白发三千丈，缘愁似个长"（《秋浦歌》），"一水牵愁万里长"（《横江词》）。宋代的陆游也是位风格接近李白的浪漫派诗人，人称"小李白"，他的夸张也接近李白，大胆、狂放且富有动态感，他笔下的"愁"不但有长度"十丈愁城要解围"（《山园》），还有体积"闲愁万斛酒不敌"（《草书歌》），甚至还有范围"世言九州外，复有大九州。此言果不虚，仅可容吾愁"（《江楼吹笛饮酒大醉作》）。李清照作为才女，也善用夸张的手法写愁，但明显是一种女性书写，且与她富有高深文学修养的闺中少女或贵族思妇的身份、心理相称，如"从来知韵胜，难堪雨藉，不耐风揉。更谁家横笛，吹动侬愁"（《满庭芳·小阁藏春》）。作为一位富贵安闲的贵族妇女，词人唯一不满意的就是丈夫远去，空闺独守。词人先用"小阁藏春，闲窗锁昼"明写自己的寂寞，然后通过咏梅的"从来知韵胜"暗示自己的品格，再用"难堪雨藉，不耐风揉。更谁家横笛，吹动侬愁"这种比喻类复合夸张形容自己目前的处境和愁绪。"道人憔悴春窗底，闷损栏杆愁不倚。要来小酌便来休，未必明朝风不起"（《玉楼春·红酥肯放琼苞碎》），也是先用"道人憔悴春窗底，闷损栏杆愁不倚"夸张自己的愁绪，然后用"要来小酌便来休，未必明朝风不起"暗示梅花可能要经受的风雨。类似的还有"唯有楼前流水，应念我，终日凝眸。凝眸处，从今又添，一段新愁"（《凤凰台上忆吹箫·香冷金猊》）；"一种相思，两处闲愁。此情无计可消除，才下眉头，却上心头"（《一剪梅·红藕香残玉簟秋》）等，这些愁的表达方式中虽带夸张，但多用比喻、暗示等含蓄手法，夸张的程度、力度也与其富有教养的贵族女性身份相吻合，是一种地道的女性书写方式。假如李清照也像李白、陆游那样大呼"闲愁万斛酒不敌"，或是"白发三千丈，缘愁似个长"，那不但与诗人的心理不适，读者也难以接受。晋人挚虞谈夸张时说："夫假象过大，则与类相远；逸词过壮，则与事相违。"（《文章流别论》）作家茅盾在谈自己创作体会时说："过度的夸张会使人物漫画化；夸张得不适当，会流于庸俗。"（《关于艺术技巧》）这都是意在说明夸张有一个心理适度。

（三）夸张要新颖

汉代学者王充说"俗人好奇，不奇，言不用也"（《论衡》），喜新厌旧、好奇恶俗是人之常情，在夸张运用上也是一样。从某种意义上说，运用夸张也是一种创造。运用夸张要力求新颖、别致，要有创造性，不落俗套。清代赵翼《论诗》谈到诗歌创新的重要性：

> 满眼生机转化钧，天工人巧日争新。
>
> 预支五百年新意，到了千年又觉陈。
>
> 李杜诗篇万口传，至今已觉不新鲜。
>
> 江山代有才人出，各领风骚数百年。

赵翼论诗提倡创新，反对模拟因袭。为了说明道理，诗人以大诗人李白与杜甫为例，说明诗风代代变迁，生存发展之道在于创新。诗歌创作是如此，作为诗歌表现手段之一的夸张自然更是如此。汉代李延年有首《佳人歌》："北国有佳人，遗世而独立。一顾倾人城，再顾倾人国。岂不知倾城与倾国，佳人难再得。"诗中首次用"倾国倾城"来形容佳人之美丽，确实让人耳目一新，有种强烈的震撼。但到后来，老是用"倾国倾城"来形容美人，"至今已觉不新鲜"。因此就需要创新，宋代诗人黄庭坚就对此加以改造和创新，他借用"倾国倾城"来形容一个朋友诗写得好，"公诗如美色，未嫁已倾城"（《次韵刘景文登邺王台见思》）。诗还未正式拿出来，就已被人们传诵，"未嫁已倾城"用在这里既准确又形象新。

另一个例子载于清人倪云瓘的《桐阴清话·借西厢语》。说的是明朝官员钱蒙叟在清兵入关时，曾戴着明朝的官帽前去投降。途中遇见一个老翁，老翁用手杖敲他的头说："我是个多愁多病身，打你个倾国

倾城'帽'。"（按：王实甫《西厢记》中张生曾对崔莺莺说："你是倾
国倾城貌，我是多愁多病身"，"帽"与"貌"谐音）这两个例子都意
在证明夸张需要新颖，需要创新！

　　以上说的是夸张的审美价值、夸张的分类和夸张的运用。前两项
是知识性的，是对"彼"的认识；第三项则涉及由"彼"到"己"的
转换应用；前两项是诗词鉴赏必需的常识，第三项则是自己表达或创
作时的自警之处。当然，在运用夸张时要做到以客观为基础，符合一
定的心理适度并富有创新意识，是要通过反复实践才能达到的，诚如
陆游所云："纸上得来终觉浅，绝知此事要躬行。"但掌握这方面的知
识毕竟是个前提。

中国古典诗词中的想象

刘勰在《文心雕龙》中对"神思"曾作了形象的描述，"古人云：'形在江海之上，心存魏阙之下。'神思之谓也。文之思也，其神远矣。故寂然凝虑，思接千载；悄焉动容，视通万里；吟咏之间，吐纳珠玉之声；眉睫之前，卷舒风云之色"。刘勰所说的神思，就是想象力。所谓想象，就是再现记忆中的印象或是对印象加以扩大或组合。文艺创作要有独创性，就必须有在人意中又出人意表的想象。所以，古往今来的文论家都很重视想象在艺术创作中的作用。德国的黑格尔说"真正的创造就是艺术想象的活动"；俄罗斯的别林斯基说"在诗中，想象是主要的活动力量，创作过程只有通过想象才能完成"。清人方东树说李白的诗词是"发想超旷"，陆时雍说李白是"想落天外"。诗人艾青说："想象是诗歌的翅膀，没有想象，诗人就无法在理想的天空中飞翔。"

浪漫主义诗人的想象力非常丰富，我们只要读一读李白的《梦游天姥吟留别》、《蜀道难》、《古风》（十九），李贺的《梦天》、《李凭箜篌引》，岑参的《走马川行奉送封大夫出师西征》等即可深知。其实，现实主义诗人也必须有丰富的想象力，杜甫的《秋兴》八首、《咏怀古迹》五首、《洗兵马》，白居易的《琵琶行》中关于音乐的描绘及《长恨歌》中临邛道士对海上神山的搜寻，陈与义的《中牟道中》，元好问的《客意》等，之所以成为名诗、名句，与其中的想象力发挥关系极大。

一、想象的作用和范围

诗人的想象力范围可以"精骛八极，心游万仞"，"登山则情满于山，观海则意溢于海"，过去、现在、未来，任意遨游；天上、人间、地狱，无处不在。"朱雀桥边野草花，乌衣巷口夕阳斜。旧时王谢堂前燕，飞入寻常百姓家"（刘禹锡《金陵五题》），这是过去和现在的对接；"君问归期未有期，巴山夜雨涨秋池。何当共剪西窗烛，却话巴山夜雨时"，这是今日对未来的期待。李白想象自己在天上的情形是"天上白玉京，五城十二楼。仙人抚我顶，结发受长生"（《经离乱后天恩流夜郎》）；他想象中的现实是"俯视洛阳川，茫茫走胡兵。流血涂草野，豺狼尽冠缨"。《古风》（十九）里他想象中的黄泉是"纪叟黄泉里，亦应酿老春。夜台无李白，沽酒与何人"。至于想象在艺术创造中的作用，具体说来有以下三点。

（一）赋予抽象的事物以形体

一种思绪，如"愁"在艺术创造中如何表现？中国古典诗人发挥了自己的想象力。李煜有时将愁想象成一团乱麻，"剪不断，理还乱，是离愁"（《相见欢》），有时又想象成随地而生的春草，"离恨恰如春草，更行更远还生"（《清平乐》），有时又想象成滚滚东去的江水，"问君能有几多愁，恰似一江春水向东流"（《虞美人》）。李清照则想象愁也有重量，"只恐双溪舴艋舟，载不动，许多愁"（《武陵春》）。

贺铸更把愁想象成一幅组合图像，"试问闲愁都几许？一川烟草，满城风絮，梅子黄时雨"。相思也是一种抽象情感，王维将这种抽象的情感化为具体的红豆："红豆生南国，春来发几枝。愿君多采撷，此物最相思。"有时他又将这种情感想象成抽象的春色，"惟有相思似春色，江南江北送君归"（《送沈子福归江东》）。高启则将抽象的"春色"改为具体的"芳草"："安得身如芳草多，相随千里车前绿。"

音乐语汇也是抽象的。如何将抽象的音乐语汇变成具体可感的形象，诗人们也各自调动想象力。清人方扶南将白居易的《琵琶行》、李贺的《李凭箜篌引》和韩愈的《听颖师弹琴》推许为"摹写声音至文"。《琵琶行》上面已多次提及，李贺的《李凭箜篌引》如下：

> 吴丝蜀桐张高秋，空山凝云颓不流。
> 江娥啼竹素女愁，李凭中国弹箜篌。
> 昆山玉碎凤凰叫，芙蓉泣露香兰笑。
> 十二门前融冷光，二十三弦动紫皇。
> 女娲炼石补天处，石破天惊逗秋雨。
> 梦入神山教神妪，老鱼跳波瘦蛟舞。
> 吴质不眠倚桂树，露脚斜飞湿寒兔。

诗人故意避开无形无色、难以捉摸的主体——箜篌声，而从客体听众的感受着笔。而这些客体又非真正的听众，而是展开想象，描述浮云、花朵、湘妃、霜娥、紫皇、蛟龙、吴刚等神怪、动植物听到箜篌声时的感受，以此来表现幽怨、高兴、兴奋、颓唐、缓慢、快捷等音乐语汇和节奏所造成的客观效果。当箜篌表现幽怨情调、节奏舒缓时，"江娥啼竹素女愁"、"芙蓉泣露"、吴质难眠；当箜篌表现愉悦、昂扬情调，呈现欢快跳跃节拍时，"老鱼跳波瘦蛟舞"、香兰欢笑、凤凰鸣叫；当乐曲急促而高亢时，则"昆山玉碎"、"石破天惊"。另外，乐声给听众的总体感受也是在想象中完成："吴丝蜀桐张高秋，空山凝云颓不流"，"十二门前融冷光，二十三弦动紫皇"。可以说，《李凭箜篌引》的成功完全是想象的胜利。韩愈的《听颖师弹琴》也是靠想象来完成，不过不像鬼才李长吉靠神仙鬼怪，而是世俗生活：

> 昵昵儿女语，恩怨相尔汝。
> 划然变轩昂，勇士赴敌场。
> 浮云柳絮无根蒂，天地阔远随飞扬。
> 喧啾百鸟群，忽见孤凤凰。
> 跻攀分寸不可上，失势一落千丈强。
> 嗟余有两耳，未省听丝篁。
> 自闻颖师弹，起坐在一旁。
> 推手遽止之，湿衣泪滂滂。
> 颖乎尔诚能，无以冰炭置我肠。

诗人把细碎缠绵的乐境想象成一对小儿女在那里唧唧咕咕、你恩我怨；将慷慨高亢之声，想象成壮士奔赴疆场。又用"浮云柳絮无根蒂，天地阔远随飞扬"表现乐曲给人的缥缈悠远的感受，再用"喧啾百鸟群，忽见孤凤凰"表现和声中突出的主旋律。至于上滑音和下滑音，诗人想象成"跻攀分寸不可上，失势一落千丈强"，均将抽象的不可捉摸的音乐语汇变得具体形象、可触可视。而且除了"凤凰"以外，所有的形象均是日常生活所见，更容易唤起读者的共鸣。苏轼曾仿此作《水调歌头》：

> 昵昵儿女语，灯火夜微明。恩怨尔汝来去，弹指泪和声。忽

变轩昂勇士，一鼓填然作气，千里不留行。回首暮云远，飞絮搅青冥。　　众禽里，真彩凤，独不鸣。跻攀寸步千险，一落百寻轻。烦子指间风雨，置我肠中冰炭，起坐不能平。推手从归去，无泪与君倾。

词前有一序，云："欧阳文忠公尝问余，'琴诗者何者最善？'答以退之听颖师琴诗。公曰：'此诗最奇丽，然非听琴，乃听琵琶也。'余深然之。建安章质夫家善琵琶者，乞为歌词。余久不作，特取退之词，稍加檃括，使就声律，以遗之云。"韩愈写的是听琴还是听琵琶，这段公案姑且不论，但苏轼认为此诗"最善"，确是事实。这首仿作的《水调歌头》等于是《听颖师弹琴》的注释和延续，想象力也更为丰富，如把韩诗的"昵昵儿女语，恩怨相尔汝"变成四句，"昵昵儿女语，灯火夜微明。恩怨尔汝来去，弹指泪和声"；将"划然变轩昂，勇士赴敌场"亦变成"忽发轩昂勇士，一鼓填然作气，千里不留行"都让诗作更细密，想象力更丰富。

唐代诗人通过想象，将无形的乐声化为具体可感的形象，这类出色的诗篇自然不止方扶南说的上述三首，像李颀的《听董大弹胡笳兼寄语房给事》、《听安万善吹觱篥歌》，元稹《琵琶歌》、李绅《悲善才》等也均很出色。

（二）使平凡的事物显得奇特

现实生活中一些平凡事物，如小人物的生活、寻常事件和物件，如果用写实的手法加以表现，固然可以小中见大、朴实可亲，就像发生在读者的身边一样。但是，有的作家却采用想象，让平凡的事物显得奇特，让小人物显得不一般，给读者留下更为深刻的印象。例如辛弃疾的这首《沁园春·灵山齐庵赋，时筑偃湖未成》：

> 叠嶂西驰，万马回旋，众山欲东。正惊湍直下，跳珠倒溅；小
> 桥横截，缺月初弓。老合投闲，天教多事，检校长身十万松。吾庐
> 小，在龙蛇影外，风雨声中。　　争先见面重重，看爽气朝来三数
> 峰。似谢家子弟，衣冠磊落，相如庭户，车骑雍容。我觉其间，雄
> 深雅健，如对文章太史公。新堤路，问偃湖何日，烟水蒙蒙。

宋光宗绍熙五年（1194），辛弃疾在福建提点刑狱任上被弹劾落
职，闲居于江西铅山，并由带湖移居瓢泉新居。这首词，就是描绘新
居一带的景色和自己的感受。退休之后的隐居生活，应当是单调又枯
燥的，穷乡僻壤的山岭松林、小桥溪水寻常又稀松。但在诗人惊人的
想象力下，却如此生气勃郁、矫健洒脱，从中看到诗人不甘寂寞的飒
爽英姿，也看到诗人投闲散置中的磊落不平之气。在诗人的眼中，周
围的青山成了向西奔驰后又折向东的万匹骏马，架在溪上的寻常小桥，
像一弯新月横截在跳珠倒溅的惊湍之上，何等奔放富有活力！至于自
己小小的庐舍，也伴随着龙蛇影、风雨声。诗人的隐居生活并不平静，
因为心潮在随着国事、战事而起伏难平！至于身边的松树就像一个个
长身将军，在接受我这个检校员外郎的管理。下阕的想象力更觉丰富：
一座座山峰被诗人想象成一个个衣冠磊落的谢家子弟，又像司马相如
雍容的车骑，那种雄深雅健的风格，就像是司马迁的文章一样。以高
山比人，如高山仰止，这是在诗词中常见的，辛弃疾则反其意而用之，
以人来比山，这种奇特的想象力，只有诗词大家方能为之。将肃穆深
沉的群峰实体想象成抽象的文章风格这就更加别致、奇特。诗人就是
这样通过想象，使落寞的退休生活，使偏僻的山峰溪水，变得如此奇

特别致，充满勃勃生机！

　　辛弃疾通过想象将平凡的乡居生活写得新奇而充满活力，黄庭坚的《题竹石牧牛》则通过想象将一幅画写得相当突兀新奇：

> 野次小峥嵘，幽篁相依绿。
>
> 阿童三尺箠，御此老觳觫。
>
> 石吾甚爱之，勿遣牛砺角。
>
> 牛砺角尚可，牛斗残我竹。

　　诗中咏歌的是苏轼和李公麟合作的一幅画，叫《竹石牧牛图》。画中描绘的是田园风光：一个牧童在放牛，旁边是一片竹林，竹林边还有一块石头作为点缀。应当说，画面宁静又富有情思，表达了画家的田园之趣和对大自然的爱好。但在黄庭坚的题画诗中，却变得突兀峥嵘，充满动态感和内在的角力，"阿童三尺箠，御此老觳觫"，牧童与老牛的相依相伴变成了制约与反制约关系；诗人对绘画的欣赏也变成了担心和进一步的忧虑：不要让牛在石头上砺角，因为"石吾甚爱之"，更不要在竹林中打斗，因为"牛斗残我竹"。其实，诗人这种担心完全多余，只能存在于想象之中，因为画面是静止的，不可能出现牛砺角和打斗的场面。这也是绘画和诗歌的主要区别："绘画不易于处理事物的运动、变化等情节；诗通过语言和声音，叙述那些持续时间的动作。"也就是说"画写定型，诗写变化"（莱辛《拉奥孔·画和诗的界限》）。黄庭坚是江西派代表作家，下语奇警，别具匠心，甚至用游戏笔法"打猛诨入，打猛诨出"来别开生面。这首《题竹石牧牛》就是这方面的代表之作。

　　中国古典诗人运用想象使平凡的事物显得奇特，这样的诗例还有很多。例如前面提到的李白《哭宣城纪叟》，纪叟是个普通的酿酒老人，老死也是人生的正常现象。但在这首诗中，李白想象纪叟在九泉之下仍操旧业，"纪叟黄泉里，亦应酿老春"。但是，李白未死未到黄泉，你酿的酒卖给谁呢？好像没有李白，天下就没有喝酒之人，更无懂酒之人了！通过这种想象和夸张，一个自我扩张又极端自负的酒徒形象呼之欲出。他的《敬亭山》也是如此。说自己看敬亭山看不厌，也还可以理解，天下爱山水者也不仅仅只有李白。但是，想象中认为敬亭山也"不厌"李白，而且是"相看两不厌，唯有敬亭山"，这就只有李白了。李白在世俗社会中不断受到排挤、打击和误解，以至"世人皆欲杀"，唯有敬亭山对他"不厌"，诗人的孤独、寂寞只有在大自然的怀抱中才能得到慰藉，这一主题通过想象显豁地表露了出来。另外，像王安石在钟山隐居时写的多首著名七绝，岑参边塞诗之所以众口传诵，与其中想象力的丰富关系极大！

（三）虚构一个现实生活中并不存在但却是作家极力追寻的世界，或诗人希望得到的结果

现实生活中，由于自身能力的限制，或者由于社会的黑暗，诗人的许多人生理想无法实现，有时会因此陷入痛苦和迷茫之中。但想象可以帮助诗人实现在现实生活中无法实现的理想，追寻现实生活中并不存在的世界，帮助诗人摆脱痛苦和束缚，在理想的天空中展翅翱翔。如陶渊明的《桃花源诗》：

> 嬴氏乱天纪，贤者避其世。
> 黄绮之商山，伊人亦云逝。
> 往迹浸复湮，来径遂芜废。
> 相命肆农耕，日入从所憩。

桑竹垂余阴，菽稷随时艺。

春蚕收长丝，秋熟靡王税。

荒路不交通，鸡犬互鸣吠。

俎豆犹古法，衣裳无新制。

童孺纵行歌，斑白欢游诣。

草荣识节和，木衰知风厉。

虽无纪历志，四时自成岁。

怡然有余乐，于何劳智慧。

奇踪隐五百，一朝敞神界。

淳薄既异源，旋复还幽蔽。

借问游方士，焉测尘嚣外？

愿言蹑轻风，高举寻吾契。

　　东晋后期政治腐败，豪强大族恣意抢占农民的土地，并将失去土地的农民收编为部曲、佃客和奴婢。太元元年（376），东晋废除度田收租制度，改为按人口收租。而且无论有无土地，也不论土地多少，一律每口收税米三斛，太元八年又增至五斛。不堪赋役重负的农民只得成批向南方逃亡，或者啸聚山林反抗暴政。陶渊明作为中国第一个生活在农村并亲身参加劳动的田园诗人，他深深体会到农民所遭受的苦难，并努力为他们寻求出路。但现实世界无路可寻，只能幻想一个理想世界，这就是桃花源。这里与世隔绝："往迹浸复湮，来径遂芜废。"人们日出而作，日落而息，过着鸡犬之声相闻，民老死不相往来的"小国寡民"的生活："相命肆农耕，日入从所憩"，"荒路不交通，鸡犬互鸣吠"。更重要的是这里没有田租赋税，收获自己享受，因而人人安乐愉快："春蚕收长丝，秋熟靡王税"，"童孺纵行歌，斑白欢游诣"。这种想象中的理想世界，既反映了诗人对民生的关怀，也是千百年来政治家对平等自由的追求。李贺的《金铜仙人辞汉歌》也是借助想象来表达自己的去国之悲。据朱自清的《李贺年谱》，此诗大约写于唐宪宗元和八年（813）。李贺此时因病辞去奉礼郎职务，从长安返回洛阳。诗人"百感交集，故作非非之想，寄其悲于金铜仙人耳"（王琦《李长吉歌诗汇解》）。根据《魏志》记载，魏明帝虽有将铜人送往洛阳的打算，但实际上并未成行。为了表达自己的"宗子去国之悲"，诗人不但让未成行之事在想象中完成，而且极力想象金铜仙人离开长安故国的悲伤和难舍："魏官牵车指千里，东关酸风射眸子。空将汉月出宫门，忆君清泪如铅水。"为了突出金铜仙人的悲伤和哀怨，诗人还想象出周围凄清荒凉的环境，用以烘托和陪衬："衰兰送客咸阳道，天若有情天亦老。携盘独出月荒凉，渭城已远波声小。"此诗是李贺的代表作之一，它之所以获得巨大成功，除了遣词造句奇峭而又妥帖，语言参差错落而又整饬绵密外，其设想奇特又深沉感人，形象鲜明又变幻多姿更是主要原因。

　　想象不仅能虚构一个现实生活中并不存在却是作家极力追寻的世界，表达诗人的政治诉求，也能在生活琐事上反映作者的想法与追求。如柳永的《八声甘州》，在抒发一个游子对故乡思念的同时，也想象妻子在家乡思念自己，"想佳人，妆楼颙望，误几回，天际识归舟"；欧阳修在《踏莎行》中表达类似的情感也采用了类似的手法，"寸寸柔肠，盈盈粉泪。楼高莫近危栏倚。平芜尽处是春山，行人更在春山外"。杜甫在离别中想象有一天能与妻子相聚："何日倚虚幌，双照泪栏杆"；李商隐在异乡雨夜想象有那么一天，能同妻子一同回忆起今天这个难忘的夜晚，"何当共剪西窗烛，却话巴山夜雨时"。这些诗作之所以引人入胜皆是如此。

二、想象的分类

按常规分法，想象可以分为两大类：一类是单纯想象，一类是组合想象。所谓单纯想象就是再现储存在大脑中的各种记忆；所谓组合想象，就是把记忆中的印象重新组合，创造出一种新的形象。它可以从一个事物联想到另一个事物，也可以从一个事物开始，联想出一连串事物，并以此延伸开去。一般说来，回忆、追忆属于单纯想象，幻想、神游、梦境、联想属于组合想象。下面按其两大类进行更为具体的划分。

（一）追忆

属于单纯想象，在创作方法上属于再现。人的大脑平日将作用于我们感观中的各种事物保存起来，形成记忆。作家创作时将它再现出来，这就是追忆。如李商隐《锦瑟》的结尾："此情可待成追忆，只是当时已惘然。"那么，他在这首诗中追忆的是什么呢？诗人采用的是含蓄隐约的借喻：庄子的蝴蝶梦，杜鹃的春日啼血鸣，海底珍珠蚌的眼泪，蓝田玉的袅袅青烟。这些借喻让历代诗论家颇费猜测，众说纷纭。但是有一点是肯定的，是诗人对当年岁月和往事的追忆。因为诗人明确道出这是"一弦一柱思华年"，明确指出是对昔日情怀的追忆。至于为何以"锦瑟"命题，为何采用种种借喻，正如宋人贺铸的"锦瑟年华谁与共"，元人元好问的"佳人锦瑟凭年华"一样，"锦瑟"不过是诗人情丝所系，"赌书赢得泼茶香，当时只道是平常"，鬓已星星的诗人睹物生情，于是，少年往事如浮云过月，伤感、悲叹、无奈、迷离之情纷纷涌上心头。"沧海月明珠有泪"，月满珠圆，月亏珠缺，且满且圆，且亏且缺，如梦如幻；"蓝田日暖玉生烟"，无论是蓝田日暖还是良玉生烟，都是过眼烟云，繁华一瞬而已，给自己晚年留下的只是庄子的梦醒时分，只是杜鹃的啼血之时。至于尾联"此情可待成追忆，只是当时已惘然"，正如高步瀛所言"如上所述，皆失意之事，故不待今日追忆，惘然自失，即使当时亦如此也"。说明诗人当时已惘然若失，更何况失去之后今日的追忆呢？大有更上层楼，愁添一重之感。尾联看似平常，却道出作者深意，更把全诗的主题投放到更深一层的失落、迷惘和凄伤之中！

如果说李商隐的《锦瑟》是用比体将往昔岁月追忆，那么，周邦彦的《兰陵王·柳》则是用赋体直书昔日的情事，而且三度转换时空，将这段情事追忆得深情绵邈、婉转凄恻：

> 柳阴直，烟里丝丝弄碧。隋堤上、曾见几番，拂水飘绵送行色。登临望故国，谁识京华倦客？长亭路，年去岁来，应折柔条过千尺。　闲寻旧踪迹，又酒趁哀弦，灯照离席。梨花榆火催寒食。愁一箭风快，半篙波暖，回头迢递便数驿，望人在天北。　凄恻，恨堆积！渐别浦萦回，津堠岑寂，斜阳冉冉春无极。念月榭携手，露桥闻笛。沉思前事，似梦里，泪暗滴。

这首词是周邦彦词的代表作之一，历来脍炙人口，宋人《樵隐笔录》云："绍兴初，都下盛行周清真咏柳《兰陵王慢》，西楼南瓦皆歌之，谓之渭城三叠。"足见此词在当时就广为流传。此词题为咏柳，实则是托物起兴，借咏柳以抒别情。

我们知道，在词的发展史上，柳永的功绩很大。其原因之一就是柳永善于铺叙，丰富了词的表现手段。周邦彦作为柳永婉约词的继承者，在慢词制作上更是善于铺叙。柳词一般两度转换时空，或是今日离别到别后玄想，如《雨霖铃·寒蝉凄切》；或是今日离别到他日相聚，如《八声甘州·对潇潇暮雨洒江天》。周邦彦则将两番转换时空拓展为三番转换。这首《兰陵王·柳》即由今日相别转忆昔日相聚，再回到今日相别，然后又设想别后相思。铺叙之中更觉委婉，更觉缠绵，其中"闲寻旧踪迹"和"又酒趁哀弦，灯照离席"点明这已不是首次送别，其中已暗含对昔日的追忆，这与第三片中的"念月榭携手，露桥闻笛"构成时空的两度转换，只不过后者是明写，这里只是暗示。可以说既是追忆之景又是眼前实况，是以追忆之景来凸显眼前的送别之景。第三片中的"念月榭携手，露桥闻笛"两句用"念"字领起，时空又作转换，由今日相别转忆昔日相聚，其中暗用杜牧"二十四桥明月夜，玉人何处教吹箫"的诗意，这也是周邦彦词典雅于柳永之处，结句"沉思前事，似梦里，泪暗滴"再来番时空转换——由昔日再回到眼前。清真词善于铺叙，数度转换时空的特点于此尽显。

王国维曾将周邦彦比作词中老杜。我们从这首词中确实可以感觉到周词的沉郁顿挫。全词结构严整，笔法多变，虚实交替，萦回反复，在层层铺叙中曲折尽情，含蓄而又深沉。两番追忆在结构上起了支撑作用。

李清照南渡以后的作品几乎都采用今昔对比的手法，抒写自己遭遇国破、家亡、夫死、己病的深哀剧痛。而写昔日，又皆采用追忆的手法，如《永遇乐·落日熔金》中对中州盛日的追忆，"中州盛日，闺门多暇，记得偏重三五。铺翠冠儿，捻金雪柳，簇带争济楚"，以此与今日的"如今憔悴，风鬟雾鬓，怕见夜间出去。不如向、帘儿底下，听人笑语"构成强烈对比，来表现国家和自身所遭受的苦难和今昔巨变。《声声慢·寻寻觅觅》中，用"寻寻觅觅"来追寻逝去的好时光，用"雁过也，正伤心，却是旧时相识"勾起回忆，与今日"冷冷清清、凄凄惨惨戚戚"构成强烈的对比；《武陵春·风住尘香花已尽》用"物是人非事事休，欲语泪先流"点破追忆往事后的心情，交代不愿春日双溪泛舟的缘由；《蝶恋花·上巳招亲族》通过梦幻中的追忆来挑明今日的强颜欢笑之由，"永夜恹恹欢意少，空梦长安，认取长安道"。

另外，像崔护的《过故人庄》，欧阳修的《生查子·去年元夜时》，苏轼的《少年游·去年相送》等情词，也是追忆昔日相会，反衬今日别离，也都是单纯想象。

（二）幻想（组合想象：神游、梦境）

幻想属于组合想象。实际生活中作者并无此经历，因此在诗词中并不是这种生活印象的复制和再现，而是通过将各种信息渠道（书本、道听途说、英特网、绘画、电影、电视、戏剧等）中获得的印象、知识，加以改造组合，创造出一种或一组在实际生活中并未出现或者根本无法出现的新的形象，以此来表达自己的主观情感和愿望。它包括神游、梦幻、奇想等方式。

奇想方式如白居易的《新制布裘》和杜甫的《茅屋为秋风所破歌》：

> 桂布白似雪，吴绵软于云。
>
> 布重绵且厚，为裘有余温。
>
> 朝拥坐至暮，夜覆眠达晨。
>
> 谁知严冬月，支体暖如春。
>
> 中夕忽有念，抚裘起逡巡。
>
> 丈夫贵兼济，岂独善一身。
>
> 安得万里裘，盖裹周四垠。
>
> 稳暖皆如我，天下无寒人。
>
> ——《新制布裘》

八月秋高风怒号，卷我屋上三重茅。

茅飞渡江洒江郊，高者挂罥长林梢，

下者飘转沉塘坳。南村群童欺我老无力，

忍能对面为盗贼。公然抱茅入竹去，

唇焦口燥呼不得，归来倚杖自叹息。

俄顷风定云墨色，秋天漠漠向昏黑。

布衾多年冷似铁，娇儿恶卧踏里裂。

床头屋漏无干处，雨脚如麻未断绝。

自经丧乱少睡眠，长夜沾湿何由彻。

安得广厦千万间，大庇天下寒士俱欢颜，

风雨不动安如山！呜呼！

何时眼前突兀见此屋，吾庐独破受冻死亦足！

——《茅屋为秋风所破歌》

　　白居易和杜甫都是忧国忧民的伟大诗人。白居易用桂布和吴绵做了一件"绵且厚"的棉袄，穿上身后，即使"严冬月"，也"支体暖如春"。但诗人并未满足于个人的温暖，他想到天下缺衣少食的穷人，于是产生奇想，"安得万里裘，盖裹周四垠。稳暖皆如我，天下无寒人"。杜甫东借西告，在朋友的帮助下，好不容易在成都西郊浣花溪旁盖了几间茅屋，长期奔波劳顿的诗人终于有了个栖息之所。我们从《堂成》、《江村》、《水槛遣心》等诗篇中可知这几间茅屋给诗人的心灵带来多大的安慰！但是在秋日的狂风下，屋顶被掀翻，更可恶的是，翻飞的茅草又被邻村的孩子捡走，连风定后修补的机会也失去了。狂风之后便是淅沥的秋雨，诗人在诗中痛苦地诉说在"床头屋漏无干处，雨脚如麻未断绝"中彻夜难眠的感受！但就在此刻，诗人想到的不是自己，而是天下的寒士："安得广厦千万间，大庇天下寒士俱欢颜，风雨不动安如山！呜呼！何时眼前突兀见此屋，吾庐独破受冻死亦足！"

这两首诗有许多共同之处：从内容上说，皆表现了诗人不为己忧而为天下苍生念的宽广胸怀；从手法上讲，都在诗的结尾采用奇想来表达主题和愿望，而且这种愿望在现实生活中都是不可能实现的。但是两诗也有不同之处，前人评论说白居易是在自己温暖之际想到天下寒人，这是"推己及人"；杜甫是在自己屋漏无干处之际，希望出现"大庇天下寒士俱欢颜"的广厦千万间，宁可"吾庐独破受冻死亦足"，这是"舍己为人"，境界上仍有高下。

中国古典诗词中，这类奇想还很多，如："人疑天上坐，鱼似镜中悬"（沈佺期《钓竿篇》）；"忽如一夜春风来，千树万树梨花开"（岑参《白雪歌送武判官归京》）；"且就洞庭赊月色，将船买酒白云边"（李白《陪族叔刑部侍郎晔及中书贾舍人至游洞庭湖》）；"飘飘何所似，天地一沙鸥"（杜甫《旅夜书怀》）；"女娲只解补青天，不解煎胶粘日月"（司空图《杂言》）；"遥望洞庭山水翠，白银盘内一青螺"（刘禹锡《望洞庭》）；"蜡烛有心还惜别，替人垂泪到天明"（杜牧《赠别》）；"如何得与凉风约，不共沙尘一并来"（陈与义《中牟道中》）；"肝心独不化，凝结变金铁。铸为上方剑，衅以佞臣血"、"三尺灿星辰，万里静妖孽"（陆游《书志》）等。

神游类如前面提到的李白《古风》（十九）用游仙体，前十句幻想自己在华山莲花峰上遇到明星仙女，"素手把芙蓉，虚步蹑太清"，又遇到神仙卫叔卿，一道"驾鸿凌紫冥"极尽神游之乐。后四句以"俯视"为转捩点，对安史叛军的残暴和人民的苦难，表示愤慨和关切。显示了他貌虽放旷，根本上却是与祖国、与人民休戚与共的。我国游仙诗的起源可追溯到秦博士的《仙真人诗》，汉乐府中也有不少这类作品。但游仙诗最早的代表作则是郭璞的《游仙诗》十四首。其中有的是想象神仙住所和生活情态，如第三首：

> 翡翠戏兰苕，容色更相鲜。
> 绿萝结高林，蒙笼盖一山。
> 冥寂士中有，静啸抚清弦。
> 放情凌霄外，嚼蘂挹飞泉。
> 赤松临上游，驾鸿乘紫烟。
> 左挹浮丘袖，右拍洪崖肩。
> 借问蜉蝣辈，宁知龟鹤年。

有的则是借游仙来表达对现实的不满和反抗，如第五首：

> 逸翮思拂霄，迅足羡远游。
> 清源无增澜，安得运吞舟。
> 珪璋虽特达，明月难闇投。
> 潜颖怨清阳，陵苕哀素秋。
> 悲来恻丹心，零泪缘缨流。

前四句是说自己打算干出一番大事业，但是生不逢时、有才难用，自己的梦想难以实现，这是中国大多数文人都会遇到的情况。中间两句用自己的品德高尚、不肯同流合污，来解释自己力图超越却不能成功的原因。最后四句又是一段凄苦的描写。诗中提到的潜颖和陵苕都是美女，她们被选进宫后，遭受冷遇，默默地走完了自己的一生，到了人老珠黄时只有自己暗暗悲哀。诗人以此借喻自己在现实中的处境。

有的则兼有歌咏隐逸和企求登仙两类内容，如第二首：

青溪千余仞，中有一道士。

云生梁栋间，风出窗户里。

借问此何谁，云是鬼谷子。

翘迹企颍阳，临河思洗耳。

阊阖西南来，潜波涣鳞起。

灵妃顾我笑，粲然启玉齿。

蹇修时不存，要之将谁使？

　　这首诗是作者游历青溪山时所作，诗中先后歌咏了鬼谷子、许由、灵妃这三位历史上著名的隐士、贤人和女神，抒发了自己隐遁高蹈、企慕神仙的情怀以及求仙无缘的苦恼。

　　梦幻类如陆游晚年的一些诗作。陆游一生志在收复中原，"一身报国有万死"，但在主和派执政的环境下，这一愿望始终不能实现：年轻时参加科举考试，虽在礼部复试中名列前茅，但因"喜论恢复"被秦桧黜落；符离北伐失败后，身为隆兴府通判的陆游又被以"结交台谏、鼓唱是非，力说张浚用兵"的罪名罢职；乾道八年（1172），陆游被四川宣抚使王炎聘为幕下干办公事兼检法官，亲临南郑前线，戍守在大散关关头，度过了8个多月对诗人来说最珍贵也最如愿的抗战时光，但随着王炎被调回朝廷，幕府被撤散，陆游收复中原的愿望又成为泡影！此后，诗人虽做过短暂的地方官吏，但不久便被以"擅自开仓"或"嘲咏风月"的罪名罢职。从此，诗人在故乡赋闲十多年，直到85岁去世。值得注意的是，诗人身在江湖，心存魏阙，人僵卧荒村，心却驰骋中原，报国之志、杀敌之心一如既往，我们从他临终前写的《示儿》即可知其"北定中原"的愿望从未泯灭。既然在现实生活中不能实现，便形诸梦寐。陆游晚年的记梦诗达90多首，绝大多数是抒发报国之志，实现现实生活中没有实现的愿望。在《五月十一日夜且半，梦从大驾亲征，尽复汉唐故地》这首记梦诗中，诗人幻想不但淮河以北被金人占领的大片土地被收复，连唐玄宗天宝年间被胡人占领的安西、北庭都护府也恢复建立，甚至连胡地的风俗也改成京都模样："冈峦极目汉山川，文书初用淳熙年。驾前六军错锦绣，秋风鼓角声满天。苜蓿峰前尽亭障，平安火在交河上。凉州女儿满高楼，梳头已学京都样。"在这些记梦诗中，诗人或是重温他当年在南郑前线的战斗生活，"山中有异梦，重铠奋雕戈。敷水西通渭，潼关北控河"（《异梦》）；或叙写他年迈体弱"僵卧孤村"，仍心系"铁马冰河"的不已壮心（《十一月四日风雨大作》）；或是抒发"三更抚枕忽大叫，梦中夺得松亭关"的现实生活中所没有的惊喜（《楼上醉书》）；或是实现"尽复汉唐故地"的理想（《五月十一日夜且半，梦从大驾亲征，尽复汉唐故地》）；或是抒发他老来"风雨满山窗未晓，只将残梦伴残灯"（《残梦》）难酬壮志的愤懑。这类记梦诗从不同侧面表现了陆游诗作"收复失地"这一基本的爱国主题。这方面的力作尚有《九月十六日夜梦驻军河外，遣使招降搜城，觉而有作》、《十月二十六日夜梦行南郑道中，既觉恍然揽笔作此诗，时且五鼓矣》、《丙午十月十三夜梦过一大冢，旁人为余言此荆轲墓也，按地志荆轲墓盖在关中，感叹赋诗》等。特别是这首《夜游宫·记梦寄师伯浑》词：

> 雪晓清笳乱起，梦游处、不知何地！铁骑无声望似水，想关河，雁门西、青海际。　睡觉寒灯里，漏声断，月斜窗纸。自许封侯在万里，有谁知，鬓虽残、心未死。

上片写的是梦境。一开头就渲染了一幅有声有色的关塞风光画面，雪晓、清笳、铁骑等特定的北方战事风物，放在秋声中乱起的胡笳声、如水奔涌的遍地铁骑奔驰的动态中去摹写，显得苍劲而又壮阔。下片写梦醒后的感想。一灯荧荧，斜月在窗，漏声滴断，周围一片死寂。现实又是何等的萧索和清冷。它不但与上阕的波澜壮阔形成强烈的对比，也反衬出作者的报国雄心和自许封侯万里之外的信心是何等执着。结尾的"有谁知"三字，表现了作者对朝廷排斥爱国者的行径的愤怒谴责。梦境和实感，上下片呵成一气，境界壮阔又苍凉！

（三）联想

是一种由此及彼的想象方式，也属于组合想象。它可以从一个事物想到另一个事物，还可以从一个事物开始，联想出一系列事物，并以此延伸开去。如王昌龄的《出塞》：

> 秦时明月汉时关，万里长征人未还。
>
> 但使龙城飞将在，不教胡马度阴山。

王昌龄诗词以七绝最为擅长。明代王世贞论盛唐七绝，认为只有他可以与李白争胜，列为"神品"。究其原因，一是刚健清新"饶有风骨"；二是"绪密而思清"，很善于安排结构，特别是第三句富有时空跨度，跳跃性很大。如《芙蓉楼送辛渐》，前两句写送别地点、时间和气候，"寒雨连江夜入吴，平明送客楚山孤"，但第三句突然来个时空跳跃，由镇江芙蓉楼跳到洛阳，时间也由今日清晨跳到辛渐回洛阳之后，"洛阳亲友如相问，一片冰心在玉壶"。这个跳跃，在很大程度上是通过联想实现的。这首被沈德潜评为"唐人压卷之作"的《出塞》亦是如此。

诗的前两句"秦时明月汉时关，万里长征人未还"就是采用联想手法，从眼前的关塞联想到数百年前的秦关汉月，概括了千年以来边境不宁、战氛难靖、万里戍边、代代依然的历史。联想在此起到两个作用：一是借以起兴。秦汉以来就设关备胡，所以后人在边塞看到明月临关，自然会想起秦汉以来无数征人战死疆场，那秦关汉月就是历史的见证。二是借以形成历史的纵深感和画面的广阔感。

第三句"但使龙城飞将在"是一个大幅度的时空跳跃，从眼前的胡乱频仍、烽火不息、战士不得生还，联想到汉代的飞将军李广。据《史记·李将军列传》记载，李广不但英勇善战，敌人闻风丧胆，称之为"飞将军"，而且体恤士卒，宽缓不苛，"每至绝乏处，士卒不食，广不食；士卒不饮，广不饮。故士卒乐为用"。诗人通过对这位历史名将的企盼和咏歌，来表达他盼望出现英勇善战又体恤士卒的边帅，从而实现安定边防、生还士卒的爱国爱民之愿。它与前两句一怀古，一叹今，一起兴，一本旨，构成和谐的整体，既有深广的历史内涵，又有深刻的现实针砭，确是盛唐边塞诗中不可多得的名篇！同样通过联想成为唐诗名篇的还有崔颢的《黄鹤楼》：

> 昔人已乘黄鹤去，此地空余黄鹤楼。
> 黄鹤一去不复返，白云千载空悠悠。
> 晴川历历汉阳树，芳草萋萋鹦鹉洲。
> 日暮乡关何处是，烟波江上使人愁。

这首诗被宋代诗论家严羽推崇为"唐人七言律诗第一"（《沧浪诗话》）。据说李白也为此诗折服，他在黄鹤楼前曾慨叹说："眼前有景道不得，崔颢题诗在上头。"这个传说是否可靠，我们不得而知，但从李白写的《登金陵凤凰台》和《鹦鹉洲》等诗作来看，他受崔颢此诗的影响确实是相当之大。

此诗确实写得很美：渺渺的黄鹤、悠悠的白云是那么寥廓和旷远，历历丛树、萋萋芳草又那么清晰和现实。诗中有怀古有伤今，但并不颓唐衰败，写日暮、写乡愁也不过于伤感。在这首诗中，古与今、远与近、深沉与感奋、短暂与永恒，现实景物与千秋浩叹都统一到了登临所思这个和谐的画面之中，显得那么超迈豪壮又那么低回深沉！而这个成就的取得，亦与联想有很大关系：诗的首句就是怀古，由眼前的黄鹤楼联想到昔日乘黄鹤而去的仙人费文袆，然后用"黄鹤一去不复返，白云千载空悠悠"来构成今昔对比，反衬今日的落寞空旷；后四句则是从眼前之景出发，对山川人物发出慨叹并糅进自己的乡愁。全诗围绕着黄鹤楼，通过联想将古与今、眼前之景和怀乡之情紧紧挽合在一起，自然流走，传达出一个浑融的诗境。

　　中国古典诗词中，通过联想将自己或友人的困顿遭遇与前贤的遭遇挽合在一起，以证明世道之不公、社会之黑暗，起到揭露抨击现实或自我安慰的作用，这是古典诗人的常用之法。元代散曲家张养浩在《双调·沉醉东风·隐居叹》中，用古人屈原、班超、陆机、李斯、张柬之、苏轼的种种忠而见谤的悲惨下场，作为自己功名意懒、隐居避世的主要理由。李白在《答王二十二寒夜独酌有怀》中联想更为丰富：在感慨"骅骝拳跼不能食，蹇驴得志鸣春风"愚贤颠倒时，诗人即联想到今日得幸的斗鸡小儿和以屠城邀功的哥舒翰，被害的英风豪杰北海太守李邕和宰相裴敦复，古代的奸佞小人董龙，不愿为晋君弹琴的师旷，被楚人误解的怀抱奇璞的卞和，遭受谗言让老母受惊的曾参，一生不得志的孔子，羞于与世俗为伍的韩信和祢衡等十多个历史和现实中的人物。辛弃疾在《摸鱼儿·更能消几番风雨》中为了抒发不被君主理解的幽怨情怀，联想到被打入冷宫、虽献《长门赋》仍得不到汉武帝理解的陈皇后，联想到得宠持妒飞扬跋扈的杨玉环。据说孝宗"见此词颇不悦"。也就是说，他的联想深深刺痛了执政者。

（四）代拟

在中国古典诗词中，这种方法又称"代……"或"拟……"，如鲍照《代贫贱苦愁行》、《拟行路难》等，有时合称"代拟"。所谓"代拟"即诗人把自己想象成另一种身份来叙事或抒情。如鲍照的《代白头吟》就是把自己设想成一位弃妇，描述她的处境、心理和哀怨。这种手法类似小说创作中第三人称写法，完全靠设想、想象去进行。中国古典诗词中的代拟法，最早始于屈原的《九歌》，其中的《山鬼》、《大司命》、《少司命》、《河伯》诸篇皆为代拟。到了六朝时代，文人着意模仿汉魏乐府，出现了大量的代拟之作。当时的代拟，有两种情形：一是体裁上的模仿，如《拟行路难》、《拟古》、《代孟冬寒气至》等；另一类则是以乐府旧题写新意，内容上的代拟，这就属于想象类的代拟法。这种方法，在萧纲、萧绎、庾肩吾、庾信父子手中，被大量运用于宫体，去设想代拟女人的心理和行为，如萧纲的《咏内人昼眠》，萧绎的《代燕歌行》，庾肩吾的《代征妇怨》、《妓人残妆词》、《佳人览镜》，庾信的《闺怨》、《舞媚娘》、《代人伤往二首》等。其中代拟体写得最出色的是鲍照。鲍照创作的代拟体不但成就最高，而且具有其他同时代诗人所不具备的广阔社会面，如《代贫贱愁苦行》：

> 湮没虽死悲，贫苦即生剧。长叹至天晓，愁苦穷日夕。
> 盛颜当少歇，鬓发先老白。亲友四面绝，朋知断三益。
> 空庭惭树萱，药饵愧过客。贫年忘日时，黯颜就人惜。
> 俄顷不相酬，恧怩面已赤。或以一金恨，便成百年隙。
> 心为千条计，事未见一获。运圮津涂塞，遂转死沟洫。
> 以此穷百年，不如还窀穸。

　　诗人从各方面描绘贫困者的艰难困苦，孤苦无助，并悬想代拟其痛苦的内心世界，"空庭惭树萱，药饵愧过客"，设想贫者无钱买药愧对父母的惨痛内心；"贫年忘日时，黯颜就人惜。俄顷不相酬，恶愤面已赤"，则设想贫者厚着脸皮向人借贷而不得的羞愧，"以此穷百年，不如还奄岁"是说与其这样活下去，还不如早早死了好。他的《代东武吟》也是以代拟的形式，写一个汉代老兵少壮从军、老暮归来，虽九死一生立下战功却得不到封赏，晚景凄凉而困苦，也是抨击社会的不公和执政的昏庸：

> 少壮辞家去，穷老还入门。
> 腰镰刈葵藿，倚杖牧鸡豚。
> 昔如鞲上鹰，今似槛中猿。
> 徒结千载恨，空负百年怨。
> 弃席思君幄，疲马恋君轩。
> 愿垂晋主惠，不愧田子魂。

　　唐以后的诗词中，出现大量的《闺怨》、《春怨》、《春词》、《宫词》，表现手法上也都是代拟，如王昌龄的《闺怨》："闺中少妇不知愁，春日凝妆上翠楼。忽见陌头杨柳色，悔教夫婿觅封侯。"李益的《江南曲》："嫁得瞿塘贾，朝朝误妾期。早知潮有信，嫁与弄潮儿。"刘禹锡的《春词》："新妆宜面下朱楼，深锁春光一院愁。行至中庭数花朵，蜻蜓飞上玉搔头。"其中杜牧的《七夕》更为出色：

> 银烛秋光冷画屏，轻罗小扇扑流萤。
> 天阶夜色凉如水，卧看牵牛织女星。

表面上的欢愉掩饰不住内心的寂寞，看似无忧无虑的嬉戏难以遮盖心中无法言说的凄凉。诗人通过动态的情景来刻画主人公面对青春悄然消逝的那种无所依傍的无奈与惶恐，不着一字忧怨却尽得无限风流。

王建的《宫词》一百首更是集代拟之大成。其中的前二十首对帝王生活作了多角度与多侧面的展示，后八十首宫词着眼于宫廷妇女的集体形象，重点表现其骑射歌舞、温室养殖、酥油点花、弈棋刺绣、值班看园、孤眠幽闭等生活情态，将其生活百态与幽微隐秘的内心世界予以全景式的测度与展现，如第九十一："树头树底觅残红，一片西飞一片东。自是桃花贪结子，错教人恨五更风。"第八十三："教遍宫娥唱遍词，暗中头白没人知。楼中日日歌声好，不问从初学阿谁。"将宫女的孤独、懊恼，年长色衰后的无人过问，表现得如见其人，如闻其声，虽然多数作品主旨并非讽刺，但在维护宫禁尊严者看来却是太大胆了。当时宦官王守澄就企图以《宫词》为口实弹劾他，由于他的机智才得幸免于祸（详见范摅《云溪友议》）。欧阳修就很强调它的认识价值，认为《宫词》可补史传之不足（《六一诗话》）。同样是代拟体，王昌龄的宫怨诗在诗歌史上也颇有影响。它与王建的宫词虽都以宫女妃嫔为表现对象，但在处理她们的情感心理上却有显著的区别：王昌龄突出表现的是宫女之"幽怨"，而王建突出表现的则是宫女之"嬉戏"。我们只要比较一下就可看出两者的明显不同。王昌龄的《长信怨》："奉帚平明金殿开，且将团扇共徘徊。玉颜不及寒鸦色，犹带昭阳日影来。"王建的《宫词》第二十五："竞渡船头掉彩旗，两边溅水湿罗衣。池东争向池西岸，先到先书上字归。"形成这一差异的主要原因是：两人创作的材料来源有别，题材性质各异，仕宦经历不同，表现手法互异以及盛唐、中唐社会风气和审美风尚的悬殊。

诗言志，词言情。作为擅长表现内心情感的狭深文体，词人更喜用代拟手法来表现思妇孤独愁苦的内心世界，或是自己的思亲怀乡和冶游之情。在这方面，花间词开启先河，温庭筠又是代表人物，下面对他的几首词略加分析：

> 玉炉香，红蜡泪，偏照画堂秋思。眉翠薄，鬓云残，夜长衾枕寒。　　梧桐树，三更雨，不道离情正苦。一叶叶，一声声，空阶滴到明。
>
> ——《更漏子》其六

词人通过想象，极力摹写一位思妇在秋雨淅沥的深夜，伤离恨别彻夜无眠的情景和思绪。为了突出其哀苦之情，词人调动了室内的玉炉香烟、红烛蜡泪、孤衾寒枕，室外的梧桐树、三更雨，通过这些衰瑟凄清的景物来渲染和烘托，更让人感到"离情正苦"。这是用哀景烘托哀情，词人有时有用乐景来反衬哀情，如这首《诉衷情》：

> 莺语花舞春昼午，雨霏微。金带枕，宫锦，凤凰帷。柳弱蝶交飞，依依。辽阳音信稀，梦中归。

室外是花飞莺语，蝴蝶在柳丛中双双翻飞，细雨蒙蒙，一派大好春光。室内的思妇却是放下帷帏，靠在枕上，长卧不起。为何要辜负大好春光，词人最后才交代："辽阳音信稀，梦中归。"从军的丈夫不但未归，连书信也没有。因此要想见面，只能在梦中，这就是她长卧不起的原因。其实，词人通过"柳弱蝶交飞"已给了暗示：蝴蝶双双穿柳绕花，自己却孤眠独宿，这恐怕也是她不愿去室外赏春的原因。温庭筠善于通过景物描绘来进行这种暗示，如前面曾提及的那首著名的《菩萨蛮》结尾，"新贴绣罗襦，双双金鹧鸪"，亦是如此。

　　情感和想象是诗歌构成的内外两大要素，其作用就像艾青所言：情感是诗歌面颊上的红晕，没有情感，诗歌就会显得苍白无力；想象是诗歌的翅膀，没有想象，诗歌就无法在理想的天空中飞翔。作为情感，要发自内心，有真情实感，不能无病呻吟，"为赋新词强说愁"。作为想象，则可以有多种表达方式，诸如上述的回忆、追忆、神秘、梦境、幻想、联想、代拟等。尤其是代拟，六朝以后成为女性书写的一种主要方式，后又演变成小说的第一人称写法，受到现当代文论学者的高度关注。

中国古典诗词中的显隐

中国古典诗词中的显隐，实际上指的是两种截然不同的文学风格和表现手法。所谓"隐"即隐晦曲折，指的是含蓄隐曲的风格和表现手法；所谓"显"，即显豁，指的是率直浅切的文学风格和表现手法。一般说来，中国的古典文论称誉含蓄手法者多，但也有许多作家刻意追求直白显豁的风格，甚至形成一些文学集团和风格流派，如中唐时代的新乐府诗派，宋代苏舜钦和梅尧臣追求的苏梅体等。下面分别加以述论。

一、含蓄

含蓄即含而不露、隐晦曲折之意，与诗词创作中的浅平直露、一览无余、略无余蕴相反，它是中国古典诗词追求的一种美学境界。诗词的含蓄实际上包括两层内涵：一是题旨即内容上的含蓄，一些题旨，诗人不愿明言、不能明言或不敢明言，故意说得隐约含糊，让人捉摸不透，如李商隐的一些《无题》诗、阮籍的《咏怀》诗等；另一种是手法上的含蓄，诗人采用借代、暗示或印象等手法，造成言外之意、弦外之音，言已尽而意无穷，如钱起的《湘灵鼓瑟》的结尾"曲终人

不见，江上数峰青"，又如李贺《雁门太守行》采用的印象连缀方式
等，使读者从诗人有限的描述中获得无穷之意蕴。

（一）含蓄风格的形成和发展

含蓄的手法，早在先秦诗词中就有运用，如《诗经·蒹葭》，那种
"宛在水中央"的朦胧，"所谓伊人"的隐约，以及追求的具体内涵，
都带有相当的不确定性。《陈风·株林》以隐约朦胧的方式达到尖锐嘲
弄的目的，可以说是开了含蓄朦胧手法的先河。在先秦至六朝典籍中，
虽未具体提及"含蓄"一词，但已推许类似的手法，《文心雕龙》有
《隐秀》篇，认为"情在词外曰隐"，"隐也者，文外之重旨"，"隐以
复义为工"，这为含蓄理论的创立奠定了理论基础。最早提到"含蓄"
一词，似在唐代，如杜甫"舍西崖峭壮，雷雨蔚含蓄"（《课伐木》）；
韩愈"森沉固含蓄，本似储阴奸"（《题炭崖谷湫祠堂》）等，但这些
均是描摹物体的形态内涵，与这里说的诗词表现手段无关。"含蓄"成
为一种美学形态和诗学概念，大致起于中唐皎然的《诗式》，他在解
释"辨体有一十九字"时，在诗学领域第一次提到"含蓄"："思、气
多含蓄曰思。"晚唐的王睿在《炙毂子诗格》中将含蓄正式尊为一种
诗歌体式，称为"模写景象含蓄体"，并举例说："'一点孤灯人梦觉，
万重寒叶雨声多。'此二句摹写灯雨之景象，含蓄凄惨之情。"含蓄风
格也成为唐代诗人的一种创作追求，刘禹锡就深为"言不尽意"而苦
恼。他说："常恨语言浅，不如人意深。"（《视刀环歌》）对如何克服
"意不称物，文不逮意"的现象，他说："片言可以明百意，坐驰可以
役万景，工于诗者能之。""诗者，其文章之蕴耶！义得而言丧，故微
而难能；境生于象外，故精而寡和"（《董氏武陵集纪》）。也就是说意
境不在象内，诗人应该在诗歌中营造"象外之象"，这样才会"言有

尽而意无穷",这样的语言让人体会到了"言外之意",也就不会再浮浅。因为此时的诗歌已经能"片言可以明百意",以少总多、含蓄无穷了。晚唐司空图的含蓄理论可以说是"言外之意"说的集大成者。他在《二十四诗品》中不仅为"含蓄"专立一章,用各种比喻将"含蓄"风格形容得穷形尽相,并将"不着一字,尽得风流"、"浅深聚散,万取一收"作为"含蓄"手法的最高境界。严羽论诗很重"外"字,在《二十四诗品》中屡见"象外之象"、"景外之景"、"味外之旨"、"韵外之致"、"超以象外"这类提法。他认为,具体的"象"、"景"、"味"、"韵"是有限的,要获得无限的意蕴,我们就不能执着于具体的"象"、"景"、"味"、"韵",而要从中超脱出去。司空图可以说给了读者一个无限的联想空间,让读者在"象外"、"景外"、"味外"、"韵外"的更大的空间作无待的逍遥之游,以有"不尽之意见于言外"。读者在此不再是被动的接受者,而是在发挥着自己的创造性,"先入后出",而后"各以情自得"。作者在这里要做的就是"不着一字",就是发挥诗歌的暗示和启发作用,而不是替读者将字字说尽,对于要抒之情、要叙之事,尽量"不着一字"、"万取一收",让读者"超以象外"而得"言外之意"。

到了两宋,含蓄作为一个主要的批评标准被广泛地运用到文学批评中去。欧阳修在《六一诗话》中记载了梅尧臣的一段重要论述。梅尧臣说:"状难写之景,如在目前,含不尽之意,现于言外,然后至也……作者得于心,览者会以意,殆难指陈也……若温庭筠'鸡声茅店月,人迹板桥霜',贾岛'怪禽啼旷野,落日恐行人',则道路辛苦,羁旅愁思,岂不现于言外乎?"梅尧臣的话可说是对司空图的一种补充。司马光从主文谲谏与政治讽喻的委婉性的角度来诠释含蓄的内涵,评价艺术的含蓄美,他说:"古人为诗,贵于意在言外,使人思而得之，故言之者无罪，闻之者足以戒也。近世诗人，惟杜子美最得诗人之体。"（《温公续诗话》）司马光此论有双重影响：一则使两宋以后的含蓄论带有浓厚的儒家诗教色彩，二则是把杜诗推为"主文谲谏，意在言外"的典范。司马光之后，王玄《诗中旨格》、僧淳《诗评》、署名白居易的《金针诗格》，皆以此为宗，含蓄美已成为诗、文、绘画创作的一条基本准则，并推至艺术创作的最高追求之一，如北宋韩琦题画诗《观胡九龄员外画牛》："采撷诸家百余状，毫端古意多含蓄。"将古意深藏、含而不露作为对胡九龄绘画称赏的依据。苏轼更崇尚含蓄，在《书黄子思诗集后》一文中说："信乎表圣（'表圣'为司空图字。——引者）之言，美在咸酸之外，可以一唱而三叹也。"姜夔亦十分赞赏"语贵含蓄"，认为"句中无余字，篇中无长语，非善之善者也"。至南宋的严羽，他在《沧浪诗话》中把"言有尽而意无穷"这种含蓄之美推之极致，提出"得鱼而忘筌"、"得意而忘言"，"羚羊挂角，无迹可求"，并再次强调司空图提出的"含蓄"的最高境界："不着一字，尽得风流。"

　　降及明清，以含蓄评诗文更成为惯则。清代"神韵"领袖人物王士禛直承了司空图的含蓄说，他在《香祖笔记》中说："表圣论诗，有二十四品，予最喜'不着一字，尽得风流'八字。"他盛赞盛唐诗"蕴藉含蓄，意在言外"，认为"唐人五言绝句，往往入禅，有得意忘言之妙"。王夫之在《姜斋诗话》中也认为"诗无达志"，因而"'可以'云者，随所以而皆可也……作者用一致之思，读者各以情而自得"。他认为诗要"神寄影中"，所以须"脱形写影"。至于诗中有无寄寓，他认为诗歌的最高境界就是看起来似乎无所寄托，所谓"谓之有托佳，谓之无托尤佳。无托者，正可令人有托也"。他认为谢灵运诗就是"多取象外，不失环中"。明人胡翰认为诗歌创作的最高境界中就是以有限的语言表达无限的"言外之意"，唯有"象外"、"言外"才会"四表无穷"，再次申述了司空图的"超以象外"，"无字处皆有其意"和"不着一字，尽得风流"等含蓄理论。

（二）诗词含蓄风格的形成原因

1. 与儒家"委婉蕴藉"人文观和道家"知者不言"哲学思想有关

首先，它是儒家"委婉蕴藉"人际关系的体现。

周人尚礼，礼尚敬让。敬让则须下己推人，有谦卑之辞、恭维之语、三揖三让之节，由此决定了礼在表现方式上的蕴藉性："君子之于礼也，非作而致其情也，此有由始也。是故七介以相见也，不然则已悫。三辞三让而至，不然则已蹙。"（《礼记·礼器》）人们交往中的情感交流不是直接表达，而是"七介以相见"、"三辞三让而至"。另外，周礼又特别重视仪式："优优夫哉！礼仪三百，威仪三千。"（《礼记·中庸》）因此，人们在日常交往和朝会、宴饮等场合中，常常以象征性的动作、隐喻性的语言和戏剧性的场面来传情达意，久而久之，形成了蕴藉的性格和对含蓄美的崇尚。

周礼的委婉蕴藉，直接影响了儒家美学的含蓄观：一是史的"春秋笔法"，一是诗的"主文谲谏"。"春秋笔法"是礼的委婉性在古史写作中的直接表现，它要求史笔遵循"微"、"晦"、"婉"的表现原则，追求人物褒贬的隐晦性，亦所谓"一字寓褒贬，微言含大义"。"主文谲谏"则是礼的委婉性在儒家诗学中的体现。所谓"主文而谲谏"，要求诗人用委婉曲折的譬喻规劝人君，不作直接刻露的指责。"春秋笔法"和"主文谲谏"所包含的使用褒贬的隐晦性原则，是含蓄理论最古老的思想渊源，并成为后世含蓄观的重要构成因素。宋人杨万里在《诚斋诗话》中曾举《史记》与《国风》为例，将"春秋笔法"和"主文谲谏"

文史合论，称赞"此《诗》与《春秋》纪事之妙也"。又举李义山《龙池》及唐宋人诗词为例，对作品情思寓意的隐晦含蓄作了比较分析。清人吴乔又将"春秋笔法"与艺术含蓄作了更直接的联系，"诗贵含蓄不尽之意，尤以不著意见、声色故事、议论者为最上"（《围炉诗话》）。另外，像司空图"不着一字，尽得风流"（《二十四诗品》），欧阳修"含不尽之意见于言外"（《六一诗话》）也都是"春秋笔法"和"主文谲谏"、"知者不言"隐晦性原则的进一步发挥和运用。

其次，与道家的"言不传意"、"知者不言"的人文观有关。鲁迅曾说过：中国的士大夫说来是孔孟的门徒，实际上是老庄的私淑。老庄思想对中国士大夫的影响确实很大。且不说魏晋时代士大夫的发言玄远，多"柱下之旨归"，就是唐宋以来，无论是李白、白居易，还是苏轼、王安石这些中国的一流诗人，他们的思想、作品，无不带有老庄"逍遥游"、"齐物论"的深深烙印。诗人们的思想倾向和创作内容自然会影响到他们的创作手法和审美倾向，所以老庄的"言不传意"、"知者不言"等哲学思想也表现在文学批评和文学创作之中。

老子说"道可道，非常道"，"知者不言"（《道德经》）；庄子说"道不可言"，"天地有大美而不言"（《庄子·知北游》）。《庄子·天道篇》和《庄子·水篇》说得更具体，"语有贵也，语之所贵者，意也。意有所随，意之所随者，不可以言传也。可以言论者，物之粗也；可以意致者，物之精也。言之所不能论，意之所不能察致者，不期精粗也"。司空图的"不着一字，尽得风流"；梅尧臣的"含不尽之意，现于言外"；严羽的"羚羊挂角，无迹可求"，皆源于此。

2. 含蓄也符合中国人的审美心理和审美习惯

日常生活中，人们大都有这样的审美体验，即含而不露的事物总比浅露、单一的事物更让人赏心悦目、启人深思，因为它可以唤起人们的审美注意和丰富的审美联想，而浅露单一则会引起审美疲劳。"接天莲叶无穷碧"固然有气势，但"小荷才露尖尖角"更有情思；"风吹草低见牛羊"给人苍茫之感，而"草色遥看近却无"更有审美趣味。所谓"远山一起一伏则有势，疏林或高或下则有情"。这种对自然物的审美态度自然会反映到艺术创作领域。人们在绘画中追求象外之韵，所谓"意在笔先，画尽意在"，"虚实相生，无画处皆成妙境"，"景愈藏，境界愈大，景愈露，境界愈小"，等等；音乐上追求弦外之音，讲求"大音希声、至乐无乐"，"余音绕梁，三日不绝"，"别有幽愁暗恨生，此时无声胜有声"，等等；书法上探求笔墨之趣，强调笔势贵藏锋，所谓"用笔之势，特需藏锋，锋若不藏，字则有病"，笔意贵涵泳，所谓"笔意贵淡不贵艳，贵畅不贵紧，贵涵泳不贵显露"，结构布局上贵气韵生动，所谓"乍显乍晦，若行若藏，穷变态于毫端，合情调于纸上"，等等；戏剧语言则重视潜台词，戏剧结构中讲究"静场"，以及李渔所谓"小收煞"，"宜作郑五歇后，令人揣摩下文，不知此事如何结果"，等等，皆是在不同艺术领域对含蓄美的强调和追求。日常生活和多种艺术创作上的这种审美倾向表现在文学创作上，则形成"文如看山不喜平"、"言有尽而意无穷"的创作理论。人们普遍认为"含蓄二字，是诗文第一妙处"。

3. 崇尚含蓄是中国文学艺术的审美传统

陆机《文赋》说："函绵邈于尺素，吐滂沛乎寸心。言恢之而弥广，思按之而愈深。"刘勰《文心雕龙》中有"辞约而旨丰，事近而喻远"，皆是强调意境要含蓄。严羽则要求诗词达到"言有尽而意无穷"，"含不尽之意，见于言外"（《沧浪诗话》）的至境。张谦宜的《茧斋诗谈》说得更为明白、直接："含蓄二字，是诗文第一妙处。"此外，上面谈到的司空图的"不着一字，尽得风流"，刘据云的"物色尽

而情有余"、"深文隐蔚，余味曲包"，梅尧臣的"状难写之景如在目
前，含不尽之意见于言外，然后为至矣"，等等，均从不同的角度集
中强调了含蓄的风格所具有的笔墨寥寥、意溢千里这一不容忽视的美
学价值，明确反对诗歌创作中的浅平直露、一览无余、略无余蕴之弊，
而崇尚深情绵邈、含蓄蕴藉，富有言外之意、弦外之音的神韵天然之
佳作，以使读者从诗人有限的描写中获得无穷之意蕴。这样就形成了
一个定势，似乎只有含蓄才是文学创作最高最美的至境。这种文学思
潮一旦形成，就促使更多的诗人去追求含蓄的风格和手法。

**4. 含蓄在文学创作中也具有不可替代的作用。它能拓展诗作的想
象空间，阔大诗作的内涵和容量，唤起欣赏者的审美参与意识**

含蓄对诗人而言，意味着在文本中艺术地建构起开放性的召唤结
构，就欣赏者来说，则意味着艺术审美的深度参与。含蓄的作品由于
其思想内涵没有表面化和简单化，具有一定的隐蔽性、不确定性，由
于这种诗的空间有着"景外"的巨大空白和"象外"的开阔地带，所
以不仅为创作主体指出了一条拓展诗的空间的途径，而且也把接受主
体形象思维活动的轨迹引向更加深邃、超然物象的境界，这就为欣赏
者作多层次、多角度的挖掘索解，发现其丰富意蕴提供了可能性；另
外，这种审美感知和建构过程，包含着要把客观的东西转化为主观的
东西，把有限的客体转化为无限的灵动的空间，把明晰、精确的物象，
经过诗人充分的审美感知，对它作出情绪的、想象的妙机观照，在排
除诗人笔下物象的形似及其实际关系之后，去表现它并非明晰、精确
的含蓄美。它既是活跃多变、无比丰富多彩的，又是心通其道、口以
难言的。读者须仔细咀嚼体味方可"自得"，也就为欣赏者"长时间"
参与审美再创造提供了可能，因而含蓄的表达在引发欣赏者审美参与
的主动性、深刻性和持久性方面，达到了直露表达所无法达到的效果，

能够最大限度地激发欣赏者参与。

　　如果说审美感受的强弱多寡与审美的参与程度成正比，那么长时间的深度参与正是获得极大审美享受的原因。例如岑参《白雪歌送武判官归京》的结尾"山回路转不见君，雪上空留马行处"，诗人不直说出，更不和盘托出他在送别武判官时依依惜别的深情厚谊，只是写客人早已影去无踪，诗人还呆呆地站在那里望着那个"雪上空留马行处"的"空白"，它既是悬念、无言，也是以白当黑，以无含有，这个"空白"是那样的深邃、旷远，让读者去驰骋，去捕捉更多更美的东西。又如白居易的《琵琶行》，在运用了多种手法，成功地描写了各种声调，塑造了鲜明的音乐形象之后戛然而止，形成"此时无声胜有声"的无声之境。这是休止、间歇，也是空白无言。它让读者领略了那些充实的、"有言"的琵琶声调之后，给欣赏者留下了一个暂时停顿的空间。这个空白、休止，不仅给欣赏主体以情绪上、心理上的缓冲、调度，而且在艺术上也使实与虚、远与近、动与静得以间隔，形成一种跌宕、错落、变化的美，因而就赋予这种"无声"的"空白"以更丰富、更深邃的内容。然而，正是它唤起了我们的趣幽之情思，恋静之美感，进入无言之空灵与无限遐想之心绪互映互摄的境界，所以诗人说"此时无声胜有声"。

　　5. 由于现实生活的丰富复杂，有时在表达上必须采用含蓄手法

　　大千世界，无奇不有；现实生活，丰富复杂。生活中有些话或者不便明言，或者不宜明言，或者不必明言，或者不敢明言，必须采用含蓄的手法来表达。

　　不便明言的，如李益的《伴姑吟》：

　　　　十六作伴姑，含情语邻母。
　　　　今年新嫁娘，问年才十五。

　　据袁枚《随园诗话》记载：越中风俗，娶新媳妇到家，一定要选处女作伴娘，称其"伴姑"。这首诗就是写一位当"伴姑"的姑娘，含蓄地表达她也想出嫁的愿望。她羞答答地"含情"对邻居的母亲说：我今年16岁，今天那位刚结婚的新娘子，才过15呢。言下之意，她比我还小，我早该出嫁了！袁枚的随园在南京，诗话中记载的大概是位江南姑娘，有着南朝乐府中女性的那种羞涩、娇柔，也有着南朝乐府特有的缠绵婉转，迂回含蓄。如果是北方的姑娘可能就不是这样了，《北朝乐府》中那位想出嫁的姑娘，表达方式就完全不一样："驱羊入谷，白羊在前，老女不嫁，踏地呼天。"连羊都有领头的，我怎能没有当家人呢。我都这么大了还没有出嫁，能不踏地呼天吗？比起《伴姑吟》的曲吐情怀、迂回委婉、饶有韵味，这首北朝乐府坦诚直率、直抒其情，更显北方民族剽悍刚直的性格。

　　不宜明言的，如李白的《黄鹤楼送孟浩然之广陵》：

　　　　故人西辞黄鹤楼，烟花三月下扬州。
　　　　孤帆远影碧空尽，唯见长江天际流。

　　真正的关怀，不见行迹；真正的友谊，不必明言。这大概就是老子所说的"大爱无言"。李白很爱孟浩然，曾说过"我爱孟夫子，风流天下闻"。在这首诗中却不宜明言，因为公开说出多么依依不舍、不忍分别，只是适合街头巷尾的低俗情调，就像柳永在词中描绘的与歌女分别时的情形："都门帐饮无绪，留恋处、兰舟催发。执手相看泪眼，竟无语凝噎。念去去，千里烟波，暮霭沉沉楚天阔。"李白则是位清高脱俗之人，孟浩然更是位散淡的隐者，无论是送者还是别者，都不可能明言，都不可能那样低俗。但惜别的真情犹在，如何来表达呢，诗人用了个描述性的句子："孤帆远影碧空尽，唯见长江天际流。"诗人目送归帆远去，直到消逝在远远的天地尽头，诗人还伫立在那里，这还不是依依难舍吗？这种手法在中国古典诗词中常用来表达不宜明言的惜别深情，如岑参的《白雪歌送武判官归京》结尾："轮台东门送君去，去时雪满天山路。山回路转不见君，雪上空留马行处。"

不必言明的，如于濆的《对花》：

> 花开蝶满枝，花落蜂还稀。
> 唯有旧巢燕，主人贫亦归。

这首诗是讽刺世态炎凉的。以蜂蝶比喻趋炎附势之徒，以燕子垒窝旧巢赞誉气节操守。喻体蜂蝶采花、燕子垒窝皆是人们常见的生活现象，趋炎附势也是人们熟知的一种普遍现象，所以不必特别挑明。

不敢明言的，如茜桃的《呈寇公》：

> 一曲情歌一束绫，美人犹自意嫌轻。
> 不知织女萤窗下，几度抛梭织得成。

"寇公"指北宋时宰相寇准，茜桃是他的侍妾。据说，寇准生活非常奢侈，常在酒宴上将成捆的绫绸赏给歌女。作者有感于此，故"呈"诗相讽。但寇准是气焰熏天的宰相，自己只是一个侍妾，稍有不慎，不但讽谏的目的达不到，还会惨遭不测。所以出于义愤和良心不得不言但又不敢明言，只好采用迂曲的手法，去指责歌女们贪得无厌，唱一支曲子可以如此重赏仍然嫌少。她们哪里知道，农家织女在萤火般微弱的窗灯之下，要抛掷多少次梭子才能织成一束绫呢？实际上，诗句明说"美人犹自意嫌轻"，暗则指大人"犹自意嫌轻"，不知爱惜民力民财。

（三）含蓄手法的分类

含蓄的内容是靠含蓄的手法来表达的，其手法，主要有以下三种：

1. 点明有含义，却不说出含义是什么

如陶渊明的《饮酒》（五）：

> 结庐在人境，而无车马喧。
>
> 问君何能尔，心远地自偏。
>
> 采菊东篱下，悠然见南山。
>
> 山气日夕佳，飞鸟相与还。
>
> 此中有真意，欲辨已忘言。

诗人咏歌隐居之乐，表达他对喧闹的世俗官场的鄙弃。诗人生活在世俗之中却无车马的喧闹，因为他心底澹然，远离尘俗——"心远地自偏"，这是他明确告诉我们的。但诗中还有一点没有明白告诉我们的是他对"山气日夕佳，飞鸟相与还"的感受和思考：山中傍晚的景色是如此优美，连飞鸟日暮时分都会归来，人为什么要留恋世俗官场，不知道隐逸之中的身心之乐呢？这是他此时的感悟，想告诉世人但又不愿明白说出，所以结尾处欲吐半吐："此中有真意，欲辨已忘言。"诗人并非"忘言"，只是不肯明言，这也就是"道不可言"的老庄思想的再现。

李白的《山中问答》也是欲吐半吐，不直接点明含义的真正内容：

> 问余何意栖碧山，笑而不答心自闲。
>
> 桃花流水杳然去，别有天地非人间。

诗人用设问设答的形式，首先让对方提出问题：为何要栖隐山中？诗人对此是笑而不答。但是又并非拒绝回答，因为下面两句"桃花流水杳然去，别有天地非人间"已部分作了回答：这里风景很好，

同世俗社会大不一样。但究竟好在何处，不一样在什么地方，诗人并未点明。此诗写在天宝四年（745）诗人从长安被"赐金放还"之后，三年的长安供奉生活，使他看透了上层的腐朽没落，也使诗人致君尧舜的人生理想发生了重大改变，从此开始归隐和漫游的生活。诗人"栖碧山"，寻求"别有天地"的另一种生活方式，正是这种新的人生选择的表现。诗中所说的"桃花流水杳然去"并非单纯的景物描写，实际上暗含"桃园理想"，因为在陶渊明的《桃花源记》中，渔人"缘溪行"找到杳然隔世的桃花源，这里"黄发垂髫，并怡然自乐"，而且自食其力，"春蚕收长丝，秋熟靡王税"，更是"避秦世乱"而来，这与李白的人生理想和当时的处境非常相近，这才是他要"栖碧山"的原因所在，只不过他没有明确告诉发问者，而是在后两句欲吐半吐，作了含蓄的回答。

与此相类的还有杜甫的《秋兴八首》（其四）：

> 闻道长安似弈棋，百年世事不胜悲。
> 王侯第宅皆新主，文武衣冠异昔时。
> 直北关山金鼓振，征西车马羽书驰。
> 鱼龙寂寞秋江冷，故国平居有所思。

诗的结尾写道"故国平居有所思"，但所思的内容并未告诉读者。通过前面的景物描述和感慨的抒发，我们已大概略知诗人所思的内涵，不外是世事的沧桑巨变、政局的动荡和"安史之乱"的尚未平息，这都是这位忧国忧民的诗人时时忧虑和叹息的主要原因，这个鱼龙寂寞秋江冷的夔州深夜，更能撩起他的这类思虑。

另外，像辛弃疾的《丑奴儿·书博山道中壁》："少年不识愁滋味，爱上层楼。爱上层楼，为赋新词强说愁。而今识尽愁滋味，欲说还

休，欲说还休，却道天凉好个秋。"虽明言不说——"欲说还休，欲说
还休"，但毕竟前面已说出自己年老后"识尽愁滋味"，而且只要了解
辛弃疾生平遭遇的读者都会知道诗人"愁"的主要内涵。李商隐《锦
瑟》："锦瑟无端五十弦，一弦一柱思华年。庄生晓梦迷蝴蝶，望帝春
心托杜鹃。沧海月明珠有泪，蓝田日暖玉生烟。此情可待成追忆，只
是当时已惘然。"开头说是"思华年"，结尾又说"此情可待成追忆"，
这都意在点明这是回忆昔日时光的诗篇，但诗人究竟在回忆什么，究
竟是什么让他当时就很"惘然"，今日又"追忆"不已，诗人始终没有
明言，这与辛弃疾的《采桑子·书博山道中壁》一样，都是一种欲吐半
吐的含蓄手法的运用。

2. 不点明有含义，抒写很婉转，但含蓄程度稍浅，含义较明显

如孟浩然的《临洞庭湖上张丞相》："八月湖水平，涵虚混太清。
气蒸云梦泽，波撼岳阳城。欲济无舟楫，端居耻圣明。坐观垂钓者，
徒有羡鱼情。"前四句描绘洞庭湖浩瀚的万千气象，其中"气蒸云梦
泽，波撼岳阳城"成为千古传诵的名句。但描述洞庭湖的万千气象并
非诗人的本旨，不愿无所作为、有负圣朝，希望张九龄丞相援引才是
此诗主旨所在。但诗人的意图又不愿明白地说出，而是通过"欲济无
舟楫"这个比喻和"临渊羡鱼，不如归而结网"这个成语含蓄地表述，
不过含蓄程度较浅，谁都能从中猜出本旨。虞世南的《蝉》也是如此。
诗人通过对蝉的咏歌，来表白自己的高洁之志："垂绥饮清露，流响出
疏桐。居高声自远，非是借秋风。"古人认为蝉吸风饮露，是高洁的象
征，汉代高官戴的帽子也制成蝉翼状，称为蝉翼冠，也是希望官员们
能像蝉一样的高洁。诗中的"居高声自远"更是自己身居高位又目光
远大的暗示，只不过表现得较为含蓄。

中国古典诗词中，像这类不点明含义，抒写很婉转，但含蓄程度

稍浅的诗词还很多，如白居易的《南浦别》："南浦凄凄别，西风袅袅秋。一看肠一断，好去莫回头。"皇甫曾《淮口寄赵员外》："欲逐淮潮上，暂停渔子沟。相望知不见，终是屡回头。"两诗皆是抒写惜别之情，前诗要求离别的友人"莫回头"，后诗写离别的友人"屡回头"。前诗是诗人的主观愿望，后诗是客观再现实际情形；前诗是表现，后诗是再现，但都含蓄地表现了依依难舍的惜别之情。从表现手法上来看，白居易的《南浦别》技巧上更胜一筹，因为要求离别的友人"莫回头"的前提是友人"屡回头"，在情感上比皇甫曾《淮口寄赵员外》更深一层。林升《题临安邸》："山外青山楼外楼，西湖歌舞几时休？暖风熏得游人醉，直把杭州作汴州"，陈与义《牡丹》："一自胡尘入汉关，十年伊洛路漫漫。青墩溪畔龙钟客，独立东风看牡丹"，皆是抗议南宋小朝廷不图恢复、苟且偷安，表达自己要求收复失地的爱国之情。前者通过杭州与汴州相对，含蓄地批判小朝廷的苟且偷安；后者通过"看牡丹"这个场景更为含蓄地表达思念故土之情。因为洛阳牡丹天下无双，洛阳又是诗人曾经生活过的地方，现在却沦陷于金人之手，有家难归，此处牡丹也不同于洛阳牡丹，以此来含蓄地表达思念故乡的爱国之情。前诗强调同是国都，刻意将杭州与汴州等同；后诗则强调虽同是牡丹，洛阳牡丹和江南牡丹不同。表达技巧虽然相反，但皆很高明。

3. 抒情叙事，寓意深沉，含蓄程度很深

有一些诗词，通过其抒情叙事，明显感到诗人并非在就事论事，有内在的含蕴，但又无法指实，甚至无从索解，因为其含蕴很深。如前面曾提到的李商隐的《锦瑟》，诗中提到"一弦一柱思华年"、"此情可待成追忆"，说明与诗人当年的生活有某种关联，但究竟有何种关联，诗人不肯明言，只有模糊的暗示，因此出现多种索解：有人认为与当年的爱情生活有关，甚至指实"锦瑟"为令狐绹家的婢女；有人则认为是首政治抒情诗，诉说自己人生的不幸；有人则认为是首音乐诗，瑟中演奏的内容引起诗人的种种想象。相比之下，他的另一首诗《嫦娥》虽有弦外之音，但要明确一些：

> 云母屏风烛影深，长河渐落晓星沉。
> 嫦娥应悔偷灵药，碧海青天夜夜心。

诗中无论是写孤独的环境及氛围，还是写"悔偷灵药"，表面上是写嫦娥，实则有弦外之音。与其说写的是嫦娥的处境、心情，并对其体贴、同情，不如说是诗人孤清凄冷情怀和不堪忍受寂寞痛苦的心灵独白。此诗妙在有韵外之致，收到了语近而情遥、含蓄而不露的艺术效果。

诗意含蓄深沉的古代诗人不只是李商隐，李贺也是其中的一位，如《雁门太守行》：

> 黑云压城城欲摧，甲光向日金鳞开。
> 角声满天秋色里，塞上燕脂凝夜紫。
> 半卷红旗临易水，霜重鼓寒声不起。
> 报君黄金台上意，提携玉龙为君死。

由于此诗采用印象连缀、色彩浓烈的印象派表达方式，整首诗诗意含蓄朦胧。我们所能明确的是此诗大概是在描述一次战斗，战斗一方的主人公有着强烈的报国激情，其余俱颇费猜测，如首句"黑云压城城欲摧"，有人解为唐军进攻藩镇，有人则相反，解为藩镇叛军围城；"塞上燕脂凝夜紫"和"半卷红旗临易水"，有人解为敌军偷袭，唐军迎击，血战长城边塞，有人则相反，解为我军连夜驰援被围的孤城。但正是这种扑朔迷离，增加了该诗的深度和趣味性，人们在探讨和索解中获得了某种乐趣，也增加了想象的空间，这正是含蓄手法的引人之处。李贺这类含蓄深沉的诗篇还有不少，也引得注家蜂起，如《天上谣》究竟是讽刺求仙的虚妄还是羡慕长生；《假龙吟》是讽刺徒有其名的虚妄之徒还是在诉说自己被压抑的不幸，等等。

又如韩翃的《寒食》，也是一首含蓄深沉、需要深度索解的诗：

> 春城无处不飞花，寒食东风御柳斜。
> 日暮汉宫传蜡烛，轻烟散入五侯家。

表面上看，诗人似乎是在咏歌京都的太平景象，赞叹皇家对大臣的关怀，其实诗旨正相反：它不是咏歌赞颂而是讽刺和鞭挞，它是哀叹唐末皇权的衰落和宦官的专权。因为寒食节在古代是禁止烟火的，除了皇宫（禁中）享受特权可以燃烛外，民间连灯也不许点，所谓"贫居往往无烟火"（孟云卿《寒食》）。至于他乡游子，寒食节引发的更是思乡的悲愁，"他乡寒食远堪悲"（孟云卿《寒食》）。但韩翃这首《寒食》，却点出一个奇怪的现象，除了"汉宫传蜡烛"外，"五侯"之家也有"轻烟散入"。诗中所云的"五侯"出于一个典故，是指东汉时五个专权的太监。以汉代唐，这是唐代诗人常用的手法，而宦官专权正是唐末主要的弊端之一，也是唐亡的一个主要原因。此诗从寒食节"五侯家"可以生火这个生活细节切入，暗示唐末的宦官可以享受只有皇宫才可以享受的特权，这首诗讽喻皇权衰落和宦官擅权的"象外之旨"就不言自明了。诗论家吴乔就曾明确指出这一点："唐之亡国，由于宦官握兵，实代宗授之以柄。此诗在德宗建中初，只'五侯'二字见意，唐诗之通于春秋者也。"（《围炉诗话》）此诗诗意含蓄，更富情韵，真可谓言有尽而意无穷。据孟棨《本事诗》记载，唐德宗非常赏识此诗，为此特赐诗人"驾部郎中知制诰"的显职，可见此诗的含蓄手法深沉到连讽刺的对象也被蒙骗了。

元稹《行宫》的含蓄也很深沉：

> 寥落古行宫，宫花寂寞红。
> 白头宫女在，闲坐说玄宗。

此诗写宫女的幽怨之情，意境深婉含蓄，既倾诉了宫女无穷的哀怨，又寄托了诗人深沉的盛衰之感。诗人创造意境用了两种手法：一是以少总多。此诗具有举一而反三，字约而意丰的特点。全诗 20 个字，地点、时间、人物、动作，全都表现出来，构成了一幅非常生动的后宫生活画面。尤其妙在"说玄宗"三字，含蓄而多感慨，正如沈德潜所评的"说玄宗，不说玄宗长短，佳绝"（《唐诗别裁》）。《养一斋诗话》说："'寥落寞古行宫'二十字，足赅《连昌宫》六百字，尤为妙境。"它的成功在于诗人创造了意境上深沉的含蓄美。二是意在言外，如李白的《玉阶怨》：

> 玉阶生白露，夜久侵罗袜。
> 却下水晶帘，玲珑望秋月。

正如萧士赟所指出的那样，题中虽有一"怨"字，而诗中"无一字言怨，而隐然幽怨见于言外"（《分类补注李太白诗集》）。四句短诗，描写的是一位宫女室内室外久待望月的动作情态，创造了一个幽邃深远的诗歌境界。诗人反复写女主人公一味望月，只以人物行动见意，将读者引入情幽细微之处，故能不落言荃，并留下想象的余地，使诗境更为广阔辽远，诗意绵邈幽深，深得诗家"不着一字，尽得风流"的个中奥义。确如李瑛所说"无一字说到怨，而含蓄无尽，诗品最高"（《诗法易简录》）。

以上说到中国古典诗歌常用的三种含蓄表现手法，其实也是中国古典艺术通用的手法，诗画同源亦同理，含蓄也是中国画追求的至境。沈宗骞《芥舟学画编·人物琐论》说："或露其要处而隐其全，或借以点明而藏其迹，如写帘于林端，则知其有酒家；作僧于路口，则识其有禅舍。"他的论述，很容易使我们想起唐志契《绘事微言·名人画图语录》和邓椿《画继》记载的宋徽宗画院中讲究画面含蓄的一些故事："政和中，徽宗立画博士院，每召名公，必摘唐人诗句试之。尝以'竹锁桥边卖酒家'为题，众皆向酒家上著工夫，惟李唐但于桥头竹外，挂一酒帘，上喜得其'锁'字意。"李唐的画，既符合唐人诗意，又含蓄优美。又：画院以"乱山藏古寺"试画工，"魁（指夺魁的画家）则画荒山满幅，上出幡竿，以见藏意；余人乃露塔尖或鸱吻，往往有见殿堂者，则无复藏意矣"（邓椿《画继》）。绘画是造型艺术，通过视觉获得审美享受，本应"露"，而画家为要调动读画人的丰富想象，便采用"藏"的手法，以追求画境的含蓄美。

（四）如何创造含蓄美

一首诗是否达到了"空白"、"含蓄"的美学境界，关键要看其意象的营构能否离形得神。只有超其形，才能取其神；唯有取其神，才能使诗作灵动滃宕，得含蓄之真谛，也才能使诗人的思想、情绪、意向在对客观物象经过充分的审美感知后得到张扬，给人以茫茫然而无定象，冥冥然而有生气，荡荡然而空旷，渺渺然而神飞之感，从而达到远而不尽的艺术效果。否则，拘以物体、言尽于句、求之于形象之中，诗被实景实物塞满塞死，则必然板滞，艺术再创造的翅膀就没有施展的余地。无疑，阅读这种只有"形似"而无"神似"，更无"空白"的诗作，必然枯燥乏味，因为它的描写已达顶点，阅读者艺术想象的足履就不能再前进一步了，如此还有何诗味可嚼、美感可言呢？
下面几种方法，是诗歌中创造含蓄的一些途径：

1. 言微旨远，以小写大

"言微旨远，以小写大"，这是诗词创造含蓄美的重要手法之一。
清刘熙载在《艺概》中云："以鸟鸣春，以虫写秋，此造物之借端托寓
也。绝句中之小中见大似之。"寓大于小，于细微处蕴含宏旨精义，使
读者"一粒沙里见世界，半瓣花上说人情"。唯有如此，方余味无穷，
耐人咀嚼。如中唐诗人杜牧的《乌衣巷》，全诗仅落笔于眼前的"野草
花"、"夕阳斜"、"堂前燕"等细景小物上，反映的却是一个深刻而宏
大的主旨：王朝的更替、权贵的兴衰，这是历史的趋势。甚至更让人
悟出祸福穷通，轮回无穷这个人生哲理，使人小中见大，深悟其中的
微言大义。杜牧的绝句《赤壁》，从一支沉埋在沙中的断戟，联想到那
场震烁古今的赤壁之战，再引申出"东风不与周郎便，铜雀春深锁二
乔"这一结局，提出历史往往是由一些偶然因素决定的这一新历史观，
来翻历史的旧案。朱熹看到门前的方塘清净明澈，是由于它有一个永
不枯竭的源头，从而联想到人心要保持清净明澈，也必须借助圣贤阐
述的天理来荡涤人欲，于是成为朱熹学派"穷天理、窒人欲"、"格物
致知"的一个典型案例。欧阳修从一只锁在金笼中画眉鸟的处境，想
到自由的可贵。这都是言微旨远，以小写大。

2. 烘云托月，以此写彼

诗人为了追求境界的含蓄，韵味的浓郁，创作时往往力避正面突
破、明言直抒，而是侧面迂回、出奇制胜，使之言见于"此"而意显
于"彼"，收言短而情长之效。金圣叹说："画云者，意不在云也。意
不在云者，意固在于月也。此即'烘云托月'之谓。"（《增订金批西
厢》）如刘禹锡《石头城》："山围故国周遭在，潮打空城寂寞回。淮水

东边旧时月，夜深还过女墙来。"此诗通篇写石头城的山水、明月、城墙，但并非着意去咏歌这些景物，而是通过这种山河与人事，今天与昔日的强烈对比，抒发诗人凭吊古迹时引起的盛衰兴亡的感慨。全诗通过写山水明月之"此"，意在表现盛衰兴亡之"彼"，意在言外，启人深思。欧阳修的《踏莎行》抒写客中的孤独和对家乡亲人的思念，亦是采用烘云托月的手法。上阕主要通过景物和环境来烘托，"候馆梅残，溪桥柳细。草熏风暖摇征辔"，点明这又是一年的春天，柳边风暖，陌上草薰，自然会勾起无穷离愁别恨。"候馆"和"摇征辔"则点明是位客中的游子。下阕更是侧写：明明是在抒发思乡之情，诗人却倒过来写家乡的妻子对自己的思念和惦记："寸寸柔肠，盈盈粉泪。楼高莫近危阑倚。平芜尽处是春山，行人更在春山外。"前人将这种手法称为"对面傅粉"，"诗从对面飞来，心已神驰到彼"。这种烘云托月、以此写彼的含蓄手法为古代诗人常用，如柳永的《八声甘州》，"叹年来踪迹，何事苦淹留？想佳人妆楼颙望，误几回、天际识归舟"；温庭筠《望江南》，"梳洗罢，独倚望江楼。过尽千帆皆不是，斜晖脉脉水悠悠。肠断白蘋洲"；李商隐《无题》"晓镜但愁云鬓改，夜吟应觉月光寒"，等等。

3. 欲露还藏，以藏写露

宋人张戒谈诗词创作上大忌时说："情意失于太繁，景物失于太露，遂成浅近，略无余蕴。"（《岁寒堂诗话》）意思是说，诗作不能了无余蕴、一看即尽，因为诗忌"露"而主"藏"。即使"露"，也须"露"中有"藏"，以"藏"写"露"。故"露"与"藏"互为依存，互相制约。"藏"要通过"露"才能显示出来，"露"要暗示出"藏"才具有表现力。如上面说到的元稹的《行宫》最后两句"白头宫女在，闲坐说玄宗"，诗人只言"说玄宗"，并不具体交代说了什么，这就是乍"露"又"藏"，以"藏"来写"露"，留下大片的艺术空白。再如杜甫《江南逢李龟年》，两位老人几度风雨后乍相逢，世运的衰败、社会的动乱、人世的艰辛、诗人的漂泊等等，当有说不完的话、道不完的情。可是，作者写到"落花时节又逢君"时，却黯然收笔，点到即止，不去说破，也是"露"中有"藏"，"藏"中含"露"。可谓"犹抱琵琶半遮面"，不过无言之中包含着诗人的痛定思痛的无限情思，可谓"此时无声胜有声"。

值得注意的是，这种欲露还藏，以藏写露的含蓄手法，与我国传统绘画中的"空白"理论是密切相通的。在中国绘画中，有时在景物之外特意留下大片空白，让无限的空间通过画面有限的空间表现出来的，让观者从中产生无限的想象。在这种留有大片空白的画面上，画面中所有的物象看上去似乎都在向着那个巨大的空白也即无限的空间投射、延伸。它是"可望"的，同时又是"不可及"的；是景内有限的，又是景外无限的。与此相同，古典诗歌也是以有限表现无限来创造含蓄美，也有一个意向瞄准的目标，但又是感官不可触及的，这就是"象外之象，景外之景"。而这个诗歌之外的景象的内涵，就是诗歌之内景象潜在的沉思、情感的积淀和创作主体心灵的对象化。它是形与神、物与我、情与境、有限与无限的统一体。

4. 了无痕迹，以影写竿

"立竿见影"，是指在光线的照射下，构成的"竿"和"影"的关系。古人云"审堂下之阴，而知日月之行，阴阳之变"，这就是由影而知形。古典诗人也深深感到，有些描写对象不管如何绘形摹态，总不易写出其神韵情致。相反，侧面着笔，倒能收到理想的艺术效果，即不去画竿而去绘影，叫人由影而见竿。正如刘熙载所言："山之精神写不出，以草树写之。故无气象，则精神亦无寓矣。"（《艺概》）例如贾岛的《寻隐者不遇》："松下问童子，言师采药去。只在此山中，云深不知处。"此诗意在借诗人与童子的问答，写隐者的高洁情怀。巧妙的是，全诗只摄取了山中郁郁青松和悠悠白云等意象，从而以青松喻其高洁，白云像其飘逸。而隐者就在这烟云缭绕的山间采药，确有人在，又不见人，令人捉摸不定。其实，这环境实际上就是隐者的精神写照，入其境也就可以知其人了，这即是由境之"影"而见隐者之人格风范。常建《题破山寺后禅院》："清晨入古寺，初日照高林。曲径通幽处，禅房花木深。山光悦鸟性，潭影空人心。万籁此皆寂，惟闻钟磬音。"诗人要表现古寺的清幽雅洁、僧侣生活的清心寡欲和道业的高深，它不去直接写僧人，写僧人的举止言行，而是通过幽深的曲径、花木深处的禅房，通过鸟儿喜爱此处的山光，能澄澈人心的古潭，以及万籁俱寂中传来的钟磬声，来以影写竿，显得含蓄无痕。

二、显豁

所谓显豁，与含蓄相反，它是用通俗的语言、直白的方式、平淡的风格去叙事抒情，点明题旨。同含蓄一样，它也是中国古典诗词一种极其重要的特征，无论从诗词的风格还是诗歌的表现手法，显豁都具有不可取代的价值。

从题材上看，它以俗为雅，扩大了诗词的题材范围，更好地反映了现实生活的丰富性和多样性，特别是更为真实地反映了世俗生活。诸如饮茶、品酒、食粥、做梦、斗嘴、落齿、落发、足痛、打情骂俏、市井生活、小女婚嫁，乃至腹泻、打鼾、搔背、乌鸦食蛆这些不入流的生活小事，在显豁风格的诗歌中都有所表现。如韩愈的《落齿》："去年落一牙，今年落一齿。俄然落七、八，落势殊未已。余存皆动摇，尽落应始止。"对自己落齿的过程、情状以及自己当时的心情曲尽形容，长达三十六句。梅尧臣《八月九日晨兴如厕有鸦啄蛆》："飞乌先日出，谁知彼雌雄。岂无腐鼠食，来啄秽厕虫。饱腹上高树，跋觜噪西风。吉凶非予闻，臭恶在尔躬。物灵必自絜，可以推始终。"将不入流的生活现象也写入诗中。

从表现手法上来说，它在含蓄之外另立一宗，使反映现实生活的手段更为丰富，如前面举过的李益的《伴姑吟》，用含蓄的手法描述一位当"伴姑"的姑娘想出嫁的愿望，表现的是江南女性的那种羞涩、娇柔，也有着南朝乐府特有的缠绵婉转，迂回含蓄。但中国如此之大，民族如此众多，地域和民族的差异如此明显，如果用同一种手法表达不同民族、不同地域的姑娘待嫁时的心态和表现，就显得单一而且不符合实际。《北朝乐府·地驱乐》中那位想出嫁的姑娘，表达方式就完全不一样："驱羊入谷，白羊在前，老女不嫁，踏地呼天。"连羊都有领头的，我怎能没有当家人呢，我都这么大了还没有出嫁，能不踏地呼天吗？比起《伴姑吟》，前者曲吐情怀、迂回委婉，显得饶有韵味；后者坦诚直率、直抒其情，更显北方民族的剽悍刚直性格。皎然在《诗式》中专立"淡俗"一格，强调它的价值："此道如夏姬当垆，似荡而贞；采吴楚之风，然俗而正。"亦举北朝乐府为证："古歌曰：'华阴山头百尺井，下有流泉彻骨冷。可怜女子来照影，不照其余照斜领。'"

从语言上看，通俗直白的语言也具有不可替代性，朦胧含蓄的语言是一种美，浅切直白也是一种美。因为，现实生活中人们的知识层次不同、性格习惯各异，也不可能使用同一种风格、同一种知识层次的语言。文学是现实生活的反映，其语言自然也应典雅通俗、风格各异。中国古代的著名诗人，他们都善于使用不同的语言使人物更富性格特征，描述更富特色，例如杜甫，既能写出"玉露凋伤枫树林，巫山巫峡气萧森"这种格律森严、气象万千的诗句，也有"叫妇开大

瓶"、"回头指大男，渠是弓弩手"这类通俗的诗句，因为后者更符合
一位老农的身份；李清照有"千万遍阳关，也则难留。念武陵人远，
烟锁秦楼"这样典雅的诗句，也有"这次第，怎一个愁字了得"这样
通俗的口语；李白有《蜀道难》、《梦游天姥吟留别》这类气势恢宏、
想象奇谲的诗篇，也能写出《上云乐》这种坦直俗白的佳作："女娲弄
黄土，抟作愚下人；散在六合间，濛濛若沙尘。"正如诗僧惠洪所说：
"句法欲老健有英气，当间用方言为妙，如奇男子行人群中，自然有脱
颖不可干之韵。"俗语的运用，可使诗词获得一种张力。这无疑会激发
文人们诗歌创作的新活力，让他们产生创作的兴趣。

（一）诗词显豁风格的形成原因

1．源于人们思想感情的丰富性和表达方式的多样性

诗词是用来反映现实生活抒发人们的思想感情的。现实生活丰富
多彩，它有南北的差异、东西的不同，不同年龄、不同身份、不同职
业、不同教养、不同性别的人们对同一事件的处理结果和表达方式都
会有所不同。人们表达思想感情的方式也多种多样，有的痛快淋漓，
有的迂回婉转，有的直截了当，有的拐弯抹角。因此，诗词作为社会
生活的一种反映，具有"露"和"藏"的不同和"显"与"隐"的区
别，就是一种必然。

2．与文学传统有关

诗词从它诞生的那一天起，就产生了含蓄隐晦和直白显豁两种
截然不同的表达方式。在中国诗词的源头《诗经》中就是如此：《鄘
风·柏舟》中的"之死矢靡他。母也天只，不谅人只"，就是一位姑
娘面对母亲的阻拦所发的誓言和感叹，完全是口语。与此相反，《诗
经·蒹葭》不仅语言雅洁，更是一种含蓄朦胧的表现手段，隐曲地表达

了自己的探寻和追求。《楚辞》作为中国第一部文人抒情诗集，不仅语言高度文言化，而且多用比喻和借代，"以芳草美人以喻君子，以燕雀乌鹊以喻小人"。到了汉代的乐府诗，既有《郊庙歌辞》的典雅堂皇，又有燕射、铙歌的通俗显豁。汉魏六朝的一些文人，既能写出典雅婉曲的五言诗，又能写出通俗浅切模拟乐府诗的代拟体。如曹植，他的诗歌特色是"骨气奇高、辞采华茂"，被钟嵘评为"上品"（《诗品》），有着像"秋兰被长坂，朱华冒绿池"这类精美绝伦的诗句。但他也写过《南国有佳人》、《怨歌行》、《猛虎行》、《弃妇篇》等通俗浅切的模仿汉乐府的诗篇。特别是他的《喜雨诗》："天复何弥广，苞育此群生。弃之必憔悴，惠之则滋荣。庆云从北来，郁述西南征。时雨中夜降，长雷周我庭。嘉种盈育壤，秋登必有成。"诗中描述一次及时雨降下的经过，表达了他对民生的关怀。诗中无论是叙事还是抒情，皆是直叙其事，直抒其情，直白而显豁。他不同于一些劝农诗，完全是主体形象"我"的述怀抒慨，标志着五言体农事诗的完全成熟。六朝时人鲍照也是如此，他的诗词有意学习《楚辞》，不仅学习了《楚辞》的语汇，化用了《楚辞》的句意，而且继承了《楚辞》的悲愤情怀和婉曲达意的表现手法，风格豪放俊逸、奇矫凌厉，杜甫称赞他是"俊逸鲍参军"，刘熙载说是"明远惊遒绝人"（《艺概·诗概》）。如《梅花落》："中庭杂树多，偏为梅咨嗟。问君何独然？念其霜中能作花，露中能作实，摇荡春风媚春日。念尔零落逐寒风，徒有霜华无霜质。"完全是美人芳草的表达方式，托物明志，表明下层寒士不愿顺随俗流的坚定操守。但他的代表作《拟行路难》组诗，则刻意模仿民间乐府，直抒其情、直叙其事，直白而显豁，如"其四"："泻水置平地，各自东西南北流；人生亦有命，安能行叹复坐愁。酌酒以自宽，举杯断绝歌路难。心非木石岂无感，吞声踯躅不敢言。"唐宋以后，诗人们更是有意识地追求一种显豁直白的另类风格，有意识地向民歌、民间文学学习。从体裁上来说，从诗到词到曲，从传奇到话本到小说，从杂剧到传奇到戏曲，呈现越来越通俗化、越来越大众化的发展趋势。

3. 显豁是诗词风格的另一种美学形态，也是一些诗派的刻意追求

这点在宋诗中表现得特别突出。宋代诗人把以俗为雅视作一种新的创作追求。喜用世俗的题材内容、粗浅的俗语方言，经过作者的提炼和处理，使之进入诗这一高雅的文学殿堂，并具有审美意境。最早提出以俗为雅观点的，是北宋时期诗人梅尧臣。他把"平淡"提到创作追求的最高境界，所谓"作诗无古今，唯造平淡难"。在创作实践中，也是"发纤秾于简古，寄至味于淡泊"（欧阳修《梅圣俞诗集序》），在典雅深婉之外另立直白显豁的文学风格。梅尧臣在宋代诗坛"开山祖师"的地位，自然会影响其后诸多诗人。他提出以故为新、以俗为雅的主张，对宋诗的发展、宋词的形成有着决定性的影响，并在苏轼、黄庭坚等宋诗代表人物的诗歌理论和创作实践中发扬光大，从而形成别具一格的宋诗面目。苏轼在《题柳子厚诗二首》中提出："诗须要有为而作，用事当以故为新，以俗为雅。好奇务新，乃诗之病。柳子厚晚年诗，极似陶渊明，知诗病者也。"黄庭坚亦认为："盖以俗为雅，以故为新，百战百胜如孙吴之兵，棘端可以破镞，如甘蝇飞卫之射。此诗人之奇也。"（《再次韵杨明叔诗序》）这都是明确倡导以俗为雅和以故为新。在创作实践中，苏轼不仅在语言方面大量提炼和采用了不少以前不能入诗的俚语、俗语、方言，并致力于让旧的语言获得新的更丰富的内涵，用典时注意使用佛经、道书、小说、稗史中的一些故实；在题材的发掘与丰富方面，注意表现日常生活和普通题材，写平常人的细致感受、复杂情感。他曾指出："街谈市语，皆可入诗，但要人熔化耳。"清人叶燮高度评价了苏轼在这方面的成功尝试："苏

诗包罗万象，鄙谚小说，无不可用。比之铜铁铅锡，一经其陶铸，皆成精金。"黄庭坚也并非一味地翻空出奇，他曾告诫别人"好作奇语，自是文章病。当以理为主，理得而辞顺，文章自然出群拔萃"。并一再推崇杜甫夔州以后的诗"不烦绳削而自合"，"无意而意已至雅"，"平淡而山高水深，似欲不可企及"。在其创作实践中，一些世俗的题材内容、粗浅的语言形式，甚至某些格调不高的表现对象，经过作者"点石成金"的提炼和处理，都变成精美诗句，在"比喻的创新"一节中，已列举黄庭坚诗作许多这样的诗例，这里不再赘述。

宋代诗人以俗为雅的创作追求与宋人喜欢创新的理念有关。宋代诗人好读书，因此对于前人诗文的突出成就有清醒的认识："世间所有好句，古人皆道之"，"世间好言语，已被老杜道尽"，"世间好俗语，已被乐天道尽"。可见当他们面对古人，尤其是唐代诗人的辉煌成就，觉得若按传统的写作方式无法超越古人，在心理上有压力，因此只得另辟蹊径，与古人、唐人抗衡，所以他们开始作新的尝试与探索。其创新尝试之一，就是以俗为雅。

4. 与唐宋以后兴起的禅宗思想有关

显豁、直白的诗词风格的兴起与普及，还与唐以后兴起的禅宗思想的影响有关。禅宗思想对诗歌的影响主要是两方面：其一，在题材上，禅宗公案多举日常世俗之事，对唐以后诗人的生活态度和审美态度的世俗化有所影响。禅宗是佛教的世俗化，其主要主张为"顿悟成佛"，不用出家，"凡人皆可成佛"（《古尊宿语录》卷四）。《临济慧照禅师语录》云："道流佛法无用功处，只是平常之事，屙屎送尿、着衣吃饭，困来即眠。"这就使原本抽象的佛教教义变得很世俗，修炼成佛也变得极为容易。所以，唐代以后的文人多雅好佛事，在家习佛，且与僧人有着十分密切的交往，生活态度和审美态度皆受禅宗影响，当然也会表现在创作题材和诗词风格上。其二，从语言上来说，禅宗典籍通俗活泼的语言风格给了唐以后的诗人以直接的启示，并对士大夫的思想、行为、语言等产生了一定影响。宋代僧人释了元的《与苏轼书》中有段对佛法的阐释，"（佛法）在行住坐卧处，着衣吃饭处，屙屎撒尿处，没理没会处，死活不得处"（《全宋文》卷一七三九），用世俗的眼光来阐释佛法的无处不在，语言通俗活泼。苏轼在与释了元交往的过程中，自然也会受到这种语言风格的影响，影响他的雅俗观。比如他曾说："一念清静，墙壁瓦砾皆说无上法。"（《跋王氏华严经解》）"若以法眼观，无俗不真；若以世眼观，无真不俗。"（《题意可诗后》）这些句子明显是禅宗世俗解禅的翻版，从中可以看出禅宗对苏轼诗歌语言和俗雅观的影响。黄庭坚曾诙谐地说："诗者，矢也，上则为诗下则矢。"（《豫章先生遗文》卷五《杂论十三》）文人用这种观照来看待俗事俗物，自然会影响到他们的创作实践和诗词风格。在禅宗的影响之下，文人时常在诗词写作中说一些俗话。他们或采用禅宗语录中常见的俗语词汇，或仿拟禅宗偈颂的语言风格。如苏轼就有"前身子美只君是，信手拈得俱天成"[《次韵孔毅父集古人句见赠五首》（其三）]，其中的"信手拈得"即为禅宗语录中的俗语词汇。黄庭坚的"每于红尘中，常题青云志"、"似僧有发，似俗无尘"等诗句，即用俗语表达雅兴。我们在王安石、苏轼、黄庭坚等的诗集中，会发现有不少仿拟和改造禅宗偈颂的诗作。

5. 与时代风尚、其他文学形式的影响有关

南朝、五代以后，南方城市都会经济的繁荣和市民文化的兴盛使文学从形式到内容都发生了巨变。内容上，商人、歌女、都市文化成了咏歌的对象。尤其在话本小说中，卖油郎之类小商小贩取代了唐传奇中的落第文人成了主人公和正面讴歌的对象。市民的情趣、市民的

生活方式乃至市民的语言自然不同于传统的士大夫，它使包括诗词在内的表现方式和文学风格必然向世俗倾斜。在体裁上，词、曲、话本小说、杂剧、传奇兴起，并渐次成为文学的主潮，所谓唐诗、宋词、元曲、明清传奇小说。随着这些过去被视为俚俗、有蒜酪味的市井文学渐次成为主潮，正宗文人的传统文学体裁——诗歌也必然会受到俗文学的影响，不同程度地汲取了民间文学艺术的营养，从而在创作思想、文学风格上发生变化，以直白俚俗取代典雅深婉。宋诗的代表人物黄庭坚曾向学诗者传授过一条诗法诀窍，就是向杂剧学习，学习它的结构，学习它的语言："作诗正如作杂剧，初时布置，临了须打浑，方是场。"（郭绍虞《宋诗话辑佚》）由此可见，宋诗的主要流派江西派的创作主张"打猛诨入，打猛诨出"的提出，与通俗文学有着极大的关系。

（二）诗词显豁风格的相关表征

1. 题材上注意表现寻常生活，写平常人的细致感受、复杂情感

赵翼在《瓯北诗话》中谈到中唐韩孟诗派和元白诗派的区别时说："中唐诗以韩、孟、元、白为最。韩、孟尚奇警，务言人所不敢言；元、白尚坦易，务言人所共欲言。"所谓"务言人所共欲言"即诗歌所反映的都是现实生活中人们司空见惯的事情，即人人皆可见、可感之寻常事物。白居易的诗歌就常常表现日常生活中的琐碎事物，如初见自己鬓边白发时的感受："白发生一茎，朝来明镜里。勿言一茎少，满头从此始。青山方远别，黄绶初从仕。未料容鬓间，蹉跎忽至此！"（《初见白发》），同类的题材还有《早梳头》、《白发》、《照镜》、《叹老三首》、《沐浴》、《渐老》等；落齿时的感受，"胡然舍我，一旦双落？齿虽无情，吾岂无情？老与齿别，齿随涕零。我老日来，尔去不

回"，以俳谐的形式抒写人生感慨。辞前还有一序："开成二年，余春秋六十六，瘠黑衰白，老状具矣。而双齿又堕，慨然感叹者久之，因为齿落辞以自广。"因齿落而思考人生万物，颇具哲理。相比之下，韩愈的《落齿》过于认真，充满忧生的伤感嗟叹："去年落一牙，今年落一齿，俄然落七、八，落势殊未已。余存皆动摇，尽落应始止。忆初落一时，但念豁可耻。及至落二三，始忧衰即死。每一将落时，懔懔恒在己。又牙妨食物，颠倒怯漱水。终焉舍我落，意与崩山比。今来落既熟，见落空相似。余存二十余，次第知落矣。"白居易诗作中还有添外孙女时的举家欢喜的情形和自己的人生感悟："今旦夫妻喜，他人岂得知。自嗟生女晚，敢讶见孙迟。物以稀为贵，情因老更慈。新年逢吉日，满月乞名时。桂燎熏花果，兰汤洗玉肌。怀中有可抱，何必是男儿。"（《小岁日喜谈氏外孙女孩满月》）白诗中的主人公也多是芸芸众生，普普通通的小人物，如《卖炭翁》中"伐薪烧炭南山中"的老人，《买花》中发出"一丛深色花，十户中人赋"深沉叹息的田舍翁；"岁晏无口食，田中采地黄"的采地黄者；"岁种薄田一顷余"的杜陵叟，等等。中唐元和年间，诗坛上兴起了一种多写身边琐事、多吟寻常百姓、多咏日常生活情趣的创作倾向，而开这种风气之先的领袖人物首推白居易。

如前所述，宋代诗人在创作上追求以俗为雅，在表现题材的选取上也是注意表现日常生活，写平常人的细致感受。以写日常饮食为例，《全宋诗》中，描写食物的诗篇不胜枚举，内容也五花八门，涉及肉类、鱼类、粮食、瓜果、点心等多种，宋人把自己吃过、看过或者只是听说过的食物都写到了诗歌当中。如苏轼就有《鳊鱼》、《食雉》、《春菜》、《棕笋》等几十首描写食物的诗作。其《食柑》一诗，描写自己在流放途中吃水果这一琐碎小事："一双罗帕未分珍，林下先尝愧逐臣。露叶霜枝剪寒碧，金盘玉指破芳辛。清泉蓊蓊先流齿，香雾霏霏欲噀人。坐客殷勤为收子，千奴一掬奈吾贫。"其中对广柑的色泽、香味、果肉的嫩滑描绘得细致入微，以至于令人"读此诗便觉齿舌津液，不啻如望梅林也"（王文浩《苏诗集成》）。苏轼自己就讲过"街谈市语，皆可入诗，但要人熔化耳"。在苏集中，守岁、迁居、醉酒、品茶、赏花、月下闲步、途中遇雨，无事不可入诗，如《守岁》："儿童强不睡，相守夜欢哗。晨鸡且勿鸣，更鼓畏添过。坐久灯烬落，起看北斗斜。明年岂无事，心事恐蹉跎！努力尽今夕，少年犹可夸。"写孩子们除夕守岁时的情态和动作，呈现的是家庭的欢乐，也写出自己的期待。《金山寺与柳子玉饮，大醉，卧宝觉禅榻，夜分方醒，书其壁》则写自己醉酒时的感觉和醒来时的情状："恶酒如恶人，相攻剧刀箭。颓然一榻上，胜之以不战。诗翁气雄拔，禅老语清软。我醉都不知，但觉红绿眩。醒时江月堕，摵摵风响变。惟有一龛灯，二豪俱不见。"诗作平实而寻常，俱为生活中的常态，谈不上什么微言大义。辛弃疾也有首关于醉酒的词，则更多地表现了醉后的狂态："醉里且贪欢笑，要愁那得功夫？近来始觉古人书，信着全无是处。昨夜松边醉倒，问松我醉何如？只疑松动要来扶，以手推松曰去。"（《西江月·遣兴》）苏轼还有首写如何煎茶的诗，显得道地而细密，"蟹眼已过鱼眼生，飕飕欲作松风鸣。蒙茸出磨细珠落，眩转绕瓯飞雪轻。银瓶泻汤夸第二，未识古人煎水意（古语云煎水不煎茶）。君不见昔时李生好客手自煎，贵从活火发新泉。又不见今时潞公煎茶学西蜀，定州花瓷琢红玉。我今贫病长苦饥，分无玉碗捧蛾眉。且学公家作茗饮，砖炉石铫行相随。不用撑肠拄腹文字五千卷，但愿一瓯常及睡足日高时"（《试院煎茶》）。

宋人也有关于落齿的诗，如辛弃疾《卜算子·齿落》："刚者不坚牢，柔底难摧挫。不信张开口角看，舌在牙先堕。已阙两边厢，又豁中间个。说与儿曹莫笑翁，狗窦从君过。"陆游也有一首名为《落齿》的诗，诗中先是说杜甫、韩愈对落齿比较悲观，然后说自己的达观态度："昔闻少陵翁，皓首惜堕齿。退之更可怜，至谓豁可耻。放翁独不然，顽顿世无比，齿摇忽脱去，取视乃大喜。譬如大木拔，岂有再安理。咀嚼浩无妨，更觉龋肩美。"比起韩愈、杜甫等人的相关诗作，宋人对落齿的态度似乎更为豁达一些，诗歌风格也较为幽默。

2. 表达方式上诗意显豁，直接道出

鲁迅说"有真意、去粉饰，少做作，勿卖弄"（《作文秘诀》），这是作文的秘诀，也是诗歌平实显豁诗风的要求。它在表达方式上要求直抒其情、直陈其事，不作粉饰雕琢，也不曲折含蓄。杜甫的诗歌，尤其是夔州以后的诗作，以沉郁顿挫著称，但并不意味着他没有直白显豁的诗作，这首《闻官军收河南河北》就是直陈其事、直抒其情：

> 剑外忽传收蓟北，初闻涕泪满衣裳。
> 却看妻子愁何在，漫卷诗书喜欲狂。
> 白日放歌须纵酒，青春作伴好还乡。
> 即从巴峡穿巫峡，便下襄阳向洛阳。

这首诗有一个显著特征，就是诗人直截了当地抒发自己听到平叛胜利消息时的惊喜之情。诗人通过听到捷报之时的涕泪交流、漫卷诗书、放歌纵酒、手舞足蹈的情状直接表达了自己的狂喜。然后直陈自己的下一步打算：即从巴峡穿巫峡，便下襄阳向洛阳。诗意全在字面之上，让人一读便知。

白居易的写景抒情诗、记游诗，也多是直陈其事，很少雕饰，给人一种朴实显豁之感，所表达的感情，深沉而又真挚。如《自河南经乱，关内阻饥，兄弟离散，各在一处。因望月有感，聊书所怀，寄上浮梁大兄、於潜七兄、乌江十五兄，兼示符离及下邽弟妹》："时难年荒世业空，弟兄羁旅各西东。田园寥落干戈后，骨肉流离道路中。吊影分为千里雁，辞根散作九秋蓬。共看明月应垂泪，一夜乡心五处同。"写的是时势艰难，兄弟为谋生羁旅于各地；家乡在战乱之后的荒芜，以及对分处各地的兄弟骨肉的相思之情。其诗题就很平直细密，把写此诗的背景、原因，客观的环境、主观的情感以及寄往的对象都交代得细致直白。他还有一首著名的小诗《问刘十九》："绿蚁新醅酒，红泥小火炉。晚来天欲雪，能饮一杯无。"也是不加任何雕琢，信手拈来，遂成妙章。语言平淡而情味盎然。其中蕴含的生活气息和友人之间浓浓的情谊胜于醇酒，读罢令人身心俱醉。他还有一首描写江边暮色的小诗《暮江吟》："一道残阳铺水中，半江瑟瑟半江红。可怜九月初三夜，露似真珠月似弓。"这首写景诗约作于唐穆宗长庆二年（822）。这年七月，白居易由中书舍人出任杭州刺史，经襄阳、汉口，于十月一日抵杭，此诗当作于赴杭的江行途中。脱离朝廷政治斗争中心，白居易心里喜悦且平静，乃有兴致欣赏残阳初月照秋江之景。诗作浅切直白，并无多少含蕴却清新可喜。这类诗作还有《醉中对红叶》、《忆江柳》、《余杭形胜》、《赋得古原草送别》等。白居易诗作浅切直白的风格是受其诗歌理论制约和指导的，他在《新乐府序》中说"其辞质而径，欲见之者易谕也。其言直而切，欲闻之者深诫也"；又说"不求宫律高，不务文字奇。唯歌生民病，报与天子知"。可见白居易是有意追求平易浅切的诗风，尽量用寻常语表达深刻的思想，达到自己的创作目的。唐人黄滔在《答陈磻隐论诗书》中说："其意险而奇，其文平而易，所谓言之者无罪，闻之者足以自戒哉。"李肇《唐国史补》则说："元和以后，为文笔，则学奇诡于韩愈，学苦涩于樊宗师；歌行则学流荡于张籍；诗章则学矫激于孟郊，学浅切于白居易，学淫靡于元稹，俱名为元和体。"从这两则评论里不难看出，"其文平而易"、"学浅切于白居易"，是中唐以后一种诗歌创作的时尚，白居易则是一面旗帜。

3. 语言上浅切通俗，明白如话

刘熙载在《艺概》中对"常语"和"奇语"的创作难易曾作过一番比较，云："常语易，奇语难，此诗之初关也；奇语易，常语难，此诗之重关也。"所谓"常语"就是人们熟知的口头语言，包括大量的俗语、俚语、方言。但是，它又不等同于大白话，俗语要经过由俗入雅的改造过程。苏轼说到自己的创作体会时说："街谈市语，皆可入诗，但要人熔化耳。"（见周紫芝《竹坡诗话》）他在自己的诗歌创作中就曾引入了不少"街谈市语"，如"不怕飞蚊如立豹"、"三杯软饱后，一枕黑甜香"，其中"立豹"、"软饱"、"黑甜"等皆为宋代俗语；"即为狸奴将数子，买鱼穿柳聘衔蝉"之句，句中"狸奴"、"衔蝉"都是"猫"的方言称呼。梅尧臣在描写螃蟹的诗作《二月七日吴正仲遗活蟹》中写道，"满腹红膏肥似髓，贮盘青壳大于杯"，语言直白浅俗，用俚语口语生动地描绘了江蟹膏肥脂黄、丰满肥硕的形象，方回赞为"自然，见蟹之状"（《瀛奎律髓》）。

白居易诗词的平易浅切诗风的形成，不仅表现在表达方式的直白显豁上，也表现在语言的通俗浅切上。他每作一首诗，力求老妪能解。刘熙载曾称赞白居易诗歌"用常语得奇，此境良非易到"。白居易用通俗易懂的语言表达深刻的道理，有别于用奇语造意，从而形成自己独特的风格。他在《新乐府序》中明确地表白自己的诗作是"为君、为臣、为民、为物、为事而作，不为文而作也"。他的讽喻诗皆是"篇首标其目，卒章显其志"，将创作题旨交代得清楚明白。《卖炭翁》描绘那位"伐薪烧炭南山中"的卖炭老人是"满面尘灰烟火色，两鬓苍苍十指黑";《新丰折臂翁》叙写这位断臂老人是"新丰老翁八十八,头鬓眉须皆似雪。玄孙扶向店前行,左臂凭肩右臂折",皆是用平易的语言、朴实的笔法,塑造出贴近生活、真实鲜明的人物形象。冯班在《钝吟老人杂录》中说:"白公讽刺诗,周详明直,娓娓动人,自创一体。"白居易在诗词创作中也主动吸收当时的口语,写诗时不避俗字语,如《和郭君枸杞诗》:"不知灵药能成狗,怪得时闻夜吠声。"《九江春望》:"此地何妨便终老,譬如元是九江人。"这里的"怪得"、"譬如"皆是当时的俗语,故王安石曾说"天下俚语被白乐天道尽"。

4. 结构上平直顺畅

显豁的诗词在结构上往往按时间或事情发展的顺序一叙到底,很少"逆起",很少"倒叙",很少波澜。如杜甫的《石壕吏》:

> 暮投石壕村,有吏夜捉人。老翁逾墙走,老妇出门看。吏呼一何怒!妇啼一何苦!听妇前致词:三男邺城戍。一男附书至,二男新战死。存者且偷生,死者长已矣!室中更无人,惟有乳下孙。有孙母未去,出入无完裙。老妪力虽衰,请从吏夜归,急应河阳役,犹得备晨炊。夜久语声绝,如闻泣幽咽。天明登前途,独与老翁别。

诗中描述诗人夜宿石壕村时,目睹官吏抓丁抓夫的经过,表达了"安史之乱"中对民生的关切和对官吏的残暴不恤民情的愤怒。全诗在结构上按照时间和事件发展分为四个部分:有吏夜捉人,老翁逾墙走;老妇的应答和哭诉;老妪被带走去应河阳役,家人深夜的哭泣;天明独与老翁告别。叙事方式则是平铺直叙,连问答对话的方式也尽量避免,藏问于答,省去吏的问话,减少波澜。叙写方式除了客观叙事之外,不加议论,除了"吏呼一何怒"一句微露作者自己的情感外,全诗没有一句主观情感的抒发，完全是客观的叙述，显得平直而顺畅。

　　在中国古典诗词中，这类诗词还很多，如白居易的《卖炭翁》，按照烧炭——卖炭——炭被宫使抢去这样一个时间和事件的发展经过去描述，事件结束，叙事也就戛然而止。岑参的《白雪歌送武判官归京》，围绕咏雪和送别这个主旨分为两大部分，前半段咏雪，后半段送别，中间用"瀚海阑干百丈冰，愁云惨淡万里凝"来承上启下。无论是咏雪还是送别，又皆是按时间和事件的发展顺序来平铺直叙：时间是从"忽如一夜春风来"的清晨写到"纷纷暮雪下辕门"的傍晚；送别则从送别宴上到送别宴后，再到"轮台东门送君去"，最后是"峰回路转不见君，雪上空留马行处"。岑参描写西北边塞奇异风光和征战生活的代表之作是所谓"三歌"，另外两首是《走马川行奉送封大夫出师西征》和《轮台歌奉送封大夫出师西征》。但这首《白雪歌》在结构和叙事方式上明显不同于后两首。《轮台歌》从今夜写起，"轮台城头夜吹角"，接着便是逆转，倒叙昨夜的情形："羽书昨夜过渠黎，单于已在金山西"，再就是双方的对峙的态势："戍楼西望烟尘黑，汉兵屯在轮台北。"然后再接首句的"昨夜"写第二天早上的出征："上将拥旄西出征，平明吹笛大军行"，最后是对出征主帅封常清的赞誉以及战胜归来的预祝。《走马川行》的结构和叙事方式也类此：先从今夜写起："轮台九月风夜吼"，然后补叙封大夫连夜出征的原因："匈奴草黄马正肥，金山西见烟尘飞，汉家大将西出师。"从"将军金甲夜不脱"起再接首句叙述连夜偷袭敌军的急行军，最后是对这次偷袭必然胜利的预祝。岑参诗歌以奇特雄健著称，杜甫也说过"岑参兄弟皆好奇"，但也有平直顺畅之作，《白雪歌》的结构和叙事方式就是明证。显豁诗风结构上的平直顺畅，不仅表现在叙事诗中，在以抒情或议论为主的诗作中也有表现，如黄庭坚的《跋子瞻和陶诗》："子瞻谪岭南，时宰欲杀之。饱吃惠州饭，细和渊明诗。彭泽千载人，东坡百世士。出处虽不同，风味乃相似。"此诗先叙苏轼被贬岭南时的处境，再说在此处境下苏轼心境的澹然和处变不惊，再将陶渊明和苏轼作一比较：陶氏风范千载流传，苏轼的国士风度堪为百世之师。全诗没有一句景语，也没有情语，诗人用极其质朴的文字、极其平直的句法直叙其事，字里行间却包蕴着深刻的思考和深沉的情感。

5. 风格质朴、平淡

前面曾提及，宋人刻意在典雅含蓄之外另创体派，追求一种以俗求雅的新径。黄庭坚作为宋诗代表的江西派领头人，其诗风除了学习杜甫，特意拗折外，也有其质朴、平淡的一面，如《雨中登岳阳楼望君山》二首：

> 投荒万死鬓毛斑，生入瞿塘滟滪关。
> 未到江南先一笑，岳阳楼上对君山。
>
> 满川风雨独凭栏，绾结湘娥十二鬟。
> 可惜不当湖水面，银山堆里看青山。

黄庭坚作为元祐党人受到复辟派的清算，于宋哲宗绍圣二年（1095）被贬为涪州别驾，元符元年（1098）再徙戎州（今四川宜宾），至元符三年放还。这两首诗就是他在放还途中登上岳阳楼放眼洞庭时的感受。诗中有万死归来的庆幸（他的同党、同为苏门四学士的秦观就死于贬所），也有来到充满诗情画意的江南的欢欣，更有风雨之中放眼洞庭的乐趣和惋惜。但无论是叙事，还是描景、抒情，皆是直叙其事、直抒其情，没有言外之意，也无画外之音，情感质朴，风格平淡。也有人欲从诗中发掘微言大义，说是"作者并不止于当前君山，而能融合古今，将眺望时的凝思引入奇境，借远来而登高，借登高而望远，借望远而怀古，借怀古而幻念，极迁想妙得之观，真真是措意也深"（肖俊峰《雨中登岳阳楼望君山》赏析，见《宋诗鉴赏辞典》，上海科学技术文献出版社 2008 年版），这只能见仁见智了。

　　黄庭坚还有首《牧童》，也是分外朴实平淡："骑牛远远过前村，短笛横吹隔陇闻。多少长安名利客，机关用尽不如君。"这首诗倒确实有寄托，有所谓弦外之音，但这寄托则是直接道出："多少长安名利客，机关用尽不如君。"争名于朝，争利于市，"蛩吟罢一觉才宁贴，鸡鸣时万事无休歇"，心劳力竭，比起牧童的横骑牛背的无忧无虑，"短笛无腔信口吹"的逍遥自在，真是天壤之别，这就是作者明白道出的人生感悟，呈现的仍是质朴平淡的诗歌风格。

　　在中国古典诗词中，由于诗人们将此视为至境，刻意追求，这类风格的诗篇相当多，如以诗词平淡醇美著称的孟浩然就有很多这样的诗作：他的《过故人庄》，简洁质朴地记载一次在农家老友处做客的经过：故人邀客、开轩对饮、闲话桑麻、临别再邀，简朴得像一则日记。但故人的情谊、田园的风光、农家的乐趣却扑面而来，至真至诚。一个"开轩面场圃"的普通农家，一顿极为普通的"鸡黍"饭，描写的是眼前景，使用的是口头语，叙述层次也完全是顺其自然，却被表现得如此富有诗意，笔调竟然如此轻松，使我们忘记这是一首格律森严的律诗。闻一多说这首诗"淡到看不见诗"（《孟浩然》），沈德潜称赞此诗"语淡而味终不薄"（《唐诗别裁》），都意在称赞孟诗这种质朴平淡的风格。孟浩然的《春晓》，"春眠不觉晓，处处闻啼鸟。夜来风雨声，花落知多少"，更是让家家户户作为童蒙教材。平易浅切、自然天成，没有一点人工斧凿的痕迹，但它言浅意浓、景真情真，整首诗就像行云流水一样，平易自然又悠远深厚。他的《宿建德江》："移舟泊烟渚，日暮客愁新。野旷天低树，江清月近人。"更是一首风韵天成的小诗，淡中有味，含而不露，虽在表现羁旅之愁，但没见一个"愁"字，而是通过日暮烟渚、旷野低树、江水明月这些旅途之景来烘托陪衬，做到"语淡而味终不薄"。

（三）诗词如何做到显豁

1. 向现实生活学习

宋代诗人杨万里的诗词构思奇特、风趣诙谐，笔随景转，被人誉为"诚斋体"。"诚斋体"的基本精神就是回归自然，与宋代大多数诗人尤其是江西派的注重书本和内省不同，杨万里强调"感物"，向生活学习。他说，"春花秋月冬冰雪，不听陈言只听天"（《读张文潜诗》），这里的"天"即指现实生活中的自然万物。他把向生活学习作为诗歌创作的一条根本法则："山思江情不负伊，雨姿晴态总成奇。闭门觅句非诗法，只是征行自有诗。"（《下横山滩头望金华山》）正因为如此，他的许多名句都极富生活气息，形象生动而准确，如"接天莲叶无穷碧，映日荷花别样红"（《晓出净慈寺送林子方》）；"小荷才露尖尖角，早有蜻蜓立上头"（《小池》）；"江欲浮秋去，山能渡水来"（《题湘中馆》）；"风烟绿水青山国，篱落紫茄黄豆家"（《山村》）；"风将春色归沙草，天放晴光入浪花"（《过平望》）；"青编翠竹风窗月，白洒红蕖水槛天"（《秋凉晚酌》）等。

向生活学习一个很重要的方面就是向民间学习语言。民间的口语非常生动通俗，很多古典诗人都刻意将生动的民间口语纳入自己的诗中，以增强形象性、生动性和感染力，杜甫就是其中极为成功的一位。尽管他很讲究字句的推敲，"为人性僻耽佳句，语不惊人死不休"，也很讲求格律的精严，"老来渐于诗律细"，但并不排除对民间口语的吸收和运用，如《遭田父泥饮美严中丞》中的"叫妇开大瓶"，"月出遮我留，仍嗔问升斗"，俱是口语，将老农的豪放、待客的真诚毕肖画出。《草堂》中的"旧犬喜我归，低徊入衣裾。邻舍喜我归，酤酒携胡芦。大官喜我来，遣骑问所须。城郭喜我来，宾客隘村墟"，即是学习北朝民歌《木兰辞》中的语言和手法。《贫交行》中的"当面输心背面笑"、"翻手为云覆手雨"也是民间常用的口语。上面提到的杨万里也是如此，他的《五月初二日苦热》诗中有"人言长江无六月，我言六月无长江"。据《五灯会元》卷十六载，"长江无六月"是北宋谚语，当时流传甚广。王琪主张"诗家不妨间用俗语，尤见工夫，此点瓦砾为黄金手也"（《西清诗话》）。诗人们在创作中也在不断实践这种主张，杨万里诗作中就刻意大量运用俗语，如《竹枝词》："月儿弯弯照九州，几家欢乐几家愁。几家夫妇同罗帐，几家漂零在外头。"这简直就是照搬民歌。甚至因用俗语过多而受人指责，被讥为"满纸村气"，但杨万里的"诚斋体"享誉南宋以后诗坛，与其善用方言俗语有很大关系。

　　袁枚在《随园诗论》中记述了自己向"村童牧竖"学习语言的体会，他说："村童牧竖，一言一笑，皆吾之师，善取之皆成佳句。"他讲了两个小故事：有年十月，正是梅花开放的季节，一天，有个担粪的农民兴冲冲地跑来告诉他："梅树有一身花了。"袁枚听了大为赞赏，认为这句话很富于诗意，于是马上写进诗里，"月印竹成千'个'字，霜高梅孕一身花"。又有一次，他在二月出门远行，有个和尚送他上船，看到满园盛开的梅花，不胜惋惜地说："可惜园中梅花盛开，公带不去！"诗人很受启发，于是又得诗二句："只怜香雪梅千树，不得随身带上船。"

2. 继承前人优秀传统

　　中国民间文学的源头《诗经》为我们开启了一个显豁诗风的优秀源头。其中的《国风》和《小雅》，"饥者歌其食，劳者歌其事"，内容紧扣民众生活，它是民众感情的自然宣泄，基调健康真挚，风格朴实醇厚，像《豳风·七月》，全诗按季节和时令的转移，记叙了农奴一家一年四季无休无止的劳作和无衣无食的艰难生活。口吻像一个老农奴叙家常，满腹辛酸、絮絮叨叨，所言景物和农事又切合农时，是丰富的农村生活经验的自然流露，增强了诗词直陈其事的美感和可信度。所以历代诗人都将《诗经》尤其是其中的"风"、"雅"作为自己学习的楷模，连孔子也说"不学诗，无以言"。李白哀叹六朝以来"大雅久不作，吾衰竟谁陈"（《古风》）；杜甫表示自己要"别裁伪体近风雅"（《戏为六绝句》）；白居易称赞新乐府运动的同伙张籍是"风雅比兴外，未尝著空文"（《读张籍古乐府》）。如上所述，这些经典诗人在其创作实践中，也确实继承和发扬了《诗经》的现实主义传统和朴实醇厚的文学风格。比起《诗经》，汉魏乐府的风格似乎更为质朴古拙，《上邪》那种火山爆发式的爱情盟誓，《江南》那种古拙的叙述方式，《公无渡河》那种直白又深沉的叹息，为后来的民歌和文人诗作提供了显豁诗风的很好范例。如唐代敦煌曲子词中的《菩萨蛮》："枕前发尽千般愿，要休且待青山烂。水面上秤锤浮，直待黄河彻底枯。白日参辰现，北斗回南面。休即未能休，且待三更见日头。"完全是学习《上邪》的表达方式；南朝乐府中的《懊侬歌》："江陵去扬州，三千三百里，已行一千三，所有二千在。"也是刻意模仿《江南》的古拙；李白的《横江词》中"公无渡河归去来"更是直接化用了汉乐府《公无渡河》。

3. 忌粗率肤浅

显豁不是肤浅，直白也不等于粗率，它还需要内蕴的深厚和情感的丰富。宋人周必大曾说："白香山，诗似平易，观所间存遗稿，涂改甚多，竟有终篇不留一字者。"（《跋宋景文唐史稿》）可见白居易平易朴实的语言并不是信手拈来，而是经过一番认真的推敲修改，是诗人功力炉火纯青的表现，其中蕴涵着诗人的刻意追求和一番苦心。在创作实践中，白居易是有意识地学习吸纳民歌中的语言，模仿民歌所写的诗，清新自然、浑然天成，如《浪淘沙词六首》第四首，"借问江潮与海水，何似君情与妾心。相恨不如潮有信，相思似觉海非深"；《池上二绝》："小娃撑小艇，偷采白莲回；不解藏踪迹，浮萍一道开"，将瞬间的情景描写下来，充满天真的童趣。

　　贺裳曾称赞"郑谷诗以浅切而妙"（《载酒园诗话又编》）。所谓浅切是指郑诗诗意浅近明白，不晦涩深奥；所谓"妙"则指其浅切之外又意蕴丰厚深远。他举郑诗《敷溪高士》为例："敷溪南岸掩柴荆，挂却朝衣爱净名。闲得林园栽树法，喜闻儿侄读书声。眠窗日暖添幽梦，步野风清散酒醒。谪去征还何扰扰，片云相伴看衰荣。"诗人既是赞隐士品格之高洁自适，同时也是自明心志，透露出作者厌恶官场、向往隐逸的深层情志。此诗表面看来自是明白如话，但由于有这样一层深藏于字里行间的意思，全诗便显意蕴丰厚深远了。贺裳十分欣赏其中的"眠窗日暖添幽梦，步野风清散酒醒"一联，认为此联和郑谷《舟行》中的"村逢好处嫌风便，酒到醒时觉夜寒"，《少华甘露寺》中的"饮涧鹿喧双派水，上楼僧踏一梯云"，《寄孙处士》中"酒醒藓砌华阴转，病起渔舟鹭迹多"，《寄杨处士》中的"春卧瓮边听酒熟，露吟庭际待花开"等，都是"入情切景"、"浅切而妙"的佳句。此类诗歌，通俗浅显，粗读便能明了其意，细品之下又觉诗中语言虽浅，意味却深，这正是郑谷诗歌的妙处。郑谷还有很多这样浅而能远、含蓄蕴藉的诗。称其妙乃是因其诗意在言外，颇富余味。如他的《中台五题》之《牡丹》："乱前看不足，乱后眼偏明。却得蓬蒿力，遮藏见太平。"和《玉蕊》："唐昌树已荒，天意眷文昌。晓入微风起，春时雪满墙。"二诗写的都是战乱之后的荒凉景象，读后不仅让人仿佛亲见群花残败凋零的形态，更使人感受到诗人在大乱之后惊魂甫定时复杂的内心世界，那份面对破碎山河时的惆怅伤感和劫后余生的庆幸。这种深沉的韵味自然会增强诗歌感染力，使诗味变得厚重起来。

以俗事俗物入诗虽则真实自然但缺少文学美感，这也是追求显豁诗风时应极力避免的，如梅尧臣《八月九日晨兴如厕有鸦啄蛆》等诗作，竟然以喝茶肚子响，入厕见鸦啄蛆虫等极为粗俗的东西入诗，不仅不能引起丝毫的美感，甚至粗俗得近丑陋了。

这一章谈了两种对立的文学风格和表现手法：显和隐。

由于读者和批评家的审美趣味和欣赏眼光的不同，有的欣赏含蓄之境，认为"语贵含蓄"，"'含蓄'二字，是诗文第一妙处"；有的则推崇平淡，认为"作诗无古今，唯造平淡难"，"平淡而山高水深"。这实际上是文学接受中个性特征的体现，也是文学鉴赏丰富性和多样性的表征。无论读者和批评家们如何见仁见智，有两点是肯定的：无论是含蓄隐曲或是直白显豁，它们都是中国古典诗词中最主要的风格和表现手法之一，也都是历代诗人刻意追求的至境。

中国古典诗词中的美人芳草

汉语的修辞格中有借代，即说话或写文章时不直接说出所要表达的人或事物，而是借用与它密切相关的人或事物来代替，这种修辞方法叫借代。被替代的叫"本体"，替代的叫"借体"。中国古典诗词中经常出现的"美人芳草"就是借代修辞格中的"借体"。

古典诗词中用以借代的芳草有芰荷、芙蓉、薜荔、蕙、茝、兰、梅、菊等，咏歌的美人称谓则有美女、佳人、蛾眉、倾国、倾城、秀色等，有时干脆以织女、王嫱、嫦娥借代。还有一些诗词，将美女芳草混而为一，共同咏歌，交相辉映。

一、芳草

早在《诗经》中，芳草就已经作为美的事物的借代，如《诗经·陈风·泽陂》中"彼泽之陂，有蒲与荷。有美一人，伤如之何。寤寐无为，涕泗滂沱"。这里以芳香植物蒲、荷比喻美人，表达一种无尽的相思。这种借代手法的真正生发和大量运用始自屈原。屈原集南北文化之精粹，融合了芳草在南北文化中不同的美学意蕴，并将其人格化，赋以形式美和内在美的美学意蕴。芳草的审美价值在《离骚》、

《九歌》、《九章》中发展到了极致。"制芰荷以为衣兮，集芙蓉以为裳"，"既替余以蕙纕兮，又申之以揽茝"，"佩缤纷繁饰兮，芳菲菲其弥彰"。芰荷为衣，芙蓉为裳，蕙兰为佩，香茝为饰，这是形式美。"朝饮木兰之坠露兮，夕餐秋菊之落英"，"朝搴阰为之木兰兮，夕揽洲之宿莽"，诗人以木兰、秋菊、宿莽傲霜雪的风骨和顽强的生命力陶冶情操，不断完善自我。用芳草的缤纷、艳丽、芳香荡涤心灵，醇化品格，提升人性，从而实现服饰美与心灵美的融会贯通，外在美内性化，形式美与内性美珠联璧合，达到完美的和谐统一，可谓"文质彬彬，然后君子"。

屈原以后，芳草成了士大夫高洁品格、不屈精神的代称，也是才华出众又不被理解、壮志难伸的借喻。阮籍《咏怀诗》十三首多用此法，如"其三"：

> 嘉树下成蹊，东园桃与李。
> 秋风吹飞藿，零落从此始。
> 繁华有憔悴，堂上生荆杞。
> 驱马舍之去，去上西山趾。
> 一身不自保，何况恋妻子。
> 凝霜被野草，岁暮亦云已。

诗人将自身品格才华比喻成自身不言却"下自成蹊"的桃、李，正在秋风的摧残下凋零。想赶快远走避祸，但又想到妻儿老小，再转念一想：自身都不保了，还考虑他们的安危干什么！这个借代，将诗人在魏晋易代之际政治上的险恶、自己处境的艰危，表露得含蓄而形象。在此之后，陈子昂的《感遇》"兰若生春夏"，张九龄的《感遇》"江南有丹橘"，李白的《古风》第三十"孤兰出幽园"，元稹《菊花》，柳宗元的《湘岸移木芙蓉植龙兴精舍》，李商隐《题小松》，秦观的《浣溪沙》"漠漠轻寒上小楼"，李清照《醉花阴·薄雾浓云愁永昼》，陆游的《梅花绝句》、《卜算子·咏梅》，辛弃疾《沁园春·三径初成》、《兰陵王·一丘壑》等诗词中无不以芳草借代主人公高洁的品行、高尚的人格，抒发受到不公正待遇的愤懑。

至于芳草具体的文化内涵和借代意义，主要有以下几个方面：

（一）芬芳高洁的文化人格

屈原在《离骚》中从三个方面表白自己的外在和内心之美：一是出身高贵，是高阳氏的苗裔，出生的时辰很好，名字取得也很好，这主要用赋体来表述，但爱修饰、注重容止，既有内美又有修能，则主要通过芳草的比附，如用"扈江离与辟芷兮，纫秋兰以为佩"，"杂申椒与菌桂兮，岂维纫夫蕙茝"，"揽木根以结茝兮，贯薜荔之落蕊；矫菌桂以纫蕙兮，索胡绳之纚纚"来比附和强调自己"好修姱"以为常；用"余既兹兰之九畹兮，又树蕙之百亩；畦留夷与揭车兮，杂杜蘅与方芷。冀枝叶之峻茂兮，愿竢时乎吾将刈"来比附自己重视人才的培养并对此倾心尽力、有所期待；"朝饮木兰之坠露兮，夕餐秋菊之落英"，"朝搴阰之木兰兮，夕揽洲之宿莽"来比喻自己不断陶冶操守、完善自我，即不但"好修姱"又不断加以"鞿羁"，而且表示"亦余心之所善兮，虽九死其尤未悔"。蒋骥对这两句注释说："木兰去皮不死，宿莽拔心不死，故诗人'朝搴''夕揽'以示自己的坚贞不渝。"（《山带阁注楚辞》）

屈原以后，宿莽、胡绳、菌桂、薜荔、江离、申椒之类芳草用得少了甚至绝迹，更多的、用得较为频繁的是梅、兰、菊，所谓"岁寒三友"，而且其文化内涵也略有区别：

1. 梅

梅的人文品格是清高脱俗、不畏严寒、高风亮节。最早的咏梅诗，当是唐末诗人和凝的《望梅花》：

> 屈春草全无消息，腊雪犹余踪迹。
> 越岭寒枝香自折，冷艳奇芳堪惜。
> 何事寿阳无处觅，吹入谁家横笛？

诗中既有对梅花不畏严寒、香艳无比的赞叹，更有寒冬季节对梅的企盼。

宋代诗人林逋的《山园小梅》，被称为咏梅的佳作：

> 众芳摇落独暄妍，占尽风情向小园。
> 疏影横斜水清浅，暗香浮动月黄昏。
> 霜禽欲下先偷眼，粉蝶如知合断魂。
> 幸有微吟可相狎，不须檀板共金樽。

诗人把梅花置于水边、月下两个特定的环境中，首联是赞颂梅花不惧寒冷、独抗严冬的孤傲，颔联"疏影横斜水清浅，暗香浮动月黄昏"是渲染梅花清高脱俗的诗魂月魄，从此"疏影"和"暗香"也成了咏梅的固定用语。南宋词人姜夔有两首著名的词，就分别以"暗香"和"疏影"作为题目。

陆游特别喜欢梅，他的咏梅佳作在百首之上，都是咏歌梅花的高洁坚贞，自己对梅的仰慕和喜爱。当然，其中也暗寓自己的生活遭遇和人生理想，如"梅花吐幽香，百卉皆可屏"（《古梅》）；"雪虐风饕愈凛然，花中气节最高坚"（《落梅》之一）；"平生不喜凡桃李，看了梅花睡过春"（《探梅》二绝之二）；"子欲作梅诗，当造幽绝境。笔端有纤尘，正恐梅未肯"（《梅花绝句》十首之六）；"何方可化身千亿？
一树梅花一放翁"（《梅花绝句》六首之三），其中词作《卜算子·咏
梅》的比拟意更显得突出：

> 驿外断桥边，寂寞开无主。已是黄昏独自愁，更著风和雨。
> 无意苦争春，一任群芳妒。零落成泥碾作尘，只有香如故。

陆游一生多次因力主抗战而遭南宋朝廷的罢黜，晚年更闲置山阴十
多年。词中梅花的孤独："寂寞开无主"，处境的艰难："已是黄昏独自
愁，更著风和雨"，不愿随波逐流："无意苦争春，一任群芳妒"，高洁
自持："零落成泥碾作尘，只有香如故"，都是词人品格和遭遇的指代。

2. 兰

兰的人文品格是君子的象征，兰花中有个品种就叫君子兰。当然，
这个"君子"又有多重内涵：

一是象征君子出处进退的"时"与"位"。相传孔子作《猗兰操》，
叹息兰草具有"王者之香"却与"众草为伍"，发出"生不逢时"的感
慨。《古诗十九首》中"伤彼蕙兰花，含英扬光辉。过时而不采，将随秋
草萎"，也是在揄扬兰蕙品格的同时，强调"时遇"的重要，不然就会
与秋草为伍。屈原在《离骚》中说自己"纫秋兰以为佩"，也是说自己
孤芳自赏、不合时宜。后汉郦炎有首《兰》，也是慨叹兰的生不逢时：

> 灵芝生河洲，动摇因洪波。
> 秋兰荣何晚，严霜悴其柯。
> 哀哉二芳草，不植太山阿！

在河洲而不在太山，这是叹息兰草和灵芝"处非其位"；受严霜
而不承春露，这是"生不逢时"。后人写兰草，亦多作为君子出处行藏

的暗寓，后汉的张衡在诗词中也往往借芳草萎落以比衬贤臣的被弃置，
如《怨诗》：

> 猗猗秋兰，植彼中阿。有馥其芳，有黄其葩。
> 虽日幽深，厥美弥嘉。之子之远，我劳如何。
> 我闻其声，载坐载起。同心离居，绝我中肠。

诗中咏叹品性芳洁的兰花被弃置于幽谷，意在比喻贤能君子不遇
明君而被弃置。逯钦立解释说："秋兰，咏嘉美人也。嘉而不获，用故
作是诗也。"

又如李白的《赠友人》：

> 兰生不当户，别是闲庭草。
> 夙被霜露欺，红荣已先老。
> 谬接瑶华枝，结根君王池。
> 顾无馨香美，叨沐清风吹。
> 余芳若可佩，卒岁常相随。

有的研究者认为，这是一首自述家世的诗。李白一族可能是玄武
门事件的受害者，其先人避祸中亚碎叶。诗中说兰花虽不曾当户而生，
但与闲草还是有区别的，因为它"结根"在"君王池"。诗人用兰的
"先老"，叹息"时"的"迟暮"；用兰的"谬接瑶华枝"，叹息自己人
生的错位。

二是贤者在野，怀抱幽贞的志节，作为古典诗人向往山林隐逸情
趣的投射，如崔涂的《幽兰》：

> 幽植众宁知，芬芳只暗持。

> 自无君子佩，未是国香衰。
>
> 白露常沾早，春风每迟到。
>
> 不知当路草，芬馥欲何为？

　　兰花"幽植"，野草"当路"；"国香"仍在，遗憾的是无君子佩戴，春风迟到，还要受白露侵害。既然如此，还是"幽植"，做岩穴中的隐士，空谷的佳人吧！

3. 菊

　　菊花不与春花争艳，却在秋霜中抗争，它没有趋时的媚态，却有着烈士受难的精神，这是"国士"的象征。另外它的恬淡、高标又构成了性格的另一面，成了高士的象征。中国古典诗人们多是从这两个方面来借代的。曹升诗云"国士才情高士品，陶家美酒谢家诗"，就是强调菊花这两方面特征。屈原《离骚》中"朝饮木兰之坠露兮，夕餐秋菊之落英"，则是以木兰、秋菊傲霜雪的风骨和顽强的生命力来比附自己不随流俗、不畏强暴的坚贞品格。晋代袁山松咏歌菊是"春露不改色，秋霜不改条"；曹升的《咏菊》有"要使世人瞻晚节，出山故在九秋时"等，这些也是咏歌菊花这类品格。

　　陶渊明眼中的菊花，则是强调其"高士"的一面，如《饮酒》其二："采菊东篱下，悠然见南山"；其四："秋菊有佳色，裛露掇其英。泛此忘忧物，远我遗世情。"前者写采菊，菊花恬淡，诗人悠然，融会成一个和谐的高士形象。因"采菊而见山，境与意会，此句最有妙处"。后者写作者饮酒食菊，远离世情。世情既远，就可以怡然自得。这都是对隐者高士生活的向往和追求。许有壬的《种菊》也表达了类似的情感倾向：

> 酒熟同招隐者看，饥来忍把落英餐。

春风无限闲桃李，不似黄花耐岁寒！

诗人眼中的菊花是位隐者高士，忍饥耐寒成了分内之事，完全超乎物质功利的标准。

菊有时也作为气节、操守的代称，如宋末遗民郑思肖的《题菊》：

花开不并百花丛，独立疏篱趣未穷。

宁可枝头抱香死，何曾吹落北风中。

郑思肖（1241—1318）字忆翁，号所南，宋末诗人、画家。连江（今属福建）人。曾以太学上舍生应博学鸿词试。元军南侵时，曾向朝廷献抵御之策，未被采纳。以后客居吴下，寄食报国寺。改名思肖，表示思念赵宋之意，又号所南，表示以"南"为"所"，住地名为"本穴世界"，移"本"字之"十"置"穴"中，即"大宋"。他日常坐卧，也要向南背北。他擅长作墨兰，宋亡后画兰花叶萧疏而不画根土，人问其故，答曰："地为人夺去，汝犹不知耶？"这首《题菊》中"宁可枝头抱香死，何曾吹落北风中"，除了暗寓大宋土地已为人夺去外，更有坚持气节、不改初衷的坚贞！

元代诗人王翰的《题菊》也类此：

我离故园时，绕篱种佳菊。

交叶常青葱，余英吐芳馥。

别来二十载，粲粲抱幽独。

岂无桃李颜，岁晚同草木。

及兹睹余芳，使我泪盈掬。

离披已欲摧，潇洒犹在目。

雨露岂所偏，岁月不可复。

归去来南山，餐英坐空谷！

王翰（1333—1378）字用文，党项族人，生于将军世家。少袭官职，青年之时即有能名，后入全闽守将陈友定幕府。陈友定为朱元璋所灭后，王翰不愿臣服明朝，遂隐居于福建永福的观猎山十余年，创作大量诗歌，著有《友石山人遗稿》。王翰为人刚直忠贞，隐居时被明朝查知行踪，强征其入朝，王翰以自刎之举表达了自己不事二主的气节，遂留山中直至老死。王翰为胡人，深受汉文化熏陶，诗中对菊的咏歌，实际上是本人的操守的自喻。"别来二十载，粲粲抱幽独"，那孤怀磊落、幽独不群的菊花，正是他在元亡后隐忍山林十余年，宁可自尽也不归顺新朝的坚贞气节的折射！"离披已欲摧，潇洒犹在目"，"归去来南山，餐英坐空谷"，显示的也正是诗人隐居山林的清贫又洒脱的形象。

（二）某种情感和思绪的象征

贾至的《巴陵夜别王八》：

> 柳絮飞时别洛阳，梅花发后到三湘。
> 世情已逐浮云散，离恨空随江水长。

诗中的梅花既不是君子人文品格的象征，也非贤者在野，怀抱幽贞志节的折射，只是季节和时间的标志，当然，其中也有含蕴，但含蕴的也仅仅是离恨和别愁。

再如李清照的《醉花阴》：

> 薄雾浓云愁永昼，瑞脑消金兽。佳节又重阳，玉枕纱厨，半夜凉初透。东篱把酒黄昏后，有暗香盈袖。莫道不销魂，帘卷西

风，人比黄花瘦。

据伊世珍《琅嬛记》记载："易安以重阳《醉花阴》词函致明诚。明诚叹赏，自愧弗逮，务欲胜之，一切谢客，忘食忘寝者三日夜，得五十阕，杂易安作以示友人陆德夫。德夫玩之再三，曰'只三句绝佳'。明诚诘之，曰'莫道不销魂，帘卷西风，人比黄花瘦'。"陆德夫说三句，其实就一句，"人比黄花瘦"。这个比喻之所以让人佩服，其中自然有品格上的自喻，但是，更多的是因为思念，人形容憔悴而清瘦，以此来表达相思之苦。

有的诗人也通过透露咏菊表达他对人生的领悟，或显示某种生活哲理，如元稹《菊花》：

> 秋丛绕舍似陶家，遍绕篱边日渐斜。
> 不是花中偏爱菊，此花开尽更无花。

诗人为何偏爱菊，说得很直白："此花开尽更无花。"这当中当然含蕴了许多人生哲理。又如陶渊明《饮酒》（二）：

> 结庐在人境，而无车马喧。
> 问君何能尔，心远地自偏。
> 采菊东篱下，悠然见南山。
> 山气日夕佳，飞鸟相与还。
> 此中有真意，欲辨已忘言。

苏轼最欣赏"采菊东篱下，悠然见南山"二句，认为"因采菊而见山，境与意会，此句最有妙处"。因为它既表现了田园之美，又表达了隐逸之乐；既表现了闲适之情，又表达了自励之志。不仅内容含蕴丰富，而且意境韵味隽永。再如，"悠然见南山"的"见"字，十分传神地表现了诗人在采菊之时漫不经心地偶然抬头见山的情状，与全诗顺其自然的情调和谐一致。

二、芳草象征意义的时代变迁

芳草的人文内涵也随着时代的变迁有所改变，先秦时期，屈原经常使用的一些芳草如宿莽、胡绳、菌桂、薜荔、江离、申椒作为指代。汉魏以后这类芳草用得少了甚至绝迹。用得较为频繁的是梅、兰、菊等。就是梅、兰、菊的人文内涵，先秦、两汉与唐宋以后也有所不同：

（一）兰

兰在先秦，象征品德和人格的高洁，是士大夫人文品格的指代。在屈原的《离骚》中，还有一个内敛风华、根深蒂固的民族感情与性格认同这方面的内涵。

唐朝以后，"兰"的内涵朝着多义性和世俗化的方面发展。一是增加了人生不得志、生活多艰的哀怨，另一是作为君子出处行藏的暗寓。至于民族感情、民族性格方面的强调和认同，除了郑思肖在宋亡后的绘画中，画兰花叶萧疏而不画根土，诗词中很少看到这方面的暗示。

借指人生不得志、生活多艰哀怨的，如晚唐诗人唐彦谦的《咏兰》：

> 清风摇翠环，凉露滴苍玉。
> 美人胡不纫，幽香蔼空谷。
> 谢庭蔓芳草，楚畹多绿莎。
> 于焉忽相见，岁晏将如何。

唐彦谦于唐末乾符年间（874—879），曾在河中（今山西永济）、壁州（今四川通江）、兴元（今陕西汉中）、阆州（今四川阆中）等地任职。这首诗可能是他晚年在陕西、四川一带任职时所作。诗中用兰草自比，表达自己承受不住四处漂泊的孤独与苍凉，以及岁晚之际"寒风与霜雪"的侵夺。

作为君子出处行藏暗寓的，如前面已列举的李白《赠友人》、崔涂的《幽兰》，下面无可的《兰》也属于此类：

> 兰色结春光，氤氲掩众芳。
> 过门阶露叶，寻泽径连香。
> 畹静风吹乱，亭秋雨引长。
> 灵均曾采撷，纫佩挂荷裳。

无可是唐代的僧人，中唐诗人贾岛的从弟，诗与贾岛齐名。他在这首咏兰诗中，一方面咏歌兰花的幽香雅洁，对自己遁入空门、久居天仙寺为僧发出喟叹；同时，又对自己如兰一般的修身养性、心如止水的生活感到很惬意。"过门阶露叶，寻泽径连香。畹静风吹乱，亭秋雨引长"，这完全不像苦行僧的生活，而有隐士的味道。

（二）菊

先秦时代菊花的"国士"象征意后代仍在参差传承，但自陶渊明之后，它的恬淡、高标的"高士"内涵则在加浓加重。唐宋以后更朝着多义性和世俗化的方面发展。"国士"和"高士"的内涵前面已多列举，这里主要谈其多义性和世俗化的发展方向：通过咏菊表达诗人对人生的领悟，或显示某种生活哲理，如前面提到元稹《菊花》和陶渊明《饮酒》（其二），另外，唐人郑谷的《菊》也发出类似的人生感慨：

> 王孙莫把比蓬蒿，九日枝枝近鬓毛。
>
> 露湿秋香满池岸，由来不羡瓦松高。

　　诗人咏叹菊花在寒露中绽放，香气满池岸，但是它甘于贫贱，从不羡慕"瓦松高"；它又清雅高洁，奉劝权贵莫把菊视同蓬草。这些比附中既有清贫自守的自励，也有对权贵的求告，要他对己另眼相看。诗也有其世俗的一面。

　　岑参的《行军九日思长安故园》则是把菊视为悲天悯人的天使，陪伴着战场上死去的孤魂和还在戍守的将士：

> 强欲登高去，无人送酒来。
>
> 遥怜故园菊，应傍战场开。

　　杜甫的《九日》则将咏菊与思亲怀乡连在一起：

> 重阳独酌杯中酒，抱病起登江上台。
>
> 竹叶于人既无分，菊花从此不须开。
>
> 殊方日落玄猿哭，旧国霜前白雁来。
>
> 弟妹萧条各何在，干戈衰谢两相催！

　　皎然的《寻陆鸿渐不遇》则表达对幽独雅致的隐士生活的向往：

> 移家虽带郭，野径入桑麻。
>
> 近种篱边菊，秋来未著花。
>
> 扣门无犬吠，欲去问西家。
>
> 报道山中去，归来每日斜。

　　唐宋以后，菊甚至还由孤傲演化成反抗性格乃至造反精神的代称，如黄巢的两首菊花诗：

> 飒飒西风满院栽，蕊寒香冷蝶难来。
> 他年我若为青帝，报与桃花一处开。
>
> ——《题菊花》

> 待到秋来九月八，我花开后百花煞。
> 冲天香阵透长安，满城尽带黄金甲。
>
> ——《不第后赋菊》

　　黄巢（？—884），唐末农民起义首领，出身盐商家庭。进士不第后以贩卖私盐为业，后响应王仙芝起兵反唐。中和元年（881），攻入长安称大齐皇帝，年号金统。黄巢将唐朝四品以上官员统统罢免，又纵部下在长安烧杀抢掠，其部属"杀人满街，巢不能禁"，因而失去人心，被唐王朝从少数民族借来的兵力李克用和朱温剿灭。中和四年六月十七日（公历7月13日），在狼虎谷（今山东莱芜）为部下林言所杀（一说自杀）。黄巢为人刚烈义气，一旦确定人生目标决不动摇。史载乾符三年九月，先期造反的王仙芝写信给蕲州刺史裴偓，表示愿意接受"招安"。裴偓答应愿授予其左神策军押牙兼监察御史之职。黄巢闻讯后坚决反对，大骂仙芝"始吾与汝共立大誓，横行天下。今汝独取官而去，使此五千余众何所归乎？"随后以杖击仙芝头，头破血流，其众喧哗不已。这两首菊花诗表达了他要扭转乾坤的信心和决心，要主宰天下、扼杀群芳的乾纲独断，是道道地地的"反诗"。

（三）梅

　　梅花在唐以前几乎无人咏歌，目前所知的最早咏梅词就是前面提

到的唐末诗人和凝的《望梅花》。梅的人文品格的定位是清高脱俗、不
畏严寒、高风亮节。宋以后更多是备受打击、不得志的仁人志士的象
征，如陆游、辛弃疾的咏梅诗词，这里不再赘述。

三、美人

"美人"（或"佳人"）是最能体现中国文学爱欲与理想主题的原
型意象之一。这里说的美人，是修辞学上的借代，并非专指女性。那
种将妻子、情人或其他女性称为美人，借以抒发爱恋和相思之苦的诗
章不属于这里讨论的范畴。它所表现的，或是性别移位，诗人以女性
角色叙述着臣妾对君王、臣民对家国的政治寄托；或是以此借代君王，
抒发君臣遇合间的种种感慨；或是借喻追求的人生理想以及才能的自
我肯定和自信；或是借美人迟暮，叹息时光流逝、人生苦短，才能得
不到展示，志向不能实现的苦闷。在美学形态上，它表现的是一种阴
柔的美。其具体内涵，有以下几种：

（一）主体性别移位。作者以幽怨美人之形象，叙述着臣妾对君王、臣民对家国的政治寄托

这类美人意象的创始者是中国第一位爱国诗人屈原：如"惟佳人
之永都兮，更统世而自贶"（《悲回风》）；"惟佳人之独怀兮，折芳椒
以自处"（《悲回风》）；"虽有西施之美容兮，谗妒人以自代"（《惜往
日》）。诗人以女性的身份表白自己对君王的忠贞，对芳洁的自持。

宋玉相传是屈原的学生，在《九辩》"悲忧穷戚兮独处廓，有美一
人兮心不绎"、"原一见兮道余意，君之心兮与余异"等诗句中，继承
了屈原以美人喻君臣关系的象征手法，借着美人的意象发自己的幽思。

政治斗争的失利，使他意识到自己是个弱者，如同女人一样不幸而可悲，只能把这种苦闷之情寄寓在一个个鲜活的美人意象中。

张衡的《同声歌》也是扮演一位女性，诉说着对君主的忠贞：

> 邂逅承际会，得充君后房。
> 情好新交接，恐慄若探汤。
> 不才勉自竭，贱妾职所当。
> 绸缪主中馈，奉礼助蒸尝。
> 思为苑蒻席，在下蔽匡床。
> 愿为罗衾帱，在上卫风霜。
> 洒扫清枕席，鞮芬以狄香。
> 重户结金扃，高下华镫光。
> 衣解巾粉御，列图陈枕张。
> 素女为我师，仪态盈万方。
> 众夫所希见，天老教轩皇。
> 乐莫斯夜乐，没齿焉可忘。

张衡（78—139），字平子，南阳西鄂（今河南南阳市石桥镇）人。少善属文，后入太学，遂通五经，贯六艺。永元中，举孝廉不行，连辟公府不就。大将军邓骘奇其才，累召不应。顺帝初，再转复为太史令。衡不慕当世，所居之官辄积年不徙。后迁侍中，又被宦官谗毁，出为河间相。视事三年，上书乞骸骨，征拜尚书。永和四年卒，年六十二。张衡是东汉时期伟大的天文学家、数学家、发明家、地理学家、制图学家和诗人。文学上他的《二京赋》、《归田赋》、《四愁诗》等都算得上中国文学史上的名篇。在这首《同声歌》中，诗人以女性身份，描述在洞房花烛之夜的经历和感受。有人认为作为一首早期的五言诗,《同声歌》具有丰富的文化意蕴,它不仅表现出汉人对南北及异域文化差异的接受与认同,而且体现了那个时代雅俗的对抗与互渗,同时它还鲜明地传递出了新的时代风尚及审美的新变。有人干脆说它是中国最早的春宫图记录,在性学史上据有颇为重要的地位。其实,这是一首代言体,以男女之情喻君臣之事。正如《乐府解题》所言:"妇人自谓幸得充闺房,愿勉供妇职,不离君子。思为莞簟衾裯,在下以蔽匡床,在上以护霜露。缱绻枕席,没齿不忘焉。以喻臣子之事君也。"

杜甫在《牵牛织女》一诗中,也是借美人之形象,叙述臣民对君王的忠诚和对家国的政治寄托。诗中先是咏叹牵牛织女相思却不能相见:"牵牛出河西,织女处其东。万古永相望,七夕谁见同",很快由男女之情转入君臣遇合之状"明明君臣契,咫尺或来容。义无弃礼法,恩始夫妇恭"。并表示即使君主疏离,自己也要恭守礼法,始终保持忠诚恭敬之心。

张籍《节妇吟》也属于此类:

> 君知妾有夫,赠妾双明珠。
>
> 感君缠绵意,系在红罗襦。
>
> 妾家高楼连苑起,良人执戟明光里。
>
> 知君用心如日月,事夫誓拟同生死。
>
> 还君明珠双泪垂,恨不相逢未嫁时。

此诗下有注:"寄东平李司空师道"。李师道是当时强大的藩镇平卢淄青节度使,又加检校司空、同中书门下平章事头衔,炙手可热。他为了扩大自己的政治影响,处心积虑拉拢文人和中央官吏。张籍作为当时的著名诗人,当然是他笼络的对象。但作为一个正直士大夫,张籍反对藩镇割据,主张国家统一,他当然不会接受李师道的拉拢。

但李师道势力强横，不是能轻易得罪之辈。更何况反迹未露，又以仰慕之名馈赠，也不好严词拒绝。因此诗人采用比体，将自己身份转换成女性，一方面敷衍李师道，说他赠妾双明珠的动机纯正"用心如日月"，但是自己决心"事夫誓拟同生死"。这番以女性口吻做出的决绝表态，表现了诗人忠于唐王朝的决心。因为诗中的"良人执戟明光里"已点明效忠的对象。明光即明光宫，汉代著名的宫殿之一。以汉代唐，是唐代诗人常用的手法。

（二）指代君主

屈原开启指代君主的先例，在《离骚》、《抽思》、《思美人》诸篇中，诗人把楚王或是直称为"灵修"，或是借代为"美人"，如"惟草木之零落兮，恐美人之迟暮"（《离骚》）；"结微情以陈词兮，矫以遗夫美人"（《抽思》）；"与美人之抽思兮，并日夜而无正"（《抽思》）。甚至用"美人"作为诗题，如《思美人》："思美人兮，揽涕而伫眙。媒绝路阻兮，言不可结而诒。"这几处美人，王逸都认为"谓怀王"（见《楚辞章句》）。诗人不断向君王表白自己的忠诚，倾吐着对君主的眷恋和期盼。在《思美人》中更是坦诚表白与君主阻隔的内心痛苦。

曹植在《杂诗》中亦将君主比作佳人，而自己则是个被君主抛弃的弃妇：

> 揽衣出中闺，逍遥步两楹。闲房何寂寞，绿草被阶庭。
>
> 空室自生风，百鸟翔南征。春思安可忘，忧戚与君并。
>
> 佳人在远道，妾身孤单茕。欢会难再遇，芝兰不重荣。
>
> 人皆弃旧爱，君岂若平生？寄松为女萝，依水如浮萍。
>
> 束身奉衿带，朝夕不堕倾。倘终顾眄恩，永副我中情。

　　诗人将自己比喻为独守空房的弃妇,被抛弃多年:"闲房何寂寞,绿草被阶庭",但对君主的思念依然如故:"春思安可忘,忧戚与君并。"他明明知道自己已是美人迟暮,"芝兰不重荣","欢会难再遇",但初衷不改,依然在苦苦等待:"束身奉衿带,朝夕不堕倾",希冀有朝一日能够再次得到重用,实现平生之愿:"倘终顾眄恩,永副我中情。"

　　李白在《妾薄命》中写了历史上有名的金屋藏娇的故事:"汉帝宠阿娇,贮之黄金屋。咳唾落九天,随风生珠玉。宠极爱还歇,妒深情却疏。长门一步地,不肯暂回车。雨落不上天,水覆难再收。"然后以"妾"的身份道出自己的现状与感叹:"君情与妾意,各自东西流。昔日芙蓉花,今成断根草。以色事他人,能得几时好?"这似乎在反映当时男尊女卑的社会问题,但还是有所暗寓的,因为诗中以大量篇幅提到陈皇后被汉武帝遗弃的故事。有的学者认为,此诗的写作时间应与《长相思》相近,皆在天宝三年(744)李白被玄宗赐金放还离开长安之后,如果说《长相思》中的"美人如花隔云端"是暗寓自己的政治理想,那么,这里的"君情与妾意,各自东西流"则是以臣妾的心态诉说对"赐金放还"的哀怨。诗人还有首《乐府》(二十七):"燕赵有秀色,绮楼青云端。眉目艳皎月,一笑倾城欢。常恐碧草晚,坐泣秋风寒。纤手怨玉琴,清晨起长叹。焉得偶君子,共乘双飞鸾。"与《妾薄命》的手法和寓意皆相近。

　　辛弃疾共留下词作629首,其中写到"佳人"的12首,"蛾眉"的7首,"玉人"的6首,"美人"的5首,加上15首写到"倾国"、"倾城"、"红巾翠袖"等的词作,辛词咏歌"美人"的词作占其作品总数的7%。在这45首词作中,"美人"的含义也异常丰富,有的抒写他对贤明君臣的企盼与对报国机遇的渴慕,有的指代自己的才华和志向,有的是暗寓对知音和友人的渴求和期盼，有的则是作为君主的指代，如：《兰陵王·赋一丘一壑》：

> 一丘壑，老子风流占却。茅檐上、松月桂云，脉脉石泉逗山脚。寻思前事错，恼杀，晨猿夜鹤。终须是、邓禹辈人，锦绣麻霞坐黄阁。　　长歌自深酌。看天阔鸢飞，渊静鱼跃。西风黄菊香喷薄。怅日暮云合，佳人何处，纫兰结佩带杜若。入江海曾约。　　遇合事难托。莫击磬门前，荷蒉人过，仰天大笑冠簪落。待说与穷达，不须疑著。古来贤者，进亦乐，退亦乐。

词中叹息"佳人何处，纫兰结佩带杜若"，这完全是屈原美人芳草的表现手法，它使我们联想起"扈江离与辟芷兮，纫秋兰以为佩"；词中的"入江海曾约，遇合事难托"也使我们联想起《离骚》中类似"曰黄昏以为期兮，羌中道而改路"的叹息。词人在《玉蝴蝶·贵贱偶然浑似》中，再一次发出"暮云多，佳人何处？数尽归鸦"的深沉叹息和怅惘。

（三）人生理想的追求，才能的自我肯定和自信

《诗经》的名篇《蒹葭》中写道：

> 蒹葭苍苍，白露为霜。所谓伊人，在水一方。
> 溯洄从之，道阻且长。溯游从之，宛在水中央。
> 蒹葭萋萋，白露未晞。所谓伊人，在水之湄。
> 溯洄从之，道阻且跻。溯游从之，宛在水中坻。
> 蒹葭采采，白露未已。所谓伊人，在水之涘。
> 溯洄从之，道阻且右。溯游从之，宛在水中沚。

　　这是一首情诗，反复抒发对意中人的追求，以及由于道路阻隔无法逾越而产生的怅惘。但是，这个美丽的秋水伊人有着多重意蕴，其中之一就是借代理想和志向。"溯洄从之"、"溯游从之"指代对人生理想的追求，而"道阻且长"、"道阻且跻"、"道阻且右"则意味着追求之中的险阻与艰难；"在水一方"、"宛在水中央"、"宛在水中坻"、"宛在水中沚"则以美人的可望而不可即暗示理想的难以实现。

　　李白有首乐府诗《长相思》，也是以对美人的思念折射自己追求理想的失落和怅惘：

　　　　长相思，在长安。络纬秋啼金井阑，微霜凄凄簟色寒。孤灯不明思欲绝，卷帷望月空长叹。美人如花隔云端。上有青冥之长天，下有渌水之波澜。天长路远魂飞苦，梦魂不到关山难。长相思，摧心肝！

　　有的学者分析，此诗的写作时间约在天宝三年，李白被"赐金放还"离开长安之后，大约与《行路难》的写作时间相近。三年前，李白奉召进京离开南陵时是踌躇满志的："仰天大笑出门去，吾辈岂是蓬蒿人"（《南陵别儿童父老》），他天真地以为，自己"使寰区大定、海县清一"的政治理想就快实现了。岂不知此时的唐玄宗已不是当年那个励精图治的开元盛世的君主，而是"从此君王不早朝"的风流帝王了。尽管唐玄宗礼遇有加，又是"降辇步迎"又是"御手调羹"，但只是将这位翰林供奉视为风流太平的一个点缀。三年供奉生活使李白异常失落，写了许多批判现实的诗作，再加上他"抑扬九重万乘主，浪谑赤墀青琐贤"的正直又放达的性格使他难容于朝，诗人被"赐金放还"，还算是体面地离开了长安。匡国安民的人生理想随着离长安日远也越来越难以实现。这首诗中慨叹的"孤灯不明思欲绝，卷帷望月

空长叹，美人如花隔云端"，"天长路远魂飞苦，梦魂不到关山难"的
政治内涵皆在于此。诗人反复咏叹的"长相思，在长安"也应该定位
于此。他和《诗经·蒹葭》中的"道阻且长"、"道阻且跻"、"道阻且
右"、"在水一方"、"宛在水中央"内涵相近，使用的手法相同。

东汉张衡的《四愁诗》也是以美人的难寻，诉说着自己对人生理
想的追求，对才能的自我肯定：

> 我所思兮在太山，欲往从之梁父艰。侧身东望涕沾翰。
> 美人赠我金错刀，何以报之英琼瑶。
> 路远莫致倚逍遥，何为怀忧心烦劳？
>
> 我所思兮在桂林，欲往从之湘水深。侧身南望涕沾襟。
> 美人赠我琴琅玕，何以报之双玉盘。
> 路远莫致倚惆怅，为何怀忧心烦伤？
>
> 我所思兮在汉阳，欲往从之陇阪长。侧身西望涕沾裳。
> 美人赠我貂襜褕，可以报之明月珠。
> 路远莫致倚踟蹰，可为怀忧心烦纡？
>
> 我所思兮在雁门，欲往从之雪纷纷。侧身北望涕沾巾。
> 美人赠我锦绣段，何以报之青玉案。
> 路遥莫致倚增叹，何为怀忧心烦惋？

史载张衡"虽才高于世，而无骄尚之情。常从容淡静，不好交接
俗人"。这首《四愁诗》写他对美人的追求与向往；美人对他的期许和
厚赠。但追求之中却关山重重、湘水深深、雨雪霏霏，美人的倾心和
期待只能使人徒增叹息和怅惘。美人的意象既是一种人生理想，也是

对自己才能的借喻，内蕴非常丰厚。《四愁诗》曾受到文学史家郑振铎先生的高度评价，称之为"不易得见的杰作"。

陶渊明在《闲情赋》中也为我们描写了一个容貌妩媚、品德高尚、举止娴雅的美人形象，然后抒发对美人的倾慕之情。甚至夸张为愿化作她的衣领、裙子、发油、眉黛、莞席、丝鞋、影子、烛光、扇子、鸣琴来亲近其芳泽。这与晚年"采菊东篱下，悠然见南山"的恬淡寡欲的隐士形象简直判若两人。诗中的美女形象实际上是他青年时代理想志向的化身。诗人对美女追求的至诚至热和诚惶诚恐，也正折射出他青年时期欲有所求，希望为明主赏识，但终究落魄的心路历程。明朝的张自烈说："此赋托寄深远，合渊明首尾诗文思之，自得其旨——观渊明序云：谅有助于讽谏，庶不谬作者之意，此二语颇示己志，贤者妄为揣度，遗其初者。真可悼叹。"张自烈从赋的序文中分析，肯定这是一篇有所寄托之作。

杜甫在诗作《佳人》中，将佳人形象与"竹"、"柏"这些崇高品质的象征联系起来，表明这位时乖运蹇的女子，虽然承受社会、家庭、个人诸方面纷至沓来的灾难，依然像经霜雪不凋的松柏和挺拔劲节的绿竹，保持高尚的情操。诗人又用山中泉水的清澈比喻空谷佳人的品格之清纯。诗中佳人的遭遇，暗示诗人在国破家亡之际颠沛流离的一生遭遇，而松柏之喻、清泉之比无疑也是诗人才能的自信和品格的自喻！

（四）叹息时光流逝、人生苦短，才能得不到展示，志向不能实现，美人迟暮的苦闷

屈原在《离骚》、《湘夫人》、《湘君》诸章中，皆以女子的身份，哀叹遥遥无期的君臣会合，表白自己深沉痛苦的"恋君情结"，其

忠贞、期盼、落寞、幽怨组成一幅凄凉的美人迟暮图："汩余若将不及兮，恐年岁之不吾与"，"惟草木之零落兮，恐美人之迟暮"（《离骚》）；"时不可兮再得，聊逍遥兮容与"（《湘君》）；"时不可兮骤得，聊逍遥兮容与"（《湘夫人》）；"留灵修兮憺忘归，岁既晏兮孰华予"（《山鬼》）。后来的诗人多从此诗意出发，进行角色转换，把自己直接扮成一个怨妇，将君臣阻隔、壮志沉埋比作美人迟暮。曹植就是其中的一位。

曹植自幼颖慧，年10岁余便诵读诗、文、辞赋数十万言，出言为论，下笔成章，深得曹操的宠信。曹操曾经认为曹植在诸子中"最可定大事"，几次想要立他为太子。曹植此时也意气风发，有强烈的建功立业愿望，这在他此时写的《白马篇》中有充分表现："名编壮士籍，不得中顾私。捐躯赴国难，视死忽如归。"建安二十五年，曹操病逝，曹丕称帝，对曹植极力打压甚至要置于死地，继后的魏明帝曹叡对他仍严加防范。以曹丕称帝为界，曹植的生活从此发生了根本性的变化：从一个过着优游宴乐生活的贵公子，变成处处受限制和打击并被不断被贬谪的藩王。后期诗歌，主要抒发他在打压之下时而愤慨时而哀怨的心情，表现他不甘被弃置，希冀用世立功的愿望。此时的诗文，除了像《赠白马王彪》、《野田黄雀行》、《求自试表》那样，直接反映此时动辄得咎的处境和不甘被弃置，希冀用世立功的愿望外，还有一部分是用代言体，即以"佳人"自喻，来表白自己的品格、志向，抒发自伤不遇、美人迟暮之感。如《杂诗》之五：

> 南国有佳人，容华若桃李。
>
> 朝游江北岸，夕宿潇湘止。
>
> 时俗薄朱颜，谁为发皓齿？

俯仰岁将暮，荣耀难久恃。

这是作者自伤不遇之作。诗中的佳人实际上是作者的自喻。佳人不为时俗所重，世间没人能够让她露齿一笑。她为飞逝的时光即将带走她的青春美貌而苦闷，美人迟暮的紧迫感使她的期待更为紧迫。前面提到的《美女篇》亦是以美女自喻，用美女的盛年不嫁比喻自己的怀才不遇，反映了作者处境艰危、壮志难伸的苦闷。诗中的美女有令人羡慕的美貌："容华耀朝日，谁不希令颜"，又有坚贞的品格："佳人慕高义，求贤良独难。众人徒嗷嗷，安知彼所观"，但却不被赏识，只好"盛年处房室，中夜起长叹"。诗人是在借"美人"酒杯，浇自己心中的块垒。

阮籍的82首《咏怀》诗在表现手法上也大量借鉴了《楚辞》的传统，以芳草美人作比喻，表现对现状的不满和无法解脱的苦闷。空有满腹的才华而没有施展的机会成了诗人心中永恒的情结。诗中那拥有绝世才貌的"佳人"就成了自己的代言人："西方有佳人，皎若白日光"，佳人服饰华美，摇曳生姿。"我"对她一见钟情，但没有机会认识，只留下深深的遗憾和哀伤。南朝的庾信被羁留北方后，他笔下的佳人已不再是当年宫体中的游春丽人、笙歌美女，而是以女性细腻、敏感的心态，抒写自己由南入北、远离故土的哀怨情感，如《怨歌行》：

家住金陵县前，嫁得长安少年。
回头望乡泪落，不知何处天边？
胡尘几日应尽，汉月何时更圆？
为君能歌此曲，不觉心随断弦。

诗人转移身份，以女性的口吻，抒写自己羁留北方的无奈，对故国的思念和伤感之情，这在他羁留北方时写的《拟咏怀》27首中曾反复使用，如"日色临平乐，风光满上兰。南国美人去，东家枣树完。抱松伤别鹤，向镜绝孤鸾。不言登陇首，惟得望长安"（其二十二）；"俎豆非所习，帷幄复无谋。不言班定远，应为万里侯。燕客思辽水，秦人望陇头。倡家遭强聘，质子值仍留。自怜才智尽，空伤年鬓秋"（其三）。在《闺怨》中亦是如此："明镜圆花发，空房故怨多。几年留织女，还应听渡河"，哀叹织女每年还有一次七夕相会，可自己羁留北朝已经多年了，回国之梦还是遥遥无期！

类似的还有杜甫《秦州见敕目薛、毕迁官》："唤人看腰褭，不嫁惜娉婷"，这也是自伤不遇。李贺的《南园》第一首则把鲜花比作美人，慨叹容华易谢，盛颜难久。"花枝花蔓眼中开，小白长红越女腮。可怜日暮嫣香落，嫁与春风不用媒。"主旨仍是美人迟暮，才智难展的伤感和叹息。李商隐的《无题》为我们塑造了一个才艺双全的美少女形象：

> 八岁偷照镜，长眉已能画。
>
> 十岁去踏青，芙蓉作裙衩。
>
> 十二学弹筝，银甲不曾卸。
>
> 十四藏六亲，悬知犹未嫁。
>
> 十五泣春风，背面秋千下。

就是这样一个"佳人"，也因为年华的老去，自己的终身无所依靠而黯然神伤。李商隐的许多《无题》诗皆是寄寓了诗人自身遭际的惆怅，如"重帷深下莫愁堂，卧后清宵细细长。神女生涯原是梦，小姑居处本无郎。风波不信菱枝弱，月露谁教桂叶香？直道相思了无益，未妨惆怅是清狂"。诗人描写了一个待字闺中的美人，独处空房，寂寞难耐。未来生活又将怎样，也是幻不可测、了无着落。

辛弃疾继承了屈骚"芳草美人"的传统，在《满江红》中，借"照影溪梅，怅绝代佳人独立"写绝代佳人的形象，《贺新郎》中用"自昔佳人多薄命，对古来、一片伤心月"的感叹，抒发自己空有满腹才华、一腔报国热血，却得不到朝廷理解，十多年来被投闲散置，蹉跎岁月，徒唤奈何。在《满庭芳》中，还以佳人见妒来表达自己忧谗畏讥的心理：

> 倾国无媒，入宫见妒，古来翚损蛾眉。看公如月，光彩众星稀。袖手高山流水，听群蛙、鼓吹荒池。文章手，直须补衮，藻火粲宗彝。

（五）芳草美人交相辉映

在这类诗词中，有美人、佳人，也有鲜花、芳草。但其中的芳草已没有文化人格方面的内在意蕴，只是作为比体或起兴，引出对美人的描述，达到"人面桃花交相映"。芳草和美人之间的关系，美人是主体，芳草是喻体，美人有内在意蕴，诗人用以借代，芳草在此仅仅作为比体或起兴。

早在《诗经》时代，《郑风·有女同车》中的"有女同车，颜如舜华"，形容女子的容颜像木槿花，可以说是最早以花来直接形容女子容颜的作品。《周南·桃夭》中的"桃之夭夭，灼灼其华。之子于归，宜其室家"，以茂盛的桃花来起，然后叙述女子出嫁。桃花的美好很容易让人想起新婚女子的艳丽。《诗经·陈风·泽陂》中"彼泽之陂，有蒲与荷。有美一人，伤如之何。寤寐无为，涕泗滂沱"，以沼泽之畔生长着的蒲草、荷花起兴，引出对美人的思念。《郑风·野有蔓草》中的"野有蔓草，零露溥兮；有美一人，清扬婉兮"。让读者在清新妩媚的少女和滴着点点露珠的绿草之间产生联想。这里以芳香植物蒲、荷比喻美人，表达一种无尽的相思。

《楚辞》中，美人芳草交相辉映的诗例更多："唯草木之零落兮，恐美人之迟暮"，"扈江离与辟芷兮，纫秋兰以为佩"，"杂申椒与菌桂兮，岂惟纫夫蕙茝"，"余既滋兰之九畹兮，又树蕙之百亩。畦留夷与揭车兮，杂杜衡与芳芷"（《离骚》）；"若有人兮山之阿，被薜荔兮带女萝"，"辛夷车兮结桂旗；被石兰兮带杜衡，折芳馨兮遗所思"（《山鬼》）；"沅有芷兮澧有兰，思公子兮未敢言"，"搴汀洲兮杜若，将以遗兮远者"（《湘夫人》）；"揽大薄之芳茝兮，搴长洲之宿莽。惜吾不及古人兮，吾谁与玩此芳草"（《思美人》）等。

此外还有曹植《杂诗》"南国有佳人，容华若桃李"；阮籍"梁东有芳草，一朝再三荣。色容艳姿美，光华耀倾城"；白居易《长恨歌》"玉容寂寞泪阑干，梨花一枝春带雨"；杜牧《赠别二首》"娉娉袅袅十三余，豆蔻梢头二月初"。宋代词人周邦彦写过一首咏梅词《花犯·小石·梅花》：

> 粉墙低，梅花照眼，依然旧风味。露痕轻缀，疑净洗铅华，无限佳丽。去年胜赏曾孤倚，冰盘同宴喜。更可惜、雪中高树，香篝薰素被。　　今年对花最匆匆，相逢似有恨，依依愁悴。吟望久，青苔上，旋看飞坠。相将见、脆丸荐酒。人正在，空江烟浪里。但梦想，一枝潇洒，黄昏斜照水。

词人写出自己在不同时间和空间怜惜梅花的深情，不仅赞美梅花开放的美景，更从梅花开落匆匆联想到人的离散也在匆匆间，使美人香草交织成浑一的意境。其中的梅既有人品高洁的象征意义，也有以梅起兴勾起的无尽相思，呈现一种多元内涵。

辛弃疾在美人芳草互相辉映的手法上也较出色，如这首《蝶恋花·月下醉书雨岩石浪》：

> 九畹芳菲兰佩好。空谷无人，自怨蛾眉巧。宝瑟泠泠千古调。朱丝弦断知音少。　　冉冉年华吾自老。水满汀洲，何处寻芳草？唤起湘累歌未了，石龙舞罢松风晓。

这完全是《离骚》"芳草美人"的表达方式。空谷幽兰自妍自芳而无人观睹，宝瑟古调泠泠悦耳而无人聆听，作品真实地表现了作者岁月荏苒却赋闲不用的艰难处境，以及主和风盛、恢复难图的残酷现实。

四、美人意象内涵的时代变迁

美人意象的内涵也同芳草一样，随着时代的变迁而有所改变。

《诗经》中的美人除了前面说过的《蒹葭》，意指对意中人的追求思念并暗寓理想志向外，多数是指代男性：那些武艺高强的勇士、品性高洁的君子，或女性爱慕的对象。如《诗经·邶风·简》就是歌颂盛大的歌舞表演中那个雄壮武士的扮演者，"云谁之思？西方美人。彼美人兮，西方之人兮"；《陈风·泽陂》也是写一位女性寤寐无为、日夜思念一位头发卷曲、高大雄壮的男性，"彼泽之陂，有蒲与蕑。有美一人，硕大且卷"。

《楚辞》以后，以美人称代女性的爱慕对象这种比兴方式基本绝迹。作为中国文人抒情诗的源头，《楚辞》将《诗经》的世俗转向文人的雅化：或是采用角色转换，用美人自喻，表白自己的政治操守、人生追求以及对才能的自我肯定和自信；或是借美人迟暮叹息时光流逝、人生苦短，才能得不到展示、志向不能实现的苦闷；或是以此借代君王，抒发君臣遇合间的种种阻隔。《楚辞》中除"美人"意象之外，屈原还创造了一个"佳人"意象："惟佳人之永都兮，更统世而自贶"；"惟佳人之独怀兮，折若椒以自处"（《悲回风》）。"佳人"意象在《楚辞》中有两个特征：第一是多用于角色转换，用以自喻，在建安之前从不指代君主或其他男性；第二是与"美人"意象相较，"佳人"处于相对较低的"臣"的地位。美人可以"相媲于君"，佳人则始终只能是"臣妾"。这种"佳人"意象，在汉诗中得到了继承，如《圣人出》，"圣人出，阴阳和。美人出，游九河。佳人来，骈离哉何"（《汉诗·鼓吹曲辞》）。其中美人、佳人对举，美人喻君主，佳人喻臣妾，"阴阳和"意味君臣遇合（见逯钦立解）。《君马黄》中也是美人、佳人对举，美人喻君主，佳人喻臣妾，但意思相反："君马黄，臣马苍，二马同逐臣马良。易之有，鬼蔡有赭。美人归以南，驾车驰马，美人伤我心；佳人归以北，驾车驰马，佳人安终极"、"美人归以南"、"美人归以北"暗指君臣背离，未能遇合。"美人伤我心"和"佳人安终极"则指佳人时运困蹇之际的伤感。另外汉武帝《秋风辞》中的"兰有秀兮菊有芳，怀佳人兮不能忘"的"佳人"，显然也是指他所思念的贤臣。在后世诗词中，"佳人"一词出现的频率甚至要远高于"美人"。

汉末建安、正始时期，随着文人诗词的兴盛及政局的混乱，屈原"芳草美人"的托喻传统得以复兴。曹植、嵇康和阮籍的诗作堪称其中的代表。出于极高的文学才华，也出于极高的自我期许和浓厚的文人气质，曹植对美女佳人的内涵特质和形象塑造又有了丰富和发展：一方面他继承了《楚辞》以来的政治托寓传统，用美人尤其是佳人比拟自己的政治追求、人品操守，或是诉说美人迟暮的伤感。在表现手法上，他把个人的特质与对汉乐府、《古诗十九首》等优秀民歌和文人五言诗结合起来，因而相对于屈原、张衡笔下"美人"的泛化和简约，曹植笔下的美人佳人形象更显丰满，描写得更细致，《美女篇》中对"美女"富艳夸张的描绘，便是对汉乐府民歌《陌上桑》的借鉴；《种葛篇》中"与君初婚时，结发恩义深。欢爱在枕席，宿昔同衣衾。窃慕棠棣篇，好乐和瑟琴。行年将晚暮，佳人怀异心"等句，对女性初婚的喜乐，色衰爱弛后的不幸等细致入微的心理描绘，显然也不同于屈原、张衡式的单纯象喻。另一方面，他对美人、佳人形象的内涵也有所丰富和发展。曹植用那些飘逸顾盼、气若幽兰的美人作为自己孤高自傲人格的象征，为了凸显自己不同于世俗的精神气质，不但描摹她们"若轻云之蔽月，若流风之回雪"的瑰姿艳逸，而且渲染她们"神光离合，乍阴乍阳。竦轻躯以鹤立，若将飞而未翔"的内在精神，让人迷离恍惚，感到难以企及。《洛神赋》就是其中的典型，这种蕴含着神女气质的美女佳人形象，兼具了世俗女性的真实性和作为象喻符号的虚拟性，这是曹植对美人、佳人形象的丰富和创造。建安、正始时期的诗歌，除了曹植对美人、佳人形象的丰富和发展外，还有两点值得注意：一是"佳人"开始作为君主或其他男性的代称，如曹植《种葛篇》中"行年将晚暮，佳人怀异心"即是指背信弃义的男性；《杂诗》（七）"佳人在远道，妾身单且茕"则指诗中女主人公所思念的远方男性。曹丕《秋胡行》"朝与佳人期，日夕殊不来"中的"佳人"，则指代贤人或知己。二是"佳人"意象逐渐突破政治托寓的藩篱，将象喻的范围扩展到更为宽广的领域。其表现之一是世俗化，开始将现实中的亲人、良朋、知己称为佳人，这在赠答诗中尤为多见，如嵇康《赠兄秀才入军十八首》（十五），"佳人不存，能不永叹"指的就是其兄嵇喜。表现之二是其理想追求不仅是政治诉求或品格坚贞之类的自喻，更是精神领域中的玄远理想，如阮籍的这两首《咏怀诗》：

西方有佳人，皎若白日光。
被服纤罗衣，左右佩双璜。
修容耀姿美，顺风振微芳。
登高眺所思，举袂当朝阳。
寄颜云霄间，挥袖凌虚翔。
飘飖恍惚中，流眄顾我傍。
悦怿未交接，晤言用感伤。

——《咏怀诗》（其十九）

出门望佳人，佳人岂在兹？
三山招松乔，万世谁与期。
存亡有长短，慷慨将焉知。
忽忽朝日隤，行行将何之。
不见季秋草，摧折在今时。

——《咏怀诗》（其八十）

诗中的"佳人"显然是诗人内心所企盼接近的对象，并因其最终的无法交接而流露出深沉的感伤与绝望。诗中那些佳人形象，已具有浓烈的神女气质：她们身在九霄，凌虚飞翔；飘遥恍惚，若有若无；寿同日月，万世难期。"寄颜云霄间，挥袖凌虚翔。飘遥恍惚中，流眄顾我傍"，"三山招松乔，万世谁与期"，这种蕴含着神女气质的美女佳人形象，和曹植的《洛神赋》一样，兼具了世俗女性的真实性和作为象喻符号的虚拟性，已经超越传统君臣遇合的政治托喻，但又不同于曹植把此作为自己孤高自傲人格的象征，而是诗人所追求的超远玄妙的理想境界，是具有某种终极意义的"大道"。这一内涵的丰富和演变与当时的政治形势、哲学思潮的影响是分不开的。众所周知，正始时期曹魏与司马氏之间政争日益残酷，一些正直的士大夫为了全身远祸，躲入林泉，不但回避政治，而且"口不臧否人物"，"发言玄远，诗必柱下之旨归"。随着玄学的兴起，诗歌中"美人—佳人"意象的政治色彩自然归于消歇，而更多地将其托喻的功用指向现实中的朋友知己，或精神领域中的玄远理想。

　　两晋、南朝的美人、佳人意蕴进一步朝着世俗化方向发展，其原因有二：一是这个时期是中国历史上门阀士族制度盛行的时期，一些出身世家大族的文人名士们凭借其门第的高贵就可得到官位，因此，相对于其他时代汲汲于学而优则仕的文人来说，其政治上的失意要少得多。因而自屈原开始的，由于政治失意而产生的"美人"政治托寓缺少了产生的动力。二是从精神层面而言，随着正始玄学独立人格的式微，晋初文人已经不具备两汉时期那种包举天下、囊括四海的胸襟，也丧失了稽康等人的社会批判意识，又由于"立象表意"创作思维的影响，难以在文学作品中像建安文人那样尽情尽性，倾泻生命的激情。如果说建安文人面对离乱的人生，依然抱有建功立业的热情，正始文人身处残酷的政争不得已转向玄远精神境界追求的话，那么，随着稽康、阮籍等人的逝去和"玄学人格"理想的破灭，两晋尤其是南朝的文人，不但丧失了儒家传统的责任意识和通过功业造福百姓的热望，同时也失去了探索玄远哲学和精神世界的兴趣，代之而起的是对世俗生活的关注和享受，宫体诗的盛行就是明证。这个时期诗歌中的"美人"、"佳人"意象，既缺乏政治托喻的比兴色彩，也缺乏"理想境界"的象喻内涵，傅玄模拟张衡所作的《拟四愁诗》就很能说明这种转变。此诗比张衡《四愁诗》篇幅更长，文辞也更加华美。其中虽有"卞和既没玉不察"、"驽马哀鸣惭不驰"之类的自怨自艾，但很快被"三光骋迈景不留"、"鲜矣民生忽如浮，何为多念祇自愁"、"存若流光忽电

灭，何为多念独蕴结"、"何为多念徒自亏"等自我排解、自我安慰的
混世思想所替代。在整个两晋南朝时期，例外的只有鲍照等少数几人。
鲍照"美人诗"所抒发的是寒士志不平的政治悲愤，具有很强的政治
托寓性，如《岁暮悲》：

> 霜露叠濡润，草木互荣落。
> 日夜改运周，今悲复如昨。
> 昼色苦沉阴，白雪夜回薄。
> 皦洁冒霜雁，飘扬出风鹤。
> 天寒多颜苦，妍容逐丹壑。
> 丝宵千里心，独宿乏然诺。
> 岁暮美人还，寒壶与谁酌？

霜雪飘零的岁暮时节，出身寒门却清高孤傲的诗人感叹时光的
流逝，颜容渐颓，孤单伤感油然而生。但以"美人"自比的他却仍然
执着于一个可以"寒壶与酌"的知己。他的这类诗中无不充斥着这种
"叹慨诉同旅，美人无相闻"（《还都道中诗三首》）的孤独与愤懑。然
而，综观两晋、南朝时代，这种源自《楚辞》的悲剧感也只在鲍照的
少数美人诗中还能感受得到，世俗化则是两晋南朝诗歌的共同特点。
这一时代风气造就了"美人—佳人"意象由象喻性向现实性的转变。
具体说来，其内涵主要指向如下四个方面：

其一是两晋、南朝诗歌在继承《楚辞》芳草美人象征手法时，倾
向于美人迟暮这类意涵，如谢混的《游西池诗》：

> 悟彼蟋蟀唱，信此劳者歌。
> 有来岂不疾，良游常蹉跎。

逍遥越城肆，愿言屡经过。

回阡被陵阙，高台眺飞霞。

惠风荡繁囿，白云屯曾阿。

景昃鸣禽集，水木湛清华。

褰裳顺兰沚，徒倚引芳柯。

美人愆岁月，迟暮独如何。

无为牵所思，南荣戒其多。

　　谢混作为一位贵族诗人，在山水之中尽情享受着生命的喜悦，忽然间听到蟋蟀的鸣唱，产生了岁月倏晚的迁逝之感。诗中的"美人"固然也是诗人自我的象征，但已决然不同于屈原以来诗中美人的那种深沉幽愤与自我坚守，而是一种对生命易逝的淡淡惆怅。张华的《情诗》五首也有类似的倾向。总的来说，两晋南朝文人笔下的这类"美人迟暮"诗歌与政治的关系已非常轻淡，艺术上则通常表现出清新婉丽的风格，这与南朝诗歌整体的审美风格相一致。

　　其二是以"佳人隔绝"表达对友人的思念之情。此类诗歌中的"美人—佳人"大多喻指朋友、知音，且写实性很强，几乎没有政治寄寓，只是诗人对朋友故人的一种美称、代称。又因多与诗人日常生活中酬唱赠答有关，此类诗歌多以离别赠诗的形式出现。例如谢朓的《送远曲》："北梁辞欢宴，南浦送佳人。方衢控龙马，平路骋朱轮。琼筵妙舞绝，桂席羽觞陈。白云丘陵远，山川时未因。一为清吹激，潺湲伤别巾。"实际上，以佳人代朋友、知音，早在阮籍、嵇康诗中就已出现，但在嵇、阮诗中，佳人的阻隔还带有某种象征性，而在南朝的赠答诗、杂诗中，以佳人代称朋友却极为普遍，且已不具任何象征性。从情感基调上说，此类诗词与"美人迟暮"类的内涵有着某种程度的相似与联系：一般多由岁暮、日暮之悲，转而写思友之殷切，且多以香草瑶琴、巫山楚客等象征性意象来传达对友人的思念。

其三是以"佳人远游"述说男女相思之苦。此类诗歌主要体现在乐府诗、拟乐府诗中。其中的"美人"、"佳人"既可指男性也可指女性，同是作为现实生活中世俗化的男女思慕的对象，已经全无政治托寓性可言。如王融《秋胡行七首》（其一）："日月共为照，松筠俱以贞。佩分甘自远，结镜待君明。且协金兰好，方愉琴瑟情。佳人忽千里，空闺积思生。"除上述乐府诗和拟乐府诗外，这个时期的"美人"、"佳人"形象还大量出现在捣衣诗中，如柳恽《捣衣诗》（其三）、曹毗《夜听捣衣诗》等。然而无论是乐府诗中隐藏在男性"美人"、"佳人"之后的女性形象，还是寒夜捣衣诗中思念远方夫君的思妇，她们大多美丽幽怨、温婉忠贞。作为一种被男性诗人规定化了的女性形象，她们变成了男性视角下远游相思图中一个模式化的、哀怨而美丽的装饰——画中美人。虽然作者依然试图用织素捣衣来衬托女性的德行，但她们已经失去了传统"美人"、"佳人"意象所蕴含的自我意识与政治品格，徒具观赏性而已。

其四是以"香艳美人"描写现实生活中的声色之乐。此类美人意象主要存在于南朝乐府民歌、齐梁宫体诗以及花间词中。此类诗歌中的"美人"、"佳人"形象，已经完全是真实生活中的世俗女性形象，"美人"、"佳人"本身所蕴含的高洁、自我砥砺以及精神上的独立已荡然无存。失去了这种内在精神上的关注与追求，诗人所关注并刻意描摹的，也就只有女性外貌的鲜妍明媚，女性也随之沦为贵族奢靡放荡生活的玩物。尤其是在此期间盛行的白纻舞曲中，佳人的真实身份就是歌筵舞席中供人玩赏的歌妓舞女，如刘宋时代刘铄的《白纻曲》：

> 纤纤徐动何盈盈，玉腕俱凝若云行。
>
> 佳人举袖辉青蛾，掺掺擢手映鲜罗。
>
> 状似明月泛云河，体如轻风动流波。

诗中对女性体态的描摹之细致浮艳，已全无任何内涵意蕴可言，完全是一种色情的欣赏或意念中的占有欲。

唐宋以还，屈原创立的美人理想开始复归：或是采用角色转换，用美人自喻，表白自己的政治操守、人生追求以及对才能的自我肯定和自信；或是借美人迟暮叹息时光流逝、人生苦短，才能得不到展示、志向不能实现的苦闷；或是以此借代君王，抒发君臣遇合间的种种感慨等内涵意蕴在众多作家的诗篇中均有表现。但另一方面，建安以后"美人"、"佳人"的世俗化倾向也被继承并得以发展。除了前面例子中提到的唐宋以后诗词外，如杜甫《寄韩谏议注》中"美人娟娟隔秋水，濯足洞庭望八荒"，就是用男女之情比喻朋友情谊，突破了美人意象的传统模式。辛弃疾的《玉楼春·用韵答子似》："几时秋水美人来，长恐扁舟乘兴懒。"《水调歌头》："人事底亏全？有美人可语，秋水隔婵娟。"其中提到的"美人"，即指识才善用之伯乐，志同道合的知音与友朋。在辛弃疾这类抒怀词作中，又不止是抒写友谊或是期盼志同道合的知音与友朋，更是抽离一般传统文化的内涵，成为有着深厚崇高意义的比喻与象征，成为一种精神理想的高度升华，如与陈亮在鹅湖之会中的唱和《贺新郎·把酒长亭说》下阕：

> 佳人重约还轻别。怅清江、天寒不渡，水深冰合。路断车轮生四角，此地行人销骨。问谁使、君来愁绝？铸就而今相思错，料当初、费尽人间铁。长夜笛，莫吹裂。

陈亮是有名的抗金志士。20 年中曾 3 次向孝宗上书要求收复失地。书中的正言谠论、作者的满腔悲愤震动朝野，也深深刺痛了主和派。陈亮因此两次被诬下狱。孝宗淳熙十五年冬，陈亮特地从浙江赶来上饶，探望落职闲居已近 8 年之久的辛弃疾。两人在鹅湖盘桓 10 天，倾诉衷曲、极论世事，又作《贺新郎》赠答，互相激励。这就是文学史上有名的"鹅湖之会"。由于两人政治主张相同，人生遭遇相近，所以词中所叙已绝非单纯的友谊，而是抗金志士思想上的共鸣，成为一种精神理想的高度升华。

以上列述了兰、梅、菊等芳草和美人、佳人在中国古典诗词中的文化人格，分析了其人文内涵的时代变迁以及美人、芳草之间的相互关联。

从借代意义上来讲，无论是美人还是芳草，都已经摒去性别和对象上的专属，可以指代女性，也可以指代男性；可以指代君主也可以指代臣妾；可以自喻也可以喻亲友。但有一点是共同的，即皆从外貌形体之美深化到气质、秉性和操守，这也是造成中国古典诗歌美感和深度的原因之一。

中国古典诗词的炼字、炼句、炼意

一、炼字

炼字，即是对诗中所使用的每一个字进行精细的推敲和创造性的搭配，使其简练精美、形象生动、含蓄深刻。这种对字词进行艺术化加工的方法，就叫作炼字。因为汉字往往一个字就是一个词，所以炼字往往也是遣词造句、运用字词的功夫。前人曾有"一诗要炼字，字者眼也"、"字为句眼"和"日锻月炼"等说法。意思是说有的诗句往往因为一字之异而决定一句的优劣，甚至看出这首诗的高下。宋代范温在《潜溪诗话》中专设"炼字"一条，其中谈到："好句要须好字，如李白诗'吴姬压酒唤客尝'，见酒初熟、江南风物之美，工在'压'字。老杜《画马》诗'戏拈秃笔扫骅骝'，初无意于画，偶然天成，工在'拈'字。柳涛'汲井漱寒齿'，工在'汲'字。工部又有所喜之字，如'修竹不受暑'、'野航恰受二三人'、'吹面受和风'、'轻燕受风斜'，'受'字皆入妙。老坡尤爱'轻燕受风斜'，以谓燕迎风低飞，乍前乍却，非'受'字不能形容也。"清代贺贻孙在《诗筏》中也指出："前辈有教人炼字之法，谓如老杜'飞星过水白，落月动沙虚'，是炼第三字法；'地坼江帆隐，天清木叶闻'，是炼第五字法之类。"他的结论是"句法以一字为工，自然颖异不凡，如灵丹一粒，点铁成金也"。

正因为炼字对诗词的高下起到如此重要的作用，所以中国古代诗人非常讲究诗词字句的锤炼，所谓"吟安一个字，捻断数茎须"、"吟安五个字，用破一生心"；所谓"两句三年得，一吟双泪流"、"为人性僻耽佳句，语不惊人死不休"、"清诗丽句必为邻"；所谓"一句坐中得，寸心天外来"，"夜吟晓不休，苦吟鬼神愁"；所谓"险觅天应闷，狂搜海欲枯"、"生应无辍日，死是不吟时"，等等。

其实，炼字的作用并不止于诗词创作方面，它在人们的社会生活、政治生活中也起着很大的作用。《吕氏春秋·淫辞》中记载了战国时期的一件外交官司——空雒之遇。当时秦、赵两国签订条约，条约中写道："自今以来，秦之所欲为，赵助之；赵之所欲为，秦助之。"没多久，秦兴兵攻魏，赵欲救魏。秦王不悦，派使者责备赵王违背了条约。赵王问计于平原君，平原君向著名的诡辩家公孙龙求教。公孙龙曰：赵国也可以派使者去责备秦王违约，因为两国约定："赵之所欲为，秦应助之。今秦王独不助赵，此非约也。"结果秦王只好撤兵。公孙龙的妙计之所以得逞，就在于秦赵之约的措辞概念不明，表意含混：条约只笼统地规定秦与赵一方想干什么，另一方就要予以支持、给予帮助，而没有规定其欲干事情的背景条件，更没有规定碰到双方意图不同时应如何处置。公孙龙就利用了这一点，以其人之道还治其人之身。这是古代的一个外交案例。另一个案例发生在近代：民国元年制定的《中华民国临时约法》中有这么一条规定："国务员辅佐临时大总统负其责任。"《约法》一出，众议纷纷：究竟是国务员对总统负责任呢，还是国务员协助总统对议会负责呢？这可不是一般性的语言歧义，而是牵涉到实行总统制还是责任内阁制的大问题，这个规定惹了不少历史麻烦。这个条文直到民国十二年制定宪法时改为"国务员赞襄大总统，对于众议院负责任"。这才算把歧义消除。

炼字也是当代语文教学的一个重要组成部分。2003 年高考试卷有一道试题是阅读王维《过香积寺》，要求学生从第三联"泉声咽危石，日色冷青松"两句中找出诗眼，这就是考炼字。该诗的诗眼是"咽"和"冷"二字。前者写出山中流泉由于形态各异的岩石阻挡而发出低吟，仿佛呜咽之声；后者写照在松林的日光，由于松林茂密幽暗而显得阴冷。于是，一个诗人眼中清寂幽冷、带着禅意的山中世界便展现出来，很好地表达了诗旨。这就是诗中关键字即诗眼的作用，而这个关键字的产生过程就是炼字。

（一）炼字的作用

对诗词而言，炼字究竟有哪些具体作用呢？

1. 使语言简洁、准确

刘勰"句有可削，足见其疏；字不得减，乃知其密"，"善删者字去而意留"，炼字的结果是能用最简约的文字表达最丰富的内容。作为一代诗文大家的欧阳修，在这方面堪为表率，留下许多炼字使诗文更简洁的佳话。如他的名篇《醉翁亭记》，首句是"环滁皆山也"。有人看过原稿，上面罗列了四面山峰的名称，多达数十字，最后皆圈去，改为五字："环滁皆山也。"又有一次，一位士人匆匆跑来对欧阳修说，他在来府的路上马受惊狂奔，把一只狗踩死了。欧阳修笑着对他说，你说了半天就六个字，"逸马毙犬于道"。还有一次，一位士人写了首《鼓诗》献给欧阳修，是首五绝："紧紧蒙上皮，密密钉上钉。天晴和下雨，同是一样音。"欧阳修看后笑道，其实每句四字即可，曰："紧紧蒙皮，密密钉钉。天晴下雨，同一样音。"士人还未来得及说佩服，欧公又说，其实每句三字即可："紧蒙皮，密钉钉。晴和雨，同样音。"

士人听后也开玩笑说，还能再减吗？欧阳公说当然可以："紧蒙，密钉。晴雨，同音。"（以上俱见胡仔《苕溪渔隐丛话》）

炼字除了使诗文简洁外，还有一个功用就是使诗文更为准确。李渔在《窥词管见》中就说到这一点："琢句炼字虽贵新奇，亦须新而妥。妥与确总不越一理字，欲望句之惊人先求理之服众。"古代的诗话中有个"一字师"和"半江水"的故事，就是讲如何准确炼字使之合理。"一字师"说的是唐代诗僧齐己的《早梅》，其原诗是：

> 万木冻欲折，孤根暖独回。
> 前村深雪里，昨夜数枝开。
> 风递幽香出，禽窥素艳来。
> 明年如应律，先发望春台。

齐己携此诗来谒当时的名诗人郑谷，郑谷反复揣摩后对齐己说：其中的"前村深雪里，昨夜数枝开"句不准确，因为"数枝非早也，未若一枝佳"。齐己不觉拜倒曰："一字师也。"（计有功《唐才子传》）既然诗题是早梅，那么，"一枝开"肯定比"数枝开"要早，也更切合诗题诗意。齐己也是著名的诗人，能拜倒称师，这是炼字的功劳。

"半江水"说的是任蕃改诗的故事：任蕃是浙江会昌人，年轻时举进士落第，从此游历江湖。有次来到天台山巾子峰，在寺壁上题诗一首："绝顶新秋生夜凉，鹤翻松露滴衣裳。前峰月照一江水，僧在翠微开竹房。"题完后任蕃便离去，走了一百多里路后，突然想起用"一江水"不如用"半江水"，于是便赶回去想改过来，但到了一看，却早有人替他改过了。这让他十分懊悔，大呼台州有人。后来，这个山上再也没有人署名题诗。所谓"任蕃题后无人继，寂寞空山二百年"（计有功《唐才子传》）。"一江水"改为"半江水"也是使诗句更加准确合理：天台山巾子峰高峻异常，江水在如此高峻的山峰下，只要不是中天之月，就会受山峰遮挡，断然无法照临一江水而只能是半江水。

2. 使形象生动

炼字不仅使诗句简洁准确，也能使诗句更加鲜明生动，更加形象地表达诗意。

杜甫之所以被成为诗圣，除了他忧国忧民的情怀和沉郁顿挫的文学风格外，语言的准确生动也是一个重要的原因。杜甫非常讲求语言的锤炼，所谓"为人性僻耽佳句，语不惊人死不休"，所谓"清诗丽句必为邻"都是他终生的追求，因此，他的诗歌语言生动而形象，有力地表现了诗意和主题。如《旅夜书怀》中的"星垂平野阔，月涌大江流"两句就很见炼字上的功力：正因为"平野阔"，方见星星遥挂如垂，一个"垂"字又反衬出平野的广阔；因"大江流"，故江中月影流动如涌，一个"涌"字又烘托出大江奔流的气势。《咏怀古迹》中"群山万壑赴荆门"中的"赴"字，逼真地描摹出山势蜿蜒流走之势。《春夜喜雨》中的"随风潜入夜，润物细无声"，一个"潜"字把春雨写得有知有感，也写出了雨丝绵绵，悄临人间的特征。再如《奉酬李都督表丈早春作》中的"红入桃花嫩，春归柳叶新"，用"入"、"归"二字，把红、青颜色写成动态，不仅是从无到有，而且是从外到内——不说红色是由桃花生出来的，也不说青色是由柳叶生出来的，而说红色、青色是由外部归入其中的，这样写就颇富情趣，而且紧扣题目"早春"二字，把桃花初开和柳叶新生这瞬间的景物特征表现出来，写出春归大地的盎然生机。《月》中的"四更山吐月，残夜水明楼"二句，本是写月亮从山凹之处升起，却炼出一个"吐"字，此字一出，则山立即具备了人的形体、姿态和行为。以上诸字的锻炼，均使形象更加鲜明生动。

　　当然，在中国古典诗词的长河中，通过炼字使得形象更加鲜明生动的绝不止杜甫一人，诗例也不胜枚举：如李白《与夏十二登岳阳楼》中"雁引愁心去，山衔好月来"二句，通过"引"、"衔"二字使雁和山拟人化，似乎连这些飞雁、青山都能成为诗人的知己，带去诗人之所憎而送来诗人之所爱，从而产生激动人心的诗意。再如两个宋词中炼字的名句，"红杏枝头春意闹"（宋祁《玉楼春·春景》）和"云破月来花弄影"（张先《天仙子》）。王国维在《人间词话》中评价说，"著一'闹'字境界全出"，"著一'弄'字而境界全出"。因为"闹"字和"弄"字，春意和花枝变得好像具有知觉，给人以动态感和生命青春的感受，唤起人们美好的联想和想象。

　　周邦彦作为词坛大家，他的词摹情状物堪称一流。词论家强焕曾称赞他"模写物态，曲尽其妙"（《题周美成词》），王国维称赞他"言情体物，穷极工巧"（《人间词话》），获得如此盛誉与他长于炼字琢句有紧密关联。陈廷焯《白雨斋词话》说："美成词于浑灏流转中，下字、用意皆有法度。"陈说的"下字"即是炼字，如其代表作《兰陵王·柳》开篇两句："柳荫直，烟里丝丝弄碧。"此词借咏柳起兴，引出离别主题，寄寓词人倦游京都却又留恋情人的凄婉心情。古代有折柳送别的习俗，诗词里常用柳来渲染离情别绪，所以周邦彦落笔即写柳荫。其中"直"字是词人精心锤炼的诗眼。一则词中写的是汴河堤岸上的柳树。汴堤为人工开筑，故其上所栽柳树笔直成行。再者柳树荫浓，沿堤展列，不偏不斜，又显示出时当正午，日悬中天。唐代诗人王维《使至塞上》中有"大漠孤烟直，长河落日圆"一联，以直线和弧线勾勒塞外的荒凉寥廓，气象壮阔、笔力雄劲粗犷，被王国维《人间词话》誉为"千古壮观"。周邦彦把王维诗中的这个"直"字移用来描绘春日正午汴堤上的柳荫，状物切实逼真，又渲染出一种寂寞、单调、苍凉的情调氛围，可谓用字大胆出奇。从视觉效果上看，"直"字画出一道色彩由浓变淡、由近到远的直线，使画面有一种深远的视觉效果。另外，笔直成行的柳荫与婀娜起舞的柳丝，构成了直与曲、刚与柔、静与动的对照补充，所以"直"字用得确实精妙。下面，作者以一个"愁"字，直贯"一箭风快，半篙波暖，回头迢递便数驿，望人在天北"四句，以疾速的语言节奏表明所愁是风快、舟快、途远、人远，令人感到愁绪之多、之长。其中"一箭风快"与"半篙波暖"，以名词"箭"与"篙"用作数量词，从而组成两个对仗精工的四言句，使句子紧凑、浓缩，又有具体生动的意象。"风快"正衬人心之愁，"波暖"反衬人心之寒。"回头"句写的是路程遥远，便用一个七言长句来表达。而"望人"五字，句法明快疏朗，质朴无华，直写其思念情人之行为意态，却言浅意深，包含着无限的怅惘、凄楚。清代贺裳《皱水轩词筌》评这四句是"酷尽别离之情"。另如《琐窗寒·寒食》一词，抒写客中寒食节对雨怀人之感，炼字上亦颇有功力：

　　　暗柳啼鸦，单衣伫立，小帘朱户。桐花半亩，静锁一庭愁雨。洒空阶、夜阑未休，故人剪烛西窗语。似楚江暝宿，风灯零乱，少年羁旅。　迟暮，嬉游处，正店舍无烟，禁城百五。旗亭唤酒，付与高阳俦侣。想东园、桃李自春，小唇秀靥今在否？到归时、定有残英，待客携尊俎。

此词可能是周邦彦早年旅居汴京之作。开篇"暗柳啼鸦，单衣伫立，小帘朱户"三句，唐圭璋评曰："起句点梁，次句入事，第三句记地。"（《唐宋词简释》）其中"暗"、"啼"、"单"、"小"、"朱"这五个字作为形容词修饰名词意象，都很准确、精妙，点明此时、此地、此人、此情、此景，字字切合。接下来的"桐花半亩，静锁一庭愁雨"

二句，写春夜之雨。明明是词人自己"愁"，却移情于景，营造出"愁雨"的意象，将雨拟人化，说是雨愁。"愁雨"这一意象新颖、强烈，显出炼字之妙。"静锁"二字更妙。雨已是"愁雨"，还被"静锁"在这小院之中，好像它只是洒落在词人独处的空间内。这两句化用了南唐后主李煜的"寂寞梧桐深院锁清秋"（《相见欢》）。其实被锁的不是"清秋"，也不是"愁雨"，而是"愁人"。"静"字着意渲染寂静的环境氛围，反而使人感觉有声——夜雨的淅沥、点滴之声，词人的感叹之声。因此明人沈际飞在《堂诗余正集》中称赞说："'静锁'句，霎然有声。"总之，"静"、"锁"、"愁"三字，均可见周邦彦锻炼动词和形容词来摹写物态的艺术功力。

3．能开拓意境

炼字是为表达主题服务的。精美的字句能使诗词的意境向前延伸或向深纵拓展，增加感人的力量，自然也就能更好地表达主题。如王维的《送元二使安西》，这首诗写的是客中送客，诗人以洗净雕饰、明净自然的语言，抒发了深厚真挚的惜别之情。其中第三句"劝君更尽一杯酒"中的"更"字就起到这种作用。因为诗的前两句"渭城朝雨浥轻尘，客舍青青柳色新"，就像一出抒情短剧的背景，仅仅是为主人公的出场安排了恰如其分的时间、地点和演出时必不可少的道具、场景和时间，诗人的送别之情主要在后两句，但限于绝句的体制，已没有多少抒发的空间。因此诗人在三、四两句让情节来个大幅度的跳跃：诗人舍弃了送别之中一般过程的叙述，一下子从环境描写跳到饯行酒宴的煞尾，宴前、宴中的场面一概略去，从一系列送别的场面和动作中选取最感人的镜头和最富情感的瞬时："劝君更尽一杯酒，西出阳关无故人。""更尽"说明酒已经喝了很多，还在劝饮，这真是"酒逢知己千杯少"；另一方面，诗人的千言万语也都寄托在这临别的最后一杯酒中。其中有对友人远去他乡的慰藉，有对友人的良好祝愿，也有自己依依惜别的深情。这两句诗，前者是富有情感特征的凝重动作，后者是脱口而出的内心表白，使主客双方的惜别之情达到了饱和点，也使诗人要抒发的情感显得分外集中和强烈，因此历代曲家为此诗谱曲时，对这两句都加倍强调，反复咏叹，如元代的《大石调·阳关三叠》，把"劝君更尽一杯酒"在曲中重复三遍。据说，当笛子吹到最后一叠高音时，"管为之破"。其中的"更"字是个简洁又精美的诗眼，正因为有了它，才会反复咏叹，"管为之破"。

刘方平《月夜》也是通过炼字来开拓意境："更深月色半人家，北斗阑干南斗斜。今夜偏知春气暖，虫声新透绿窗纱。"前两句点出时间，写法没有什么特别之处；后两句是精华所在，其中"透"字是诗眼。诗人用一"透"字突出"虫声"的力度，显示出生命的动感美，描绘出春天月夜幽寂之中的勃勃生机，使意境向外拓展。

唐人祖咏有首《终南望余雪》："终南阴岭秀，积雪浮云端。林表明霁色，城中增暮寒。"关于这首诗，计有功的《唐诗纪事》中记载着这么一个故事：祖咏去参加进士试，试题就是这首《终南望余雪》，按当时朝廷规定的格式应写六韵二十句。祖咏只写两韵四句就交卷了。试官问他为什么不按规定的格式写，他回答要写的意思已表达完了。试官读后大为赞赏，于是祖咏中了进士。这首诗的成功之处，不仅在于它短小精悍、包孕丰厚，还在于它通过炼字准确地表达了题旨，意境深远。首句"阴岭"二字点明是从北面"望"终南山的，而洛阳正在终南山北，这就为结句"城中增暮寒"埋下伏笔，做到首尾照应。次句"浮云端"三字点出积雪的厚度，也突出了山的高度，至此已把诗题《终南望余雪》五字中的四个字"终南望"、"雪"紧紧扣住，接着的三、四两句便极力对剩下的诗眼——"余雪"中的"余"进行描绘和渲染。其中"霁色"是描写雪停后白雪红日的美景,暗写"余雪",这是从视觉落笔;"暮寒"是写傍晚时分,"余"雪的寒气直逼北面的洛阳城,是从感受落笔。"霜前冷,雪后寒",这符合生活常理,也是在夸张终南山山高雪厚的威力,这是从触觉落笔,暗写"余"雪之威。总之,全诗20个字,从视觉到触觉,从形态、色调到内在的威势,从各个侧面紧扣诗题《终南望余雪》来描述,简练、形象而又精彩,难怪考官要破格录取了。

4.能增强抒情效果

例如杜甫的《蜀相》,意在表现对志清中原、死而后已的诸葛亮的仰慕之情,其中也暗含对身处"安史之乱"中国事的忧虑。其中两句"映阶碧草自春色,隔叶黄鹂空好音"中的诗眼"自"和"空"更是增加这种抒情效果。上句承接首句"丞相祠堂何处寻",祠堂内碧草映阶,一个"自"字足见绿草深深,无人管理和修葺,游人也很少来到这里的荒凉之状;下句分承第二句"锦官城外柏森森",黄鹂隔叶鸣叫,足见树茂;一个"空"字,表明武侯一生壮志未遂,他所献身的蜀国已被后人遗忘。这两句诗衬托出祠堂的荒凉冷落,抒发诗人感物思人、追怀先哲的深深感慨,同时还含有碧草与黄鹂并不理解人事的变迁和朝代的更替这层深意。这两句"景语含情,情语寓景","情景相融而莫分也"(范晞文《对床夜语》)。

李白《峨眉山月歌》的炼字更有特色:

> 峨眉山月半轮秋,影入平羌江水流。
> 夜发清溪向三峡,思君不见下渝州。

此诗写时他正当韶年,初离蜀地远游他乡,所抒发的也是常见的思乡之情。但此诗历代的诗论家却赞不绝口,奇就奇在四句短诗中融入了五个地名，而且写得自然流走、清新秀发，看不出任何斧凿的痕迹。明人王世懋说："太白《峨眉山月歌》，四句入地名者五，然古今目为绝唱，殊不厌重。"(《艺圃撷金》)明人王世贞称此诗是太白佳境，并说："二十八字中。有峨眉山、平羌江、清溪、三峡、渝州，使后人为之，不胜痕迹矣，益见此老炉锤之妙。"(《艺苑卮言》)诗中的"峨眉"即峨眉山，四川境内的一座名山；"平羌"即平羌江，又称青衣江，岷江的一条支流，在峨眉山的东北；"清溪"即清溪驿，是诗人从犍为到渝州路上的一个驿站；"渝州"即今重庆市，它和三峡皆为人们所熟知。上述五个地名用"入"、"发"、"向"、"下"等动词和趋向动词连在一起，串成作者的离乡路线，其中又贮满诗情，很好地抒发了诗人的离乡之思：峨眉谐蛾眉，蛾眉弯弯，山月也弯弯，皆似愁；山月犹有平羌江相伴，人却不见所思之"君"。清溪和三峡一带多猿，啼声清绝，所谓"猿啼三声泪沾裳"，情和景又如此契合关联！能和这种精巧构思和准确炼字相媲美的只有杜甫之作，他在《闻官军收河南河北》的尾联也是连用四个地名："即从巴峡穿巫峡，便下襄阳向洛阳"，其中用"从"、"穿"、"下"、"向"等动词和趋向动词关联在一起，串成作者的返乡路线，也是一气贯注，气势流走，只不过是返乡而不是离乡路线。看来，韩愈所云"李杜文章在，光焰万丈长"是确评！

（二）如何炼字

江顺治在《续词品》中说："千钧之重，一发系之；万人之众，一将驭之。句有长短，韵无参差。一字未稳，全篇皆疵。"炼字既重要，亦是难以达到的至境。江氏又说："一字得力，通首光彩。非炼字不能，然炼亦未易到。"如何炼字，下面几点可作参考：

1. 锤炼动词

动词在诗词里具有"以最小的面积，表达最大的思想"的神奇作用。在勾勒形象、传情达意、摹写物态方面有着独特的功能。而诗词语言的生动传神等特点在动词的应用上，表现得最为突出，如李白的《塞下曲》中"晓战随金鼓，宵眠抱玉鞍"二句，其中的"随"和"抱"这两个字都炼得很好。鼓是进军的信号，所以只有"随"字最合适。"宵眠抱玉鞍"要比"伴玉鞍""傍玉鞍"等说法好得多，因为只有"抱"字才能显示出枕戈待旦的紧张情况。杜甫《春望》中有"感时花溅泪，恨别鸟惊心"，"溅"和"惊"皆经过精心的锻炼。它们都是使动词：花使泪溅，鸟使心惊。春来了，鸟语花香，本来应该欢笑愉快，现在由于国家遭逢丧乱，一家流离分散，花香鸟语只能使诗人溅泪惊心罢了。宋祁的"红杏枝头春意闹"（《玉楼春·春寒》）中动词"闹"字的选用也很好，王国维称赞说"着一'闹'字境界全出"（《人间词话》）。孔尚任在《哀江南》中写道："你记得跨清溪半里桥，旧红板没一条，秋水长天人过少。冷清清的落照，剩一树柳弯腰。"作者在最后一句"剩一树柳弯腰"中，选用了一个"剩"字，并没有用常用的"留"和"见"。其妙处就在于"剩"与"留"意思虽相近，但"剩"一般是被动的，而且有"残存""残余"的意思；另外"剩"字有时间性，使人想见当年丝丝绿柳夹岸垂翠的美景，包含今昔对比、时过境迁、感时伤怀的无限凄凉，给人一种"无可奈何"之感。"留"则无这么多含义，"见"只就眼前而言，不能给人以今昔对比的变迁感。苏轼的"乱石穿空，惊涛拍岸，卷起千堆雪"三句中，诗人选用的"穿"字，使画面化静为动；用"拍"而不用"击"、"打"，也使其画面更宽，更富有气势；用"卷"不用"激"、"掀"，更意在突出形态美，与下文的"江山如画"相对应。这都是锤炼动词所达到的艺术效果。

古代诗人在锤炼动词上也有许多佳话:黄庭坚的"归燕略无三月事,高蝉正用一枝鸣"中,"用"字初为"抱",又改为"占",后陆续改为"在"、"带"、"要",最后定为"用"。王安石诗"春风又绿江南岸,明月何时照我还",据洪迈《容斋随笔》称:"吴中士人家藏其草,初云'又到江南岸',圈去'到'字,注曰'不好',改为'过',复圈去,而改为'入',旋改为'满',凡如是十余字,始定为'绿'。"这里的"绿"就是形容词当动词用。这些佳话都说明古典诗人非常注重动词的锤炼!

2.锤炼形容词

诗词是社会生活的主观化表现,少不了绘景摹状,化抽象为具体,变无形为有形,使人如闻其声,如见其人,如触其物,如历其境。这种任务,相当一部分是由形容词来承担的。尤其是形容词活用为动词的现象,在诗词鉴赏中尤应重点关注。被誉为"秋思之祖"的马致远在《天净沙·秋思》中有"枯藤、老树、昏鸦","枯"和"老"两个字就是锤炼得十分准确形象的形容词。藤蔓和树丛平日给我们的感觉总是绿色的、充满生机和活力的,但作者加上一个"枯"字后,生机没了,活力没了,颜色也换成黄色了。再加上"老"字,更给人一种垂暮、沧桑之感。而"昏鸦"的"昏"字,不单单是让光线离我们而去,而且随着暮色的加重,思乡之情也渐渐变浓。后面再说"断肠人",也就是水到渠成了。"古道西风瘦马"则用一个"瘦"字,使人联想到旅人奔波不息的艰辛、困顿和内心的悲愁。马皆如此,人何以堪?天涯孤旅之苦,思乡之切之殷自在言外了。陆游《诉衷情》中有"尘暗旧貂裘"一句,形容词"暗"是使动用法,意思是"灰尘使貂裘的颜色暗淡了"。在这里,一个"暗"字将岁月的流逝,人事的消磨,化作灰尘堆积之暗淡画面，心情饱含惆怅。"暗"字既含动词"使"的意思，又含形容词"暗"的意思，一石二鸟，十分简练。李清照《如梦令》中有"知否，知否？应是绿肥红瘦"。"绿肥红瘦"四字，无限凄婉，却又妙在含蓄。"绿肥"指雨后绿叶光润、舒展、肥大；"红瘦"指雨后红花受损凋零，飘落不堪的样子。一个"肥"字，一个"瘦"字，说明了女词人对雨后花情的深切了解，体现了作者恋花、爱花、惜花的深刻程度，表达了词人对春光一瞬和好花不常的无限惋惜之情，所以"肥"、"瘦"二字特别传神。

3. 锤炼数量词

数量词大约和讲究概念与逻辑的数学、物理有某种密切的关系，因此，从文学特别是诗歌的角度来看，它似乎是枯燥乏味的。其实不然，优秀诗人的笔就是童话中一根可以使沙漠涌出绿洲的魔杖，那些经过精心选择提炼的数量词，在他们的驱遣之下可以迸发丰富隽永的诗情。前面提到的齐己《早梅》诗中的"前村深雪里，昨夜数枝开"，郑谷把其中的"数枝开"，改为"一枝开"，齐己因此拜郑谷为"一字师"，这就是对数量词的锤炼。杜牧《江南春》的首句"千里莺啼绿映红"，将千里江南的大好春光尽收眼底，显得场面阔大，气韵丰厚，而且紧扣题面《江南春》，因此深得历代注家的称赏。但也有人不理解，明代的杨慎就对此批评说"千里莺啼，谁能听得到？千里绿映红，谁人又能看得到？"因此他将"千里莺啼绿映红"改为"十里莺啼绿映红"（《升庵诗话》）。其实，如从生理上的视听角度说，即使是"十里"，也是无法看得见听得到的。这种批评，既无视想象和夸张是诗歌最基本的特征，也使画面逼仄，缺少杜牧原诗的气势。杜牧的《破镜》，从佳人失手摔破镜子，联想到情人的分离。破镜的恶兆，暗示团圆的无期。至于"何日团圆再会君"，诗中没有回答，接下来便引入广阔的空间：

"今朝万里秋风起，山北山南一片云。""一片"云在"万里"，不是任其飘荡，无法羁留和再聚吗！周邦彦的《风入松》是首追悼昔日情人的词，其中"一丝柳，一寸柔情"，就是对数量词的贴切锤炼。诗人追忆昔日那楼前小道上的履痕足印，花前柳下的笑语轻声，携手分离处的黯然神伤，这些都勾起词人难以消除的隐痛，数量词"一丝"和"一寸"形成的贴切暗喻，使这种伤痛更加形象、更加感人。

4. 锤炼虚词

古典诗词中，当虚词的锤炼恰到好处时，可以获得疏通文气、开合呼应、悠扬婉曲、活跃情韵、化板滞为流动等美学效果。罗大经《鹤林玉露》中指出"作诗要健字撑拄，活字斡旋。撑拄如屋之有柱，斡旋如车之有轴"。其中的"健字"指实词，"活字"即指虚词。"活字斡旋""如车之有轴"就是强调锤炼虚字的作用。李清照的《一剪梅》抒发了对远方丈夫的思念。词人由眼前的落花飘零，流水自去写起，写到盼望鸿雁带来丈夫的音信。其中"花自飘零水自流"，形象地道出词人无可奈何的伤感。尤其是两个"自"字的运用，更表露了词人对现状的无奈。"此情无计可消除，才下眉头，却上心头"，其中两个副词"才"、"却"的使用，很真切形象地表现了词人挥之不去、无计可消除的相思之情。王勃《滕王阁序》中的名句"落霞与孤鹜齐飞，秋水共长天一色"，把静中之动、寂中之欢，写成了一曲绝唱。去掉"与"、"共"二字就大为减色。据说欧阳修《昼锦堂记》的第一句原本是"仕宦至将相，富贵归故乡"，待文章写完送走后，他又快马加鞭地追上前去，添加两个"而"字，改成"仕宦而至将相，富贵而归故乡"，从而使文义大为增色。

锻炼的虚词主要是副词，如欧阳修《踏莎行》结尾两句"平芜尽处是春山，行人更在春山外"备受人们称赞，其中就是一个"更"字用得很妙。历史上有许多使用副词"更"的名句，与欧阳修同时代的就有范仲淹的"山映斜阳天接水，芳草无情，更在斜阳外"（《苏幕遮》）；李清照的"梧桐更兼细雨，到黄昏，点点滴滴"（《声声慢》）。相比之下，欧阳修这两句更为妙绝，因为在结构上更为递进层深：斜阳已远，而芳草更在斜阳之外；春山已远，而行人更在春山之外。这种情景交融的描绘和感叹，把那种深沉的、无穷无尽的离愁和刻骨铭心的相思，婉转细腻地加以表现，余味无穷！其他副词如"渐行渐远渐无穷，迢迢不断如春水"中的副词"渐"、"迢迢"也锻炼得特别精彩：这两句是对主人公离愁别恨一个总体的概括和描摹。离家越远，愁思越浓。但离愁究竟是什么、像什么，谁也说不清、道不明，它既无影无形，也难追摹描画。但中国古典诗人以他们的聪明才智，常常能用比喻将一种抽象的不可捉摸的情感变得可见可感，以流水与离愁相关联就是古典诗人常用的一种表达方式。在古典诗词中，离愁有长度，"一水牵愁万里长"（李白）；有幅度，"飞红万点愁如海"（秦观）；有重量，"只恐双溪蚱蜢舟，载不动许多愁"（李清照）；它滚滚而来、源源不断，"问君能有几多愁，恰似一江春水向东流"（李煜）。其中李煜自然是言愁的高手，因为他既有常人所有的离愁，还有别人没有的亡国之恨。他不仅能将愁比喻成滚滚而来的江水，还能将愁比喻成一堆乱麻，"剪不断、理还乱，是离愁"；离愁像无处不在、到处生长的春草，"离恨恰如春草，更行更远还生"。欧词中上述的这两句，显然是从李词中脱胎而来，但两者又有所不同：李词之愁是静态的，只是强调愁的无处不在，而欧词则是动态的，离家越远而愁思越重——"渐远渐无穷"，而且把李煜以水言愁的名句"问君能有几多愁，恰似一江春水向东流"也挽合进来，改造成"迢迢不断如春水"，从而成为千古流传的名句，这就是江西派所说的"夺胎换骨"。古典诗词中，这种通过锻炼副词使诗词增色的例子很多，如王观《卜算子·送鲍浩然之浙东》的下阕："才始送春归,又送君归去。若到江南赶上春,千万和春住。"其中的"才始"、"又"、"若"、"千万"皆是副词,他将诗人的惜春和惜别挽合在一起,使抒情氛围更加浓郁。

5.袭用成句,翻出新意

推陈出新,也是炼字一法。如王安石的《泊船瓜洲》中的名句,就不是从天上掉下来的,唐人已有用"绿"形容春草的先例,如丘为《题农户庐舍》,"东风何时至,已绿湖上山";李白《侍从宜春苑赋柳色听新莺百口啭歌》,"东风已绿瀛洲草";常建《闲斋卧雨行药至山馆稍次湖亭》,"行药至石壁,东风变萌芽。主人山门绿,小隐湖中花"。但世人只知王安石的"春风又绿江南岸",很少有人知道上述诗句。其原因就在于王安石这句诗的"绿"字,用法出自唐人却胜过唐人,其内涵远比唐诗中相同用法的"绿"字丰富。唐人这几句用"绿"字的诗,只用以显示春的来临。而王安石这句诗除显示春的来临外,还有点出深切的思乡情怀,唤起读者联想的作用。它使读者联想到《楚辞·招隐士》的"王孙游兮不归,春草生兮萋萋";《古诗十九首》的"青青河畔草,绵绵思远道";王维《送别》的"春草年年绿,王孙归不归"等诗句。另外其配搭也比唐诗中用法相同的"绿"字巧妙。此诗在"绿"字上加了个副"又"字,强调不是一年,而是年复一年地见到春风吹绿了江南岸。人之常情是离乡愈久思乡愈切,"又绿"使人如闻久别的叹息之声,加重了"绿"字的感情色彩。此可谓推陈出新的范例。晏殊《浣溪沙》中"去年天气旧亭台,夕阳西下几时回"的上句,完全袭用晚唐诗人郑谷《和知己秋日伤怀》中"流水歌声共不回,去年天气旧亭台"的下句。表面看来,晏殊这两句表达的是天气是去年的天气,亭台是旧时的亭台,似乎什么都没有变化。然而,就在这看似未变的情景中,眼前的红日已向西方坠落下去,不知何时才再升起，时光就在这日落日升中悄悄流去。面对这旧日的亭台，落日的余晖，自易使人产生韶华易逝的人生迟暮之感。不直写因时光流逝引起的感伤，而用"夕阳西下几时回"这一设问句紧承在去年天气、旧时亭台的景象之下，让读者自己去思索体会得出结论，就避免了平铺直叙，而是委婉曲折、真挚深切地表达出岁月不居、华年似水，好景难留、盛事难再的怅惘心情。而郑谷的两句诗，则只是平直的叙述而已。再如苏轼的《水调歌头》，"昵昵儿女语，灯火夜微明。恩冤尔汝来去，弹指泪和声。忽发轩昂勇士，一鼓填然作气，千里不留行"，完全承袭了韩愈《听颖师弹琴》的"昵昵儿女语，恩怨相尔汝。划然变轩昂，勇士赴敌场"。但是比起韩诗，更加细密、具体、生动。苏轼著名的《水调歌头》开头两句，"明月几时有，把酒问青天"也是袭用李白的成句，"青天明月来几时，我欲停杯一问之"。陈后主《入隋侍宴应诏诗》中"日月光天德"袭用傅长虞《赠何劭王济》"日月光太清"；沈佺期《酬苏味道》中"小池残暑退，高树早凉归"取自柳恽《从武帝登景阳楼》的"太液沧波起，长杨高树秋"。这些都是推陈出新的炼字典范。

6. 运用典故，反用其意

黄庭坚《登快阁》的"痴儿了却公家事"句，语意出自《晋书·傅咸传》。传云："夏庆骏弟济，素与咸善，与咸书曰江海之流混混，故能成其深广也。天下大器，非可稍了，而相观每事欲了。生子痴，了官事，官事未易了也，了事正作痴，复为快耳。"黄庭坚反用《晋书·傅咸传》中"生子痴，了官事"一典，将原传文中"未易了"反说成"了却"，将原来只说明"官事"不必察察为明，不如马虎点儿办，装点儿傻自己也痛快的一个典故，反用成包含四层意思：一是自嘲，自己本不能了公事；二是自许，也想大量些，学那江海之流，成其深广；三是自放，不愿了公事，想回家与'白鸥'同处；四是自快，了公事而登快阁，更觉'阁'之为'快'了。如此反用，既扩大了原典的容量和内涵，也给人耳目一新之感。

辛弃疾的《水龙吟·登建康赏心亭》，抒写了词人报国热忱无人理解，年华虚度、壮志难酬的悲愤心情。词中的"休说鲈鱼堪脍，尽西风，季鹰归未"三句，语意出自《晋书·张翰传》："翰因见秋风起，乃思吴中菰菜、莼羹、鲈鱼脍，曰，'人生贵得适志，何能羁宦数千里以要名爵乎！'遂命驾而归。"辛弃疾将张翰的"归去"反用成"归未"，同前面的"休说"相应，实际是表明没有归去，与史载张翰的"命驾而归"正好相反。词人为什么要用张翰这个典故，又要反其意而用之呢？因为张翰这个典故，只能表述深切的怀乡思归情怀和不慕荣利的隐士思想。反其意而用之却能抒写出由深切思乡情怀而引起的极为复杂的心情，这种心情包含以下四层意思：一是表明词人同张翰一样，深切地怀念着故乡，怀念着故乡的美好事物；二是表明主观上的不愿归。表明报国之志压倒了思乡之情。词人尽管深切地怀念故乡，却并不愿学张翰的忘怀世事，命驾而归，"休说"就是不要提这件事，因国耻未雪，壮志未酬，根本谈不到回故乡去享受美味；三是客观上的不能归。词人的故乡济南还在外族的蹂躏之下，以致有家不能归；四是这种客观上的不能归，也是南宋统治者偏安江南无意收复失地的结果，这"休说"的凄厉之声，既包括词人对异族侵略者的仇恨，也包括对南宋统治者享乐腐化不思恢复故土的激愤之情。这些内涵都是旧典中所没有的。他的另一首名词《永遇乐·京口北固亭怀古》的结句："凭谁问，廉颇老矣，尚能饭否？"也是反用旧典的范例，典出《史记·廉颇蔺相如列传》。词人运用时不说"有人问"，却反其意而用之说"凭谁问"，就表现了更为复杂丰富、委婉曲折的思想感情：一是历史上赵王是在兴兵抗秦的情况下，才想到重新任用廉颇的，用这个典故就表明了南宋当时兴师北伐，同样需要起用像辛弃疾这样类似廉颇的老将。词人借古人为自己写照，表示自己像廉颇一样的老当益壮，有烈士暮年壮心不已的豪情；二是借廉颇因使臣捣鬼而未被起用的历史事实，暗示自己被排斥打击的艰难处境；三是在"凭谁问"的叹息声中，透露了对南宋北伐能否得胜的隐忧。

7. 标新立异，创意出奇

有些诗人在锻炼字句时，刻意标新立异，创意出奇，做到既出人意料，又入人意中，如王令的《暑旱苦热》：

> 清风无力屠得热，落日着翅飞上山。
> 人固已俱江海竭，天岂不惜河汉干。
> 昆仑之高有积雪，蓬莱之远常遗寒。
> 不能手提天下往，何忍身去游其间。

全诗立意、遣词、琢句都很创辟，戛戛独造，前无古人。不仅异常突出地表现了当地不同一般的酷热，还意在言外地表达了诗人济世救人的高尚胸襟。首联"清风无力屠得热，落日着翅飞上山"，即是"横空排硬语"，兀然而来。其中的动词"屠"与"着翅"的选用，更是出人意表的新奇。清风本来是能驱除暑热的，但对这异常的酷热却无能为力；落日本应向西山落去，现在却像长了翅膀飞上了山。这两个动词的锻炼，至少起到以下三个方面的作用：一是用拟人的手法化静为动，使酷热这个抽象的生理感受变得具体可感；二是形象地表现了人们对酷热已经无法忍受，恨不得杀了它才解恨；三是落日应落反升，事所必无，看似无理，实则真实地表现了诗人希望太阳迅速落山以减轻酷热的迫切心情，收到激动人心的艺术效果。

于此相埒的还有李觏的《苦雨初霁》：

　　积阴为患恐沉绵，革去方知造化权。
　　天放旧光还日月，地将浓秀与山川。
　　泥途渐少车声活，林薄初干果味全。
　　寄语残云好知足，莫依河汉更油然。

这也是一首命意遣词刻意出奇的诗，其中"革去方知造化权"句中的"革"字，"泥途渐少车声活"中的"活"字，更是戛戛生新，更见炼字的功力。"革"字既突出了大自然的巨大力量，一挥手便可消灭连绵阴雨，也突出了诗人对"积阴为患"、必欲革之而后快的迫切心情。"活"字用拟人手法，活灵活现地摹状出诗人对运转在干燥道路上轻快的车轮声，与陷在泥泞中的车轮滞涩之状的不同感受，也表达出了诗人在连绵阴雨后天突然放晴的轻松愉快之情。像这样的炼字，真是既出人意料，又入人意中，对读者有新鲜而强烈的感染力。

在炼字的标新立异、创意出奇方面，唐代诗人杜甫和李贺给我们提供了许多范例。首先以杜甫的夔州诗为例，夔州时期是杜甫一生中创作成就最高、成果最丰富的时期。这个时期的作品不仅创作数量最多：两年半时间共存诗 470 多首，约占他全部诗作的三分之一；而且题材最广、体裁最全、风格变化最大，元稹所称道的"尽得古今之体势，而兼今人之所独专"也于此时为最。此时专于炼字的显著表现就是在词的色彩选用上：杜甫此时正逢国难家难于一身，又值漂泊无定之际，思想、生活的压力都较大，情绪上的波动使他多用色彩较为强烈的词汇，如"血、黑、白、黄、暮、寒"等来表达自己的主观感受，如"风悲浮云去，黄叶坠我前"[《遣兴三首》（其一）]，"天寒翠袖薄，日暮倚修竹"（《佳人》），"魂来枫林青，魂返关塞黑"（《梦李

白》），"黄牛峡影滩声转，白马江寒树影稀"（《送韩十四江东觐省》），
"殊方日落去猿哭，旧国霜前白雁来"（《九日》），"彩笔曾经干气象，
白头吟望苦低垂"（《秋兴八首》），"瞿塘夜水黑"、"翳翳月沉雾"（《不
寐》），"波漂菇米沈云黑，露冷莲房坠粉红"[《秋兴八首》（其七）] 等。
为了强调这种视觉感受，杜甫还常常将颜色词前置，以期给读者留下
强烈而鲜明的视觉印象，如"紫收岷岭芋，白种陆池莲"（《秋日夔
州》），"红取风霜实，青看雨露柯"（《栀子》），"白催朽骨龙虎死，黑
入太阴雷雨垂"（《戏为韦偃双松》），"青惜峰峦过，黄知桔柚来"（《放
船》）等皆是如此。至于"香稻啄余鹦鹉粒，碧梧栖老凤凰枝"（《秋兴
八首》），"翠深开断壁，红远结飞楼"（《晓望白帝城盐山》），"绿垂风
折笋，红绽雨肥梅"《陪郑广文游何将军山林十首》，更是为了强调色
彩而不惜将语言错序。波兰心理学家简·施特劳斯有个"气质维度"理
论，他举梵高等印象派画家为例，分析这些画家之所以喜用色度较高
的颜色，与他们心理压力较大、情绪不稳定有关（《气质心理学》）。

　　这种炼字方式到了李贺的笔下，色彩更为浓重，感觉更为强烈，
对客观景物的描绘更侧重于自己的主观感受乃至无视事物的客观面目。
如在《雁门太守行》中，他将"黑云"、"金鳞"、"燕脂"、"夜紫"、
"红旗"、"霜重"六种浓重的色调组合在一起，构成秾艳斑驳的奇特画
面，给人强烈的视觉感受。以此来象征情势的危急、战斗的艰苦，借
以抒发自己慷慨报国之志。至于"黑云压城"之际会不会又是"甲光
向日"，"甲光向日"之时怎么又"凝夜紫"，这种时间上的错乱和物
象上的矛盾，后人只好凭自己的感觉作出各自不同的解释了。与杜甫
不同的是，李贺在搜寻和捕捉这些浓烈的色彩、锻造幽怨的诗句时，
常常不顾这些色彩习惯的情感表征和本来面目，完全是按自己的情感
需求加以改铸：在常人的眼中，红色代表热烈，绿色象征生命，花朵

意味着美好，歌声意味着愉悦。但在李贺的眼中，红是愁红，"愁红独自垂"；绿是寒绿，"寒绿幽风生短丝"；花正在死去，"竹黄池冷芙蓉死"；美妙的歌声也让人心悸，"花楼玉凤声娇狞"。有时，在这充满苦冷寒意的主观感受之中又添上怪诞、死亡的幻觉：一块端砚上美丽的青眼会变成苌弘的冷血（《杨生青花紫石砚歌》）；朋友赠送一匹雪白葛纱，他却从中听到毒蛇长叹，石床鬼哭（《罗浮山人与葛篇》）；夏夜的流萤，他能幻化出如漆的鬼灯（《南山田中行》）；一阵旋风，他又仿佛感觉到怨鬼的纠缠（《长平箭头歌》）。在那首著名的《大堤曲》中，提到了"红纱满桂香"、"莲风起"，可见是秋季；但是又说"今日菖蒲花，明朝枫树老"，则又是春夏之交了。诗中的红纱、金桂、红莲、白菖蒲和丹枫，构成了十分明艳抢眼的色调，诗人只管由此造成的主观感受，而无视其习惯的情感表征和季节特征，完全是按自己的情感需求加以改铸了。

二、炼字要注意的问题

（一）要表意准确，谨防歧义

炼字的关键当先从表意准确入手。齐己咏早梅有"前村深雪里，昨夜数枝开"句，郑谷认为"数"字不如"一"字，用"一"才能与"早"丝丝入扣。齐己因此而称郑谷为"一字师"。王驾有一首《晴景》诗："雨前初见花间蕊，雨后全无叶底花。蝴蝶飞来过墙去，应疑春色在邻家。"王安石改其后两句为"蜂蝶纷纷过墙去，却疑春色在邻家"，这里除了改"蝴"作"蜂"，改"应"作"却"外，关键在于把"飞来"改为"纷纷"，因为只有蝶乱蜂忙，才能准确表现出晚春雨后令人动情的美景。表意准确的关键是字词概念准确，判断正确，推理合乎逻辑规律。前面提到的黄庭坚修改"高蝉正用一枝鸣"，王安石修改

"春风又绿江南岸"也皆使表意更加准确生动。

（二）注意体物缘情，形象传神

炼字应体物缘情，从增强表达的形象性去提炼。王维《积雨辋川庄作》中的"漠漠水田飞白鹭，阴阴夏木啭黄鹂"，郭彦深称赞说"漠漠阴阴，用叠字之法，不独摹景之神，而音调抑扬，气格整暇，悉在四字中"。再如贾岛《雪晴晚望》："倚杖望晴雪，溪云几万重。樵人归白屋，寒日下危峰。野火烧冈草，断烟生石松。却回山寺路，闻打暮天钟。"诗题概括了全诗内容，晴、雪、晚的景象俱在"望"中展开，全是静谧的望景。至第七句一转，一声暮钟，由视觉而转为听觉，这钟声不仅惊醒默默赏景的诗人，而且造成钟鸣谷应之效，使前六句所有景色都因之而飞动，形成有声有色的诗境。读到"闻打暮天钟"，回味全诗，就会感觉到这首诗绘声绘色、余韵无穷的妙处。炼字，有时则需从行文的生动传神方面考虑。曾吉甫有"白玉堂中曾草诏，水晶宫里近题诗"句，韩驹将句中的"中"改为"深"，"里"改为"冷"，仅改两字，就使得原本仅指示方位的"白玉堂"、"水晶宫"显出雍容华贵超凡脱俗的气象。高僧雪峤在山中隐居时曾有这样一首诗："帘卷春风啼晓鸦，闲情无过是吾家。青山个个伸头看，看我庵中吃晚茶。"青山伸头，当然是诗人的想象，一个僧人，久居山中，于寂寞之中把青山当作有情之物，自然增添了诗的情趣。崔道融《溪上遇雨》中"坐看黑云衔猛雨，喷洒前山此独晴"，句中"衔"和"喷洒"就锻炼得好，经过这三个字的点化，就使得"黑云"似神龙一样活灵活现地展示在读者的眼前。

（三）服从炼意需要，不能以文害意

前人有"炼字不如炼句，炼句不如炼意"之说。诗歌中的"炼字"，根本目的还是为了"炼意"，也就是更好地表达诗歌的意境。"炼字"必须以"炼意"为前提才具有价值。传说王平甫对自己《甘露寺》一诗中"平地风烟飞白鸟，半山云木卷苍藤"颇为自负，苏东坡看后则认为其精神都在"卷"字上，前句"飞"与之很不相称，当用"横"字代之，王平甫十分叹服。刘勰《文心雕龙·章句》说："夫人之立言，因字而生句，积句而成章，积章而成篇。篇之彪炳，章无疵也；章之明靡，句无玷也；句之精英，字不妄也。振本而末从，知一而万毕矣。"锤炼字词，不只是写好一个字、一句话的需要，更是为了全篇的整体美。如果过分追求新奇就可能流于险怪。僻字晦词，拗调硬语并不能打动读者，像孟郊《离少》诗"噎塞存咽喉，峰媒事光辉"，这类句子虽可见出作者经营文字的匠心，却因不合一般表情达意的习惯而成为败笔。

三、炼句

（一）炼句及其标准

如上所述，关键字词被称为"诗眼"，前人论诗也有"句乃诗之眼"之说，名篇之中不可没有格外精辟动人的佳句。如果李商隐的《无题》中没有"春蚕到死丝方尽，蜡炬成灰泪始干"，"身无彩凤双飞翼，心有灵犀一点通"这些精辟动人的佳句，《无题》就不会成为千古绝唱。人们读《长恨歌》和《琵琶行》，谁也不会忘记"大弦嘈嘈如急雨，小弦切切如私语。嘈嘈切切错杂弹，大珠小珠落玉盘"，"在天愿为比翼鸟，在地愿为连理枝"，"行宫见月伤心色，夜雨闻铃肠断声"，"同是天涯沦落人，相逢何必曾相识"这些名句。炼句就是锤炼句子，使用夸张、想象等修辞手法，或是以少总多、婉曲坦陈等表现手法，使诗句精辟动人。如前所述，汉语中往往一个字就是一个词，也往往一个词就构成一个句子，如《十六字令》："山，快马加鞭未下鞍。"因此，炼句有时也就是炼字。

关于炼句的标准，前人也有不少论述。梅尧臣曾提出一个标准："诗家虽率意而选语亦难。若意新语工，得前人所未道者，斯为善也。必能状难写之景如在目前，含不尽之意见于外，然后为至矣。"接着他举出一些"状难写之景如在目前，含不尽之意见于外"的例子："若严维'柳塘春水漫，花坞夕阳迟'，则天容时态，融和骀荡，岂不如在目前乎？又若温庭筠'鸡声茅店月，人迹板桥霜'，贾岛'怪禽啼旷野，落日恐行人'，则道路辛苦、羁旅愁思，岂不见于言外乎。"梅尧臣通过评论佳句，提出了所谓"意新语工，得前人所未道者，斯为善也"的总的要求。当然"意新语工"也有不同的表现方式，有诗句景色描绘让人耳目一新者，如王维的"大漠孤烟直，长河落日圆"（《使至塞上》），"明月松间照，清泉石上流"（《山居秋暝》）；有以情真意切成为人们座右铭的，如苏轼的"但愿人长久，千里共婵娟"（《水调歌头·月夜怀子由》），柳永的"多情自古伤离别，更那堪冷落清秋节"（《雨霖铃》）；有以情景交融成为佳句者，如欧阳修的"平芜尽处是春山，行人更在春山外"（《踏莎行》），贺铸的"试问闲愁都几许，一川烟草，满城风絮，梅子黄时雨"（《青玉案》）；有的以含蓄取胜，如朱庆馀的"妆罢低声问夫婿，画眉深浅入时无"（《闺意献张水部》），张籍的"还君明珠双泪垂，恨不相逢未嫁时"（《节妇吟》）；有的以咏物而曲尽妙处，如孟浩然的"气蒸云梦泽，波撼岳阳城"（《临洞庭湖赠张丞相》），杜甫的"细雨鱼儿出，微风燕子斜"（《水槛遣心》）；有的以谈理而富有理趣，如苏轼的"不识庐山真面目，只缘身在此山中"（《题西林壁》），陶渊明的"问君何能尔，心远地自偏"（《饮酒》）；有的以发议论而精辟透彻，如辛弃疾的"君莫舞，君不见飞燕玉环皆尘土"（《摸鱼儿》），陆游的"纸上得来终觉浅，绝知此事要躬行"（《冬夜读书示子聿》），这些皆是炼句中的"意新语工"。

（二）如何炼句

下面分别从描景、抒情、情景交融、推陈出新、创意出奇等几个方面略加细论。

1. 炼景句

即是锤炼一些描景的诗句，使其构成的画面句式精美、形象生动，诗味浓郁，表达出别人无法展现的美好图画。要做到这一点，就需要准确捕捉事物特点，能以少总多，以有限表达无限。如欧阳修的《宜远桥》中对景色的选取和诗句的锻炼：

> 朱栏明绿水，古柳照斜阳。
>
> 何处偏宜望？清涟对女郎。

宜远桥，颍水上的一座桥名。皇祐元年（1049）欧阳修为颍州太守时，曾于此建了三座桥：分名为"宜远"、"飞盖"、"望佳"，并写了《三桥诗三首》，《宜远桥》即其中的一首。诗人以宜远桥为中心，用朱栏、绿水、古柳、斜阳、清涟阁和女郎台这些经过诗人"改动"过的典型景色，"组合"成一幅色彩明丽、意境深远的风物画。这首诗在艺术上最大的特色就是善于运用大自然中的色彩，构成鲜明的对比度，给人留下无比愉悦的视觉印象。诗人在构图上以桥为中心，在景色选取和诗句锻炼上颇下功夫。诗人先从桥面写起，"朱栏"、"绿水"，一红一绿，互相映衬，使红者更红、绿者更绿，构成鲜明对比。朱栏与绿水之间，诗人又巧妙地用一个"明"字，把两者联在一起。

这个"明"字，既显出水碧——桥的倒影清晰地映在水中；也显出桥新——朱红的色泽光亮可鉴，能映照出下面的水波。这个动化了的形容词"明"，无疑比"临"，比"映"，比"浮"，都显得空灵而精妙。次句是由桥写到桥周围的环境，手法还是色彩上的比衬。桥边的古柳是暗绿色的，上空的斜阳则是金黄色的。金色的余晖抛洒在暗绿的柳条上，本身就给人一种浑融和穆之感，更何况柳还是古柳，阳又是斜阳，这就更给人一种苍劲壮美和静谧幽深之感。但诗人认为，这种景色还不足以表现宜远桥周围的美，更美的景色还在前头，这就是"何处偏宜望，清涟对女郎"。后两句诗在色彩描绘上也有了变化，不再是明写景物色彩的对比，而是让它们暗含于设问设答之中。"何处偏宜望"中的"宜望"二字，不但把我们的目光由桥引向更远更广之处，也暗扣诗题"宜远"，这也是欧阳修诗邃密工致之处。诗人的回答是"清涟对女郎"。清涟，指清涟阁，晏殊知颍州时所建；女郎，即女郎台，在颍州西湖东岸，相传为春秋时胡子国君为其女（后为鲁昭侯夫人）所筑。诗人在此略去"阁"、"台"二字，不仅是五绝形式的需要，而且也更富诗意："清涟"可与"绿水"相映，"女郎"也可与"朱栏"竞艳。这样语含双关、使实景幻化为虚，物拟为人，更能引起人们丰富的联想。仿佛一位风姿绰约的女郎扶朱栏、临清涟、照绿水，顾盼之际更觉美艳飘逸，也更使人"宜望"了。

苏轼《惠崇春江晓景》也是炼景句的典型：

> 竹外桃花三两枝，春江水暖鸭先知。
> 蒌蒿满地芦芽短，正是河豚欲上时。

这是一首题画诗，但其艺术表达的深度和影响力，早已超过惠崇的绘画《春江晓景》了。诗人通过对早春江上典型景物的描绘，表现了春天给大自然带来的蓬勃生机，也给诗人带来了盎然的情趣。其中的"春江水暖鸭先知"更是使全诗生色的名句。从构图上看，它使画面由远景过渡到近景，进入对主体的描绘。鸭生性爱水，一年四季多与水相伴，特别是寒冬过后坚冰初融，鸭群乍入春水更显得欢畅，因此在画面上用鸭戏于水来表现春江，这很典型，也显露出画家惠崇的独具慧眼，但其中着意点"水暖"，而且是"鸭先知"，这就是苏轼的功劳。因为绘画毕竟是静态的，它只能用形体和色彩作用于人的视觉。画春水，无法直接表现水的温度；绘群鸭，也无法直接道出它们的知觉。因此，直接点出"水暖"，道出"鸭先知"。这是语言艺术的特色，也是苏诗的高明之处。一首好的题画诗，既要点明画面，使人如见其画，又要跳出画面，使人画外见意，从而既再现了画境，又拓展和深化了画境。前人把此总结为"其法全在不黏画上发论"（郭熙《林泉高致》）。苏轼的这首题画诗即与原画保持了这种不即不离、若即若离的关系，既是这幅画的鉴赏和介绍，又是它的扩大和延伸，这就使它在艺术成就上超越了原画，也是它九百多年来脍炙人口、为人们吟诵不衰的主要原因。其主要功劳应归功于锻炼了"春江水暖鸭先知"这个名句。

中国古典诗词中，这类炼景名句还很多，如林逋的《秋江写望》：

苍茫沙嘴鹭鸶眠，片水无痕浸碧天。
最爱芦花经雨后，一篷烟火饭渔船。

这是一首充满诗情画意的山水诗。诗人通过对江畔秋色的描绘，抒发了淡泊的情思。其中第二句"片水无痕浸碧天"格外见炼景的功力。"片水"即如"片"之水。可见水面平稳之状，如同一面镜子了。那么，既然"片"水即如镜，后又加一"无痕"，这不犯了"重出"之病吗？非也，因为"片水"还有言江水窄小之意。这就暗示了诗人望远的地点是在江边的某一高处了。既然是水，总该是"清"或是"白"的吧？不，是蓝色的，因为蓝天被水浸在其中了，水作天色，天亦水色，这不是"上下天光一碧万顷"之状吗？至此，蓝、白、黄三色相互辉映，一幅秋江鹭鸶图，已经是如在目前了。

在所有的诗体中，写景造景之难都莫过于绝句。它要求造境快捷，不允许有半点的拖泥带水。所以元人杨载在他的《诗法家数》中深有体会地说："大抵起承二句固难。"但是，这对于一个能细致观察的作家、有娴熟技巧的诗人，却又并不难，他们甚至能起于平直，承之以从容，《秋江写望》的前两句，就是如此。

2.炼情句

前面提到的李商隐诸首《无题》，深情绵邈、富艳精工，就得力于"春蚕到死丝方尽，蜡炬成灰泪始干"、"身无彩凤双飞翼，心有灵犀一点通"等名句的锻造。文天祥的《过零丁洋》之所以成为千古绝唱，与其中的"人生自古谁无死，留取丹心照汗青"关系极大。中国古典诗词中，这类经过锻炼而使全篇生色的表情名句很多，如晏殊的"昨夜西风凋碧树，独上高楼，望尽天涯路"（《蝶恋花》），欧阳修的"离愁渐远渐无穷，迢迢不断如春水"（《踏莎行》），高适的"莫愁前路无知己，天下谁人不识君"（《别董大》），王昌龄的"玉颜不及寒鸦色，犹带昭阳日影来"（《长信秋词》）等。柳永是位言情的高手，当时之所以能"有井水处，皆能歌柳词"，与许多情词中的名句有极大关系。其代表作之一《雨霖铃》中的"念去去、千里烟波，暮霭沉沉楚天阔"、"今宵酒醒何处，杨柳岸、晓风残月"皆是经过锻炼的名句。《雨霖铃》以冷落的秋景作为陪衬，集中而缠绵地表现了词人与心爱的人分别时的情景与心境。当然，词人对人生道路坎坷和前途渺茫的伤感，也在这难以割舍的离愁中暗暗地流露了出来。其中"念去去"三句是抒别时之情，"今宵酒醒"三句是写别后之思；前者是不忍别，后者是忍不住的相思。在炼句上"念去去"三字就颇具匠心。一般来说，诗词中用"别去"、"去也"、"去了"较多，如小令《忆江南》："人去也，音讯隔湘江。行客四方征羁旅，月儿照此绿纱窗。常忆旧曾双。"词人叠用两个"去"字，置于去声字"念"之后，读时一字一顿，越发显出去路茫茫，渺无归期，将别离之情抒发得更加浓郁。下面的"千里烟波"不仅点出路途之遥，今后相见之难，而且"烟波"与沉沉"暮霭"也构成灰暗的色调，与离别的氛围和心情相合。至于"今宵酒醒"三句更是千古传诵的名句。刘熙载在《艺概》中就将此三句作为词作"点染"之间密不可分的典型例句。据俞文豹《吹剑录》记载，有次苏东坡与门客论词，说你们看我的词与柳永相比如何？有个善歌的门客打趣说："柳中郎词，只合十七、八女郎，执红牙板，唱'杨柳岸、晓风残月'；学士词，须关西大汉，执铜琵琶、铁绰板，唱'大江东去'。"当时人们普遍认为"词乃艳科"，"以婉约为宗"，是不能让关西大汉唱的。从门客的调侃中，我们也能看出柳永此词在时人心目中的地位。

汉乐府中还有首《公无渡河》，语言直白，感情却是异常的痛楚："公无渡河，公竟渡河！渡河而死，其奈公何！"这首古乐曲，据说是朝鲜艄公霍里子高的妻子丽玉所作。一天早晨，霍里子高去撑船摆渡，望见一个披发狂夫向着河边狂奔。狂夫的妻子在后面追赶不及，这位披发狂夫被淹死。狂夫的妻子面对遗体悲吟着《公无渡河》，其声凄怆，曲终亦投河而死。霍里子高回到家，把那歌声向妻子丽玉作了描绘，丽玉弹拨箜篌把歌声写了下来，成为一首有名的《箜篌引》。其诗四句，每句四字，但前三句每句都有"渡河"二字，占全部字数的三分之一还强，另外，对丈夫的呼喊"公"字也出现在三句之中，听起来，似乎是一片呼喊声和渡河声，既声情并茂地再现了披发狂夫强行渡河和妻子劝阻渡河的场景，也更为强烈地抒发了妻子追劝不及，眼睁睁看着自己的丈夫溺水而死的悲痛。这种内心的痛苦和情感的折磨是难以言喻的，只能反复呼喊着丈夫。这首小诗表面上直白简单，但内涵却异常丰富，这与字句的锻炼关系极大。

3. 炼情景句

在古典诗词中，单纯的景句或情句并不多，更多的是情景交融，景中寓情，情中寓景，或是借景抒情。如《诗经·小雅·采薇》中"昔我往矣，杨柳依依。今我来思，雨雪霏霏"，被王夫之誉为"以乐景衬哀情"（《姜斋诗话》）的典范。郑思肖的这首《画菊》更是托物咏志，借景抒情：

> 花开不并百花丛，独立疏篱趣未穷。
> 宁可枝头抱香死，何曾吹落北风中。

郑思肖在南宋末年一大批爱国诗人中特别引人注目。他能诗能画，尤工墨竹墨兰。宋亡前后，他的诗画都以表达民族气节为主题，甚至连名字也为此而改为"忆翁"、"所南"，即不忘故国，心向南方赵宋朝廷之意。宋亡后的四十多年间，他终身不娶，矢志复国，坐着和睡觉，头、面绝不向北，一听到有人讲北方话，捂着耳朵就跑，与元蒙政权格格不入。郑思肖的这首诗，表面上是在咏歌菊花，实际上是宋亡后志士仁人民族气节的再现。因为是写在宋亡之后，所以"宁可枝头抱香死，何曾吹落北风中"就不是一般的高风亮节的自我勉励，而是在沉痛悼念故国的情感中，突出地强调了誓为故国而殉节的忠勇烈士精神。这两句诗不仅成了诗人烈士性格的代表，也成了激励民族气节，咏歌忠烈精神的千古名句。他还有首《菊花歌》，与这首诗立意相同，但用语却更明白：

> 太极之髓日之精，生出天地秋风身。
> 万木摇落百草死，正色与秋争光明。
> 背时独立抱寂寞，心香贞烈透寥廓。
> 至死不变英气多，举头南山高嵯峨。

高昂着不屈的头，眼望着南山（指赵宋），身虽寂寞，心却贞烈，这是一幅多么令人肃然起敬的烈士殉难图！这就是最后两个警句给我们留下的极为强烈的印象。

欧阳修是宋代文坛领袖，也是庆历新政的积极推行者。我们读他的《与高司谏书》，是何等的一腔正气、义正词严，读他的《醉翁亭记》，又感受到他的旷达和潇洒，但我们读过他的词作后，才感受到他还有似水的柔情，而且是通过一些情景交融的名句表现出来的，如这首表现羁旅愁思的《踏莎行》：

> 候馆梅残，溪桥柳细，草熏风暖摇征辔。离愁渐远渐无穷，迢迢不断如春水。　寸寸柔肠，盈盈粉泪，楼高莫近危阑倚。平芜尽处是春山，行人更在春山外。

词人通过"候馆"、"溪桥"、"征辔"等景物的变换，暗示是在离别的路上；"梅残"、"柳细"、"草熏风暖"则点明季节时令。在古典诗词中，梅、草尤其是柳，常用来表现离愁，而且都暗藏许多典故。词人选择这三样景物，正是实景虚用，用以表达深深的愁思。"离愁渐远渐无穷，迢迢不断如春水"则是个精心锻炼的名句。它从李煜的名句"剪不断、理还乱，是离愁"（《相见欢》）中脱胎而来，但两者又有所不同：李词之愁是静态的，只是强调愁的无处不在；欧词则是动态的，表明离家越远而愁思越重——"渐远渐无穷"。词人又把李煜以水言愁的名句"问君能有几多愁，恰似一江春水向东流"（《虞美人》）也挽合进来，改造成"迢迢不断如春水"，成为千古流传的名句。这就是江西派所说的"夺胎换骨"。

词的下片仍写离思别愁，但主人公和时空皆作转换：由旅途上的行人转换为闺中的思妇；由"候馆"、"溪桥"转换为"楼高"、"危栏"。唐代诗人李商隐有首著名的《无题·相见时难别亦难》，其中两句是"晓镜但愁云鬓改，夜吟应觉月光寒"，上句写自己悬想情人此刻的情景，下句则转换主人公和时空，设想情人悬想自己的情形。诗家把此称为"代拟法"，认为这种写法的好处是"心已神驰到彼，诗从对面飞来"。欧词的下片显然也是采用"代拟法"，只是他将李商隐的两句变成整个下片，这样使词变得更加婉转曲折，词人要表达的情感也更进了一层。结句"平芜尽处是春山，行人更在春山外"，是对上句"楼高莫近危栏倚"的交代回复，它使思念之情和画面得到无尽地拓展，一向为评论家所激赏。历史上有许多类似的名句，同是宋代，就有石曼卿的"水尽天不尽，人在天尽头"，范仲淹的"山映斜阳天接水，芳草无情，更在斜阳外"。相比之下，欧阳修这两句更为妙绝，因为在结构上更为递进层深：斜阳已远，而芳草更在斜阳之外；春山已远，而行人更在春山之外。这种情景交融的描绘和感叹，把那种深沉而无穷无尽的离愁、刻骨铭心的相思，婉转细腻地加以表现，余味无穷。

秦观的《满庭芳》也是一首传播久远的言情佳篇，而且也是靠一些名句支撑起来的：

　　　　山抹微云，天粘衰草，画角声断谯门。暂停征棹，聊共引离
　　尊。多少蓬莱旧事，空回首、暮霭纷纷。斜阳外，寒鸦万点，流
　　水绕孤村。　　销魂，当此际，香囊暗解，罗带轻分。谩赢得青
　　楼，薄幸名存。此去何时见也？襟袖上、空惹啼痕。伤情处，高
　　城望断，灯火已黄昏。

　　这首词抒写的仍是他词作的主调——男女离别之情。就题材来
说并无新意，但此词一出却立即名噪一时，广为传唱。据南宋叶梦得
《避暑录话》记载，此词在作者生活的元丰年间已"盛行于淮楚一带"，
首两句"尤为当时所传"。那么，是什么使此词千百年来一直令人倾慕
不已？它的艺术魅力究竟何在呢？

　　此词的妙处之一是借景传意，用景物描写来渲染、烘托惜别伤怀
之情。一开篇，词人就从视、听两个角度刻意描绘出一组凄迷惨淡的
秋日黄昏图。"山抹微云，天粘衰草"两句写深秋城郊远山淡云、枯草
连天的荒凉景象，显得逼真传神，历历在目。这两句对偶工整、造语
新巧，历来为人们所激赏。"微云"、"衰草"点出天色、节令，一个
"抹"字写出了淡淡云彩掩映群山峰峦之景，显出了炼字之功。据说苏
轼对这两句也十分欣赏，并以此戏称秦观为"山抹微云君"。从画面构
图来看，这两句勾勒的是远景，是目之所见。山被云遮，显露的是一
派暮霭苍茫；衰草连天表现的则是秋容惨淡，这为全词定下一个凄清
又暗淡的基调。接下去的"画角声断谯门"是写耳之所闻。黄昏暮色
里，凄厉悠长的号角声更增添了凄清的氛围。总的来说，起首三句总
写秋日黄昏的所见所闻，到处是一派萧瑟、暗淡、凄清的景象。通过
这些景物描写，为下片抒别离之情做好了环境渲染和气氛的铺垫。"空
回首、暮霭纷纷"既写景，亦写情，亦虚亦实。它既是词人离别之时

纷乱迷离的思绪的外现，是移情入景，又是词人对分别之后渺茫前程和独处生活的担忧。接下去的三句"斜阳外，寒鸦万点，流水绕孤村"则是以景衬情。它描绘出一幅凄清、萧瑟的荒村日暮的惨淡图画，以此来暗示词人沦落天涯、前途未卜的悲凉心境。词人通过上述的移情入景和以景衬情把离别之际的处境和心境渲染到了极致。下片的"销魂，当此际"数句，从相互的动作、表情、心理、今昔不同的角度和空间来反复抒写自己和情人之间的难舍难分。高妙的是，词人写到最伤情处又转而写景，"伤情处，高城望断，灯火已黄昏"，移情入景，以景结情。这几句虽是写景，但词人情寓景中，意在言外。词人对情人的一片相思之情尽在不言之中，读之让人怅然不已！

　　此词的第二个妙处是善于将写景、叙事、抒情融会一气但又显得层次井然。词的上片以写景为主，穿插叙事，景中寓情；下片以抒情为主，间以叙事，最后以景结情。词先从征棹之中所见苍茫之景写起，继之以斜阳、归鸦，收之以高城灯火，时间逐步推移，景色渐次昏暝；离别则从停棹饯饮到解囊相赠，再到舟发人远，时间逐步推移，情感渐次黯然神伤；惜别思念则从此际销魂到泪染襟袖，再到伤情凝望。最后以"伤情处，高城望断，灯火已黄昏"这个名句作结。全词就在这情、景不断地变换推移之中将难别和思念之情推向极致。

4. 炼翻新句

　　宋诗主流江西诗派就主张从古人的成句中翻出新意，他们认为诗歌的境界是无限的，一个人的才能是有限的。以有限之才求无限之境，就是李白、杜甫也不可能做到。唯一的方法是向古人学习，因为古人的成句美言是经过千锤百炼的，如能取古人陈言入翰墨，就像灵丹一粒，能点铁成金。所谓"诗意无穷，人才有限。以有限之才，追无穷之意，虽少陵、渊明不得工也。然不易其意而造其语，谓之换骨法。规模其意而形容之，谓之夺胎法。古人之为文章，真能陶冶万物，虽取古人陈言入翰墨，如灵丹一粒，点铁成金也"（黄庭坚《答洪驹父书》）。其"夺胎换骨"、"点铁成金"的第一个做法就是直接化用前人成句，但构思上更为新巧，表达上更加出奇，如晋代王褒的《僮约》，用"离离若缘坡之竹"来形容髯奴的胡子，新巧而形象别致。黄庭坚借来形容一位诗人吟咏时的潇洒之姿和清越之声，"王侯须若缘坡竹，吟哦清风起空谷"（《次韵王炳之惠玉版纸》），不仅新巧形象，也更能衬托出诗人儒雅的气质。比起王褒的《僮约》，黄诗已从外表形象的勾勒深入到内在气质的表现。汉代李延年有首《佳人歌》："北方有佳人，绝世而独立。一顾倾人城，再顾倾人国。宁不知倾城与倾国，佳人难再得。"从此，"倾国倾城"就变成了美人的代称。到了宋代，以此来形容美人已变得俗滥，但黄庭坚却能翻空出奇，化腐朽为神奇，用此来形容诗人刘景文的诗歌价值和影响，"君诗如美色，未嫁已倾城"（《次韵刘景文登邺王台见思》），不但意思深了一层，而且也符合文人的雅趣。他的另一首诗《和陈君仪读太真外传五首》（之二）："扶风乔木夏阴合，斜谷铃声秋夜深。人到愁来无处会，不关情处总伤心。"曾季狸在《艇斋诗话》中指出此诗"全用乐天诗意"，因为白居易《和思归乐》有句云："峡猿亦无意，陇水复何情？为到愁人耳，皆为断肠声。"黄庭坚的《水仙花》中"坐对真成被花恼，出门一笑大江横"和《次韵伯氏戏赠韩正翁菊花开时家有美酒》中"乌角巾边簪钿朵，红银杯面冻糖霜"，也是分别化用杜甫的"鸡虫得失无了时，注目寒江倚山阁"（《缚鸡行》）和"锦里先生乌角巾，园收芋栗未全贫"（《南邻》）。但黄氏"乌角巾"二句比起老杜的《南邻》来，似乎形象更加饱满和细密。

　　黄庭坚点铁成金、翻炼新句的第二个渠道就是从典故翻出新意，从而锻炼成名句。黄庭坚一直认为"诗词高胜要从学问中来"（胡仔

《苕溪渔隐丛话》），大量用典是山谷诗的一个重要特色。用典新奇，
这也是与他诗作刻意求新的精神一脉相承。例如《王主簿家酴醾》中
"露湿何郎试汤饼，日烘荀令炷炉香"一联，以美男子喻花；在《寄题
荣州祖元大师此君轩》中"程婴杵臼立孤难，伯夷叔齐采薇瘦"一联，
则以志士仁人喻竹，两者都是用典故作喻，且都以人喻物而不像通
常那样以物喻人，手法极为生新。黄庭坚用典密度既大且又能精当、
稳妥、细密、灵活，他往往旁征博引，从经史子集、道书佛典中吸
取诗料。例如"俗里光尘合，胸中泾渭分"（《次韵答王慎中》），"泾
流不浊渭，种桃无李实。养心去尘缘，光明生虚室"[《颐轩诗六首》
(其六)]，等等。

古代诗人中炼翻新句从而传诵千古者自然不止黄庭坚一人，前面
说过的王安石名句"春风又绿江南岸"的锻炼也是如此。王安石诗中的
"绿"字不止此篇，其他诗篇中使用得也很工巧、很精到，如《北山》：

北山输绿涨横陂，直堑回塘滟滟时。
细数落花因坐久，缓寻芳草得归迟。

北山流下的溪水涨满山下陂塘，一派春水接天、春光无限的景象，
并让我们产生想象：北山溪水带给钟山脚下的不止是春水，也给山下万
物乃至江南带来春意，带来生机。它与后面"细数落花因坐久，缓寻芳
草得归迟"两句相连，更在寻常语中顿生无限精妙意。《石林诗话》评
此诗"但见舒闲容与之态"，实际上包孕静中生动、无中生有的禅意。

又如他的《书湖阴先生壁》：

茅檐长扫静无苔，花木成畦手自栽。
一水护田将绿绕，两山排闼送青来。

此诗中的"绿"字与上一首《北山》中的"绿"字用法正好相反，前者是化动为静，这里是化静为动，让无生命的绿水青山都充满动态，都满怀情谊：一个绕着农田，让田野充满生命的绿色；一个刻意推开门，将青青的山色奉献到诗人眼前。王安石诗，特别是归隐钟山时期写的绝句，常以工巧的语言、白描的手法，勾勒出闲淡秀雅的自然风光，让人读起来清香满口。而且，这些诗句的语言并不藻丽奇特，往往是寻常语，只是用得恰到好处！

5. 炼创意出奇句

"文章自得方为贵，切忌随人脚后行。"夺胎换骨、翻炼新句固然好，独出机杼、前无古人更有价值。关于如何炼句，前人也有不少论述。如表现征战的题材，我们熟悉王昌龄、岑参诗歌中那种英雄主义精神，所谓"黄沙百战穿金甲，不破楼兰终不还"（《从军行》），所谓"虏骑闻之应胆慑，料知短兵不敢接，车师西门伫献捷"（《走马川行奉送封大夫出师西征》）；也有谴责统治者好大喜功，表现战斗生活艰苦的，如高适的"君不见沙场征战苦，至今犹忆李将军"（《燕歌行》），杜甫的"边庭流血成海水，武皇开边意未已"（《兵车行》）。诗人曹松的《己亥岁》却自出机杼，从战争的动机、性质、结局得出一个出人意表的结论："劝君莫话封侯事，一将功成万骨枯"，这种洗练精遒又深刻的诗句，自然让人印象深刻并引起读者深深的思索。再如怀古诗，有的诗人慨叹人事代谢、山河依旧，充满沧桑感慨，如刘禹锡的《西塞山怀古》："人世几回伤往事，山形依旧枕寒流。从今四海为家日，故垒萧萧芦荻秋"；有的评论战事，有指陈得失，如杜牧的《赤壁》："东风不与周郎便，铜雀春深锁二乔"；指责统治者荒淫误国，如李商隐的"小怜玉体横陈夜，已报周师入晋阳"（《北齐二首》），但像张养浩《山坡羊》那样总结历史规律，得出一个如此深刻又如此沉痛的结论："兴，百姓苦；亡，百姓苦"的，恐怕仅此一人，仅此一诗！李煜由于国破家亡的深哀剧痛，成为善于言愁的高手，他的《虞美人》以水写愁："问君能有几多愁，恰似一江春水向东流"已到极致。李清照却能百尺竿头更进一步，在言愁上比起李煜有过之而无不及。李煜将愁写得有形体，像长江之水滚滚而来、源源不断，李清照不但能将无形的愁写得有形体，而且还有重量，"闻说双溪春尚好，也拟泛轻舟。只恐双溪舴艋舟，载不动许多愁"（《武陵春》），而且深入人的内心："此情无计可消除，才下眉头，却上心头。"（《一剪梅》）前面提到黄庭坚，他在炼句上也不仅是夺胎换骨、翻炼新句，还有意造拗句，押险韵，作硬语，连诗人向来讲究声律谐调和词彩鲜明的传统也抛弃，形成独特的山谷体。像下面这首诗《子瞻诗句妙一世，乃云效庭坚体，次韵道之》：

> 我诗如曹邻，浅陋不成邦；
> 公如大国楚，吞五湖三江。
> 赤壁风月笛，玉堂云雾窗；
> 句法提一律，坚城受我降。
> 枯松倒涧壑，波涛所春撞；
> 万牛挽不前，公乃独力扛。
> 诸人方嗤点，渠非晁张双；
> 袒怀相识察，床下拜老庞。
> 小儿未可知，客或许敦庞；
> 诚堪婿阿巽，打酒缠红缸。

开首四句运用比喻，谦逊地说他的诗没有苏诗那种阔大的气象。中间十二句写苏轼对他的赏识，同时表现他的傲兀性格，像倒在涧壑里的枯松，波涛推不动，万牛挽不前。结尾四句说自己的儿子或许可以与苏轼的孙女匹配，言外之意是说他的诗不能同苏轼相比，但这种调侃的结句正是后来江西派诗人说的"打猛诨入，打猛诨出"，用一种诙谐取笑的态度表示他们的情谊。此诗从用字、琢句以至命意布局，完全体现了江西派诗人在唐诗的高峰面前独辟蹊径、推陈出新的努力。江西派成为宋诗的主要流派和代表，不是没有原因的。

（三）炼句要注意的问题

1. 要意真情真，力避玩弄技巧、以句害意

炼句与炼意相比，后者是主要的。如果诗的内容贫乏、一般化，没有激情，没有深刻的思想，只想靠几句"诗眼"来补救，自然是不行的。唐代司空图曾批评唐人贾岛的诗虽偶有佳句，但全篇立意不行，因此算不得好诗。"贾浪仙岛时有佳句，视其全篇意思殊馁"（《与李生论诗书》），这就是因为贾岛太醉心于某些词句的琢磨（世人都熟悉他的那个关于"推敲"的故事），反而忽略了全诗的完整和艺术境界的创造。

正因为如此，历代诗论家都非常注意正确处理诗歌的思想内容与炼句、炼字的关系：况周颐《蕙风词话》说"情真、景真，所作必佳"；沈德潜《说诗晬语》说一首诗的优劣"以意胜而不以字胜"；张表臣《珊瑚钩诗话》说得更具体，"诗以意为主，又须篇中炼句，句中炼字，乃得工耳，以气韵清高深邈者绝，以格力雅健豪雄者胜"，"专尚镂镌字句，语虽工，适足彰其小智小慧，终非浩然盛德之君子"。因此，在炼句时一定要力避纤巧轻佻，切不可一味玩弄技巧以文害意。清人郎庭槐谈炼句时，把"涉纤、涉巧、涉浅、涉俚、涉佻、涉诡、涉淫、涉靡"视为炼句中的"酖毒"，必须力避。所以古人说"极炼不如不炼"，也就是万不可一味追求句子的精美而忘了诗歌的立意和题

旨。以诗歌中的叠字为例，叠字的运用可以利用汉字的双声、叠韵等声韵特点创造出一种语言美，也可以增加抒情效果，如《木兰诗》的开篇，"唧唧复唧唧，木兰当户织"，既用促织不停的叫声来暗示木兰不停地"当户织"，表明木兰是个非常勤快的农家姑娘，同时"唧唧"也是叹息声，表示木兰在织布时有满腹心事，不停地叹息，于是引起下文："问女何所思，问女何所忆"，叠字在句中起了不可替代的作用。刘希夷"年年岁岁花相似，岁岁年年人不同"也是由叠字组成的绝妙佳句。两个句子叠字相同，但次序颠倒，强调岁月依旧但人事变迁，加浓了一种沧桑感。李清照的《声声慢》开头三句，用 14 个叠字构成："寻寻觅觅，冷冷清清，凄凄惨惨戚戚。"这 17 个叠字分成 7 组，形成追寻、孤独、凄凉三层递进的意境。因为心中无定，若有所思而生寻觅，"冷冷清清"既是周边的环境，也是寻觅的结果：因孤独而生寻觅之心，寻觅的结果是更加孤独；"凄凄惨惨戚戚"则由外在的环境进入词人的内心世界，"更深一层，写孤独之苦况，愈难为怀"（唐圭璋《唐宋词简释》）。

正因为如此，这三句赢得了历代诗论家的称赞，把它称为叠字的极致，或是称为"创意出奇"，或是称为"情景婉绝"，或是称为"工于锻炼，出奇胜格"，或是赞为"造句新警，绝世奇文"。清人钱大昕更是认为"以一妇人，竟能创意如此"（《十驾斋养心录》）。今人傅庚生曾对这三句妙处细加解析："此十四字之妙：妙在叠字，一也，妙在有层次；二也，妙在曲尽思妇之情；三也，良人既已行矣，而心似有未信其即去者，用以'寻寻'；寻寻之未见也，而心似仍有未信其便去者，用又'觅觅'。觅者，寻而又细察之也。觅觅之终未有得，是良人真个去矣，闺阃之内，渐以'冷冷'。冷冷，外也，非内也。继而'清清'。清清，内也，非复外矣。又继之以'凄凄'。冷清渐蹙而凝于心，又继之以'惨惨'。凝于心而心不堪任，故终之以'戚戚'也，则肠痛心碎，伏枕而泣矣。似此步步写来，自疑而信，由浅入深，何等层次，几多细腻！不然，将求叠字之巧，必贻堆砌之讥，一涉堆砌，则叠字不足云巧矣。故觅觅不可改在寻寻之上，冷冷不可移植清清之下，而戚戚又必居最末也。且也，此等心情，惟女儿能有之，此等笔墨，惟女儿能出之。"（《中国文学欣赏举隅》）李清照的14字叠字之所以受到众多诗论家的称赞，流播千古，就在于它既形象又深刻地表现了词人身处国破家亡、夫死己病的极端困境中的孤独、伤感、凄凉，那种无以言表的深哀剧痛，情深而意真。如果没有如此的背景和深哀剧痛，一味地玩弄辞藻，逞才使气，并不能达到如此效果，反而会贻笑于大方，如乔吉的《天净沙》："莺莺燕燕春春，花花柳柳真真，事事风风韵韵。娇娇嫩嫩，停停当当人人。"乔吉是元代著名的散曲家，后期清丽派的代表人物，他的一些散曲如《双调·水仙子·重观瀑布》也非常有名，但这首《天净沙》却并不高明，他想逞才使气，在李清照14个叠字上翻一翻，达28字，而且通篇皆叠，但因缺少真情实感，变成了文字游戏，结果适得其反，变成了历代诗论家嘲弄的例证。另一个例子就是声律美一章曾举过的诗例——姚合的《葡萄架诗》：

> 萄藤洞庭头，引叶漾盈摇。
> 清秋青且垂，冬到冻都凋。

全诗四句全为双声叠韵，为了迁就双声叠韵，诗意被搞得很晦涩，什么叫"引叶漾盈摇"让人很费解，"冬到冻都凋"的诗意则很庸俗，看得出完全是为了凑成双声叠韵。就是从音韵上来说，像"引叶漾盈摇"、"清秋青且垂"、"冬到冻都凋"等，读起来也很别扭拗口，没有丝毫美感。纯粹是在玩弄技巧，为双声叠韵而双声叠韵，变成毫无价值的文字游戏。姚合是唐代著名诗人，他的诗作当时被称为武功体，影响很大。看来即使是著名诗人，也无法逃脱这一创作规律。

2. 学习民间语汇，从民众学炼句

学炼句有两个方向，一是向江西派那样，向书本学习，向古人学习，夺胎换骨、点铁成金；另一个方向是向民间学习，跟民众学炼句。民间语汇有的看似普通，实则穷形尽相、准确生动，清人黄子云对此就有深刻的体会，他认为诗人炼句的目标就是要使语汇通俗易懂，因为"纵极平常浅淡语，以力运之而出，便勃然生动"，而要做到这一点，就必须向民间语言学习："《古诗十九首》平平道出，且无用工字面，如秀才对朋友说家常语，略不作意，如'客从远方来，遗我双鲤鱼。呼童烹鲤鱼，中有尺素书'是也。及登甲科，学说官话，便作腔子。官话使力，家常话省力；官话勉然，家常话自然。"(《野鸿诗的》)元人卢挚的《双调·折桂令·田家》就采用极为通俗的民间口语：

> 沙三伴哥来茶，两腿青泥，只为捞虾。太公庄上，杨柳阴中，磕破西瓜。小二哥昔涎剌塔，碌轴上淹着个琵琶。看荞麦开花，绿豆生芽，无是无非，快活煞庄家。

整首小令像个活报剧，剧中有两个人物，一个是下塘捞虾刚上岸、满腿泥巴的沙三伴哥，正在柳树荫中捧着个西瓜吃；另一位是小二哥，闲着无事，像个琵琶横躺在场地碌碡上，盯着沙三伴哥正在啃着的西瓜，嘴里流着口水。作者以此与险恶杂乱的官场作比较，来表现田园生活的闲适和无忧无虑，以表明自己的人生取向。卢挚是元人小令中清丽派的代表作家，语言雅洁清丽，但这首小令却非常俚俗，看来是有意识向民间语言学习。商挺《双调·潘妃曲·题情》也是学习民间语言的一个范例：

戴上月披星担惊怕，久立纱窗下，等候他。蓦听得门外地皮儿踏。则道是冤家，原来风动荼蘼架。

这首小令，写一个情窦初开的少女，月夜在纱窗下等候意中人时担心、受怕、喜悦、失望的心理状态，特别是"蓦听得"等最后三句，描写少女先是喜悦后是失望的心情转换，很是生动入微：微风吹动架上的荼蘼发出沙沙的声音。这声音是那么细微，可她却听得那么清晰，因她一直在侧耳细听，捕捉小伙子到来的脚步声。现在蓦然听到这种沙沙声，她产生了幻觉，以为是小伙子的鞋底轻轻地擦着地皮的声音。作者虽然没有点破，但读者可以想到姑娘此时的兴奋劲儿。她正在高兴，以为是"冤家"来了，但忽然发现自己弄错了，原来不是脚步声，而是"风动荼蘼架"。她从幻觉中清醒过来，希望变成了失望，高兴变成了懊恼。"冤家"原是对情人的亲昵称呼，但在这里恐怕不无懊恼的意思。句中的"门外地皮儿踏"、"则道是冤家"都是民间口语甚至土语，皆让这首小令生色不少。

元人小令中类似的学习民间语汇的例子还不少，如关汉卿《南吕·四块玉·闲适》中的"意马收，心猿锁，跳出红尘恶风波。槐阴午梦谁惊破！离了名利场，钻进安乐窝，闲快活"；徐再思《双调·清江引·相思》中的"相思有如少债的，每日相催逼。常挑着一担愁，准不了三分利。这本钱见他时才算得"等等。元人小令的蒜酪味和俚俗风格的形成，与曲作者刻意学习民间语汇关系极大！

3. 准确捕捉把握事物特点

这主要是指炼景句或叙事性的句子，要能在简洁精当的叙事或描写中，准确把握事物的特征，是人如见其形，如闻其声。如杜甫的《羌村三首》（其一）：

峥嵘赤云西，日脚下平地。

柴门鸟雀噪，归客千里至。

妻孥怪我在，惊定还拭泪。

世乱遭飘荡，生还偶然遂。

邻人满墙头，感叹亦歔欷。

夜阑更秉烛，相对如梦寐。

　　唐肃宗至德二年（757），杜甫从被安史叛军占领的长安逃脱，九死一生投奔在灵武即位的肃宗，被任命为左拾遗。但刚上任，就因上书援救被罢相的房琯而触怒肃宗，险些丧命。八月，被放还鄜州。在亲人居住的羌村写下有名的《羌村三首》。此诗为第一首，写作者刚到家时夫妻团聚的种种感人情景。在个人"生还偶然遂"的辛酸和喜悦中，折射出"安史之乱"带给广大民众的无穷灾难。在这首史诗般的描述中，让人印象深刻的是其中叙事或描景类的句子锻炼得准确而形象，如首句"峥嵘赤云西，日脚下平地"就是如此，"峥嵘"形容晚云在夕阳的照射下奇特而多变的形态，"日脚下平地"则又加上动态感，仿佛太阳有脚，太阳落山就像是它迈开双脚走下平地。这种句式自然给人生动突兀之感。"柴门"两句写到了家门口时的情景。寂静的村落里，已经还巢的鸟儿在诗人的无意惊扰之下喳喳地叫个不停，鸣叫声惊动了屋内的妻子，出门一看，竟是丈夫从千里之外跋涉归来了。"千里至"三字，既写出了归途中的艰辛，又包含着乱世还家的欣喜。总的来说，前四句有声（鸟雀噪）、有色（赤云）、充满动态感（日脚下平地和鸟雀噪），而且以动写静，鸟声的喧闹正反衬出村落的荒凉死寂，借景物描写传达出动乱之中久别归来的特定心理感受。"妻孥怪我在，惊定还拭泪"，是夫妻刚见面时的特写镜头。当丈夫突然出现在眼前时，妻子仍不免惊疑发愣，待情绪稍稍平静后，才明白眼前所见为真，一时间悲喜交集，不觉流下泪来。对这一"反常合道"的生活细部的准确把握，将乱世中夫妻团聚的场面写得逼真感人！"世乱遭飘荡，生还偶然遂"，写诗人对自己劫后余生的无限感慨，是对上两句的补充说明，也是下面"邻人歔欷"的原因。"偶然"二字蕴含着极丰富的内容和深沉的感慨。诗人从陷叛军数月到脱离叛军亡归，从触怒肃宗到此次返家途中的风霜疾病、盗贼虎豹，殒命之虞不止一次，而今终得生还，能说不偶然吗？妻子之怪，又何足怪呢？"邻人"两句，以邻居们围观时的叹息进一步反衬诗人"生还偶然遂"的辛酸和喜悦。以上六句是叙写诗人刚到家时的情境，时地是在黄昏屋前。结尾两句写诗人与妻子掌灯对坐的情景，时地则是室内深夜。久别初逢，夫妻均兴奋得不忍也不能入睡，因为今日的团聚太"偶然"了，故两人在灯下痴坐相向之际，仍然怀疑眼前发生的一切是不是在梦中。诗人没有去写夫妻聚首后的互诉别情，而是选取了秉烛夜坐、相对无言这一真实的生活场景来做心理刻画，展现出难以用语言表达的万千感慨，收到了"此时无声胜有声"的抒情效果，有着极强的艺术感染力。全诗以叙事白描来抒情，语言质朴凝练。诗人抓住具有典型性的生活场景，来传达夫妻团聚时的种种心理活动，在客观的真实叙写中，包含着强烈的主观抒情因素，二者合为一体，达到了水乳交融的境界。王慎中评价此诗是："一字一句，镂出肺肠，才人莫知措手。而婉转周至，跃然目前，又若寻常人所欲道者。"（仇兆鳌《杜诗详注》卷五引）这种"寻常人所欲道"而终使"才人莫知措手"的叙事白描手段，展示了诗人极高的艺术造诣。杜甫的《赠卫八处士》同样表现了杜甫准确把握事物特点的炼句功力：

人生不相见，动如参与商。

今夕复何夕，共此灯烛光。

少壮能几时，鬓发各已苍。

访旧半为鬼，惊呼热中肠。

焉知二十载，重上君子堂。

昔别君未婚，儿女忽成行。

怡然敬父执，问我来何方。

问答乃未已，驱儿罗酒浆。

夜雨剪春韭，新炊间黄粱。

主称会面难，一举累十觞。

十觞亦不醉，感子故意长。

明日隔山岳，世事两茫茫。

这首诗写于唐肃宗乾元二年（759）春天，杜甫自洛阳返回华州的途中。诗中的卫八处士已无考，大概是诗人青少年时代的朋友。说他是"处士"，大概是位隐居者。诗的前四句就很见叙事的功力：前两句是比喻，用天空无法会面的参星和商星来比喻人间的别离。后两句突然逆转，本来是无法相见今日居然相见，真让人意外之惊喜。"今夕复何夕，共此灯烛光"将诗人与友人由离别到相聚，亦悲亦喜、悲喜交集的心情把握得异常准确和形象。这两句的深意还不止于此：此诗写于759年春天，这是"安史之乱"的第四个年头。叛军猖獗，局势动荡，诗人的感叹中隐藏着对这个乱离时代的感受，这就使诗句的含蕴更加丰富和深刻。另外一些诗句，像"访旧半为鬼，惊呼热中肠"，"昔别君未婚，儿女忽成行"，"夜雨剪春韭，新炊间黄粱"等都是把握事物特征异常准确形象的炼句。"访旧半为鬼，惊呼热中肠"，写久别后互相打听旧友的下落，竟然有一半都不在世上，两人对此的震惊和叹息可想而知。这两句不仅形象地道出久别后的人世沧桑，与后面的"昔别君未婚，儿女忽成行"都是慨叹变化之巨，而且其中又揉进时代的特征。诗人写此诗时不过 48 岁，其友人也应多是壮年，何以死亡过半呢？其中的暗示就是"安史之乱"给民众带来的巨大灾难。干戈离乱、生灵涂炭，这就是旧友半为鬼的原因所在，也是两人"惊呼热中肠"的深层原因。"昔别君未婚，儿女忽成行"亦是写世事的沧桑，与上两句不同的是，前者是震惊、叹息并夹有时代的感叹，而这里只有人事佺偬、迟暮已至的深长叹息。诗人在此用了一个"忽"字，表达了一种白驹过隙的人生感叹。"夜雨剪春韭，新炊间黄粱"更是个出色的叙事名句。诗人经过精心锻造，至少表达出以下三层意思：一是写出了田园情致，体现"处士"特色。卫八处士是位隐居者，招待客人只有家常饭菜，这也更能体现不拘形迹的"故人"情谊，就像孟浩然《过故人庄》所写的那样，"故人具鸡黍，邀我至田家"，也像诗人在浣花溪村居时招待客人那样，"盘飧市远无兼味，樽酒家贫只旧醅"；二是突出主人的热情：菜是冒着夜雨剪来的新长出的韭菜，饭是新春的小米饭；三是通过典故给予深层的含蕴。汉乐府中有《薤露》篇，用"薤上露，何易晞"来比喻人生的短暂。炊黄粱则是出于唐人传奇李公佐的《枕中记》，也是形容人生短暂，荣华富贵，一枕黄粱而已。诗人在此用这两个典故组成工整的对句，与此诗慨叹人生短暂、世事沧桑的基调是一致的，与开篇的"人生不相见，动如参与商"，结句"明日隔山岳，世事两茫茫"贯穿成全诗前后一致的基调，把故人相逢的温馨置于世事的苍凉巨变之上，这正是杜诗内在沉郁的表现。

4. 炼句时注意使一句形成一个画面，形象生动、色彩绚丽

这是指炼景句而言，如张继的《过山农家》：

板桥、泉渡、人声，

茅店、日午、鸡鸣。

莫嗔焙茗烟暗，

却喜晒谷天晴。

全诗四句，构成八个独立的画面。特别是前两句，12个字组成6个独立的又相互关联的画面："板桥"和"泉渡"是山间景象；"人声"、"茅店"点出"山农家"；"日午"、"鸡鸣"则点出时间，也暗示"山农家"的"家"字。画面间又是互相关联的：有"泉渡"才会有"板桥"；有"茅店"才会有"人声"，有"人声"才会有"鸡鸣"。所以，6个独立的又是相互关联的画面构成了"山农家"及其周边的温馨又宁静的山野风光，流露出诗人澹荡优雅的情思。

张继之后，元人马致远在此基础上又百尺竿头更进一步，写出了被称为"秋思之祖"的《越调·天净沙·秋思》：

枯藤老树昏鸦，小桥流水人家，古道西风瘦马。夕阳西下，断肠人在天涯。

这首小令是以"秋思"为题，描写了天涯孤旅的游子于秋天的黄昏所见到的景物，以及由此而产生的凄苦情怀。小令开头三句，以极其精练、准确而又富有感情色彩的语言，描绘了三个富有特征意义的画面：

第一个画面是"枯藤老树昏鸦"——枯朽的藤，苍老的树，一派萧瑟景象，毫无生机。这时一只"昏鸦"（暮鸦）飞过来，栖息在枯藤老树之上。乌鸦虽是生物，却没有给画面带来生机，反而更给它增添了苍凉气氛。这种韵味得之于作者巧妙地使用了一个"昏"字。第二个画面是："小桥流水人家"——小溪里潺潺地流着山泉，溪上横卧着独木小桥，溪边散落着三两户人家。或许，屋顶上还飘散着缕缕炊烟，窗洞里还闪烁着点点灯光，屋内还传来声声笑语。这组景物一反前调，于苍茫中透露出暖意，于静谧中显示出生机。第三个画面是："古道西风瘦马"——在苍凉、残败的古道上，在肃杀、凛洌的西风中，一个"断肠人"骑着一匹瘦马，颠簸着，急匆匆地赶着路。我们虽然无法看到游子的面容，更不了解游子的身世，但通过瘦马这面镜子，看到了他生活的困顿与心情的凄苦。"马"前着一"瘦"字，含有如此丰富的内容，我们不能不佩服作者高超的表现力！

　　这三个画面，看似平列，其实是有宾有主，而且是两宾一主。这个"主"，就是骑着瘦马，奔波于西风中、古道上的天涯游子，三个画面都顺从于一个中心：表现游子此时此地的凄苦心情。第一句是以枯藤老树昏鸦构成的凄凉景象，衬托游子的凄苦心情，这叫"以哀景写哀"。处于西风凛洌、暮色苍茫之中，游子的心情已是够凄凉的了，现在，看到乌鸦栖落于枯藤老树，联想自己还没有找到投宿之处，还在古道上颠簸，此时心情怎不更加凄苦！第二句以小桥流水人家显示出来的静谧而又欢乐的气氛，反衬游子的凄苦心情，这叫"以乐景写哀"。游子从欢畅的溪水、温暖的茅屋，乃至屋上的炊烟、屋里"人家"（别人的家）中的笑语，联想到自己在外奔波，不能与父母妻子团聚，内心会多么凄凉！王夫之说："以乐景写哀，以哀景写乐，一倍增其哀乐。"（《姜斋诗话》）确实，"以乐景写哀"比"以哀景写哀"更为感人，艺术效果更为强烈。

　　三句之间的关联不仅在画面之间，也存在于内在的情思：开头三句表面上句句写景，实则字字写"思"，是以景写情。直到最后一句才直抒胸臆。游子看到"枯藤老树昏鸦"，看到"小桥流水人家"以后，想到自己的处境，不觉深深地哀叹出一声："断肠人在天涯！"这一句是点睛之笔。前面三句字字珠玑，这句则是一根线，把它们结成一个艺术整体。

马致远的这首小令，深受明清以来文人的推崇，被尊为"秋思之祖"，说它"直空古今"，认为"明人最喜摹此曲，而终无如此自然"，以为是不可企及的（吴梅《顾曲尘谈》）。王国维亦认为"有元一代词家，皆不能办此也"（《人间词话》）。获得如此盛赞的原因固然与其立意符合明清文人的情趣，画面的勾勒又符合明清文人的审美趣味有关，但精于锻句，尤其是前面18个字构成的既各自独立、又相互关联的三组精美画面，更是其获得盛誉的主要原因。

元人小令中以各自独立、又相互关联的精美画面成为佳作的当然不止马致远的《天净沙·秋思》，贯云石《正宫·小梁州·秋》也是如此：

> 芙蓉映水菊花黄，满目秋光，枯荷叶底鹭鸶藏。金风荡，飘动桂枝香。雷峰塔畔登高望，见钱塘一派长江。湖水清，江潮漾。天边斜月，新雁两三行。

这支散曲描绘杭州秋色之美。其结构可分为两个部分，前半部分是写西湖，角度是俯视；后半部分是写钱塘江，角度是远眺。

此曲有两大特色：第一是一反中国古代词人悲秋的基调，将西湖、钱塘之秋景秋色描绘得鲜明而开朗，格调清新而豪放，毫无萧瑟之景、悲凉之态，反映了诗人豪放而开朗的性格特征。这与炼句关系不大。

第二是在画面的布局和景物的选择上很有特色，一句一个画面一种色彩基调：作者先写西湖，后写钱塘，再写钱塘江外天边的新雁。写西湖时又是从湖面芙蓉到湖边黄菊，从荷底水鸟到空中桂香；写钱塘时也是从水上江潮写到空中斜月新雁。这样由近及远，从低到高分层来写，显得极有层次。在景物选择上，作者摄入镜头的是映水芙蓉、灿烂黄菊、荷底白鹭、澎湃江潮和天边的斜月新雁，画面清新、寥廓、色彩斑斓，与诗人豪宕的情怀、开阔的胸襟极为合拍。

首句"芙蓉映水菊花黄，满目秋光"是抓住西湖秋景的典型特征进行总体概括，一句中作者点出两种景色：一是"芙蓉映水"，这是写湖面景色。诗人特意点出芙蓉，既显出秋的特征也显出了西湖的特征。因为西湖多荷，所谓"接天莲叶无穷碧，映日荷花别样红"（杨万里《晓出净慈寺送林子方》）。二是"菊花黄"，是写岸上。在作者眼中，粉红的荷花映着清澈的湖水，灿烂的黄菊盛开在湖岸边，这就是"满目秋光"的主要内容。在诗人看来，"秋光"是很明净也是很开朗的，并不一味是萧瑟、苍凉，这正是诗人独具慧眼之处。

下面三句"枯荷叶底鹭鸶藏。金风荡，飘动桂枝香"是在泛写之后进一步细描湖边的秋景。诗人观察得很仔细，居然看到了藏在枯荷下的水鸟。枯荷，本来会给人零落颓败之感，但残叶下藏着鹭鸶，这就显得活泼而新鲜了。况且，诗人写枯荷是为了衬托鹭鸶，而不是在伤秋。因为如果是茂密的荷叶，就看不见躲在荷下的鹭鸶，只有在凋残的枯荷下，鹭鸶才会藏头而露尾。这时，随着阵阵的秋风，又飘来了阵阵桂花的芬芳，诗人嗅着这弥满湖面的馥郁清香，端详着这芙蓉黄菊、枯荷白鹭，纵览这湖面的一派秋光，当然会心醉神迷、心旌摇荡，感受到秋景的无限美好了。

诗人在领略了西湖美妙的秋景后，又把他的目光延伸到远远的钱塘江上。寥廓的江天分外澄澈，让人更能体会到秋天的明净和秀美。"雷峰塔畔登高望"写他登高远眺，观察的角度也由前面的俯视细察变为放眼纵览。首先映入眼帘的是浩浩荡荡的"钱塘一派长江"。这里的长江是指长长的钱塘江水。下面四句"湖水清，江潮漾。天边斜月，新雁两三行"是细写作者站在雷峰塔上由近及远，登临纵目的眺望过程。"湖水清"说的是脚下的西湖，"水清"固然是由于西湖水色秀美，但恐怕也与秋天有关吧。因为秋天是"潦水尽而寒潭清"嘛！"江潮漾"说的是远处的钱塘江潮。由于钱塘江入海处呈喇叭形，向内逐渐浅窄，海潮涌来时受其约束形成很高的潮头，这就是有名的钱塘江潮。贯云石在这首小令中把此天地间的壮观概括成"江潮漾"与"湖水清"对举，作为余杭诱人秋景的代表，是很有其典型性的。"天边斜月，新雁两三行"则是越过江潮把目光投向更远的天边。斜月之下，几行新雁披着冷冷的清辉向天的尽头飞去，诗人的心被带得很远很远，整个画面也在无限地向前延伸。秋天的清澈、寥廓，诗人心胸的开阔、舒展，通过这无尽的画面很好地表现了出来。

　　构图精致，一句一个画面，在中国古典诗词中还很多，如白朴的《天净沙·秋》："孤村落日残霞，轻烟老树寒鸦，一点飞鸿影下，青山绿水，白草红叶黄花。"小令用极经济的文字，描绘了秋日的特有景物，特别是后面两句，作者给山、水、草、叶、花，分别涂上了青、绿、白、红、黄的颜色，把一片秋色点缀得如此鲜明、绮丽，充满生机，不少评论家认为白朴的小令可与马致远的《秋思》媲美。再如吴均《山中杂诗》："山际见来烟，竹中窥落日。鸟向檐上飞，云从窗里出。"沈德潜说它是"四句写景，自成一格"(《说诗晬语》)。四句全是动态的，诗人以动衬静，反衬出山居环境的幽静，表现了闲适的心情。

四、炼意

　　炼意中的"意"在这里指的是诗词的主题。炼意也就是围绕主旨进行艺术构思过程。中国古代的艺术大家们对立意都给予高度重视，几乎无一例外地将其放在创作的首位。王夫之在《姜斋诗话》中指出："无论诗歌与长行文字，俱以意为主。意犹帅也。无帅之兵，谓之乌合。李、杜所以称大家者，无意之诗，不得一、二也。烟云泉石、花鸟苔林，金铺锦帐，寓意则灵。若齐梁绮语，宋人搏合成句之由处，役心向被掇索，而不恤己情之所自发，此之谓小家数，总在圈缋中求活计也。"

在古典诗词里我们经常可以看到：有些诗句就字面上看来彼此很相近，但由于含意有深有浅而分出高下；有些风格相同的诗，也因用意不同而见其高下；甚至同一题材、同样出自名家，也因立意不同而分高下。如张舜民的《渔夫》和苏轼的《鱼蛮子》：

> 家在来江边，门前碧水连。
> 小舟胜养鸟，大罟当耕田。
> 保甲原无籍，青苗不著钱。
> 桃源在何处，此地有神仙。
>
> ——张舜民《渔夫》

> 江淮水为田，舟楫为室居。
> 鱼虾以为粮，不耕自有余。
> 异哉鱼蛮子，本非左衽徒。
> 连排入江住，竹瓦三尺庐。
> 于焉长子孙，戚施且侏儒。
> 擘水取鲂鲤，易如拾诸途。
> 破釜不著盐，雪鳞芼青蔬。
> 一饱便甘寝，何异獭与狙。

人间行路难，踏地出赋租。

不如鱼蛮子，驾浪浮空虚。

空虚未可知，会当算舟车。

蛮子叩头泣，勿语桑大夫。

——苏轼《鱼蛮子》

两首诗写的都是渔民生活。张舜民反对王安石的保甲、青苗等新法，但他不去正面对抗和揭露，而是把不去"种田"而去"种水"的渔民生活写得像神仙一般自由自在、无忧无虑，这种曲笔很难让人体会到作者的深意，反而觉得离现实太远，难以引起读者共鸣。苏轼则不然，他直面现实，笔下的渔民仅有破釜而无钱买盐，只得鱼菜合煮，仅求一饱，与猴子、小獭等动物无异。尽管生活如此窘迫，还得向政府纳捐交税。由于立意不同，作品的思想境界的高下，社会反响和人们的评价自然不同。

以上是不同作家同一题材的作品由于立意不同而分出高下，就是同一作家，由于不同的时间、不同的境遇、不同的心情，也会因立意上的不同而使作品分出高低，如王维的两首边塞诗：

单车欲问边，属国过居延。

征蓬出汉塞，归雁入胡天。

大漠孤烟直，长河落日圆。

萧关逢候骑，都护在燕然。

——《使至塞上》

绝域阳关道，胡沙与塞尘。

三春时有雁，万里少行人。

苜蓿随天马，葡萄逐汉臣。

当令外国惧，不敢觅和亲。

——《送刘司直赴安西》

　　两首诗都是出使边塞之作。区别仅一是自己出使，一是送人出使。但两诗的风格、价值大相径庭：《使至塞上》是个千古名作，诗中充满昂扬自信的气概和一往无前的精神，它是"盛唐气象"的时代精神的再现。诗人眼中的边塞奇特壮丽，特别是"大漠孤烟直，长河落日圆"二句，画面开阔，意境雄浑，近人王国维称之为"千古壮观"。"孤烟"本应该给人孤单之感，特别是诗人只身出塞，"单车欲问边"，"落日"本来也应是衰飒之景，容易给人以感伤的印象，但是由于年轻的诗人有着立功边塞的豪情壮志，这次又是河西节度副大使崔希逸战胜吐蕃，唐玄宗命王维以监察御史的身份出塞宣慰。因此沙漠的荒凉，只身出使的孤单都被胜利和豪情冲淡，如此立意决定了炼句：边塞荒凉，没有什么奇观异景，烽火台燃起的那一股浓烟就显得格外醒目，因此称作"孤烟"。一个"孤"字写出了景物的单调，紧接着一个"直"字，又表现了它的劲拔、坚毅之美。落日，本来容易给人以感伤的印象，但后面紧接一个"圆"字，又给人以亲切温暖和苍茫之感。一个"圆"字，一个"直"字，不仅准确地描绘了沙漠的景象，而且表现了作者的深切感受。在《送刘司直赴安西》中，对塞外苦寒荒凉，诗人用"绝域"和"万里少行人"来形容，这是一种夸张，也是诗人对塞外的真实感受。诗的后半段说"当令外国惧，不敢觅和亲"，这只能视为送别时例行的客套话，最多只能视为作者的理想和对刘司直的鼓励。立意上的差别决定了作品的高下，尽管题材相同，又同是出于名诗人王维之手。

如何立意，如何进行艺术构思来突出创作主旨呢？以下几点可供参考：

（一）炼意要在构思上下功夫

构思是炼意的最直接的方式。因此，要营造好诗词意境的天空，就应该在构思上下功夫。有的诗歌没有名句，仿佛朴实无华，但细加品味，其意境、其韵味叫人难以忘怀，而且常诵常新。如前面举过的汉乐府《江南》、《上邪》、《公无渡河》等均朴实无华，有的甚至显得笨拙，但情深意浓，个性突出，读后让人久久难忘。下面再简析崔颢《黄鹤楼》的构思，看诗人是如何炼意，为突出主旨服务的：

> 昔人已乘黄鹤去，此地空余黄鹤楼。
>
> 黄鹤一去不复返，白云千载空悠悠。
>
> 晴川历历汉阳树，芳草萋萋鹦鹉洲。
>
> 日暮乡关何处是，烟波江上使人愁。

这首诗被宋代诗论家严羽推崇为"唐人七言律诗第一"（《沧浪诗话》）。据说李白也为此诗折服，他在武昌黄鹤楼前曾慨叹说："眼前有景道不得，崔颢题诗在上头。"这个传说是否可靠，我们不得而知，但从李白写的《登金陵凤凰台》和《鹦鹉洲》等诗作来看，受崔颢此诗的影响确实是相当之大。

此诗确实写得很美：渺渺的黄鹤，悠悠的白云是那么寥廓和旷远；历历丛树、萋萋芳草又那么清晰和现实。诗人就是要通过登览赏景来怀古和伤今，并抒发游子对家乡的思念。为了突出这一题旨，诗人在构思上出色地处理了历史上的古与今，景色上的远与近，情感上的深沉与感奋，时间上的短暂与永恒，现实景物与千秋浩叹之间的关系。

具体来说，此诗在结构上可分为两个部分，前四句是怀古伤今，追叙往日胜迹，反衬今日的落寞空旷；后四句则是从眼前之景出发，对山川人物发出慨叹并揉进自己的乡愁。全诗围绕着黄鹤楼紧紧挽合在一起，自然流走，传达出一个浑融的诗境。另外，诗人采用顶针、联想、照应等修辞手法，使全诗句句紧扣又回环照应。诗的首句是怀古，次句是伤今，第三句又是怀古，第四句又是伤今。这样两两交错，回环照应，使全诗显得结构整饬，文气回荡。再如诗的首联和颔联间采用顶针格紧扣，既交代了此楼的得名之由，又道出怀古伤今之情，显得异常精美。在情感基调上，诗中有怀古、有伤今，但并不颓唐衰败，写日暮、写乡愁，也不过于伤感。诗中的古与今，远与近，深沉与感奋，短暂与永恒，现实景物与千秋浩叹都统一到了登临所思这个和谐的画面之中，显得那么超迈豪壮又那么低回深沉！

柳宗元的《渔翁》则以构思的奇特来突出主题：

渔翁夜傍西岩宿，晓汲清湘燃楚竹。

烟销日出不见人，欸乃一声山水绿。

回看天际下中流，岩上无心云相逐。

此诗大受苏东坡的赞扬，认为有奇趣："诗以奇趣为宗，反常合道为趣。熟味此诗有奇趣。"那么此诗的奇趣奇在何处，它又是怎样为突出主题服务的呢？

一是选材之奇。一般人写渔翁，总爱写其泽畔垂钓之情形，就连柳宗元本人也不例外。他的那首著名的《江雪》，就是描写一位渔翁在寒江上独钓。而这首诗选的时间是从昨夜到清晨，事情是夜宿、汲水、做饭，接下去是返舟回家。渔翁关注的也不是钓鱼，而是"回看天际"中所见的"岩上白云"，这就很奇特了。实际上，这种奇特的描绘正是创作主旨所需，因为作者并不是要表现渔翁，或者是借垂钓来表现一种归隐之思。这篇被贬之中的诗作，与同时创作的《永州八记》一样，意在表现自己被贬之中的孤寂情怀和不变初衷的高洁操守。诗中那个"晓汲清湘燃楚竹"的晨炊，那个"欸乃一声山水绿"清寥得有几分神秘的环境，那逐渔舟而去舒卷自如的白云，不是最能表现他孤清的处境、孤高的人品吗？

二是用语之奇。汲水做饭，是生活中的俗务，诗人却说成"汲清湘"、"燃楚竹"，时间又是朝雾未散去的清晨，这就给人超凡脱俗之感，甚至令人想起《楚辞》中的《山鬼》、《湘君》、《湘夫人》等篇中所描写的湘沅一带的山光水色和主人公的情致。朝雾之中，山水朦胧，日出之后，青山绿水尽现眼前，这是生活常识。应当说，"山水绿"是"烟销日出"的结果，与诗中说的"欸乃一声"并无关联，而"不见人"是山遮水蔽的结果，与"烟销日出"亦无干系。但是，诗人偏偏要把毫无关联的两件事联系在一起："烟销日出不见人，欸乃一声山水绿"，结果形成奇趣，好像随着烟消人也消逝了，好像山水变绿是渔翁"欸乃"一声唤来的，从而造成一种神秘感，也使渔翁的生存环境显得更为空旷！这当然也与诗的主旨有关。诗人无端被贬，流落荒州。诗人生活的环境幽闭而空旷，内心孤独而愤懑，但又以保持高洁人格而自励，所以他在相关诗文中不断突出幽闭和清雅，如在著名的《小石潭记》中一方面突出小石潭的洁净，以暗示其高洁的人格，另一方面又说"其境过清，不可久居"，在《始得西山宴游记》中也强调"是山之特出，不与培塿为类"。

三是结构之奇。中唐时代，律诗早已定型。诗人写诗，除古风外，不外就是四句八字，此诗却是六句，可谓一奇。诗人似乎也是要以这种不同寻常的诗体来暗示其突兀不平的傲然人格和不同凡响的出世精神。

（二）以布局设计突出立意

要想使诗"意"显豁，就要让"意"始终贯穿全篇，古人叫作"意脉"。张炎《词源》："命意既了，思量头如何起，尾如何结，方始选韵，而后述曲。"

就是说要通过结构线索、人物的明暗主从、叙事上的顺逆、时间上古与今等等布局设计来突出主旨。如王昌龄《出塞》：

> 秦时明月汉时关，万里长征人未还。
> 但使龙城飞将在，不教胡马度阴山。

此诗的主旨是痛惜边关所守非人，以至征战连年，烽火不息。同时也表现出对戍守边塞有家难归的士卒的同情。为了突出这一主题，诗人在"意脉"上出色地处理了古与今的关系，从秦关汉月写起。"秦时明月汉时关，万里长征人未还"两句，概括了千年以来边境不宁、战氛难靖、万里戍边、代代依然的历史。诗人从秦关汉月写起，可起到两个作用：一是借以起兴。秦汉以来就设关备胡，所以后人在边塞看到明月临关，自然会想起秦汉以来无数征人战死疆场，那秦关汉月就是历史的见证。二是借以形成历史的纵深感和画面的广阔感。诗人的目的固然是针对当时的边政，慨叹所守非人，但如就事论事，就显得画面逼仄，诗意浅显，如无名氏的《胡笳曲》："月明星稀霜满野，毡车夜宿阴山下。汉家自失李将军，单于公然来牧马。"与《出塞》题材相同，主题亦相近，但是该诗只写眼前之景，只道当时之事，缺少《出塞》前两句那种纵深的历史感和画面的广阔感，因而也就缺少《出塞》那种阔大的境界和混茫的气象，两诗的创作成就也就不可同日而语！

后两句"但使龙城飞将在，不教胡马度阴山"，则从历史回到现实，从千年伤感转到自己的慨叹，表现了诗人渴望出现英勇善战、体恤士卒的将帅，巩固边防的心情。但这种心情的表达方式又极为婉曲含蓄：它不是直接指斥当今关塞所守非人，以至胡乱频仍、烽火不息，战士不得生还。而是用以古喻今的方式，通过缅怀汉代名将李广来曲达己意。李广不但英勇善战，敌人闻风丧胆，称之为"飞将军"，而且体恤士卒，宽缓不苛，"每至绝乏处，士卒不食，广不食；士卒不饮，广不饮。故士卒乐为用"（《史记·李将军列传》）。诗人通过对这位历史名将的咏歌，来表达他盼望出现英勇善战又体恤士卒的边帅，从而实现安定边防、生还士卒的爱国爱民之愿。它与前两句一怀古，一叹今；一起兴，一本旨，构成和谐整体。既有深广的历史内涵，又有深刻的现实针砭，确是盛唐边塞诗中不可多得的名篇，被沈德潜评为"唐人压卷之作"。

元稹的《行宫》在布局设计上也非常出色：

> 寥落古行宫，宫花寂寞红。
> 白头宫女在，闲坐说玄宗。

元稹曾写过一首《连昌宫词》，与这首《行宫》一样，都是以"安史之乱"为切入点，表达对中唐政治的看法。《连昌宫词》长达600字，这首《行宫》只有20字，但历代诗家都认为《连昌宫词》600字，不觉其长；《行宫》20字，不嫌其短。《养一斋诗话》甚至说："寥落古行宫二十字，足赅连昌宫六百字，尤为妙境。"用短短20个字概括一代历史，反映"安史之乱"后中唐社会与盛唐的巨大反差，这首《行宫》确实言简意深、语短情长，足见构思上的功力。

诗中描绘了一个荒废行宫冷清寂寞的景象，表面上是对生活片段纯客观的记录，人物刻画极为简略，但诗人在其中寄托的思想感情确是极为深沉的。此诗一、二两句写行宫废置后荒凉的景象，诗人用

"寂寞"来形容花红就有深沉的含蕴：一是暗示青春少女曾在此寂寞空守，虚耗了青春岁月；二是暗示"安史之乱"后，杨玉环、唐明皇临阶赏花的盛况已成过去，宫花寂寞无主。其中暗含对国事沧桑、盛世难再的无限感慨；三是在结构上与上句的"寥落"相呼应，又开启了下面对唐玄宗昔日君临行宫、今日风流云散的感慨。因此无论是内容上或是艺术结构上，包孕都是很深刻的！

三、四两句正面写宫女，其中"白头"与首句"古行宫"相应；"闲坐"与"寥落"、"寂寞"在精神上一气贯注。这些宫女被幽闭在行宫之中，年复一年，月复一月，看着宫花红了又谢，谢了又红，自己也由红颜少女变成了白头宫女。由于与世隔绝，生活贫乏无聊，闲谈变成了她们唯一的消遣。由于对外部世界所知无多，所以话题不出忆旧。但是，玄宗已随着开元盛世一道消逝了，留下的只是宫女们道不尽的昔日话题。"白头宫女在"实际上是"只剩下白头宫女在"，暗示许多风流人物、繁华往事，此时都已不复存在。由此看来，这些白头宫女不仅是诗人笔下的表现对象、同情对象，也是行宫今昔沧桑的目击者和见证人。于是，"安史之乱"所造成的巨大社会创伤，中唐时代王室衰微、藩镇嚣张，行宫也因力不能及而日渐破败荒凉，等等，这些现实政治感慨也就寓于这短短 20 字之中。所以南宋的洪迈称赞此诗是"语少意足，有无穷之味"（《容斋随笔》）。

（三）讲求表现技巧以体现立意

即通过首尾照应、一线贯穿、明暗结合等结构方式，描写、叙事与抒情的选用和安排，以及语言、修辞等表现手段来突出主旨。如苏轼的《念奴娇·赤壁怀古》：

　　大江东去，浪淘尽，千古风流人物。故垒西边，人道是，三国周郎赤壁。乱石穿空，惊涛拍岸，卷起千堆雪。江山如画，一时多少豪杰！　　遥想公瑾当年，小乔初嫁了，雄姿英发。羽扇纶巾，谈笑间，强虏灰飞烟灭。故国神游，多情应笑我，早生华发。人生如梦，一尊还酹江月。

　　此词写于宋神宗元丰五年（1082），苏轼因作诗讽刺新法被御史锁拿至京，经九死一生，被贬黄州之时。词人通过怀古，感慨少年周郎与君主相得，终于立下大破强曹的巨大功勋，联想到自己空有报国之志却无端被贬，郁闷而伤感。围绕上述主旨，词人在结构、描写、叙事与抒情的选用和安排，以及语言风格的运用等方面均作精心锻炼。从结构上看，全词有明暗两条线索：明线是周瑜，暗线是词人自己，词人采取以明衬暗的艺术手法，以周郎的君臣相得、大破强曹来暗衬自己的报国无门、被贬黄州，并通过结尾的"故国神游，多情应笑我，早生华发"来点破人生易老、勋业难成的伤感。在描写、叙事与抒情的选用和安排上，上阕是抒情结合描写，下阕是抒情结合议论，"故国神游，多情应笑我，早生华发"则是贯穿于描景、议论、抒情的一个情感基调。应当说，词中每一句都是经过精心构织的。"大江东去，浪淘尽，千古风流人物"这类横贯古今的议论加抒情的句式，"乱石穿空，惊涛拍岸，卷起千堆雪"这类突兀生动、气势宏大的描景句式，赢得了后人许多称赞，把此词作为豪放词风的代表，甚至连《念奴娇》的词牌也改成《大江东去》。"故垒西边，人道是，三国周郎赤壁"这个看似平常的叙述句，也是经过构织，密切服务于主题的。众所周知，湖北有三个赤壁：一个在嘉鱼县，一个是赤壁矶，一个在黄冈。诗人游览的是黄冈赤壁，历史上的赤壁之战则发生在嘉鱼县的赤壁，精通历史的苏轼不可能不知道。但是，这首词的主旨又是通过对少年周郎在赤壁之战中立下的不世之功来反衬自己报国无门、老大无成，赤壁之战、雄姿英发的周郎都是不可缺少的咏歌对象。因此，诗人想了个妙法："人道是，三国周郎赤壁。"既然是别人说的，自己就没有犯历史常识的错误。就可以借题发挥，在游览中大谈周郎的赤壁之战，在描景、抒情、议论之中突出上述主题。这就是以表现技巧来体现立意。

李白的《望庐山瀑布》也是如此：

> 日照香炉生紫烟，遥看瀑布挂前川。
> 飞流直下三千尺，疑是银河落九天。

此诗是咏歌庐山瀑布之神奇壮美。为了突出这个主题，李白在表现技巧上进行了精巧的设计：据《太平寰宇记》，香炉峰"在庐山西北，其峰尖圆，烟云聚散，如博山香炉之状"。也就是说香炉峰形状像香炉，聚散的烟云又像点燃的香烟。诗人抓住这一特征，让它和飞溅而下的瀑布形成强烈的比衬：一个是冉冉上升的香烟，一个是飞流直下的瀑布，一上一下，互相映衬，而且都有强烈的动态感，并显得十分神奇。只因为由此两句，下面两句"飞流直下三千尺，疑是银河落九天"才有着落和依据，香炉峰上冉冉升腾的香烟，就像是天地间正在祭祀的一只大香炉，这才会"疑是银河落九天"，有了眼前飞悬的挂前川的瀑布，才会有"飞流直下三千尺"的动感。但是，到过庐山看过瀑布的人都知道，站在李璟读书处的观瀑亭前看到的庐山瀑布实际有两条，一条叫马尾瀑，一条叫人字瀑，但无论哪条瀑布都与香炉峰无关：马尾瀑在鸣皋峰上，人字瀑在鹤鸣峰上，两峰均在香炉峰后。诗人描绘叹赏的就是鹤鸣峰上的人字瀑。如据实来写，马尾峰无论如何也无法和飞溅而下的瀑布形成强烈的比衬，也缺乏香炉峰上香烟冉冉升腾的那种神奇，因此必须和香炉峰挂钩。于是，诗人想出个妙招："遥看"而且是"前川"。这样，既不会犯地理常识的错误，又很好地表达了主题。

（四）正确处理炼字、炼句与炼意的关系

1. 力求"语意两工"

一首好的诗歌，"意"要好，"语"也要好。写诗当然先要强调"立意"，但同时也要有好的语言，"有意无词，锦袄子上披蓑衣矣"（吴乔《围炉诗话》）。有人认为只要诗歌的立意好，语言上可以不加修饰，就像古代齐国的女子无盐一样。无盐虽然丑陋但德行高尚，仍受到人们的尊敬。唐代的皎然在《诗式》中反驳了这种说法："或云：诗不假修饰，任其丑朴，但风韵正、天真全，即名上等。予曰：不然！无盐阙容而有德，曷若文王太姒有容而有德乎？"

这里说的好的语言，并非一定是刻意修饰、精美华丽的语言，而是要与"意"相协调。一首诗，既有好的立意，又有精准的语言将此好的立意表达出来，这才是"语意两工"。李商隐的诗歌尤其是"无题"诗，立意上深情绵邈，语言上富艳精工，诸如"身无彩凤双飞翼，心有灵犀一点通"、"春蚕到死丝方尽，蜡炬成灰泪始干"、"春心莫共花争发，一寸相思一寸灰"、"梦为远别啼难唤，书被催成墨未浓"都成为情浓意真、字雕句琢的名句范例甚至座右铭。但像李绅的《悯农二首》、孟浩然的《春晓》，语言朴实、明白如话，也是家喻户晓，成为童子的必诵诗篇。

2. 炼字、炼句要服从炼意

我们追求"语意两工"，这是说炼字、炼句和炼意都很重要，但

并非平行关系，炼句、炼字要服从炼意，即诗歌的形式要服从内容的需要。就文章的字词锤炼而言，注意处理局部与整体的关系，是很重要的。清人沈德潜在《说诗晬语》中云："古人不废炼字法，然以意胜，而不以字胜。故能平字见奇，常字见险，陈字见新，朴字见色。"此语道出了炼字之本质。杜甫诗《登岳阳楼》中有"吴楚东南坼，乾坤日夜浮"一联，"坼"、"浮"两字别具神采，历来为人称道。洞庭湖作为吴楚分野，将方圆千里之地分裂为二。这两句诗是形容洞庭湖湖水浩淼无际、波涛汹涌，日夜不停地把天地日月浮动在水面上。简短的十个字，融进诗人丰富的想象，写出洞庭湖开阔的视野、雄浑的气象、壮阔的气势。诗人写这首诗时正羁旅他乡，穷困潦倒，既老且病、寄身孤舟，为什么要把洞庭湖写得如此雄阔，又为什么能把洞庭湖写得如此壮观？结合全诗可以看出，个人的落寞凄凉并未影响诗人对湖光水色美景的欣赏，更没有阻隔诗人对万里关山烽火硝烟的关注。忧国伤时是杜甫执着一生的情怀，正是这种伟大的襟抱，才成就了如此雄伟的意境，如此意境必须要如此精当贴切的语言方可担当。

与此相反，如果只讲求炼字、炼句而忽视炼意，是不可能写出一流诗篇的。如贾岛的《送无可上人》：

> 圭峰霁色新，送此草堂人。
> 麈尾同离寺，蛩鸣暂别亲。
> 独行潭底影，数息树边身。
> 终有烟霞约，天台作近邻。

其中"独行潭底影，数息树边身"两句，锻炼得确实十分精妙。他将同道者送别后的孤独和思念描述得真切感人。贾岛自己对这两句也很自负，说是"两句三年得，一吟双泪流。知音若不赏，归隐故山丘"（贾岛《题诗后》）。但如细酌，就会感到读起来很吃力，不够圆融和自然流走，是费尽心机雕琢而成。特别是与诗中的其他诗句相比，两者的水准差距很大。没有能够围绕诗旨挽合在一起，做到浑通圆融，显得诗味不浓，给人的感觉是为锻句而锻句。这种只讲求炼字、炼句，而忽视炼意的毛病在贾岛的其他诗作中也有表现，即使所炼之字浅显常见，仍然会给人一种雕琢之感，如"竹笼拾山果，瓦瓶担石泉"（贾岛《忆江上吴处士》）。全句无一生僻之字，然整体看来却又显得雕琢过度，拼凑之痕明显，给人生涩硬僻之感。因此，他虽曾得到韩愈的指点，但最终无法成为韩愈那样的一流诗人。

3. 在炼字和炼句的过程中注意含蕴

刘熙载云："炼篇、炼章、炼句、炼字，总之所贵于炼者，是往活处炼，非往死处炼也。夫活，亦在乎认取诗眼而已。"所谓"诗眼"，就是炼字中表达出的诗歌主旨所在。如古典诗歌中，许多名篇中都有个"空"字，如王维的"空山新雨后，天气晚来秋"（《山居秋暝》），"人闲桂花落，夜静春山空"（《鸟鸣涧》），"空山不见人，但闻人语响"（《鹿柴》），"晚年惟好静，万事不关心。自顾无长策，空知返旧林"（《酬张少府》）；孟浩然的"东林精舍近，日暮空闻钟"（《晚泊浔阳望庐山》）；杜甫的"映阶碧草自春色，隔叶黄鹂空好音"（《蜀相》），"万事干戈里，空悲清夜徂！"（《倦夜》）；韩愈"苹藻满盘无处奠，空闻渔父扣舷歌"（《湘中》）；刘禹锡的"山围故国周遭在，潮打空城寂寞回"（《石头城》）；韦庄的"江雨霏霏江草齐，六朝如梦鸟空啼"（《台城》）；陆游的"塞上长城空自许，镜中衰鬓已先斑"（《书愤》）等。这些诗里，虽然"空"表现的意思有很大的不同，但都为了突出主题。王维是位山水田园诗名家，又是个佛教徒，他诗中的"空"不仅是为了表现田园风光的空明秀雅，还带有佛教徒的空寂和空灭，上面列举的《山居秋暝》、《鸟鸣涧》、《鹿柴》中诸句，都是两种意蕴皆有，很好地表现了诗人晚年空无寂灭的隐居生活。至于《酬张少府》更是直接表达了他佛教徒的空灭情怀，可以说在凸显"空"字的同时就在突出佛教徒的空无寂灭这一主旨。孟浩然也是位山水田园诗人，"东林精舍近，日暮空闻钟"中的"空"字，写出了夕阳斜照时分，诗人忽然隐隐约约听到从远处东林寺传来的阵阵钟声。只闻钟声不见精舍，可见林木之葱茏，东林精舍的清幽静深可想而知，诗人所要极力体现的高远雅兴也从"空"字中表达了出来，炼字的本身也就在炼意。杜甫"映阶碧草自春色，隔叶黄鹂空好音"也是如此：一个"自"写尽了祠堂里满院萋萋碧草的寂寞之心；一个"空"写出物在人亡，表达了对诸葛武侯的无尽追思。韩愈《湘中》中"苹藻满盘无处奠，空闻渔父扣舷歌"一联的"空"字，生动地表现了诗人面对茫茫水天怅然若失的神情，深刻地表现了世无知音的寂寞悲凉，含蓄地抒发了无端遭贬的悲愤与牢骚。刘禹锡"山围故国周遭在，潮打空城寂寞回"的"空"字，通过潮打空城城墙的特定之景，突现出故国的没落与荒凉，诗人所要表达的江山易帜、人事代谢的历史沧桑感也就凸显了出来。韦庄《台城》"江雨霏霏江草齐，六朝如梦鸟空啼"中的"空"字也表达了类似的情感，只是更多了一点批判和伤感：鸟啼草绿，春色常在，而曾经在台城追欢逐乐的六朝君主早已成为历史上来去匆匆的过客，豪华壮丽的台城也成了供人凭吊的历史遗迹，面对眼前的荒凉破败，只有不解人世沧桑、历史兴衰的鸟儿在欢快地啼唱。一个"空"字道出了多少凄清与冷落，多少无奈与感伤。陆游《书愤》"塞上长城空自许，镜中衰鬓已先斑"中的"空"字，是慨叹韶华已逝，壮志成"空"。诗中上句的"空"字与下句的"已"相对，更增添了无限的伤痛，也有极大悲愤。正是这些炼字精妙的使用，使诗歌有了神韵。这些都是炼句、炼意之中同时也是诗旨的提炼和凸显。

　　以上分别讨论了炼字、炼句、炼意的作用，如何锤炼以及锤炼中必须注意的问题。至于三者之间的关系，总的要求是"语意两工"。具体来说，无论是炼字还是炼句都要服从于炼意，不能以文害意，这也就是局部与全局、形式与内容之间的关系，也就是古代文论家反复强调的："古人不废炼字法，然以意胜，而不以字胜。"

后记

　　我踏上文学研究这条路，是从中学语文教材中的古文鉴赏开始的。20 世纪 80 年代初，政治上的一场巨变，使得"冰澌溶泄，东风暗换年华"，《中学教材研究》之类的杂志得风气之先，首先在一些师范院校破土而出。当时首先脱颖而出的是北京师范学院的《中学语文教学》，上海教育出版社的《语文学习》，再由江西师范大学《语文教学》、山西师范学院的《语文教学通讯》、武汉师范学院《中学语文》、浙江师范学院《教学与研究》、陕西师范大学《中学语文教学参考》、南通师专《教学与研究》、廊坊师专《语文教研》、华南师范大学《语文月刊》和广西大学《语文园地》等继其踵武。刊出的内容以教材分析，尤其是古典文学教材分析为主，这种分析也主要是鉴赏，不像后来的细化成教案。很少有教法方面的文章，更谈不上像今天这样坐而论道大谈教改。其发轫于 20 世纪 80 年代初，至中期大行其道，几乎每一所师范院校和省级教研机构都有这类刊物，80 年代末偃旗息鼓，所剩无几，风行大概 10 年左右。

　　80 年代初，我在一个市教育局教研室工作，教材研究自然是本行，加上偏爱古典文学，所以写的皆是古文教材的鉴赏和分析文章。第一次投稿是 1980 年 3 月，利用春节休假期间写的一篇关于《琵琶行》的鉴赏文字，题为《〈琵琶行〉的艺术表现手法》。同年文章在江西师范大学《语文教学》上刊出，得稿费 12 元。要知道，这在当时是个不小的数字，作为大学毕业生，转正后的工资是 50 元 5 角，12 元已近每月工资的四分之一。当时我的两个孩子一个在读小学，一个在上幼儿园，母亲又有病，三年内动了两次手术，尽管妻子善于持家，但经济上总有捉襟见肘之感。写这类文章，既有兴趣，又算业务成绩，还能添补家用，一举三得何乐而不为？于是一发而不可收。巢湖教育局当时搞收发的某公，矮矮的、白白胖胖的，剃个光头，看不到头发，又没有胡子，整个像个长着白霜的冬瓜。尽管当时还没有一部接一部的清宫戏，但局里众才俊总认为他是演李莲英的好材料。每十天半月，他就会举着个汇款单楼上楼下酸酸地大嚷"陈主任的汇款"，这几乎成为教育局一道风景！众才俊见此或是充耳不闻、作埋头工作状，或是作不屑状，鄙人则是"低头向暗壁，千唤不一回"！直到有一天，这位仁兄喝过酒后或发奇想，翻过厕所隔墙，打算调研女性的撒尿情况，轰动之余打道回府，这道风景才算消歇！

　　当时我的这类稿件主要是投给北京师范学院的《中学语文教学》、山西师范学院的《语文教学通讯》和南通师专《教学与研究》。前两个杂志在同类杂志中执牛耳，投给他们的原因无需多说，投给南通师专的《教学与研究》则是别有怀抱。因为当时以中学古文鉴赏频繁见于上述杂志者有两位——顾启和姜光斗，而且两人经常合作撰写这类文章。有次，我读了他俩合写的一篇短论，题目忘了，大意是不要小觑古文鉴赏，它除需要古典文学功底外，还需要文学理论方面修养和文章的驾驭表达能力。读后很受用，仿佛遇到一个异乡知己，所以，很快把一篇关于杜牧《江南春绝句》的赏析文字寄给他们两位主编的南通师专的《教学与研究》。大约两个月后收到顾启的来信，除了通知稿件已采用外，还问我是否江南人，因为文笔很隽秀清丽，于是我又高兴了一下，这直接导致了下一个行动：去拜访顾启。1983 年，我率领教育局教研室和下属几个重点中学搞语文教改的教师去苏州、上海、南通取经。去苏州和上海的中学自然是因为他们搞教改的名声在外，去南通则是另有私心的刻意安排，我打算拜访顾先生。遗憾的是，到了南通，打听到南通师专，找了两个多小时，到了顾启的家中却未能见到顾启，他的太太说他到外地去了。这并不能怪我莽撞，因为当时不到一定级别家中是不准安装电话的，写信要十天才能到达，这还是"抓革命、促生产"后的新气象。况且我也无法确定到达的具体时间，因为车船票都很难买，要开后门，离开南通时就因为买不到票足足耽搁了两天，对此事我一直耿耿于怀。1999 年，20 世纪的最后一年，我受台湾"中央研究院"文哲所之聘，在台湾待了一年多。当时我已在研究单位工作，苏州大学的严迪昌先生亦在台北的东吴大学任教。当时来台的大陆学者并不多，我们熟稔以后自然谈起人生经历，他说曾在南通工作了 20 多年。先在南通师范，后升格为南通师专。我问他是否知道顾启先生，他说："我俩在同一个教研室，是好友。"接下去便介绍顾的一些情况，好像人生并不得意，搞古文鉴赏，也不受重视，被讥为小儿科，身体也不太好。言谈之中，很有些惋惜和黯然。古文鉴赏这个我感兴趣的话题自然也就不便进行下去，改谈"清词史"这个他正在进行的课题了。但人生也真是白云苍狗，殊难逆料：严先生担心的顾启仍健在，他自己却在 2003 年 8 月撒手而去，享年 68 岁。苏州大学中文系寄给我的讣告我并未收到，当时我在首尔的延世大学讲学。得知噩耗是在网上看到顾启写的一篇悼文。文中追忆他与严 43 年间的相知相随，如今形单影只，空留泪痕。文章感情深厚、真挚，于此也可见顾的为人。

在台任客座时我结识了张高评教授，当时他在台南的成功大学中文系任教，与杨文雄教授一道邀我去讲学，顺道在台南一游，因为台南毕竟是郑成功咸平郡王府所在。我们交往中谈到他的老师黄永武先生。当时我正在做后来的国家社科基金课题《海峡两岸唐代文学研究史》，黄永武先生是台湾敦煌学研究的重镇，理当拜访收集资料。但在交往中却发现黄先生另有兴趣所在，即对中国古典文学鉴赏有一套独特的看法。他认为，中国古典文论往往是片段式、印象式，虽精辟经典，但既不成体系又缺乏深入的剖析。而内地流行的鉴赏多在内容，触及艺术手法也多是篇章结构、语言修辞。对中国古典诗词之美应从美学角度作系统的观照。他在奔流图书公司出了一套分析古典诗词作法的丛书，分为《鉴赏篇》、《设计篇》和《思想篇》，翻阅一通后确实让我耳目一新，例如《设计篇》中谈到古典诗词的空间拓展和浓缩，时间上的延长和缩短。《思想篇》中古典诗人眼中的植物世界：梅、兰、菊、竹、松、桃、柳，动物世界：龙、凤、鹏、鸥、蝉、蝶、蚁、萤的人文内容等。读后颇有感慨，正如俗话所云：只有想不到的，没有做不到的。黄先生列举的诗词从事古典文学研究的一般都知道，一加点破谁都会分析，问题就在于眼光和识见，我想也许这就是创新和守成的分野吧！所以这本《考槃在涧：中国古典诗词的美感与表达》仿此对中国古典诗词的空间和时间表达方式，诗词的理性美和荒诞美做更多的探讨，对结构、辞采、声律、意境等也在传统的探讨之外多从美感加以细论，只是才力所限，虽探龙穴恐未能获珠！

　　《诗经·卫风·考槃》云："考槃在涧，硕人之宽。独寤寐言，永矢弗谖。"我非扣槃而歌的高士，其寤寐思之的独悟之言恐也非切中肯綮，但我对古典文学鉴赏的喜爱和追求，可以说是"永矢弗谖"吧，因为毕竟相伴 30 年啊！

　　是为记。

陈友冰

2010 年 8 月于溽暑困顿之中